教育部全国高等院校古籍整理研究工作委员会直接资助项目

湖南省常德市文化名城建设引导资金资助项目

洞庭湖生态经济区建设与发展湖南省协同创新中心科研成果

逸迩阁图书馆特别收藏图书

朱景英集

梁颂成 ◎ 辑校

中国社会科学出版社

海東札記卷一

記方隅

襲乎舊第未知昉自何時或曰地在東隅形似彎弓
以海中荒島而置郡邑實叛所未有其以臺灣名者
之處地之得其東番記又稱臺
或曰山橫海帝又在沙曲水滙
貢未知何撽大抵閩音相近故沙筆者此因之
混耳愚謂島夷僻在窮海鱗介與伍書帥濫眛齟
齵咿嚘安得哥地形字義可以彷彿意明嘉萬間海
寇奸民迷來竊踞時因壚立市即境呼名差為近是

图书在版编目（CIP）数据

朱景英集／梁颂成辑校 . —北京：中国社会科学出版社，2017. 10
ISBN 978-7-5203-1346-9

Ⅰ.①朱… Ⅱ.①梁… Ⅲ.①文艺-作品综合集-中国-清代
Ⅳ.①I214. 92

中国版本图书馆 CIP 数据核字（2017）第 273374 号

出 版 人	赵剑英
责任编辑	任 明
特约编辑	乔继堂
责任校对	闫 萃
责任印制	李寡寡

出 版	中国社会科学出版社
社 址	北京鼓楼西大街甲 158 号
邮 编	100720
网 址	http：//www. csspw. cn
发 行 部	010-84083685
门 市 部	010-84029450
经 销	新华书店及其他书店

印刷装订	北京君升印刷有限公司
版 次	2017 年 10 月第 1 版
印 次	2017 年 10 月第 1 次印刷

开 本	710×1000 1/16
印 张	26
插 页	2
字 数	426 千字
定 价	110. 00 元

凡购买中国社会科学出版社图书，如有质量问题请与本社营销中心联系调换
电话：010-84083683

前　言

　　《朱景英集》系原创性古籍整理专著，汇辑校点了朱景英存世的著作。其中，《海东札记》的整理底本为清乾嘉时期福建著名书法家谢曦写刻本，见《中国风土志丛刊》第56册，广陵书社2003年5月影印本。参考校勘本为台湾大通书局1959年至1972年印行《台湾文献史料丛刊》第七辑《台湾文献丛刊》第十九种《海东札记》点校本；岳麓书社版2011年2月《海东札记》点校简体横排本。《畲经堂诗文集》的整理底本，为清乾隆朱氏"红蕉馆"家刻本。红蕉馆，是朱景英在武陵老家的刻书堂号。他的第一种诗集即名为《红蕉馆诗钞》，收集早年在家乡的诗作。夏之蓉（1697—1784）《题红蕉馆诗钞》称："君家红蕉馆，草本余芳馨。"《桃花源填词》的整理底本，为南京图书馆藏清徐朝彝《梦恬书屋诗钞》附录本，原刻每对页版心下方存有"红蕉馆"标识。

　　朱景英，字幼芝，另字梅冶，号莅汀（与陈长钧梅岑、杨秉植梅冶合称"武陵三梅"）、研北，别署研北农、研北寓农、研北学子、研北学人、石圃后人、一百八松亭长、聆痴翁。清代湖广武陵（今常德市鼎城区）人。生卒年不详。主要活动于清雍正至乾隆初中期。其传记见于嘉庆《常德府志》、同治《武陵县志》，以及李桓《国朝耆献类征初编》等书。《文献》杂志1980年第4期发表中国社会科学院研究生院教授、博士生导师刘世德先生《朱景英和〈桃花缘传奇〉》一文，结合其诗文等资料，落实了他一生中的主要事迹。雍正八年（1730），撰《甘露篇》，这是《畲经堂诗集》中的第一首诗。雍正十一年（1733），为诸生。乾隆六年（1741），父卒。十五年庚午（1750），中乡试解元。十八年（1753）三月，入闽，秋，任连城知县。十九年正月，调任宁德知县。二十年二月母卒，五月以内艰归，十一月抵家。二十一年（1756）九月赴沅州，受聘修《沅州府志》，二十二年脱稿，凡九阅而成。九月，自沅州返家。二十三年、二十四年、二十五年居家。二十七年（1762）秋游长沙等地。二十八年（1763）春赴闽，四月抵达，五月自晋安赴建州。二十九年正月赴漳州，二月就任平和知县，三十年二月，移任侯官知县。三十二年十二月，以荐自闽经吴越齐鲁赴京。乾隆三十四年（1769）四月，擢台湾府鹿耳海防同知。三十六年三月在台任职期间，"二侄"卒于台湾。三十七年十月撰《海东札记自识》。三十八年（1773）正月秩满，离台湾。憩三山十余旬，然后赴京。十一月，刘亨地在京为撰《海东札记序》；冬至日，郑际唐继撰《海东札记序》。十二月离京。三十九年（1774）署汀州邵武知府。四十一年秋，迁台湾北路理番同知。四十二年《畲经堂文集》编成，七月于官斋撰《畲经堂文集自序》。四十三年（1778），告病归里。

　　根据朱景英一生主要经历所涉时间判断，他应出生于清康熙中或后期，经历了雍正，乾隆初期、中期，到乾隆四十三年（1778）告病归里，儿子们都早已各立门户，估计年龄应在 70 岁左右了。这样算来，其出生时间约在康熙四十七年，即 1708 年左右。

　　朱景英为湖南武陵（今常德市鼎城区）人，但其故里究竟在何乡何村，作品中没有明确提及。他的部分文章中有些信息，可供参考。如在《陈一揆六十寿序》中，他称："居相近则本末易详，人相习则见闻皆确。……余之交陈君一揆有年矣。盖衡宇相望，往来无间者，自先世已然。余以宦迹，与君别才数岁，及返里，未尝不数数晤。"陈一揆，各种文献称他是龙阳（汉寿）人，《龙阳县志》也有其传记、诗文。朱景英同他"居相近""人相习""交陈君一揆有年""衡宇相望""往来无间"。这样看来，他俩虽然一位是龙阳（汉寿）人，一位是武陵（鼎城）人，可居住相隔肯定不远。下面甚至说"忆余幼时登君堂，见两大人春秋高，君力治生，曲尽子职"，小时候竟然能常跑到他家玩耍，可见他们的老家应在两县毗邻之处。陈一揆的老家在汉寿县西南"梅溪庄"，可推知朱景英的老家应在鼎城区东南与汉寿县交界之处。不过到了晚年，他们都搬到了各自的县城居住，陈一揆移居于汉寿县城南，朱景英移居于常德城东。

　　朱景英一生著述十分丰富，其主要成就有以下几方面。

　　一、以亲见亲闻为基础，写成于乾隆三十七年（1772）的《海东札记》，为后人的台湾各方面研究提供了翔实的资料。《海东札记》全书四卷：卷一，记方隅、记岩壑；卷二，记洋澳、记政纪；卷三，记气习、记土物；卷四，记丛琐、记社属。朱景英于乾隆三十四年（1769 年）四月擢台湾府鹿耳海防同知。自上任起，他陆续游历台湾全境，延揽风物，将所见所闻，随时撰记。最后在即将秩满之时，编辑成八类四卷。因此，这是完全根据个人的所见所闻写成的一部关于台湾的记述性著作。朱景英在台扼守"海东"，固定书名为《海东札记》。不仅内容记述翔实，更可贵的是，能就风俗之易、流弊之革提出己见。他在《自识》中称："余贰守海东逾三岁，南北路遍焉，凡所听睹，拾纸杂然记之，日积以多，遂析为八类，钞存四卷。"该书有乾隆三十七年（1772）冬十月朔日自识，可见全书已经完成。又有刘亨地和郑际唐写于次年的序言。记载台湾早期情况的文献本来不多，依据亲历亲闻撰成的《海东札记》便显得尤为重要。如今凡涉及台湾研究的内容，无论政治、经济、文化、民族、历史、地理、交通、医药等，都能从中找到自己需要的材料。民国徐世昌《晚晴簃诗汇》毫不吝啬地称赞："幼芝幼慧，弱冠即有文誉。庚午领解，其官于闽，人传有叔子金环之事。及渡台湾，撰《海东札记》，风土人情，言之甚详。时在林爽文乱前，谓南北路兵单汛薄，未雨之忧在海港山社之间，其论尤有先见。"刘亨地所撰《序》亦称："万类洪纤，觊缕备载，体物之工，不啻偃师化人之戏。至于御民有道，立政有方，则经济之老成，尤足为后之守土法。"可见，无论内容还是文笔，《海东札记》都是可观的。

　　二、以真情实感为基础的诗文创作，展示了王朝兴盛时期一位多才多艺的中层官员丰富的人生经历和心路历程。朱景英的诗文创作，主要有《畲经堂诗文集》六卷，包含《红蕉馆诗钞》古今体诗45首，《炙輠集》古今体诗47首，《石客庐诗钞》古今体诗68首，《榕城叩钵吟》古今体诗40首，《亦舫吟草》古体诗6首，《沅西佣草》古今体诗51首，《研北集》古今体诗71首，《旧雨斋存稿》古今体诗53首，《浮湘草》古今体诗27首，《出山小草》古今体诗45首，《传餐近稿》古今体诗32首；《畲经堂诗续集》四卷，有《劳歌丛拾》古今体诗56首，《西笑集》古今体诗69首，《来鸥馆诗存》古今体诗201首，《转篷近稿》古今体诗81首；《畲经堂文集》八卷，有论16篇，考22篇，辨8篇，序47篇，寿序7篇，记10篇，疏1篇，引3篇，书后6篇，跋2篇，铭3种17则，杂著2种9首，传15篇，碑记6篇，墓志1篇，墓表1篇，祭文9篇，四六15篇，引9篇；《西园于喝集·诗馀》一卷词15首，外增补1首。另搜集《朱景英诗文集辑佚》，录赋1篇、考1篇、诗27题30多首。清汤大奎《炙砚琐谈》卷中评价他的诗作："朱幼芝《畲经堂诗集》，佳句颇伙，如'卓午松移当院影，守庚人卧一床云。意无尽处灯方借，心太平时火自温。岛夷敢踞牛皮地，阃帅曾乘鹿耳潮。'对仗精工，绝似宋人之学西昆者。"《晚晴簃诗汇》录有诗话称："诗以清隽胜，七言古曲而能达，不落以文为诗科臼。近体取法中晚唐，时有名句。"刘亨地《序》更是许之"所著《畲经堂诗集》，早为骚坛所推重"。散文创作方面，朱景英《文集序》自称"幼习《文选》，务为博奥，于史、汉、八家文法与波澜、意度之所以然，罕所津逮"。其作品门类涉及论、考、辨、序、记、疏、引、跋、铭、杂著、传、状、碑、墓志、墓表、祭文、四六、赋等，题材丰富，笔法灵活，堪称文坛里手。

三、以传统题材为基础的戏剧创作《桃花缘填词》，曾经影响海内外，是历来具有"戏窝子"之称的武陵地方保存最完整的古代文人戏剧创作。《桃花缘填词》，或称《桃花缘》《桃花缘传奇》，原附于清徐朝彝《梦恬书屋诗钞》之后。但根据种种迹象，此曲并非徐朝彝所作，而是朱景英的手笔。朱景英是乾隆（1736—1795）时期湖南武陵人，徐朝彝是嘉庆（1796—1820）、道光（1821—1850）时期江苏吴县人。他们各自的社交圈子和所涉地域不同，虽然都写诗，但兴趣爱好差异很大。附于徐朝彝《梦恬书屋诗钞》（藏南京图书馆）之后的《桃花缘填词》，正文之前有五位题词者：黄任、许良臣、吴寿平、林擎天，都是朱景英在福建时期古玩圈子的朋友。他们去世之时，徐朝彝还没有出生，因此不可能为他的作品题词。还有一位"武陵王熺，南陔"，他就是武陵人王敬禧，字孝承，号南陔，是朱景英早年的学生。徐朝彝游食湖湘期间，有可能遇到王敬禧，他有可能为徐的作品题词，但和其他几位题词者并列在一起，已经不足以说明问题。因此，徐朝彝《梦湉书屋诗钞》后面所附的《桃花缘填词》，不可能是徐朝彝所作。《桃花缘填词》的作者问题，也引起学术界的注意。南京师范大学文学院教授、博士生导师孙书磊就对《桃花缘》的作者问题有一个比较系统的关注：他在2004年7月出版的《中国古代历史剧研究》第136页说："现存本除金怀玉的《桃花记》传奇外，还有孟称舜的《桃花人面》杂剧、曹锡黼的《桃花吟》杂剧、徐朝彝的《桃花缘》杂剧等。"但到2011年，通过认真研究之后，在《南京图书馆藏孤本戏曲丛考》（中华书局，2011）中确认："《桃花缘》虽然附载于徐朝彝《梦恬书屋诗钞》之后，但并非徐朝彝所作。"朱景英《桃花缘》的影响不仅在大陆，也曾在台湾公演。杨守松《大美昆曲》（江苏文艺出版社，2014年1月）第80页便指出："台湾的昆曲活动，最早文献资料有，乾隆三十四年（1769），朱景英任台湾府鹿耳海防同知时，邀集同仁观赏其剧作《桃花缘》及李玉《清忠谱》。"

除此，朱景英还是一位具有相当造诣的书法家、古玩鉴赏家。当今所有书法大词典，都有"朱景英"条目。除大陆各种传记予以肯定之外，清谢金銮《［嘉庆］续修台湾县志》卷二（清嘉庆十二年刻配道光三十年刻本）亦载："公余之暇，图籍纷披，以博雅自喜。善八分书，苍劲入古。"清薛绍元修《［光绪］台湾通志》（清原稿本）也说："景英以文学饬吏治，书工汉隶。"他在福建任职时期，融入当地古玩圈子，成为重要人物。吴笠谷著《名砚辨》（文物出版社，2012年第206页起）专有一篇《朱景英——砚翁赠砚勉稽古》，称他"告归，除图书外，别无余蓄。其为政行所无事，而以文学饬吏治，公馀流览图籍，博雅自喜。工书法，能诗文"。同时，称朱景英"宦闽期间，与黄莘田过从甚密（或许是因为对诗翁持礼甚恭，后人竟有朱氏为莘田亡儿转世之说），每有公事至福州，常就宿于香草斋（即黄莘田家）。因之，亦与莘田子黄度、孙黄秉元及林正青、陈治滋、游绍安、李云龙、林擎天、许王臣（字思恭，许均子）交厚。又曾为谢古梅《小兰陔诗集》作序。"这些确凿的记载，自然也成为我们判断《桃花缘填词》的作者非朱景英莫属的重要依据。

湖南文理学院教授　梁颂成

2017年3月3日　于白马湖畔

凡　例

1. 本书中《海东札记》的整理底本为清乾嘉时期福建著名书法家谢曦写刻本，见《中国风土志丛刊》第56册，广陵书社2003年5月影印本。参考校勘本为台湾大通书局1959年至1972年印行《台湾文献史料丛刊》第七辑《台湾文献丛刊》第十九种《海东札记》点校本；岳麓书社版2011年2月《海东札记》点校简体横排本。

2.《畲经堂诗文集》的整理底本，为清乾隆朱氏"红蕉馆"家刻本。红蕉馆，是朱景英在武陵老家的刻书堂号。他的第一种诗集即名为《红蕉馆诗钞》，收集早年在家乡的诗作。《桃花源填词》的整理底本，为南京图书馆藏清徐朝彝《梦恬书屋诗钞》附录本，原刻每对页版心下方存有"红蕉馆"标识。

3. 底本中有字体大小的区别，整理中正文用大字表示，诗文序言、夹注文字，凡底本用小字表示的内容，整理中用小字表示。

4. 底本中模糊无法辨认的字，或缺损等原因而留下的空缺，整理时用"□"表示，一个"□"代表一个缺字位置。缺字对校他本已补正的，一律在"校记"中说明依据。

5. 被校文字处使用（）和［］符号，（）内表示讹、衍、倒的文字，［］内表示正、乙或补的文字。

6. 古体字、俗体字、不规范字，和明显的版刻混用字（如日、曰，己、已、巳，戊、戌、戍等），以及版刻或书写误笔字，一律改为规范简化字。

7. 底本中涉及少数民族名称的旧体字，按《我国少数民族简表》中的称谓改为今用字。避讳字除历来积习已久者不改以外，一律复其本字。

总　目　录

海东札记

畚经堂诗文集

西园于喁集·诗馀

朱景英诗文集辑佚

《畲经堂诗文集》资料集

桃花缘填词

海东札记

武陵朱景英著

目　　次

余贰守海东，逾三岁，南北路遍焉。凡所听睹，拾纸杂然记之，日积以多，遂析为八类，钞存四卷。随笔件系，藉备遗忘，要无当于郡邑志体，故挂漏不免，览者谅之！

乾隆壬辰岁（三十七年，1772 年）冬十月朔日，武陵朱景英幼芝自识。

男　和壁　和塽

侄孙　帕锟校字

序

刘亨地

　　六合以外，圣人有所不知；不知之，则不敢言之也。东坡官登州，五日而将去，以不见海市为恨；祷于神而得见，乃作诗歌以纪之。故凡风土人情之变，山川草木之奇，属在海隅，非中土可例，不身亲其地而历有年所，其能了然于心胸、笔之于简册乎？

　　吾友朱君研北，为台湾司马三年，秩满来京，出《海东札记》一编见示。夫台之隶我版图久矣。官斯土者，孰不真知之而能言之，顾待君援笔以记乎？盖四海内外，其丽于天与丽于地者，有同有不同；人生于其间，性情嗜好亦因之各别。每览夫方舆所载，千态万状，忽觉胸中奇奥之气勃然而生，未尝不叹宇内之风景，皆乾坤清气酝酿而成，即天地之大文也。欲得难状之景而录之成文，非才、学、识之兼全，岂能文天地之大文哉！

　　君为吾楚名元。自为诸生时，吾即钦其学之博、才之长。年来宦游四方，又足增其识，故所著《畲经堂诗集》，早为骚坛所推重。而其作是编也，统之以八门，厘之为四卷，万类洪纤，觊缕备载，体物之工，不啻偃师化人之戏。至于御民有道，立政有方，则经济之老成，尤足为后之守土法，宁第斯文之必待君而成哉？

　　君与吾少圃兄为同年友。君甫自台归，吾兄即往宰凤邑。君其寄一编与吾兄读之，亦可奉为前事之师云。

　　乾隆癸巳（三十八年，1773 年）仲冬月下浣八日，年姻愚弟刘亨地（1734—1777）撰。

序

郑际唐

台湾孤悬海裔。入版图，置郡县，自我朝康熙始，阅今百余年。六谷时熟，犵姥如家人。官兹土者，怡怡于于，涉洪涛如履平地。盖太和翔洽，非一朝夕效也。若其土俗民风，载郡邑志者，亦屡经修辑，而览者犹有弗全弗备之憾。何耶？程之以在官，縻之以常俸，迫之以岁月，不能事事考而物物辨也。

武陵朱研北司马，深思笃古，酿于平时。乃以佐守是邦，行部所经，得遍其境。至辄延览形胜，诹询名物，暇日记所见闻，厘为四卷，名之曰《海东札记》。岁癸巳，秩满来京师，手以示余。余受而卒业，因叹曰："昔人谓一茎草化万丈金身，不信然欤！"

夫台湾蕞尔地，而外障生番，内屏中国，屹然为东南重镇，岂所谓地险者非邪？观研北是编，岛夷之延亘，风涛之险夷，不待按图，了然在目前。其地田亩、军营，下及鸟兽、卉木，巨细悉具。其立言简而峭，其叙事约而尽，其体物核而精。即起郦生、柳子为之，奚以易此？至其习俗之骤难移易，利弊之所当因革，尤拳拳致意，寓以箴规，重以激劝，且有深望于来者。仁人用心，无往不厚如是！研北洽绩循茂，读是编者，其亦可想见矣，毋徒作岭外代答诸书观也可。

乾隆癸巳（三十八年，1773 年）长至后治学弟郑际唐撰。

卷　一

记方隅

以海中荒岛而置郡邑，实创所未有。其以"台湾"名者，袭乎旧，第未知昉自何时。或曰地在东隅，形似弯弓；或曰山横海峤，望之若台，民居廛市，又在沙曲水汇之处；地之得名以此。明末莆田周婴《东番记》又称"台员"，未知何据。大抵闽音"湾""员"相近，故涉笔者亦因之混耳。

愚谓岛夷僻在穷海，鳞介与伍，书契茫昧，龈腭咿嚘，安得有地形字义可以仿佛？意明嘉、万间，海寇奸民，迭来窜踞，时因墟立市，即境呼名，差为近是。否则，音之不通，义于何取，臆度者毋乃词费耶？

《文献通考》："流求国，居海岛。在泉州之东，有岛曰澎湖，水行五日而至。"隋大业中，曾令羽骑尉朱宽入其国，取布甲而归。时倭国使来朝，见之，以为夷耶久，国人所用。旁有毗舍耶国，语言不通，祖裸盱睢，殆非人类。宋淳熙间，其酋豪尝率数百辈，猝至泉州水澳、围头等村，多所杀掠。喜铁器，掠取门环及剡甲取铁。临敌用镖，镖以绳十余丈为操纵，盖爱其铁不忍弃。论者疑其情状相似，以台湾即毗舍耶国，其足信欤？

又有据《名山藏》"乾坤东港华严婆娑洋世界名为鸡笼"之说，指为今台湾，恐亦影响谭耳。至《海防考》有"隋开皇中，遣虎贲陈棱略澎湖三十六岛"，郡《志》据之，语尤可疑。考《隋书》，陈棱流求之役在大业中，而本传亦无略澎湖三十六岛之词，独不解当日谈海防者何所据而云云也！惟顾宛溪（即顾祖禹《读史方舆纪要》）谓"北港在澎湖东南，亦谓之台湾"，或不诬欤！

元末设澎湖巡司。明洪武初，徙其居民，置漳、泉间，废巡司。嘉靖中，林道乾寇海边，俞都督大猷讨之，追至澎湖。道乾遁入台湾，大猷留偏师驻澎。道乾旋遁之占城。澎之偏师亦罢，设巡检守之，寻裁。

万历间，内地人颜思齐为日本甲螺。甲螺者，彼国中头目也。引倭屯于台湾，郑芝龙附之，未几弃去。荷兰诱土番取其地，筑城以居，又筑楼相望，今安平镇城及郡中红毛楼是也。譬如涂丹，故均谓之赤嵌云。

本朝顺治初，芝龙子成功，自江南败归鹭门，荷兰甲螺何斌导成功取台湾，遂逐荷兰据之，借置承天府，名东都，设天兴、万年二县，又即一鲲身立安平镇。

成功死，子经改东都为东宁，二县为二州，又设南北路、澎湖安抚司各一。

经死，子克塽嗣。康熙壬戌岁，姚总督启圣谋取台湾。明年六月，施提督琅统舟师攻澎湖，破之，克塽降。

岁甲子，廷议设台湾府，领台湾、凤山、诸罗三县。雍正元年，增彰化县，又设淡水厅。五年，设澎湖厅。

此台湾有郡所繇来也。

由厦门出大嶝门，或由辽罗放洋，历七更水程至澎湖，又自澎湖五更水程至台湾，通水程十有二更。更六十里，计海舶泛洋，共为里七百二十。入鹿耳门，易小舟，棹内港二十里，经安平镇，又十里抵郡西郭上岸。盖台、厦东西遥对，其水程约略如此。

台湾府：东抵罗汉门六十五里，是为中路。西抵澎湖三百八十里。南抵沙马矶头四百六十里，是为南路。北抵鸡笼六百三十四里，是为北路。东西广四百四十五里，南北袤一千九十四里。

台湾县：倚郭。东至罗汉门六十五里，西至鹿耳门三十里，南至二赞行溪、凤山县界二十里，北至新港、诸罗县界二十里。广九十五里，袤四十里。凤山县东至傀儡山五十里，西至打鼓港十里，南至沙马矶头三百七十里，北至二赞行溪、台湾县界七十里。广六十里，袤四百四十里，距郡九十里。

诸罗县：东至大龟佛山二十里，西至海三十里，南至新港、台湾县界八十里，北至虎尾溪、彰化县界五十里。广五十里，袤一百三十里，距郡一百里。

彰化县：东至南、北投大山二十里，西至海二十里，南至虎尾溪、诸罗县界五十里，北至大甲溪四十里。广四十里，袤九十里，距郡二百里。

淡水厅：驻竹堑。东至南山十里，西至海七里，南至大甲溪一百十九里，北至大鸡笼城二百七十五里。广十七里，袤三百九十四里，距郡三百五十九里。

澎湖厅：东至东吉屿八十里，西至草屿八十里，南至南屿一百里，北至目屿八十里。距郡三百里，是又以水程计者。

以上全郡疆域道里，就志乘所纪，稍为更定如此。

旧志则称台地二千八百四十五里。刘观察良璧《风土记》又谓，康熙五十五年，经大臣勘定一千五百余里。而林学博谦光《台湾纪略》，直称南路五百三十里，北路五千三百三十里，何计程悬绝乃尔！要之，郡邑疆索，不过山外沿海平地，官司所辖者可纪。若其深山野族，与外罕通，外人亦不能深入其阻，溪峒广轮之数，岂邮签里鼓所可计算耶？且郡境纪程甚长，视内地几几倍之，未审从前凭何步丈。大抵就土人所指，意为近远耳。

台湾，绵亘千余里，号称沃野。顾平沙漠漠，弥望无际。每风起，堀堁飞扬，如度龙堆雁塞①，几忘此境在东南海外也。高者为园，低者为田，洼者为潭，潴者为埤，附山者为庄为社，通海者为溪为港。问途者彳亍于歧路，寻津者徘徊于绝潢。字以俗撰而愈讹，语经重译而莫辨，斯故非仅鳌屋、盱眙阻于南北人之见已也。

记岩壑

志称：台山，自福州五虎门蜿蜒东至大洋中，二山曰关潼、白畎，是台湾诸山之龙起处也。隐伏波涛，穿海渡洋，至台之鸡笼山，始结一脑，磅礴缭绕千余里，或山谷，或平地，诸山屹峙，不可纪极。又称：台地祖山，自福州渡海从北而来，而郡治又近南，故以木冈山为少祖。是皆狃于形家者言，牵附支离，可为典要乎？

至称大海环绕郡境，为闽省外障，其山皆向内地。北路之后垄与兴化南日对，竹堑与福清海坛对，南嵌与闽安镇关潼对，上淡水与北茭对，鸡笼城与沙埕烽火门对。形势之论，差为近似。

---

① 雁塞：底本广陵书社风土志丛刊版影印本第二十页作"雁塞"，岳麓书社版第七页倒四行空缺"雁"字。

东望半壁，遝冈复岭，蔽亏曦魄，竟莫能测其起讫。稽其名义，以地域野番，故统谓之内山云。终日云气迷离①，不见峰岫，则天色晴霁，若山骨尽露，青翠如瀚，则滂沱立致②矣。

罗汉门在郡治东。自猴洞口入山，层峦叠嶂，环峙虎头山。过大湾崎、芦竹坑、咬狗坑，又东南经土楼山，壁如削成。稍前为叠浪崎。出茅草埔，度雁门关。距关里许，有深堑，可数百尺，攀崖度险，令人心悸。又自番子寮越乌山，高峰斗绝，险不可阶矣。缘路径纡而仄，入幽出坎，不一而足。恶草蒙茸，闷人头目，树惟桃榔披拂而已。

入罗汉内门，平畴沃衍，稑穄被畦，亩无阔塍，麓无闲壤。凡历三重埔皆然。又东南由观音亭、更寮、头仑、番子、路头越大崎岭，则为外门。其东为南子仙山、东方木山。隔溪为旗尾山，淡水出焉。南为银锭山，北为分水山。又自社尾庄、兰坡岭可赴南路，由木冈社、卓猴山可赴北路。曩以地逼野番，且易丛奸匪，故边界有禁，而辇运以时。近则垦辟渐广，往来如织矣。

未至凤山十数里，遥望崇墉错堞。稍前询知，半屏山也。山奇秀，为海外仅见。列障出于天凿，名山者惟此为雅切耳。县南三十里有凤山，县之得名以此。又有凤弹、凤鼻诸山，状形殊可鄙笑。

打鼓山，附近县治，委属海隅。山石嵌空，颇为好事者辇致亭榭间，然肤理色泽，罕有细润者，要不足供玩赏也。

冈山，在凤山县治之北。状如覆舟，无洞壑幽阻之处，不解丑类何以屡集此生心。近时城守左军守备率兵驻此，久而勿弛，庶孤兔无从窜突欤！朱学博仕玠《小流求志》云：山巅牡蛎螺蚌遗壳甚伙。山去生熟番既远，且上无居人，是不可解。彰化胡雄白明府云：彰化诸高山在治内者亦然。岂台地诸山昔皆在海中耶？沈文开《杂记》云：台湾当混沌时，总属茫茫大海，中峙高山，因水归东南，渐现沙土，所以地薄而常动，理或然也。

---

① 迷离：台湾大通书局印行本、岳麓书社版第八页第十一行作"幂罹"。

② 滂沱：台湾大通书局印行本第五页第九行作"雾沱"，即"滂沱"。

小流求山，凤山西南海中屿也。周三十余里，内饶竹木，山下多礁石，巨舟不敢泊，樵采者棹小舟往焉。闻昔有垦土居者，今亦徙入，以为禁地。朱学博据《闽部疏》云：由兴化东门而出，更从黄石东行六十里而遥，为平海卫，正当大洋东南二面，了无障蔽。登城东望，日下黯黯一点为乌丘，倭夷所经行处也。天清时，小流求亦隐隐见，云即指此山也。恐未必然。

玉山，在诸罗万山之中。望之如太白积雪，非有玉可采也。

火山，有数处。《凤山志》：港西里赤山之顶，不时山裂，涌泥如火，焰随之，有火无烟，取薪刍置其上则烟起。《台湾风土志》：南子仙山后有火出石畔，扑之亦灭，吹之辄起。又郡旧《志》：猫罗、猫雾二山之东，山上昼常有烟，夜常有光，在野番界内，人迹罕到。又玉案山后，山之麓有小山。其下水石相错，石罅泉涌，火出水中，有焰无烟。焰发高三四尺，昼夜不绝，置草木其上，则烟生焰然，皆化为烬，故亦名火泉。

蓬山而北，有白沙墩，横界中迤，巨溟漱其趾。陟巅瞰临，眇空阔远，浪击撞青泻无际，真大观也！

八里坌，亦山名。由竹堑过眩眩社、南大溪、北大溪至南嵌，凡九十五里，不见人烟。路行海岸间，雪浪一拍，直沾衣袂，至此则为淡水港。港南有观音岩，极高峻，相传凌绝顶可瞰澎湖。港东有奇独圭仑山，山后有磺山，水潺潺巉石间，与石皆蓝色如淀。下为沸泉，其热如炙。厥土黄黑，质沉重有光芒，以指捻之，飒然有声，碎如粉，日曝极干，炼以油，可得硫黄。

余以公事至八里坌，栖止港南，见隔港山顶，毒雾弥漫，气息触不可耐。从前设巡检都司防此，以地气恶，近皆移去。

沙马矶山，南路尽境也；鸡笼山，北路尽境也：皆在海中。相传吕宋往来船以沙马矶为指南，日本往来船以鸡笼为指南。沙马矶酷热，鸡笼奇冷，南北之殊如此。

郡境，若南之傀儡、卑南觅、大龟纹、琅峤诸山，北之攸武乃、查内、蛤子难诸山，皆野番出没之区，本无正名，译番语仿佛得之，不堪掌录。

郡境通海之处，各有港澳，定例只许厦门、鹿耳门商船往来。此外台湾县有大港，凤山县有茄藤港、打鼓港、东港，诸罗县有蚊港、笨港、猴树港，彰化县有海丰港、三林港、鹿子港、水里港，淡水厅有蓬山港、中港、后垄港、竹堑港、南嵌港、八里坌港。凡十有七港，均为郡境。小船出入贩运，其中各设官守之。

笨港列肆颇盛，土人有南港、北港之称，大船间有至者。鹿子港则烟火数千家，帆樯麇集，牙侩居奇，竟成通津矣。中港而上，皆可泊巨舟，八里坌港尤伙。大率笨港、海丰、三林三港为油糖所出。鹿子港以北，则贩米粟者私越其间，屡经查禁，近亦稍稍敛迹矣。

南北溪流错杂，皆源发内山，势如建瓴。大雨后，尤迅急不可厉揭，行旅苦之。郡城北十里许有洲子尾，地极洼坳，通途为之中断。蒋观察允焄，前守郡时筑堤数里，支板桥十余以酾水，人称便焉。嗣来分巡是郡，复增筑之。

凤山县东南三十里为淡水溪，源出山猪毛社后山。水初出为巴六溪，合力力溪、大泽溪、冷水坑，会流数十里入海。每夏秋水涨，诸溪骤汇海，不能泄，灏涾不可涯计。水落后，洲渚纵横，有褰裳涉者，有用竹筏济者。

虎尾溪，在诸罗、彰化之交。源出水沙，连内山，合诸溪之水，至台子洼入海。水浊而迅，泥沙淤漩，车徒涉此，疾行稍缓，则有没腹埋轮者，有插竹以导行旅，循之可无他虞。

彰化县北十里有大肚溪。《志》称溪阔水险，发南投山，过北投、猫罗、柴坑诸社，北合水沙，连九十九峰之流为草港入海。然水落时，沙际尚可踸接也。

大甲溪，阔可十里，溪涯山皆圆石络土。溪底，山骨礧硌，苔毛骴蔓①，滑不容趾。迅湍冲激，声沓如霆。渡此者先佣社番数十，牵臂耸顶，乱流

---

① 骴蔓：底本广陵书社风土志丛刊本第三十二页作"骶蔓"。岳麓书社版第十一页第十四行、台湾大通书局印行本第九页第八行皆作"骴蔓"，误。

逆涉，良久始达北岸，心胆犹惕惕然。溪在彰化县北四十里，与淡水厅分界。又北二十里许有大安溪，险如大甲，然较狭矣。

自竹堑至南嵌，谚云九十九溪，内多一溪十数弯折者。潮过小凤山，至南嵌社，南受查内山水，东受关渡门水，西入海。

关渡门，从淡水港东入潮流，分为二支，西南至摆接社止，东北至峰紫屿止。番民往来，俱用蟒甲。蟒甲者，刳独木为舟也。大者可容十三四人，小者三四人，划双桨以济，蛮奴习焉。鸡笼内海所制最大。于独木之外，另用藤束板，辅于木之两旁，可容二十五六人。

郡东北十里有鲫鱼潭，广可十数里，平流清浅，碎萍圆藻，演漾水面。岸际渔村、蟹舍，错落其间。施罟者浮查容与，鲜鳞跃跃切集，洵海外胜境也。所少者嘉树垂阴，且无亭榭可憩耳。

莲花潭，在凤山学前。广约八九里，烟浪皱褶有致。长堤修亘，水木湛然。往时属博士遍植荷花，露净香清，泮宫佳境。后为俗令判归民业，渔人践藉，荷气久不闻矣。

水涟潭，在半线。方广二丈余，状如井，诸峰环焉。天将风雨则水涨，发声如潮。又诸罗野番界内，入大武郡，山行十数日，至加荖网社，有石湖，宽里许。天将雨，辄水涨丈余，或以为湖底有穴通海云。

水沙连四周大山，山外溪流包络。自山口入为潭，广可七八里，屈曲如环，围二十余里，水深多鱼。中突一屿，野番绕屿以居，空其顶。岸草蔓延。沿岸架竹木浮水上，借草承土以种稻，谓之浮田。隔岸欲诣社者，爇火示之，番棹蟒甲以渡。屿圆净开爽，青嶂白波，云水飞动，海外别一洞天。旧《志》云尔，询之津逮者，良然。

侯官门人谢曦录。

卷 二

记洋澳

厦门达台湾七百余里中，巨浸界之，或曰"岐海"，一日"横洋"。自大嶝乘西北风，针盘定巽向，放舟出洋后，混茫一气，四望青苍，天角下垂，银涛怒卷。若乃天无片云，微风不动，中流停楫，栖泊末由。既而飙举浪掀，高帆峭起，瞥尔千里，簸荡无垠，局促海舶中者，鲜不眩摇心目、震慑魂神者矣。

船将届澎湖，经黑水沟，乃海水横流处，深无底，水多青、红、碧、绿色。势若稍洼，故谓之沟，广约百里。舟利乘风疾行，迟则怒浪夹击，且水深不能下碇也。传有怪蛇，长数丈，遍体花纹，尾梢向上，毒气熏蒸，腥秽袭人。此为渡海极险处。或顺风鼓柁，不泊澎湖，谓之透洋。然必视澎湖以定向。若舟不收澎，或飘越台之南北而东，则渺不知其所之。或未及泊澎，为东风所逆，不得不仍回厦门。倘已收澎湖，值风大浪涌，惟日泊澳以待而已。

澎湖，在汪洋大海中，错落五十屿，巨细相间，坡垄相望，回环五十五澳。凡可泊船之处曰澳，澳即在屿中也。旧称三十六岛，指著名者言之耳。

由西屿头、外堑、内堑泊天后澳，乘小舟登岸，达天后宫前。廛里环列，为澎湖正面。联络风柜尾、猪母落水、鸟嵌子、林投子、峙里诸屿，形势曲盘，甲于他澳，通判、副将驻焉。

此外曰西屿、大苍屿、小苍屿、姑婆屿、小门头屿、白沙屿、圆目屿、大烈屿、小烈屿、险礁屿、吉贝屿、目屿、空壳屿、土地公屿、金山屿、鸟屿、丁字门屿、大猫屿、小猫屿、北白沙屿、中墩屿、南白沙屿、四角屿、碇齿屿、锄头屿、大山屿、北崎屿、奎壁屿、篮笨屿、阳屿、香炉屿、鸡笼屿、虎井屿、船篷屿、金鸡屿、狗沙屿、桶盘屿、头巾屿、花屿、草屿、墨屿、铁砧屿、马鞍屿①、布袋屿、八罩屿、东吉屿、西吉

---

① 马鞍屿：底本广陵书社风土志丛刊本第三十九页作"马鞍屿"。岳麓书社版第14页第四行、台湾大通书局印行本第十二页第七行皆误为"马靴屿"。

屿、味银屿、钟子屿、半坪屿、大屿。

其西屿之小果叶、大果叶、竹篙湾、牛心湾及小赤嵌、八罩山、船篷、将军诸澳，皆有居民，有防汛，余悉无人居。天后宫澳，泊船最平稳。外堑、内堑、将军、八罩各澳，南北风皆可泊。西按子澳，北风可泊。山里、良文港各澳，南风可泊。双头挂、镇海港各澳，值飓风亦可入避。

此外，东卫澳、西卫澳、暗澳、鼎圆子澳、红罗澳、湖东澳、湖西澳、奎壁澳、小果叶澳、林投子澳、烟墩澳、锁管澳、铜瓦澳、通梁澳、大赤嵌澳、小赤嵌澳、竹笼湾澳、辑马澳、大屿澳、花屿澳，只通小舟出入，供居民采捕而已。

鹿耳门，全郡之门户也。四周皆海，海底铁板沙线，排列如铸。南曰北线尾，北曰加老湾，又西南曰隙子港。两岸沙脚环抱，中通一径，状如鹿耳，故名鹿耳门。商舶率衔尾出入，不敢并棹。潮长，水深丈四五尺；潮退，不及一丈，舟人必悬柁始能出入。港路纡回，舟触沙线立碎。于盘旋处，插竹剪布，南白北黑，名曰"荡缨"，一曰"招子"，使出入者知所趋避。或令人驾小舟导引，亦曰"招船"。

沙岸设炮台，分兵防守。海防厅亦置一馆稽查，凡由内地东渡及自此西旋者，舍此末由取道。目为天险，谅哉！

自南来七峰，蜿蜒海中，累如珠贯差排，无近远殊，杂卉被皋，望之苍郁，所称七鲲身是也。安平镇，占一鲲身之壤，设副将治水师。旁有大港通小舟往来南路者，盖安平镇与鹿耳门相表里，卫郡之要区也。往时荷兰人筑城其上，周二百七十七丈，崇三丈有奇，趾入地丈余，厚倍之，垣堄巨甓，色如染绀，雉堞皆镭以铁，今协营军装火药贮其中①。城外平广约八九里，水军与土人杂处，环岸列战舰焉。

---

① 今协营军装火药贮其中：岳麓书社版第十五页第三行作"今协营军装、火药贮其中"。中间顿号应去掉。"协营军"是主词，后面的意思是"将火药装在其中贮存"，而不是把"军装"和"火药"混合贮存在一起。

出鹿耳门迤南，有石塔屿、石佛屿、凉伞屿、小流求山，至沙马矶头止焉。迤北，有海翁线、马沙沟、青鲲身、青峰阙、南鲲身、北门屿、荷包屿，直至大小鸡笼山。外有跳石、旗杆、石狮、球屿、桶盘屿、烛台屿、香烛屿、罗汉石、鸡心屿。此上远莫能稽矣。诸屿皆附近海岸，尚无险仄，故郡境北港口外号"镜面洋"。

俗呼厦门至澎湖为"大洋"，澎湖至鹿耳门为"小洋"。由大嶝出洋，海水深碧，或翠色如淀。红水沟稍赤，黑水沟如墨。更进为浅蓝色，近鹿耳门则渐白矣。又泛海不见飞鸟，则渐至大洋，近岛屿则先见白鸟飞翔。

《裨海纪游》云："海吼俗呼海叫，如击花羫鼓，点点作撒豆声，乍远乍近，若断若连。临流听之，有成连鼓琴之致。大吼如万马奔腾，钲鼓响震，三峡崩流，万鼎共沸。惟钱塘八月怒潮，差可仿佛，触耳骇愕。余常濡足海岸，俯瞰溟渤，而静绿渊渟，曾无波澜，不知声之何从出，然远海云气已渐兴，而风雨不旋踵至矣。海上人习闻不怪，曰是雨征也。若冬月吼，常不雨，多主风。"此则形容颇肖。余署近海堉，每夏秋间昼夜震耳，而更阑籁寂时，枕畔喧豗，尤难成寐。值雨夜，则如洞庭合沓，令人五色无主矣！

旧传由厦渡台，行舟者皆以北极星为准。黑夜无星可凭，则以指南车按定子午格巽向而行。倘或子午稍错，南犯吕宋，或暹罗，或交趾，北则飘荡，莫知所之。此则入台者平险远近之海道也。

至若台湾郡治之海道，自鹿耳门北至鸡笼十九更，自鹿耳门南至沙马矶头十一更。苟遇飓风①，北则坠于南风凫，一去不可复返；南则入于万水朝东，皆极险。此又居台者之不可不知也。

或言黑水沟，险冠诸海。顺流而东，则为弱水。昔有闽船飘至弱水之东，阅十二年始还中土。或又言，鸡笼山下实为弱水，名为万水朝东，势倾泻卷入地底，流而不返。然均不可考。

又《蓉洲杂记》言："台湾东北有暗洋，春夏为昼，秋冬为夜，盖一

---

① 飓风：底本广陵书社风土志丛刊本第四十五页作"飚风"。岳麓书社版第十六页第二页误作"飓风"。

年一昼夜。"其说甚诞，不足信。

《芝湄纪略》云："罗经针定子午放洋，各有方向。春夏由镇海圻放洋，正南风坐乾亥向巽巳，西南风坐乾向巽。冬由辽罗放洋，正北风坐戌向辰，至夜半坐乾戌向巽辰，东北风坐辛戌向乙辰。或由围头放洋，正北风坐乾向巽，至夜半坐乾亥向巽巳，东北风坐乾戌向巽辰。至天明，俱可望见澎湖西屿头。由澎湖至台湾，俱向巽方而行，薄暮可望见。"其说甚悉，要为长年三老所习者。

海舶长约十丈余，阔约二丈，深约二丈。舶首左右刻二大鱼眼，以像鱼形。舶腰立大桅，高约十丈，围以丈计。购自外洋来者，曰"打马木"，亦曰"番木"。

又舶首立头桅，丈尺杀焉。帆，编竹为之，长约八丈，阔四五丈。尾柁长约二丈余，巨半之，以盐木制者为坚。柁前相距二丈余，设板屋，广约丈余，深如之，左右置四小龛为卧室，曰"麻离"。板屋后附小龛，高约三尺，横阔约五尺，置针盘其中，燃灯以烛。板屋前左置水柜，深广约八尺，以贮淡水。又前则为庖室。

碇，以铁力木为之。头碇重七八百斤，以次递杀。巨舶四碇，次三，次二。铅筒以钝铅为之，形如秤锤，高约三四寸，底平，中刳孔宽约四分，深如之，系以棕绳，约长六七十丈。舟人用以试水，绳尽犹不至底，则不敢下碇。铅筒之末，涂以牛油，下绳沾起泥沙，辄能辨至某处。又载一杉板船，以便登岸。出入悉由舶侧，名水仙门。

舶内出海，一即船主，柁工一。亚班一，用以缘桅攀帆，捷如猿猱，升顶了无怖畏，足资占望经理者。大缭一，头碇一，司杉板船一。香公一，司祀神者。总铺一，司火食者。水手二十余人。

凡海舶，以十二辰命名：舶首边板曰"鼠桥"，后两旁栏曰"牛栏"，柁绳曰"虎尾"，系碇绳木曰"兔耳"，舶底大木曰"龙骨"，两旁另钉杉木曰"水蛇"，帆系绳板曰"马脸"，舶首横覆板插两角曰"鸡冠"，抱碇绳木曰"狗牙"，挂桅脚杉木桅曰"桅猪"。

记政纪

蔡文勤公曰："台湾鲜土著之民，耕凿流落，多闽粤无赖子弟。土广而民杂，至难治也。为司牧者，不知所以教之，甚或不爱之而因以为利。夫杂而不教，则日至于侈靡荡逸而不自禁；不爱而利之，则下与上无相维系之情。为将校者，所属之兵平居不能训练，而又骄之。夫不能训练，则万一有事，不能以备御；骄之，则恣睢侵轶于百姓。夫聚数十万无父母妻子之人，使之侈靡荡逸，无相维系之情，又视彼不能备御，而有恣睢侵轶之举，欲其帖然无事也难矣！"此论语语切中海外之弊，有事斯土者其三复之！

简满汉御史或给事中巡视台湾，自康熙六十年始。往时岁有更替，嗣停遣，近则三年一莅，半岁辄回。至则厘核案牍，查盘仓库，阅视军伍，周巡南北疆圉，据实入告，所以重海外也。其犹循古者遣重臣行部之遗欤？

雍正五年以前，台厦兵备道领之。六年，改分巡台湾道。近兼提督学政，又加兵备衔。凡厅县刑名，由府审转者，道复核审移司。钱谷册案，亦多经道稽核。举岁科试，甄录文武生童，其恩拔岁贡，亦由道考取汇卷册送本省学政。岁会台湾镇两阅水陆军务，又设厂督修台澎战船八十一号，责綦重矣。

台湾府视内地职事无别。惟全台兵饷贮府库，由府支放，与藩司等。又经理盐政。其盐场分设四处：洲南、洲北、濑北，三场属台湾县；濑南一场，属凤山县。四场盐埕，共二千七百四十四格，晒丁计三百三十五名。每埕所出之盐，尽数盘收。每月照数给价，晒丁收领。计四场收入仓盐约九万、十万、十一万石不等。

府治内设盐馆一所，听各厅县贩户、庄户赴馆缴课领单，执赴场支盐，各处运卖。所卖盐银，除每月支发盐本，及各场馆办事人役工食外，余悉存贮府库，按月册报。

台湾，海疆也，海防同知一官，实关紧要。盖鹿耳门为全郡门户，而南北各港口亦其统辖者。凡商船自厦来台者，有糖船、横洋船之分，由泉防厅给发印单，开载柁工水手姓名、年貌、并所载货物，于厦之大嶝门会同武泛，照验人货相符，放船出口。其自台回厦，亦由台防厅查明柁水姓名、年貌、及货物数目，换给印单，于台之鹿耳门会同武汛点验出口。倘出入有私冒夹带者究之。其所给印单，台、厦两厅彼此汇移查销。如有一船未到，及久不销者，即移查焉。

又司四县额运内地府厅县仓兵眷米粟，岁计九万四千四百八十八石有奇，逢闰加运粟四千九百六十九石有奇。台湾县附郭，粟贮郡城。其凤山县粟石，自茄藤港运至府澳。诸罗县粟石，自笨港运至府澳。彰化县粟石，自鹿子港运至府澳。凡有内地商船自厦门来进鹿耳门者，责成台防厅分为六等。糖船则以梁头在一丈六尺以上者为大，一丈四尺以上者为中，一丈二尺以上者为小。横洋船则以梁头在一丈四尺者为大，一丈二尺者为中，一丈者为小。大糖船初配粟三百二十石，后减配二百六十石。中糖船初配粟二百六十石，后减配二百二十石。小糖船初配粟二百四十石，后减配二百石。大横洋船初配粟二百石，后减配一百六十石。中横洋船初配粟一百六十石，后减配一百二十石。小横洋船初配粟一百二十石，后减配九十石。至其交卸处所，远近不同，则令各船拈阄，由县给以水脚银，载赴厦门，转输内地各府厅县仓交纳。其初来之船，领单足数后，已运者免运一次，谓之一差一免。事例均经咨部行之。

郡境有澎子、杉板头、一封书、舡子各小船，领给台湾、凤山、诸罗三县船照，设有船总管理，均有行保，赴南北各港贩运。船总行保具结状填往某港，同县照送台防厅登号，给与印单，以水程之远近，定限期之迟速，到港时汛官验戳入口，仍填所载货数，盖戳出口。回至鹿耳门，将印单缴验进澳。各港汛官，每五日折报备查。有逾限者，严惩船总行保，仍行各汛挨查，以防透越。近年又兼南路理番，则以台湾县三社、凤山县八社归其管理，已另铸关防颁用矣。

乾隆三十三年，专设北路理番同知，驻彰化县城，管理淡水厅及诸罗、彰化二县番社。一切民番交涉事件，毋许奸棍、豪强购典番土，牵手番妇，占居番社，及官吏派累、采买、需索、供应诸弊。仍责令不时清查番界，防御生番。其南路理番，则以海防同知兼之。

台湾、凤山、诸罗三县，设自有郡之初。雍正元年，割诸罗虎尾溪以北，设彰化县。又增设淡水同知，稽查北路，兼督捕务。九年，割彰化大甲溪以北归其管理，驻竹堑，职事与县等。凡厅县刑名、钱谷、簿书、期会，与中土无异，惟田赋则殊。盖中土止有田，而台湾兼有园；中土俱纳米，而台湾止纳粟；中土有改折，而台湾止纳本色；中土之田，以六尺为一弓，二百四十弓为一亩，台湾之田，以长竹一丈二尺五寸为一戈，东西南北各二十五戈为一甲，计一甲约中土十一亩三分一厘有奇；中土上则一亩田各县输法不一，约征折色自五六分至一钱一二分而止，是台湾一甲之田，在中土不过征至一两三钱零；今一甲田，上则征粟八石八斗，中则七石四斗，下则五石五斗；一甲园，上则征粟五石，中则四石，下则二石四斗；其轻重悬殊如此。

盖自红夷至台，就中土遗民，令之耕田输租，名曰王田。非民自世其业，按亩输税也。及伪郑时，王田改为官田，耕田者为官佃，输租仍其旧。其支党及文武伪官，与士庶之有力者，招佃耕垦，自收其租，而纳课于官，名曰私田。其营兵就所驻之地，自耕自给，名曰营田。迨归命后，官私田园，悉为民业，酌减旧额，按则匀征，以有此数也。

雍正九年，户部议准刘总督世明具题，台属报垦田园，自雍正七年报垦，及自首升科以后续垦者，照同安则例征粮，俱以雍正七年为始，化甲为亩，分别上中下。如上田民米，例每亩征银八分五厘三毫四丝，米六合九抄五撮；中田盐米，例每亩征银六分五厘八毫八丝四忽，米三合八抄七撮；下田官米，例每亩征银五分七厘五毫五丝，不征秋米。上园照中田例，中园照下田例，下园照盐米不征盐折，例每亩征银五分六厘一毫八丝。至改则田园仍依台例统照三钱六分折粟一石核算征输，著为例。

查淡水厅新旧额征粟一万一千七百八十一石零，台湾新旧额征粟五万一千七十九石零，凤山县新旧额征粟四万六千三百五十二石零，诸罗县新旧额征粟四万八千三百七十八石零，彰化县新旧额粟三万二千三百五十石零。全台各厅县每年新旧额，通征粟一十八万九千九百四十三石零。每年应支销全境兵粟及拨运内地兵眷粟，通十七万一千九百一十石零，逢闰加支粟一万一千三百八十二石零。计常年现征之粟，较常年支销之数，实余粟一万八千三十三石零，闰年余粟六千六百五十一石零。

论者谓，一郡之中，新旧异额，轻重悬殊，输纳[1]既未免偏枯，且核现征额粟，除支销之外，实有赢余。议于余粟一万八千三十三石零数内，每年止征粟六千石，为三年一闰、五年再闰加支之粟，其余一万二千石零，请于雍正七年以前旧征额内摊匀核减，以纾民力。然卒不果行。

---

① 输纳：底本广陵书社风土志丛刊本第五十页作"输纳"。岳麓书社版第二十一页第二页、台湾大通书局印行本第二十一页皆落一"纳"字。

又各厅县杂税，多沿旧名。故征饷水陆异科，与中土迥别，然存留经费之项资焉，未可议减也。

各港汛员，如大港则经历司之，南路茄藤港则凤山县上淡水巡检司之，打鼓港则凤山县典史司之，北路蚊港则诸罗县佳里兴巡检司之，笨港、猴树港则诸罗县笨港县丞司之，三林港、海丰港则彰化县南投县丞司之，鹿子港则彰化县鹿子港巡检司之，水里港则彰化县猫雾拺巡检司之，篷山港、后垄港、中港、竹堑港、南嵌港则淡水同知司之，八里坌港则淡水厅新庄巡检司之。

府县设教授、教谕、训导各一。台湾府学，岁进文武童生各二十名，科进文童生二十名。又岁科额进四县粤籍文童生各八名附府学。县学，岁进文武童生各十二名。科进文童生十二名。台湾、凤山、诸罗三县学同。惟彰化县学，岁进文武童生各八名，科进文童生八名。廪增生，府学各二十名，四县学各十名。岁贡则分府县学，一年一贡、二年一贡为差。届乡试，渡海赴省闱，另编台字号取中二名。郡中有海东书院，道主之；崇文书院，府主之。近移设南郊，曰南湖书院。

澎湖，为台湾郛郭。承平既久，生聚日繁，俗亦少驯矣。雍正五年，设通判治之①，稽澳隩，诘奸船，平讼争，支军糈。有命盗案，仍归台湾县审拟。设文石书院，生童肄业其中，岁科试于厅，渡海应道试，附台湾县，屡有游庠者。近淡水厅亦依此例，附彰化县进学。

台湾镇总兵官，驻郡城，挂印埒提督，水陆兼辖，重镇也。领中、左、右营游击各一，守备各一，千总六，把总十二，额兵二千七百七十名。复领城守营参将一，左、右军守备各一。左军驻凤山县冈山汛，右军驻诸罗县下加冬汛。千总二，把总四，额兵一千名。南路参将驻凤山县城，领守备一，驻埤头，千总二，把总四，额兵一千名。复领下淡水都司一，驻山猪毛。千总一，把总二，额兵五百名。

---

① 设通判治之：底本广陵书社风土志丛刊本第五十页作"设通判治之"。岳麓书社版第二十一页倒数第四行、台湾大通书局印行本第二十二页皆误"治"为"冶"。

北路副将，驻彰化县城，领中军都司一，左、右营守备各一。左营驻诸罗县城，右营驻竹堑城。千总六，把总十二，额兵二千四百名。复领下淡水都司一，驻猛甲。千总一，把总二，额兵五百名，设波字号战船二只。

台湾协水师副将，驻安平镇，领中、左、右营游击各一，守备各一，千总六，把总十二，额兵二千五百名。中营设平字号、波字号战船十五只，左营设定字号、波字号战船十六只，右营设澄字号战船十五只。

澎湖协水师副将，驻澎湖，领左、右营游击各一，守备各一，千总四，把总八，额兵二千名。左营设绥字号战船十八只，右营设宁字号战船十五只。

统计台、澎水陆兵一万二千六百七十名，水师战船八十一只。其间分布塘汛，联络巡徼，炮台、烽墩，列戍相望。官有秩限，兵以更番，练习勿弛，防卫加谨。盖海外营务，至今日倍周密矣。

论者以诸罗县境地广阔，溪岭深险，居户流民，错处其中，仅一守备驻城，存兵无几，所辖要害之地，防守亦置兵寥寥，殊不足以资捍御。议将镇标左营游击移驻诸罗县城，守备移驻下加冬。又以县境斗六门地方，北接虎尾溪，东通内山，实为要隘，应将旧驻县城之北协左营守备移驻，其旧驻下加冬之城守右军守备撤回郡城。又以县境礁吧哖地方，山深林密，径路错杂，易于藏匿，应将上淡水都司移驻，与斗六门守备均归北协管辖。其淡水各处，俱关紧要，须置大员弹压。都司既移驻礁吧哖，应将安平协左营游击移驻猛甲。又以彰化县境鹿子港澳口广阔，人居稠密，旧设把总一员，防范难周，应将安平协左营守备移驻。

盖亦相时筹地之议也。虽不能遽行，存此以备采择。

陈少林曰："台湾环海依山，欲内安必先守山，欲外宁必先守水。守山之法劳而易，守水之法逸而难。盖陆地之防，惟在严斥堠，慎盘诘，实心卫民，勿以扰民，得其人以任之而已。水地之防，必资于船，多设船则有篷桅缆碇修葺之工费，岁需不赀，是在主计者之持策也。盖台湾善后之计，莫急于增兵，增兵自不得不增饷。若仅驻镇于郡，驻协于安平，南北路兵单汛薄，恐未雨之忧，不在鹿耳门，而在海港山社之门矣。"少林，名梦林，漳浦诸生。蔡文勤公称其曾修《诸罗县志》，凡所忧虞规度，先事而中，录此以见一斑。

侯官门人谢曦录。

卷　三

记气习

　　具四方之风谓之"飓"，字从"具"，今群然作"飓"，讹从贝，呼亦"贝"音，且转为"暴"音矣。字书无"飚①"字，亦土人臆撰者，呼为"台"音。风大而烈，尤甚者为"飚②"。"飓"③ 倏发倏止，"飚④" 常连日夜。正、二、三、四月发者为"飓"，五、六、七、八发者为"飚⑤"。九月则北风初烈，或至连月为九降。

　　渡海以四、八、十月为稳，以四月少"台⑥"，八月秋中，十月小春，天气多晴暖故也。六月多"台⑦"，九月九降，其最忌者。"飓"⑧ 将至，则天边断虹先见一片如帆者，曰"破帆"。稍及半天，如鲎尾者，曰"屈鲎"，此其验也。"台⑨" 无定期，必与大雨同至，至必拔木坏垣，飘瓦裂石，久而愈劲。舟虽停泊，常至粉碎，海上人甚畏之，惟得雷声即止。谚云："六月一雷止三台⑩，七月一雷止九台。"

　　占台者，每视风信反常为戒。如夏月应南而反北，秋冬春应北而反南，旋必成台⑪。若七月北风亦主台⑫。及其既作，必四面传遍，如北风必转东，而南而西，南风亦然。或一二日，或七八日，不传遍不止也。

─────────────

　　① 台：底本广陵书社风土志丛刊本第七十页至七十一页皆作"台"（飚）。岳麓书社版第二十四页十二处皆误为"飚"。

　　② 同上。

　　③ "飓"：岳麓书社版第二十四页三处皆误为"飓"。

　　④ 台：底本广陵书社风土志丛刊本第七十页至七十一页皆作"台"（飚）。岳麓书社版第二十四页十二处皆误为"飚"。

　　⑤ 同上。

　　⑥ 同上。

　　⑦ 同上。

　　⑧ "飓"：岳麓书社版第二十四页三处皆误为"飓"。

　　⑨ 台：底本广陵书社风土志丛刊本第七十页至七十一页皆作"台"（飚）。岳麓书社版第二十四页十二处皆误为"飚"。

　　⑩ 同上。

　　⑪ 同上。

　　⑫ 同上。

"飓"① 骤而祸轻，"台②"缓而祸久且烈。昔人谓天地之气交逆，地气鼓而海沸，天风烈而雨飘，故沉舟倾樯。又谓春风畏始，冬风虑终，非习海上气候者乌能知之？

暴信或先期即至，或逾期始作，总不出七日之内，其期舟人悉习之。相传正月九日玉皇暴，有风则终岁各暴皆验，否则至期或有风，或无风，靡所准也。又十二月廿四日送神暴，自是日至二十九日，凡有南风，则应来年有飓③。如二十四日应四月，二十五日应五月，二十九日应九月，俱不爽。

厦门之风，早西晚东，惟台湾之风，早东晚西。每午后，海上如烟雾蒙蒙，名曰"发海西"，四时皆然。说者谓船出鹿耳门，必得东风方可扬帆；澎湖来船，必俟西风裁可进港。设早西晚东，则去船过日中始能放洋，来船昏暮不能进口。岂非风信之奇？于此想越中樵风之说，不尽诬也。

自九月至明年四月不雨，殆累岁皆然。五月以后，大雨时行，甚有连绵匝月不歇者。砌苔础菌，绿意延缘，墙壁几榻，津润欲滴，插架连箱，靡不霉沰，殊闷闷也。

于日落时，见西方云色黯然一片如墨、全无罅窦不见云脚者，主来日雨。郁沧浪云："云脚者，如画家绘水口石，其下横染一笔为水石之界者是也。无脚之云，如画远山，但见山头，不见所止。"可谓善状丰隆者！黄玉圃侍御云："诸山烟霭苍茫，若山光透露，便为风雨之征。"又饥鸢高唳，海雀惊飞，逾日必风；春晚观西，冬晚观东，有黑云起，主雨。谚云："冬山头，春海口。"

常年气候皆燠，雨后辄微凉薄肌，所谓"四时皆夏，一雨成秋"也。

---

① "飓"：岳麓书社版第二十四页三处皆误为"飔"。

② 台：底本广陵书社风土志丛刊本第七十页至七十一页皆作"台"（颱）。岳麓书社版第二十四页十二处皆误为"飔"。

③ "飓"：底本广陵书社风土志丛刊本第七十一页皆作"飓"。岳麓书社版第二十五页第一行误为"飔"。

入冬绝无霜雪，故土人度腊，少挟纩者。游客三月辄着轻纱，至十月不更。每朔风骤凛，忽易薄裘，曦光一射，仍被縠衫。一日之间，暄凉数变。故燕集顷袷毳兼携，以备不时脱换。砌虫夜响，竟岁皆然。春初已绽夏蕚，胆瓶折供，若榴与山茶掩映，不足怪也。更有狂飙怒号，转觉灼体，风过后，木叶焦萎如爇，俗谓之"麒麟飓①"，云风中有火，殊可诧异！

旧传野不苦旱，以土沙含润，又露气重也。予尝秋郊早行，辨明时草露已晞，《志》所谓"入夜霏霏如霰，茅檐日高，尚溜余滴"者无有也。或曰近年人烟渐稠，故露气减于昔云。

黄玉圃侍御曰："《广东志》云，岭南阴少阳多，故四时之气，辟多于阖。一岁间温暑过半，元府常开，毛腠不掩，每因汗溢即致外邪，盖汗为病之媒，风为汗之本，二者一中，寒疟相乘，其疾往往为风淫。"又云："盛夏士庶出入，率以青布裹头②，盖以其候南风为厉，一侵阳明，则病不可起。"此地正相同。余见寓台者小有感冒，投表剂则内府虚馁，而俗师骤施温补之药，变症又不可思议矣。大抵来此者，坚强变为柔脆，十常八九矣。

台湾本岛夷境，只今林林总总，皆漳、泉、潮、惠之人占居于此。凡岁时婚丧诸议节，率沿其土风，要不得目为台湾习俗也。顾海外杂然，虽疆索视内治而流，而不返之势已成积重，有心挽救者，非洞见其受病所自，乌能相膝理而针砭之哉？

好斗轻生，旧习故未殄也。每睚眦微隙，辄散槟榔，一呼哄集，当衢列械横击不可向。迩陈肆者，收所售物如恐不及，盖稍需则乘机攫夺尽矣。七月中元，累台，延僧道施食其上，至于更阑，拥观者争所施食，名

① 麒麟飓：底本广陵书社风土志丛刊本第七十四页作"飓"。岳麓书社版第二十五页倒数第四行误为"麒麟飓"。

② 以青布裹头：底本广陵书社风土志丛刊本第七十四页作"以青布裹头"。岳麓书社版第二十六页第四行误为"以青布裹头"。裹，即繁体"里"，误。

曰"抢孤"，有乱殴至死者。又开场演剧，小伶流眄所及，名曰"目箭"，人必争之，挥拳毙命，亦所时有。此皆习之最恶者，当厉禁之。

海外百货丛集，然直倍中土。俗尚华侈，虽佣贩辈徒跣载道，顾非纱帛不裤。妇女出不乘舆，袄服茜裙，拥伞蹑通逵中，略无顾忌。匠作冶金范银，钗笄钏珥之属，制极工巧。凡鹙冠服履袜者，各成街市，哄然五都，奢可知已。

无男女老少，群然好博。有压宝、压字、漫抓摊、簸钱诸戏。洋钱，大者一博动以千计。洋钱，银钱也，来自咬𠺕吧、吕宋诸国，台地交易赀费皆用之。大者，一枚重七钱二分。有二当一者，曰"中钱"，有四当一者，曰"茇仔"，且有八当一、十六当一者。台人均谓之"番钱"，亦称"番饼"。

土人啖槟榔，有日费百余钱者。男女皆然，行卧不离口。啖之既久，唇齿皆黑，虽贫家日食不继，惟此不可缺。又解纷者，彼此送槟榔辄和好，款客者亦以此为敬。

俗喜迎神赛会。如天后诞辰、中元普度，辄酿金境内，备极铺排，导从列仗，华侈异常。又出金佣人家垂髫女子装扮故事，舁游于市，谓之"抬阁"，靡靡甚矣。每举尚王醮设坛，造舟送迎，俨恪靡费，尤属不赀。

神祠里巷，靡日不演戏，鼓乐喧阗，相续于道。演唱多土班小部，发声诘屈不可解，谱以丝竹。别有宫商，名曰"下南腔"。又有潮班，音调排场，亦自殊异。郡中乐部，殆不下数十云。

鸦片，产外洋咬𠺕吧、吕宋诸国，为渡海禁物。台地无赖人多和烟吸之，谓可助精神，彻宵不寐。

凡吸，必邀集多人，更番作食。铺席于地，众偃坐席上，中燃一灯以吸，百余口至数百口为率。烟筒，以竹为管，大约八九分，中实棕丝头发，两头用银镶首，侧开一孔如小指大，以黄泥掏成壶卢样，空其中以火煅之，嵌入首间。小孔上置鸦片烟于壶卢首，烟止少许，吸之一口立尽，格格有声。饮食顿令倍进，日须肥甘，不尔肠胃不安。初服数月，犹可中止，迨服久偶辍，则困惫欲死，卒至破家丧身。凡吸者面黑肩耸，两眼泪流，肠脱不收而死。

凡游台者，荡子癖狭斜之游，败类耽樗蒲之戏，贪毒烟以自腏其膏，比匪人而甘罄其橐，以致生归无日，赍恨埋沙。纵令绵息仅存，含羞托钵，习之不臧，辙胡勿鉴，至于斯极，悔何及哉！

台湾更有一种无赖之人，出则持挺，行必佩刀①。或薮巨庄，或潜深谷，招呼朋类，煽诱蚩愚。始而伏党群偷，继而拦途横夺，盖梗化之尤者。初方目为罗汉脚，而治之不早，将有鸱张之势。如朱一贵以一饲鸭奴跳梁，黄教以一盗牛贼作逆，虽先后克日就戮，而官军受其戕害，村庄遭其荼毒，已不可胜言矣。吾愿司土者，尚时时留心斯辈也可。

记土物

有物非此土所产、来自中土他海者，有名系此土、实非产自此土者，有此土与中土他海同产而早晚稀稠有别、与夫形状小异者，有实为此土独产者，或略或详，就见闻所及记之。

稻之属：若秔稻，有早占、埔占、尖粟、三杯、圆粒各种。秫稻，有赤壳、虎皮、鸭母、鹅卵各种。早占种于二、三月，成于六、七月，田中种之。埔占种于三、四月，成于八、九月，园中种之。圆粒无多。三杯壳薄而米白，但不耐久贮。尖粟壳厚而米粗，收仓十年不腐，故各属正供，惟收此种。鹅卵秫性极黏，诸秫中最佳者。又凤山、淡水、东西港早冬种于十月，收于三、四月，名曰双冬，又为他邑之所无也。

台地土壤肥沃，田不资粪，种植后听之自生，不事耘耔，坐享收成，倍于中土。近岁籴价不贱，居民炊釜颇艰，则以逐利者只贪越贩，故盖藏解焉。

---

① 行必佩刀：底本广陵书社风土志丛刊本第八十页作"行必佩刀"。岳麓书社版第二十七页倒数第四行、台湾大通书局印行本第二九页皆误为"行必布（佈）刀"。

南路地热不宜麦，北路种者甚多，三月可收，不待麦秋也。凡小麦开花，北地以昼，南方以夜。台麦如北地，故其性最良。又一种状如黍，实如石榴子，一叶一穟，穟数百粒，土人谓之番麦。

黄豆、黑豆、赤豆、绿豆、黄粱、胡麻之属，北路广种之。种同中土，而收获较早。

蔬菇，与内地无别。黄瓜、茄、苋之属，春初即入盘餐。又荷兰豆，如豌豆，角粒脆嫩，色绿味香。裙带豆，荚绿子黑红；公豆，荚紫子红；御豆，大如指顶，味尤滑嫩：皆食单佳品也。

笋味酸苦，不堪入庖。予在八里坌港，见有笋生竹节间，剥而瀹食，味甚脆美。

傀儡山产芋魁，有数十斤大者，野番以此为粮。余在鹿子港，见芋大如巨筐，重三四十斤，云亦产自内山。

番薯，有红、白二种，产同中土，台人亦资以供常餐。海外土浮而沃，树艺较内地倍肥泽焉。余署阶际，偶植一枚，旋坼土牵蔓。未数月，干如蒲桃，支架引之，高丈许，叶覆数笏地，盖仅见者。

王渔洋《香祖笔记》云："凤山县有姜名三保姜，相传明初三保太监所植，可疗百病。"凤境今无有也。台地植姜，春种夏熟，味最脆嫩。

梅花间有。山茶花，红、白各种多重台者。桂花，四季皆开，然香少逊矣。兰花、水仙花，来自海舶。桃花，处处有之，入腊盛开，至灯期则花事阑珊。绛绯碧桃，吐萼稍迟。若牡丹、芍药，乃绝无者。

扶桑花，一名佛桑。叶如桑叶，花如蜀葵，色深红如火，曦光所烛，疑若焰生。台地有二种：千叶者红、黄二色，单瓣；只有红者，自夏至冬，一树开数百花，望之如烧空焉。

刺桐，树高大而枝叶蔚茂，其花附干而生，侧敷如掌，色极鲜红。予友任伯卿官右营游击，署旁射圃中列植以百计，因以名园。花时，余偕觞咏其下，襟袖间疑蒸赤城霞也。

贝多罗花，树多瘿结，枝皆三杈，叶如枇杷，而厚韧过之，可以写经，所谓贝叶也。花瓣五出，间有六出者，大如小酒磲，瓣皆左纽白色，近蕊则黄苞微紫，香如擘橙。日开数万朵，落地如铺银，略无萎意。余署前庭一株，老树屈蟠，婆娑广荫，竟岁在馥郁中，殊饶佳致。

昙花，即优钵罗花。草本，出西域，有紫、白二种。青叶丛生，或一年一花，或数年不花。悬茎包裹，状若荷蕊，中攒十八朵，每一日开一朵，释家谓符罗汉之数，梵刹多植之。

抹丽花，千层，大如菊蕊，碎玉玲珑。开经三宿，妙香迥绝，亦名三友花，土称番茉莉，又称番栀子，或称叶上花。其常种亦自饶贱，串朵成球，一钱可得，置枕簟间，足清梦寐。

晚香玉，叶如鹿葱，花洁白，含苞如玉簪，夜开，有香，蒂必双出。一名月下香，又名雪鸳鸯。此花中土极珍之，台地丛生如草，土人不甚爱惜，剪之成束，鬻以插瓶。余于署后圃中课僮遍栽，每风露凉宵，月光如水，觉清芬细细袭襟带间。

赪桐花，草本。高不盈丈，叶似桐花，红如火，一穗数十蕊，苞如鹦咮，亦名红鹦哥。台地五月盛开，午日杂插瓶盎中，故俗呼龙船花。又虎子花，一名月桃花，亦五月开，午日折以簪小儿鬓上。

木兰花，树本大者围数尺，花淡黄，色细碎如黍粒，香气清远。种出暹罗，故名暹兰。又珍珠兰，花如金粟，弱枝蔓引，香与木兰同，俗呼鸡爪兰。

含笑花，五瓣，淡黄色。香味郁烈，拗折间余芬溢指尖，经时不歇。

鹰爪兰，花如兰，无心。色初青，渐黄，香味滞腻，齅之令人作恶。闺人插之鬓际，云染发膏，则香益清彻。

斑支花，即木棉也。花较山茶更大，色深黄，蓓蕾坚厚，结实如棉。又一种花色红者，台地无之。

消息花，即刺球。本高数尺，有刺，植之篱落间，黄蕊细攒如团绒，芬馨亦自袭人。又番绣球，蔓生，叶厚，花白心微红，亦名红绣球。

金丝蝴蝶花，黄片红点，多须，如舞蝶，一名金茎花。又番蝴蝶，花高盈丈，色中红外黄，如蝶，有须，四时常开。

铁树花，状如纱笼，玲珑细琐，千瓣分披，瓣各一花。黝根翠叶，故自森森。

午时梅，色红，午开子落，一名子午花，非梅种也。相传来自毗尸沙国。

指甲花，树高丈余，枝条柔弱，叶如嫩榆，捣以染指甲，色同凤仙花，白色，朵细香清。

百叶黄栀花，一名玉楼春，亦非牡丹种。又七里香，木本，一名山柑花，丛生如柑，五瓣，色白，香远，与山矾名同族别。又素馨花，藤本，延缘竹木，花白如雪，恐亦与花田所产者殊类。

美人蕉，花有红、黄二种，黄者尤芳鲜可爱，四时开花不绝，有高丈余者。子坚黑，可作小念珠。

迎年菊，与秋花无异，惟紫色一种开历冬春，故名。余署斋前，四月间盆菊盛开，曾邀友人赏之。台地少寒多燠，百卉荣滋，故不论节候也。

莲蕉花，出蕉心，大如莲，鲜红可爱，经时不谢。又交枝莲，藤本，花五瓣，白色，其茎互相萦绕，午开未谢。

喷雪花，叶深碧，开小白花，以千万计，弥望如雪，故又名泼雪。

西瓜，种于八月，成于十月。台湾、凤山二县有之，岁以充贡。

波罗蜜，大如斗，皮礧砢如佛顶螺髻，剖之，纯瓤间叠如橘柚，囊色黄，味甘，核如枣仁，熟食味如百合。余初得一枚，署中人有不识者。余戏之曰此荔祖也，众为抚掌。

释迦果，似波罗蜜而小，色碧，种自荷兰，味甘而腻，微酸，熟于夏秋间。

菩提果，一名番果。花白色，实如枇杷，味甘芬，鲜青熟黄，累累如腊丸。

凤梨，一名黄梨，亦曰黄来。叶如蒲而短阔，两侧如锯齿，实抱干生，通体鳞皱，叶自顶出，森张若凤尾。色淡黄，味甘酸，切之，津沴芳香袭人。

羡子，亦称番蒜，或作"檨"，字书无此字也。树高大，叶尖长，浓可荫亩。花微白，小朵有香。结实，肤绿肉黄，味酸甘，盛夏大熟，人争啖之。又或蘸盐以代蔬，切片用糖罨之，名曰蓬莱酱。土人压担堆筐，鬻诸通市，果之最繁富者。

甘蕉，一名牙蕉。绿叶攒抽，中心出花一枝，五六层，层层吐瓣，红紫可爱。结实，每层数十枚，排比如栉，色黄白，味香甘。台地村舍后每广植之，四时皆生，借以获利。

槟榔，树直无枝，高一二丈。皮如青桐，叶类筠竹。叶上竖如翼张，叶脱一片，内现一苞。苞绽即开花，淡黄白色，连缀而芬。实附花下，形圆而光，宛然篆枣。自孟秋至来年孟夏，发生不绝。土人摘其鲜者，用扶留藤和蛎灰食之，咀噍不能少辍。迨六、七月未熟时，辄以熏干者继之。

椰子树，干叶如槟榔，结实，外里粗皮似棕片。质大如瓜，壳坚厚，剖之，白肪盈寸，极甘脆，清液可碗许，气味与酒相近，曰椰酒。六、七月熟可采，番人跃其上，攀缘矫捷，名曰猱采。

南北路连陇种土豆，即落花生也。沙壤易滋，黄花遍野。每冬间收实，充衢盈担。熟啖可佐酒茗，榨油之利尤饶。巨桶分盛，连樯压舶贩运者，此境是资。

番姜，木本。花白色，实尖长，熟时红艳。中有子，味辛，荷兰种也。番人带皮啖之，亦名番椒。又一种实圆而微尖，状如柰，种出咬嚼吧，中土无之。又番木瓜，树干直上，无枝。叶生树杪，似蓖麻。花白色，开丫槎间。瓜凡五棱，无香味。番石榴，不种自生，味臭而涩。番柑、番橘，皮苦肉酸，皆不足啖。

佛手柑，北路产者甚大，香殊不足。龙眼，亦颗小味薄，均非佳品。

蔗，有红、白二种，其浆资人啖者与中土同。又干小者，名曰芒蔗，煮汁成糖者此也。

《东宁政事集》云："蔗苗种于五、六月，首年则嫌其嫩，三年又嫌其老，惟两年者为上。首年者熟于次年正月，两年者熟于本年十二月，三年者熟于十一月。故硖煮之期，亦以蔗分先后。若早为砍削，则浆不足而糖少。大约十二月、正月间始尽兴工，至初夏止。初硖蔗浆，半多泥土，煎煮一次，滤其渣秽，再煮入于上清，三煮入于下清，始成糖。入碙待其凝结，用泥封之，半月一换，三易而后白，始出碙。晒干，舂击成粉，入篓，须半月为期。未尽白者，名曰糖尾，并碙再封，盖封久则白，封少则缁，其不封者则红糖也。"

又《赤嵌笔谈》云："台人十月内筑廍尾，置蔗车，催募人工，动廍硖糖。每廍用十二牛，日夜硖蔗。另四牛载蔗到，又二牛负蔗尾以饲牛。一牛配园四甲，或三甲余。每园四甲，现插蔗二甲，留空二甲，递年栽种。廍中人工：糖师二人；火工二人，煮蔗汁；车工二人，将蔗入石车硖汁；牛婆二人，鞭牛硖蔗；剥蔗七人，园中砍蔗去尾去箨；采蔗尾一人；
看牛一人。"

二书足尽煮糖之法，因摘录之。

台湾山无松柏，坐荫则臃肿成林；草不芊绵，弥望则剑铓刺眼。纵有
良材，多沦深谷。岂无芳草，未入图经。欲指名而末繇，求适用而奚辨？
嵇含之所难状，神农之所未尝，不几指不胜偻也哉？

榕树产闽粤间，木之易长而多寿者，海外亦所在皆有。余署南园一
株，轮囷偃覆，极冥蒙郁律之状。郡署鸿指园，有榕根蜿蜒地上，高约四
五尺，横长约二丈余，凌空撑拄，疑出神工，谓之榕桥，奇观也！

茄冬树，木实坚重，色红紫，纹理细致。制器物，与紫檀相近，花梨
不及也。余在后垄，见列树交柯，叶如冬青，浅黄深绿，一望郁然，类西
洋界画中所渲染者，询之即此树也。

萧朗木，大者数围，质重而理细，类黄檀。然求之内山，析片辇运，
制器最良。或曰即柏也，一曰消郎。

楠木，始生已具全体，裂土而出。两叶始蘖，已大十围，岁久则坚，
终不加大，盖与竹笋同一理也。见《裨海纪游》。

南路打鼓山有香木，色类沉香，味较檀尤烈，不名何香，土人亦不知
贵。闻昔年为吴客载去甚多，后有制为香杖者，零星剩木，拾琢扇器。见
《赤嵌笔谈》。

桄榔，直干，似栟榈，有节如竹。树杪抽数十枝，攒叶若翦。吐花作
穗子历落状，若青珠，皮中有屑，赤黄色，如面，可食。木质坚而多文，
制器斑如。

桫椤木，腹空洞，四周绉褶如缪篆，自然蚪屈，不待郢削也。人每取
以贮笔。

绿珊瑚，一名绿玉树。竟体槎枒，绝无花叶。色光润，如研黄和黛绿，不可拭。其生易蕃，郡境篱栅间所在皆植。

交标、九荆，皆土人构室材也。交标可为梁，九荆作柱，入土不朽。野人缚茅成舍，揩拄便焉。又番树，大如槐，枝干离奇，或似卧松。结实如槐角，皮红时绽子，肉白可食，俗呼刺豆，亦呼番豆。又馒头果树，干似桐，不直耸，旁枝着叶，略如木芙蓉，细花绿穗，攒萼相属，皆中土所无者。

林投，或作菻荼。树直干，皮似棕榈，质极坚，有纹理，中空，从根结丝贯顶。叶勒而长，两旁皆刺。花如芦荻，实类波罗蜜，不堪啖。又水漆，柯叶仿佛刺桐，皮有黏液，着肤辄肿。一说叶有毛，刺人则痒不可耐，搔之发红肿痛，久之乃止，故名咬人狗，即水漆种也。与林投均为人家围篱所资。

每于杂薪中拾木如蠹痕，甚如湿渍腐朽、指不可掐者，迫裂之，坚实异常，挥斤有难色矣。质细滑如涂膏，睇之完蚀相错，淘制器美材。俗呼烂心木，究不审何许木也。黄玉圃云："内山林木丛杂，多不可辨，樵子采伐鬻于市，每多坚质，紫色灶烟间，有香气拂拂。若为器物，必系精良，徒供爨下之用，实可惜！"良然。

竹丛，一望蒙密，略无娟翠细香。供人玩味，则惟刺竹一种而已。此种数十竿为一丛，苗笋不出丛外，每于丛中排比而出，枝大于竿，又节节生刺如鸟爪，捎人甚锐，人不敢近，是用植以固樊围焉。而橪栌、枡柱、几榻、筐筥之属，亦于是资。其他中土产者，间有之。

七弦竹，干白，有青线纹六七条，叶与凡竹同，盖竹别种也。又人面竹，节密而凸，宛然人面，一名佛眼竹。又观音竹，弱枝细叶，瓷斗中物也。

地不产茶，水沙连一种与茗荈相类，产野番丛箐中曦光不到之处，故性寒，可疗热症，然多啜恐胃气受伤。

扶留藤，即蒟也，俗名"荖"，字书无此字。蔓生，叶如田薯而小，枝柔细长，延十余丈。土人食槟榔，或用叶，或用藤，或用根和食之。纳币仪，以红丝系叶百束压盒，不解何义。

风草，惟社番识之。春生无节，则经年无台风。生一节，则台一次，多节则多次。闻验必不爽，真奇事也。

龙舌草，形如舌，旁有刺，中液如膏，闺人取以润发，鲜泽可鉴。

红毛茶，草类。黄花五瓣，叶如瓜子，亦五瓣，根如藤，刨取曝干瀹茗，可疗时症。又姜黄，丛生，叶如美人蕉，根似姜，取以染绘。又七弦草，丛生，如秧苗，界纹白绿相间，入冬白变为红。又羞草，叶生细齿，爪之则垂，如含羞状。又齿草，枝叶高尺许，社番取以擦齿，久之皆黑。凡此悉随俗呼名，为类尚多，不能胪记。

药品，多本草所不载者。旧《志》及《赤嵌笔谈》诸书所录甚伙。如羊甘乌、甜鸡骨、鸭嘴、鼠尾、鲎壳，与夫四时春、半天飞、过江龙、铁马鞭之属，名既不典，性亦难识，虽主治各有方昧，刀圭当勿轻试也。

蒋观察以海外无鹊，从中土笼致十数枚，载海舶来，亦复营巢伏卵，意必蕃息。甫逾年，无一存者。说者谓鹊卑飞，不能越海，是不然，土性不相习，故物类不能不拘于墟。鹡鸰不逾济，鸿雁回于峰，独鹊也欤哉！

鸠，不一种，色青黑者曰斑鸠，项下赤者曰火鸠。体纯绿、嘴趾红者，曰金鸠。白鸠周身如雪，皎然可爱。能知气候，每交一更，辄鸣数声，真慧禽也。

乌鹙，似八哥，通体皆黑，喙如锥，尾长，飞最疾，鸣如黄鹂，能作百鸟声，夜则随更递唤，能搏击羽族，盖鸷鸟也。又一种，黑身、红顶、绿趾，曰海八哥。又传咸水港统领坤茄冬树上，岁巢白八哥，土人每伺其将雏时攫而饲之。

海燕，与中土无别，而营巢少异。又一种似燕，背淡黑色，腹下黄色，尾长，飞则鸣，行则摇，曰番草。

赧鹳，状似鹤，略小而短尾，翎羽淡红色，专食蛇虺，探穴啄，令自出。

长尾三娘，朱喙，翠翼，褐脊，彩耀掩映，尾长盈尺，土人因名之。产诸罗深山中。

海鹅，俗名南风戆，又名布袋鹅。恒于海滨猎鱼。又海鸡，比家鸡较大，色黑，脚绿，宿海屿中，取而烹食，骨脆，味美甚。

五鸣鸡，大如鹌鹑①，项白，每漏下一鼓则一鸣。又潮鸡，潮上辄鸣。又彩囊，似鸡而小，项上有五彩囊。

番鸭，大于舒凫，翎采微异，嘴趾皆赤色，味殊逊之。

台山无虎，故产鹿最繁。从前鹿场在近山所，后皆垦为田，遂于内山捕猎。贸贩者多越山后交易。鹿茸性减于关东，而直不贱，胎皮则益昂矣。市人购皮，制为箱箧裍囊，游台者必挟归充馈物，然费侈而品不精，徒供唾涕耳。

艾叶豹，斑驳可观，制裘者重直购之，然亦粗重，不堪曳娄。

内山多野牛，千百为群。欲取之，先置木城，一面开门，驱之急则皆入，入则扃而饿之，然后徐施羁靮，豢之以刍，驯则役同家畜矣。其革制衣箧甚坚，台物以此为最。

产马，小而弱，不及中土。内山亦有产者，名曰山马。

内山多猴，有小如拳者，不易得。

① 大如鹌鹑：底本、台湾大通书局印行本、岳麓书社版皆作"鹌鹑"。鹌鹑，即"鹌鹑"。

番犬，高倍常犬，状尤狞狰，中土人每重直购而畜之。又番猫，较家猫肥泽，而尾甚短，捕鼠亦捷。

听虫声以占候，海外不然，二月已闻蝉噪，四时不绝蛩吟。《豳风》《月令》所陈，要难为此间例也。至若密帷不能障蟊蝇，镉笥不能却蚁豸，尤足生人厌恶，不堪寝处者矣。

每夜分籁寂，忽四壁作响，喈喈如鹊噪，火之，则蠛蜓鸣也。聒耳不休，殊无清趣，徒令旅怀作恶耳。

蛇之毒者不一种。闻北路有巨蛇，可以吞鹿，名钩蛇，能以尾取物，则又巴蛇之亚也。

海族綦繁伙矣，沿海郡邑《志》详载之。台产无珍错。燕窝、海参、鳆鲞之属，来自洋舶。所常产者，蟳、蛎、蠃、蛤、蚶、蚬、鰶、鲫各种无异也，故鳞介不备记，记其稍饶异者。

《裨海纪游》云："鲨鱼胎生。市得一鱼，可四五斤，用佐午炊。庖人剖腹，一小鱼从中跃出，更得五六头，投水中皆游去。"《赤嵌笔谈》云："鲨类不一种。龙文鲨、双髻鲨，《志》言之矣。外此有乌翅鲨，身圆，翅尾黑色。锯子鲨，长似锯。乌鲨，口阔，大者数百斤，能食人。虎鲨，头斑如虎，齿迅利，噬人手足立断。圆头鲨，亦食人。鼠蜡鲨，皮白，齿如梳。蛤婆鲨，口阔，尾尖。油鲨，身圆而长，尾似虾尾。泥鳅鲨，口尖。青鲨，身青色。扁鲨，身扁，尾小。乞食鲨，皮可饰刀鞘。狗缠鲨，身长，尾尖。狗鲨，头大，上有乌赤点，离水终日不死。"按郡《志》有白鲨、胡鲨、双髻鲨。其最佳者，皮上有黑白圈文，曰龙文鲨，其翅尤美。今鲨翅出南路嵌顶及澎湖，每岁十一月渔人取之，载海舶行贩焉。

澎湖产涂魠鱼。鱼无鳞，状类马鲛而大，重者二三十斤，肥泽芳甘，海外鱼味之绝。官澎岛者，以此馈遗，不过一二尾，意甚珍重。然冬春间海舶经此，市之直廉，未尝不餍饫而去。

乌鱼，以冬至前后盛出。由鹿子港先出，次及安平大港，后至琅峤海脚，于石罅处放子，仍引子归原港。冬至前所捕者曰正头乌，则肥；冬至后所捕者曰回头乌，则瘦。子成片，下盐曝干，味亦佳。渔人有自厦门、澎湖伺其来时东渡采捕。凤山县杂饷款内，有采捕乌鱼旗九十四枝。旗用白布一幅，刊刷"乌鱼旗"字样，填写渔户姓名，钤盖县印，植船头网取，旗每枝征银一两五分，是为台赋水饷之一。又台湾、凤山、诸罗三县蚝饷，每条征银五两八钱八分。盖蚝，蛎房也，即以为取之之名。用竹二，长丈余，各贯铁于末，如剪刀，于海水浅处钩取蛎房者。

飞藉鱼，相传沙燕所化，两翼尚存。渔人俟夜深时悬灯以待，乃结阵飞入，舟力不胜，灭灯以避。又新妇啼鱼，状本鲜肥，熟则拳缩，命名以此。

鹦哥鱼，嘴红体绿。又蝴蝶鱼，见上淡水海岸间，栩栩然宛似凤皇孙也。

旗鱼，色黑，大者六七百斤，小者百余斤。背翅如旗，鼻头一刺，长二三尺，极坚利。水面殴鱼如飞，船为所刺，即不能脱，身一转动，船立沉。《赤嵌笔谈》云尔。余在安平镇所见即此，尤骇其胸脊间肉陷如沟，鬐翅敛之不见。有时怒张，如支雨盖，故亦名破伞鱼。

蜈鱼，俗呼海竖。首似猪，大者千余斤，小亦五六百斤，常于水面跃起高丈余，喷水如雪，渔人见之辄避。又海和尚鱼，色赤，头与身皆似人形，四翅，无鳞。又海狗鱼，头似狗，尾尖，四翅。又海马鱼，形似马，颈有鬃①，亦四翅。渔人网获，均为不祥。俱见《赤嵌笔谈》。

澎岛冬日产海龙，每跃必双，首尾似龙，无牙爪，长不径尺。以之入药，功倍海马，渔人获之，号为珍物。

海翁鱼，即海鳅也。大者三四千斤，小亦千余斤。皮生沙石，刀剑不入。鹿耳门沙岸有自僵者，肉粗不可食。人割取其膏，资然钉焉。或言口

---

① 颈有鬃：底本广陵书社风土志丛刊本第八十页作"颈有鬟"。"鬟"，即"鬃"。岳麓书社版第 39 页第 13 行作"颈有发"，误。

中喷涎，常自为吞吐。有遗于海滨者，黑色、浅黄色不一，即龙涎香也。闻上淡水有之，云可止心痛，助精气。欲辨真赝①，研入水搅之，浮水面如膏，以口沫捻成丸，掷案有声，噙之通宵，不耗分毫者为真。每两直数十金。艳其名者，每于台是征，然此地实罕有，仍购诸洋估所贩者。无益之物之为累如此！

蟹，产于海，独诸罗蟹生溪涧中。螯有毛，名曰毛蟹。诸罗溪内亦产鲢，与台湾县鲫潭产鲫，均肥美，为食单佳品。又凤山溪中产虾，彰化泽中产茭白，皆海外仅有者。

《越绝书》："水母虾为目，海镜蟹为腹。"郭璞《江赋》："璅蛣腹蟹，水母目虾。"按：水母，闽人谓之蛇，又谓之蚝皮。浑然一物，有知识，无口眼。虾寄腹下，食其涎，见人则惊，此物亦随之沉。鹿耳门内甚多，淡紫色，味逊于他产。又鹿耳门沙岸上多寄生螺。小蟹如鼁鼀，本无壳，入空螺壳中，负以行。大小磈硌，郭索沙碛中甚疾，触之缩入，如螺闭户，火炙之乃出走，此即海镜璅蛣种也。

鼁鼀，龟属，卵生，状似鳖。四足漫胡，无指爪，大者百余斤，小亦数十斤。常从海岸赴山凹钻孔伏卵，人伺其来，尾而逐之，行甚疾，众并力反其背，则不能动矣。甲可乱玳瑁，亦以为饰，但薄而色浅，不任作器。南路每有之。又龙虾、文蛤，他海所有。虎蟳、鬼蟹，则名状皆恶劣矣。

郡境货无奇赢。番锦、番毯、番布之属，或丝不经练杂染成者，或绩树皮缫兽毳为之者，不足珍也。文绮、大布，来自中土，入市者直恒倍焉。相传哆啰啯产金，地属野番，恐不足信。而中土每谓台地有金，盖此地工善炼金，贾人以金来就炼者为多耳。近闻加泵社山亦产银矿，星星无几，亦在野番界内，厉禁之，无敢入者。

侯官门人谢曦录。

---

① 欲辨真赝：底本广陵书社风土志丛刊本第一一四页作"欲辨真赝"。岳麓书社版第三九页倒第六行、台湾大通书局印行本第四六页皆误为"欲辨真膺"。

卷　四

记丛琐

郡无城郭，四周树栅，藩以竹木，望之深郁。惟七门甃石，粗具楼堞而已。凤山、彰化二县皆然。诸罗往时筑土为垣，岁久渐隳，今周令大本增筑之。或谓厥土疏浮，不任垒甓。当荷兰来踞时，既筑赤嵌城于鲲屿，又筑赤嵌楼于镇北坊，且筑城于鸡笼岛上。何以皆历久仡仡耶？总之，谈形胜者以东岭为叠屏，以澎岛为巨障，以鹿耳门为严钥。恃天造之金汤，又何墉隍之是藉哉！

郡中文武廨宇，布置四坊中，历有修葺。近时章镇帅绅辟大树园，构清荫堂、倚青亭于署侧。蒋观察亦于署后构褆室，又创延熏阁、挹爽廊、橇月楼、鱼乐槛、接叶亭、花南小筑、花韵栏，复辟丛桂径、得树庭、小仇池、瑞芝岩、叠云峰、醉翁石，仍增饰澄台旧迹，更移构斐亭于其东偏。郡署鸿指园，往时蒋观察所辟者，邹太守应元复葺治之。城守白参将世觉构凝香居，左营余游击大进构镜清堂、岸舫，右营任游击承恩构师慎堂、栋花书屋，又辟俗桐园，台湾王令右弼构古春小筑，而余亦就署后隙地构澹怀轩、研北书屋。皆一岁中兴工葳事者，颇增海外之胜。

郡举秩祀，所在咸饬，外此尚无多，淫祠寺观亦寥寥。北郊海会寺，即郑氏北园，颇宏敞。黄檗寺，亦在北郊，饶有花竹。明孝廉李茂春梦蝶园，后改为法华寺，今于其前祀祝融，左侧则南湖书院辟焉。弥陀寺，在东门内，仅具规模。惟南郊付溪寺，境以幽胜，差堪游憩。随屦黄沙垒积，何从选胜？

偶与任将军伯卿联辔城隅，得曾氏园，修竹千竿，极檀栾之致。药栏罗径，布置逶迤，颇有情趣。相与盘桓老树下，啸咏良久。自此游涉日众，竟成海外辟疆矣。

一元子玉带，流传民间且久，玉版凡二十枚，碾成百鹿，良玉善工，足宝也。考一元子，名术桂，字天球①，明辽藩裔也。明亡，由辅国将军依唐藩闽中，封宁靖郡王。崎岖兵间无成事，穷蹙窜海外。迨郑氏归命，无所之，遂自经死。临终书《绝命词》曰："艰辛避海外，总为几茎发。于今事毕矣，不复采薇蕨！"闻者悲之。死时年六十六，葬凤山竹沪里。姬侍从死者五人。盖康熙二十二年癸亥六月事也。五人者，姬袁氏、王氏、媵妾秀姑、梅姑、荷姑也。葬郡城南门外魁斗里，人称五烈墓云。

郡人谭艺者必推沈斯庵。往岁范九池侍御修郡《志》，采其诗文入志者甚多。颓唐之作，连篇累牍，殊费持择也。考斯庵，名光文，字文开。鄞人，明副榜。由工部郎中晋太仆寺少卿，命监军广东。顺治辛卯，自潮州航海至金门，总督李率泰阴招之，不赴。将入泉州，舟过围头洋，遇风飘至台湾。郑成功礼以宾客，不署官。及经嗣，以赋寓讽，几罹不测，遂变服为僧入山。台平，不能归，因家焉。意此君官唐、桂藩，事败②渡海依郑氏者。观其《序东吟社稿》有云："郑延平视同田岛，志效扶余。"可想见已。他如王忠孝、辜朝荐、沈诠期、卢若腾、李茂春、张士郁、张灏、张瀛辈，均以故绅遁迹岛屿者，志家列诸此郡《流寓》，论其世、原其志可耳。

官台湾者，文武皆三年秩满。吏民知瓜期将及，辄形为懈玩，俗之敝也若此。水陆军伍，亦以三年更迭。及期每不受钤束，典领者所当严治之也。

南北路任载及人乘者，均用牛车，编竹为箱，名曰笨车。轮圜以木板，板心凿孔，横贯坚木，无轮与辐之别。盖台地雨后潦水停淉，有辐辄障水难行，不如木板便利也。车辙③纵横衢市间，音脆薄如哀如诉，侵晓梦回时，尤不耐听。

---

① 字天球：底本广陵书社风土志丛刊本第一二二页作"字天球"。岳麓书社版第四二页第六行、台湾大通书局印行本第五〇页皆误为"字天求"。

② 事败：底本广陵书社风土志丛刊本第一二三页作"事败"。台湾大通书局印行本第五一页误为"事贩"。

③ 车辙：底本广陵书社风土志丛刊本第一二四页作"车辙"。台湾大通书局印行本第五一页、岳麓书社版第四三页第三行误为"车辄"。

凡货食物，率土音叫唱，不可晓。卖肉者沿街吹角，如塞上高秋时，难胜凄楚！

《使槎录》云："郡中鴃舌鸟语，全不可晓。如刘呼涝，陈呼淡，庄呼曾，张呼丢，吴呼袄。黄无音，厄影切，更为难省。"

《小流求志》云："台地字多意造，为字书所不载。如番檨之'檨'字、泥鳅之'鳅'字、管獠之'獠'字、啊乳酒之'啊'字、茄苳网社之'苳'字、台风之'飑'字①、兽善走为'跑'之'跑'字，不一而足，尤难枚举。"

愚谓形声舛异，此类尚多，二书特举其概耳。

海外昼日，视中土较长。盖迤西巨瀛无际，阳曦无有蔽亏故也。有谓男女暴长，年十四五，即如中土年二十许。且有"男九女十"之谚，以为地居东方，生发气盛所致，未必尽然。

郡中岁常地震。每大风雨后，或黄雾弥漫时，多有此异，然不过一往来间舍宇动摇而已。闻诸罗最甚，至有裂地溢水之变。近年稍稀，可以觇境疆之宁谧矣。

台地多用宋钱，如太平、元佑、天禧、至道等年号。钱质小薄，千钱贯之，长不盈尺，重不逾二斤。相传初辟时，土中有掘出古钱千百瓮者，或云来自东粤海舶。余往北路，家僮于笨港口海泥中得钱数百，肉好深翠②，古色可玩。乃知从前互市，未必不取道此间。果竟邈与世绝哉？然迩来中土不行小钱，洋舶亦多有载至者。

澎湖出文石，土人碾为念珠玩物，列肆以市。石理如指螺，淡黄色，晕间以白，略可观。然质枯而色黯，非珍物也。今竟以此为书院标额，乡

---

① 台风之"飑"字：底本广陵书社风土志丛刊本第一二五页作"台风之飑字"。岳麓书社版第四三页第十、十一行作"飑风之飑字"，两"飑"字误。

② 肉好深翠：台湾大通书局印行本第五二页、岳麓书社版第四十三页倒第五行，皆标点为"肉好、深翠"，误。"肉好"是古代圆形玉器和钱币的边和孔。肉，边；好，中间的孔。"肉好深翠"是描述出土钱币色泽品质，不应点断。

曲之见，不堪呕噱耶！

武林郁沧浪撰《伪郑逸事》，颇详核。长耳草鸡，后先窃踞，一甲子中，本末具在，虽不足为海外故实，然禹鼎铸其神奸，楚史号为梼杌，要亦鉴古者所不懑置也。

台湾人称内地曰"唐山"，内地人曰"唐人"，犹西北塞外称中土人曰"汉人"。盖塞外通于汉，海外通于唐，名称相沿，其来久矣。至土人呼府城为仙府，乡村为草地，则辟郡后始有此称。

澎岛四面阻海，山不生草木，土不宜稼穑，井罕冽泉，灶惟粪爨。居人散处其间，舍渔别无所业。资俯仰者，望岁于海，将毋操网罟以代耒耜欤。

己丑腊尽，同人集官斋度岁，余以锁印无事，集杜句成五律十三首，有序曰："天涯薄宦，岁杪惊心。物候方新，盘桓不废。交亲依旧，羁旅同然。频此盍簪，因之授简。昔少陵栖迟剑外，厥有啸歌；伊仆也落拓海边，能无抒写？爰用意于剪彩，仍乞灵于浣花。始自腊宵，迄于人日，十三短律，参伍曩篇。要无殊于借酒浇愁，窃自比于引声发兴焉耳！"
《腊夜》云：
绝域三冬暮，宁辞酒盏空。漫看年少乐，不与故园同。
殊俗还多事，生涯独转蓬。梅花万里外，疏放忆途穷。
《赠鸠兹韦苏溪润珮》云：
相门韦氏在，夫子独声名。岁暮远为客，怜君如弟兄。
听歌惊白鬓，飘转任浮生。同调嗟谁惜，悠悠沧海情。
《赠晋安薛澹庵宸翰》云：
大雅何寥阔，情亲独有君。几年一会面，重与细论文。
韦曲花无赖，王乔鹤不群。往还二十载，随意岭头云。
《赠吴兴鲍綯庵进》云：
新诗句句好，俊逸鲍参军。问子能来宿，听诗静夜分。
他乡复行役，何路出尘氛。南海春天外，愁多任酒醺。
《赠锡山周梅亭龙骧》云：
故国愁看外，江山憔悴人。飘零为客久，披豁对吾真。

尽室岂相偶，交情何尚新。勿云俱异域，白发好禁春。

《赠吴门徐友松贡金》云：

吴楚东南坼，胡为君远行？不知沧海上，月是故乡明。

鸿雁几时到，云霞过客情。飘飘何所似，鸥泛已春声。

《赠具区李槎寄拣》云：

行路难如此，姑苏落海边。含凄述飘荡，发兴自林泉。

用拙存吾道，将诗莫浪传。乘槎断消息，把酒意茫然。

又《赠槎寄》云：

不见李生久，飘零似转蓬。筑居仙缥缈，门巷落青枫。

兴与烟霞会，交亲气慨中。谁能更拘束，愁坐正书空？

《赠新安吴澹如基尧》云：

万里苍茫外，嵇康有故人。天涯喜相见，款曲动弥旬。

久客得无泪，长歌欲损神。故园花自发，绝域望余春。

《赠四明余献之廷良》云：

意惬关飞动，今朝豁所思。异方同宴赏，到日自题诗。

才士得神秀，清襟照等夷。藏书问禹穴，舍此欲何之？

《赠武林施止莽燵》云：

莽莽天涯雨，从西万里风。所居秋草净，忍对百花丛！

静者心多妙，何人高义同？异方惊会面，此日意无穷。

《示子婿高时夏》云：

长为万里客，日夜向沧洲。高浪垂翻屋，沅湘万里流。

朝来没沙尾，渐拟放扁舟。虽对连山好，桃源无处求！

《示从子和埮》云：

嗣宗诸子侄，遥忆旧青毡。前辈复谁继，含情觉汝贤。

应须理舟楫，恣意买江天。一室他乡远，相望泪点悬！

《人日》云：

元日到人日，他乡胜故乡。疏花披素艳，沙岸绕微茫。

锦里残丹灶，春星带草堂。平生为幽兴，词客未能忘。

东瀛署斋八咏，倚声《临江仙》，亦余暇日戏拈也。附录于此：

《蕉窗话雨》云：

覆地浓阴风力怯，隔窗浙沥惊心，坐来旧雨一灯深，无端谭娓娓，相对意愔愔。愁滴听从残叶下，浣花苦值秋霖，巴山往事费沉吟，寒声催剪烛，絮语咽题襟。

《竹榻闻涛》云：

大海回风波浪阔，海门竟夜喧豗，鱼龙蹴踏白银堆，挟声春急雨，作势殷轻雷。欲卧难眠人起立，匡床梦亦疑猜，钧天合沓洞庭来，壮心惊舞剑，飞渡戏浮杯。

《纸阁挥毫》云：

散卓几回成弃掷，底论敛手姜芽，兴来屏障遍涂鸦，自嗤贪结习，只觉愧书家。片名鸿都标格在，临摹体势槎枒，轩窗如盥境无哗，隼波随跌宕，茧纸任横斜。

《莎庭索句》云：

小院落花风细细，芊绵纤草香吹，放衙散步此间宜，苍茫还独立，徙倚为寻诗。性癖少陵佳句得，登头吟望低垂，闲中意味有谁知？会心殊未远，叉手已多时。

《小园驯鹿》云：

绿遍南园风日美，夹轮灵种嬉游，来从苹野一双收，交眠仍濯濯，对语忽呦呦。疏放年时无住着，覆蕉梦里何求，长林丰草自为谋，物情偏静穆，人意与绸缪。

《别馆来鸥》云：

海上翁无机事者，忘机沙鸟相亲，命畴啸侣海之滨，风前疏有态，烟际点如银。浩荡逐将晴浪至，舍南舍北生春，依他水石碧粼粼，凭轩纱帽对，着笔粉痕勾。

《篁径纳凉》云：

正苦烦襟无涤处，倚墙几个篔筜，晚风依约戞琅琅，渭川留缩本，淇澳辟新庄。软到葛衣轻袭袂，那知白汗翻浆，移时仄月净琴张，当头延翠影，落指动清商。

《榕阴度曲》云：

宫调暗拈红豆记，又从绿树偷听，当场接叶一围青，柘枝何绰约，鹍语太丁宁。丝竹中年哀乐写，忍看华发星星，黄鸡白日唱休停，檀痕安点点，珠串泻泠泠。

记社属

郡境南北路番，有熟番，一曰土番；有生番，一曰野番。南路熟番十一社，北路熟番七十八社，每年输纳丁饷。社中户口多者三四百丁，少者百余丁至八九十丁。每社置通事一，亦有一通事兼数社者。土目二、三、四不等，皆番充之，谓之土官。又设番役数人，勾摄社事者，均归南北路理番同知分领之。

南路：

台湾县熟番三社：曰大杰巅社、新港社、卓猴社。

凤山县熟番八社：曰武洛社（旧名大泽机社）、搭楼社、阿猴社、上淡水社、下淡水社、力力社、茄藤社、放索社。

北路：

诸罗县熟番十三社：曰湾里社（旧名目加溜湾社）、萧垄社、麻豆社、大武垄头社、芒子芒社、萧里社、加拔社、诸罗山社、打猫社、他里雾社、哆啰啯社、大武垄派社、柴里社。

彰化县熟番二十九社：曰西螺社、东螺社、眉里社、猫儿干社、南社、二林社、大武郡社、柴坑子社、猫罗社、马芝遴社、半线社、大突社、感恩社（旧名牛骂社）、迁善社（旧名沙辘南社）、沙辘北社、大肚中社、大肚南社、大肚北社、水里社、阿束社、猫雾社、岸里社、朴子篱社、旧社、壶卢墩社、乌牛栏社、阿里史社、南投社、北投社。

淡水厅熟番三十六社：曰德化社（旧名大甲西社）、日南社、日北社、大甲东社、双寮社、房里社、猫盂社、宛里社、吞霄社、后垄社、猫里社、加志阁社、中港社、新港社、竹堑社、武胜湾社、鸡柔山社、鸡泵社（旧名大浪泵社）、奇武卒社、八里坌子社、摆接社、搭搭攸社、里族社、锡口社、峰子峙社、雷里社、南嵌社、坑子社、毛少翁社、北投社、三貂社、小鸡笼社、金包里社、大鸡笼社、霄里社、龟仑社。

其生番：

凤山县则有山猪毛五社、傀儡山二十七社、琅峤十八社、卑南觅六十五社。

诸罗县则有崇爻八社、内优六社、阿里山八社。

彰化县则有水沙运二十五社。

淡水厅则有蛤子难三十六社、攸武乃四社。

熟番社或处平原，或倚山麓，或近海滨，亦有山居者。其俗尚、语音，互有异同。相传番种各别，有土产者，有自海舶飘来者，有宋时丁零洋之败遁亡至此者。又传元人灭金，金人有浮海避之，遭风飘至，各择所居，数世之后，忘其自而语不尽改，故多作都卢啁啭声。呼酒曰打辣酥，呼烟曰淡巴菰，理或然也。

当归化之初，鸷犷成习，诚有如旧籍所纪者。今则渐染华风，番俗亦稍稍变易矣。然其旧习有未必尽更者，崖略尚不废载笔也。

番状貌无甚怪异，惟两目坳深，向人瞪视。高颧阔口，绀肤赤足，一望而识为别种也。无族姓，无祖先祭祀。父母而外，无伯叔甥舅之称。不知历日，亦不自知其庚甲。

居处筑土为基，架竹为梁，复编竹结椽桷为盖，各一大扇。植柱上梁毕，众共擎盖以升，编茅以覆。各筑一室，合社之众助之。名屋曰囤，或曰朗，亦曰必堵混，曰达劳，曰夏堵混，曰浓蜜，曰都粉，曰打咯。状如覆舟，前后疏通，男女长幼，异榻而同室。今则殷富者，栋庽堂寝，宛然民舍矣。周屋多植藤竹果木，望之翠荫如图画。

种圃为田，收获早稻。菽麻、粱黍、薯芋之属，亦广植焉。置筐釜上，蒸米为饭，或渍以水，盛用椰瓢，以手攫食，近亦有用碗箸者。捣秫为糍，曰都都，极精洁。

酒，用未嫁番女口嚼秫米，藏三日，微酸成曲，捣秫和置瓮中，发气，搅水饮之，名曰姑待。亦有蒸秫米，拌面入筐，置瓮口滴沥成者。男妇饮必尽醉始欢。

渍鱼腥醢鹿脏以佐餐，味馁败为美。

衣制短至脐，以幅布围其下体，曰抄阴。被以番毯，曰卓戈纹。

妇衣短至腰，腰下围桶裙。织茜毛缘其领，以青布束腓至踝。头盘发，不挽髻，裹以青布。喜簪野花，饰臙珠，曰沙其落，曰宾耶产。项挂银钱螺贝，曰猫打腊，曰麻海译，曰牙堵。约指珠贝曰夏落，臂钏或铜，或玛瑙，曰龟老，曰堵生声。

男妇俱跣足，近或衣衫履袜，仿佛汉制。南路番妇竟有缠足者。

男子十四五岁时，编藤围腰，束之使小，故射飞逐走，疾于奔马。发少长，即断去其半，以草缚之。齿用生刍染黑。人各穿耳孔，始用线贯，后用蚝壳，或螺钱，或竹圈，或木圈贯于孔内，自少至壮，渐大如盘，名曰马卓。

或言番妇最喜男子耳垂至肩，故竞为之。

胸背腕臂多黥花纹，或红毛字，以为美观。迩来北路诸番犹沿此习，南路则绝无贯耳、文身者。

男子须出辄拔，无一茎留者，谓番俗憎老也。今间有鬤鬤者矣。

从前不择婚，不倩媒，男皆出赘。生女则喜，以男出赘、女招夫也。

女及笄，构屋独居。番童有意者，弹嘴琴挑之。嘴琴，削竹如弓，长尺余，或七八寸，以丝线为弦，一头以薄竹片折而环其端，承于近弰弦下，末叠系于弓面，扣于齿，爪其弦以成音，名曰突肉。意合，女出而招之同居，曰牵手。逾月，各告于父母，以纱帕青红布为聘。或男家赠头箍，以草为之，曰搭搭干。女父母具牲醴、会亲友以赘焉。既婚，女赴男家洒扫屋舍三日，名曰乌合。此后男归女家，家务悉女持之。耕作皆妇人，男反待哺。

夫妻反目辄离异，不论有无生育，均分舍内器物，各再牵手出赘。

近日亦有议婚，以媒聘，用布帛牛酒娶妇，不出赘者。

凡婚嫁，有曰带引那，曰匏治需，曰线堵混，曰三问，曰谐猫麻哈呢，社各异名如此。

生儿，以冷水浴之。

疾病不知医，辄浴于溪，虽冬月亦入水澡身为快。

死丧曰马歹，曰描描产，曰麻八歹。丧家结采于门。所有衣服，与生人均分。死者所应得之物，同其尸埋于屋内，或所卧床下，亦有葬之竹围内者。蓬山以北，或埋山上，或瘗宅边。其敛，或合板为盘，或裹覆衣革，各不相袭也。

向无厨灶，用三足架支锅于地以炊，今则庖室具焉。另构小室贮米，曰圭茅。室中悬壶卢，贮米粟衣服。以悬之多寡，觇其家之赢绌，亦以番妇腰佩锁匙多寡为验。

俗以秋成度岁，或以东作换年。届期盛其衣饰，聚饮平芜，歌呼笑乐，经三四日①乃止。歌时，番妇装束簪花，团圞十数人，携手跳跃。或举腕拍拍謞謞唱不绝，或番童相杂鸣金鼓以助之。

听鸟音，占吉凶。鸟色白，尾长，即荜雀也，名曰蛮在。音宏亮，吉；微细，凶。动作以此定趋避。

番童曰麻达，听差者曰咬订，亦曰猫踏，曰猫邻。

凡拨递公文，插雉尾于首，手系萨豉宜，又名卓机轮。铸铁为之，长三寸许，如竹管斜削其半，空中，尖其尾，系其尾于掌之背。番两手皆约铁镯，身行手动，则萨豉宜与铁镯撞击，铮铮有声。又结草双垂如带，飘扬自喜。风起沙飞，足几及背，瞬息间已数十里。

猎则削竹为弓，无弰背，缠以藤。苎绳弦之，渍以鹿血。细筱为矢，锥镞鸡翎，直弓卓地，控弦而射，百不失一。

佩刀尺许，圆锐不一，函以木室。障以木楯，高三尺余，阔二尺，绘云鸟焉。镖杆长五尺许，锋长二尺许，有双钩，长绳系之。遇野兽，一发即及，虽奔逸，绳挂于树，终就获焉。

社有事，集公廨以议，小番供役其间。

有能书红毛字者，谓之教册，凡出入数，皆经其手。字体如蝌蚪文，削鹅管濡墨横书，自左至右，非直行也。

番以父名为姓，以祖名为名。如祖名甲，父名乙，即呼曰乙礁巴甲。礁巴者，番口语也。近时各社均延师课读番童，出就道试，录取乐舞生，给予顶戴，与新生一体簪挂。前学政就"番"字加水旁，姓以"潘"者，今则张、王、刘、李，自为姓者多矣。

东望一带层峦叠嶂中，皆野番巢穴也。于山凹险隘处，以石片垒墙

---

① 经三四日乃止：底本广陵书社风土志丛刊本第一四四页作"经三四日乃止"。岳麓书社版第50页第9行、台湾大通书局印行本第六页，皆误"日"为"月"。

壁，大木为梁，大枋为桷，凿石为瓦。

地无五谷，种芋为粮，掘芋魁大者储之穴。为窖，积薪烧炭，置芋灰中，仍覆以土，聚一社之众，发而啖之。

盐则汲海水自曝。

啖麋鹿之腥者，或割剥而燔炙之。

披发裸身，或以鹿皮为衣，雨则被以树叶。顶皆蓄发，剪与肩齐。草箍如帽。黑齿文身，所在皆是。

妇亦以鹿皮蔽体，织树皮、苎麻为布，极粗厚。日以作褛，夜以覆寝。常持布幅出与汉人交易。

耕作无牛，亦无农具，仅用一锄，阔三寸，柄长一尺，屈足伏地而剐。

捕鹿用猎犬、弓矢、镖刀、网罗之属。男女十余岁，以镖为定。

父母亡，视若路人，惟为兄弟姊妹服。南北内山社俗，大率类此。惟水沙连，虽在山中，实输贡赋。

其番善织罽毯，染五色，狗毛杂树皮为之，陆离如错锦，质颇细密。

番妇亦白晰妍好，能勤稼穑，人皆饶裕，殆野番中仅有者。

盖野番最穷，有终身无偶者，惟杀得汉人头颅，称为好汉，社内任其选择番女为婚，女家亦愿得为婿，不向索财物，故每以杀人为事。

所用弓矢、刀镖，视熟番尤劲利。每杀人，即割其发辫，缠于镖柄，以多者为勇。提所割髑髅，与众番环坐欢呼，灌以酒，从喉管中出，以口接之，轮吸为乐。醉后，以手剥人头眼鼻皮肉，争啖无遗。然后将颅骨悬户，以相夸耀。

善于走险，悬崖绝壁，跣足而登，捷若猿猱。每掘土为坑，暗藏锋竹，盖以薪刍，或误堕辄为所害。又潜伏草内，暗发镖矢，往往被戕。

惟苦无盐，每夜间结伙出山取海泥，有遭之者，多受屠毒。真异类中之奇凶也。

又有鸡距番，足距叉丫①如鸡距。性善缘木，往来跳踯，如猿狖然，食息皆在树间。偶下平地，尚可追及，既登树，则穿林度棘，不可复制。是又诸番所最怖畏者。司土者惟有禁汉人之侵越，严隘口之防御，庶几民

---

① 叉丫：底本广陵书社风土志丛刊本第一四九页作"叉丫"。台湾大通书局印行本第六三页作"义了"，岳麓书社版第五一页倒一行作"叉了"，皆误。

命少苏乎。

　　台湾土番，敬官长，驱力役，勤耕作，安愚贱。浑浑噩噩，游于怀葛之世。盖自归化后，无有一跳梁者。迨通台音习汉字，而番情日以诈矣。华衣饰，美饮馔，而番俗日以侈矣。如北路马芝遴社，男番有耽赌博、食鸦片者，女番有作冶倡、习昆曲者。呜呼！谁实使之然欤？

　　且夫番社之敝也，豪强践番如草芥，而瞨地佃田，任其侵削，番业有不能自保者矣。汉奸弄番如傀儡，而牵妻刁讼，肆其骚扰，番居有不能自宁者矣。吏役视番为鱼肉，而纳饷征车，恣其饕餮，番力有不能自纾者矣。顾或为之，说者曰：是番也，曷可使之富强？是固然。然亦思是番也，既属王民，谁非赤子？忍令其贫弱至此极，而不一尽然动念耶？

　　迩来禁典瞨，则有例前例后、界内界外之分。治社棍则有枷杖逐水之条，严侵渔则有南北理番之设，立法亦綦备矣。虽然，与为文告之繁，何若奉行之谨？要期于番稍有裨益焉可。至于野番，非我族类，暴虎馋狼，见之惟有歼灭。独念蚩蚩者氓，亦何苦入林而甘遭其毒噬也哉！①

　　侯官门人谢曦录。

---

　　① 从"台湾土番，敬官长，驱力役，勤耕作，安愚贱"起至最后，底本广陵书社风土志丛刊本完备，台湾大通书局印行本、岳麓书社版皆缺失，今据底本补齐。

畬经堂诗文集

目　录

畲经堂诗集总目

题词

题《畚经堂诗集》　　仁和　沈廷芳　椒园
题《畚经堂诗集》　　闽县　叶观国　毅庵

　　　　　　　　　　　　　男和壆、和塚谨识

畲经堂诗集卷四

研北集

畲经堂诗集卷六

出山小草

夜雨渡湘江

长沙

舟次长沙有作

题沉心斋维基明府琴鹤图二首

题心斋艮岩游记后仍次卷中元韵

舟行望昭山二首

舟次昭潭北岸夜大风雨有作

湘潭县

月夜泊朱洲听小伶度曲感赋四首

渌江舟行杂诗十首

萍乡道中

芦溪集杜

晚发芦溪集杜

滩行集杜

许旌阳祠集杜

立夏日袁州雨泊

袁山高一首吊袁袁山先生

经新喻县

临江即事

樟树镇小泊

樟树镇寻王文成公誓师处

丰城雨阻

晓发丰城三十里入江口

三月晦日舟过三江口用春字韵

舟次临川登岸，访若士先生玉茗堂，既至荒寂殊甚，感而有赋

陈五贞兆鼎、安之兆履昆弟自崇仁晤予临川舟次，兼惠草庐道园二先生集二首

偕五贞安之昆仲登拟岘台长歌纪之

游潮音洞

过南山寺见黄自先先生诗刻因次其韵二首

传餐近稿

重晤莘田二丈二首

心香出其尊人轮川先生所藏涤砚图属题

秋七月下旬有事邑之西乡晓起山行即事二首

山行舆中口号六首

度林溁岭

岁杪吴江尊寿平明府招饮遂以留别

渡峡江

度常思岭

江口

莆田道中五首

发莆田至仙游境一路看山作

经蔡忠惠公墓下作

枫亭荔园三首

见道旁桃花零落感赋

过万安桥谒蔡忠惠公祠

泉州二月朔日

过开元寺

沙溪旅次题王南陔熹南行近稿后

宿同安县

畲经堂诗集

《红蕉馆诗钞》叙

天地间有自然之声，啼笑是也。声人人殊，啼笑声不殊。何者？哀乐难强也。诗缘哀乐而起，不哀而啼，不乐而笑，世谓不祥，而诗家往往犯之。故有真声，斯有真诗，要惟不苟已耳。

予友武陵朱君幼芝，味道而腴者，性情闲旷，不以俗累。顷诵其《红蕉馆诗钞》，渊然以神，窅然以远，翛然以秀，卓然以雅。是有得于哀乐之正，是为有诗中人也。夫有其诗，而无其人，不可谓之有诗。有其人，而无其诗，不可谓之无人，究不可谓之无诗。若有其人，而兼有其诗，则性情之自命者醇且懿矣。

三代以下，篇章日繁，而苟啼苟笑者，十常八九焉，诗之亡也。夫人而能为诗也，考亭驳唐人诗云：以老朽操笔削之，权存者仅耳。噫！存者仅，为者难欤！马后宫人见大练，嗤为异物，晋惠帝问饥民何不食肉糜，狃于习也。贵游公子入西湖，恣观六桥桃柳，而选幽韵者，必求孤山梅根憩焉。然则作者难，知者尤难哉！

红蕉主人不苟作，亦不苟求，知诵斯集者，不必曰若何汉魏也，若何初唐盛唐也。古今真性情人，当必有寻声而辨者。乾隆庚午（十五年，1750 年）阳月，益阳陈益。

（清嘉庆《常德府志》卷十九录朱景英《畲经堂诗初集》六卷、《续集》四卷、《三集》四卷。附录陈益《序》节略。）

《炙輠集》叙

朱解元幼芝褒所为诗，谒余于寓庐。余每诵一章，辄叹其清稳之至。或曰：诗佳处如是已乎？余曰：谈何容易！

昔元遗山之论诗也曰："谁是诗中疏凿手，暂教泾渭各清浑。"其题《中州集》也曰："万古骚人呕肺肝，乾坤清气得来难。"是故无笔则弱，词不达意则混矣。无书则俗，言出不根则浊矣。气不清者，其词必不稳也。然不可以无学也。少陵自誉其诗曰："语不惊人死不休""晚节渐于诗律细"。而苏子由颂之曰："天骥精神稳，层台结构牢。"牢，亦稳也。谰謱叫嚣，于何得细？卑格贫相，奚以惊人？必也稳之至，而后可以索其兴寄，按其格调。举扛鼎之笔，以运克栋之书。故谓诗非关学者，妄也。抑稳在人力，而清自天生，则清尤贵焉。清岂一杯一泓之所得与哉？幼芝生于湘中，北行渡黄河。湘川清照，五六丈下见底，石如樗蒱。而河自出昆仑墟，所渠并千七百，一川汩漱，沙壤浑浑泡泡，乃有大气以贯乎其中。其气清，故与浅深见底之水无异也。此其说于经有之。"其风肆好"、"穆如清风"，《崧高》《烝民》之诗，人固已言之矣。

余比年忧患学易，诗笔都废。幼芝一行作吏，于诗亦恐不暇以为。然而诗人之性情，类有不以人事改易者。余尝忾夫朱弦疏越，宜以奏清庙而傧鬼神。而君台阁之选，随时骱骸，或不能以自成家。至如微言眇义，追迹风雅，不求取悦于雷同之口者，亦不尽出于旅况寥落之徒。故渔浮名，著于司里之日而迫时。诗集流布，谭舟石之棹歌，榜耦长之修舡谣，往往有声于郡县之吏，古之人更难以悉数耳。幼芝他日学益进，所见益高，其必有不废江河万古流者矣。

于其之官闽越也，为诗说以赠其行。乾隆壬申（十七年，1752年）仲冬之有淀东侨佃翁汪师韩。

《石客庐诗钞》自叙

石客庐者，余辛未（乾隆十六年，1751年）夏自都归里后新筑也。迨官连城，移颜僻之东斋，故凡吟咏，均系诸此。盖砭砭之性，出处一致，庶几所谓在心为志，发言为诗者欤！乾隆甲戌（十九年，1754年）春正月，幼芝甫书于永安舟次。

《榕城叩钵吟》自叙

余自癸酉（乾隆十八年，1753年）春杪入闽，未逾月，得晤黄丈莘田。嗣是一官连城，一官宁德，中间以公事来三山，每就香草斋信宿焉。谭艺之余，间有篇什，大都得于率尔操觚者，故所就止此。乾隆乙亥（二十年，1755年）春王一百八松亭长书。

《亦舫吟草》自叙

官舫也，官廨亦舫。邑濒海，官斯邑者，譬以一舫棹海，芥焉已耳。然操楫偶不戒，匪胶辄覆，余之不敢以坳堂视此邑也。则亦不敢以信宿视此官，坐此舫。其知之耶？故既揭以名轩，凡有所触，得之偶然欲书者亦系焉，此物此志也。乾隆甲戌（十九年，1754 年）腊日，梅墅景英书于宁德县斋。

《沅西佣草》自叙

岁丙子（乾隆二十一年，1756 年）秋杪，予有沅州修志之役。比至，设局于城北之准提禅院寓焉。凡九阅月，笔墨之暇，检志中事有关系与夫耳目所及、身亲游涉者，得诗若干首。命小奚钞，有以自娱。既志成，以地处僻远，昔之名人魁士罕所题咏，故采录寥寥。居停翁颇用为病，因索予稿，借刻诸时贤名氏。至于再三不获辞，遂出以听其杂附各类，然实非予本意也。夫此九月中，予之敝精神于笔墨，间者佣也，乃即此区区自娱者，卒嫁名他氏，虽仍谓之佣也亦可。

按：沅州，实沅水所不经。其以名州者，宋移州东，故州名以名之耳，详具予新志中。故是编以沅西标目云。丁丑（乾隆二十二年，1757 年）重九，研北农自识。

《研北集》自叙

余自丁丑（乾隆二十二年，1757 年）秋杪返自沅西，嗣是未尝出游。自惟养疴戢影，无与于远涉遐登。然流连感叹，酬宾课子之作，仅有存者。夫一研随身，而相于乃在几席，其以片石为南陇也乎？乾隆庚辰（二十五年，1760 年）人日，石圃后人书。

《旧雨斋存稿》自叙

石圃迤南数弓地，构小屋一区，颜曰"旧雨"，用少陵秋述语也。主人局促，其中吟哦不废，虽不尽出于怀人感昔，然岁寒中亦略无有过而存问者，能勿喟然！岁元黓敦牂（即壬午，乾隆二十七年，1762 年）之杪，梅墅。

《浮湘草》自叙

余十渡湘水，至是游，而盛衰聚散之感系焉。昔谢公中年陶写丝竹，而余之役役于笔墨间者若此，亦可谓不自藏拙而詅痴也欤！乾隆壬午（二十七年，1762 年）秋九月，研北学子书于沅江舟次。

《出山小草》自叙

补官服阕后，事乃迟之。近十年，长林丰草中人，志故尔尔。今春出门，越两月始抵三山，舟行留滞，辄有吟咏邮签里鼓，聊备遗忘而已。乾隆癸未（二十八年，1763年）夏四月，舣舟横塘西浦，幼芝自识。

《传餐近稿》自叙

晋安旧游地，假馆未旬月，遽诒艓赴建州，时癸未（二十八年，1763年）夏五〔月〕也。明年首春之官漳海，又取道壶兰以下。故所作多出于卸装小饭之余。不忍割弃，辄复录而存焉。乾隆甲申（二十九年，1764年）暮春，莒汀朱景英记。

畲经堂诗集总目

卷一：《红蕉馆诗钞》古今体诗四十五首
　　　　《炙輠集》古今体诗四十七首
卷二：《石客庐诗钞》古今体诗六十八首
　　　　《榕城叩钵吟》古今体诗四十首
卷三：《亦舫吟草》古体诗六首
　　　　《沅西佣草》古今体诗五十一首
卷四：《研北集》古今体诗七十一首
卷五：《旧雨斋存稿》古今体诗五十三首
　　　　《浮湘草》古今体诗二十七首
卷六：《出山小草》古今体诗四十五首
　　　　《传餐近稿》古今体诗三十二首
男和墅、和壕，侄和采校字。

题词

题《红蕉馆诗钞》　　夏之蓉（1697—1784年）[1]

武陵有仙迹，异人常代兴。朱君故石落，抱璞存其精。

---

[1]　清夏之蓉《半舫斋编年诗》（清乾隆夏味堂等刻本）卷之十三，题为《书朱幼芝红蕉馆诗集后》："武陵有仙迹，水石含晶荧。朱生故落拓，抱璞存其精。谁司量才尺，光拂天南星。遂使九虚外，高举驰云耕。（生度午发解。）君家红蕉馆，草木余芳馨。孤怀吐幽素，妙笔通元灵。大雅久不作，欲歌谁为听？披吟对秋月，忽令醉眼醒。骥朱我所畏，（梅崖）抗步凌青冥。他年结襟契，双凤仪阶庭。"

谁司量才尺，远擢天南星。一朝千佛头，巍然冠群英。

君家红蕉馆，草本余芳馨。高怀吐幽素，妙笔通幻灵。

大雅久不作，欲歌谁为听？披吟对秋月，使我醉眼醒。

髯卷我所畏，谓梅崖甲子（乾隆九年，1744 年）阁中发解。抗步凌青冥。

他年结襟契，双凤仪轩庭。

题《亦舫吟草》　　永福　黄任（1683—1768 年）莘田

大雅为邦去，劳歌亦性灵。君诗道州派，一字一华星。

易俗桃源美，相思澧水馨。明府家武陵。几时飞舄便，来欸我柴扁？

题《畲经堂诗集》　　仁和　沈廷芳（1692—1762 年）椒园

武陵清源仙所都，落霞覆水花蹊纡。朱君酌泉濯真髓，破齿一笑云中呼。光森湛似月照海，活脱妙比盘倾珠。深潜岁月箧笥富，胆力直欲空朋徒。淋漓碎锦自收拾，一百八松亭长书。山窗示我墨痕瘦，倦客瞥见明双胪。巡檐三复万籁息，白云入牖松风孤。缄题急足致赵璧，龙处巧索窥吾庐。

题《畲经堂诗集》　　闽县　叶观国（1720—1792 年）毅庵

楚南地清绝，山水合妍晖。炳灵多笃生，才俊纷骞飞。

峨峨茶陵公，文采留声微。我侯实踵起，咳唾生珠玑。

庆云在赤霄，孤凤舒丹辉。六经结根柢，万言待洒挥。

高才属壮龄，首举冠秋闱。光价重南金，声华满中畿。

圣皇简民牧，释褐登天扉。飘然来海朔，叱驭从骖騑。

下为理民瘼，上以佐国肥。才余政多暇，道在心无违。

每于簿领中，常使签帙围。古来风雅士，岂但娱芳菲。

香山及醉翁，治行世所稀。自从涂轨分，风骚渐式微。

外强苦中干，貌似嗟神非。凡骨谁与换，幺弦殊音希。

侯扶大雅轮，清真得传衣。云裳谢组纫，风御非鞍靮。

雄者摩韩苏，淡者入柳韦。秋葩擢孤秀，快电施棱威。

娓娓虚粮篇，中心恻民依。洋洋灶丁词，感喟余嘘唏。

蔼如仁人言，闻者悦不诽。伊余薄根干，窃比辽东豨。

春花劳剪刻，秋虫资诮讥。学林既深深，骚坛复巍巍。

炁砂不作饭，此道安庶几。三复畚经编，向往心所归。

　　家君子著作繁富，诗凡十有一集。手自删削，存若干首，厘为六卷，总曰《畚经堂诗集初编》。编中如《红蕉馆诗钞》，作于庚午（乾隆十五年，1750 年）以前，则有陈汾浦先生原序。《炙輠集》，辛未（乾隆十六年，1751 年）入都途次所作，汪上湖先生序之。《石客庐集》以下，家君子各于集前识其缘起。兹付开雕，均列简首。和壂等趋庭之余，命承校字，将葳事，敬附数言于后。男和壂、和塚谨识。

畚经堂诗集卷一

红蕉馆诗钞

甘露篇①

郡北阳山，其麓多松，有露濡焉，色若黏饴，味如割蜜，经月咸睹，佥为异瑞②。时庚戌（雍正八年，1730）秋八月也。

　　宵中濩颢气，氐北明乳星。银汉一何皎，膏露于时零。
　　峨峨百尺松，针叶攒天青。叶叶裹露华，皋观收芳馨。
　　凌晨未及晞，琐碎涵晶荧。味之旨且滑，沁齿周三庭。
　　稽古孝治光，瑞应垂遗经。泉斛仙谷醴，芝掇斋房灵。
　　唯兹天酒酌，匪自方诸渟。五粒既表寿，三危亦倾醽。
　　浮浮黄银瓮，的的绿玉瓶。持献蓬莱宫，愿衍轩皇龄。

忆读书得树闲房寄呈舅氏周圭圃先生

　　山色罨四围，数弓略如掌。槎枒老树存，架构故轩爽。
　　屋后瀵春泉，阻石溅虚幌。林密鸟逾噪，昏旦无停响。
　　余事莳花药，时复薙榛莽。柯叶颇不凡，位置信无枉。
　　幽人志泉石，琴书得真养。举似南华翁，离合一非两。先生晚易名

---

① 清陈楷礼辑《常德文征》（清嘉庆十九年鼎雅堂藏版）卷二十录此诗，诗正文无异。
② 味如割蜜，经月咸睹，佥为异瑞：清陈楷礼辑《常德文征》卷二十作"味蜜经月。咸睹佥为异瑞"。

周庄。

入山此已深，转语更题榜。<small>先生自署门，有"入山期更深"句。</small>
庶几禽向间，或在羲皇上。贱子苦喧卑，无计避尘埃。
言从和璞游，著录半亲党。绪论引申余，言外妙奇赏。
周旋阔屦绚，能勿动怀想。

家弟青雷文震将之乾州，余悲其负才落拓，远客天涯，怅然有作，情见乎辞四首

昔我有所梦，我梦鹊山头。鹊山花四照，不似湘山秋。
秋气互南北，一聚何绸缪。低头拜兄弟，回头顾松楸。
漓江虽异派，犹念同源不？

□□住楚乡，君忽离海峤。迢递万里心，寂寞三生笑。
每羡孔巢父，去去头屡掉。小人亦有母，区区恋晨照。
纵君有菽水，安能致远徼。可怜王仲宣，登楼成怅眺。
千古苏门人，珍重一声啸。

莫道龙标恶，月不空青山。猿鸟无世情，清泉曰潺湲。
君趁菊花期，遥弄白露圃。掬之盈五斗，一为濯尘颜。
我欲往从之，安居慎波澜。孔雀巢桃椰，鹓雏食琅玕。
物性各有适，去住皆古欢。

明月当三五，照我颜如雪。西风叫旅雁，即此怨鹡鸰。
萧条扬子居，素心忘言说。言说亦不厌，中心多哽咽。
何曾赋出门，羊肠自九折。何必非新知，无端有生别。
落叶满空阶，兰钉半明灭。含情拂瑶席，姜被无寒热。
噩梦一以驱，清言掷桃茢。

白沙夜泊

篷窗一夜风吹雨，飒飒秋林作人语。篝灯不然客不眠，似有危泉落前浦。欲落不落鸣咽声，野凫拍拍起沙汀。明朝却破澄江色，白尽芦花接洞庭。

湘中待月

清光不妄照，欲隐碧云端。潮汐秋无信，星河夜未阑。
匡床愁梦寐，修竹倚檀栾。几度潇湘待，西风一雁寒。

水亭闻笛湘中作

湘浦此清旷①，翳然濠濮间。风前孤籁发，烟外一鸥闲。
予意在秋水，乡心隔暮山。曲终②愁入破，斜月正如环。

游灵泉寺

澹水发源处附近有莲花堰。

　一勺清泉注九江，澹源岩际听淙淙。游鱼可数临庄濮，怖鸽成行下佛
幢。王粲诗中怀自远，郦元注里派仍双。更闻净友陂塘近，正好凭襟俗
虑降。

立秋后一夜作

入秋才一夜，薄暑渐成凉。过雨洗新月，流光到短床。
身轻知节换，心远耐更长。何限扁舟兴，因风托不忘。

东林闲憩

瓣香何所寄，动即到东林。静爱三摩地，清涵五印心。
相于茶话久，直造竹丛深。漫拟虎溪上，因缘此际寻。

挽胡丈绍虞

真逸陶贞白，风流顾玉山。为园贪日涉，得句付双鬟。
诸子阮家盛，一星曙后艰。平生知己泪，洒向翠微间。

---

① 旷，清陈楷礼辑《常德文征》（清嘉庆十九年鼎雅堂藏版）卷三十四、清邓显鹤辑《沅
湘耆旧集》（清道光二十三年邓氏南村草堂刻本）卷第八十九作"绝"。
② 终，清陈楷礼辑《常德文征》卷三十四、清邓显鹤辑《沅湘耆旧集》卷第八十九作
"中"。

韦载玉润佩小照二首

竹烟松雨断纤尘，调鹤浇花涉趣频。记取衍波曾入梦，画中元是六朝人。

药阑几折绕茶廊，浴砚还添睡鸭香。乐事无多留粉本，只消三万六千场。

春雨①

一春无霁色，寸碧亦阴霾。三月寒如此，桃花不肯开。
江南知草长，舍北见鸥来。却忆兰亭外，何人修禊回。

春月

春宵月坐小庭中，写入春江曲亦工。隔院柳烟分子细，一丛花雾带朦胧。透帘影动安巢燕，照水寒惊返塞鸿。不怕踏春归路晚，五陵大道任青骢。

树护篇

萱草复萱草，厥种乃灵根。花叶如有托，迎春媚朝暾。一解
北庭又南陔，未许霜华老。移根仍先春，年年树萱草。二解
嵘山亦有雪，琳宇亦有霞。愿言为萱寿，煜燨黄金花。三解
戢香攒芝栭，花光依砌上。结实已垂垂，萱茎有如掌。四解

宿戴氏别业闻蛙

野馆难成寐，蛙声到耳多。不平鸣有此，无理闹如何？昌黎句"无理只取闹"。

人境殊喧寂，天时界作讹。偶然相值处，为尔感蹉跎。

---

① 清陈楷礼辑《常德文征》（清嘉庆十九年鼎雅堂藏版）卷三十四、清邓显鹤辑《沅湘耆旧集》（清道光二十三年邓氏南村草堂刻本）卷第八十九录此诗，文字无异。

石圃杂咏四首①

宋拓鼎帖 **锡②山邵氏藏本**

绛汝长沙阁本镌，鼎州刻亦绍兴年。东京昔梦华胥远，北路高牙翠墨鲜。赖有衔名资考镜，别无摹勤副流传。容春堂里珍藏过，合伴泉斋小像边。

郑氏辑韵 **明荣邸仿宋本重刻**

朱邸遗书喷古香，为传音学茧鱼光。四声翻切仍梁代，六部编排有郑庠。鸿宝淮南徒踳驳，虫沙汴水等销亡。闲平盛事依稀见，底向灵威问秘藏。

赵承旨猎骑图

健儿身手五花嘶，白草黄云日色低。一自阴山歌敕勒，早从渥水濯障泥。带禽归路风沙薄，饮马长城雪窖迷。不解鸥波亭上客，也传此景到吴西。

董尚书草书千文

传钞每爱周兴嗣，集字谁规晋永和？忽见戏鸿留雪爪，直施快马霍霜戈。尚书瘦本平生少，健笔名家晚岁多。长日爇香频展对，墨王草圣比如何？

秋日游平山

巀嵲平山路，盘盘磴道危。秋深无静树，境僻得残碑。

小簇郦元注，长吟孟浩诗。水回泉亦泻，幽赏此闲宜。孟浩然《武陵泛舟》诗："水回青嶂合。"郦道元《水经注》："沅水又东径平山，寒松上荫，清泉下注。"皆指此地。

过耆阇寺③

黄叶声中蜡屐双，来寻初地背秋江。

---

① 清陈楷礼辑《常德文征》（清嘉庆十九年鼎雅堂藏版）卷四十录此诗，题注文字有异。

② 锡，清陈楷礼辑《常德文征》卷四十作"杨"。

③ 清陈楷礼辑《常德文征》（清嘉庆十九年鼎雅堂藏版）卷四十、陈起迈纂辑《［同治］武陵县志》卷之四十八、清邓显鹤辑《沅湘耆旧集》（清道光二十三年邓氏南村草堂刻本）卷第八十九录此诗，诗文字无异，夹注文字有异。民国徐世昌辑《晚晴簃诗汇》（民国十八年退耕堂刻本）卷八十亦录此诗，文字无异，但无夹注。

穿蹊诘曲行香篆，鲜于伯机游记云：村路诘曲，如行香篆中①。隔树微茫见佛幢。西笑人回尘堁梦，南朝僧老雪霜降。寺为东晋太元初释惠元建，沙门竺慧亦居此，精苦有戒节。见《梁高僧传》。六时钟磬三生路，趁听松关雨后凉②。

寻伏波庙遗址

新息寻遗庙，台荒劫后烟。萧萧非大树，跕跕尚飞鸢。

恨为南征积，名终百战全。隔江赛都尉，箫鼓亦徒然。土人祀梁王甚虔，云即梁松也。

七夕前一夜作

西风连夜动还停，残暑园林避几经。凉候故教迟七夕，痴情何苦盼双星。初更月影仍斜挂，隔院秋声试一听。料理浮槎吾有事，明朝准拟泛沧溟。

秋夜观斗蟋蟀③

微物尔何知，应候发声响。聒耳苦未休，静夜增恼惘。

痴儿不解事，寻声臂争攘。缘阶鹤步移，伏地猿尻仰。

几回倒罍罍，时复穴窜窦。偶然弋获之，握手互推饷。

盛以雕筠笼，覆之洞户网。饲法一无阙，情性揣相仿。

云此善斗争，不妨事鞅掌。或曰宜夜战，飞狐击鲜飨。

然炬对垒④间，叱咤声两两。鼓绥忽交锋，怒目几曾曭。

健者气无前，一当百非奖。田单火曳尾，狄青铜作颡。

直捣步法齐，再接军声长。诸侯壁上观，五色亦迷罔。

顷之息钲铙，论功呕行赏。胜者建纛牙，负者弃榛莽。

浚崇浑无竞，度封恝匪⑤枉。嗟彼虮虱臣，大义识何朗。

予岂乐不疲？睹此心养养。齿冷半间堂，经语非非想。

---

① 清陈楷礼辑《常德文征》卷四十、清邓显鹤辑《沅湘耆旧集》卷第八十九无此夹注。

② 凉，清陈楷礼辑《常德文征》卷四十作"涼"。

③ 清陈楷礼辑《常德文征》（清嘉庆十九年鼎雅堂藏版）卷二十四录此诗，文字基本无异。

④ 垒，清陈楷礼辑《常德文征》卷二十四作"罍"，误。

⑤ 匪，清陈楷礼辑《常德文征》卷二十四作"非"。

更筹帷幄中，选将登场上。贾秋壑（贾似道）著《蟋蟀经》三卷，中有"更筹帷幄，选将登场"诸语。

游戏恣谈兵，胡不勤扫荡？方今戢边患，承平信有象。
自顾好男儿，升斗勿虚享。身手苟不炼，瑟缩羞壮往。
感激矢报酬，斯言为息壤。

读《十国春秋》感马氏事

太息南唐事，沅湘纷战舻。稻粱鸿泽饱，兄弟马家愚。
地势争三楚，天心厌一隅。江东他日泪，不独为书□。

春日①偕友人出东郊寻蒋道林先生桃冈书院遗址

春目豁远近，驾言陟东皋。遵渚憺容与，越陌循周遭。
暖暖起村烟，辉辉吐繁苞。为贪及时赏，讵辞纤轸劳？
缅惟道林叟，讲席拥自高。心契千树月，丹霞现白毫。
此意渺难会，相就讯同袍。

翁蓼野运标明府席上分赋得春风限声字二首

阳和扇处绿芜平，扑面霏微逗晚晴。陌上曲尘千骑暖，渡头桃叶一帆轻。香飘梅信人相约，光泛崇兰意共萦。愁上朱楼遍十二，春衫不耐玉箫声。

十里雕轮解送迎，踏青人远澹烟横。生香欲断交花树，涩语初调转舌莺。绿涨鸭头波正皱，红啼蝉翼字难成。年来瘦骨春无赖，帘幕朝东怕有声。

题扇头桃花六首

楚王宫殿旧东邻，脉脉无言几度春。往日风流听啼鸟，而今重说息夫人。

---

① 清邓显鹤辑《沅湘耆旧集》（清道光二十三年邓氏南村草堂刻本）卷第八十九，题目中"春日"作"春雨"。正文文字无异。

不是马塍啼界面，亦非苏圃斗横腰。湖风湖雨春三月，记得西泠第四桥。

江南烟雨画图中，丁字帘前怨落红。谁向秦淮打双桨，官奴管领几春风。

九十三湾水乍添，绿杨天外雨廉纤。一枝分得婵娟影，妒杀楼头人卷帘。

红雨霏霏搅岁年，晋源唐观总堪怜。兔葵燕麦飘零尽，无分云林去学仙。

南朝自昔夸宫体，轻薄何妨貌折枝。楼阁杏花春雨后，扇头脂粉笑徐熙。

送孙麓门良贵之任安化二首　　县隶陕西庆阳府

秦关开四塞，北地据其雄。天作义渠国，山围不窋宫。
红盐无战舰，白豹敢弯弓。边患清时息，鸣琴一榻风。

汉朝经术最，关内尚名侯。重地当鹑首，专城半虎头。
才高轻小范，画久定公刘。百里今相属，儒风满朔州。

送杨桐君翙北游二首

忽作秋风哭，催人岁暮游。亦知非得已，惨淡为身谋。
骨峻燕台贵，心多绝塞愁。无情冰雪甚，凭仗敝貂裘。

赀尽关沦落，难销是别魂。北风吹不断，旧雨去何言。
漫经绕朝策，愁过庾信园。相思待春草，的的怨王孙。

病中七夕

一榻凉秋夜，双星卧后看。长河清枕簟，落月背阑干。
乞巧痴儿惯，浮槎吾道难。夜深愁不寐，更漏听将残。

炙輠集

澧州元夜

彩笔何曾气象千，功名三十傍征鞍。栖迟未觉团圞乐，行役初尝道路难。角抵鱼龙纷戏剧，岁时荆楚小盘桓。慈亲遥夜应怜季，为报南陔澧有兰。

公安县

小郭人烟寂，春风忽到城。红梅放花未，江县半阴晴。
迹肇偏安蜀，途荒三户荆。解鞍聊憩尔，鰕菜足吾生。

虎渡

万里岷峨雪，江流日夜来。客心愁到海，春目快登台。
即此鼋鼍窟，安知滟滪堆？榜人劳郑重，予愧济川才。

荆州怀古二首①

雉堞依然势已移，当年重镇眼迷离。一时君子皆猿鹤，几辈将军是虎貔？烟水百洲成底事，图书片舸欲何之。可怜碧岫青山外，犹有悲笳向暮吹。

灵均死后文章绝，今古徒闻说绪余。云雨荒唐空复尔，江关萧瑟竟何如？此乡生计谋鸿雁，往日人才问鲫鱼。剩有仲宣辞赋在，登楼长眺眇愁予。

虎牙关②

郢中健儿猛于虎，樊城箭镞纷如雨。曹刘争战苦不休，云此荆襄之门

---

① 清陈楷礼辑《常德文征》（清嘉庆十九年鼎雅堂藏版）卷四十录此诗，文字无异。

② 清陈楷礼辑《常德文征》（清嘉庆十九年鼎雅堂藏版）卷三十、清邓显鹤辑《沅湘耆旧集》（清道光二十三年邓氏南村草堂刻本）卷第八十九、民国徐世昌辑《晚晴簃诗汇》（民国十八年退耕堂刻本）卷八十录此诗。

户。桓桓中兴李与岳，讥①守议复了数着。吕家小儿乳未干，坐受欺绐失密②钥。书生莫漫嗤鹅湖，完局终归孟大夫。谁云在德不在险，建瓴之下何时无？盘盘磴道马蹄穴，旧垒萧条石凹凸。炮车矢砮冲突余，过客盐车困九折。亦知虎牙何敢然，眈眈余怒谁能前？鸲鹆助威啼空山，转愁蜀道凋朱颜。我来四顾双泪溢，下马踟蹰缠两膝。如此关山不可行，殷勤说与承平日。

抵宜城县

客路伶俜里，行行近汉阴。孤城低夕照，一语失乡音。
斑竹荒屯泪，梅花故国心。此间多美酒，长醉压重衾。

堕泪碑二首

触忤闲情驿路中，岘山如见古人风。平吴亦堕君王泪，浑浚何须苦竞功。

道旁指点为停骖，无恙遗碑倚夕岚。终古不闻陵谷变，何人更说杜征南。

襄阳咏古十首

迢递鹿门山，遗安计非细。为问贤子孙，可有自安计。

景升亦英雄，日上呼鹰台。可怜豚犬儿，不怕野鹰来。

一龙死渭南，一凤死洛县。凤死益州降，龙死绵竹战。

此郡非酒泉，长醉胡为尔。但博一城笑，徒冷千秋齿。

一出讥小草，达人志菰蒲。乞得桓公郡，宜为鬼揶揄。

① 讥，民国徐世昌辑《晚晴簃诗汇》卷八十、清邓显鹤辑《沅湘耆旧集》卷第八十九作"议"。
② 密，清陈楷礼辑《常德文征》（清嘉庆十九年鼎雅堂藏版）卷三十作"金"。

四海习凿齿，弥天释道安。何如扪虱翁，鱼水君臣欢。

衙官屈宋人，乃作吉州户。小儿才十三，孝烈自千古。

孟亭汉水滨，过客酹尊酒。但见槎头鳊，敝庐今在否。

团圞说无生，居士遗灵躅。堂堂于刺史，护法编语录。

大堤复大堤，荡子恣轻薄。一自寄回文，不解襄阳乐。

樊城旅宿

汉水不可极，客意与之永。途远日云暮，岸阔川逾静。
沙鸥浩荡心，汀树微茫影。晚泊喧帆樯，夜渔纷笭箵。
昔当四战冲，今类五都逞。不闻旧鬼哭，但见新妆靓。
钱工姹女数，烛藉游人炳。繁声已杂秦，狂歌竟非郢。
顾我青溪人，问渡铜鞮境。投林倦当归，闻音跫转警。
旅怀拨残灰，名心汲短绠。未负季路米，且说公羊饼。
入户泉濚濚，隐几夜耿耿。相期踏春明，即此梦华省。
小住亦复佳，明发不淹顷。回首汉南柳，依依待破冷。

晓渡白河

猎猎风声撼骑过，棱棱霜气着衣多。五更束火盘陀外，未渡黄河渡
白河。

风雪南阳道中

匹马凌兢雪打空，冲寒可许健儿同。五更博醉飞狐酒，双臂从开射虎
弓。目尽南阳城阙外，魂依东郭履声中。草庐松火今无恙，笑尔蒙头逐
转蓬。

经博望城

雪霁马蹄轻，垂鞭得得行。烟消新野戍，春薄故侯城。
有酒谋长醉，无衣喜乍晴。西南天界白，望眼一时明。

昆阳故城行

蛇死曾闻老妪哭，龙死忍见乌啄肉。一龙不死蟠泥涂，折梅甘心受挞蹴。有时作其鳞之而，昆阳大敌星飙驰。元黄血洒腥风吹，上天之势成于斯。精灵不灭食兹境，故城遗庙馨香永。蒲牢犹作铜龙声，寻兮邑兮皆蛙黾。呜呼！乱云坏山星堕空，一朝雷雨浮沙虫。髑髅掷出长安宫，十八年来蛇作龙。

经叶县

名县驱车去，当年迹已陈。荒唐化凫事，寂寞好龙人。
堞古摧残雪，花稀怯早春。闲闲耦耕处，行客倍伤神。

颍考叔祠

纯孝人真烈丈夫，狂奴一叱夺蝥弧。至今颍谷桥边水，遗恨行间着子都。

李元礼墓

颍川斜日黯孤茔，一代风流万古情。苦县后人皆道德，甘陵前曰岂公卿？范滂既死悲同传，郭泰如仙愧有名。司隶衣冠今在否，土花碧处只吞声。

襄城早发

压帽霜寒月照蹊，征途如掌信轮蹄。人间不少终南径，此地曾闻七圣迷。

石固店题壁

七尺昂藏振敝裘，连朝感慨寄中州。空闻星聚荀陈里，不见风流李郭舟。汝颍东来无绝日，莺花北去似先秋。时平漫读英雄记，逆旅今宵醉马周。

新郑县

新郑城边宿雾消，渡横溱洧去迢迢。雁凫雪后人多弋，芍药春来土不苗。驻节尚闻丞相度，赛祠多拜大夫侨。嗟予俯仰成今古，谁信名区太寂寥。

登郑州夕阳楼[①]

独上高楼思渺然，中原形胜夕阳边。九河带雪声趋海，二室盘云势到天。狂以成名为竖子，达能退步即神仙。须知楚汉寻常事，我欲吹笙鹤背眠。

望古战场

鸿沟何潺潺，广武亦矗矗。河山两戒间，中有秦皇鹿。
重瞳薄于险，隆准折其角。路转成皋塞，坂失太行筑。
流血白马津，吞声飞狐峪。坐令黄图据，莫雪乌江辱。
纷纷读史人，任情谈覆局。所以狂阮生，遂有英雄哭。
予谓楚固失，其锋未全衂。成败安足论？大义炳如烛。
故君江上魂，太公机上肉。一忍一不忍，乃定千古狱。
寒云卷波涛，阴风撼林麓。放佛雷电军，叱咤声相续。

黄河阻冰三十韵

遂有初春雪，翻成二月冰。黄河流转尽，赤岸坼还凝。
大气昆仑阻，高寒荥泽增。沙明膏莹练，湍伏矢攒掤。
积石愁冲鲤，扶桑怯击鹏。饥乌方不定，香象竟安冯？
草昔青千里，烟今白几层？射睛偏皎皎，着体亦棱棱。
雾向苏门卷，云从伊阙崩。估帆停上下，嵷被带凌兢。
共说公无渡，元知客未能。榻悬聊问主，簪盍况邀朋。
到处吾庐是，他时子舍仍。辞家旬日涉，叱驭简书征。
横拂荆南柳，雄呼汉上鹰。驿寻齐赘谪，歌畏楚狂憎。
偶唾须防井，轻投漫避矰。人疑失马叟，我类打包僧。
万里一行脚，长途三折肱。那堪悲逼侧，复此醉瞢腾。
破浪惭宗悫，临风吊信陵。滞淫依土锉，寂寞伴篝灯。
虽饱连床梦，难期同病兴。涕余间博笑，谈往倦繁称。

---

①　民国徐世昌辑《晚晴簃诗汇》卷八十（民国十八年退耕堂刻本）录此诗，文字无异。

只识羁王粲，何缘谒李膺。路穷舟返剡，味薄酒非渑。
刮耳斗牛蚁，驰心托骥蝇。巫咸冤莫诉，沧海兴谁乘？
岂为猪肝累，惟思羊角升。来朝星使泛，渺渺古查登。

汲县早发

去去大河渍，依微晓色分。惊心百泉水，极目太行云。
墨子车偏远，耄生散不闻。苏门如可到，鸾鹤一为群。

浣衣里

谁道晋惠愚，犹爱侍中血。可怜怀愍衣，青青安可雪。

汤阴谒岳忠武祠

故里森森柏十围，一灵祠庙见依稀。英雄竟为风波死，魂魄何曾桑梓
归？遗恨篝师无报日，早知御诏是危机。我来拟酹尊前酒，可当黄龙痛
饮非。

渡漳河

铜雀才飞石虎来，霸图前后只高台。匆匆北渡凭风雪，残瓦无心觅
砚材。

磁州道中

庐舍苊芦中，幽人饱泉石。汀沙落涨痕，微见凫鹭迹。
平田细水流，带雪鸣寒碧。野色媚江南，衣袂收姽婳。
纷吾逐尘垠，今日故园客。

邯郸绝句二首

歌吹空闻怨赵家，一时宝瑟殉黄沙。丛台剩有闲桃李，犹惹行人拾
落花。

少年归去月黄昏，肝胆无端动客魂。匕首报仇闲底事，阿谁能报信
陵恩？

过黄粱梦忆亡友邓玉韶钧"辛勤莫厌邯郸道，才是卢生入梦初"之句，感而赋此

邯郸北去只荒原，一觉游仙尚有村。劫后黄粱谈幻戏，愁边华屋念生存。青蝇枉吊虞翻骨，丹桂难销贾岛冤。记取箧中诗句好，而今大梦向谁论？

石勒墓 <small>在今邢台县</small>

英雄不读老庄子，着手乾坤割江水。当其倚啸上东门，宁馨王郎惊欲死。今年出师彭祖亡，明年出师匹䃩降。赵王赵帝我自取，又听铃音替庾冈。看君四道鱼龙发，一抔终作鼯鼪窟。礌落千秋感客心，羞煞西陵狐媚骨。

渡滹沱

扑面恒山半壁青，浑源陡下气冥冥。层城势压毗卢阁，一水声吞麦饭亭。宿将西防皆嚄唶，征人北渡太伶俜。乡心却羡归飞雁，断续长天度井陉。

清风店

停骖野店日斜曛，极目沙场卷战云。一自空同歌己巳，居人长说石将军。

安肃县

易水城边路，悲歌燕市风。望诸今寂寞，屠狗几英雄？
绿意春前柳，黄芽雪后菘。解囊酬一饭，去逐塞垣鸿。

涿州

卢植墓前沙草白，桓侯井畔野云黄。羯来灰洞日亭午，不辨童童车盖桑。

卢沟

桑干漠漠打冰开，柳色依依傍日来。终古卢龙雄气象，一时涿鹿净烟埃。莺声不恋张华宅，骏骨还归郭隗台。翘首凤城天尺五，题桥有客赋新裁。

畲经堂诗集卷二

石客庐诗钞

送陈梅岭长钧之任武冈学博三首①

莫厌清贫甚，儒林幸有君。几人陈古义，吾道在斯文。
珍重青毡席，淋漓白练裙。从来饶笔墨，况对乱峰云？

君家髯太史，碧海掣鲸鱼。已入先贤传，曾劳长者车。
文章空白下，兄弟近黄初。赖有中郎在，风流未让渠。

才话燕台别，何堪又送行！书征秦博士，门迓鲁诸生。
我已拚②归卧，君还事远征。一官虽勉就，含意各分明。

慰杨生瑞二首③

杜精文选理，柳滥水经觞。亦效齐梁步，谁登邹鲁堂？
昔人窥六艺，太史擅三长。峻茂盘深后，千秋业可忘。

不朽寸心事，名山大有人。从来鬐鬣意，何处斗牛津。
秘宝知希世，先鞭任绝尘。无劳悲铩羽，如子岂长贫！

将赴都门留别杨梅冶秉植二首

此去诚非已，艰难为老亲。动予西向笑，羡尔北堂春。
梦欲寒姜被，花偏赚晋人。十年逢再别，不忍泪沾巾。

---

① 民国徐世昌辑《晚晴簃诗汇》（民国十八年退耕堂刻本）卷八十录此三诗，题目无"三首"。清邓显鹤辑《沅湘耆旧集》（清道光二十三年邓氏南村草堂刻本）卷第八十九录第二首，题为《送陈梅岑长钧之任武冈》。清陈楷礼辑《常德文征》（清嘉庆十九年鼎雅堂藏版）卷三十四录第二首，题为《送梅岭长钧之任武冈学博三首录一》。

② 拚，民国徐世昌辑《晚晴簃诗汇》卷八十作"拌"。

③ 清陈楷礼辑《常德文征》（清嘉庆十九年鼎雅堂藏版）卷三十四、清邓显鹤辑《沅湘耆旧集》（清道光二十三年邓氏南村草堂刻本）卷第八十九录此诗，文字无异。

关西清德远，文敏后来无。表系三朝史，功存两傅谟。
词章羞白凤，宅兆慎青乌。赠处宁多说，斯言或不诬。

留别杨乾初士元二首

兄弟君家好，因予时一东。连狳元不厌，角鹿竟何功？
名士云间陆，纤儿吴下蒙。后先问雄长，辛苦逐沙虫。

我为功名累，炎天动北征。羡君贤伯仲，一室敌长城。
但守秋河信，犹存息壤盟。维摩闻减带，去去岂忘情？谓赵笠伊。

赠张进士源长斯泉二首　　时掌教夯山书院

万里星奔日，何曾到一官。归来非栗里，冷落任鸡坛。
禄米饥难索，祥琴罢欲弹。雄才领都讲，五十棘人栾。时丁艰家居。

莫漫轻盘敦，师严道益尊。蚕丛曾独辟，麟角待谁扪？
来者斯文托，何人古调论？五贤留一席，辛苦瓣香存。

送瞿熙仲缉曾明府奉讳归滇二首　　瞿，旧连城令。

万里滇云客，秋深衔恤归。可怜仙令舄，空叹老莱衣。
五两风帆便，三升酒力微。临岐频惜别，不逐雁南飞。

青草方收瘴，行行万岭过。为含攀柏泪，谁忍唱骊歌？
宦味虀盐淡，交情杵臼多。新知应有意，何限梦牂牁。

为胡贞三题洞庭秋月图①　　胡家秀水

我是洞庭老渔父，一年不见洞庭月。忽从素壁对新图，千里清光照华

---

① 　清陈楷礼辑《常德文征》（清嘉庆十九年鼎雅堂藏版）卷三十录此诗。清姚诗德、郑桂星修，杜贵墀等纂《［光绪］巴陵县志》（清光绪十七年岳州府四县志本）卷之六十四亦录此诗，但对作者朱景英，题注为"未详。盖浙江人"误。清邓显鹤辑《沅湘耆旧集》（清道光二十三年邓氏南村操堂刻本）卷第八十九录此诗，题为《胡贞三题洞庭秋月》。

发。清光在纸不在天，乾坤吴楚终茫然。岳阳楼头铁笛裂，岳阳城外狂波颠。笛声波声夜相薄，木叶萧萧霜气落。中流无声辘轳转，一轮涌出湖天廓。天垂四角湖心高，高处有月沉秋涛。老鱼不跳蛟不舞，一发君山净如许。客灯渔火迷离间，白堕芦花湿双橹。五两乘风自在行，今宵趁泊岳阳城。有人喝月一开口，豪夺城边水气横。我梦鸳湖接苕雪，红①艒春风坐白帢。翁偏爱我洞庭秋，尺幅移来日相狎。吾家钓师小长芦，去人已远烦招呼。几时与翁同握手，看月一醉巴陵酒。

题童受培能材自写小照

痴黄颠米云材迂，画家谁复无称呼？淋漓泼墨惊独绝，传神阿堵非其徒。虎头而后数道子，秋毫欲到心已枯。不闻现身自写照，手眼双妙图中图。在昔彭泽示游戏，形影问答疑有无。固知取影形亦幻，空烦颊上添髭须。鹤氅鹖冠山泽臞，摩挲古鼎绳床趺。悟真参同数卷书，此君无乃有道乎？我欲名之费踟蹰，赤松黄石古丈夫。呜呼！赤松黄石古丈夫。

冬夜听李山人弹琴

相赏在松石，孤为岁暮心。寒声落虚室，夜气入层阴。
孤意抱时绝，众山响处深。潇湘如可寄，我问七丝琴。

九月廿二日夜署斋不寐作六首

潮海东南路几重，一官不为酒泉封。好安磨蝎宫中命，幸与韩苏作附庸。

记得牵衣欲别时，高堂忍泪训孤儿。艰难便作官箴守，好与苍生一察眉。

陶令拳拳说五男，昌黎有句示城南。须知纸笔皆梨栗，喻到龙猪语不堪。

此乡教养几年成，岁岁惟闻作送迎。拳石豸山无恙在，阿谁饱看有

---

① 红，清邓显鹤辑《沅湘耆旧集》卷第八十九作"给"。

闲情。

诗笔新来最懒拈，况无清簟与疏帘。夜深剩有残灯伴，依约枯禅佛火添。

夜夜偏愁一睡难，砌蛩惯与伴更阑。从来病信西风送，莫怪征鸿不带寒。

偶成

旅雁西风寂不闻，衡阳音断海天昏。熊罴却后谈空壮，猿鹤来时恨自吞。几日殊方嘲热客，一朝旧雨怆离魂。须知五斗原轻出，陶令柴桑尚有村。

署斋夜坐二首

秋尽重山暑未消，客眠难着夜迢迢。帘旌不动铜签下，坐我高天清露宵。

萧萧木落洞庭宽，接岸芦花雁叫寒。到此无因起哀怨，诵他二十五篇难。

怀黄十砚任先生三首

息影掩关久，幽居近薜萝。一官轻弃掷，十砚耐摩挲。灯火樊楼梦，琵琶白傅歌。旧游成往劫，忽忽鬓双皤。

泠泠江上音，避俗此弹琴。江色浩无际，孤音振自今。言悲筝笛耳，忽结水云心。远胜萧思话，风流片石寻。

别后竟何如？空中少报书。老无燕玉暖，人在澧兰居。秋巷几过客，春风一迟予。为含伴游意，慰藉转萧疏。

怀施北亭廷枢

共此天涯滞，离愁又瘴乡。悔予轻出策，问尔浪游装。

谭艺纷蛮触，谋生拙稻粱。不知戎幕里，能识马宾王？

赠童元定能元

止窝先生新头衔，谁其署者张道南 谓源长。青山无恙此窝在，谁为辟之秦淮海 谓旧令秦君士望。蹒跚时一憩双脚，消受黑甜与黄奶。黑甜黄奶味有余，几曾割取餐肪脦。一生怀抱别有托，酸咸与俗元相殊。前年手擘东田石，结庐不为烟霞癖。堂成俎豆五夫子，径通来往诸逢掖。只今弦诵彻松关，鹿洞莲峰伯仲间。名走如骛，不则封已聊自固。安得如君面目真，峰岭宁愁横侧误。我来逢君六十强，话我往事如家常。酒阑灯炧神转王，瘦鹤引吭声何长。近闻屋后敞轩阓，颜以听松缀题跋。华阳隐居是耶非？耳畔不厌刁调聒。疑君未必此息机，眉棱隐见还依微。须知海上钓鳌客，昨夜南山射虎归。我欲别君情未已，赠处无言笑相视。愧我不类愚溪愚，愿君常守止窝止！

连城杂诗二十首

一山终古切高冠，苍玉玲珑峡几盘。此日胜游当日险，线天露处是泥丸。

南渡君臣泪已枯，荒陬留得岭垂珠。补亡亦下残编泣，可当西台恸哭无。

小丰山下欧阳庙，村鼓冬冬报赛稠。别有灵风来胙蜡，竟无一个祭彭侯。

读书不用买山钱，为傍空岭结数椽。淮海风流归道学，月珠一笔示真诠。

四子延平鼻祖求，云仍辛苦割鸿沟。请看崇祀童字龙俦张字飞子后，俎豆何曾废二邱？

一经理数久纷挐，王费焦京见总殊。乞得石斋牙后慧，指天画地作新图。

极目磳田半祭尝，秋成黄茂早登场。中元醉饱祠堂下，齐道轮年好弟郎。

今年晴雨未妨农，祝岁豚蹄礼数恭。嘱语儿孙安顿好，大冬收了又番冬。

不借樵风半日程，腰镰茧足苦谋生。近来射得南山虎，任向田心_{地名}一带行。

生涯鹅鸭一围中，欲课蚕桑计未工。买得乌犍三百尾，明年稳作富家翁。

花花叶叶看皆好，白白红红见亦稀。一话灯前诧儿女，水南_{地名}今日趁墟归。

楚尾吴头客作缘，家乡远别自年年。稿砧梦断商人妇，那得金钗当卜钱。

水西岭下大清明，残照秋坟酒再倾。几日重阳风物近，家家粗妆作人情。

薄酒茶汤胜几何，醉来亦复影婆娑。杖头日费知无数，一滴珍珠比饭多。

臛蛇腊鼠元奇品，海月江瑶浪细评。为补食经新味好，烹调鰔鲗即侯鲭。

喧阗不问夜沉沉，顶礼罗公一片心。演得普门新梵呗，海潮竟是世闲音。

斫得琅玕细研光，争能制法学南唐。十年腐败梁园恨，未抵兰花过岭香。

泥粉从教捻复授，苦将博古仿宣和。此乡难得祁门土，德化居然号定哥。

活火新泉湛露华，旗枪一斗雨前芽。豸山不入君谟录，珍重荷包顶上茶。

小拍谁家唱柳枝，愁人酒冷月昏时。风怀白傅年来减，卷里犹存半格诗。

赠林叟

之子泰初邻，空山采药人。鹿门绵旧德，鹤市老闲身。
机事忘皆好，孤怀托亦真。壶公倘相访，一笑诧回春。

古欢一首赠罗治安钟杰

陶令赋停云，杜陵思旧雨。古之有心人，出处皆求侣。
昔我苬芦中，素心晨夕数。一行今作吏，官场自城府。
幸从诸公后，得与君接语。一一中肯綮，妙味耐含咀。
君言一何清，君怀淡如许。时欲相周旋，踪迹劳延伫。
未几代及瓜，寓公乃寄庑。一庐颜石客，硁硁性所圃。
谁知君章宅，去我才数武。步屧肯经过，远势鹤归屿。
把臂止窝翁，岁寒迭宾主。居然二仲来，荒径开蒋诩。
婆娑对幽影，琼瑰落清麈。移暑不忍去，卜夜更秉炬。
佳句性癖耽，往往资掌抚。偶复作茗战，旗枪君辄苦。
我病觅芝术，我饥馈鸡黍。借我一瓻书，醉我三升醑。
岑寂为我破，余勇为我贾。遂使宦游人，婉晚忘羁旅。
桃花汪伦潭，蓠本任棠户。此意兼者谁？勿谓今如土，
止窝我所爱，杜句取怀予。予颜其额曰：心迹双清。何以持赠君，古欢当缟纻。
十九首中字，义则断章取。渔洋有新录，名字君可补。

题童思承祖创小照

昔有人焉鳯山老，出处不肯徒草草。生与诸儒接瓣香，殁分一席歆溪

藻。我来已晚见无从，昆也季也庞眉翁。一门少长半在眼，凤毛忽现丹山桐。斯人不少亦不长，道学之后叹无两。扑面能消西去尘，揩颐胜挹朝来爽。前年罗浮翛然游，去年幔亭归乎休。宗炳四壁亦可卧，阮孚双屐将何求？顾其有意不在此，图中之人欲老矣。手抱遗经一片心，寒泉先生真有子。

怀李霖村云龙二首

时以苏州通守持服家居。

几年吟啸占沧浪，佐郡归来四十强。诗擅苏州循旧例，园邻曹氏辟新仓。研山海岳襄阳米，麈柄琅琊大道王。幽赏高谈两不厌，相从可许发清狂。

宦情未便故委蛇，身世于今有所思。丙舍菟裘须毕早，午潮珠蚌莫嫌迟。文章老辈灵光在，哀乐中年旧雨知。临别一言忘不得，君来是我出山期。

怀吴林塘至慎明府

时以闽令资议侨居会城，事白将入都起用。

标持三妙老仙班，林塘尝以荔支、素兰、寿山石为三妙，有吟。小劫翻身一堕间。吟到秋笳皆苦调，《秋笳集》，君从祖汉槎先生出塞时作。觉来春梦总危关。相逢须认将军故，再出宁容骑省闲。惆怅我来君又去，南皮回首越王山。

除夕连城寓斋作六首

纸窗竹屋一灯偕，风雨无声趣亦佳。谓我心情宁有此，今年岁尽在天涯。

寸草心知一报难，相依犹许媚春盘。误人最是毛生喜，此曰高堂定损欢。

为我年年祝此宵，六铢着待彩云招。早知薄宦成轻别，忍共牛衣慰寂寥。

熊儿骥子笑齐肩，紫凤天吴巧斗妍。杜老每怜儿女小，若教解忆更堪怜。

乞米书同乞食诗，无灵笔墨懒为之。谁知赁庑佣春客，随俗犹工祀灶词。

不避风尘觅蹇修，辛勤终是为人谋。嫁衣送了巾箱尽，碧玉明年好上头。

甲戌春正月将去连城留别邑中诸同学暨众父老四首

春风容易别怀赊，去去桐乡又驻车。为邑昨年初制锦，绕城何日遍栽花？素琴鼓虐难为调，翠黛留时欲当家。忍惜临岐拚一醉，看予乌帽已敧斜。

此乡风土旧曾闻，几辈牵丝朱觉梦。古虔在人皆爱鼎，拙工如我一挥斤。亦知报政难三月，却忆衔恩近五云。前日科名今日吏，搴帷何以慰殷勤。

揭来莫漫畏艰难，说着壶觞便素餐。负米动矜千里瘁，巢林何补一枝安。誉随磨蝎宫中命，吟爱鲶鱼竿上官。怀抱向人还垠笏，西山仔细几回看。

教养而今治已登，微才经术饰无能。要知礼乐原攻短，犹恐农桑偶失恒。长物难于三岁艾，生涯多在一溪藤。山城如此宁轻别，况画屏风得未曾。

舟过永安欲觅素心兰而索值甚高苦无所得因买水仙以解嘲二首

作吏依然贫士吟，曾无一物伴幽襟。沅湘纵入柴桑梦，却要黄金买素心。

翠羽明珠事不经，湘君遗恨九疑青。幽兰竟逸云和谱，为托微波感洛灵。

榕城叩钵吟

读刘邻初敬与先生《离骚乐府辨体》，赋此奉呈

大雅于兹作，微茫闻正声。朱弦清庙叹，香草美人情。
河汉惊无极，刀圭慰此生。苦心托笺疏，来问郑康成。

梨花白燕图

黄千波写生，予题句"林心香作棵"。

一院昏黄月，霏微淡不收。差池怜素羽，清影落纤钩。
相识都成梦，归飞焉可求？就中忘色相，门巷莫嫌幽。

题林苍岩正青先生一砚归耕图四首

题遍邗沟又蜀冈，他山片石未全荒。年来老我扶犁手，抛去扬州近
十霜。

坡公老去志菰蒲，阳羡犹营十亩居。何似石田留一笏，归来藤磴带
经锄。

秋成岁岁祝长林，一砚全家食报深。记得先畴初授日，凤池南畔鹿门
心。先生尊人鹿原先生官中书时曾蓄一砚，至今宝之。

树谷逢年更树兰，白头子舍尚承欢。新图应共笙诗补，北陇南陔一
幅看。

月鹿夫人花卉草虫二首

一丛开向试灯风，人在花花叶叶中。解得维摩天女意，散来春雨小楼
空。春雨，许氏楼名。夫人在日，尝居此楼作画。

脂粉奁边玉昼叉，萧闲帘幕近兼葭。最怜秋雨秋风后，纤意丛残见
大家。

又题二首

曼陀罗与水仙王，配食都宜近古香。惟有写生兼绣佛，得消清福便无量。量字平去二音古通用，见字书。

江声湛湛落枫林，一个秋虫一叶吟。今日归来成记忆，夕阳粉本洞庭心。夫人生于岳川官署。

林心香擎天示余汉甘泉宫瓦并诸名人题诗册赋长歌书后

甘泉宫中片瓦耳，乃有竹垞渔洋诗。两公诗句峙魁垒，况与古物相附丽。而我读诗动怀古，如睹敔香攒芝楣。亦复想象古初字，差等史籀丞相斯。胸中结轖良有故，也宝斋头留小住。此瓦俨在几案间，心折长林善将护。团团者规黝者色，界道中央环四极。长生未央字欹侧，边幅略不事修饬。西京遗物讵易得，手此摩挲增太息。或言宜王十鼓字宛然，岂如斫石乃在后周大统保定年。或言峄山之碑字可读，岂知野烧无余锼枣木。其他秦权汉鼎尚有斤两龠合字，大都模勒流传矜好事。那如此瓦形质存，风雨雪霜罕啮溃。君家陶舫富藏弄，未必能逾此瓦右。欧赵阙录亟须补，恨不赏共刘逢父。少选巨册忽解橐，靺鞈勃律宝参错。是物是诗凡几角，谓我曷不续有作？我既不如竹垞考证金石恣评泊，又不如渔洋捃拾黄图详访落。才微力弱徒自噱，蝉噪安容杂南钥？林君林君，尔之嗜古古不若，愿尔慎藏此瓦，重装两公诗，便足豪视墨林项氏天籁阁。

赠许思恭王臣 雪村先生子

卓尔先贤后，如君兄弟难。时名参佐廨，家学腐儒餐。
碧海谁能挈，青毡竟不寒。春晖将寸草，的的傍陔兰。

赠许子扬承烈

时归自尊人石泉先生崖州官署。

万里趋庭客，归来守一灯。知君有怀抱，一一在高曾。
嘉树勤封殖，名山要代兴。何人能尚友，拂壁瓣香承。壁间读瓯香先生题句。

题黄千波度落花蛱蝶图

竟无聊赖竟无端，才过朱楼又赤阑。要与桃花问消息，看他初放看他残。

寿竹夫人画竹

王孙不可见，老我琅玕屋。落手千槮楘，翠影鸥波浴。
对此动乡心，曲曲潇湘澳。

千波双钩牡丹

鼠姑开后已春残，姚魏家家百宝阑。富贵妒他施步障，移灯莫漫近前看。

黄钟篇为黄郎秉元作[①]

秉元，十砚先生孙，予字之曰声九，歌以赠之。

一一凤声出嶰竹，雄鸣者六雌鸣六。元声惟有黄钟宫，九九之数穷鸿蒙。未有分寸数已具，如日欲出扶桑红。一声初起海波动，再起鱼龙恣颃洞。风雨骤合钧天张，灵鼍六变云门筶。乃知万事归本根，黄钟亦有元声元。秬黍中实正盘郁，胚胎一气交昆仑。君家规矩高曾好，正始微茫富搜讨。一门骚雅扬清芬，前有姬岩后香草。极盛之后继为难，雏凤乃在桐花端。万里丹山此其始，固应声出青琅玕。嗟余闻乐来天上，寸莛洪钟敢相向。言从砚席交纪群，讵解宫悬辨涓旷。愿君自爱还自奇，和以鸣盛为汝期。顾名莫忘宾字之，听我扬觯歌此诗。

印人歌赠林丹璧岊[②]

我闻栎下周侍郎，搜奇乃有印人传。系以本事详里居，情性须眉两如见。武陵顾氏著《印薮》，秦汉以来靡不有。意存影揭形模间，铜玉龟螭细分剖。由来此事关天钧，文何体势斯冰神。许徐归李亦迭见，要须疏淡含精匀。纷纭摹古皆赝古，猎碣爬梳更诅楚。款识徒知钟鼎求，

---

①　清陈楷礼辑《常德文征》（清嘉庆十九年鼎雅堂藏版）卷三十录此诗，文字无异。

②　同上。

敝帚千金竟何补？我逢林五字丹璧①，象罔②惟从许慎索。卍字回环四堞③奇，他④旁结构劳心画。一时散落千芙蓉，片片圭角勤磨砻。欧赵已远金石歊，于此仿佛攻与同。高斋日午花低亚，读画谈诗课清暇。看君叶叶食春蚕，铁画声中销九夏。自昔鸿笔留丰碑，往往大手镌镵之。梁鹄之书钟繇刻，三绝不异传闻辞。江皞臣，程穆倩，印章小技梁园善。恨不于今起相见，为我制辞老十砚。况烦丹璧开生面，琳琅入手差足豪，饱食摩挲⑤日三遍。

夕佳楼话别⑥

薄暮起凉风，高梧月正东。人将千里隔，秋在一楼中。
遥夜怨长笛，离情逐断蓬。他时倘相忆，一问北来鸿。

题千波蛱蝶画扇五首

韩凭旧事觅无踪，路隔蓬山第几重。莫向桐花羡么凤，蘼芜即此故夫逢。

六朝金粉太零星，织草平芜翠迭屏。认取楼台陈后主，不妨轻薄作丹青。

飘摇队队复行行，竟体都沾绣被香。为乞朱门新样本，鄂君遗事仿滕王。

衣香人影擅风流，少小曾从岭外游。带得六铢留苴篋，归来缩本貌罗浮。十砚先生官粤时，君曾随侍。

---

① 璧，清陈楷礼辑《常德文征》卷三十作"壁"。
② 象罔，清陈楷礼辑《常德文征》卷三十作"罔象"。
③ 堞，清陈楷礼辑《常德文征》卷三十作"屟"。
④ 他，清陈楷礼辑《常德文征》卷三十作"偏"，当从。
⑤ 挲，清陈楷礼辑《常德文征》卷三十作"挲"。
⑥ 清陈楷礼辑《常德文征》（清嘉庆十九年鼎雅堂藏版）卷三十四、清邓显鹤辑《沅湘耆旧集》（清道光二十三年邓氏南村草堂刻本）卷第八十九录此诗，文字无异。

停云家世本清门，文采红阑奕叶存。妙绝休承闲搦管，扇头依约凤凰孙。

宿南禅精舍

白社投双脚，城南近虎溪。傲随陶令迹，幽伴远公栖。
鱼鸟亲瓶钵，风尘愧粥藘。言参小三昧，信宿意终迷。

晚香玉绝句

翠羽明珠欲比肩，香生细细月娟娟。销魂一种梨花梦，莫为横陈薄小怜。

留赠江孝廉拱旒

皂帽临风管幼安，向人惨淡剑空弹。海东亦有耶溪水，长夜凭君醉后看。

香草斋分咏二首

玉麈
标致南朝物，谈谐惟尔资。松枝相对处，玉屑欲霏时。
与手怜同色，无言解自持。风流知未歇，日夕冶城披。

沉香笔架
砚北好安禅，香严色界连。心空沉水候，梦到散花天。
慧业余熏习，词场小结缘。维摩如乞与，一忏玉台篇。

晋安五老诗

林判官苍岩正青　时年七十六
林叟岁寒姿，磊砢有节目。一试小海吏，归来学守朴。翁尊人麃原先生有《朴学斋记》。
洁白南陔膳，太大人时九十七岁，尚健。丹青北阡岫。北阡草庐图，翁乞蓝采饮绘其丙舍。
他年传旧闻，榕海一编续。翁近著《榕海旧闻》。

游太守心水绍安① 时年七十四

游老古贤达，早谢梅花长。袖中五岭春，眼底三山爽。

近市心转清，著书奇独赏。寂寞越王台，访古每孤往。翁家钓龙台，下即越王无诸遗迹也。

陈京兆德泉治滋 时年七十三

陈公一寝处，居然山泽臞。出持司隶法，归读长桑书。

诗城攻偏师，学圃公别业名勤荷锄。卓荦名家甥，古梅叹已徂。公与谢阁学道承，皆林鹿原先生甥。古梅，谢别字。

黄大令莘田任 时年七十三

黄丈耆旧最，结茅邻米友。翁外祖许有介先生堂名。四壁坐苍然，一官竟何有。

墨王海右亭，诗老溪南叟。十砚一生心，摩挲无恙否？

刘行人邻初敬与 时年七十二

刘翁实静者，曾掌兰台史。垂老作经师，纷纶得标指。

伐薪与汲泉，著录皆名士。辛苦注虫鱼，风骚穷未已。翁著《离骚乐府辨体》。

放言同十砚先生作六首

举烛郢书燕说，出门北辙南辕。傅会每惊腊鼠，防闲岂任奔豚。

物类兔丝虎魄，道家熊经鸟伸。历历山中老树，迢迢天际真人。

永和下帷绝迹，叔平种树成阴。比似百城万户，较量钱癖书淫。

獭祭翻遭挦扯，鹤飞亦被偷藏。底不性灵澡雪，苦教糠面簸扬。

誓墓名心未净，送穷道气全疏。唯有分甘汲古，差强感遇逃虚。

骑驴觅驴有说，以马喻马费词。瞿昙本非非想，蒙庄不解解之。

---

① 清陈楷礼辑《常德文征》（清嘉庆十九年鼎雅堂藏版）卷三十四录此诗，文字无异，但无题注和尾注。

畬经堂诗集卷三

亦舫吟草

筑堤行[①]

捍海议筑东湖堤，筑堤仍取海中泥。海水有潮泥有卤，潮退泥干硬于土。抟泥层层堤屹然，不闻杵杙声喧阗。咸水泄尽淡水蓄，可以坐收三百禾囷廛。当时议者固如此，此议官喜民亦喜。官喜加赋晋阶秩，民喜成田实颖栗。纷纷投牒申上官，一时不惜私钱率。岂意海涸无有期，朝潮暮潮奔突驰，一尺方筑寻丈隳。安德尔许钱，填此巨海为？既非衔石之精卫，又无鞭石秦皇计。筑堤筑堤几年岁，依然大海望无际。我来问之立斯须，告者未语先嗟吁。前年为田筑东湖，而今为堤田无余。前年雇夫筑东湖，而今佣作东湖夫。不然田亦不望堤不筑，上官督责无时无。我才闻此语，心知筑堤苦。既思桑田沧海变，有时安知天工不为人敚之。又思年年秋涛怒且吼，千棱万棱田乌有。纵使此堤幸有成，一线孤悬岂能久？堤不能久田升科，所患更在成堤后。不知议筑东湖人，曾筹及此深长否？

虚粮叹[②]

十月县帖下里胥，来催四月完半租。明年县差捉粮户，去年粒米全无输。捉到一一列阶下，垢腻双脚衣穿肤。或老年过八十余，或寡妇抱儿子孤，又或躄者瞽者须人扶。由来粮从田土出，尔坐享田粮胡逋？毋乃藉此老羸孤，苦废疾状可以抵塞停追呼。中有一人上前泣，欲诉[③]欲诉可容一言乎？规田纳粮有定则[④]，粮诚有之田则无。问田何以无？田在元明初。闻我先世曾有此，乃是沿海垒石成膏腴。以此豪视三五都，年深岁久海水刷膏腴。亦已涂泥淤厥田，岂有上中下厥赋？则壤宁非虚，当其壮盛时，

---

① 清陈楷礼辑《常德文征》（清嘉庆十九年鼎雅堂藏版）卷二十录此诗，文字无异。

② 清陈楷礼辑《常德文征》（清嘉庆十九年鼎雅堂藏版）卷二十录此诗，有异文。

③ 欲欣，清陈楷礼辑《常德文征》卷二十无。

④ “可容一言乎？规田纳粮有定则”，清陈楷礼辑《常德文征》卷二十无，应为漏抄。

犹可营锱铢。而今困顿甚，朝食申[①]无铺。况无长物付质库，又难称贷趋乡闾。自知国赋无所避，累我父母云何如？语未待竟，我心恻可悯[②]。颇与春陵俱无论，呵斥鞭朴两不忍。即此老羸孤苦废疾宜嘘濡，薄俸愧难起众病，安得尽使虚粮除？他日太守行部至，告之亦复长嗟吁。呜呼！可竟空嗟吁，要当苏我民妻孥。

灶丁苦[③]

灶丁苦，灶丁不苦，安得他人峻垣宇？灶丁苦，灶丁不苦，安得他人侈歌舞？灶丁之苦他人乐，其苦可陈乐可略。濒海煮盐盐有田，尺寸不许逾滑堧[④]。一丁受田举家喜，喜我衣食计始此。朝来掘土和为泥，和泥作灶当楣题。又斫前山万竿竹，斫竹编作筐筥箕。月逢初三十八期[⑤]，正是上下潮涨时[⑥]。是日望晴不望雨，晴能晒泥雨洗泥。晒泥泥咸洗泥淡，咸泥担归溲漉施。早淋卤，晚淋卤，淋卤不辞汗如雨。妇舀卤水儿抱薪，滴滴都向锅中煮。煮成盐，盐[⑦]如雪，日有定额休教缺。缺额怡受官长笞，足额上仓愁折阅。一石百斤又七十，值钱三百还少廿。往年树满山，斧斯堆屋间。近来树尽要钱买，一束钱复增几倍。当丁衣食仍无余，犹胜无资空傍海。有时无盐可奈何？公家辄指私贩囮。甲头到门团长骂，夺取照票从轻科。噫吁嚱！灶丁之苦未有尽，他人之乐勿替引。安知苦乐无定形，好语他人惜灶丁。

捞泥谣

捞泥捞泥泥有盐，盐水蜇人如攒箝。捞泥捞泥泥有鱼，蟹虾卖钱可以

---

① 申，清陈楷礼辑《常德文征》卷二十作“田”，误。

② 悯，清陈楷礼辑《常德文征》卷二十作“怜”。

③ 清陈楷礼辑《常德文征》（清嘉庆十九年鼎雅堂藏版）卷二十、清陈懋修、张君宾纂《［乾隆］宁德县志》（清乾隆四十六年刻本）卷之四录此诗。《［乾隆］宁德县志》卷之四载：“细盐场，在漳湾并青山团，年产细盐二万担，半为宁邑本地额销，半配寿宁商人运至番潍埠营销，设灶户三百名。县令朱景英有《灶丁苦》诗云云。”

④ 滑堧，清陈懋修、张君宾纂《［乾隆］宁德县志》卷之四作“滑渜”。

⑤ 月逢初三十八期，清陈懋修、张君宾纂《［乾隆］宁德县志》卷之四作“望月虚亏弦直时”。

⑥ 潮涨时，清陈懋修、张君宾纂《［乾隆］宁德县志》卷之四作“潮汐期”。

⑦ 盐盐，清陈懋修、张君宾纂《［乾隆］宁德县志》卷之四作“咸咸”。

活我家。朝亦去捞泥，暮亦去捞泥。朝犯宿雾暮犯露，终日捞泥岂知故？夏亦去捞泥，冬亦去捞泥。夏苦郁蒸冬苦皲，捞泥之人宁不闻？可怜东湖头，不待舟艕舸渡。为趁早市来，且傍城边住。晚来又约往西陂，西陂蟳鲎多于蛴。蛎房累累尤可爱，糁以姜豉和醢虀。食之解酲忘饥疲，此物亦出西陂西。他如花蛤珠蚶与蜑蚓，细琐都佐食单阙。连筐独漉甲兼丁，担来不放肩头歇。入市倾箩几钱卖，换得城中盐米菜。其余买酒过横塘，一饱妻儿醉相对。此乡生计诚非易，海中赖有自然利。利虽自然身须勤，捞泥捞泥莫辞瘁。明朝又是子时潮，早眠那许通宵睡！

磳田篇

有磳者田，田在山椒。山石荦确，田无肥硗。一解
田胡云磳，弥望如梯。结腓连尻，牵牛敢蹊。二解
维山有草，摧烧扬灰。粪我百亩，何伤污莱。三解
早禾油油，晚禾一邱。割我秋稻，大冬始抽。四解
夏不苦旱，有笕通泉。伏雨阑风，吁嗟磳田。五解

织苎词[①]

深闺轧轧机杼鸣，大户小户无停声。素手当窗织如许，条条曾种园中苎。一端欲直双南金，几回折迭还沉吟。织成会与郎相见，两边挑出朱丝线。将去为郎裁作衣，郎却贸布充调饥。

沅西佣草

过沅庆庵看自省上人写竹

喜气写茧怒写竹，画家亦有禅机触。道人本持嗔怒戒，写兰却让写竹熟。藤梢刺檐桐覆阴，万竿绿玉寒森森。画意在眼已在手，于此生大欢喜心。盈箱列案堆绢素，便面屏风乞无数。潇湘深处渭川闲，偶然时一与之遇。才作润节与疏枝，叶叶横侧相纷披。拳石帖妥渲染竟，放笔仍是无心为。我看写竹坐移日，写竹况在净名室。相逢癞可瘦权俦，乃与范缓倪迂匹。道人喜怒真两忘，写竹终日疲津梁。几时解得烧笥味，不妨来说画

① 清陈楷礼辑《常德文征》（清嘉庆十九年鼎雅堂藏版）卷二十录此诗，文字无异。

三昧。

八洲曲①

朝宿八洲头，暮宿八洲尾。朝暮八洲边，生憎八洲水。水浸洲痕浅复深，缘洲草长伤人心。春来一带裙腰色，若个相将烟际寻。门前乌桕树，西陵松柏路。曾此剪烟花，惯问西洲渡可怜。一夜江水流，双桨何从认？八洲女儿采采不盈掬，王孙愁见江南绿。

燕子岩

在芷江县北沅水旁，石壁摩崖，镌有古篆。

我闻岣嵝山，中藏神禹碑。道人偶见后，茫昧增嗟咨。此岩乃有上古字，科斗籀斯轻草隶。勾勒不受苔藓皱，古鼎跃淮存款识。江天夜黑江峰青，过客往往疑仙灵。不然谁敢摩巨刃，凌空凿此龙蛇形？长松谡谡森寒绿，我欲扪之然楚竹。一声柔橹下空潭，只余燕子岩间宿。

过安江镇寻宋光禄葬衣冠处不得感而赋此

宋名以方，知瑞州府，遇害后赠光禄卿。②

瑞州太守常山节，骂贼等耳死同烈。何人解招瑞州魂，到今惟说常山舌。忆昔有明武皇时，强藩敢尔神器窥。楼船东下建瓴势，船中乃有囚累累。彭蠡湖深波浪恶，大旗日落风萧索。舟人指点黄石矶，桃荍安能除此罿？罿谶才闻又骂声，累囚岂复望偷生？谁知九派分流水，得遂千秋应谶名。丈夫要不惜支体，况肯回头顾妻子？可怜依旧石头城，褚渊不死袁粲死。龙头狗脚元须臾，僭号终为阙下俘。独苦江头沉恨③处，游魂长是血模糊。武陵中丞发忠气，一封入告状死事。专祠高并豫章城，岁岁黄蕉与丹荔。伤心一槥竟无归，江水茫茫露未晞。可堪孝子将枯泪，遍洒忠臣旧着衣。呜呼！常山尚留一束发，瑞州不见一片骨。瑞州之烈甚常山，故园云有衣冠窟。我来舣舟沅江浔，问人不答空沉吟。毋乃隔代晦名姓，遗墓犹待穷搜寻。篷窗忽堕空江雨，一编史传如相语。亦知往事足低回，无数

---

① 清陈楷礼辑《常德文征》（清嘉庆十九年鼎雅堂藏版）卷二十录此诗，文字无异。
② 清陈楷礼辑《常德文征》（清嘉庆十九年鼎雅堂藏版）卷三十录此诗，文字无异。清邓显鹤辑《沅湘耆旧集》（清道光二十三年邓氏南村草堂刻本）卷第八十九录此诗，无此题注。
③ 恨，清邓显鹤辑《沅湘耆旧集》卷第八十九作"憾"。

青山叫杜宇。

谒薛文清公祠二十四韵

旷代薛夫子，由来永一灯。降神依栗主，结念在觚棱。
矿税南天富，军输北道征。司农工算料，诸使出频仍。
为有赋金课，偏同盐铁增。星星求易竭，日日敛难胜。
利物存心得，回天独力能。封章陈疾苦，困户起曹腾。
郑侠图新绘，赤①羊策莫凭。要为良吏事，不愧大儒称。
地远遗书绝，年深正学芿。经师荒岭徼，圣域剩薪蒸。
五子言堪味，千秋业待兴。手钞惟性理，身教即高曾。
略分忘持节，因材爱引绳。遂令沅芷士，竟与鲁洙朋。
过化元多泽，当官况凛冰。馨知从祀久，清忆易名曾。
往者沅西辟，还闻署右升。几筵苔已没，椒荔酒空澄。
席以皋比敞，门将珠斗凌。松楹云气接，槐市露华凝。
于此崇榱桷，因之奠豆登。感生瞻拜下，俯仰瓣香承。

奎文阁落成三首

城隅峻阁建高瓴，势逼南天拱列星。照眼珠垣疏的皪，举头铁瓮耸苕
亭。夕阳仆射陂前见，暮雨滕王槛外听。争似文翁成化处，四山环堞坐
来青。

岧然城上见灵光，詄荡门开气蔚昌。星汉于兹窥户牖，山川自古助文
章。朝来笋拄孤棱爽，后起衣传一瓣香。谁使岩疆遍弦诵，更无人继杜
南阳。

飞甍百尺倚城头，高处何人卧此楼。邛筰万山当槛出，牂牁二水带襟
流。坐凭北斗魁三象，俯视南江十六州。蠹起喜征文运朗，公才知为树
人谋。

---

① 清陈楷礼辑《常德文征》（清嘉庆十九年鼎雅堂藏版）卷三十录此诗。赤，作"宏"。

采蕨谣

占岁有隔并，五行为厥罚。荒区俭仓箱，际此生理伐。
虽在康食年，朝夕尚虤虤。况逢金木沴，宁免道路蹶？
如以形尪赢，更受剶刡刐。一饱不能谋，妇子殊楚越。
安得芋魁羹，难为草根龁。有方活须臾，相期惟采蕨。
采蕨在何许？云在蛇虎窟。蛇虎工噬人，愿言慎惊突。
佛胛树当蹊，鬼面石敧笏。走险愁青猨，凌空病苍鹘。
但思救躯命，讵复惜毛发。尾附腄连尻，足茧踝见骨。
蕨肤刿已伤，蕨种刜将竭。压担朅而归，当户万杵发。
溲之复漉之，制法一无阙。滤泉液精匀，蒸馏气蓬勃。
槛乳倾浓浓，缸面浮汩汩。载用瓦盆盛，谓比流匙滑。
物性有畏忌，噬嗑可容忽？蚩氓夫岂知，聊以备仓卒。
何必点盬盐，亦不杂果核。说与饱食人，其状难与讦。
我出值采蕨，问之苦悉揭。无术与代筹，竟日空咄咄。
惟祝雨旸时，平陂埋不没。果腹遍郊原，大有书七月。

宿普明寺

居然城市里，山寺认前朝。五叶宗风唱，双江静夜潮。
避人依象教，怀古上龙标。下界纷尘海，谁为鸾鹤招？

同天寺

邑小稀遗刹，城孤见广场。言从劫火后，一续佛灯长。
白足寻禅侣，青磷怨国殇。远怀仙尉迹，文字说沧桑。
宋麻阳尉黄叔豹撰寺碑，甚工。

马明山先生讲学处[①]　先生名元吉

衣钵增城授受中，瓣香辛苦为河东。身担博士专门业，手辟诸生释菜
宫。经术同时归太仆，儒宗先世马扶风。明山南去沅西路，记取乡名托
郑公。

---

① 清陈楷礼辑《常德文征》（清嘉庆十九年鼎雅堂藏版）卷四十录此诗，文字无异。

访刘佥事墓道感赋① 佥事名有年

刘公经铿铿，乃在明初叶。乡里得领袖，图籍富渔猎。
早切柱史冠，旋投将母牒。再起江东守，分巡安南摄。
《仪礼》出孔壁，淹中无亡箧。如何十七篇，但习高堂业。
逸者三十九，初唐犹博涉。废坠更丧乱，讵关咸阳劫。
遂使古仪制，不复交目睫。此如由庚诗，笙磬音难协。
又如投壶谱，鲁薛鼓②不接。公输站役钱，潞河辏轮楫。
书有旧家遗，篇目人所挟。三六符卦爻，挂扐凡几揲。
即此矜创获，何必劳侦谍。况为典物存，上献资调燮。
诏付史馆收，秘府装池③迭。器数保阙残，什一有谁慊？
非公心往籍，高材无此捷。相失百千年，取携旬月浃。
疑有神明力，护持着胸胁。胡为杨新都，惊疑树牙颊？
谓为草庐本，秀水词喋喋。毋乃强解事，少见胆偏怯。
公形去已远，公墓闻尚蝶。传经隐牛磨，吊古访马鬣。
竹粉黏枯蟫，榛丛点寒蝶。为倩后来秀，遗碣拓新帖。

登揽秀阁二首

落木遍秋山，凭高一望间。当轩落潭影，无数白鸥闲。

---

① 清陈楷礼辑《常德文征》（清嘉庆十九年鼎雅堂藏版）卷二十四录此诗。清邓显鹤辑《沅湘耆旧集》（清道光二十三年邓氏南村草堂刻本）卷第八十九亦录此诗，并有后记：按《沅州府志》：刘有年，字大有。治《春秋》。洪武五年，以明经充沅州府学训导。十八年擢福建道监察御史，以亲老辞，谪云南军吏。三十二年，礼部侍郎董伦举政事文学，授直隶太平知府。永乐五年，上《仪礼·逸经》十八篇。迁交趾按察司佥事，八年卒于官。著有《芷庵集》，藏于家。《明一统志》《万姓谱》《大清一统志》《辰州府志》俱同，惟《楚纪》小异。《楚纪》：大年，明洪武中以明经荐，拜御史，寻以辞其养养忤旨，罚通州输站。后偶从旧家得《仪礼·逸经》十八篇上之，命副史馆。建文中，起知太平府，以儒术饰吏治，当涂人士多怀之。成祖靖难时，以不迎驾谪戍云南。后平交趾，起为按察司佥事，卒于官。《经义考》黄虞稷从此说。又，明张采曰：永乐初，太平守刘有年进《逸礼》。则知初唐所亡之书，国初犹有表献者。诸书所载如此。至上《逸礼》年代，诸书皆谓永乐，而《楚纪》独指洪武，且指是时罚通州，而戍云南又在永乐初，恐不为无据也。

② 鼓，清邓显鹤辑《沅湘耆旧集》卷第八十九作"古"。

③ 池，清邓显鹤辑《沅湘耆旧集》卷第八十九作"地"。

渔笛烟深起，禅扉昼静关。纷予卷尘坱，到此不能还。

高阁凭秋上，于兹俯碧浔。眠凫随意数，落叶一梯深。
香篆寻来路，钟声听隔林。所欣成独往，城市尔何心。

游景星寺

出郭山已幽，一雨破烟晓。老树爱新晴，霜前叶犹好。
为探古佛庐，曲磴步深窅。粥鼓绝纮如，初地信无扰。
殿翼本淳朴，难言缔构巧。芯匆差解事，空阶勤汛扫。
满院堕繁阴，屋后出松筱。瓷斗绮石间，位置不嫌小。
闲房更寂历，当楹颜忍草。盥颒到轩窗，干藓剔以爪。
何曾忍一荃，此理固要眇。平生癖游兴，况此契尘表。
我来作佛事，顶礼眉山老。徘徊不忍还，暮烟生树杪。
坐久当安禅，或听迦陵鸟。

谒四节祠歌以吊之

瓮泡滩头水声诉，似诉当年殉节故。五溪大小四百滩，此滩今古名争慕。问滩何以名，乃是四节成名处。事在嘉靖二十有三年，蜡尔山前吹毒雾。张旗正吐蚩尤甚狂噬，敢撄盘瓠怒麻阳。斗大城，斜日游狐兔。里巷绝人烟，都作虫沙数，向家妇女此间住。三妇各司餐，一女当窗理纨素，生不同居死同赴。避寇群向滩边聚，狂奴敢尔为泥不污清露。滩浪飞作珠，四节一心如铁铸。一妇乱中流，一妇波心渡。一妇初娩身，尚有怀中孺。母子得同归，泉下成慈哺。向女皎皎身，元是父母付。到此更何求，将身父母去。三妇一女生，不同居，死同赴，以此瓮泡滩头水声诉。事平求贞躯，衣襦各完具。宛在水中央，僵立乃不仆。惨甚抱儿妇，既死犹将护。古来奇节何其多，奇节多自闺中树。淮上露筋闻逆旅，断臂着何如四节。一滩名合传，应增中垒注。亦越万历初，贤宰知所务。_{嘉靖时，邑令周文状闻立碑。万历九年，邑令余梦吕为建四节祠。}砺俗发幽光，四节事屡顾。得请同一祠，煌煌四节何主袝！噫吁嚱！天地正气流形赋，庶几忠臣义士烈女可以旦暮遇。君不见，麻阳才有四节祠，吴中更有五人墓。

过报恩寺

高城近接古香台，白社探从曲巷来。尘外初衣参佛说，松间两版待僧开。遗碑不见熙宁字，劫火曾飞龙汉灰。惟有双池无恙在，每凭照影一徘徊。

题元妙观

炼师自昔武陵闻，城市栖真迥绝氛。卓午松移当院影，守庚人卧一床云。意无尽处灯方借，心太平时火自温。莫怪隔邻钟磬响，西来河上本同云。

沅庆寺佛泉

雪山乳窦触机降，来酌名泉近佛幢。一钵心亲功德水，曹溪曾否吸西江。

西溪杂诗十首①

一水分流自九牙，竹王遗迹叹幽遐。图经不共桑钦续，故事凭谁问注家

穹峰如笠镇当头，柄曲烟浓幂碧油。不辨雨中公母子，乱山竟日叫钩辀。凉伞岩三峰，土人呼为公母子。

麂眼篱围蜗壳窠，缘溪伞寨接扶罗。秋山斑剥新霜后，几处看收吉贝多。

割②来穤稏共檐长，粒粒新春落釜香。费尽耕畲谋一饱，不愁减则上秋粮。

柳林西去路纵横，诘曲穿蹊曳杖声。莫讶跫然到空谷，四山伐木已丁丁。

---

① 清邓显鹤辑《沅湘耆旧集》（清道光二十三年邓氏南村草堂刻本）卷八十四收"李岁贡大六首"："一水分流自九牙""穹峰如笠镇当头""刈来穤稏共檐长""四里弦歌共一村""接邻常姓比通都""甘昧甘屯子戍添"。最后注明："按，此数诗亦见朱砚北《沅西佣草》。"

② 割，清邓显鹤辑《沅湘耆旧集》作"刈"。

斫竹编筐竹亦稀，又添答箸上渔矶。春来相戒停施手，屋后猫头笋正肥。

喃喃鸡卜有微词，芦管神弦曲里吹。怪底沿村走巫觋，由来风土近罗施。

四里弦歌共一村，经师馆谷出天恩。穷乡却得诗书力，高足成行博士门。

接邻常姓比通都，门地相矜习亦无。长此朱陈村里住，不妨嫁娶①绘成图。

甘昧甘屯子戍添，重山民物久熙恬。要知烽火无惊日，亭鄣虚传静夜签。

龙津桥

出郭寻津喜不迷，垂虹来渡岸东西。望中楼阁高城倚，行处人烟列肆齐。驿路此间通六诏，水声尽日杂诸溪。劫灰已没端明石，大笔谁堪续旧题。明朱殿撰之蕃有修桥碑记，久毁于火。

杨溪昭灵庙

枉渚辰阳路尽头，灵均曾否此间游？涉江倘不歌芳芷，遗庙何从枕碧流！半壁山形非故国，一溪树色已残秋。祠前有大树，甚古。我来为反招魂赋，远道西南好滞留。

拜米忠毅公墓

公名寿图，宛平人，明崇祯中官贵州巡抚。

江介孤臣一冢遗，西南天远不胜悲。谁纾白马青丝祸谓孙李，竟与丹心碧血期。城破中丞非忍死，途穷信国欲何为？魂兮倘觅归来路，杜宇声中怨黍离。

---

① 娶，清邓显鹤辑《沅湘耆旧集》作"嫁"。

读太守董公思恭城隍述梦记赋长句题后①

乾隆十二年，董公祷雨于庙，立应。梦神属题"世笃忠贞"四字，初不解，已读朱饶端学《昭烈王庙记》，始知神为唐义士张公巡②死睢阳难者也，遂书梦中四字制为扁悬之，并题句于两③楹以酬④，又⑤为文镌诸石。

昌黎三叹中丞公，谓有藩蔽江淮功。中丞以功不以死，新旧唐书传本此⑥。篇中⑦偶见雷万春，死事最详南霁云。淋漓写尽乞师痛，独不一及张将军。兵间传闻多疑窦，往往耳食成实录。不然撮举遗姓名，新鬼旧鬼同声哭。将军生与南八伦，载在别乘宁非真。生得光岳之闲气，死为郡国之明神。惟丑有九蜡有八，谁其尸之谁肃杀。蚗蚑猫虎皆有灵，要为四民回夭札。沅州⑧太守董寿光，精诚实与神相羊。梦中见神神与语，一属大笔题琳琅。依稀记得忠贞字，占梦无心阅遗志。始知神是将军身，挥毫遂作灵异记。将军之死由贺兰，如何人骂阿荤山。一师不出生羁⑨怒，却忆浮图着箭处。男儿死耳复何云，二十四郡乃有人。记成字字增悲壮，似有英风来纸上。中丞不死将军生，赖此一与昌黎抗。自古忠义事⑩非奇，坎井之蛙每疑之。莫谓此文惟述梦，昌黎亦有罗池碑。

闻人说黄岩之胜赋此

见说黄岩世外寻，入山深处不嫌深。到来野色平于掌，坐听泉声淡此心。留客盘飧具鸡黍，逢人农事话晴阴。桃源有路谁能觅，游兴予将学

---

① 清陈楷礼辑《常德文征》（清嘉庆十九年鼎雅堂藏版）卷三十录此诗，题同。清邓显鹤辑《沅湘耆旧集》（清道光二十三年邓氏南村草堂刻本）卷第八十九录此诗，题为《读沅州董太守思恭述梦记赋长句题后》。

② 巡，清陈楷礼辑《常德文征》卷三十、清邓显鹤辑《沅湘耆旧集》卷第八十九作"扞"。

③ 两，清陈楷礼辑《常德文征》卷三十作"雨"，误。

④ 以酬，清陈楷礼辑《常德文征》卷三十、清邓显鹤辑《沅湘耆旧集》卷第八十九无此二字。

⑤ 又，清陈楷礼辑《常德文征》卷三十、清邓显鹤辑《沅湘耆旧集》卷第八十九无此字。

⑥ 新旧唐书传本此，清陈楷礼辑《常德文征》卷三十作"千秋生气凛如此"。

⑦ 篇中，清陈楷礼辑《常德文征》卷三十作"史传"。

⑧ 州，清陈楷礼辑《常德文征》卷三十作"洲"，误。

⑨ 羁，清陈楷礼辑《常德文征》卷三十、清邓显鹤辑《沅湘耆旧集》卷第八十九作"郁"。

⑩ 事，清邓显鹤辑《沅湘耆旧集》卷第八十九作"士"。

向禽。

东郊即事

出郭才三里，郊行信一筇。俯看泉滑笏，背指日高舂。
菜秀秋前瓮，林疏雨后钟。最嶙尘事少，野衲与山农。

龙溪口晚泊

绝岸空江外，秋天一棹寻。人家半临水，山月忽窥林。
霜棐唐时路，风骚楚客心。笛声中夜发，似怨武溪深。

雄山吊满太仆读书处　太仆名朝荐①

满公②直节何煌煌，能以小吏摧巨珰。甘心下狱无惊惶，阉奴稍稍戢
鸱张。尸祝者民遍咸阳，卧起请室凡七霜。一编在手身银铛，黑狱犹伏青
蒲章。危辞满纸心如汤，天子省览为彷徨。知公每饭君不忘，朱鸟径许南
方翔。况有孝子相扶将，前年登闻鼓礌硠。无双人目江夏黄，谓公有子为
公庆③。再起尚宝近御床，是时朝政尤不纲。公欲挽之比高光，奋④笔冀
回五色盲。圭匕讵瘳百体尪，移官⑤未几气倍昌。直教魄夺中书堂，以严
见惮呼为狂。削籍犹幸非投荒，将大用公有烈皇。命下公已归帝旁，恨不
一救九鼎亡。当公在狱心慨慷，梦中忽见椒山杨。俨然古服而劲装，公熟
视之拜且僵。岂前后身灵洸洋，不然旷世终茫茫。公归衔恤枌榆乡，边帅
失驭兵哗疆。谁知苴杖粗麻裳，晓譬顿使⑥三军恔。快睹忠孝如鸾凰，状
公逸事留缣缃。柳州已远谁擅场？柔翰敢尔模刚肠，雄山一柱排天阊，巉
嵷中有读书廊。于此常咀豉与姜，扶舆可待呈珪璋。如虹气指星戴筐，呜
呼！满公直节何煌煌！

---

①　清邓显鹤辑《沅湘耆旧集》（清道光二十三年邓氏南村草堂刻本）卷第八十九录此诗，
无此题注。

②　满公，清陈楷礼辑《常德文征》（清嘉庆十九年鼎雅堂藏版）卷三十录此诗，作"满公
满公"。

③　谓公有子为公庆，清邓显鹤辑《沅湘耆旧集》卷第八十九无此句。

④　奋，清邓显鹤辑《沅湘耆旧集》卷第八十九作"夺"。

⑤　官，清邓显鹤辑《沅湘耆旧集》卷第八十九作"官"。

⑥　使，清陈楷礼辑《常德文征》卷三十作"起"。

明山石歌

楚南少人而多石，此语不满柳州柳。沅州产石更奇特，云在明山山南之林薮。山灵幻此紫质碧，白青黄章设色疑出染。人手片石何关造？物心偏许中边成妃偶。一拳戴土没尘埃，取之不辞盘礴裸。才飞四照鹊山花，却惊一炬陆浑火，山乃有骨骨有腹。背腰骨，不一色，蓼轕相周遭。或剖鹦鹉螺，或缃螮蛛桥，或如过雨洗矾块，或如分水澄鲛绡，又如蜜脾初割施煎熬。色色各天然，片片难具状。睇审呼离娄，搤指别巧匠。小者斫研山，大者碾屏障。古款盉卣间，清供几案上。初以粗沙细石相磨治，继以月斧云斤穷色相，阿谁貌得山中人，幅巾藜杖须眉真。老松磊砢有节目，欹斜又作潇湘竹。畹兰亩蕙赍菉葹，纤意丛残点泉渍。余技照眼蟠虬螭，明驼瘦马麋鹿随。尔为长林丰草莽，朴樕云烟楼阁纷。参差时工寻丈势，还于黍粒窥毛角。既异态，花叶且殊姿，如以一幅鹅溪绢，细钩妙染朱绿交葳蕤。要是小李将军金碧画，不比龙眠山人白描平淡无神奇。益信此石不易得，何以前代无人知镌镵？况借良工力，遂使大艘小舶争购之。近来持此贡明光，袭以绨锦压头纲。圣人垂顾临轩坐，石哉石哉为尔贺。呜呼！石亦有遭逢，如何人不菖？磨砻骨，重神寒，看尔天庙献会，与柳州一雪目皮论。

明山纪游十首

遇仙桥
一杖铿然曳，寻蹊此入山。仙人在何许？终日听潺湲。

莲花庵
涌山青莲花，何处无净土？山僧不解禅，垂老此闲住。

五士坡
盘谷太行中，辋川终南里。此间大有人，我问五高士。

百子峰
瞥眼宾伽儿，个个相肩随。收入古佛钵，般迦敢劫之。

万杉岭
屧屧凌绝径，空翠落高岩。自惊衣袂湿，坐久岩闲杉。

响瀑岩
飞瀑挂岩端，人呼白水洞。饮涧竟有声，玉虹初破瓮。

顺应祠

山称此郡雄，宜为神所守。况近古战场，厉鬼驱匕首。

真武宫

龙凤失丹文，龟蛇没苍藓。位北体势尊，殿翼有遗缅。

藏雀坳

山深阻曦驭，树老泻清寒。愁问归飞路，炎天冻纥干。

观音洞

倾瓢酌天浆，一滴醒醐饮。灭除烦恼焰，我诵普门品。

志局偶作

到此终何补，淹留岁已阴。稻粱谋旅雁，文字役枯蟫。
一夜山城雪，凌晨钟磬音。无端发深省，故故恋寒衾。

畲经堂诗集卷四

研北集

石圃读书示诸子侄

白傅示诸侄，杜陵教两子。由来子侄行，关心未有已。
古人重经训，经训学之址。王费焦京兴，齐鲁毛韩起。
孔壁今古文，戴记大小氏。获麟有遗经，盲左得其髓。
谁专公谷家，久失邹夹旨。独有康侯传，圭臬人所指。
笺疏溯汉唐，门户一一峙。所苦奥与繁，津逮难以此。
宋儒倡绝学，布帛菽粟理。一经宗一家，祈向有定轨。
况乃功令遵，宁可轻心鄙。马班迄先明，号为廿二史。
作者既如林，烟海浩难纪。上起威烈王，下至显德止。
赖有一家言，通鉴成涑水。编千三百年，凿凿而齿齿。
紫阳更发明，纲目精无比。读史贵贯串，要领此其是。
五千道德经，清净而已矣。南华最荒唐，文笔差可喜。
荀况扬雄言，于理似不诡。诸子虽莫废，肄业及之耳。
古文萧梁选，连篇富驱使。苟能撷精华，三都两京始。
熟精有几人？姿性安可恃。唐宋八大家，载道起衰靡。

得遵岩荆川，爬梳扫糠粃。是为文章家，一破蛙与紫。
制义乃余事，要自有源委。既代圣贤言，步武宜趾趾。
昭代继有明，家数纷难拟。金陈与熊刘，光焰尚如彼。
借问何以然？巾箱有故纸。可知善读书，便是能文士。
诗学久微茫，愚者妄訾謷。谓为无益事，举业恐废徙。
岂知三百篇，多出委巷里。女子及征夫，出口皆有以。
所以击壤声，都入采风耳。汉魏逮六朝，正变迭相倚。
三唐称极盛，奄有众代美。李杜更杰出，元音在宫征。
亦越宋元明，不过得形似。多师以为师，语必惊人死。
佩实而衔华，性灵任缅缅。不闻楚客遗，天性爱兰芷。
人苟昧声韵，发言汗有泚。凡此述梗概，艺林之矰矢。
各宜惜居诸，未可云姑俟。转瞬发垂白，莫谓齿才毁。
英雄贵及时，湍急肉生髀。须念好光阴，明窗兼净几。
兄弟即友朋，共此勤磨成。儒通天地人，一事不知耻。
缥缃供卷舒，何必爱纨绮。家无负郭田，诗书力耘耔。
我愧杜与白，关心亦复尔。殷勤训子侄，作诗不嫌俚。
尔各书一通，座右常省视。

春来小园无花，连日苦风雨不能出，游乞折枝数种杂插瓶中，聊破岑寂，喟然有赋四首

破窗风雨搅幽眠，盼到花时兴索然。数载未营三亩地，一春虚负四禅天。佛书有四禅天，无风灾。棠梨无树谁题馆？榆荚飘空不当钱。总为穷愁抛岁月，看予华发渐盈颠。

节物关心为艳阳，百年能得几欢场？老人江上被花恼，稚子阶前捉絮忙。疏淡意存青玉案，繁华梦断碧鸡坊。春风南陌东阡路，不信佳辰有乐方。

彻夜风声杂雨声，花朝偻指又清明。早知春只二旬好，昔人言，一春好天气不过二十日。剧恨天无三日晴。曲室维摩多病语，短辕鷇鶒怯泥行。韶光如此匆匆过，几许青鞋着得成？

乞取桃枝复李枝，故人又惠海棠丝。一瓶插满从斜整，几树攀来也护持。静阅荣枯参结习，爱凭风雨订相知。明朝双屐休料^{平声}理，纵及晴天懒亦宜。

题亡友王西厓炎所贻赵松雪书《汲黯传》搨本后①

王君书宗虞永兴，亦复钩勒赵吴兴。吴兴手迹逞姿媚，细筋安得如秋鹰。或言上石尤不可，椎拓往往刓圭棱。曩持此论自东涧，与君往复词翻腾。石本忽出《汲黯传》，翠墨黬默霉淫蒸。森张剑戟严且整，摸纸凸起惊崚嶒。承旨他本那见此？率更令后难为朋。益信书家各师派，服君鉴别言有征。匹如半山论诗法，玉溪善学杜少陵。不然獭祭安謷謷，苦从字句分淄渑。此本在箧近卅载，夜窗覆审开蟫蠹。更为感旧动怅触，暗风吹闪青荧灯。

为王南陔熹题梨花白燕图六首

满天清露湿梨花，薄雾蒙蒙月又遮。画里不逢袁海叟，春风燕子自为家。

月明无影雪生香，一种风流两擅场。引得闲庭人起立，轻寒多半上衣棠。

脸波无限雨中横，淡荡仙裙一掌轻。精绝南朝周昉笔，昭阳小影衬华清。

黄昏风雨闭门时，相识何曾梦见之。毕竟不容消息断，双钩玉版一通辞。

几回唤作梦中云，觉后春阴薄十分。海国归来常避俗，勾留一半为冰文。

飘零旧巷失乌衣，花底新开白版扉。寂寞小园春欲晚，与君读画且

① 民国徐世昌辑《晚晴簃诗汇》（民国十八年退耕堂刻本）卷八十录此诗，文字无异。

忘机。

古錞于歌

周官鼓人掌金錞，注家解驳词纷纶。大上小下碓头状，形制约略钟钲伦。军中和鼓用此器，戒鱼警鹤严周巡。厥后始兴王事见，本传亦见斛斯征。传语颇驯均云掘，获自蜀地光怪出土惊轮囷。芒筒捊响注盂水，皤腹空洞声皦纯。史称高三尺六寸六分，围三尺四寸，圆如筒，甚薄，上有铜马。以绳悬马，令去地尺余，灌之以水，又以器盛水于下，以芒茎当心跪注錞于，以手振芒，则声如雷。传内语意偶不属，坡老犹复疑且嗔。宣龢御府储独伙，摹绘一一吹毫真。悬纽象物各异态，径围肤寸眉分匀。发明臣黼亦有说，旧文蹯袭何由申？洎乎鄱阳马氏树牙颊，证以所得言尤亲。或出广汉或慈利，楚蜀疆索参龈唇。自古天彭井络征战地，金牛铁骑通咸秦。巫黔割裂巴蜀竟，臣错鼓力酖龘麇。爰及炎刘代，屡置师武臣。建兴继章武，金鼓声益振。丞相亮犯越巂雾，侍中良翦溪峒榛。至今残营废阵纷在目，乃于蚕丛徼外鱼复之江滨，以此军中器物所在多薶湮。顷载蜀舸来，转售沅溪津。莫辨是底物，崖略为指陈。錞兮錞兮，汝不知有当涂典午世，要与秦戈汉鼓错列夸奇珍。

瓶中桃花二首

看人万事斗豪华，借取春风坐一家。略似中年写丝竹，恰逢上日度莺花。殷勤解恋乌皮几，踏藉生憎白鼻骒。知汝怜才能避俗，伴予应不怨天涯。

剧愁风雨误春天，剪供繁花尽醉眠。前度再来空有恨，去年今日此为缘。水居倍护三分艳，瓶隐留参半世禅。见说小红犹未嫁，肯呼白石作顽仙。

余撰翁蓼野先生传既成题一诗于后

为政神君地，招魂孝子乡。白沙洲畔月，斑竹岭头霜。
逸事谁能状，微私藉不忘。比良迁董在，三馆待区扬。

清德堂西轩看牡丹二首

青帝偏私故相家，殿春烂烂见名花。洛阳全盛擎盘大，金屋深藏拥髻斜。荀令熏香三日过，裴公碎锦一坊夸。却输阅世称华占，每为芳时护绮霞。

邀勒春风属牡丹，名园胜日与盘桓。交无豪富狂心在，室是维摩道眼难。正好当阶施锦幄，更教烧烛列铜盘。剪枝自觉酸寒甚，归诧山妻一朵看。*邵子诗："初讶山妻忽惊走，寻常只惯插葵花。"*

三月正当三十日贾浪仙句也予用其语成七律一章

三月正当三十日，更逢此日送残春。学飞燕解留新语，辞树花如别故人。便拟栖迟许丁卯，徒伤踠晚楚庚寅。天涯芳草真成梦，每为王孙一怆神。

将雏篇为高节妇赋　*节妇黄氏，予子婿高时夏所后母也。*

巢乌失畴侣，苦心唯将雏。所将非所出，风雨常嘘濡。
本为共命计，奄忽摧中途。孚壳既以瘕，假翼容何瘉。
乃知贞禽心，终始矢存孤。懿彼高节妇，大义荧清庐。
自分未亡人，独活安所须？披帷谋伯姒，犹子实母吾。
私喜似续延，用竭鞠子劬。寒暖燥湿间，秉志坚不渝。
漆室一灯青，累岁忘菀枯。垂手膝前儿，巍角生头颅。
辛勤赖有此，地下能慰无？坏木余根株，智井支辘轳。
节妇元有夫，忍不重泉俱。管彤故足式，风烈谁与区？
将雏为其难，请视巢中乌。

耿筠塘兴宗太守五十寿燕四首

好畤侯封后代人，黑头领郡洞庭滨。分来河洛东都泽，扇作荆湖北路春。竹使剖符登上秩，桃花流水问通津。早知仙迹临贤守，介寿争随鹿夹输。

光禄勋名给谏心，芬流奕叶感何深？愿言封殖韩宣子，不厌清贫陆郁林。风雨高城余梦寐，沧浪古榭续歌吟。相逢故泽新图里，沉约台边澹写襟。*公曾摄徐州、苏州两郡太守，又新写先世《沧园八景图》。*

清香燕寝正承欢，汲阁潘舆具美难。地近澧兰馨夕膳，波通江鲤媚春盘。趋庭接响输邹凤，退食齐眉傲伯鸾。乐事官衙仍子舍，鹤池南畔笑加餐。府治内有白鹤池。

闽海归来卧几霜，追陪常许一登堂。发声愧比孤生竹，托意虚延伏户棠。座上觥筹花欲醉，门前珠履雁成行。阿谁解唱南飞鹤，玉局春风五十场。

题赤壁图

半生未放赤壁棹，今日却见赤壁图。高堂素壁气澒洞，清秋促坐移芣苈。当年壬戌逢秋夜，髯苏逸兴真无亚。二客为谁乐往还，洞箫吹彻胎禽下。山河百战想孙曹，古今俯仰余风涛。胜游千载赖有此，要非汗漫徒萧骚。岁时荆楚重重九，客里招邀皆胜友。辰阳柱渚任夷犹，昔时风月依然有。墨村居士画手工，濡毫忽写黄州踪。友石主人雅好事，醉呼此夜将无同。君家林屋最深处，云山烟水相吞吐。笠泽何如补作图，他日扁舟约同去。

为戴农南永植明府悼亡作六首　时宰龙阳

秋尽萧萧水落多，无情恨逐洞庭波。就中愁杀潘怀县，更奈虚帏月鉴何。

苦计牛衣慰寂寥，宦成仍度可怜宵。开看苲箧重缄泪，蜀缬承恩又一朝。

亭皱鸥波墨皱云，管夫人配赵王孙。可怜波逝云飞后，夜夜秋江月一痕。

纮如街鼓杂更筹，梦断江城恨未休。风景故园同一恸，橘洲东去白苹洲。

去来的的证前因，子载从夫总幻尘。无尽意灯终有尽，普门原现女人身。孺人病剧时，忽佛灯堕地，遂化去。

蕙丛殒后写哀辞，元相钟情只自知。至竟道心犹未了，让君独旦数篇诗。明府悼亡诗名《独旦吟》。

枫柯巢猿图，刘东玉爇画，取父子封侯义，筠塘太守属赋，集杜句歌之

君不见潇湘之山衡山高，翻风转日木怒号。泉源冷冷杂猿狄，高者挂胃长林梢。今之画图无乃是，尤工远势古莫比。风急天高猿啸哀，能添老树巅崖里。青枫叶赤天雨霜，无处告诉只颠狂。画师不是无心学，神妙独数江都王。更觉良工心独苦，即事非今亦非古。凭轩忽觉无丹青，从此将身更何许？吾道长悠悠，及壮当封侯。不独卿相尊，一洗苍生忧。自为青城客，生子毛尽赤，并是天上麒麟儿。树木犹为人爱惜，骥之子，凤之雏，明公出此图，风雨开号呼。不知明月为谁好，词翰升堂为君扫。意匠惨淡经营中，富贵应须致身早。

秋夜闻促织

吟虫满院傍更阑，坐听偏愁一睡难。写入琴心知几迭，不须落指有哀弹。

秋蝉四首

西风庭院动清商，一树无情晚吹凉。断续声中兼落叶，炎暄阅后只斜阳。本居廉让身将隐，似共穷愁话亦长。听到别枝还咽住，几回徙倚井梧旁。

高洁真宜沆瀣前，一声声似诉华年。频惊午梦槐移影，苦恋长亭柳化烟。呜咽向人犹故国，衰迟无力又凉天。樱桃树底难重见，便写秋声理七弦。傅咸《粘蝉赋》：樱桃为树则多阴，有蝉鸣焉。

早凉盼到已心违，历历青林露欲晞。曳尽残声邻院过，栖余美荫旧条非。分明魏鬓恩同薄，萧瑟齐宫梦未归。记否寒螀和月语，含情应傍九张机。

砌虫惯搅夜深沉，昼静还喧一榻阴。且喜低扉稀剥啄，无端穷巷出哦

吟。前身已判陈根弃，往事谁从密叶寻。总是动人迟暮感，为君不忍更闻砧。

画蝶八首

镜中金翠认前身，花月朦胧又一巡。道是南朝小周后，的应难比李夫人。

梦里蓬蓬觉后疑，伊人相识隔涟漪。谁将秋水篇中意，写出南华物外思。

苹末风微日欲晡，归来缓缓倩相扶。年时谱就西洲曲，树下门前记得无。

业残纤草路曾经，碧穗黄花恋晚汀。便与江南诉哀怨，可怜金粉太零星。

杜蘅琐细写离骚，遗种于今恨未销。只合将身入图画，闲情赋拟楚魂招。

队队行行却复前，深深款款断犹连。人闲菊部飘零尽，梦到霓裳小拍边。

赋手曾闻述射于，乌蒲凤翼绘毫端。上林亦有寻香伴，离合凭君一幅看。

金涂粉傅凤凰孙，栩栩毫端活欲扪。即事写生烦妙手，砚山南畔簇云根。

夜雨检先四兄竹溪先生画竹残幅感赋

闲阶堕秋声，倾听寂无语。置身小摇落，感怆为残楮。
叶露响已绝，墨云瀚何古。怅然念同怀，今夜西堂雨。

闻杨定一永清似松枝华昆季归长沙以柑酒寄送并柬以诗

丹枫霜冷暮江头，兄弟言归共一舟。漫羡神仙偕李郭，却愁门巷少羊求。黄相计寸从邻摘，白酒论升与妇谋。寄赠酸寒拟风味，送君难理敝貂裘。

澹园图八首为筠塘太守赋 *章各以题为韵*

文杏凌云

拔地棱棱十抱文，先春红紫吹芬蒀。偶来庭院一延赏，不数海棕身出群。五沃之土最宜杏，前荣分得灵山影。几株仙种问上林，三月清阴坐华省。午桥南畔势欲凌，半天锦碎东西塍。横枝侧帽不受压，低尊回阑撷未能。曾霏薄雾与微云，罗幕层空着处醺。到此如游辋川馆，山榴踯躅徒纷纷。

三槐虬舞

阑珊花事过春三，当庭绿意如揉蓝。白汗翻浆不可拭，坐此百顷之风潭。我闻王氏曾种槐，三公成位相差排。茏葱接叶泻青翠，溟蒙张幕清氛霾。拄空矫矫蟠灵虬，苍鳞带雨炎天秋。盘根未许余广厦，作势直欲规飞楼。南熏不动态疑舞，行列于今得俦侣。好凭封殖茁新枝，嘉树摩挲一怀古。

晚香天竺

秋风戒寒日晼晚，药阑零落花朝远。丛残南烛子微丹，要与蕙兰同亩畹。触鼻疑香不觉香，慧珠串串凝圆光。欲施多宝为珍供，更乞维摩做道场。一花五叶名诸天，叶叶花花是处挐。饱饭青精才有诀，相思红豆已堪怜。可知南国非西竺，点缀名园胜甘谷。记取华阳陶隐居，养生草木矜男犊。

古柏双青

是何色泽留太古，一院苍然接平楚。眼中突兀岁寒姿，抗立何心托廊庑。移栽共说乌台柏，含贞人羡青蒲客。皮藓交渍鞍瘃痕，柯铜自露瘢胝迹。乾鹊惊飞忽一双，两株溜雨响虚窗。百年此物有其偶，千尺以上难为降。冰霜节后镇常青，干切云根气走霆。此树漫言劳护惜，由来材大通仙灵。

南陌花香

梁园野色如江南，暮春三月花鬅鬙。阴晴一半酿花气，吹气暗麝人衣衫。弥望长陌连短陌，花枝飘飚成标格。拗来几许压青骢，糵去凭教岸乌帻。恼彻东风桃李花，年年蹋藉到村家。亦知草绿迷无路，却爱胭红唾有华。牵惹游人为觅香，看花故故喧春阳。隔丛小立一指点，若个修禊飞觥筋。

小堤柳阴

春归历乱榆钱小，恋树莺声出深窅。柳条几日忽垂垂，黏天夏木迷昏晓。湖上苏堤接白堤，皱波繁绿岸东西。揭来此径闻蝉语，行到前头信马蹄。处处离筵歌折柳，柳丝尽绾离人手。生憎长日盼斜阳，不惜深杯倾别酒。夹堤卓午常阴阴，凉意偏从密树寻。解得金城司马意，十围何必苦难任。

平桥月满

沈澪天气秋云平，枫乌欲堕寒无声。堕水有影影不定，一轮倒泻残宵明。记得扬州廿四桥，通波宛宛更迢迢。最怜无赖繁华境，却对多情早晚潮。千里悬知同此月，划破青天流滑笏。小红长涧卧双虹，寸碧遥岑窥一发。坐月开樽莫辞满，倚阑听漏何愁短。益信闲人不易得，承天竹柏元如盥。

澹园积雪

朔风一夜天宇澹，故遣飞花恣点勘。扑帘几阵湿茶烟，开轩莫辨千山暗。欲散还留占一园，要使平地成邱樊。卓笋拳石不呈态，检枝啅雀空凄魂。高高下下几飘积，薄体寒威愁向夕。当筵车子歌已阑，围袖词人砚须炙。从知心迹清如雪，今日披图转叹绝。耐可陪登会老堂，题诗容我持寸铁。

筠塘太守复出图索题成五言排律八章系诸卷尾用备一体云

文杏凌云

上苑春先得，名园杏倚云。岁星天外落，仙种日边分。
蓝水田方熟，灵山木出群。土宜珍五沃，花气薄三熏。
醉缬抛成网，冰绡迭作纹。玉阑遮不住，缝蜡照如焚。
顾影欹墙丽，含苞隔座醺。瘴烟轻踯躅，雾雨藉氤氲。
沽酒前村见，裁梁别馆闻。白鹇工衬贴，紫燕镇殷勤。
衔借尚书贵，坊流碎锦芬。只今香十里，探处尚缤纷。

三槐虬舞

《周礼》三公位，王家一砌槐。成阴朝日上，作势夏云排。

肉古森拏攫，肩齐迈等侪。游龙方节目，屈蠖此根荄。
接叶风声细，交枝月色佳。冥冥高柳并，历历老榆偕。
巢蚁柯为郡，栖鸾树夹街。洒空留宿雨，布远绝深霾。
烜氏曾传火，经生待辟斋。清音来左掖，绿意泻长淮。
封殖新丛挹，摩挱旧泽怀。代兴应未艾，手植在庭阶。

晚香天竺

南烛秋丛茂，微丹子亦香。入林非蒨卜，托体近苍筤。
老圃容方淡，凉天径不芳。有时疏蕙亩，他日坼花房。
葱岭移来种，只园树作行。枝枝意无尽，粒粒摘相将。
鼻观熏□□，□□味几尝。摩尼如乞取，优钵只寻常。
叶细偏含露，茎轻更傲霜。灵均搴未得，陆佃注何妨。
谁觅骊珠句，还探鸭脚廊。忘情看小草，说法且逢场。

古柏双青

参天饶古色，双柏望来青。空翠纷垂幕，孤标迭倚屏。
霜皮围错落，雪意酿晶荧。干切云根峻，肤凝雨气腥。
昔闻舫北隥，今看偃东亭。离合初无际，阴阳此乍经。
贞姿凌五鬣，香叶抱千萯。选树鸟栖府，安巢凤翥庭。
长年伴松石，前夜走风霆。能得文章力，须知造化灵。
负材储广厦，争势建高瓴。莫漫郊原置，森森卧一厅。

南陌花香

律应东皇节，香霏南陌花。连天工剪刻，吹气自秾华。
每酿廉纤雨，凭蒸远近霞。水边仍潋滟，林外最夭斜。
蘂抱蜂须乱，泥沾燕嘴赊。上头交匌叶，缠臂透宫纱。
一带裙腰草，长嘶白鼻騧。为随游骑路，来问野人家。
风定丝犹乱，春归树渐遮。青鞋前曰制，紫蟹及时拏。
醉卧欹残影，行吟踏软沙。天台元不远，吾欲饭胡麻。

小堤柳阴

极目千条柳，阴阴覆一堤。接天惟夏木，跴地亦春泥。
苑外三眼足，门前几树齐。晓风将绿岸，长日得幽栖。
花鸭池边浴，黄骢陌上嘶。絮繁曾糁径，烟密别寻蹊。
莺老藏身暗，蝉新学语低。生憎北窗下，却忆永丰西。
企脚微凉纳，关心胜侣携。有人支鋑灶，是处唱铜鞮。

去去离亭暮，行行驿路迷。为含攀折意，散发坐分题。

平桥月满

揽月不盈手，辉光望处平。赤阑桥上度，金粟影中行。
岸曲双虹落，天高一镜明。沦涟看辋水，风露近瑶京。
宛转通波净，霏微向夕清。楼台延暮色，河汉泻秋声。
烟际枫乌堕，霜前塞雁惊。半规才离海，圆魄正当楹。
西崦藤萝合，南塘荇藻萦。此间临印渚，有路接蓬瀛。
徙倚来凉夜，玲珑念远征。年年照华发，千里若为情。

澹园积雪

积素明林表，嘉名称澹园。红阑原旧里，白雪是清门。
岁兆三时稔，花知六出繁。才看沾雨槛，不觉满云根。
高馆虚延景，方塘失涨眼。翠迷芳径杳，青折老松蹲。
漠漠烟生谷，层层雾掩村。麇麚觅行迹，竹柏讶闻喧。
冻合帘旌下，寒增槢柮温。凌兢消子夜，寂历度黄昏。
往者冰衔挂，由来奕叶存。千秋感风骨，俯仰画中论。

唐子畏鹿车共挽图

史家创体传列女，义例起自范詹事。区扬风烈昭管彤，琐事闺房入编
次。就中懿迹鲍与桓，能令荆布尊罗纨。移家家具仅有此，挽车两两忘胝
瘢。六如居士爱摹古，渴笔传神在阿堵。肯将高躅溷铅丹，已觉清姿增媚
妩。君不见龙门列传详，临邛文园车骑何璁珑？弹琴贳酒事亦往，远山竞
欲施毫工。曷如此图写御穷，底看鬓影吹春风。

送杨生瑞入都兼简宗弟青雷

辛勤莫厌动征车，此人长安得意初。献赋要如三大礼，赏音应有两尚
书。燕台骨重羞皮相，楚客吟多惜啸余。傥遇故人劳问我，年来踪迹颇
萧疏。

题仇十洲一骑红尘图

梧阴静转华清宫，六月一日披薰风。玉鱼不解玉奴渴，三郎下令征轻
红。荔支易变色香味，南方远道愁难致。汉主虚留扶荔宫，人间几得飞黄
骑。五里一堠十里亭，程程里鼓无停声。承平置驿岂为此？胡为插羽喧驮

铃。飞驰更比军书急，头纲催押敢迟入。中使才闻宣索声，贵妃已凭阑干立。一颗初擘口流津，樱桃破处回娇嗔。美人噉罢君王喜，从此品丸进转频。天生尤物招尤始，广南剑南悲转徙。内廷狼藉任红衣，满路颠连皆赤子。昔年生日忆君王，此日长生乐未央。半臂只谋汤饼面，六宫新唱荔枝香。早知女德荒无极，齿冷举烽与裂帛。慈围未了曲未终，但图一笑甘亡国。古人作画鉴戒垂，十洲用意彷佛之。苦将遗事写天宝，细钩妙染纷参差。呜呼渔阳动鼙鼓，荔浆不浇马嵬土。上皇南内尽凄凉，谁画梧桐秋夜雨。

画山水

十日一水五日石，画家能事嗟促迫。巧匠着手无纤疵，布置惨淡劳心画。倪迂范缓子久痴，得意正复无心为。轻钩细染与泼墨，神动直许天机随。阿谁淋漓作此幅，山深树老移盘谷。旷如无地密无天，真性迢遥乃幽独。略彴才通委宛溪，危亭又在数峰西。飞泉溅沫声在纸，空蒙远近含凄迷。欲霁不霁天酿雨，岚气湿云回极浦。微茫子细秋毫颠，识取全神凝寸楮。信知此技不易臻，艺事宁谓非天钧。浪评南宫与北苑，古人家数谁其伦？予岂解画爱读画，余事怀抱颇不挂。对此如作辋川游，水石蓝田与清话。从来岁尽趣转佳，纸窗竹屋灯火偕。何必置身风雨里，眼中突兀况有此！

己卯除夕四首

两岁栖闽海，还家忽五霜。贫甘恋荆户，宦愧试铜章。
多债何容避，无聊且趁忙。来年闲计较，今夜鬓丝长。

仙峰山下路，悬泪寄松楸。白首新同穴，乌私竭一抔。
百年辞世恨，五父合防谋。他日天涯返，终当傍此邱。

忆我登科后，光阴误几年。师门传钵在，朋辈着鞭先。
小草终羞出，长杨任艳传。不堪尘土梦，犹到大罗天。

荆布真吾偶，艰难老岁华。眼边儿女大，身外道途赊。
残漏销三雅，寒香共一家。况逢风雨夕，灯影杂瓶花。

畲经堂诗集卷五

旧雨斋存稿

和胡沃斋启心阻雨二首

霙色兼旬少，新年剧苦予。竟虚人日饮，常闭子云居。
有客泥冲屐，深谭烛检书。相看成旧雨，他日认吾庐。予斋新成，将扁
曰"旧雨"。

昨岁君游胜，涛声听曲江。云山逐归棹，风雨下高泷。
衣袂看犹湿，诗篇兴未降。于焉忘信宿，灯影故幢幢。

瓶梅四首

草堂昨夜已东风，花事凭分第一丛。为爱青春劳位置，拼销白日唱玲
珑。胜情砚比幽香助，芳讯江南驿路通。静对瞻瓶如梦寐，十年旧雨岁
寒同。

一枝影亦向人欹，绕席频教护惜之。穷不受怜惟静穆，淡如无意且支
持。非缘根蒂随流托，才别关山任笛吹。只此便堪投臭味，况兼酒醒梦
回时。

春迟至竟畏春寒，欲圻犹合觉未安。每日麝香千遍后，为君见而几回
难。开帘漫索巡檐笑，隐几差强绕树看。却忆藤山山下路，年年腊尽兴先
阑。福州藤山梅花甚盛，每交春，则花期过矣。

风雪春朝直到今，时时防冻损春心。暖堂无计愁添水，蜡屐多情偶入
林。不忍弃捐终近癖，为谁攀折待成阴。何人清福能消受，一榻年来自
在吟。

读沃斋越游诗草题后

游兴予初泥，春晖许暂违。六桥千里梦，一棹十旬归。

楚客闻能赋，吴山说振衣。解装投此卷，笑问浪游非。

初春书怀示子侄四首

近来身世费商量，出处何曾不两妨。利路久嗤蜗斗角，宦情真笑鼠拖肠。数椽仅蔽王通宅，四斗犹余子季粮。辛苦懒腰求屡折，一生辜负是柴桑。

一编笑我事钻研，此道心知夙世缘。甘与蠹鱼共生死，别尝蜜味在中边。穿余七略专门贵，造到三通绝业传。试把儒林较文苑，祭河宁许海争先。

未必诗如杜少陵，苦吟亦复瘦峻嶒。也从性癖耽佳得，颇觉愁来搔痒能。前辈多师通秘钥，作家细律守传灯。后生强半粗豪甚，敢尔随声北地称。

坐待韶光淑景通，连朝人在雨声中。陋知曲巷冲泥怯，淡比梅花隔岁穷。往事升沉如梦寐，新年怀抱转态恩。关心儿辈凭多嘱，莫漫东涂西抹工。

秋夜蔡玉田珩、刘豫斋亨基两同年宿石圃话旧

聚散何曾定，因之感倍增。十年逢旧雨，一夕话深灯。
相对真如梦，孤怀喜得朋。暂时劳慰藉，莫漫叹无能。

送豫斋同年之任保靖学博

辽绝古溪州，西风楚塞秋。属君访铜柱，送客上壶头。
亦欲出门去，相将一棹留。盘桓虽偶尔，言笑总离愁。

吊曾孝女　孝女为郴州牧曾南村女①

成名一炬非常理，况是深闺弱女子。竟从烈焰识天彝，追配曹娥江上

---

① 清朱偓等修、陈昭谋纂《［嘉庆］郴州总志》卷之三十七："《吊曾孝女》，解元朱景英，武陵人。"

水。曹娥死事犹从容，波心躯体生前同。阳侯不敌祝融怒，可怜焦灼珍珠红。孝女生小容娟好，阿父提携阿母抱。读书大义久分明，美刺风诗能了了。官衙长养江之南，婉娈随亲晨夕耽。偻指芳龄正十五，一舸又向郴江探。年时最苦慈帏病，宛转床前倍温凊。谁知娇稚瑣窗人，将母崎岖有真性。宁惟母病倚儿怜，女侄曾缘嫂病牵。憔悴一身愁俯仰，呻吟啼笑伴年年。山城腊尽风声恶，肌粟凌兢寒气薄。夜深盆火冷复煨，要使余温透重幕。漏残灯影射青荧，病榻沉沉眼倦醒。忽惊梦里声煿煿，早从盆内吹星星。才看紫蘲回槭架，便尔彤幢绕楼树。摧烧拉杂须臾间，虹影霞车驰一乍。孝女蹶起呼声高，一时老幼纷奔逃。健儿身手不敢近，忍教脆质当煎熬。回头病母犹转侧，掖起仍眠恨无力。哀号避火若弗闻，母命儿身离岂得？方悲母命系儿身，两尽还燔一女孙。不解天心何太忍，危巢破卵恣焚燔。乃知奇惨全奇孝，奚诟天跳与地踔。残骸依旧投娘怀，地下团圞应语笑。昔闻宋姬不下堂，遇火待姆心彷徨。贞名比并渐台水，西涯乐府音琅琅。此女孝烈同贞烈，千古曹娥难独绝。只今焦土缤狂涛，满地红心邻碧血。我欲一写孝女碑，黄绢却让部郸辞。诗成掷笔发长喟，成名胡独闺中奇！

春日杂兴八首①

昨夜东风到敝庐，梅花消息递空虚。岁寒过后余冰雪，乡味尝来近笋蔬。半格偶规长庆体，一尊谁叩子云居。阳回依旧穷愁甚，漫道虞卿好著书。

看予意气久飞腾，名噪词场少曰能。知己仅存矜鲁殿，虚声浪得愧韩陵。瘦如病鹤秋惊露，苦向微虫夏语冰。坐对春盘思往事，几回眉后起双棱。

为献承平雅颂声，一时词客集春明。尚书沈范延真赏，乐府张王擅盛

---

① 清陈楷礼辑《常德文征》（清嘉庆十九年鼎雅堂藏版）卷四十《春日杂兴》录"昨夜东风到敝庐""为献承平雅颂声""由来风雅海滨夸""春山无伴友声求""归来未觉砚田荒"五首，文字无异。清邓显鹤辑《沅湘耆旧集》（清道光二十三年邓氏南村草堂刻本）卷第八十九题《春日杂兴》，录"昨夜东风到敝庐""归来未觉砚田荒"二首，文字无异。

名。世系动称唐宰相，俊厨轻议汉公卿。任他毁誉关风气，独理朱弦奏太清。

由来风雅海滨夸，谬许粗才当作家。老辈直瞻天五纬，孤怀岂话地三巴。斗牛宫里星同照，丁戊山前日欲斜。回首南皮旧游路，越台取次满莺花。

曰归不为遂初衣，黬影常栖白版扉。重扫帜蟬贪结习，每看沙鸟羡忘机。右军誓墓心何苦，骑省闲居愿已违。底问山灵腾笑否，江花偏解逐人飞。

春山无伴友声求，旧雨停云迹可搜。谭艺客来留许椽谓棹湖，说经人去忆施罍谓北亭。鼠肝虫臂终无补，麟角牛毛自不谋。安得扶风结豪士，夜深相对看吴钩。

归来未觉砚田荒，终亩儿孙计正长。潢潦无根徒自满，蚍蜉有力尚须量。关心白日黄鸡唱，照眼蕉园石室藏。待得芳菲斗桃李，也应怀抱慰柴桑。

春来未放海棠颠，风雨经旬意惘然。帐底红云撩昔梦，瓯中绿雪试新泉。相从赖有溪南伴，兀坐难消砚北缘。自笑陵人逢令候，无端吟望度年年。

岳麓僧碧朗来游武陵喜晤有赠二首

自有广长舌，逢场一拂拈。因缘皆大事，文字亦华严。
来往石头滑，中边蜜味甜。全锋知露未，当面麓山尖。

坐苦兼旬雨，谭深五月冰。远怀庐阜客，近接雁门僧。
优钵开难见，频伽响不膺。无端觅山路，一夜渡南能。

寿全母八十　　龙阳诸生全伦道母

五色凤子衣，茧不收园客。四照鹊山花，根不倚拳石。

寿母上元俦，爪发生媥姍。游戏偶人间，玉轼阿环策。
十二出绀螺，中有神仙宅。大气驭昆仑，灵境恣旁魄。
被服一奇古，下界纷嗫喵。淑慎持作粮，诗书漱其液。
早借雁凫谋，戢影无尘翮。载为蟏螯劳，凤觜交麟额。
集懿眉纹数，甄美领髭摘。遂待管彤昭，天俾嘏纯积。
寿者古言酬，得性匪外役。从知驻景方，璜瑀声中核。
曷为侈锦赙，赫蹄手争擘。好语寸草报，春晖永朝射。
湖水波正绿，湖草色方碧。如掌肉芝茎，如斗蟠桃核。
杂陈兼珍膳，循陔信所适。进酒临高台，城南去天尺。
招手玉女来，长筵投壶亦。鹊山亮可移，凤子果一掷。
彩衣新六铢，杂华纷两戟。春风八十回，偻指且八百。

清明日杨西园翰招同翁桂亭宗尧、胡芝园启文西斋小集二首

良会复佳辰，高斋未放春。拍浮重碧酒，围坐落红茵。
谭艺为长策，题襟总故人。十年逢此日，萧散乐吾真。

俯仰名园在，关心鬓欲苍。相于惊宿草，东辉二兄下世已十有一年矣。曾此叹灵光。记少时屡谒方伯公于此。笛向邻家听，花仍隔院香。痛余行自念，不是少年场。

送韦载玉赴益阳幕二首

风雨江天正怆魂，交游解手尚何言？人如鸿雁多投旅，我不蓬蒿也出门。湘水东来回极浦，越台南望阻重垣。谢公总作中年感，底向骊驹曲里论。

留别先停送别骖，临岐款语苦喃喃。瓮春酒惜长鲸饮，潮午珠期老蚌探。仙侣乍闻偕郭泰谓融甫，旧人犹解念何戡指歌者顺郎。茱萸湾畔如环月，应照征帆过麓南。

《湘妃抱瑟图》王南陔属题长句①

洞庭秋气来潇湘，枫林摇落苍梧黄。树声拉杂水声续，早从空际闻清

---

① 清陈楷礼辑《常德文征》（清嘉庆十九年鼎雅堂藏版）卷三十录此诗，文字无异。

商。亭亭美人立秋水，玉佩难要神徙倚。回身纤手抱云和，云是含愁古帝子。云和之瑟廿五弦，弦弦苦调鸣流泉。有时欹拍忽凝睇，杳然远水浮高天。黄陵庙前熟幽梦，飘飚灵旗与迎送。随风挟瑟不容殚，露堕芦花时一弄。湘山蠚蠚湘水深，忍教远道繁哀音。为君欲见不可见，几回落指还沉吟。画家用意画外绝，纸上何心谱疏越。吹毫界得朱丝弦，苦竹斑斑音转阒。洛川见说感洛灵，陈王作赋声珑玲。纷纷翠羽拾縑素，淡姿谁貌离骚经。骚辞鼓瑟此抱瑟，离合宁堪轻著笔。由来写意不写辞，断章已入寥天一。

闻鹃

人道出门乐，予心不敢非。那知杜鹃意，竟夕苦催归。
入世无长策，投林岂息机。于兹发深省，莫漫故山违。

酬吴舍人冲之省钦三首①

杜陵一布衣，赋献三大礼。许身稷卨间，爰自词章始。
词章未可废，所贵有根柢。虚车饰轮辕，袨服竞纨绮。
立言苟无物，铺陈等糠秕。载道昌黎文，勿柱赋明水。
谁欤瓣香承，今见白华子②。

亭林富著书，郡国详利病。竹垞亦作者，经义勤考证。
地志宛溪裁，史表甬上订。诸子实卓荦，匪以俗言胜。
援据罗邱坟，甄综匡马郑。渊渊群书府，绠汲后来盛。
平生典校心，不愧刘子政。

溪柴久蛰卧，稀闻跫然音。步屟忽来过，乍晤惬素心。
谭艺宁滂誧，开怀故羁置。小聚日无几，后觌愁晻霼。
新诗劳惠我，端奏百衲琴。何来频竹响，一慰戢羽禽。
陈义亮不泐③，永用书良箴。

---

① 清陈楷礼辑《常德文征》（清嘉庆十九年鼎雅堂藏版）卷二十四录此诗，题目同。清邓显鹤辑《沅湘耆旧集》（清道光二十三年邓氏南村草堂刻本）卷第八十九亦录此诗，题为《酬友人三首》。

② 今见白华子，清邓显鹤辑《沅湘耆旧集》卷第八十九作"此道委荆杞"。

③ 底本模糊，据清邓显鹤辑《沅湘耆旧集》卷第八十九作"泐"。

春日友石寓庐即事四首

江南草长暮春天，留滞王孙尽醉眠。纵有斑骓堪送远，阿谁赠得绕朝鞭。

风雨无情只送寒，袷衣才御却嫌单。一尊寄向花神酹，留待晴天取次看。

四海朋从聚一庐，百年难得此相于。他时倘赋停云句，慎莫重缄叔夜书。

绝无嗜好共酸咸，爱引浓香到枕函。更欲为君题榜子，瓶花居士署新衔。

题赵奉将璋遗像

斯人握手沅西别，秋尽山城黯愁绝。丙子闰九月，余修志沅州，君赴黔经此，过志局话别。十年兄弟小盘桓，天涯衰柳宁堪折？客中赠处语酸辛，泪眼看君意气真。范式有期谋后会，仲宣此日笑依人。谁知此别翻难再，君宦黔山我溪柴。中间三月阔音尘，噩耗惊闻千岭外。只今思痛痛何深，逝鸟安能返故林？忍使江潭摧贾谊，讵缘书剑老陈琳。犹记公交车同北，上长路炎天事鞅掌。壬申六月，余与君联骑入都。汉南河朔计程程，吊古中原恣莽苍。由来燕市酒人多，拍浮以往还悲歌。座中豪客皆敛手，壁上诸侯欲偃戈。我故迂辛兼瘦沉，为君不敢宽题品。公瑾猥同子敬亲，少陵直犯严公寝。吁嗟往事难为怀，三年闽海成离乖。归人若个伤栾棘，旧雨偏教洗曀霾。长叹而今真已矣，君独胡为至成此。浅土犹悬待弱雏，文季何人余愧子。梦寐思君不可逢，故人乃在新图中。展对几回愁注目，萧萧又落空江木。

题汪敬斯庄桐阴课子图

汉人经学专门盛，大小夏侯先后郑。儒林传述一家言，瓣香心为吾宗敬。黄海著姓越国汪，柯条分布荣金闾。韦贤颜籀皆有自，彭城沂水源何长。文家职志尧峰叟，君从祖钝翁先生。韩欧步武兼黄柳。说经有作尤铿铿，解驳群疑得枢纽。诵芬诸子罗石渠，人守朴学窥遗书。就中著述谁最富？遣喜斋与秋泉居。君从父武、曹退谷两先生。我逢尧峰再□子，携家来泛沅湘水。几从莲幕发啸歌，忽傍桐阴听青征。膝前雏凤真佳儿，美秀雅不输衮师。瑟僩字义了可摘，茝畬经训还相期。知君怀抱信有托，传经解觅羁栖乐。僦屋偶牵书画船，营巢更置梧桐阁。即事犹烦写作图，坐亲嘉树延清娱。眼边玉雪亦貌得，手编宛尔趋庭趋。旧家回首胥江上，远翠长红故无恙。"高柳阴阴敲远翠，疏花寂寂袅长红。"钝翁咏尧峰山庄句也。出山终遂抱经心，莫漫披图转惆怅。吾家西亭图授经，苦事牵缀仍迷冥。高曾规矩赖有此，一灯纸上常荧荧。

秋社日赋归燕

社日西风冷欲侵，眼看巢燕忽归林。栖梁聒耳嫌多语，出户回头觉有心。半岁缘如随逝水，三生事亦感微禽。□清与尔来春约，好向乌衣旧巷寻。

月夜树影满墙对此有作

有令深坐候，片月隐庭柯。荡得短墙影，添人愁思多。
余晖上衣袂，微暗杂星河。便动攀条感，迷离奈此何？

送尹龙溪德裕使君之任靖州　由武陵令擢牧

我闻有宋元祐初，诚州创置渠阳军。是时版籍有归畔，年设寨堡徒纷纷。崇宁以来议拓地，诸蛮纳土殊祥粉。中间领隶几分合，仳离省獠参唇龈。亦求名士请建学，潭州长史余无闻。大儒往者鹤山魏，朅来此路担斯文。人经绝学昌绝徼，弦诵解驳溪山云。益信儒术有奇效，诗人俎豆羞蘩芹。五百年后谁继武？贤达崛起龙溪渍。传灯家学趾三榜，牵丝隰沃初无梦。未几攀柏卧丙舍，崛起鼓翼干高雯。荆湖北路古重镇，倚郭地大人民殷。圣明御宇重循吏，咨汝往宰临沅云。至止擘画了数看，尤以忠信回獝狂。偶然奸伏一摘发，窾启如运庖丁斤。柱山以南梁皋比，坐令氓隶安耕耘。荐贤要不格铜墨，晋秩何止珍元缥。青萝山远台熙春，看举清袂驱霾氛。鹤山启明此日驭，卓哉良牧难为群。波通一带沅江水，治化应复周乡粉。忘形于我投分久，沃以清沛醇犹噁。括地时复破锥指，谈艺直欲穷邱坟。腹笥早惊籍与康，余事作吏眉添纹。苍髯者松皴者石，古欢宁与时流并。溯沅西上动征毂，追步恨不骖镳幨。五老峰头豁双注，渠阳旧迹铭新勋。

送陈少府光国之任满城四首　上元人

秋水兼葭长，秋风白芷香。伊人不可住，离恨满江乡。
问俗仙源美，相思古塞长。南云有宾雁，应带蓟门霜。

为赴新除命，驱车古北平。五云连广陌，三辅壮神京。
胜作南州尉，争传东野名。由来词客重，宝玉不关情。

闻道秦淮水，南朝阅后波。旧家黄叶外，名士白门多。
心喜慈亲侍，途从胜里过。长于敝庐在，一为访如何？

聚首无多日，风流我所知。都官工觅句，大令妙临池。
诗酒凭驱使，关河有梦思。忍看江上柳，披拂尚如丝。

程尧三杂画册为谢慎斋永赋

右丞着手山水障，匠心咫尺嗟神王。韩干画马毕宏松，边鸾花鸟无心工。妙笔何人绘仕女，周昉张萱一二数。藕花曾写临平图，狸奴亦人宣和谱。右人艺事各擅场，名家派别难兼长。泼墨徒闻矜魄力，写生聊复争毫芒。眠中乃有霞川子，沉酣六法精无比。江东谢客见称奇，看君作画常轩眉。春江柳弹花映肉，水满凫鹭暖相逐。对此如游峰泖间，故园风景纷盈目。亭亭芙蕖出縠波，画阑桂树凭青娥。钩描颇不厌琐细，秋虫一一罗秋莎。貌得衔蝉半丸墨，晚蔬老树挥余力。骅骝嘶尽绿杨风，疲驴踏破寒山色。四时点缀即离间，爱君用意清且闲。天生秀骨不易得，一幅犹抵千琅玕。转嗤画苑分家数，辛苦专门甘窘步。即看众美缩本丛，古人历历神与遇。为语东山珍重传，过眼莫漫轻云烟。玉义我欲珊瑚挂，怪底难拈有声画。

题碧朗小照四首

麓庭开士一枝藤，参遍南宗会五灯。举似普门无尽意，瓣香海外已亲承。师为余话普陀之游。

一瓶一拂一瓯茶，得句高吟向会家。毕竟不妨蔬笋气，别尝滋味有些些。师工于诗。

实无空有触机降，一种安心学老庞。辛苦曹溪求滴水，双松影里见西江。

津梁疲处总难图，转语能容下得无。莫怪十年迟一诺，笑余犹是旧头颅。记庚午秋，师出此图索题。

三十六梅花砚歌为许棹湖士杰作，即送其入都，时予亦将赴闽

君家出门动即到，三十六梅花砚斋。斋以砚揭诧殊绝，唯君与砚求其侪。羚羊峡底出光怪，紫肝片割乖龙乖。磨砻砚质略完整，晶荧鸲眼纷差排。数之适得六大数，卦爻十月穷阴埋。老阴全体占用六，阳回渐觉融襟怀。天心欲见不可见，梅花数点春无涯。或含蓓蕾或圻萼，眼边移照罗浮崖。每从霁后濯斗水，冰澌破冻流潴娲。麝煤一丸试亦好，□□喷席清无霾。蚤知无砚理已具，况传消息梅花偕。昔闻伴坐太白雪，舍寒又蹋长安街。此间度腊凡几遍，为同臭味忘形骸。饥岁属我书榜子，隼波无力飞岁袤。翻因此砚不忍置，摩娑屡乞开青缑。送君去去理辈辈，伊予亦欲辞荆柴。他年作书报我，应凭此砚写怡如，三十六鳞充使逾江波。

浮湘草

舟过龙阳柬农南明府[①]

郭外渔村水外庄，画图难写此江乡。遥知八百洞庭长，正掐檀痕唱夕

---

① 清陈楷礼辑《常德文征》（清嘉庆十九年鼎雅堂藏版）卷四十录此诗，文字无异。清戴璐撰《吴兴诗话》（民国五年刘氏嘉业堂刻吴兴丛书本）卷六："先叔祖永植，字于庭，号农南。壬子举人，龙阳知县。……朱景英《舟过龙阳柬农南明府》诗：'郭外渔村水外庄，画图难写此江乡。遥知八百洞庭长，正掐檀痕唱夕阳。'集有'一币孤城半夕阳'之句，人称戴夕阳。"

阳。《农南集》有"一匦孤城半夕阳"句，人称为"戴夕阳"。

七夕泊天心湖口

朔风猎猎洞庭寒，夏闰初秋似欲阑。底问双星渡河否？江湖人怕夜深看。

罗江吊屈子

食鱼莫食长沙鱼，为有屈原在鱼腹。此语演作罗江谣，危苦之词嗟太酷。灵均有与春初以，无营自得完本真。带以长铗冠切云，晚颜玉色清且醇。生前久厌铺糟客，死后宁甘伍鬼伯。即看毅魄排天阍，讵任泥沙渍遗骼？我来舣棹罗江湄，江风拉杂江云垂。秋之为气何其悲，吊公无地羞江蓠。贾生作赋亦已古，有泪孰洒潇湘浦。蓬窗兀坐寂无语，惟读离骚二十五。

寄呈石湘坡鹏翥先生山居

旧说陶潜归去来，门前杨柳觅新栽。黄花移植松三径，会社从携酒一杯。生计琴书差觉足，儿曹梨栗漫相猜。卜居倘许柴桑近，拚异篮舆日几回。

望岳麓作①

南岳七十二芙蓉，一花堕地犹丰茸。云为九千仞始此，造化结构当雄封。朱鸟箯尾茸不鬤，赤沙插脚篗且舂。人家齿齿覆翠巘，城堞面面排苍峰。惠光道林兰若古，况有墨宝传李邕。遗堂四绝肇保大，沈裴宋杜人希踪。橘洲子戌杳今昔，矶石雪碉无春冬。言披往牒证胜迹，林壑一一储心胸。尔来经席首都讲，瓣香礼为朱张恭。名山代兴故有在，时消虚谷繁笙镛。岂非地灵孕奇秀，玑衡一②烛文明钟。繄余弱岁早经此，仰面已略窥山容。廿余年来屡津逮，竟未一曳寻山笻。羯来今复与交臂，夙愿依旧偿

---

① 清陈楷礼辑《常德文征》（清嘉庆十九年鼎雅堂藏版）卷三十、清邓显鹤辑《沅湘耆旧集》（清道光二十三年邓氏南村草堂刻本）卷第八十九录此诗。

② 一，清邓显鹤辑《沅湘耆旧集》（清道光二十三年邓氏南村草堂刻本）卷第八十九作"下"。

无从。冥搜咫步愧谢客，幽栖遐躅悭周颙①。半生有履不得著，徒尔卧壁如蜗慵。一笑放棹下湘水，泠然林际闻霜钟。

长沙客舍闻高一斋家湘同年卒官大宁，诗以哭之四首

□□作吏五经霜，噩耗惊闻意倍伤。十载长安饥索米，□□蜀道远投荒。铭旌忍盼重山外，魂气应归故垄旁。上阙籍长沙，先墓远在□□，每谋归省不果。移疾几时旋下世，闰年惨甚厄黄杨。君以闰五月廿三日下世。

忆共燕台话别离，岁寒风雪素心暌。余壬申仲冬出都，与君握别。瓯闽天远犹通素，京洛尘多不染缁。装薄难为羊角计，衣单赖有雁行知。君从兄允方与余同官闽中，每话君辄泣下，时分俸寄之。凄凉往事还重省，泉下无由寄所思。

师门尔我久相于，记得江城觌面初。杵臼白头劳介绍，乙丑履尽，君过武陵，翁寥野明府招余集县署东轩，遂订交焉。文章青眼感吹嘘。余与君同出房师王湘澄先生门。相逢真长申情话，多谢中郎惜爨余。今年秋七月，获与蔡玉田、刘豫庵两同年相晤，连榻寒斋，话旧达旦。聚散无端存殁判，临风能不眇愁予。

街西假馆无多日，门外回车又一朝。杜甫感缘今雨触，屈平魂向大荒招。雪中须念西华葛，君有子，方十五龄。月下谁吹北里箫？时方中秋夜。我亦山阳思旧者，为君此夕发萧萧。

秋夜长沙僧舍与友人话闽中旧游赋此

水不渡洞庭，山不登衡霍。自命荆楚人，作茧苦自缚。
忆昔泛闽海，巨舰峨崪崿。溟涬力破之，万顷渺一搩。
飓母无停哮，鲸鳌一以掠。帆峭鲨尾壳，石插水芝脚。
中流击鼓锽，涛舂与相薄。自非灭闻见，愬不怖聋矐。
而我日高眠，魂梦清无噩。海穷峤乃得，拾筏陟圻堮。
岭绝猿居攀，岩从鬼面削。曰御仙通天，曰青鸾白鹤。
——我所躧，名状举约略。顶门天趹荡，腧穴气沱瀖。

---

① 颙，清陈楷礼辑《常德文征》卷三十作"禺"，误。

俯视杳无际，焉能辨地络？自顾非黄鹄，一举小寥廓。

信宿亦已屡，讵藉丹羽蹻。余言尚未竟，客色忙转怍。

云子诚壮游，毋乃大险恶。君子贵保身，胡为侈徒搏。

余曰是固然，抑岂此间乐？简书良可畏，王程本相迫。^叶

苟欲觅升斗，曷敢辞饕虐？客闻益赧然，谓子真铸错。

男儿好身手，当知慎所托。一官轻远游，得钱未满橐。

昔犹饱粗粝，今不克藜藿。得失量较余，徒以资嗢噱。

吾乡富山水，且复践夙诺。洞庭衡霍间，登涉任评泊。

余颇颔其言，默坐心跃跃。少待鸣晨钟，忏我误如昨。

题邵西樵玒问字图^①

我闻昌黎言，读书宜识字。顾我不识字，敢尔强解事？

胸中疑义何其多，掎摭未许穷羲娥。鸿都石本不可见，五经文字谁爬罗？即如十石鼓，又如三诅楚。千古树牙颊，我亦常画肚。趑趄何必殊攻同，恨不一问薛尚功。久湫人沉寡证辨，恨不一问吾邱衍。岣嵝之碑疑有无，我不欲杨新都。长笺底用辞纷拿，我不欲问赵凡夫。六书一一苦茫昧，无豀瓜芋分畛区。今秋泛湘水，邂逅邵夫子。小住张融船，来从陆机里。摩霄作赋声琅琅，投我百琲明珠光。更持寸莛洪钟撞，澜翻群雅胪三苍。袖中忽出牛腰轴，宛似崔丹貌得济南伏。又似龙门王仲淹，俨在疏属之南汾水曲。元成正可朴学传，况有李汉兼彭宣。名士著录归丹铅，何必别仿肖，伐薪而汲泉？世士只今轻小学，毛举纷纷徒蹗驳。义不摘瑟僴，文不辨斯邈，安能猎其微奇旨判鼠璞？惟有夫子能扬榷。我虽不识字，心折问字图。图迹不图义，为劝勤著书。曷不学许叔重，部分一亥详甄综？曷不学郑渔仲，类集形声破霾霿？一编稽古升石渠，来者犹堪搜秘洞。而我亲见杨子云，又见图中弟子罗佌佌，半生梼昧那识此，相从问字自今始。

题张慧川宏燧同年梧竹双清图 时由长沙令擢牧杜阳

昔人相赏松石间，老鳞参错揸屏颜。弹琴坐啸南朝山，使君所得乃清气。家园梧竹饶清味，翛然秋径与为慰。几时移置湘水旁，抚桐亦复然青

---

① 清陈楷礼辑《常德文征》（清嘉庆十九年鼎雅堂藏版）卷三十录此诗。玒，作"妃"。

光。竟日听彻鸣鸾凰，九疑联绵不可即。云根高切太古色，言往探之苦幽仄。斑斑者竹交苍梧，此中雅足祛烦纡，曷不重写双清图？

村居杂咏为西樵赋九言八首

酿花小圃

一春芳信二十四番风，名园次第酝酿饶天工。

雅知青门门外种瓜客，颇似锦江江上寻花翁。

泼眼秾华深红浅红里，关心物候南垞北垞中。

安得身作杜陵老酒伴，药阑同醉不怕糟床空。

黄雪廊

萧闲秋径雨雪何雾雾，见说丹花琐细飘秋雯。

昔时招隐岩丛写幽意，此地凌寒金粟延清芬。

碎割蜜脾甜味嵊山绝，浓浮虎魄美酝兰陵闻。

桂父旧歌已翻绛雪曲，底听桐孙新韵霏幻云。

冷香径

主人庭院元不侵纤埃，况有寒花无数参差开。

一卷冰文常自携避俗，双声水调忽闻歌落梅。

淡荡如君酸咸殊嗜好，周旋与尔臭味何嫌猜。

胎仙舞处孤山近复近，日夕领略细细香风来。

花韵馆

曦光潋滟渐移亭午时，阑干低亚花萼纷离披。

翠幌试褰飐飐似宜笑，金铃不动垂垂如有思。

貌得冰绡雪练没骨体，簇成风床雨槛无声诗。

为想江南草长暮春候，杂花树树惟许邱迟知。

芝室

谓是安乐先生老一窝，胡为结庐欲傍商山阿。

掇来九茎戢葺攒烟甲，郁为五色纠缦交云柯。

北海仙人曾割芝田稻，西京乐府齐唱芝房歌。

岂如松肪笋脯与同味，饱餐读易顾影常婆娑。

友砚斋

紫云片片散堕秋旻高，一一罗列几席宁非豪？

半生取友上下百千载，终日对君摩挲三两遭。

剧爱鸲之鸲之眼欲活，每从凹者凸者濡其膏。

闭户著书赖此岁寒共，余子纷纷轻薄非吾曹。

妙香亭

方塘绿净莲叶影田田，莲花雨晴风露香渐渐。

灵苗正茁疏蒲折苇外，虚亭恰在翠盖红衣前。

何处乞与维摩众香钵，于兹默证漆园秋水篇。

软红尘里那识此趣味，恣君长日八尺桃笙眠。

话雨篷

半生有梦梦到吴淞江，君家小筑宛似横轻艭。

百丈风宁牵时仍系缆，三更雨后话处还飞缸。

苕水浮家未必一泛泛，巴山剪烛犹自影幢幢。

何当相从晚饭柂楼底，数点半江红树推篷窗。

题张平圃九镔《浮家泛宅图》

君不是涪上翁，胡为年年中酒而阻风？君不是天随子，明为理钓具，放棹松陵水。道南道北尽足豪，掉头何事空虚逃？又不置身邛嶅里，幼舆唾涕非其曹。看君用意别有托，七尺昂藏寻住着。携家笑指水云乡，渔弟渔兄与商略。春江断岸花柳攒，春流滑笋无惊湍。潇湘如此亦不恶，岂必苕雪闲，乃尔施渔竿？君家志和去人远，君欲从之愁腕晚。亟烦画手为此图，底问此愿能遂无？顾我披图动怀抱，黄埃苦不抽身早。相随傥许挂帆好，杜甫南邻有朱老。

题朗池伏虎小像

竭来潇湘间，宗门识古德。趺坐默观心，双松净如拭。

震旦尘堀堁，不染水精域。安禅制眈眈，具足神通力。

偈三千大千，沙六十一亿。妙不可思议，有相非空色。

照无尽心灯，对此善知识。傥遇维摩诘，应入众香国。

题慕芥舟《君山坐眺图》

坳堂本非小沧海，岂其大达人拓心胸放眼渺空界？

洞庭八百里，九水通一派。

江流西蜀来，雪浪恣澒湃。曦魄汩其中，中有百灵怪。

掌录稽图经，泽薮此焉最？四角垂周遭，一发杳青霭。
戢沓十二峰，倭堕如绾髻。谓为湘君山，浮险不可届。
是何飞仙人，凌虚御风快？孤屿置双趺，翛然远尘壒。
直欲豁我眸，匪止息吾惫。帝子或夷犹，举杯一以酹。
壮游雅不负，会心良有在。君家近笠泽，包山水云外。
亦系洞庭名，吴楚通一欸。莫厘缥缈间，岂不踞胜概？
试移此图景，更为两峰绘。著君最上头，长啸发清积。

题刘镜亭《莲隐图》

采莲亭午无声碾，嘲他热客红尘软。冰壶梦寐别清幽，八尺桃笙任舒
展。虚亭面面围藕花，临平五月宁争差。踏波细路缘汀沙，于此彷佛耶溪
涯。看君水槛投双脚，消受微凉恣盘礴。莲隐乃在潇湘间，庾信罗含真
有托。

与友人话别

十年别绪苦无端，客舍相逢话岁寒。须惜故园松菊好，归来犹及小
盘桓。

浮湘

潇湘起秋思，三十六湾中。溆浦乱葭菼，汀洲多雁鸿。
水明残夜后，山远大江东。极目惟萧瑟，伊余叹转蓬。

陵子口阻风

乱帆如落叶，片片下潺湲。风雨忽来处，资湘一汇间。
烟深迷子戍，水阔失秋山。且傍空潭宿，渔歌杳不还。

畚经堂诗集卷六

出山小草

夜雨渡湘江

入夜难为泊，湘流阔不分。沓然风雨至，和梦渡江云。

重以南浦别，偏殊北雁群。榜人宁解事，断续棹歌闻。

长沙

五渚三湘势欲吞，长沙自古重屏藩。城开帅府荆湖路，天耀军门翼轸垣。陈迹令人悲屈贾，芳春随地袭兰荪。瓣香总为灵区永，指顾南衡耸处尊。

舟次长沙有作

乡关津鼓记程程，近指名都信宿成。湘水无波曾几渡，闽天在望此长征。纪群交为同舟笃，时与南陔偕行。沉范恩从入座倾。却忆当年题淡墨，微才今愧济川行。

题沉心斋维基明府琴鹤图二首

弹琴坐啸萧常侍，相赏偏于松石深。何似东阳人姓沉，泠泠湘水七弦音。

缑山仙人不可即，孤山处士迹亦疏。岳麓山前理清课，放衙镇与鹤相于。

题心斋艮岩游记后仍次卷中元韵

洞壑窈然开，凌虚得古台。繁香青桂外，幽径白云隈。
兰渚子觞合，桃源一櫂来。何如柳州笔，题壁扫莓苔。

舟行望昭山二首

昭山故婍婳，倒影昭潭心。倭堕不容即，惟俯澄潭深。
人家积翠里，明灭殊晴阴。曦光潋滟间，椒麓了可寻。
扁舟任逶迤，倚棹愁登临。忽复闻钟声，随风来空林。

看山如访友，久别成新知。岂不挂怀抱，觌面转生疑。
忆昔十载前，挂席偶见之。旋归卧庳篷，交臂仍暌离。
今来上湘水，风日和且熙。复与兹山遭，言慰旧雨期。
乍见苦别遽，差喜牵缆迟。

舟次昭潭北岸夜大风雨有作

昏黄转深黑，高浪风力撞。泊舟失安埼，振荡心魂降。
湘流自弯环，淡沲明春江。一宵风雨急，怒涨疑惊泷。
人生远行役，夷险理不厖。苟复昧所涉，安居亦缘幢。
气候异昏旦，世境殊欣愫。动静惟一心，非关风与幢。
且学安心法，点坐证老庞。

湘潭县

潇洒湘南邑，孤城图画间。攒罗连郭市，平远隔江山。
乡语吴侬杂，歌声越调删。那知停榜处，岸尽得孱颜。

月夜泊朱洲听小伶度曲感赋四首①

风露净江月，春宵系缆时。羁怀忍高唱，华发为孤吹。
入破情须竭，偷声意故迟。朱洲洲畔水，无限碧沦漪。

春风杨柳岸，小拍搯红牙。安得双鬟妙，依然片月斜。
中年丝竹兴，长路水云家。可许离愁拨，吾生叹有涯。

江潭易憔悴，江岸自空灵。哀怨风骚国，遭回月夜汀。
有人临水唱，过客倚舟听。底事不能发，知予醉未醒。

烛地难成寐，因之歌且谣。曲终江月白，衣重酒痕消。
一破鱼龙寂，谁为②鸾鹤招。美人渺天末，直欲上春潮。

渌江舟行杂诗十首

渌江水清驶，几日泝逶迤。赢得看山便，宁教鼓棹迟。

---

① 清陈楷礼辑《常德文征》（清嘉庆十九年鼎雅堂藏版）卷三十四录、清邓显鹤辑《沅湘耆旧集》（清道光二十三年邓氏南村草堂刻本）卷第八十九录第二首、第四首，皆题为《月夜泊朱洲听小伶度曲感赋》。

② 为，清邓显鹤辑《沅湘耆旧集》卷第八十九作"成"。

断崖深树合，轻浪细鱼吹。好为烟云绘，推篷仿大痴。

谁家临水住，高阁切云根。川观神如契，岩居势莫扪。
半江栏影泪，层巘爨烟昏。傥许从邻并，余将老此村。渌口人家鳞次，
崖际多楼居可观。

塔以仙人筑，仙人岂易耽？黄金虚牝掷，白日老生谈。
空洞无余腹，经营为一龛。阿谁解搋碎，快意破痴贪。

㴩水郦元注，图经故可求。于焉居有邑，莫漫叹无鸠。
堁失鸣笳寂，岚深拄笏收。竭来虚访戴，一笑剡溪游。过醴陵，闻吴门
戴我川客县幕，不及往访。

相逢徐教授，一问楚州风。门拟登龙峻，池惊角鲤空。
新声听鼓吹，往事付苓通。慰藉无多说，知君道不穷。湘阴徐肫庵同
年，掌教渌江书院，舣舟昭别。徐以新安令改官辰州教授，时力居艰，故第六句及之。

此乡农亩逸，处处响筒车。参错编湘竹，偏反卷浪花。
天浆倾不竭，轮扇制无差。抱瓮诚何事，劳劳只自嗟。

沙浅支危石，溪回拥急湍。引渠图一饱，上峡苦千盘。
利路机心辟，惊途道眼观。无从问泷吏，涉世总艰难。醴陵以上，村农
多壅水溉田，舟行甚艰。

金鲫何年石，孱颜两路分？香余芳杜雨，晴散豫章云。
小泊母轻唾，长怀只觉梦。湘东行又近，一纸故乡闻。金鱼石塘，南楚
西吴分界处。

未放双眸䁽，低篷当闭关。岸花看雾里，乡信盼云间。
秘诀观心得，神方刮膜悭。不堪危坐候，几许鬓毛斑。时予病目。

县小新城郭，江穷富橹樯。一卷当岸石，几度跨溪梁。
乡月吟怀共，春风客路长。明朝过山去，直拟打包忙。舟抵萍乡登陆。

萍乡道中

三旬只算出门初，七载重经取道余。回首乡关异风土，压肩行李半图书。宜春山好看皆熟，布谷声多听到徐。为报家人数行字，平安纸尾劝耕畬。

芦溪集杜

暝色延山径，江桥春聚船。市喧宜近利，衣冷欲装绵。
城郭终何事，云沙静渺然。蔬畦绕茅屋，通竹溜涓涓。

晚发芦溪集杜

落日放船好，溪风为飒然。江流大自在，下麦不劳牵。
客里有所适，钩帘独未眠。维舟倚前浦，石濑月娟娟。

滩行集杜

南国旱无雨，寒江旧落声。缆侵堤柳系，湍减石棱生。
漠漠虚无里，悠悠沧海情。此行何日到，回首泪纵横。

许旌阳祠集杜

江间波浪兼天涌，豫樟翻风白日动。屋前太古元都坛，悲台萧飒石巃嵷。神仙中人不易得，自怪一日声烜赫。拔剑或与蛟龙争，天地惨惨无颜色。潜龙无声老蛟怒，对此兴与精灵聚。铁锁高垂不可攀，世人那得知其故。窈窕丹青户牖空，岁时伏腊走村翁。扶持自是神明力，与人一心成大功。岂知异物同精气，溪虎野羊俱辟易。辛勤不见华盖君，咫尺但愁雷雨至。

立夏日袁州雨泊

浃月此扁舟，春江汗漫游。岁时交立夏，风雨暗袁州。
土润新畬坂，途荒故国诹。袁州右宜春侯国。纷予倦行役，吊古亦占秋。

袁山高一首吊袁袁山先生

袁山高高不可极，山骨黝黮太古色。当头魁垒竦且仄，以此阅世千万亿。龙汉不灰冰不溆，鹓鹏噤舌猰貐匿。一坳薤血终古碧，厥状何如火荼墨。望之熊熊曷敢即，袁山之高信无极。有鸟有鸟南云捎，有客有客西台号。袁山文山何庳高，袁公文公人中豪，旷四百年同其遭。呜呼！有泪不洒袁山头，有唾不散袁江流。袁江含垢人所溲，问谁能识袁山不？我来一为山阐幽，恨未起语王弇州。

经新喻县

城外临江，榜题"秀江天堑"。

虚无楼阁枕潺湲，铁锁横施一渡间。未必便矜天堑险，秀江东去果无山。

临江即事①

此邦人物古难俦，雄视洪州又吉州。六犊四花循吏最，二刘三孔艺文衰。波通章贡趋吴会，地远衡湘占楚陬。几欲吸川亭上望，临江酾酒本风流。

樟树镇小泊

少选停舟处，风烟极目时。趁墟摊药味，补屋割杉皮。

估舶乡关集，此地贸易皆土人。神祠土姓知。里人祀萧、晏二公甚虔。乍惊高唱入，鲜菜卖江渚。

樟树镇寻王文成公誓师处

威武将军印如斗，豹房健儿畜如狗。武皇宫中乐未央，快意何如下殿走。逆藩狡狯乃尔为，举事江头冀深诱。金镞将从缥葛飞，玉禾故向成周取。勾陈元武罗森森，阖辟天关规卯酉。紫宫苟复移玑衡，黄图讵止失跟肘。桓桓中丞姚江公，坐拥貔貅制𰉀𰉀。毕命不与孙许同，论功竟出郭李右。谤声腾甚军容使，捷书俘到累臣某。无劳凤艒渡彭蠡，顿使狼烟净庐阜。孤危心迹匡时才，指顾金瓯奠只手。洪都上游清江滨，今时阛阓古林薮。闻说公于此誓师，定军筹笔在人口。猿鸟风云尚俨然，过客由来酹尊酒。或言公本学道人，心学良知苦分剖。立功立德恐莫兼，大树蚍蜉撼时

---

①　清陈楷礼辑《常德文征》（清嘉庆十九年鼎雅堂藏版）卷四十录此诗，文字无异。

有。君不见，鹅湖亦领荆门军，襄汉以南赖关纽。书生往往树奇勋，瓣香况为金溪守。卓哉一代两文成，后起如公信难偶。载寻遗迹动遐思，穆叔有言三不朽。

丰城雨阻

风雨声中一苇杭，曲江亭北卸帆忙。城头剑气占牛斗，潭上金花忆靖康。贡水建瓴三郡过，贝多连担九机张。明朝拟渡横塘去，景物争能似此乡。

晓发丰城三十里入江口

昨夜水大至，蜃气腥朝霭。势以奔壑险，魂为砯崖骇。
舟人起解缆，且复凌瀰洒。弭楫三十里，瑟缩敢击汰。
岸右得小口，支港通一派。捩柂此焉入，棹缓少休憩。
黾缘穷枉渚，骀荡及良会。雨歇半江晴，春归三月晦。
蚕麦收新黄，浓树泻深黛。竹色纷便娟，村烟忽晻暧。
轻帆与往复，遥岑屡向背。如作剡溪游，都入辋川绘。
即此颐心神，不觉远行迈。日夕舵楼眠，微吟沂清濑。

三月晦日舟过三江口用春字韵

岂为春归不当春，一篙晴浪破江津。云山历历都餐胜，芳序堂堂故别人。杨柳渡头残醉影，楝花风里苦吟身。便搴杜若前汀去，约略邮签报几巡。

舟次临川登岸，访若士先生玉茗堂，既至荒寂殊甚，感而有赋①

清远道人不可见，当年玉茗花亦无。老伴禅②灯有紫柏，梦回歌扇余青芜。酸枣棠梨人所惜，文章气节公元俱。入门再拜发深喟，谁为古屋驱苍鼯。

---

① 清陈楷礼辑《常德文征》（清嘉庆十九年鼎雅堂藏版）卷四十、清邓显鹤辑《沅湘耆旧集》（清道光二十三年邓氏南村草堂刻本）卷第八十九录此诗，俱题为《舟次临川访若士先生玉茗堂荒寂殊甚感而有赋》。

② 禅，清陈楷礼辑《常德文征》卷四十、清邓显鹤辑《沅湘耆旧集》卷第八十九作"戎"。

陈五贞兆鼎、安之兆履昆弟自崇仁晤予临川舟次，兼惠草庐道园二先生集二首

五贞昆季，为先复斋师子。

师门友谊本相亲，萍聚连朝意倍真。范式不违千里约，彭宣原作后堂人。春归塞雁皆成侣，时予与家兄九霞偕行。地远江鱼不隔津。欲别为君迟解缆，问予何苦逐风尘？

前朝文献盛君乡，大笔吴虞奕代光。遗鼓不残鱼贯柳，嗜书成癖鼠衔姜。携来饱我神仙字，载去赢他宝玉装。珍重故人投赠意，宦情儒术两难忘。

偕五贞安之昆仲登拟岘台长歌纪之

兹台何所昉？筑自元佑二年秋。经始裴太守，南丰文笔摅琳璆。抚州城中卓峰五，一峰独秀东南陬。层台结构有凭借，欲观远海登高邱。裴公作吏治法古，所居民爱去民讴。不然台成号拟岘，汉南胜迹谁堪俦？太邱兄弟颇好事，邀我蹑屐姑舍舟。城隅踯躅凡几折，凭高忽放双青眸。宝汝二水名襟合束一带，金石二峰名界破悬孤流。灵谷以南铜斗北，依微指点芙蓉洲。近者参差楼阁金碧画，远者畸零方罫黄云畴。回视曾王遗宅履舄下，晋宋内史名迹了可求。自喜南来雅不负，况与旧雨相绸缪。古人筑台本慕古，而我访古重寻搜。经过偶尔登眺殊未尽，又听呜呜暮角吹城头。

游潮音洞

东南富山水，津逮涉旬月。言指盱江口，当岸辟灵窟。
一一危石蹲，森森高掌扢。或峨如冠豸，或敨如负鳖。
或怒不敢撄，狡狯恣奔突。或乱不可止，蜗尘任趹趹。
赖者疑涂丹，黝者俨锻铁。卑亦愁捷猱，险乃避俊鹘。
细路切孤根，老树荫深樾。中藏古兰若，少觉息行喝。
坐久别寻蹊，虚牖界幽彻。哨壶窥瓮洞，低扉失居楔。
就中得广场，讵止量十笏。途墐夫何为？朴斫徒尔竭。
普门偶示现，几时来舍筏。种种应真身，棱棱金刚骨。
震旦一天宇，阿耨本芒茇。于此闻海潮，有音自清越。
办香供养竟，烦恼焰应灭。出洞折而东，奇石更碣矼。

厥状匪易殚，阴磴积藓没。咫尺悸心魂，渐次冷毛发。
乃知大地上，通津亦郁佛。何事缒险巇，辛苦穷勃窣。
矧复灵阈间，倏尔味禅悦。会当信宿留，尘襟一以祓。

过南山寺见黄自先先生诗刻因次其韵二首

幽蹊寻几折，一刹背江开。幢影微茫见，钟声次第来。
客疲随地坐，僧老乞松栽。渐觉尘氛远，南山首重回。

林乱归飞鸟，堂稀人定僧。迦陵犹寂寂，香界自层层。
农事忙收麦，渔歌误采菱。昏黄寺前路，行处辨船灯。

传餐近稿

重晤莘田二丈二首①

举世尊文献，天留八十身。无多栖鹤地，两度看花人。丈②以康熙壬午举于
乡，至昨年壬午重与秋宴。北海颜师古，南山杜子春。谒来快重晤，不惜扫门
频。

犹忆当时别，期予早晚潮。予前衔恤归里，时翁送诗，有"期君似潮水，早
晚去还来"句。闲庭迟客屐，尘壁剩诗瓢。总作浮云感，难为旧雨招。相
逢仍慰藉，樽酒共深宵。

心香出其尊人轮川先生所藏涤砚图属题

有唾不溅井华水，有泥不滓云根髓。石交丽泽无与比，要使圭棱濯清沘。
濯之濯之呈鲜新，蟾蜍膏液流津津。置诸几案与结邻，能走毚颖驱龙宾。

长林之庄岁不俭，一砚传家恣勘点。更复爬梳罗琬琰，掌录一一装芝栉。
往时创获涤砚图，前有松雪后六如。谁其摹者龙眠失，识取颊上添髭须。

秋七月下旬有事邑之西乡晓起山行即事二首

绝巘凌晨度，高寒逼蚤秋。曦光故迟到，露气未全收。

---

① 清陈楷礼辑《常德文征》（清嘉庆十九年鼎雅堂藏版）卷三十四录此诗，题目同。清邓
显鹤辑《沅湘耆旧集》（清道光二十三年邓氏南村草堂刻本）卷第八十九录此诗，题为《重晤黄
莘田二丈二首》。

② 丈，清邓显鹤辑《沅湘耆旧集》卷第八十九作"翁"。

树偃当蹊碍，梁危隔涧愁。舍舆还蹑屐，不是谢公游。

隐隐烟痕出，村墟报早炊。所欣安井里，聊复忍饥疲。
寻以磝田晚，人因敝俗移。无方筹教养，食禄我何为？

山行舆中口号六首

残梦将扶破晓寒，山行荦确苦千盘。耳边淅沥非阇雨，露重枫零几叶丹。

云际曾无锦字驰，琐窗人远雁声迟。离情恨不随风寄，忍听秋山叫画眉。

记得炎天此路经，瀑泉迸涌怖轰霆。而今忽作璁琤响，爱向寒潭静处听。

苇折蒲疏水一涯，秋深白露湿蒹葭。郊原景物犹堪羡，绿遍连畦泽泻花。

到来一百二十日，迢递溪山历几遭。岂为胜情耽未了，西风华发半萧骚。

归路郎当月上徐，吏人束火拥轩车。眠鸥惊起应相笑，笑我风尘趁簿书。

度林漈岭

人在秋山绝顶行，混茫椒麓未分明。云如怒浪砰崖势，风作寒潮退硐声。一室不甘常蛰卧，长途何苦屡骎征。请看泉石烟霞迹，大息无因寄此情。道傍摩崖，镌"泉石烟霞"四字，为明隆庆雷论书。

岁杪吴江尊寿平明府招饮遂以留别

薄宦风尘始，遥情驿路悬。溪山犹小住，丝竹况中年。
卜夜朋簪盍，当筵别绪牵。他时怀旧雨，记取岁寒天。

渡峡江

万壑趋流处，当迳一渡逢。雾收危岸坼，风急逆潮春。
小海闻高唱，无诸指故封。蒲帆吾稳挂，尘路少从容。

度常思岭

朝醒未浣敌寒多，长短邮亭取次过。身在晓行图画里，满天风雨度
盘陀。

江口

巍然江口戍，高枕海东头。谭戚无遗策，山川此胜游。
聚船鱼有市，得地麦先秋。信美莆阳道，征车为小留。

莆田道中五首①

红泥壁子绿油窗，扶荔阴中白版双。恰好酒楼临水架，春风今日醉
涵江。

滑笋春流委宛通，板桥敲侧岸西东。到来浦尾寻前淀，双桨蜻蛉落
照中。

绿榕庭院立红裙，薄薄春阴耐几分。似为个侬添怅怨，寻春真误杜
司勋。

接程丰碣照琳琅，冠盖从知盛此乡。稽古有人谁识得，萧条夹漈读
书堂。

野趣如从故里经，菜花黄间麦苗青。土宜一物偏留缺，苦向南天盼
柳星。

---

① 清陈楷礼辑《常德文征》（清嘉庆十九年鼎雅堂藏版）卷四十五录《红泥壁子绿油窗》
《绿榕庭院立红裙》《接程丰碣照琳琅》《野趣知从故里经》四首，文字无异。

发莆田至仙游境一路看山作[①]

春山无收遁，一雨洗根骨。容色媚新晴，芗泽渍发发。
琐细眉后纹，重陙施笔渴。淡处妙得姿，生绡不容乞。
南行饱看山，奇险惊屡突。今朝喜见此，生气叹远出。
苦闻坡公语，山与高人一。不肯入官府，偃蹇迹殊绝。
疲余役征途[②]，好山卧舆揭。品目夫何如？静女或仿佛。
春风憺容与，即目了可悦。遥情入遐憩，兹意谁与说！

经蔡忠惠公墓下作

忠惠栖神地，山川信有灵。清风被榆社，宰木感枫亭。
名岂龙团累，碑从驿路铭。心期丹荔熟，一为荐芳馨。

枫亭荔园三首

闲居灵果爱参差，名状南方草木知。今日枫亭访扶荔，宋家风味占多时。

老饕来不及炎天，冰齿晶丸入梦圆。且为浓阴留少选，曲车底怪口流涎。

此乡春事缓耕畬，老圃惟求种树书。我亦沅湘足生计，木奴湖目岁常储。

见道旁桃花零落感赋

落梅天气小桃鲜，花事南中蚤放颠。待得将他比人面，春风一笑已无缘。

过万安桥谒蔡忠惠公祠

仙人畏渡南海南，施手一线揯巉嵁。海水渴饮雄虹贪，率然横厉神山三。

---

①　清陈楷礼辑《常德文征》（清嘉庆十九年鼎雅堂藏版）卷二十四录此诗，文字无异。清邓显鹤辑《沅湘耆旧集》（清道光二十三年邓氏南村草堂刻本）卷第八十九亦录此诗。

②　疲余役征途，清邓显鹤辑《沅湘耆旧集》卷第八十九作"縶余远行役"。

作其鬐鬣砆以探，趾爪累百浮潭潭。蛟螭飞驾鳌鼍骖，僵走龙伯忘婴妭。虮臣蜃蛎蟳蛣蚶，窟宅依附群生含。是于①黑风现瞿昙，具足神力须弥担。寻丈步墨举可谙，擘分溟滓资趁趣。恒河沙数利益覃，六十二亿非谵諵。拽以巨石驱千惨，百数十字如罍甔。高文制古先秦参，居然地负而海涵。明德之远亮无惭，宜用报享羞芳甘。一瓣憾未携醇醯，肃衣再掺明心醰。

泉州二月朔日

乡关回首岭层层，行役中和节序征。南去莺花殊楚泽，古来文献富温陵。帆收千舶潮声接，襟合双桥海气升。容我登楼闲纵目，春阴无那晓寒增。

过开元寺

象教依人境，经过趁早程。药分龙树秘，茶斗乳泉清。
铃语喧双塔，潮音满一城。移时味禅悦，不觉宦情轻。

沙溪旅次题王南陔熹南行近稿后②

多师亲雅资，修绠汲古用。炉鞴鼓大冶，蹴蹋骄长鞚③。
缅怀正始音，属耳清风诵。勿以砆玞识，恩乃璆琳贡。
琅琊盛才藻，伯子富甄综。称诗故自豪，得句必殊众。
睢涣水风沦，云雷器鼎重。精心析秘忽，匠意恣磨砻。
是于桐玉间，别有钟吕中。而我劳且歌，无由破尘雺。
骊珠忽照眼，几案得清供。行行近海南，境与成连共。
移情良在兹，抚轸睇颍洞。

宿同安县

风雨泉南道，玲塀度此宵。传餐鲑菜味，到枕鹭门潮。
旅梦怜灯破，乡心借洒浇。春程待明发，直达海天遥。

---

①　清陈楷礼辑《常德文征》（清嘉庆十九年鼎雅堂藏版）卷三十录此诗。是于，作"于是"。
②　清陈楷礼辑《常德文征》（清嘉庆十九年鼎雅堂藏版）卷二十四录此诗。
③　鞚，清陈楷礼辑《常德文征》卷二十四作"空"。

畲经堂诗续集目录

畲经堂诗续集总目

畲经堂诗续集卷一
劳歌丛拾

西笑集

十二月廿三日舟抵三衢城下，访西安胡盖三师亮明府，旋解维去

兰溪晚泊

舟过严州

七里泷阻风

经严子陵钓台作

桐庐即目

富阳舟夜闻雁

小除日泛西湖

除日登吴山

元日偕翁桂亭并携壎儿联骑出涌金门，由孤山路经苏堤，寻南屏诸胜，复放舟湖心，抵暮进清波门归寓二首

表忠观

凤凰山怀古

巢居阁

六一泉

拜岳忠武王墓

游幽居洞拟寻司马温公磨崖隶书家人卦际晚不果

瑞石洞

石门道中

秀州六言四首

经平望作

吴江舟夕

人日舟抵吴门

游虎邱

五人墓

林心香将偕其兄之云间杭海归闽，舟次言别，是夕予发舟泊浒墅

无锡谒王湘澄夫子荷留饮即席率呈

芙蓉湖

春夜舟行丹阳道中

京口雨泊

上灯夜扬州舟次

召伯湖

又为书亭镇帅题小山宗伯画扇

腊月廿七夜宿海门

畚经堂诗续集卷三

来鸥馆诗存

人日柬伯卿

燕集楝花书屋

正月十八日邀那西林兰泰、余退如任伯卿、李蓬庵本楠、王亮斋王曲台执礼集澹怀轩即事六首

和伯卿庭石之作

寒食

海门春望

伯卿示松石二歌读而善之续歌以广其意

为伯卿题山水障子四首

过伯卿率题小诗留斋壁

哭二侄（《沅湘耆旧集》卷八十九题作《哭从子》）

五日诸罗道中

值拜石北港兰若夜话久之时将返樵李诗以赠别

雨夜宿西螺社

五月十日，王曲台明府邀同那西林副帅、李蓬庵司马集彰化县斋燕乐，月夜行二十里归抵海墘寓舍，已漏下四鼓矣

涉大甲溪

蓬山即事六首

白沙墩观海寄伯卿

竹城喜晤韩璞园明府

垒山作四首

将与伯卿别过官斋作此

七月三日伯卿之任六安予送至海门诗以言别

七夕微雨病不成寐，忆昨年是夕偕白颖亭、阮辅臣集任伯卿官斋燕饮欢甚，今白阮俱下世，伯卿亦迁任去，抚今追昔，不胜怆然

秋夜闻涛图为石乐莘国任作歌

秋昼苦热与李槎寄施袚堂坐澹怀轩即事有作二首

油坊梨

津门二首

都门腊夕，罗慎斋典给谏、鲁白墀赞元侍御、刘寅桥亨地司业、张吾溪九镡舍人过寓邸话别

腊月三日出都别龚荻浦大万检讨

杨西园赁车远送同宿卢沟旅次诗以别之

早经河闲李讷斋浚原司马留饮署中日晡与别

茌平客舍题壁

过东阿寻三归台遗址

汶上有感

邳州怀古

渡河

淮安立春日别伯卿

红桥

蜀冈

除日登北固山入甘露寺复寻海岳庵遗迹拟探鹤林诸胜六首

惠山顶望太湖

听松庵观明僧性海竹炉并邵文庄公温砚炉

游寄畅园

舟过枫桥访寒山寺

过吴门蒋贪山元泰二丈出所藏金石目录见示率尔题后

舟行临平道中

元夕武林寓楼望吴山灯火

正月十九日偕王亮斋暨塚儿湖上看梅即与亮斋言别

自钱塘江口至清湖舟中即事四首

清湖至浦城山行杂诗四首

建溪舟行

赠徐学斋祚永二首

金门

同安寓馆即事四首

题余松山延良荷净纳凉图

学圃感旧

畲经堂诗续集

续集序

序

    苣汀先生自平和移候官，以荐入都，同知鹿耳门。秩满代归，旋复北上。已，权佐泉州，前后逾十稔，簿书鞍马之余，不废吟咏。顷钞所作，得古今诗四百有奇，凡四集：曰劳歌丛拾，曰西笑集，曰来鸥馆诗存，曰转蓬近稿，统为《畲经堂诗续集》，命余序之。

    先生《畲经堂诗集》久已流传，闽中家有其书。论者谓：天巧匠心，秋露垂笔，极工而含生气，凄清潋泽，虽昌谷（李贺）、玉溪（李商隐）二李生不能过也。及今十余年，心手变化，格律弥上。五言近体，冲澹闲肆，高者出入十钱、郎、刘随州之间，古体漱涤皮、陆，远薄阴、何矣。其他七言诸体，皆兼宋元人之胜。盖先生博极群书，所资者众，而又宦途所经，北上京师，取道吴越，浏览齐鲁，与向所游中州、赵地风教固殊焉。陟丞海外出日之乡，云霞兴没，山岛错峙，四时炎蒸，物产谲丽，视沅芷澧兰、洞庭柑橘，共有同焉者乎？见闻既广，胸次开豁，哀乐时乘，奇气涌出，千态万貌，一集于诗。调和卷轴，激锵声韵，如乐出虚，大者喤镛鼓，小者咽笙簧，感动人心，升降鬼神，而不自知也。

    先生本沅南名士，乡贡冠其曹。说者谓为献吉圭峰之俦，非近如唐子畏（唐伯虎，1470—1523）辈，艺术狎世以流誉也。历知剧邑，以六经润饰吏事。不纯任武健，尤爱赏文士，延援指授，成就其才甚众。仿佛武城弦歌，得人之风。昔夫子谓诵诗三百，可以授政，而班固《艺文志》引刘氏奏诗赋略云："感物造端，材知深美，可与图事。故曰登高能赋，可以为大夫。"观先生为治之本末，得此者岂无故哉！

    昔之诗人，才华驰骤，不忘欲反。故自白傅、苏子瞻兄弟，皆有道学之言。华必归实，道固如是也，然则先生且有出于治迹篇章之外者。条达上遂，与古至人为徒，以游于无穷竟，固非耳目所得而测识矣。

    建宁仕琇。

朱仕琇，1715—1780，字斐瞻，一作斐瞻，号梅崖。福建建宁人。年十五补诸生。

从汪世轑学古文，曾代人作书求文于副都御史雷鋐，为所称许，遂知名。乾隆十三年（1748）进士，改翰林院庶吉士。选山东夏津县知县，因足疾改福宁府教授。后归主鳌峰讲席十年。工古文辞，始学韩昌黎，其后更博采秦汉以来诸家之长，醇古冲澹，自成一家。有《梅崖文集》十卷，外集八卷。

附：艮园札

曩在榕城北亭，六兄诵述阁下名章隽句。十余年来，心识勿谖。嗣读《畬经堂全集》，咀味寻绎，爱不能去手。国朝大家名家，以诗鸣海内者，更仆难数，求如大著之苍秀高洁，而一本于兴观群怨之旨，实无其匹。低头以拜，东野仆非贡谀而阿好也。

时时想一望颜色，以解渴尘。乃正月内，骖从过武林，仆适因连朝展墓，致稽趋，谒行馆。嗣祕堂世兄至，始知阁下竟挂帆而度仙霞。君自此远矣！仆景迫崦嵫，不知何时何地一把袂也。言之黯然，附呈粤游诗一册，倘得邀元晏一序，则叨藉光，荣匪浅矣。率布区区，统惟澄鉴，言不尽意。

钱唐汪沆。

汪沆，约1736年前后在世，字西颢，一作西灝，一字师李，号槐堂，一作槐塘，浙江钱塘人。终年81岁。诸生。早岁能诗，与杭世骏齐名。乾隆十二年（1747）举"博学鸿词"，报罢。游天津客查氏水西庄，南北论诗者奉为坛坫。大学士史贻直将以经学荐，以母老辞。博极群书，好为实用之学，自农田、水利、边防、军政、靡不条贯。有《湛华轩杂录》、《读书日札》、《新安纪程》、《全闽采风录》、《蒙古氏族略》、《识小录》、《泉亭琐事》、《汪氏文献录》及《槐堂诗文集》。

《劳歌丛拾》自叙

岁甲申春（乾隆二十九年，1764年）二月，予宰平和，明年（乙酉，乾隆三十年，1765年）仲春移候官。刺促两邑，甲簿书之冗，奔走之疲，劳不可逭。已有作，就牍背杂然书之，旋复弃去。顷捡敝簏，得如千首钞存，知劳人尚不废啸歌也。己丑（乾隆三十四年，1769年）首春，研北农漫记于道山小筑。

《西笑集》自叙

世之西向而笑者，独予也哉！丁亥冬，予以荐自三山赴都，取道吴越齐鲁，皆平生所未经者。舟车所届，每属笔为削稿，竟辄手之而笑，盖予故知夫人西向而笑矣。静寄东轩识，时己丑（乾隆三十四年，1769 年）元夕，幼芝。

《来鸥馆诗存》自叙

予之佐郡左海也，以己丑（乾隆三十四年，1769 年）初夏，迨癸巳（乾隆三十八年，1773 年）春正始西旋，栖迟瀛壖者四阅岁矣。海外官闲，恒与笔墨为缘，顾离合悲愉之故，要不能不时概于胸，次其岁月而录存之，得毋自诧老冉冉其将至耶？是岁夏四月朔日，誃痴翁寓榕阴别墅识。

《转蓬近稿》自叙

海外归来，憩三山十余旬。遽尔北行，往还七阅月，幪彼未解，遂以权任之泉南。旋复冲炎北返，盖甫逾岁，而鹿鹿若是。每诵供奉"生事转如蓬"句，辄用怃然。诗不多作，存此以志岁月。莅汀朱景英书，是为甲午（乾隆三十九年，1774 年）小暑日。

男和壆、和垲谨识

家君子《畬经堂诗集》六卷，版行已久，嗣宰平和、候官两邑，录所作诗，曰《劳歌丛拾》。中间卓荐入都，则有《西笑集》。其《来鸥馆诗存》，为贰守台湾时作。迨秩满西渡，小憩榕城，旋北上返闽，未浃月，遽有权佐泉州之行。于是通钞一岁，作为《转蓬近稿》。凡四集，刻成《畬经堂诗续集》四卷。集仍各系自叙，而以家梅崖太史序弁其首，又检汪艮园征君札附焉。男和壆、和垲谨识。

畬经堂诗续集总目

卷一：《劳歌丛拾》古今体诗五十六首
　　　《西笑集》古今体诗六十九首
卷二：《来鸥馆诗存》古今体诗一百一首
卷三：《来鸥馆诗存》古今体诗一百首
卷四：《转蓬近稿》古今体诗八十一首
男和壆、和垲，侄孙怡锟校字。

畲经堂诗续集卷一

劳歌丛拾

宿周氏园

花月春如许，园林趣自饶。远襟敛印渚，尘梦澹清宵。
濠上鱼真乐，苏门鹤可招。所敛淳朴俗，一为驻征轺。

平和杂咏四首

离离朱实遍东郊，一种端明谱细钞。更喜酸甜风味别，乍尝乌叶绿荷包。

碧涵溪色绿成阴，一棹延缘入浦深。行趁斜阳忘近远，侧生旁挺识西林。

低棚短栅密将扶，肥叶连畦翠覆芜。讵信烟花不堪蒻，朝来争摘淡巴菰。

霞寨人家碌碡忙，道收穬稑已登场。一抄云子千春白，落金输他粒粒香。

县斋即事二首

蕞尔岩疆辟，文成剿寇年。溪山墟有聚，岭海路还连。
俗化诗书气，人安耕凿天。图经余二里，小试愧烹鲜。

一水西流折，群山北镇回。带刀何敢尔，列堡有繇来。
昼静衙初放，秋阴卷偶开。官闲缘地辞，那复耻瓶罍。

游栖云岩

白云本无心，遇石触而起。时复倦不支，偃蹇巅崖里。
入山不见云，出山不见云。惟于衣袂间，坼絮吹纷缊。

赤髭与白足，习伴栖云宿。寂历叩松关，境僻意已肃。
言从二客游，潇洒古黄州。兹岩留指爪，白云常悠悠。

木棉庵

怨毒于人有如此，县尉施手宰相死。杭州歌声未绝耳，木棉庵前血如
水。血不凝碧土犹腥，穷奇蜕肯来青蝇。漳南往迹古无称，奸回死处碑
崚嶒。

题沈九畹兰二空图

陶公抒妙旨，赠答形影神。佛说有两觉，两觉成一身。
形不与影谋，影示形愈真。譬诸火上烟，续续传于薪。
五官赅而存，眼觉余相因。虽复疲屡照，要不冥根尘。
阿谁铸青铜，质与方诸伦。匪待濯沆瀣，晶色浮津津。
妍媸本两忘，触处成主宾。相视莫逆否？非我子亦亲。
不然宁作我，对面疑笑謦。是谓眼取影，仙佛理重申。
有剑羞轻弹，有美嗤横陈。元知山泽臞，本是飞仙人。
斯图乃骈称，说空尤纷纶。会心一以证，惟与泰初邻。

鼓山照公生日二首

古德名山住，津梁老不疲。言泉风发处，性海月圆时。
芝草香林种，藤枝净域持。龙鳞松万树，阅世比如斯。

屴崱当头峙，香炉亦有峰。匡庐元异态，慧远尚栖踪。
辛苦黄埃逐，因缘白社逢。知公坚戒律，樽酒敢相从。

品古图为暨阳公赋

集古岂无益？要自有家数。好事嗤崴琐，收藏瞬旦暮。
千古鉴赏人，冥心得深悟。言从识解求，亦以博雅故。
癸丁迷世次，云雷莽回互。籀斯不可辨，鼓碣失音注。
金石矜爬罗，嗫嚅费吞吐。玉府苟未窥，望气昧苍素。
秘色久微茫，肯共诸窑护。凭臆剖疑似，遗制目空寓。
津逮既罕曾，真赏亮难遇。我公性嗜右，物聚景以驻。

即物资考证，史籍供沿沂。况具正法眼，圭黍析无误。
棐几拭清晨，开朦恣呈露。翠墨吹古香，土花绣奇趣。
乐此不为疲，摩挲契情愫。真赝安足论，品价博一顾。
原父永叔间，牙颊让公树。所至官阁间，清课镇常度。
余事绘作图，一洗俗尘污。贱子生苦晚，研席喜依附。
绪论每侧闻，品古慰心慕。照眼更苍然，愿取名香炷。

题暨阳公渡海图

桑东一发惊浮险，烟外齐州更九点。鲲身鹿耳迷离间，大海迤东纯澹山。
明公忽鼓鹭门舵，高舻直划沧溟破。中流旄节有辉光，箫管楼船两头坐。烟
无边际山隔云，巨浪横截摇空旻。天吴隐现老蛟舞，峭帆正指东瀛湑。忆昔
此岛纷争战，狼踞后先相诱煽。磨牙砺角斗未休，千里腥风吹海面。承平六
甲记从头，八十年来雾曀收。城邑屹列索以周，居然内治安区畴。此行快意
仍大噱，鱼鸟犹知我公乐。波涛利涉仗平生，忠信心胸何怵作。毋乃前身玉
局仙，文心幻处霏云烟。屏风新样突兀见，还从海月窥清妍。

送钟半江文标明府奉讳归里

久为离群惜，重逢复远归。知交浮宦隔，心事出山违。
岭树阴初合，江鱼馔已非。临岐忍挥手，相对泣莱衣。

道山小筑新成四首①

一官刺促百无功，怀抱凭②开半亩宫。忍见苔痕绽春雨，苦缘茅屋拔
秋风。孤桐片石爬梳出，五架三间结构同。草草便堪闲着脚，况围桃李斗
青红。

道山三十六奇处，当户时时望见之。选胜底须携谢屐，阐幽孰与读曾
碑。峰阴坐觉晴云散，塔影窥从夕照移。耐可雨余新溜挂，卷帘终日碧透

---

① 清陈楷礼辑《常德文征》（清嘉庆十九年鼎雅堂藏版）卷四十、清邓显鹤辑《沅湘耆旧
集》（清道光二十三年邓氏南村草堂刻本）卷第八十九各录《一官刺促百无功》《道山三十六奇
处》《此乡结纳忆从前》三首，题为《道山小筑新成》。

② 凭，清邓显鹤辑《沅湘耆旧集》卷第八十九作"平"。

迤。时方望雨。

莎厅东去理颓垣，揞拄无多屋宇存。声出劳歌缠簿领，梦回尘劫澹心魂。牵船岸有张融宅，拣树巢安庾信园。早是宦情成胜寄，未应芳草怨王孙。

此乡结纳忆从前，往事惊心十五年。

天意雪霜留硕果，莘田二丈今年八十有五矣。故家池馆失平泉。李氏素心堂、林氏浴星亭，俱已易主。谁欤话共虚窗雨，此来惟与心香盘桓。逝者埋深宿草烟。谓苍岩、德泉、邻初、心水诸丈，绍庵、复斋、石泉诸前辈，霖村、林塘、北亭、千波诸友。总作南皮游后感，春风开径转苍然。①

方正学先生二柏一石图②

款云：洪武四年清明前二日，西村先生八十大寿，命写二柏一石之图。方孝孺。

周公得志成王蹙，毕散诸人死沟渎。侯③城碧血早蘪幽，木末亭边鬼常哭。二柏一石手所写，劫灰幸脱金川赭。文字禁后仅流传，历久伊谁护持者。铜柯按叶香来徐，云根卓地介则如。小韩子亦绘事绝，款题乃在高皇初。二十八字苍且劲，倔强姿如书绝命。当时艺苑金胡雄，过眼烟云讵堪竞？曾闻沽上藏画松，主人品目双虬龙。少师墨竹徒太息，惜不令见此柏石。

同成成山城明府访林心香留饮陶舫赋赠

访旧来秋巷，清欢竟日俱。食单珍菽乳，酒户怯莲须。
奕叶芬能诵，端居道不孤。坐深增太息，人地似君无。

过洪塘寻曹副使石仓园遗址

曹公天五纬，厥神降南纪。色正而芒寒，忠义炳前史。

---

① 清陈楷礼辑《常德文征》（清嘉庆十九年鼎雅堂藏版）卷四十、清邓显鹤辑《沅湘耆旧集》卷第八十九录此诗，无所有夹注。

② 清邓显鹤辑《沅湘耆旧集》（清道光二十三年邓氏南村草堂刻本）卷第八十九录此诗，文字无异。

③ 清陈楷礼辑《常德文征》（清嘉庆十九年鼎雅堂藏版）卷三十录此诗。侯，作"侯"。

浮云箕尾乘，在帝左右只。下界故游戏，陈迹近可指。
当其觞咏时，水木饶清绮。名流集裙屐，眉目吴兆陈鸿是。
遗诗吟在口，逸事传在耳。一经龙汉劫，大壑惊潜徙。
梓泽与平泉，等尔山邱委。伊予生苦晚，瓣香为彼美。
役役簿领尘，行行冠盖里。停骖偶咨诹，风烟随履屣。
扪萝睇园扉，璧窠字尚岿。周览无一椽，数笋石倾陁。
菌础雨痕涩，苔甃霜华靡。畴昔富秘储，羽陵湮寸纸。
儒藏志未竟，冢壁同残毁。所以积书岩，津逮罕世士。
此地非西台，朱鸟歌还矢。勿徒感萧条，顽懦闻风起。

题林氏北阡草庐图[1]

不到辛夷坞，今看丙舍图。一庐山雨暗，尺幅墨云涂。
爱汝草堂静，关心绘事殊。仙峰霜露地，对此转萦纡。余先墓在桃源仙
峰下。

吴少娥刲臂疗父疾，父殁，遽投缳从死，诗以纪之四首[2]

谁信垂髫弱女身，寸衷萦结重天伦。承颜解咏风前絮，倚膝深怜月上
人。王摩诘女，字月上。霞抱灵根勤祝佛，霜零病叶黯伤神。药炉经卷相料
理，娇影伶俜一榻亲。

报身自顾计无之，一臂何心忍独支。杂进羹汤仍洗手，代呼疾痛便分
肌。燕雏宛转红襟曳，鹃血模糊绀袖垂。争肯向人双黛蹙，凄凉夜半裹
创时。

秋旻空阔渺难呼，人世团圞得再无。一死那能酬九地，余生原不托诸
孤。慈云覆处神犹活，少娥死大士龛前。朝露晞时泪已枯。知汝尘缘成解
脱，夜台从此镇相扶。

---

① 清陈楷礼辑《常德文征》（清嘉庆十九年鼎雅堂藏版）卷三十四录此诗，文字无异。
② 清陈楷礼辑《常德文征》（清嘉庆十九年鼎雅堂藏版）卷四十录第四首。

劝孝宁从死孝求，忽于闺阁表殊尤。柔肠几为衔哀绝[1]，至性曾无转念谋。螺女洲前残月夜，柏姬祠外晚风秋。感同旷世归同处，大笔何人一阐幽。

宋徽宗画明皇训储图[2]

马蹄跰跋栈云里，灵武居然有天子。归来南内泪交流，高将军亦巫州徙。张家婢子李家奴，于天性爱何有乎？储岂不训训何事，令我忾叹于斯图。徽皇写图意鉴古，丹粉萧闲留秘府。卷中家法溯李唐，少海前星得规矩。汴水飘零天水支，北辕尤剧蜀山悲。可堪五国吹沙地，回忆东都点笔时。

丁亥仲冬月九日，邀同成成山明府、吴桐轩寿祺孝廉、林心香茂才暨家兄念石，并携儿子和塚游乌石山，归饮静寄东轩，席间品阅宋元书画，是日迟黄莘田二丈不至四首

竟践看山约，招邀复故人。天晴迟落日，地暖先去声嬉春。
姑射城头羡，朋簪物外亲。放怀虽偶尔，扑面已无尘。

松石真相赏，跻攀磴道徐。胜餐韦偃画，误辨李潮书。
海气迎寒净，人烟入暝疏。邻霄他日上，记取朅来初。

东轩爱其静，小集亦停云。促坐清尊共，当筵古墨芬。
苦吟规禁体，深话感离群。良会几曾有，相将惜夜分。

帘扬风侵烛，窗虚月到楹。袖中山色重，褋上酒痕轻。
去住关心事，暄凉阅世情。避人黄叔度，拟就问平生。

陶舫星石为心香赋

白榆天上何历历，遗种堕地砰且砉。道是云根乃星魄，块然之质谁为

---

① 绝，清陈楷礼辑《常德文征》卷四十作“纪”。
② 清邓显鹤辑《沅湘耆旧集》（清道光二十三年邓氏南村草堂刻本）卷第八十九录此诗，文字无异。

摘？在天成象地成形，阅几年岁光晶荧。厥顶敧侧趾则平，此理难诘甘石经。纷纶史传事考证，系旨猥以俗言胜。星有嗜好风雨应，灵物水不受胶凝。海岳徒闻易研山，仇池讵压诸屏颜。娲皇施手远绝攀，支机说亦然疑间。曷如兹石关天毗，炯炯元精贯表里。嘱君深护勿亵视，文字之祥赖有此。

题金峰山庄图二首

庄为李氏丙舍，在郡北大夫山，宋李忠定公读书处。霖村刺史属黄鼎绘图，曾要予题，今下世已五年矣。

宋朝丞相读书山，为葺遗庐意倍艰。绕屋全栽松作障，疏渠曲引水如环。秋云弥望先畴服，春露经心宿草删。庞陇欧阡两营就，辛勤不惜鬓毛斑。

胜地年时齐胜游，今从缣素见诒谋。云烟点笔黄公望，邱壑留踪李邺侯。往事西堂喧斗酒，新铭北郭黯蕤幽。诗成比似延陵剑，一树萧萧挂后秋。

题林太守人瑞翁遗像

翁讳春泽，字德敷，侯官人。正德甲戌进士。历官贵州程番府知府，寿百有四岁。有《人瑞翁集》。子应亮，户部右侍郎。孙如楚，工部右侍郎。翁与孙并葬旗山下。余为厘其墓道，裔孙以遗像示敬，系短律帧首。

文献征前代，期颐阅大瀛。诗传人瑞集，治纪竹王城。
宰木风烟古，华簪世系荣。方瞳犹炯照，瞻拜岁星精。

题林轮川先生研铭册十八首次黄莘田二丈韵

结邻几席乐相知，兰话堂中臭味奇。照眼芭蕉三石叶，晴窗一叶一通词。

他山片石品题分，一日何无是此君。名士由来爱标榜，肯从修竹写弹文。

文字源流传世系，高曾规矩守遗型。即看累叶题词砚，都入君家族谱亭。先生五世砚铭，皆在册内。

摩挲一日几千回，剧爱文奇字亦瑰。暴富如斯罕曾有，抵他抄得汉书来。

搜讨岩西又涧东，宰官会此运斤工。归来题共星槎老，字字差排食叶虫。莘田丈与田生、光生同嗜砚，册中两家铭词甚伙。

十数年来旧雨情，早从翠墨识君名。卷中亦有锵金句，知是冬郎走马成。谓心香。

亦服先畴亦诵芬，砚田连陇簇秋云。吟台散后犁锄歇，好在林亭不废耘。

生春红砚感情文，未必能同蝶化裙。镌得端江诗一首，何如元相咏巫云。莘田丈庄夫人砚名生春红，夫人没后，丈赋《悼亡诗》，中一绝："端江共汝员归舟，翠羽明珠汝不收。裹得生春红一片，至今墨渖泪交流。"取镌砚背。

雪村居士无多墨谓叔调先生，高盖山人亦绝题谓古梅先生。埋骨青山知己尽，玲珑争忍唱黄鸡。

灵和殿里说丰标，山骨犹烦丽句雕。玉树生埋几行泪，眼中薤叶梦中蕉。谓瑞峰先生。

雅事差同鹅换字，癖情不比鹤乘轩。赵家子固兰亭本，性命轻于夙好敦。

光禄坊西壁垒开，诗城笔阵角雄才。短兵持亦施全力，片片云根劈破来。

众体兼收制作工，一番挥洒一番砻。就中瑟僩谁能摘，墨守毛苌且莫攻。

硬黄响拓麝煤香，具体磨崖缩本将。少许字如填小令，也教传唱到吴娘。

琢得方诸制略如，露华沆瀣一泓虚。青天碧海澄空夜，蘸笔凭分滴泪蛛。

猎碣飞泉一一裁，绠修汲古异凡才。牟尼近日收如许，不负灵山此度来。猎碣、飞泉、汲古，皆砚名。

取影存形字刻琅，似传小拓悦生堂。洛神残缺兰亭脉，此卷犹堪作辈行。

丛残金石每耽奇，此事抛荒作吏时。今日官斋有清课，古香堆里小休期。

哭黄莘田二丈二首

香草今消歇，骚人竟寂寥。闽风犹可续，楚些不堪招。
贞曜名从易，冰霜节后凋。遗文更谁索，咫尺孟亭遥。

海内推耆旧，三山十研翁。击撞金石古，鼓吹瑟笙同。
残梦羚羊峡，安身磨蝎宫。白头吟载诵，想象坐书空。

西笑集

竹崎早发

冬暄失霜旦，一棹划轻烟。残梦潮声破，离情树色牵。
冯唐官欲老，郭泰侣如仙。与林心香偕行。万里兹行始，川涂怅远天。

上滩行

延平之水鼓山高，此语虽俗非空嘈。不见困关以上百有八十里，寸寸滩声乱人耳。一滩势压一滩危，舟子船头蹙如鬼。使篙不如铁，铁经锻炼柔绕指。牵缆不如绠，绠转辘轳汲深水。篙缆两两无足恃，上滩之难难如此！去年我曾陟鼓山，双跌磴道凌盘盘。忽然将身置绝顶，忽然飘落收风翰。今来上滩苦局促，日日厍篷猵同缩。记从滩脚供晨餐，犹傍滩头晚来宿。益叹延平之水艰行舟，不比鼓山可以恣眺游。山水相望宁相谋，形迹之论徒悠悠。且复款语舟子早休息，待汝明朝好用上滩力。

舟抵延平陪杨观察登看剑阁

剑去津空在，楼成剑未归。凭高惟看水，薄暮不胜衣。
地迥嘉名锡，川灵宝物依。引杯增激感，真赏古来稀。

瓯宁旅次

谓我桐乡旧使君，相逢安善讯殷勤。宰官偶问骖鸾渡，弟子犹修执雁文。绿净双流蒸宿雾，岚深列岫郁寒云。溪山小住仍祠腊，不共延陵话夜分。癸未腊夜，余与吴江尊明府话别诗有"溪山犹小住"之句，今来吴衔恤归已三年矣。

道中见梅花

客行忘岁晚，林际见梅开。尘路几时息，天涯春欲来。
刻雕神大化，盘错老非才。物态如相慰，劳人首重回。

雨行①

寒气侵晨薄，征衣触雨凄。水喧千涧骤，云压四山低。
客意难行路，人情畏在泥。郎当问前渡，一叶岸东西。

雨夜山行

天黑不见雨，溜响车盖掠。溪喧不闻风，凛气茸裘薄。
途昏失康夷，山寂闶墟落。防栈或乱流，避瀑转缘壑。
荦确杂泥淖，诘曲屡连错。束炬湿不爇，一线苦茫漠。
巢惊怪鸟欸，石突奇鬼攫。心魂悸阴森，舆卧意自度。
兼旬历险巇，无如此宵恶。徒御困淋浪，前后散如择。
百里半九十，咫步寸难蹀。瑟缩兔驱呵，村舍觅投脚。

---

① 民国徐世昌辑《晚晴簃诗汇》（民国十八年退耕堂刻本）卷八十录此诗，文字无异。

浦城道上立春喜晴

应律条风拂面轻，东皇初驭喜新晴。候占岁稔先迎淑，装趁途干易计程。村店传餐生菜脆，山邮递讯野梅清。春容霁色争相媚，游宦今忘道路情。

浦城县四首

一水渔梁下建瓴，候官北鄙志图经。会稽此路盘回势，要与无诸作井陉。

忍将密钥失南唐，瓮底安能守一方。正使捷狨飞度怯，储胥常护李文襄。

读书有得真夫子，梦笔通灵江令君。道学风流两殊绝，动人驿树与乡枌。

酿雪寒增朔吹频，北来气候异瓯闽。隔宵整理貂裘敝，身是明朝出岭人。

发浦城昌雪行四十里宿渔梁

炎海习为客，寒天今俶装。五年不见雪，忽复洒衣裳。
地峻千峰白，身劳两鬓苍。为凭南去雁，报我宿渔梁。

雪中戏示童奴

越儿不识雪，亦罕识柳絮。谓是木棉花，层层铺岭树。
乍欲搓手团，不惜冰齿茹。少见宜多怪，吾不于汝怒。
已复嗤汝痴，胡乃雪是怖。不记腊尽时，草绿漳南路。
村村出若榴，如火花争吐。惊倒北来人，异物此仅遇。
肿背马失常，化枳橘非故。地气既判殊，天心亦错互。
拘墟笃于时，所以庄生惧。

度枫岭

乱泉声里路盘纡，斗绝岩关锁一隅。牛女星垣共分野，越闽地界割沟涂。自怜浮宦风尘老，且喜联吟雨雪俱。偻指趋程将浃月，南云回首雁行孤。

风雪度仙霞岭歌

十年官闽海，两回度杉关。咫尺仙霞途，乃在蔓寐间。今逢岁晏气飘飖，逾岭无端犯风雪。千章古木撑如铁，冻合天绅互明灭。饥鸢欲啄不敢啄，为有当年国殇血。区隔仅足安余分，不尔夜郎侈自尊。跳梁至竟悲游魂，么么蠢尔徒纷纭。缘此屡烦重师下，险辟金牛通一罅。炮车雷奔矢雨射，峻扼层关阻凌跨。山高水清曾几时，当关不复须健儿。此间拾级任所之，嵯峨底用生嗟咨。顾我不及晴天陟，青峭可以徘徊绝顶恣。游眺亦可爬搜往迹供凭吊，胡为风雪中嗫龁？穷寒峤山灵，苟有知母，乃腾嘲诮。繇来山水登涉关夙缘，即如喧凄倚伏，无非天闽南户阈。一越自兹始，何必更羡冲举希神仙？仙霞仙霞，酹汝一杯酒，看我呵笔题崖字如斗。

峡口店题壁

界天岭势白皑皑，仄步凌兢滑磴回。安得南期钟隐笔，貌予风雪度关来。

江郎山①

是何斫削青琅姿，三花坼堕纷葳蕤。一花一具绀碧晕，神秀都出天工为。各各古色绣斑驳，颇如鼎趾连尻雕。器象奥衍不敢逼，矧敢摩抚生瘢胝。又如抗峙当阃右，右拱左辟中绅垂。天外瞻瞩气容肃，图写槐序周官仪。流俗品目罔出此，哂余乍见滋猜疑。云是江氏伯仲叔，云根立化肩相随。以此阅世播万口，余不更诘心自嗤。古昔名山率以状，后世往往人实之。望夫竞界各有肖，动称古老传闻词。郦元作注每摭拾，要为文字增瑰奇。江家兄弟昉何代，毋乃未辟鸿蒙时。不然兹山万万古，安有族姓详宗支？此义匪待智者辨，丹青曷复烦吹疵。作歌聊用状形似，勿惊翻解常华诗。

---

① 清邓显鹤辑《沅湘耆旧集》（清道光二十三年邓氏南村草堂刻本）卷第八十九、民国徐世昌辑《晚晴簃诗汇》（民国十八年退耕堂刻本）卷八十录此诗，文字无异。

清湖镇即事四首

征途剧玲瑅，流光惜晼晚。小憩意差强，水静山平远。

不避仙霞雪，稍喜清湖雨。一夜水痕添，大好摇双橹。

岁暮多北风，惯阻南来客。羡杀上水船，鸥群逐帆白。

隔船睦州女，犹问于潜绢。不见须江农，集泽噭鸿雁。时江山县以潦灾告。

十二月廿三日舟抵三衢城下，访西安胡盖三师亮明府，旋解维去

太末图经古，高城夕照中。水明姑蔑徼，烟散偃王宫。
旧雨成倾盖，残年逐转蓬。别无多赠处，俯仰濯缨风。城北有赵清献濯缨亭旧迹。

兰溪晚泊

我本潇湘客，今从此路过。春风才几口，縠水绿生波。
香草还家梦，前溪弭楫歌。东峰亭下宿，明发意如何？首二句借用杜牧之《兰溪》诗"楚国大夫憔悴后，应从此路去潇湘"语意。

舟过严州

望中潇洒桐庐郡，恰在沈楼严濑间。建德果非吾土否？一声柔橹已千山。

七里泷阻风①

泷行愁无风，有风畏逆撞。入泷日未晡，屡折随轻艒。
两崖阻深黑，束峡约一江。漱绿澄潒潒，积翠连嵸嵏。

① 清邓显鹤辑《沅湘耆旧集》（清道光二十三年邓氏南村草堂刻本）卷第八十九录此诗，文字无异。清陈楷礼辑《常德文征》（清嘉庆十九年鼎雅堂藏版）卷二十四亦录此诗，文字稍异。

鬅鬙藓肤皴，绉透石骨谾。髀压云淰淰，尾瀵泉淙淙。
珠喷曷容唾①，玦断勿可矼。险梯绝攀猨，虚构寂吠尨。
且穷褶迭源，那循都卢橦。延缘不觉远，日暮心已降。
窍呺何自来，拉飒排篷窗。舻声涩伊轧，岩际掀拼摐。
未许出瓮洞，忍复维枯桩。竟夕无停响，聒语②舟人厖。
振荡我嗼瘁，矤倒僮冥蠢。裹衾坐深宵，寒袭青焰釭。
鸣榔闻夜渔，露下栖禽慃。平生困行役，视此七里泷。

经严子陵钓台作③

富春山色好，钓客剩台基。台下水如此，山中人可知。
悲歌来汐社，宋谢皋羽有《西台恸哭记》④。高蹈老芦茨。隔江芦茨源，为
唐方千隐处。
旷世犹相感，吾将何所之。

桐庐即目

桐君不可见，唯见桐江水。况逢雪霁天，四山漱清泚。
自顾尘土人，何处浣泥滓？

富阳舟夜闻雁

雪残芦荻水空长，历历青山下富阳。翻为雁声留小住，客心今夜寄
潇湘。

小除日泛西湖

形胜余杭画不如，梦思今日到来初。湖窥西子妆宜淡，路识南塘岁逼
除。寒岫影澄诸涧净，晚钟声出隔林疏。归桡信荡轻烟际，领略粗贪故
故徐。

---

① 唾，清陈楷礼辑《常德文征》卷二十四作"睡"。

② 语，清陈楷礼辑《常德文征》卷二十四作"耳"。

③ 清陈楷礼辑《常德文征》（清嘉庆十九年鼎雅堂藏版）卷三十四、清邓显鹤辑《沅湘耆
旧集》（清道光二十三年邓氏南村草堂刻本）卷第八十九录此诗，文字无异。

④ 宋谢皋羽有《西台恸哭记》，清邓显鹤辑《沅湘耆旧集》卷第八十九无此夹注。

除日登吴山

浩荡江湖境，推迁岁月心。他乡镇游涉，此日尚登临。
履舄低藏堞，谽岈折入林。置身渺尘界，烟火万家深。

元日偕翁桂亭并携塚儿联骑出涌金门，由孤山路经苏堤，寻南屏诸胜，复放舟湖心，抵暮进清波门归寓二首

胜地栖迟岁钥更，春风联辔绕堤行。裙腰草色经时冻，镜面湖光入望平。孤屿鹤犹依旧隐，南屏鱼亦证前生。揭来俯仰寻陈迹，未便匆匆别去轻。

驻马湖阴又放舟，半篙晴浪弄轻柔。凌虚忽叩烟中寺，界画凭看水上楼。畅好春襟疏浦曲，生憎暮角促城头。依然缓缓归来路，花发能容信宿不？

表忠观

在涌金门外临水里钱王故苑址前，有功德坊。

半壁安臣服，三传保世王。开门节度使，遗庙锦衣乡。
犀弩潮犹避，龟趺墨亦香。肃瞻临水上，功德永烝尝。

凤凰山怀古

霸图歇后只岩扃，便诩骞腾考卜灵。天遣残山开艮岳，政和间，筑山汴京景龙门侧，象余杭之凤凰山，遂赐名凤凰后。又名艮岳。见《云麓漫钞》①。地悭抔土种冬青。鸦群南内声如诉，柳浦西头叶自零。六殿荒凉城阙外，当年曾恨②小朝廷。

巢居阁

幽绝巢居阁，支当里外湖。水仙作邻并，抱朴可招呼。

---

①　清陈楷礼辑《常德文征》（清嘉庆十九年鼎雅堂藏版）卷四十录此诗、清邓显鹤辑《沅湘耆旧集》（清道光二十三年邓氏南村草堂刻本）卷第八十九录此诗，夹注无"见《云麓漫钞》"。

②　恨，清邓显鹤辑《沅湘耆旧集》卷第八十九作"憾"。

菊荐神栖处，梅经手植无。底须增结构，真意此山孤。

六一泉

行到柳湖松岛际，寻从竹阁柏堂前。欧公仙去勤公死，玉局风流识此泉。

拜岳忠武王墓

西湖歌舞地，积愤此坟高。忍使长城坏，愁听宰树号。
黄龙艰塞雪，白马怒江涛。千载栖霞泪，临风洒一遭。

游幽居洞拟寻司马温公磨崖隶书家人卦际晚不果

遵涂湖以南，胜境探亦颇。筱篠护园角，菰蒲疏岸左。
香篆径屡寻，奁镜潭一坐。流瞩及山坳，寂静不闻哆。
林际突云根，形床呈细琐。欻复穿窈窕，岩楹敞则那。
居楔林离输，几榻位帖妥。幽居故天然，署榜此焉可。
少选得栖迟，略忘逐尘埤。昔闻涑水翁，隶体劲磈硪。
磨崖阅人代，卦象系风火。用意关修齐，故实喜未夥。
言欲往摩抄，剔藓玩盘裸。无何逼昏景，磴涩足苦跛。
遗迹订重搜，响拓毡椎裹。

瑞石洞

一卷何来掷高顶，跗鄂搘撑钌盘等。危嵌飞构疑有神，松息仙眠此忘醒。纷挐品目镵奇踪，紫者玛瑙青芙蓉。米公卓笔应一割，袖中曾否携乖龙。洞侧有米芾书"第一山"石刻。

石门道中

版章详越纽，景物近吴兴。桑柘春畦坺，鱼虾晚市登。
风翻阿子调，月见语儿棱。烟水南亭路，迢迢客思增。

秀州六言四首

曲渚东回辟塞，小湖西下由拳。遗迹水犀驻泊，成陂乳鸭栖眠。

　　抛去浣纱学绣，捻针记取葱尖。不见亭边樇李，掐痕留得纤纤。城西学绣里，俗传西子入吴刺绣于此。见《名淮志》。

　　问讯三过堂外，侵寻三塔湾头。我欲将船买酒，月波何处高楼？

　　风皱南湖北渚，烟笼长水斜塘。纵欠螺峰数点，也教抵得潇湘。宋陆蒙老诗"平波抵得潇湘阔，只欠螺峰数点青"。

经平望作

　　吴歈断续听前津，莺脰湖西逐雁臣。泊宅村中人在否？知子春水宅中人。泊宅村，在平望震泽间，乃张志和所居。见《澄怀录》。春水宅，杨铁崖船名，见《东维子集》。

吴江舟夕[①]

言寻钓雪滩，即目垂虹桥。入夕水逾净，风定匀轻绡。
斜月刚纤钩，珙势裁精珧。堕水故泠然，宛与雌蜺要。
春浅迟荇合，白小甘芽苗。瀺灂微有声，宿鹭犹惊翘。
前汀乱渔火，隔苇歌且谣。鳞鳞细浪泻，烟外谁为招？
客程趋简书，长涉无昏朝。蒲帆十六幅，欲卸仍飘摇。
懿兹松陵游，婉娈收清宵。篙师差解事，缓棹搴新茗。
浦溆经屡穷，曲折随春潮。少舣三高祠，讵为神所谯。

人日舟抵吴门

　　挂席鲈乡远浪通，阖闾城下正春风。客中物候交人日，望里雄图失故宫。估舶帆樯来范蠡，佣春里巷老梁鸿。谓子何苦江湖逐，小泊相期一醉同。时心香伯兄自海上来此，留饮寓邸。

游虎邱

　　剑气销况尽，山光嶂嶪深。一邱名士迹，片石道人心。

---

　　① 清陈楷礼辑《常德文征》（清嘉庆十九年鼎雅堂藏版）卷二十四、清邓显鹤辑《沅湘耆旧集》（清道光二十三年邓氏南村草堂刻本）卷第八十九录此诗，文字无异。

槛俯惟吴小，<small>山岳有小吴轩</small>。襟题半越吟<small>谓心香伯仲</small>。迟留亦何意？烟际已归禽。

五人墓

东厂何妨抗，中朝岂不臣？道无三代直，气尚五人伸。
烈士名同殉，穷奇骨久湮。要离抔土在，列冢慰比邻。

林心香将偕其兄之云间杭海归闽，舟次言别，是夕予发舟泊浒墅

三旬雨雪素交敦，一夕吴淞别绪繁。顾我惭深牛马走，知君谊重鹡鸰原。月窥帆脚枫桥过，风挟笳声柳戍存。坐待严关启晨钥，怀人振触海东暾。

无锡谒王湘澄夫子荷留饮即席率呈

梅里春风偶过从，廿年师友感离惊。拜经人老臧荣绪，养志栖孤郿曼容。檐际试灯花信早，亭前问字洒情浓。后堂再许彭宣到，拼舁篮舆探九龙。

芙蓉湖

<small>浸武进、无锡两邑境。</small>
霜锷耀芙蓉，应淬此湖水。勿复矜胜游，怀哉吴季子。

春夜舟行丹阳道中

一夕朱方路，春流自在行。溯从黄歇浦，泊近吕蒙城。
灯火连吴榜，风烟入楚程。只怜于役久，归梦忽分明。

京口雨泊[①]

金山寺下钟初堕，铁瓮城边水乍添。树色南徐经雨暗，军声北府入宵严。迩来道路摧青鬓，如此江山吊紫髯。明发直寻瓜步渡，六朝烟浪碧天黏。

---

① 清陈楷礼辑《常德文征》（清嘉庆十九年鼎雅堂藏版）卷四十。

上灯夜扬州舟次①

雨歇芜城外，春风太寂寥。市灯初上夜，客意总无聊。
歌吹竹西路，逶迤江上潮。维舟眇②前浦，往事坐长谣。

召伯湖

擢发老濞城，帆卸召伯埭。雪意破烟痕，沙头鹭成队。

夜经露筋祠作

被池压霜篙溅雪，三十六湖水如缺。湖草碧沉贞女血，隔岸青荧一灯
爇。舟人喃喃为予说，指点灵旗护遗烈。推篷起坐心恻悱，咄汝蚊蚋厉蛇
虺。事奇义正古有几？神异非仙亦非鬼。打鼓船头跳船尾，窸窣作声风
戛苇。

元夜过高邮

遗台犹指古文游，片月孤帆峭处浮。淮海风流灯火外，梦魂今夜黯
秦邮。

淮阴舟次四首

淮阴非钓客，乃有钓鱼台。那知钟室祸，端自饵钩来。
王孙故可哀，进食亦偶尔。一自千金酬，侏儒饱欲死。
不寐拥衾单，到耳柝频击。夜来感旧心，讵为山阳笛。借用向秀事。
河来非禹迹，夺尽清淮流。惟闻宿芦响，并作诸湖秋。

峄县道中

无衣贳得兰陵酒，长路驱来薄笨车。闲杀蒲帆开扇扇，柁楼晚饭足
生涯。

---

① 清陈楷礼辑《常德文征》（清嘉庆十九年鼎雅堂藏版）卷三十四、清邓显鹤辑《沅湘耆
旧集》（清道光二十三年邓氏南村草堂刻本）卷第八十九录此诗。
② 眇，清邓显鹤辑《沅湘耆旧集》卷第八十九作"渺"。

望崒

秦碑不可见，万古青孤嶂。神秀得所钟，窈窕难为状。
尘路邈仙灵，古迹恣想象。斧桐羌无柯，太音寂涓旷。

邹县谒孟子庙

气象巍巍甚，堂阶历历崇。蔚然森古栢，邈矣缅高风。
洙泗源方接，齐梁道故穷。苍茫邾子国，邻并素玉宫。
遗构机曾断庙内有断机堂，当庭井忽通庙前有井，间辟自震霆。三迁留胜
迹，一勺见神工。
楚产余陈栝，燕游类转蓬。解骖瞻拜下，心结鲁门东。

望小洞庭

八百湖光接杳冥，湘君山远佛螺青。揭来一发窥蚕尾，听彻波声小
洞庭。

东阿途次值风

迢递确礚道，连朝风怒号。驿程艰荦确，旅思耐萧骚。
寒压鹅裘薄，威棱马骨高。鱼山清梵堕，应悔役车劳。

赵北口

骤铎声中渔唱还，柳芽短短水潺潺。只疑五渚三湘上，却在燕南赵
北间。

畚经堂诗续集卷二

来鸥馆诗存

署斋即事

频岁贪游涉，今移海上情。鹤无宵露警，鸥逐晓烟轻。
草大惊殊状，壶餐愧此生。劳歌仍未已，敢拟志虞衡。

晚步

晚天凉意逗帘波，行饭前除绿绽莎。忽觉暗香侵袂下，西风吹散贝多罗。

夏夜闻涛

海势先秋阔，涛声入夜闻。逆潮骄骤雨，狂飓殷颓云。
一枕惊难定，繁喧杳不分。平生耽寂静，忍复博微醺。

海门即目

疆索宁忧控制遥，百年熙洽曀霾消。岛夷敢踞牛皮地，阃帅曾乘鹿耳潮。横海楼船竞笳鼓，专城符节属嫖姚。承平羡尔当关策，入夜鱼龙镇不骄。

遣兴

踪迹飘萍寄一官，仅容吟啸少盘桓。人如许掾怀空切，书比荆州借更难。绝域异花开旋落，小园灵果摘将残。海东亦有珊瑚树，底处烟波下钓竿。

六月十五夜对月

过雨微云淡，高天片月明。影移花径乱，凉觉葛衣轻。
千里一轮共，中宵百感生。愿言歌窈窕，沧海若为情。

东瀛杂诗八首

港通略彴路萦纡，倚郭人家种艺殊。解识花花与叶叶，红鹦鹉花名伴绿珊瑚树名。

肥添抹丽如擎盏，香逗多罗似擘橙。都入卖花声里唱，担头春色听来曾。

番梨番蒜摘盈筐，捋剥番薯一例尝。说与老饕浑莫识，垂涎不到荷兰乡。

挂席扬帆采亦疲，石华海月总离奇。那知鲙得银丝鲫，正坐风潭百顷时。

海燕喃喃晓梦通，潮鸡喔喔扶桑红。夜来怪底闻喈喈，不叫刍尼叫守宫。

罢试旗枪雪色瓯，醉人槟子佐扶留。年时自觉颓唐甚，也许红潮两颊浮。

縠觫牵车轳辘行，绝无捆载致奇赢。就凉一饭桃椰树，滚滚惊沙听铎声。

竟体吹香玉色如，绤衣麝处月弦初。多情小草能忘否，为课园丁一荷锄。

破蕉

肥绿风前坼，当窗落落如。残声犹拉杂，清影半萧疏。
覆鹿难通梦，裁鱼废学书。可堪逢雨夜，辗转对床虚。

伏日邀同鸠兹韦载玉、锡山周梅亭龙骧、玉峰孙翼青进、吴趋李槎寄掞、新安吴澹如基尧、武林施袯堂燨暨子婿高时夏、从子和埫集来鸥馆小饮，分赋得南字

居然水北与花南，门径从教步屧探。旧雨遥天成小集，寒冰炎日助深谭。生涯鱼茧间中理，乡味莼鲈梦里谙。促席一尊拼尽醉，散襟珍重晚凉贪。

题韦载玉授经图

一经授受家法古，坐使籯金贱于土。后来朴学盛接武，门阀城南天尺五。幡然一老湖湘南，压肩藤笈身蕉衫。拄杖直度关门杉，又来鲲国便风帆。示我一卷行看子，卷中之人宛然似。梧阴覆地荷贴水，偶却绳床横石几。玉雪无匹曰袞师，为剖经义袪经疑。只此亦足忘其衰，投脚万里将何

为？有唐一代重世族，裴杜崔卢递烜煜。不见欧九操简牍，宰相韦家数更仆。及身瓠落惟嗟吁，故家池馆何有无？传经心事亦已孤，雪泥鸿爪留斯图。我题此图不容赞，菀枯俯仰增长叹。慰藉无端同一粲，当窗亭午桢桐烂。

篁径纳凉作①

庭静已逭暑，况复攒林于。清影媚幽独，凉意亲襟裾。
伊予寄所托，若者逃于虚。西崦憺将夕，机事营何欤？

立秋夜

耿耿星河澹澹云，作声风叶隔墙闻。萧闲宦况秋先得，迢递乡心夜正分。絮语砌虫何太苦，忘机沙鸟自为群。新来领略沧洲趣，一榻凉生酒半醺。

七夕寄内

夜凉天净昨宵秋，徙倚庭柯盼女牛。道是忆家家亦客，遥怜人忆海东头。

七月初九夜月

碧海初弦月，清光向夕流。半规升古塞，皴影下层楼。
河汉冥冥夜，藤萝漠漠秋。开帘镇吟望，华发不禁愁。

汉铜研滴是莘田二丈遗物

曾伴仙人泣露盘，渭城波远墨池宽。器经沐浴皆前泽，席接威仪亦古欢。海岳易庵名并重，丹铅点笔气犹寒。青山知己今埋骨，清泪蟾蜍滴未干。

十六夜病榻见月

入秋频看月，今夜动西风。圆魄不改色，林柯振若空。

---

① 清陈楷礼辑《常德文征》(清嘉庆十九年鼎雅堂藏版) 卷二十四、清邓显鹤辑《沅湘耆旧集》(清道光二十三年邓氏南村草堂刻本) 卷第八十九录此诗，文字无异。

匡床无寐后，残漏苦吟中。举似维摩诘，机锋尔许通。

南园古榕歌

绿阴覆地天宇黯，蛟虬攫拏风雨撼。南园榕植自何年，照眼苍然不容揽。昔闻此境最荒昒，历志四裔罕载笔。澎湖岛仅见隋书，传说毘舍耶放佛。蜑人鳀人一种耳，割牛皮地红夷徙。倭奴郑寇互终始，吹起腥风溅海水。不解榕也于兹阅，凡几龙汉灰余尚如彼。我往官长溪，曾见榕构屏。顷来鸿指园，又见搘梁形。中间榕城奔走亦数数，那如此榕近我几榻青蒙冥。或言榕松篆隶字本通，或言榕以不材天年终。不见五大夫受秦时封，龙鳞错落状岂同材？大难用占所恫，讵与①纷纷众木争海棕。诋諆为榕雪，纰缪为榕剖，树老宜为神所守，灵异不数龙城柳。榕兮榕兮于汝动古怀，一日再拜，舍汝谁为侪？

八月十五夜②

露气尊前白，家山梦里青。岁时忆荆楚，潮汐讯沧溟。
一水兼葭溯，中年丝竹听。无端度良夜，寂历绿莎厅。

秋郊早行四首

板桥步步接平堤，掩映朱阑草尚萋。苦忆前春湖上路，朝烟无际柳丝迷。

荻花枫叶意中秋，一眺平芜露未收。行处微茫辨帆影，西风日日满沧洲。

沟塍处处稻花香，木外柴门竹外庄。侵晓桔槔声聒耳，秋田端不废农忙。

潮来曲渚上鱼虾，早趁矶头理钓车。自笑洞庭渔父伴，为谁闲却旧生涯。

---

① 讵与，清邓显鹤辑《沅湘耆旧集》（清道光二十三年邓氏南村草堂刻本）卷第八十九作"讵有与"。

② 清陈楷礼辑《常德文征》（清嘉庆十九年鼎雅堂藏版）卷三十四录此诗，文字无异。

雨

节物重阳近，殊方困久晴。翻盆一宵雨，赴壑众溪声。
瘴岭忽凉至，畲田方晚耕。萧寥到庭竹，愁滴客中情。

九日同人集东堂观剧是日演周忠介公遗事

黄酒停觞菊未开，西风节候罢登台。殊乡忍作龙山会，故事凭增虎阜
哀。孟博传中存梗概，要离冢畔满蒿莱。无端吊古逢今日，一曲令人首
重回。

秋感五首[①]

秋气不渡海，客心长抱山。万里一以判，怅望摧朱颜。
河汉莽迢递，梦寐劳往还。策策西风来，音尘勿相关。
依然小摇落，何必沅湘间！

沅水出且兰，湘源指阳朔。两派汇洞庭，天空四垂角。
悲哉秋为气，楚客意绵邈。今来沧海上，心眼骤恢卓。
北渚眺已远，东曦了可觉。为拓桑郦胸，遗经事扬榷。

手编下阶除，缘步资菉葹。贞妻尚如彼，同怀怅何之？
南云翔雁鸿，影孤魂亦悲。寂历风雨夕，谁与慰所思？
若念姜被寒，明冥路已歧。言从古风人，寻绎鸰原诗。

风人托比兴，陈义岂不高？如何假啼笑，率尔翰墨操。
似闻秋虫响，不敌天鸡号。啁哳亦自得，久客增郁陶。
乃知自然音，入耳均吟猱。桐玉切孤朗，天律与之遭。
嗤予耽啸歌，聊写劳心忉。

劳歌亦性灵，三复香草句。半生走尘垗，荃乃知其故。

---

① 清邓显鹤辑《沅湘耆旧集》（清道光二十三年邓氏南村草堂刻本）卷第八十九录此诗，
文字无异。

食饱不知饥，丝染忽失素。所欣松菊存，烂漫得真趣。

冬夜南园同人观演拙制《桃花缘传奇》四首

艳异争传本事诗，返生香里逗情痴。春风有底干卿事，记取桃花见面时。

谱就重翻意自惺，消磨白日唱还停。临川老子颓唐甚，却掏檀痕教小伶。

圆爱泻盘珠的砾，弱怜跪地柳缠绵。坐中不少周郎顾，愧煞词场属老颠。

到地无霜月有痕，夜阑曲罢转销魂。青衫讵为琵琶湿，说着天涯泪已繁。

畲波罗蜜

为爱中边味，宁辞割蜜脾。余香来佛钵，再濯出清池。蒼卜风林现，醍醐露乳垂。三三劳说法，唵罢尚攒眉。

岁晏①

岁晏无消息，梅花似故人。何因慰幽独，只觉溷风尘。歌为竹枝续，杯于桑落亲。孤怀更谁托，我惜小园春。

人日会饮

晴日逢开岁，春风趣举觞。当筵宾履错，入馔野蔬香。迹已轻荒徼，心仍负草堂。题诗意无限，应不为欢场。

正月十六夜鲲屿即事②

曼衍鱼龙夜，喧阗鼓角来。将军重横海，宾客快登台。

---

① 清陈楷礼辑《常德文征》（清嘉庆十九年鼎雅堂藏版）卷三十四录此诗，文字无异。
② 清陈楷礼辑《常德文征》（清嘉庆十九年鼎雅堂藏版）卷三十四录此诗，文字无异。清邓显鹤辑《沅湘耆旧集》（清道光二十三年邓氏南村草堂刻本）卷第八十九亦录此诗，文字稍异。

古堞星芒出①，高垆火射回。还歌紫云曲，一泻白银堆。

三月十二日任伯卿承恩同门轩驹枉过，留饮署斋，家僮出瓶花置席右，吟赏移时，抵暮，分数枝送归骑，诘朝惠我佳什，依韵奉酬四章

小杜扬州旧有名，春风十里最多情。看花底用珠帘卷，移向尊前眼倍明。

黄埃征逐为浮各，清福何人识此情。便与瓶花成夙契，春寒爱忍坐天明。

一室拈花似净名，空中色相亦关情。道场解为维摩设，乞与文殊意自明。

酒垒诗城久擅名，过存珍重素交情。醉归一骑花光拥，应抵前头列炬明。

题胡邃堂德英小照

君胡不住三十六峰之黄山，置身乃在薛干余犀之峰间。又胡不恋长泖圆泖通波处，游迹忽出婆娑洋外炎荒路。此间水面吹腥风，那得晴波潋滟芙蕖红？牡蛎堆墙蜃蜒壁，那得长廊曲槛清如涤？江南好景良可思，况有膝上文度称佳儿。颖士仆足备驱策，康成婢解论风诗。是岂不乐乐自知，底复出门远涉忘饥疲，而君意顾不以此，男儿局促殊冷齿。候虫夏月疑寒冰，群蚁坳堂诧杯水。不然裨海之游千万里，终古无人峭帆驶。羡君豪致真无徒，拍浮沧海卑江湖。袖中忽复出此图，此图无乃骈拇乎？既思乡关风景未容掷，绝域犹堪追胜迹。即此差慰莼鲈思，要我题诗浮大白。

三月廿日邀同任伯卿施袯堂游曾氏园林归饮署斋即事十首

春事行将暮，游情尚未阑。名园殊曲折，佳客共盘桓。

---

① 星芒出，清邓显鹤辑《沅湘耆旧集》（清道光二十三年邓氏南村草堂刻本）卷第八十九作"星攒出"。

趣以沧洲得，怀从酒磋宽。偶然移步屧，竟日博清欢。

细路逶迤入，城南访辟疆。竹疏三径辟，树暗一扉藏。
款客虚厨具，谭诗剩草堂。不妨留少选，幽意引春阳。

造径须臾顷，支床晻霭间。泉当茶灶泻，草近药阑删。
城市喧能避，山林兴未悭。宦游嗟已久，胜事忽相关。

花木邱迟媚，蓬蒿仲蔚开。尚须疏曲沼，更拟榜层台。
绿护苔眼上，青延树色来。坐深忘日暝，清话绝氛埃。

片石撑何有，孤亭缚亦宜。揭来倦投脚，小住醉搘颐。
笋勿当蹊圻，花烦趁雨移。嘱他勤泛扫，底为后游期。

迟留心所惬，别去意如何？触迁藤梢乱，将扶竹影多。
地偏忘近远，春老惜蹉跎。良会应须念，晴天许再过。

官舍蓬庐是，萧然寄水东。忘机狎鸥鹭，阅世混鸡虫。
小海歌谁续，停云咏绝工。胜游余兴在，且复一樽同。

忠孝门风重，文章世泽深。伯卿尊人勇烈公死事，具国史。终天攀柏泪，
旷代读书心。
挚友于君取，陈人独我寻。坐中有施宿谓被堂，相对亦沉吟。

树老风霜劲，庭虚几席幽。耽情仍竹素，微尚托林坤。
何季粮余几，张融宅自谋。平生潇洒意，绝域足清游。

东岭月初出，南园客未归。当筵镇幽赏，促坐伫清辉。
帙待风前展，蔬将雨后肥。愿言频过我，折简勿相违。

章书亭绅镇帅戴笠图

玉局仙人老游戏，流传乃有笠屐图。青箬盖头齿几蜡，意度故自闲且

都。曩闻东山卧谢傅，亦越裴令乘清涂。寝处山泽气何穆，乱头粗服神犹腴。古之达人不凝滞，圭玉端复陈兰蒲。津门大帅得此意，典午名世皆其徒。冠剑应拟状褒鄂，被服聊用规黄虞。岂不立致青云衢，出持玉节兼金符。为宅醖粹延清娱，遂令苇鳬烟霞俱。晼颜玉色邻泰初，拾其香草春芬敷。看云拄杖亦偶尔，要非专寂师臞儒。和平音妙环中枢，攫醳按抑听已无。静移群动理不殊，此意解者惟髯苏。

龚蕙亩宣副帅招同任伯卿将军登赤嵌城望海作[1]

赪霞堕海海蒙溳，壮土御天天渟瀚。中流坚壁乃涂腠[2]，四际浮丹勿凝永。闻昔此城创荷兰，氏以赤嵌雄当关。厥状烒炽出绀鬘，屹然百雉凌飞湍。婆娑洋外腥风扇，椴驳重垣阅争战。鱼龙鬐鬣掀且摧，瓯脱如斯诧奇变。惟应望远凭高邱，鼍鼊岛没驼棋浮。白波山立黑风断，奔走百怪收双眸。相于钓客任公子，乘兴侵晨片帆指。况有贤主龚孟公，将携直上条侯垒。初从瓮洞循阶梯，周遭步墨劳参稽。陶甋工巨费不訾，齿冷积甃旋空碑。连犿要复羞觏缕，嵬琐曷足当怀古。偶尔恣眺穷交嵋，不觉高歌动谯橹。人生游涉会有期，之罘蓬碣信所之。榑桑指点此邘郭，谁令感喟销妩婴。炮车矢笴青苔卧，残堞斜阳影同破。承平番戍此间宜，画角声中起选[3]愫。暮烟现灭西忽东，归舟依旧乘长风。眼中突兀意触忤，万里波澜莽回互。

画荷二首

田田复田田，清露溅翠盖。倚槛听无声，净意泻襟带。

月晓风亦清，容色故娟好。餐之可忘饥，此花是芝草。

题邹宝松应元太守小照

杜唐古一族，见诸少陵诗。姓通韩与何，昌黎亦有辞。晦翁注书作廙

---

① 清陈楷礼辑《常德文征》（清嘉庆十九年鼎雅堂藏版）卷三十、清邓显鹤辑《沅湘耆旧集》（清道光二十三年邓氏南村草堂刻本）卷第八十九录此诗。

② 腠，清陈楷礼辑《常德文征》卷三十、清邓显鹤辑《沅湘耆旧集》卷第八十九作"腠"。

③ 选，清陈楷礼辑《常德文征》卷三十、清邓显鹤辑《沅湘耆旧集》卷第八十九作"巽"。

语，门望邹朱合宗谱。鲁圻沛国偶析派，受氏由来笃同祖。吾宗远溯江以南，南朝树接西神岚。自浮楚泽凡几叶，无緜让里遐搜探。前年一酹梁溪水，沿牒东溟亦来此。遥遥盛族见芳型，典郡符分古竹使。疾徐甘苦老斫轮，轸轾不齗三材均。殷亩驰已康庄遵，国工十指劳瘢皴。香山亦写屏风样，意得如兹转闲旷。濯缨榭古延清风，琴鹤多情镇相饷。顾我对此图，不语心萦纡。谓置邱壑者，端属山泽臞。既思昔贤游眺关忧乐，缣缃讵现空中阁？放衙萧散故自怡，点染丹铅信非托。不见惠山山麓饶林亭，龙钟石迭莓苔青。长松磊砢有节目，坐荫似觉环清泠。名家卜筑更妍好，疏翠敛红散烦抱。相从可许南邻老，买断烟霞恣幽讨。

月夜闻笛次伯卿韵

振触为长笛，飞声静夜哀。离人沧海上，孤吹水云回。
境僻绝喧籁，天寒迟熟梅。袷衣忍深坐，清听月中来。

闰五日伯卿以诗招饮不赴次韵答之

荆楚岁时逢五日，风前吊古动悲歌。怀乡忽为天涯切，度节其如夏闰何。鸡黍约虚劳折简，鲸波饮哄不胜荷。惟堪得句频书扇，吟赏期君一再过。

官斋新构落成题壁四章

海东宦况伴鸥闲，官舍如舟泊一湾。灯火纸窗风雨后，波涛沙岸夏秋间。幼安榻许随身设，仲蔚蒿将任意删。等是林宗曾宿处，兴余洒扫未容悭。

数弓隙地久荒芜，添个轩堂入画图。位置意从疏淡得，周遭境与静虚俱。乌衣识路新巢定，翠筱窥墙旧径纡。霁景亦延凉月仁，俗尘能到此间无。

悠悠澹澧仲宣句，善长曾援注水经。羡尔澄潭涵绿净，愁予远道眇青冥。莼羹乡味怀空托，韲粥书声意自惺。偶为官斋题榜子，寸心讵负草堂灵。予以澹怀名轩，详小记中。

年时一砚镇相随，新辟南窗坐更宜。结习平生老文字，消闲长日乐华滋。羁栖亦觉吾庐爱，郤扫无多客屦移。比似襄阳颠外史，一船书画是心期。

七夕燕集楝花书屋闻歌有作①

大海潮声沓，明河夜气幽。远游轻过鸟，独处寂牵牛。
兴博传觞胜，怀增顾曲愁。更深犹促坐，为惜客中秋。

题画

疏挂凉天柳一枝，烟眼犹自袅丝丝。夕阳陌上无人度，叫彻鸲之与鸹之。

题龚蕙亩副帅九思图

达人自得在观物，静里机缄析毫发。嗒然渺虑罄澄心，坑谷天渊理勃窣。从古胜算关深筹，南阳谨慎西平谋。后先名世气沉毅，指挥定处余风流。此意得者几曾有，象外传神谁妙手？鹭群点缀匪忘情，识取长松与细柳。外腓大用真体腴，精能端属灵明输。审几即物了可悟，底为片石投双趺。年时坐听海门浪，举似丹青神转王。秖今旌节倍辉光，何限白鸥波浩荡。是日闻晋金门镇帅喜音。

十月廿四日伯卿招饮即席有赠二首

炎海无冰雪，浑忘十月天。客心故摇落，人事况推迁。
纵饮非吾愿，同袍觉汝贤。流光应共惜，岁晏此穷边。

勋业君能树，衰迟我自知。致身须及早，送老敢嗟卑。
橘失逾淮性，匏悬渡汉期。一樽还慰藉，他日记天涯。

女戎图四首

衷甲弢弧结束奇，据鞌顾盼学男儿。兜鍪侧处瑶簪脱，时复春风鬓

---

① 清陈楷礼辑《常德文征》（清嘉庆十九年鼎雅堂藏版）卷三十四、清邓显鹤辑《沅湘耆旧集》（清道光二十三年邓氏南村草堂刻本）卷第八十九录此诗，文字无异。

影吹。

汉关秦月雁门霜，猎猎风驰古战场。刚斗健儿身手好，晓寒曾试薄罗裳。

军书三万替耶名，陇首秋云识此情。能辨雌雄谁具眼，断章还取木兰行。

洗氏军容锦伞标，秦家名号亚嫖姚。那知隔幔传经者，亦偃红旗出翠翘。

和伯卿弹琴作

美人鸣素琴，清响下高阁。泠泠七弦泛，脉脉孤怀托。
似闻缑氏山，神秀钟伊洛。如何王子晋，只解慕笙鹤。

十一月十九日同余退如大进、韩璞园琼、王亮斋右弼集饮任伯卿官斋十首

流光能博几何欢，衿契相从慰岁寒。底事沧洲不成趣，闲来须放酒杯宽。

楝花风后刺桐霞，忽为萧骚感岁华。一种金城司马恨，攀条无那复天涯。楝花书屋、刺桐园，皆伯卿觞客处。

鸣镝声声斗射堋，输他猿臂挽强能。个中柔燥谁堪喻，昨夜南山饮羽曾。

冉駣西去倚长城，继起终童亦请缨。忠孝合推名父子，一时低首李西平。

漫于人地指兜鍪，插架牙签富邺侯。听取扶风豪士咏，建安横槊属并州。已上谓伯卿。

珠海名家上将才，新从鲲屿射潮回。羡渠意气饶魁垒，知自趋承朵殿来。谓退如。

旧家门望盛河阳，早岁才名远擅场。今日拍浮沧海上，阿谁能识鲁灵光。谓璞园。

剧爱琅琊王长史，席间尘尾散风怀。海东亦出栽花手，准备春来醉眼揩。谓亮斋。

斑驳新霜点鬂丝，廉夫老去倦支颐。玉山宾客休腾笑，铁笛当筵试一吹。

秉烛相看梦寐如，冬冬街鼓报更初。舣船棹后旗枪罢，小别还留兴有余。

研北书屋观尹拜石潡画竹却赠[①]

君之于颠得彷佛，拜石何曾具袍笏？南宫踪迹不可亲，海外相逢惊突兀。作画不作灰堆山，谁从墨际窥屓颜？赖有胸次竹千亩，筼筜谷落十指间。于兹妙契琴书理，指下勾挑撇捺似。山阴用意在笔先，柴桑解识无弦旨。乃知画竹关天钧，槎枒露处宁非神。不然挥洒偶游戏，津逮何以难其人。谷言读书能医俗，坡言士俗缘无竹。撑肠文字琅玕呈，那不运腕森寒玉？炎方岁晏冰雪无，南荣日色莹清胪。君也解衣一伸纸，横枝侧叶争奔趋。是时观者皆叹息，机趣如斯罕曾得。瓣香况为海岳庵，大拨染外此凭轼。移时放笔忽喟然，我胡不自爱其颠？画竹不已拇亦骈，会当三复南华篇。

寒夜拜石过别新知可念作此

风雨禾中路，冰霜节后经。暍来犹梦寐，相识岂飘零？
李白诗无敌，成连棹不停。岁寒尊酒共，应惜一灯荧。

---

① 清邓显鹤辑《沅湘耆旧集》（清道光二十三年邓氏南村草堂刻本）卷第八十九录此诗，文字无异。

腊夜

残腊殊方似早秋，宵分只觉露光浮。月当弦上凉侵户，风为帘回响动钩。灯火趣佳仍竹屋，沅湘波远更沧洲。梅花何限天涯思，却触虫声咏四愁。

伯卿官斋新成奉题四章

古言国宅即官衙，称意经营宦亦家。万里代云高雁断，十年海雨野鸥赊。得来清气归兰席，取次春风讯棟花。斋扁"栋花书屋"。好在诛茅庚开府，不教邱壑废天涯。

攒罗画戟与油幢，轩阆重新占此邦。为护印床花绕径，好安研席树当窗。分题静数迟迟漏，促坐徐倾浅浅缸。诗酒如君合驱使，胜情还擅境无双。

桐华披拂一亭云，鹄对于兹忆卯君。只谓栖皮勤习射，翻从异地感离群。本根孝友风犹古，规矩高曾世有芬。堂构依然家法在，底夸新筑张吾军。伯卿习射刺桐园，以鹄对名亭，盖取东坡两翁"相对清如鹄"句也。

师门海外笃情亲，伯卿与余同出蒋时庵夫子门。踪迹苔岑合亦真。司马设官缘武事，将军赐号本文人。我耽研北清闲甚，君向花南结构新。博得濠梁相视笑，惠庄至竟远风尘。

邹小山宗伯茹豆帧子为章书亭镇帅题[①]

东坡在岐亭，力持杀生戒。谓同鸡豚饱，曷勿芦菔芥。
齐民有要术，蔬圃细亦大。所以渤海守，计口筹韭薤。
烹菽及脯茄[②]，古籍均纪载。厥性详义疏，本草备图绘。
清绝让乡翁，写生出时辈。余事貌纤种，紫绿纷琐碎。

---

① 清陈楷礼辑《常德文征》（清嘉庆十九年鼎雅堂藏版）卷二十四录此诗，文字无异。清邓显鹤辑《沅湘耆旧集》（清道光二十三年邓氏南村草堂刻本）卷第八十九亦录此诗，文字有异。

② 茄，清邓显鹤辑《沅湘耆旧集》卷第八十九作"茹"。

豆棚瓜架间，手摘可一再。游戏往往然，兹幅尤狡狯。
想当贵盛时，割炙恣所快。一朝厌荤腥，食单美生菜。
沿篱既吾茹，落苏亦吾爱。涉笔偶及之，肉食料可废。
列鼎故自豪，所味乃沈滞。明公得此意，见画辄欲拜。
属题心郑重，饕餮期一①汰。养福兼养财，养生此其概②。
载绎东坡言，噬嗑义不昧。誓当涤三庭，当餐佐粗粝。

又为书亭镇帅题小山宗伯画扇

三十六湾秋正熟，帆如落叶飘相续。幅幅随风卸复张，逶迤曲岸峰颓
绿。十年不棹湘之湾，梦中倭堕疑烟鬟。忽从画里见彷佛，只少苦竹痕斑
斑。画家多师董北苑，派别梁溪更深稳。静树停流何有无？读画辄觉形神
远。让翁戏墨散老怀，潇湘入手清无霾。宝之欲袭青丝绹，从今画扇题
新斋。

腊月廿七夜宿海门

北风不成雪，海上有涛声。竟夕震双耳，残年无限情。
三山渺何许，习坎利于贞。坐觉扶桑晓，看予白发生。

畬经堂诗续集卷三

来鸥馆诗存

人日柬伯卿

此日新年胜，他乡旧雨稀。快晴验人意，耽静息尘机。
酒怯分筵斗，花怜隔院飞。素心肯来访，深话趁斜晖。

燕集楝花书屋

盍簪朋酒四筵陈，皎月华灯一夕春。隔幔箫声吹不绝，卷帘花气坐相
亲。恰逢蒋诩开新径，况有何戡是旧人。如此风光如此境，为欢那复计

---

① 一，清邓显鹤辑《沅湘耆旧集》卷第八十九作"所"。
② 养福兼养财，养生此其概，清邓显鹤辑《沅湘耆旧集》卷第八十九无此二句。

官贫。

正月十八日邀那西林兰泰、余退如任伯卿、李蘧庵本楠、王亮斋王曲台执礼集澹怀轩即事六首

不待莺花上巳天，炎方物候得春先。小桃树底残红遍，刚值灯期意惘然。

飘忽扶桑万里风，一时豪致羡群公。藕丝孔亦安身得，等入由旬计算中。

平原十日足盘桓，哄饮争从壁上观。凭仗糟邱高筑垒，军容河朔撼他难。西林豪于饮。

清言亦绮谑亦善，说鬼何妨妄听云。醉后叫呶应不禁，喜无骂座灌将军。

诗味中边食蜜甜，微参妙旨印华严。如何主客新图样，苦费精神逐句拈。与伯卿论诗。

花花相对叶相当，一曲勾留一段香。自笑爱根牵未了，着绯司马本来狂。小伶歌予新谱群芳乐府。

和伯卿庭石之作

略存山意思，数笋石争长。忽忆双峨色，难为梦寐忘。伯卿原唱，有"双峨落天外，遥忆读书堂"句，以家山有东峨、西峨也。
露华滋藓碧，雨气袭衣凉。小簇罗浮境，烟云瀹一堂。

寒食

寒食频年泪，羁栖万里身。松楸余怅望，节序每伤神。
老习莺花寂，离知骨月亲。春风行坐处，谁与慰艰辛？

海门春望

春海长天镜面窥，更凭高处振衣宜。风回远浪帆千合，霞散颓垣角一

吹。花柳故园劳梦寐，共球属国凛羁縻。原知此地关筹划，孤宦何堪鬓有丝。

伯卿示松石二歌读而善之续歌以广其意

迭石不厌小于拳，种松那计短于寻。云腴雾鬒即离间，具体依微露跟肘。主人爱石兼爱松，心期海外留高踪。昨日辇石忽得意，一朝题品敌云峰。乞松一株才及髀，便尔颠狂叫未已。谓是盘挐倔强姿，况与山骨争奇诡。淋漓大作挥宣毫，巧规节目模嶕峣。松也石也得所遭，示我时复歌且谣。上陈嵩少山头太华顶，中有窈窕仙关横侧之峰岭。厥产物状苍以黝，天外飞来只俄顷。我读未竟意憬然，土宜材质均由人。当其弃置甘溇落，何人物色披风烟？世事由来惑皮相，不则同声恣谯让。拘墟笃时递相沿，齐物蒙庄每惆怅。如斯松石忽刮磨，主人一日三摩挲。此间胜事何其多，君歌我还赓君歌。

为伯卿题山水障子四首

泉细静相求，山深静已古。真性得峥泓，幽人静无语。

飞流故喷薄，绝巘何嵯峨。所以谢幼舆，邱壑趣已多。

眼中无丹青，句妙山水障。可惜杜少陵，不见黄公望。

三十六岛外，置身毗舍耶。如何图绘里，清梦落云沙。

过伯卿率题小诗留斋壁

指下流泉梦里山，春风日日闭门闲。前身合是萧思话，相赏真于松石间。

哭二侄①

已矣尚何说，因予累汝身。相从穷海外，竟作不归人。

---

① 清陈楷礼辑《常德文征》（清嘉庆十九年鼎雅堂藏版）卷三十四、清邓显鹤辑《沅湘耆旧集》（清道光二十三年邓氏南村草堂刻本）卷第八十九录此诗，题为《哭从子》。

半世惟孤露，浮生亦幻尘。白头双泪尽，忍复值残春。先四兄以乙卯三月即世，越今辛卯三月，凡三十七年，又遭二侄之变。悲夫！①

五日诸罗道中

尘路邈何极，流风溯不禁。蛮荒行役客，荆楚岁时心。
无分陈蒲叶，相于想竹林。驱车自兹始，愁绝为登临。

值拜石北港兰若夜话久之时将返檇李诗以赠别

踪迹飘飘者，风萍合一宵。佛言无住著，予意总萧条。
鲲国游应倦，鸳湖兴自饶。曰归归亦得，何以慰征轺？

雨夜宿西螺社

乱云欻突天无色，坼堕空林莽深黑。翻盆竟夕溜檐端，凉觉衾单忍眠侧。獠奴抱火妇焙衣，嗫语怕受官长訾。迟明掖我舆出淖，感叹异域明尊卑。

五月十日，王曲台明府邀同那西林副帅、李蘦庵司马集彰化县斋燕乐，月夜行二十里归抵海堧寓舍，已漏下四鼓矣

征车五月触炎风，怀抱难开堀堁中。热客到门惭褷襂，故人接席听玲珑。月眼逐处侵寻没，露气熏来曲折通。自笑驱驰成底事，不教尊酒一宵同。

涉大甲溪

重巇薄巨溟，溪流赴其壑。建瓴势敢当，一泻不余勺。
何年掷山骨，弥望铺磈硌。迅满日春撞，涩滑勿容踱。
跨埼绝杠梁，悬缒失杙柮。当途际兹险，徒御困各各。
赖有蛮舁群，顶踵力翘跃。逆掠雪卷涛，欹转飙回择。
逾晷达前崖，神志犹错愕。喟哉大川涉，平生矢无怍。
履坦幽人贞，安居达者乐。曷弗下泽乘，少游语如昨。
所以马文渊，头白武溪恶。

---

① 清陈楷礼辑《常德文征》卷三十四、清邓显鹤辑《沅湘耆旧集》卷第八十九无此尾注。

蓬山即事六首

此间那易觅蓬瀛，夷獠村中浪有名。但使野人习耕凿，太平农亦乐长生。

劲弧卓地响藤弦，筬筒雏翎发迭连。也学颜行齐稽首，射生好手试义前。

垂垂两耳肉如环，绿发鬖髽覆绀颜。悔不担来千石酒，直看一路醉花蛮。

试舞衫裁吉贝多，动摇珠络影婆娑。发声忽举双双腕，宛转听他蹋蹋歌。

云子香春雪色糦，春团搓手意迟迟。老饕口腹殊多累，臂钏生怜压匾时。

接程蚁附与猱升，局曲雎居日炙蒸。一种生灵共含负，差徭何苦太频仍。

白沙墩观海寄伯卿

海东直北路一线，横绝岭岫当其冲。崚嶒势欲堕巨壑，赭圻日撼西来风。立涛喷雪忽渟碧，云浮无际天垂空。曦光晶射动不定，水银乍泻青烟蒙。万斛舟簸万里浪，峭帆瞥尔轻于鸿。少顷目眩足亦侧，直疑下有蛟龙宫。昨年忆共雁门客，荷兰城古凌高踪。振衣浮险叹四绝，顾盼已足矜豪雄。今来兀立更旷若，沧溟近远收双瞳。翻于鲲鹿苦障翳，那如此境开心胸。故人恨[1]不一把臂，胜概领略谁为同？题诗寄去颇自诧，此行真到蓬山中。蓬山盖俗名，距墩差近。

---

[1] 恨，清邓显鹤辑《沅湘耆旧集》（清道光二十三年邓氏南村草堂刻本）卷第八十九作"憾"。

竹城喜晤韩璞园明府

迟暮原多感，兼之远宦人。况于沧海外，留滞七经春。
溪峒犹遗爱，琴书亦称贫。相逢仍一笑，慰藉见天真。

坌山作四首

毒雾出深涧，终朝惨淡间。何人肯来此？坐石弄潺湲。

不到普陀岩，普门身忽现。万古海潮音，自此十方遍。<small>港南观音山极峻。</small>

遇方亦成珪，石际一泓注。不敢漱吾齿，上有徐凝句。<small>山麓有方泉石镌诗，甚恶。</small>

眺远鸡笼山，寒袭鸡笼雪。亭午尚添衣，那堪曦景灭。

将与伯卿别过官斋作此

海外成轻别，年时海外逢。素心无几辈，华发剩孤踪。
不转有如石，后凋惟此松。眷言存息壤，庭际怅相从。

七月三日伯卿之任六安予送至海门诗以言别

瀫霍雄南服，君行迫简书。筹纡六蓼国，梦远二峨居。
祖帐当秋早，移舟忆夏初。<small>今年四月九日，伯卿与予同集此。</small>海门离合地，啼笑意何如？

七夕微雨病不成寐，忆昨年是夕偕白颖亭、阮辅臣集任伯卿官斋燕饮欢甚，今白阮俱下世，伯卿亦迁任去，抚今追昔，不胜怆然

依然逢此夕，隔岁事增悲。南浦销魂日，西州陨涕时。
星怜河鼓寂，浪聒海门驰。一雨宵深坐，知予病强支。

秋夜闻涛图为石乐莘国任作歌

世事矜奇宁有度，广文先生□等□。一官乃促冷无比，耐可置身千万

里。白波中来悸欲死，耳聒侏俪目恢诡。坐荫多罗树深底，种杏非坛槐非市。片席何为设于是，而今乃见徂徕子。前年螺江别，一船书画史。卓尔宋山长，依然秦博士。经解驳而铿铿，笔纵横而缅缅。亦战膏粱濯纨绮，得静者机抉其理。谓根群动动如波，秋风拉瑟，秋涛起作。彻夜声喧未止，忽如迅霆奋地纪，忽如飙轮干崖礚，又如五兵所向纷披靡。之子嗒然稿梧倚，以无闻参有闻旨。是为静摄动则尔，涛声在海不在纸，以纸写涛亦枝指。卷图还子笑相视，此意勿语坳堂蚁。

秋昼苦热与李槎寄施祓堂坐澹怀轩即事有作二首

兼旬金序木延凉，苦盼西风阻瘴乡。岁阅四时皆夏令，候当七月剧秋阳。雁鸿音断书千里，芦荻花稀水一方。底不遥天动愁思，楚人生性爱沅湘。

行吟坐啸三间屋，饭罢眠饮一磹茶。不惯逢迎如隐客，未偿笔墨似逋家。元之笺疏专门重，白也诗篇浪迹赊。要与陈人同寂寞，晚风消受贝多花。

题戎装丽人图

盘马腰身试几曾，边风吹动影凌兢。解围谢女浑闲事，却对丹青忆白登。

恽道生画山水歌

帧内自记云：文风日论谭虑之："画道亦然，一味经描写，何异东施效颦？余则以为不十年读书，不可以作文，非十年见古人墨迹，不可以作画。兹偶坐清凉山楼，友人出纸索笔，信手直挥，不加妆点，当为知己一笑。"考：道生名向，又名本初，周栎园《读画录》称其大幅擅场。此轴旧藏余姻家陈君淑一所，因索归重装潢之，并系以歌。

毗陵恽氏工作画，正叔本在道生后。正叔写生妙入神，何似道生挥毫如？运帚胸中邱壑蟠，几许落手寻丈等。粒黍笔底已无高，房山眼边不数米家虎。由来大巧无纤辞，讵有大力肯事轻描淡写为？窠臼尽脱笔墨外，不施皴染艺更奇。多君论画兼论文，读书读画同所云。愚意读画仍自读书始，俗工院体徒纷纷。世人但爱南田子，花叶工为没骨体边徐，而后叹独绝寸缣尺素珍。莫比我获此幅赏其大落墨，是用作歌表奇伟。噫吁嚱！读画录中传久矣。

经刺桐围怀伯卿

聚散真无定，离愁积未删。故人万里外，树色一围间。
风雨江南道，云烟海上山。相违忽相忆，行处泪痕斑。

十月十一日过余斋听陈山人鸣谦驒琴　操名塞鸿

海上稀闻雁，横琴奏塞鸿。何心避矰缴，余响散丝桐。
仁兴七弦遍，经时尺素通。怀哉岁将晏，水落楚江东。

腊夜

海外腊三度，灯前泪一挥。死生俱异域，夷险本忘机。
夜寂风声厉，愁多酒力微。家人应念我，头白尚征衣。

除夕

家山别去九经霜，岁钥频更拙宦场。垂橐金无余陆买，盈颠发已变冯
唐。梅花海外谁传讯，柏叶宵分独举觞。坐听东风吹欲遍，新年寒谷转春
阳。来岁以元日立春。

壬辰元日立春。

东皇暖艳履端浮，启曙苍龙应候游。行处阳春原有脚，吹来太簇正从
头。云占三素仪金凤，冻破重阴出土牛。祥序屡逢矜盛事，忆甲寅癸酉，曾
两值元日立春。咏歌何限起沧洲。

清荫堂观奕作

绿泻当庭一榻清，东风无力动帘旌。竹炉初暖茶烟细，静听楸枰落
子声。

人日即事

新年剧人事，乘暇度兹辰。竹叶虽无分，梅花得少亲。
清晖揽如许，旧雨话何频。不觉西窗晚，烦纾散几巡。

瓶花四首

褰帷晓色透疏窗，缬眼秾华扑玉缸。老大心情解相惜，争教传唱到春江。

攲斜态亦自然佳，晕脸初匀镜槛排。看未回身春已熟，斑骓谁踏洛阳街。

解脱根荄自水南，军持色相幻瞿昙。道人近得观空法，种种维摩病后参。

轻风飘飗影纤纤，为护余香不卷帘。几点落红随意数，引他绮思上毫尖。

遣家人送二侄枢渡海归，诗以志悲

三年海外身，就木已一载。旅殡良可悲，况复阻巨海！
汝来我是偕，汝归我独在。来归无差殊，月日暗相待。己丑四月十日，侄随予自鹭门放舟，今归亦以是日。
肠脑汝正盛，齿发我渐改。无年为谁恸？远宦只自悔。
彭殇理一致，达者得无乃。雪涕奚所从，含酸诉真宰。

题王石谷寒夜联吟图

款云：丙寅仲冬六日，与二三同志集涵碧亭园炉分韵，余诗不成，写此图以代金谷罚数。耕烟散人王翚。

干莎满地霜华净，丛筱依墙风籁咏。空旻一片月轮寒，孤照藤萝光不定。乌目山前旧草堂，朋簪歙集倾壶筋。炉煨榾柮拨不尽，冷灰残烛谭何长。须臾寒光透虚牖，瑟缩蟾蜍泪凝久。飏毫呵冻各匠心，茧纸铺银竞义手。耕烟散人画绝伦，以画代诗更逼真。眼边粉本摹能肖，笔底丹青妙入神。古人作画皆有意，或传故实或即事。曾图屈子离骚经，亦写卢鸿草堂志。君家右丞姿绝奇，诗中有画画中诗。散人诗句故不俗，写意时复仿佛之。我携此幅来海外，珍重频将玉义挂。为题长句代君诗，愧我难效诗中画。却想江南冰雪庐，飞觥刻烛兴何如？只今画在诗篇逸，令人空忆骊龙珠。

感兴四首

陶公高秋人，性本不谐俗。至慎阮步兵，貌以狂自覆。
贤者涉末流，迷阳伤却曲。要不小其身，高厚何踡局？
抵鹊猥以珠，腊鼠矜为璞。所识故茫昧，况乃耳代目。

鸾鹤无卑响，松柏无凡枝。寥天邈何闻，幽谷暗勿知。
翔者高且远，植者古以奇。物各有本性，人乃鳌窒之。
风不散太音，雪不虐贞姿。昭质完无亏，造物岂有私。

吾知其高海，吾知其深相。于而而白首，吾不知其心。
古人交以心，今人交以金。举世利交者，同利不同岑。
阅人无贤愚，阅世无古今。众鸟归一林，众响叶一音。
众交联一心，君子矢其忱。

蜩以五月鸣，槿以一朝繁。蜩鸣尚阅序，槿繁不及昏。
饱露外何求，美荫周林园。所志在廉让，清响时一喧。
嗟彼卉木荣，依托惟篱樊。萎华萧艾丛，浮艳谁与扪？
下士学齐物，齐末遗本根。即目了可鉴，斯义匪谖言。

夜坐

移榻当轩坐夜分，雨余露气浸帘纹。度垣萤火微微见，隔牖花香细细
闻。世阅大千还泛海，年过半百欲看云。无多梦寐天涯滞，华发灯前感
易纷。

六月六日即事

竹素丛残海外装，官闲遍为曝书忙。风床叶叶舒还卷，消受长天古
墨香。

十一夜

凉风入虚牖，初漏月眼敧。幽意少人会，息机惟自知。

远怀许元度，愿学荣启期。何处寻真乐，清宵惬所思。

夏夜咏庭前杂卉四首

盆荷

小簇何郎雾夕诗，微波脉脉解通辞。怜渠欲堕犹开候，月下风前尔许思。

珠兰

串串柔丝挂玉台，沅湘风味托琼瑰。凭教滴尽蟾蜍泪，不向方诸掬得来。

茉莉

瑶华影里见曼殊，鼻观参来淡欲无。蒼卜入林香近远，晚风吹上十眉图。

夜来香

碎翦纤苞静夜分，短篱疏处逗微熏。动人芳杜思何限，露气江乡久不闻。

过竹溪寺

不见檀栾影，溪声听亦无。疏钟空际堕，古刹望中孤。
径曲迷香篆，林荒冷苾刍。移时味禅悦，且复小踟蹰。

午睡梦伯卿

怀人不能已，江海故绵绵。浃岁阔颜色，音书来判年。
频挥吹雨泪，忍诵停云篇。握手怅何许，西窗梦寐边。

七夕①

每逢节序感无端，浮宦孤踪鬓欲残。磨蝎一宫身命厄，牵牛四度海天看。笙歌下里喧如沸，瓜果中宵语倍欢。转为情亲动遥思，斜楼念否远人寒。

---

① 清陈楷礼辑《常德文征》（清嘉庆十九年鼎雅堂藏版）卷四十、清邓显鹤辑《沅湘耆旧集》（清道光二十三年邓氏南村草堂刻本）卷第八十九录此诗，文字无异。

立秋日雨

长日度无赖，远怀扪自幽。半晡微有雨，穷海镇宜秋。
绤绤薄凉入，竹梧清响流。颇知尘事少，萧瑟转夷犹。

秋雨

今年夏月风不号，亦罕骤雨来崇朝。乾鹊故不越海噪，阳鸟只觉当空
骄。入秋三日月离毕，漏天界破银河涛。摧颓四角黑云压，天浆直倒非倾
瓢。霾昏失旦莫辨昼，溜响薄暮还连宵。时复撞搪户牖壁，挟势撇捺惊吹
飙。青苔上砌础生菌，绿树跲地窗偃蕉。文书稀省颇自得，况听丛竹声萧
萧。常时车马客到未，旧雨今雨从诙嘲。惟愁庳侧泥没踝，屋上卷去三
重芽。

寄题伯卿说剑图

平生未买耶溪水，那解千里与十步？勇烈伯子说剑豪，绘图要我题诗
句。自言用意故自别，须知不袭蒙庄说。又来海外窃斗糈，将领承平虚岁月。蠡然动念先将军，遗匣尚留三尺
铁。一试克靖萧关戎，再试直捣冉駹穴。龙身虎气经百磨，末路峨峨完大
节。男儿三十不自立，忍使前人光遏佚。摩抄此铁铁依然，酬报何曾竭毫
发。以此貌作兜鍪人，抚剑傍徨意仿佛。谓君意气颇自负，丹青渲染缨曼胡。周文矩画亦奇隽，讵如此图忠孝
俱。卷图还君不敢作，君竟携之去潜霍。海门送别临清秋，隔岁风烟俨如
昨。思君不见图亦邈，苍茫独咏期偿诺。诗成寄君君勿哂，说剑如斯差
不恶。

山道中四首

秋气偏迟到海涯，征舆触热走尘沙。雨余少觉凉飔入，一路香吹晚
稻花。

语经重译总差讹，诘曲村墟鹘突过。一事南来差不恶，山光揽得半
屏多。

那曾仙袂挹浮邱，岭海中间自在游。咫尺阆风烟羃䍥，暮云不隔小流求。东有山名昆仑麓。小流求，海中屿也。

深黑蛮溪束火来，乱流中夜困舆台。少游数语关千古，讵独文渊首重回。

宿郑氏庄

此行非选胜，佳处小盘桓。泉响依阶细，藤阴覆径寒。
流风溯如写，疏雨听将残。一夕秋声觉，萧然感百端。

南社即事

桃榔覆叶海棕直，丛筿钩枝野藤羃。缚茅编竹土捕罴，蜗壳中间杂庖湢。卸装小憩徕花蛮，赍以吉贝珠簪环。椰倾白酒袒割肉，醉饱諵諵齐万福。蛮奴拍手蛮妇歌，溪山乐事何其多！

夜雨阻水野次

云黑四山雨，山泉百道流。坼崖声出涧，绝壑夜无舟。
哭岂穷途效，宾谁一榻留。天明偏不肯，客路及中秋。

闻五兄二侄两榇自福州归里不胜怆然

客心故凄楚，重以死丧悲。同怀既异路，茹痛摧肝脾。
栖魄小西湖，遘予海东陲。可怜风雨夜，对床杳无期。
泠蜍百忧丛，赖有犹子随。盛年忽短折，老泪惟承颐。
忆昔衔恤奔，闽峤初牵丝。累岁骨肉惨，都在天一涯。
人生乐仕宦，而我至于斯。樵川滩帜嵲，盱江濑逶迤。
素旐从此去，故山日近之。朝来揽青铜，鬓发苍以衰。
恸余行自念，少壮岂其时！

送史皋文丹书返里

蹬然海外喜经过，归去其如装薄何？赏尔奇文追玉局，问谁曲室件维摩？半屏山好游应倦，八月波平棹放歌。稳向钓龙台下住，空中莫惜寄书多。

九日

久别篱边菊，来乘海上槎。一官远如客，九日倍思家。
风雨亲朋阔，沅湘道路赊。凭高搔短发，吟望不胜嗟。

顾鉴沙枫伴梅图四首

高人只合占幽栖，一卷冰文避俗携。清到梅花圆个个，澹他尘梦小楼西。

霜华斑驳月黄昏，花底凌兢少慰存。却胜冲寒远相访，水边篱落竹边村。

阅世风烟老岁寒，为攀嘉树感无端。清芬的的君能诵，底补笙诗咏采兰。

江乡花事近如何，读画天涯忍放歌。开遍早春三百树，不堪回首白云多。

明吴江女子叶小鸾自写小影为顾鉴沙题六首

藕丝孔里几由旬，十七芳华只幻尘。解道梅花如静女，疏香阁畔认前身。

晨书暝写遍缣缃，点染丹铅亦擅场。识取毫端吹欲活，画义乞与返生香。

观香妹子波微步，写韵仙人体迅飞。要是洛灵诸眷属，丹枫江上采珠归。

泪叶飘零岁欲残，月明空怅画阑干。春风鬓影丹青见，肯许弹琴近坐看。

一觉游仙雪爪痕，非非想亦画中论。何当无叶重翻案，更为梅花忏爱根。

一生心事吴江叶，得句曾将小篆镌。上句得之梦中，友人为予刻印章。莺脰湖边消息断，花枝依旧蘸波鲜。

除夕

归去苦不早，胡为尚滞淫。乍醒残夜梦，犹役来年心。
境习忘殊俗，栖甲想故林。一灯相对坐，聊复白头吟。

人日成成山司马招同解辛圃文燧、王亮斋、周立斋大本三明府集饮官斋

四逢人日总晴天，物候今年得气先。腊冻未消花信逗，春盘初脔采芽鲜。尊前谭笑庄谐杂，座上宾朋去住牵。予与亮斋、立斋皆以秩满，将及西渡。取次东风挂帆好，南皮回指海云边。

喜晤尹拜石即与言别

怀君逾浃岁，相见复相怜。霜雪寒如此，风波险放然。
宿春蛮徼路，倚棹海门船。聚散嗟何促，含情共远天。

为尹拜石题芦塘舣棹图二首

湖风淅淅水平堤，绿偃菰芦一蒯齐。泊宅村边消受急，瓜皮艇子翳篷低。

依船镇日傍渔矶，倚浆红襟见亦稀。底怪钱塘戴文进，燕支渲染钓师衣。

正月廿二日余以西旋，自海门登舟，与解戒子文炯、辛圃王亮斋别

薄宦真成汗漫游，重溟以外四经秋。劳薪谁解轮辕惜，退院难为瓶钵谋。晨夕素心殊可念，川涂白首尚何求？年时惯洒临岐泪，几日东风竟放舟？

畬经堂诗续集卷四

转蓬近稿

渡海归憩三山寓邸作四首①

曰归归亦客，生渡当还家。幸与妻孥聚，都忘道路赊。
旧书频检点，长语半咨嗟。不厌羁穷巷，劳人鬓已华。

僦舍小于舟，春风为少留。敲桃红照水，高柳绿当楼。
蚁惯坳堂诧，鸿艰粒食谋。闭门非傲客，倦矣海东游。

莫怪呻吟甚，原非少壮时。愁来书咄咄，病起步迟迟。
噬嗑占常象，刀圭避俗师。故人肯疏我，珍重数篇诗。归后，叶毅庵太史、孟瓶庵吏部、林心香明经皆以诗见投。

匝月停骖御，连朝迫简书。不知何所适，那许遂吾初？
照壁行看蝎，临渊漫羡鱼。剧怜潘骑省，尚解赋闲居。

题叶毅庵观国《太史读书秋树根图》②

少陵下笔如有神，得力端繇读书破。蟫餐獭祭鼠衔姜，肤学纷纷等涕唾。记言蛾子时术之，春风弦缦音舒迟。纱幬昼静薰古墨，黄农帙检忘饥疲。灵威丈人邈尘界，积书之岩罕津逮。穿穴七略有几人？鸿宝秘函徒尔怪。若其置身戍阁中，稽古荣被坳西东。胡乃一编犹在手，徙倚高树秋旻空。毋谓不废惟此事，十驾及均千里骥。欧九尚訾不读书，退之只解略识字。有如荣绪拜五经，又如永和拥百城。石仓儒藏惜茫昧，鳌峰储笈嗟飘零。鞠通喜唊枯桐露，得味中边自知故。西风昨夜动金商，东壁闲身耽竹素。而我聚书读无缘，劝学三复荀卿篇。图中问业愿相逐，侧听秋声出林木。

---

① 清陈楷礼辑《常德文征》（清嘉庆十九年鼎雅堂藏版）卷三十四录第一、二首，题为《渡海归憩三山寓邸作》，文字无异。
② 清陈楷礼辑《常德文征》（清嘉庆十九年鼎雅堂藏版）卷三十录此诗，文字无异。

石谷子为鹿原先生作北阡草庐卷心香从里人所得之属题长句

无诸城北风萧索，合奏笙竽响林壑。冈独者蜀连者峄，凹凸中间衍墟落。山泉百道近远输，亦乍砰訇亦瀰汋。山如尊卣水如簠，罕罾依微势旁魄。是何郁郁名家阡，得智仁性匪相度。累累堂斧森松楸，万古滕公漆灯灼。往者流传丙舍帖，教孝讵为胜游托。穿径诛茆一片心，秋黍春蔬感丰薄。袛今藤涧接长林，奕世油然思如昨。乌目山人画殊绝，三尺生绡恣盘礴。粉本乃出凤池客，抵写白华与朱萼。丹青忽作烟云霏，飘散人间等秋箨。心香子故诵芬人，得此心知契冥汉。绦以重锦装以楔，宝之不啻黄金错。綮子题句记从前，别幅蓝生得意作。泼墨似仿高房山，即次皴钩逼黄鹤。眼中宎兀梦中思，阅岁何从亲领略。会当双茧缚青鞋，行处溪山穷倚郭。

次韵酬孟瓶庵超然吏部五首

曾经簪笔侍螭头，片月清涵粉署秋。畅好紫藤花下坐，闲于纱帽对眠鸥。

剑阁峻嶒去拥旌，手持玉尺下蓬瀛。遥知一度朝天峡，已有侯芭载酒迎。

曰归远自锦官城，笙补陔华迭有声。要为庭闱娱鹤发，肯从漏阁听华鲸。

交情侨札岂徒欤，海外归来值索居。握手相看还一笑，飞黄至竟顾蟾蜍。

轻红不擘夕阳天，冰雪餐余炎海边。开径几回慵折简，拙鸠□杀雨连绵。

次韵酬林心香八首

相于存古意，别后思悠悠。君忽随沙雁，予方狎海鸥。
迦陵禽其命，阳朔水分流。乍觌真如梦，关心复去留。

苍茫谁与语？独立只吟诗。伫兴偶然就，寸心惟自知。
悯余工长史，狂甚杜分司。却羡东坡老，文传海外奇。

忆昔登堂日，灵光鲁殿存。谓令伯苍岩先生。重来怆华屋，不忍赋招魂。
访观频回剡，题诗一寄元。嗣宗贤子侄，舍汝更谁论？

嘉树清阴合，时来自在吟。盘桓感陈迹，言笑惬幽心。
阅世遗宫瓦，名家断漆琴。悠哉怀古意，俯仰一何深！

真鼎原希世，他山幸有君。宅心故醇粹，过眼总烟云。
食字蟫将化，梳翎鹤不群。吟台光禄在，之子信能军。

阅人殊不少，取友为多闻。促坐东轩静，深谭五夜分。
一从凌绝岛，况复晦浮氛。海上无冰雪，空携一卷文。

归卧三山径，能来观两俱。迹仍介夷惠，名敢厕王卢。
竹素耽如故，苔岑契自殊。独怜门巷寂，迟尔共歌呼。

佣奴筹赤仄，荡子醉红裙。一种贪成癖，多生习已熏。
长林凡几辈，朴学属夫君。榕海名山业，相期续观闻。

次韵酬叶毅庵太史二首

三楚风烟隔七闽，揭来几度海天春。早随鸠杖周旋久，近仞龙门述作新。寓内扶轮归大雅，卷中点笔矩先民。年时学殖惭荒甚，属餍相从乞廪囷。

寸草三春报未悭，莱衣试处曲承颜。循陔归自东西序，种树阴余大小山。书局随身清洛上，画义写意古松问。买丝合为平原绣，至性高情两绝攀。

题唐小瓢昉观我图

濠梁相视子非我，颊上毫添拇亦骈。认取庐山真面目，原来我与我周旋。

题谢霁中鸣盛撰谭桂峤垣通守平傀儡山党贼记后

太岁在子月在亥，旄头星指扶桑东。么𪙛跳梁半壁震，重师压境摧枯同。当其鸱张猝莫遏，复有虓阚潜其中。负嵎睒睗□□测，伺衅而起人所恫。谭侯回帆不淹顷，仍以忠□□□蒙。宿昔开诚及犭獠，鸟兽易散巢为空。纵虎缚虎一反手，遂令群力成肤功。我往烽燧甫弭戢，崖略耳自斯民公。谓是役匪侯也力，燎原之势将焉穷。最后得手谢君记，厥状一一详初终。始述牙角暗钩棘，继陈岩穴盘豻貒。瘈狗几日就砧斧，狂骛逐队投罍量。霆砰电扫剧拉杂，压城云黑烧冈红。就中推本信义布，尔许武事归儒风。谅哉腕力劲如铁，直笔不仗偏师攻。中丞作传太尉状，韩柳而后难为工。呜呼！侯之平贼古未有，斯文传信非卮丛。愿冶吉金刻贞石，摹拓万本旁流通。

孔蔗亭继炘太守自书所作鼓山石鼓二诗见示，作歌赠之

鲁国男子古无匹，而今乃见蔗亭笔。蔗亭作诗如铸铁，又如霁晓高秋响嚗篥。作字直逼李北海，有如屈曲虬枝走郁律。当其得意挥洒时，海涛喷薄天风疾。而我交蔗亭不于今，于古𬺞鴃肃。曩制彝鼎峙秘府，几年踪迹各萧疏。小聚肝肠共撑拄，六诏山川莽迢递。一麾出守麀深阻，西南半壁富灵閟。得句犹堪敌石鼓，摩崖到处书擘窠，黄华老人安足多！如此一幅淋漓何，曷当百回洛诵弦且歌。

六月十九夜舟次延平是日立秋

连朝风雨黯溪山，险峡奔湍引缆艰。看剑昔曾筋水阁，舣舟依观啸江关。云烟梦远重滇外，绤绤凉生一夕间。讵待秋来感萧瑟，客中早觉鬓毛斑。

游南屏观司马温公磨崖书[①]

原注，南屏山在兴教寺后。上有石壁，若屏嶂然。小南屏山在广教院后，怪石玲

---

①　清陈楷礼辑《常德文征》（清嘉庆十九年鼎雅堂藏版）卷三十录此诗，题同。清邓显鹤辑《沅湘耆旧集》（清道光二十三年邓氏南村草堂刻本）卷第八十九录此诗，题为《游南屏观磨崖书》。

珑，亦类屏嶂。①

天下磨崖凡几见，泰山石与浯溪碑。有唐君臣笔复绝，东南屹若琳琅垂。西湖侈说白苏迹，集中诗句纷金薤。行处不少洞壑古，何以镵壁无单词。南屏山骨蠹胡侧，字刻米老琴台遗。当面琢出汉隶法，数行倔强②横生姿。略无波磔只瘦硬，结体扶寸参倍之。家人卦具象爻象，肩以乐记中庸随。节和忠恕语摘录，要与风火义附丽。鸿都石经不可见，睹此约略寻其规。是谁补题涑水款，致目傅会滋群疑。往闻高庙夙爱重，迁叟笔迹常护持。毋乃墨宝出秘府，摹勒谅在南渡时。七朝盘游尺寸土，赖有名迹增瑰奇。前年搜剔未及到，徒耽金粉遗威仪。今晨拄杖快凌蹑，流观移晷忘饥疲。凤骞虬攫元气干，其他铭颂奚等夷。肃衣拜经非拜石，都篮恨③不携毡椎。

原注，南屏兴教寺，旧名善庆，有齐云亭、清旷楼、米元章书琴台，及唐人磨崖八分《家人》卦、《中庸》《乐记》篇。后人于石傍刊"右司马温公书"，其实非也。④

舣舟茅家步遍探灵隐天竺诸胜境

一棹湖西去，荷香断处深。透迤入山径，次第听潮音。
诸相孤峰证，三生片石寻。秖怜尘梦熟，幽事动关心。

扬州舟夜

万古扬州月，依然占二分。如何竹西路，歌吹杳难闻。
城郭垂杨外，汀洲宿鹭群。秋风他夜梦，应逐渡江云。

八月十日舟泊淮安与伯卿晤蒙贶衣裘感而赋此

西风残照古淮阴，流水孤城感倍深。枚叔里边词客泪，韩侯台下钓人心。乍逢观雨倾离索，镇涉长途苦滞淫。珍重绨袍投赠意，关河此去渐萧森。

---

① 据清邓显鹤辑《沅湘耆旧集》卷八十九补此题注。清陈楷礼辑《常德文征》卷三十亦有此题注，无"原注"二字。

② 强，清陈楷礼辑《常德文征》卷三十作"彊"。

③ 恨，清邓显鹤辑《沅湘耆旧集》卷八十九作"憾"。

④ 据清邓显鹤辑《沅湘耆旧集》卷八十九补此题注。清陈楷礼辑《常德文征》卷三十亦有此题注，无"原注"二字。

中秋夜黄河北岸看月

一辞螺女渡，三见月团圞。此夕黄河曲，平沙白露寒。
流年感行役，清景慰风湍。且复舣临水，更深倚柁看。

微山湖

疏柳枯芦淼淼波，日斜烟际起渔歌。漫寻抱器当年迹，待放春流转粟多。

八月廿五夜舟次仲家浅谒仲子祠

古昔升堂彦，平生负米心。梓桑犹萃处，俎豆岂销沉？
剑气秋澄水，船灯夜射林。瓣香虽遽尔，意托道周深。

任城南池杜少陵祠

梓泽兰亭迹易陈，南池五字尚千春。境缘洗马鸣蝉路，祠以翔鸾翥凤新。_{祠内有御书碑额。}水木任城故明瑟，楼台供奉与比邻。东阳缔构关文献，瞻拜令人重怆神。_{祠为先掞园师建。}

分水庙

覆盎中分左右流，汶川一道似灵湫。榜人齐向祠前拜，来往从兹溜放舟。

聊城鲁仲连射书处

荦荦成奇功，来者感陈迹。岂知射书人，故是蹈海客。

油坊梨

年时饱啖枫亭荔，绝好油坊秋白梨。更喜筼篮盛个个，色香滋味入新题。

津门二首

沽水东西估舶停，神京直北此郊埛。柁楼恰醉枫林未，驿路偏迷杨柳青。

凫鹭无数起汀沙，水阁平临日欲斜。吹到腥风知海近，市头连担卖鱼虾。

都门腊夕，罗慎斋典给谏、鲁白墀赞元侍御、刘寅桥亨地司业、张吾溪九镡舍人过寓邸话别

长安岁尽客装敦，逆旅高轩枉过存。梦寐相看皆白首，笑言不厌几黄昏。诸公身已云霄致，孤宦心于冰雪论。去去天涯他日泪，且凭尊酒慰离魂。

腊月三日出都别龚荻浦大万检讨

数旬相聚忽相违，分手都门泪各挥。老我海隅羞皂帽，多君日下戏斑衣。文章千古名山重，身世岐途故辙非。应为征人计来往，依依杨柳雪霏霏。

杨西园赁车远送同宿卢沟旅次诗以别之

卢沟霜下夜凄清，为惜离群感观情。宰相史家存世系，交亲京国念平生。百年乔木风犹古，三径柴桑雨易成。回首故园同掩涕，不堪客路更纵横。

早经河闲李讷斋浚原司马留饮署中日晡与别

故人瀛海道，相见晓寒初。投辖荷留客，传餐殊愧予。
名藩文献古，情话菀枯余。策马残阳外，从知别意徐。

茌平客舍题壁

名世由来岳降神，鸢肩火色信无伦。君看衮衮公侯辈，多是长安逆旅人。

过东阿寻三归台遗址

管氏有三归，遗台无寸土。极目谷城山，黛色自今古。

汶上有感

逐逐轮蹄暮复晨，当年避地此通津。为询汶上神明宰，可有脂膏不

润人。

邳州怀古

鲁连耻秦帝，子房复韩仇。功成縻好爵，论者卑留侯。
岂知慷慨士，讵与智略谋。迹其娓娓陈，乃有前箸筹。
机警匪一端，体大虑以周。黄石本寓言，赤松亦幻游。
臂凤下仍翔，览辉仍下投。彼夫黄鹄举，风力故自遒。
汉高傥同时，当复冥冥求。益信匡济才，茅土宜用酬。
英流不世出，怀哉过此州。

渡河①

束险奔流两岸开，浑茫故道失南来。冰澌声薄彭城下，浊浪空排大壑回。② 望里清淮尘驾息，客中残腊榜人催。乘槎底问寻源事，风便凭醨酒一杯。

淮安立春日别伯卿

河声带淮驶，春水入淮流。与子河干别，西风淮上秋。
川涂忘岁月，冰雪得朋俦。总作萍离合，吾生已白头。

红桥

名士流觞日，清游续永和。红桥岂兰渚，水木至今多。
配食祠空在，盍簪人几何？惟留冶春句，一卷足吟哦。

蜀冈

振衣裁篑土，尔雅着其名。独者冈为蜀，天然秀自成。
江南千树暗，郭外一川明。即目皆疏淡，喧卑厌此生。

除日登北固山入甘露寺复寻海岳庵遗迹拟探鹤林诸胜六首

第一江山第一楼，目穷远海占高邱。西津渡口南朝路，却倚徐州指

---

① 清陈楷礼辑《常德文征》（清嘉庆十九年鼎雅堂藏版）卷四十录此诗，文字无异。
② 同上。

豫州。

孙吴往事只风烟，一刹徒传甘露年。苦向蒲安辨天监，铣于都入梦华编。

妙高台上记曾登，筋力犹夸济胜能。放眼江天依观是，中泠谁试乳泉澄。

金石遗文翠墨香，晋铭周鼎一山藏。那能飞款焦仙宅，许我摩抄到上方。

梦中邂逅小屡颜，步屟今来问研山。忍堕蟾蜍数行泪，风流海岳尚人间。

鹤林招隐夹山道，松竹中间得古春。遗躅戴公探近远，残年风景属间人。

惠山顶望太湖

具区三万六千顷，浩荡春波梦几经？纵目九龙峰第一，匹如为峘小沧溟。

听松庵观明僧性海竹炉并邵文庄公温砚炉

舍人作画为竹炉，重以诗句传画笔。一时事属游戏耳，遂为此山增故实。温砚炉乃铜冶为，泉翁位置申以辞。容春堂物久零落，好事藏此亦致之。二炉讵敌古彝敦，款识何从详腹盖。戈戈著具文几间，兰若无端出光殊。此山胜迹多模糊，石床字画疑有无。手胝口沫猝未了，跟肘略具形模殊。曷如二炉宛在目，久视非关铜与竹。名流遗物故足珍，若者三熏复三沐。我来礼佛炷瓣香，吃茶写字有底忙。二炉当前惊突兀，勿漫匆匆烧榾柮。

游寄畅园

竟日观泉复听松，名园咫尺偶过从。平桥率尔才通屐，细路铿然为曳笾。前辈擅场推画手，一壶缩地识仙踪。惠山东畔梁溪上，小驻何当挽下春。

舟过枫桥访寒山寺

为泛春初棹，来听夜半钟。市桥悭野趣，人境僻禅宗。
雨暗连樯泊，云寒远塔封。裴回陈迹近，一昔客吴淞。

过吴门蒋贪山元泰二丈出所藏金石目录见示率尔题后①

平生欧赵心，物聚于所好。世阅千百年，谁复穷突奥。
金石虽坚牢，十九恣珍暴。有如上古书，冢壁残典诰。
又如大卜职，龟兆互瞭眊。峄碑野火焚，猎碣里春耗。
三段阙遗趺，半截罕完冒。焦山与合阳，篆隶晚乃噪。
片瓦辨自汉，大鼎纳以部。寸楮良用珍，群玉故足傲。
勿惜千金享，讵辞重险蹈。卓尔贪山翁，奇赏得深造。
爬罗及荒吻，剔栉必精到。高者绨锦袭，卑者糠粃扫。
是于翠墨中，若有真宰告。往时南濠都，秘宝日饷犒。
昌黎金薤句，著书取以号。我翁亦吴产，嗜古趾先导。
猎微尤靡遁，津逮越前隩。出其箧衍余，宜为俗日噪。
予亦颇有储，剩液舐丹灶。会当事掌录，急足一檄报。

舟行临平道中

望望平皋鹤，苍烟朴一津。晓风江上柳，春水宅中人。
次第遵前渚，玲骈役此身。白鸥殊澹荡，行处契吾真。明张仲举私印日
"平皋鹤叟"，盖用杭州三山临平皋亭黄鹤也。见《水东日记》。

元夕武林寓楼望吴山灯火

山色当楼入夜昏，湿云笼处月无痕。坐来寸碧灯中见，领略春寒第一番。

---

① 清邓显鹤辑《沅湘耆旧集》（清道光二十三年邓氏南村草堂刻本）卷第八十九录此诗，文字无异。

正月十九日偕王亮斋暨塚儿湖上看梅即与亮斋言别

一雨全湖净，维舟近壑庵。寒香来雨后，清气满湖南。
花事客中误，酒情尘外耽。故人此分手，襟袖已春酣。

自钱塘江口至清湖舟中即事四首

钱塘三折富春还，穀水须江下上间。行到鸬鹚声断处，卸帆刚指烂柯山。

溯流一舸小于瓢，眠食中间度暮朝。翻忆东溟横渡日，蒲帆十丈趁春潮。

齿齿樗蒱石子如，一篙新绿泻清渠。逆风任作西来恶，镜里青山解破除。

桃花簇簇野人家，近远川原散绮霞。几日短篷消受煞，迤南春事早夭斜。

清湖至浦城山行杂诗四首

一水诸溪合，重关百越通。径攀虞坂仄，流乱吕梁穷。
观垒依猿鸟，丛祠受雨风。漫言和瘴疠，黯黯线天中。

仙霞三百磴，一掬浣霞池。虹饮清能味，鲦游乐自知。
树深云淡沱，崖绝月沦漪。此意与谁说？春风倚槛时。

宿雾故冥冥，村居半在陉。水春云子白，畦坂雨痕青。
茗色临泉试，禽声隔陇听。劳人足幽兴，度尽短长亭。

列帐军声肃，飞觞地主贤。夕烟迷古戍，夜雨杂繁弦。
虎脊驰谁及，猪肝累偶然。明朝南浦别，春水正溅溅。宿渔梁，鄢觐廷守戍，留饮观剧。

建溪舟行①

滩因有号先愁险，山到无名始厌多。二十二年弹指过，道途争奈鬓丝何！首二句，余癸酉莫春入闽时口占者。

赠徐学斋祚永二首

交游殊不少，垂老见斯人。蟫腹饱奇字，蜜脾收好春。
抱山东野僻，下笔少陵神。底怪轻余子，如君本绝伦。

不见东阳沉谓学子先生，今逢南路徐。升堂号都讲，行箧贮遗书。
旧雨悲零落，清风诵穆如。炎方谁与语？相对濯吾裾。

金门

大海无郛郭，金门险自成。屹然犄角势，肃尔鼓钲声。
鲲鲙氛常净，蛟鼍浪不惊。翻令司土者，耕凿课民生。

同安寓馆即事四首

强从逼仄作周旋，案牍中间食且眠。自笑头衔冰样挂，便因人热已无烟。

椽曹那得文无害，伍伯惟知钱有神。直道若云三代邈，晦翁何以莅斯民。

刺桐火发记来时，旅况侵寻荔熟期。长日喧嚣声里度，午阴虚负绿参差。

迪功谭艺妙无双，云在山泉月在窗。赖此勾留几晨夕，莼鲈曾否梦秋江。

---

① 清陈楷礼辑《常德文征》（清嘉庆十九年鼎雅堂藏版）卷四十五、清邓显鹤辑《沅湘耆旧集》（清道光二十三年邓氏南村草堂刻本）卷第八十九录此诗，文字无异，但无尾注。

题余松山延良荷净纳凉图

指下泠泠七条水，万斛涛声忽输委。松耶琴耶杂宫征，世间那有筝笛耳。松鳞错落琴尾焦，吟猱逸响谐刁调。之子殊契深兰苕，西东莲叶嬉文鳐。君不见南朝琴客萧常侍，松石相赏有真意。又不见爱莲著说濂溪翁，题以外直而中通。古心雅慕支离叟，况与水芝成净友。层波凉月伫弹琴，精绝丹铅烦妙手。

学圃感旧

鞠栖老屋独踌躇，曾叹灵光过此居。硕果几惊零落尽，劳薪内憩往来余。少支破牖书从检，为护颓松草略锄。俯仰百端殊未巳，平泉陈迹尽关渠。

畲经堂文集

文集序

频年海外，齿发渐衰，犹役役文字间，未忍割弃。岂结习然欤？自念平生撰著，应酬牵率、諈诿代言之作，居其强半，每不足存。

幼习《文选》，务为博奥，于史、汉、八家文法与波澜、意度之所以然，罕所津逮。已，窥寻夹漈（宋郑樵草堂名）、深宁（南宋王应麟号深宁居士）及近代亭林（顾炎武之号）、竹垞（朱彝尊别号）之书，颇究心穿穴解驳之学，雅不欲以文名。夫既不欲以文名，复昧昧于文法，而其仅存者又不足存，尚敢憪然以作者自命耶？半生作吏，垂老无闻。旧稿丛残，听其放失。

会友人华亭徐君介人祚永、福清李君崇舜振陛，下榻官斋，搜我敝簏，精心排缵。凡得文若干首，析为八卷，亟付钞胥，衰然成集。虽然，以予结习，未忍割弃者，所就止此，兹所为钞竟而手之愧汗已。

乾隆丁酉岁（乾隆四十二年，1777 年）秋七月既望，研北学人朱景英自识。

（清嘉庆《常德府志》卷十九，录朱景英《海东札记》四卷、《畲经堂文集》八卷。后附录朱景英《自序》）

男和壄、和塂谨识

家君子诗集凡三刻，流布久矣。年时再官海外，不肖辈屡请所撰古文梓行，因检先从兄和埰暨从子怡锟杂录本寄呈手定，凡得各体文二百三十六首，析为八卷，先付开雕。其他散佚者，犹搜次第搜访，续为编刻云。男和壄、和塂谨识。

畬经堂文集目录

朱景英诗文集辑佚

畬经堂文集卷一

论

《易》论一

先儒谓，乾、坤为上经之主，坎、离用事是已，然亦有辨焉。自泰、否以前，乾为主，坎用事者也，天一生水也。自泰、否以后，坤为主，离用事者也，地二生火也。先儒谓，艮、兑、巽、震为下经之主是已，然亦有辨焉。自损、益以前，艮、震用事；至损、益，则艮、震与巽、兑合，而兑、巽始用事；至渐与归妹二卦，则艮、震又与兑、巽合矣。

六子之中，惟坎、离能各自成卦，震、巽、兑、艮虽有正卦，亦必相附而成。且乾、坤，体也；坎、离，用也。大小过肖，坎、颐、中孚；肖离者，盖长少男女，亦未有外水火而能成阴阳者，故曰坎、离、乾、坤之大用也。

上经三十卦，下经三十四卦。其遥对者，如上经之乾、坤、坎、离，与下经之咸、恒、既济、未济；上经泰、否，与下经之渐、归妹；上经剥、复，与下经之夬、姤，皆是也。泰、否者，乾、坤交合之卦也。盖以前交坎无离，以后交离无坎也。

所谓两卦正对者，如乾之于坤，坎之于离之类是也。两卦反对者，如屯之于蒙，需之于讼之类是也。四卦正对者，如屯、蒙之于需、讼，师、比之于小畜、履之类是也。四卦互对者，随、蛊之于噬嗑、贲，临、观之于无妄、大畜之类是也。

《易》论二

道生一者，老氏说也；道在太乙之先者，庄氏说也。王弼以来，依据老庄，遂解太极为太乙，则是太极非道，别有道以生太极矣。甚矣！异端之惑人也。

周子曰：无极而太极。又曰：太极本无极。盖正告学者以太极之义也。其义既明，则言无极可，不言无极亦可。朱、陆之辨，虽相持而不下，然略其辞而观，其旨俱有功于太极者也。刘歆曰：河图洛书，相为经纬；八卦九章，相为表里。盖河图之数，阴阳生成相配；洛书之数，阳居正位，阴居偏位。河图之数十，而方隅次序，未尝不止于九。洛书之数九，而一与九对，二与八对，三与七对，四与六对，未尝不归于十也。

又洛书亦以一合六，以二合七，以三合八，以四合九，而以五数居其中，悉与河图相协。所谓洛书亦可画卦，河图亦可衍畴也，而经纬表里之论灼然矣。文王八卦方位，本法河图，见说《卦传》，而邵子以为后天之学。所谓伏羲先天图者，则又取《说卦传》天地定位、山泽通气、雷风相薄、水火不相射、八卦相错之义而衍之也。然朱子既主邵子，而他日又有康节说伏羲八卦近于穿凿附会之疑，学者可以审所从矣。

扬子云：准《易》作《太玄》，然托始高辛、太初二历为之，故有方州部家，凡四重而为一首九赞。通七百二十九赞有奇，分主昼夜，以应三百六旬有六日之度。首准一卦，始于中，准中孚；终于养，准颐。二十四气，七十二候，与夫二十八宿错居其间。其《首》《冲》《错》《测》《摛》《莹》《数》《文》《挽》《图》《告》十一篇，皆以解剥玄体。盖以位当卦，以卦当日，起于汉儒之学，而朱子讥其有气无朔，有日星无岁月，亦笃论也。

司马温公又拟《太玄》撰《潜虚》，以五行为本，所为源委荧焱本末，卯刀基家者，五行之变名也。五行相乘为二十五，两之得五十，首有气、体、性、名、行、变、解七图。然朱子谓其墨迹多阙文，盖未完之书。而今所刻行者，乃赝本也。

《春秋》论一

《左传》昭公二年：晋韩宣子聘鲁，观书于太史氏，见《易》《象》《春秋》，曰《周礼》尽在鲁矣。是可见《春秋》为鲁史之名，其来旧矣。

盖自伯禽而下，惠公而上，载笔者原以"春秋"名之，而其书不传也。隐公元年，为周平王之四十九年，东迁则在惠公三年，是惠公犹介西东二周之间。惟隐公实东周之诸侯，故以此为断，而东周之鲁之《春秋》作矣。

夫鲁至东周，史官岂全无纪载，必待二百四十二年之后，至孔子始成是书哉？是又有说。大抵鲁自隐、桓而降，时多阙政，官无良史。列国之会盟征伐，薨葬弑逆，载在策书者，或措语无伦，或涉笔偶曲，于是夫子惧而有作。然作之云者，修之也。盖一因鲁史之旧而为之整理焉耳，其实未尝有所增损也。如桓公十七年冬十月朔日，有食之。传曰不书，日官失之。僖公十五年夏五月，日有食之。传曰不书朔，与日官失之是也。其他若改葬惠公之类，不书，与夫曹大夫、宋大夫、司城、司马之不名，郑伯髡顽、楚子麇、齐侯阳生之实弑书卒，或因旧史所无，或本旧史所阙，或传闻不胜简书，姑从旧史，以待察也。此孔子修《春秋》之大旨也。

然则曷为而云乱臣贼子惧也？夫弑君篡国，据事直书，无少讳焉。又恶得不惧哉？而说者乃以深文隐语视《春秋》，谓必如此始合乎褒贬之义，且谓必如此始谓之经而非史，岂知圣人本意，固未尝以深文隐语为褒贬，而所为笔则笔、削则削者，特自以为此固鲁国之史尔。诚不料后之目为经者，如郢书燕说之极于不可究诘也。

《春秋》论二①

《汉书·艺文志》有《春秋》古经十二篇，经十一卷，隋唐《志》并同。眉山李氏以为此本班氏自注公羊、穀梁二家所传也。《文献通考》有《春秋》正经十二卷，引晁氏曰：以左氏经为本，其与《公》《谷》不同者注于下。此本又左氏所传也。以是观之，自汉以来所传经文，俱自三传中取出，而夫子所修之《春秋》，其本文固世所不见也。

且以三传所载，经文异同甚多。如：

一、地名也：《左》《谷》为"郑"，《公》以为"邾娄"。《左》为"蔑"，《公》《谷》以为"眛"。《左》《谷》为"郕"，《公》以为"盛"，又以为"成"。《左》为"祊"，《公》《谷》以为"邴"。《左》为"浮来"，《公》《谷》以为"包来"。《左》为"戴"，《公》《谷》以为"载"。《左》《谷》为"时来"，《公》以为"祁黎"。《左》为"杞"，《公》《谷》以为"纪"。《左》《谷》为"夫钟"，《公》以为"夫童"。《左》《谷》为"曲池"，《公》以为"殴蛇"。《左》《谷》为"虚"，《公》以为"郏"。《左》为"艾"，《公》以为"鄙"，《谷》以为"蒿"。《左》《谷》为"祄"，《公》以为"侈"。《左》《谷》为"禚"，《公》以为"郜"。《左》为"滑"，《公》《谷》以为"郎"。《左》《谷》为"郳"，《公》以为"倪"，又以为"儿"。《左》为"蒇"，《公》《谷》以为"暨"。《左》为"郿"，《公》《谷》以为"微"。《左》为"落姑"，

《公》《谷》以为“洛姑”。《左》为“夷仪”，《公》《谷》以为“陈仪”。《左》《谷》为“柽”，《公》以为“朾”。《左》《谷》为“偃”，《公》以为“缨”。《左》为“郦”，《公》《谷》以为“犂”。《左》为“下阳”，《公》《谷》以为“夏阳”。《左》为“贯”，《公》《谷》以为“贯泽”。《左》为“首止”，《公》《谷》以为“首戴”。《左》《公》为“甯毋”，《谷》以为“宁母”。《左》《公》为“鄫”，《谷》以为“缯”。《左》为“盂”，《公》以为“霍”，《谷》以为“雩”。《左》《谷》为“须句”，《公》以为“须朐”。《左》《公》为“缗”，《谷》以为“闵”。《左》为“酅”，《公》《谷》以为“巂”。《左》《谷》为“夔”，《公》以为“隗”。《左》《谷》为“翟泉”，《公》以为“狄泉”。《左》为“訾娄”，《公》以为“丛”，《谷》以为“訾楼”。《左》为“垂陇”，《公》《谷》以为“垂敛”。《左》《谷》为“厥貉”，《公》以为“屈貉”。《左》《谷》为“麇”，《公》以为“圈”。《左》为“承筐”，《公》《谷》以为“承匡”。《左》《谷》为“郓”，《公》以为“运”。《左》《谷》为“棐”，《公》以为“斐”。《左》为“鄎邱”，《公》以为“犀邱”，《谷》以为“师邱”。《左》《谷》为“祟”，《公》以为“柳”。《左》《谷》为“陆浑”，《公》以为“贲浑”。《左》《公》为“蓼”，《谷》以为“郻”。《左》《谷》为“绎”，《公》以为“蘱”。《左》《公》为“辰陵”，《谷》以为“夷陵”。《左》《谷》为“莒”，《公》以为“卫”。《左》《谷》为“无娄”，《公》以为“牟娄”。《左》为“茅戎”，《公》《谷》以为“贸戎”。《左》为“爰娄”，《公》《谷》以为“袁娄”。《左》为“廧咎如”，《公》以为“将咎如”，《谷》以为“墙咎如”。《左》《谷》为“琐泽”，《公》以为“沙泽”。《左》《谷》为“苕邱”，《公》以为“招邱”。《左》为“狸脤”，《公》以为“狸轸”，《谷》以为“狸蜃”。《左》《谷》为“鄫”，《公》以为“合”。《左》《谷》为“善道”，《公》以为“善稻”。《左》《公》为“鄬”，《谷》以为“隖”。《左》为“鄵”，《公》《谷》以为“操”。《左》《公》为“偪阳”，《谷》以为“傅阳”。《左》为“亳城”，《公》《谷》以为“京城”。《左》《公》为“台”，《谷》以为“邰”。《左》《谷》为“郜”，《公》以为“诗”。《左》《谷》为“桃”，《公》以为“洮”。《左》《谷》为“祝柯”，《公》以为“祝阿”。《左》为“雍榆”，《公》《谷》以为“雍渝”。《左》为“虢”，《公》以为“漷”，《谷》以为“郭”。《左》为“太卤”，《公》《谷》以为“太原”。

《左》为"赖"，《公》《谷》以为"厉"。《左》为"蚡泉"，《公》以为"溃泉"，《谷》以为"贲泉"。《左》《谷》为"禣祥"，《公》以为"侵羊"。《左》《谷》为"厥愁"，《公》以为"屈银"。《左》《谷》为"戎蛮"，《公》以为"戎曼"。《左》《公》为"鄸"，《谷》以为"梦"。《左》《谷》为"昌间"，《公》以为"昌奸"。《左》《公》为"鸡父"，《谷》以为"鸡甫"。《左》《谷》为"阳州"，《公》以为"扬州"。《左》《谷》为"拔"，《公》以为"支"。《左》《谷》为"皋鼬"，《公》以为"浩汕"。《左》为"柏举"，《公》以为"伯莒"，《谷》以为"伯举"。《左》为"郢"，《公》《谷》以为"楚"。《左》《谷》为"沙"，《公》以为"沙泽"。《左》为"夹谷"，《公》《谷》以为"颊谷"。《左》《谷》为"郈"，《公》以为"费"。《左》《谷》为"安甫"，《公》以为"鞍"。《左》《谷》为"檇李"，《公》以为"醉李"。《左》《谷》为"牵"，《公》以为"坚"。《左》《谷》为"蓬蓬"，《公》以为"渠蒢"。《左》《谷》为"铁"，《公》以为"栗"。《左》《谷》为"启阳"，《公》以为"开阳"。《左》《谷》为"亳社"，《公》以为"蒲"。《左》《谷》为"毗"，《公》以为"比"。《左》《谷》为"邾瑕"，《公》以为"邾娄葭"。《左》《谷》为"阐"，《公》以为"倅"。《左》《谷》为"郧"，《公》以为"运"。

一、人名也：《左》《公》为"无骇"，《谷》以为"无侅"。《左》为"裂绣"，《公》《谷》以为"履緰"。《左》为"杞子帛"，《公》《谷》以为"杞子伯"。《左》为"君氏"，《公》《谷》以为"尹氏"。《左》为"穆公"，《公》《谷》以为"缪公"。《左》《公》为"州吁"，《谷》以为"祝吁"。《左》为"挟"，《公》《谷》以为"侠"。《左》《公》为"仍叔"，《谷》以为"任叔"。《左》《公》为"语"，《谷》以为"御"。《左》《公》为"献舞"，《谷》以为"献武"。《左》为"捷"，《公》《谷》以为"接"。《左》《谷》为"詹"，《公》以为"瞻"。《左》为"御寇"，《公》《谷》以为"禦寇"。《左》《公》为"友"，《谷》以为"季友"。《左》为"辕涛涂"，《公》《谷》以为"袁涛涂"。《左》《谷》为"兹"，《公》以为"慈"。《左》《谷》为"班"，《公》以为"般"。《左》为"佹语"，《公》《谷》以为"诡语"。《左》《谷》为"杵臼"，《公》以为"处臼"。《左》为"頵"，《公》《谷》以为"髡"。《左》《公》为"縠"，《谷》以为"觳"。《左》《谷》为"骊"，《公》以为

“讙”。《左》《公》为“射姑”，《谷》以为“夜姑”。《左》《公》为“椒”，《谷》以为“萩”。《左》《谷》为“术”，《公》以为“遂”。《左》《谷》为“声姜”，《公》以为“圣姜”。《左》《谷》为“夷皋”，《公》以为“夷獆”。《左》为“嬴氏”，《公》《谷》以为“熊氏”。《左》为“敬嬴”，《公》《谷》以为“顷熊”。《左》为“泄冶”，《公》《谷》以为“泄冶”。《左》《谷》为“公孙宁”，《公》以为“公孙甯”。《左》为“公子首”，《公》《谷》以为“公子手”。《左》《谷》为“速”，《公》以为“遫”。《左》《谷》为“荀首”，《公》以为“荀秀”。《左》《谷》为“郤犨”，《公》以为“郤州”。《左》为“卢”，《公》《谷》以为“庐”。《左》《谷》为“士魴”，《公》以为“士彭”。《左》《谷》为“姒氏”，《公》以为“弋氏”。《左》《公》为“燮”，《谷》以为“湿”。《左》为“騑”，《公》《谷》以为“斐”。《左》《谷》为“周”，《公》以为“离”。《左》为“桱”，《公》《谷》以为“睷”。《左》《谷》为“环”，《公》以为“瑗”。《左》《谷》为“嘉”，《公》以为“喜”。《左》为“黄”，《公》《谷》以为“光”。《左》《谷》为“畀”，《公》以为“鼻”。《左》《谷》为“夏”，《公》以为“啞”。《左》为“遏”，《公》《谷》以为“谒”。《左》《公》为“痤”，《谷》以为“座”。《左》《谷》为“奂”，《公》以为“瑗”。《左》《公》为“鱄”，《谷》以为“专”。《左》《谷》为“大叔仪”，《公》以为“世叔齐”。《左》《谷》为“蘧罢”，《公》以为“蘧颇”。《左》《谷》为“佞夫”，《公》以为“年夫”。《左》《谷》为“国弱”，《公》以为“国酌”。《左》《谷》为“齐恶”，《公》以为“石恶”。《左》《谷》为“罕虎”，《公》以为“轩虎”。《左》为“展舆”，《公》《谷》以为“展”。《左》为“麇”，《公》《谷》以为“卷”。《左》《谷》为“原”，《公》以为“泉”。《左》《谷》为“婼”，《公》以为“舍”。《左》《谷》为“意如”，《公》以为“隐如”。《左》《谷》为“成”，《公》以为“戌”。《左》《公》为“世子有”，《谷》以为“世子友”。《左》为“成熊”，《公》以为“成然”，《谷》以为“成虎”。《左》《谷》为“公子慭”，《公》以为“公子整”。《左》《谷》为“夷末”，《公》以为“夷昧”。《左》《谷》为“朝吴”，《公》以为“昭吴”。《左》为“絷”，《公》《谷》以为“辄”。《左》《谷》为“向宁”，《公》以为“向甯”。《左》《谷》为“叔辄”，《公》以为“叔痤”。《左》《公》为“朱”，《谷》以为“东”。《左》《谷》为“郁厘”，

《公》以为"礜厘"。《左》《谷》为"大心",《公》以为"世心"。《左》《公》为"章禹",《谷》以为"章羽"。《左》《谷》为"黑肱",《公》以为"黑弓"。《左》《谷》为"大叔申",《公》以为"世叔申"。《左》《谷》为"公孙姓",《公》以为"公孙归姓"。《左》为"孔圉",《公》《谷》以为"孔圉"。《左》为"蚕",《公》《谷》以为"喧"。《左》《谷》为"公孙结",《公》以为"公子结"。《左》《谷》为"牂",《公》以为"牆"。《左》《谷》为"罕达",《公》以为"轩达"。《左》《公》为"姒氏",《谷》以为"弋氏"。《左》《谷》为"荼",《公》以为"舍"。《左》《谷》为"夷",《公》以为"寅"。《左》《谷》为"辕颇",《公》以为"袁颇"。《左》《谷》为"魏曼多",《公》以为"魏多"。《左》《谷》为"区夫",《公》以为"驱夫"。

其他若"矢鱼"为"观鱼","渝平"为"输平","送王姬"为"逆王姬","卫俘"为"卫宝","治兵"为"祠兵","伐戎"为"伐我","杞伯姬来"为"杞伯姬来","朝其子杀其君之子奚齐"为"弑其君之子奚齐","杀公子比"为"弑公子比","盗杀蔡侯申"为"弑蔡侯申",与夫"太室"为"世室","雨雪"为"雨雹","雨雹"为"雨雪","火"为"灾","灾"为"火",以及"螽"为"蝝","鹢"为"鹝","鹳鹆"为"鹳鹆",且或"己未"为"乙未","甲子"为"甲戌","己亥"为"乙亥",其类殆不可枚举。试问圣人手定原本所书者,将安属乎?况其中经既异文,传既异义,然则亲见与私淑者,其授受固判然至斯乎?

尤可异者,《公》《谷》经文皆书"襄公二十有一年十有一月庚子,孔子生",《左氏》经文亦书"哀公十有六年夏四月己丑孔某卒"。夫以圣人手修一国之史,而乃自书其生,必无是理。若以为国史旧文,是时夫子不过一郰邑大夫之子耳,史官岂书之哉?至于获麟后二年书卒,或以为旧史,而弟子引之。杜元凯且以为近诬。谅哉!鄱阳马氏之言曰:襄公二十一年所书者,《公》《谷》尊其师授而增书之也。哀公十六年所书者,左氏痛其师亡而增书之也。俱非《春秋》之本文也。即是以推,三传所载之经文,其各自以意增损者不知凡几,而敢以是为圣人手定之本经耶?

然则究以何经为可信欤?窃以《左氏》近古也。盖《公》《谷》传文,间列经中,《左氏》则传外经,自为书。观杜氏《集解序》所云,分经之年,与传之年相附,可知已。夫既析经于传,则其所增损者或差少,而且《左氏》详于实事，率皆依经曲畅，与凭空臆决者固自有辨也。虽然，吾夫子手定之《春秋》，岂可得见哉！①

《春秋》论三

以例说《春秋》自汉儒始，而后之衍而广之者益众。

曰牒例，郑众、刘实也；曰谥例，何休也；曰释例，颍容、杜预也；曰条例，荀爽、刘陶、崔灵恩也；曰经例，方范也；曰传例，范宁也；曰诡例，吴略也；曰略例，刘献之也；曰通例，韩滉、陆希声、胡安国、毕良史也；曰统例，啖助、丁副、朱临也；曰纂例，陆淳、李应龙、戚崇僧也；曰总例，韦表微、成元、孙明复、周希孟、叶梦得、吴澂也；曰凡例，李瑾、曾元生也；曰说例，刘敞也；曰忘例，冯正符也；曰演例，刘熙也；曰义例，赵瞻、陈知柔也；曰刊例，张思伯也；曰明例，王晳、王日休、敬铉也；曰新例，陈德宁也；曰门例，王镃、王炫也；曰地例，余嘉也；曰会例，胡箕也；曰断例，范氏也；曰异同例，李氏也；曰显微例，陈迴也；曰类例，石公儒、周敬孙也；曰序例，家铉翁也；曰括例，林尧叟也；曰义例，吴迁也。凡五十有二家。若梁简文帝、齐晋安王子懋之例，苑孙立节之例，论张大亨之例，宗刘渊之例，义刁氏之例，序则又甄，综其例者，殆纷纶极矣。

夫例之作也，大指谓《春秋》所重者义也。学者因文以求义，而有书爵、书族、书字、书名、书人、书时、书月、书日之不同，又有或书或不书之互异。比事属辞，而难为解，于是设例以明之。例有不合，则又有曰变例，曰特笔，而极其词，曰美恶不嫌同辞，亦綦密矣。究之，例愈繁而其义愈晦。且夫圣人之作《春秋》，好恶一出于平，非若后世史臣有所激而借史以泄其忿也。况因旧史之文，纪当世之事，事核而文直，无所于褒，亦无所于贬，盖其用心显然，揭日月而行江河，何例之有哉？顾说《春秋》者，未得圣人之意，往往烦其例而苛致其文。予者十一，诛讥者十九。将谓尊周，而动著王室之非礼；将谓诛乱臣贼子，而先责备贤者不越竟。即责以弑君不尝药，则罪以弑父，是圣人恶恶长，而善善反短，讵非例之一言启其端，致大圣笔削之公心，竟目为高下其手哉？

昔董仲舒作《春秋决事比》一书，再传张汤，而其决狱遂以惨酷为

---

① "虽然，吾夫子手定之《春秋》，岂可得见哉"，清陈楷礼辑《常德文征》卷十四无。

忠。鄱阳马氏有曰：汉人专务以《春秋》决狱，陋儒酷吏遂得以因缘假饰，往见二传中所谓责备之说，诛心之说，无将之说，与其所谓巧诋深文者相类耳。圣贤之意，岂有是哉？

嗟乎！邵子谓《春秋》为圣人之刑书，常秩谓孙复所学《春秋》为商君法。吾故窃为以例说《春秋》者寒心！

《礼记》论

《礼记》，原非圣人手定之书。后儒各记所闻，致相矛盾者往往而有。

如《王制》封国里数、职官人数、三卿命数，皆与《周礼》不合。杂记公、侯、伯、子、男皆用圭，与《周礼》子执谷璧、男执蒲璧不合。《礼器》天子堂九尺，与《考工记》堂崇三尺不合。《王制》五年一朝，与《周礼·大宗伯》春朝、夏宗、秋觐、冬遇不合，又与《大行人》九服分六岁来朝不合。《礼器》天子、诸侯席重数，与《周礼》司几筵职不合。《祭法》天地坎坛各异，与《周颂》不合。《祭义》日月与天合祭，与《周礼》分祭不合。《月令》大雩是五月，与《左传》龙见而雩是四月不合。《郊特牲》郊用骍尚赤，与《周礼·大宗伯》以苍璧祀天其牲各仿其器之色不合。《曲礼》大飨不卜丧记大事有时，与《周礼》太宰祀五帝卜日祀大神祇亦如之不合。《曲礼》大夫祭以牵牛，与《仪礼》大夫祭以少牢不合。《丧大记》士大小敛陈衣异乡，与《仪礼·士丧礼》陈衣同乡不合。《杂记》以遣车视牢为非礼，与《仪礼·士丧礼》具牲牢、《周礼》牛人丧事共奠牛不合。《曾子问》慈母无服，与《仪礼》慈母如母服不合。《杂记》祀用桑，与《仪礼》祀用棘不合。《曲礼》卜筮不相袭，与《周礼》大事先筮后卜不合。《玉藻》天子日食少牢，与《周礼》王日一举是太牢不合。《射仪》天子歌《驺虞》，与《仪礼》乡射亦歌《驺虞》不合。凡此之类，不可枚举。而且一经之中，彼此错迕；一篇之内，前后抵牾，盖不一而足也。况《王制》，汉文帝时博士所录；《月令》，吕不韦所修；《缁衣》，公孙尼子所撰；《三年问》，荀卿所著。其余众篇，多如此例，亦极庞杂矣。

然则曷为而列于五经？京山郝氏曰：三礼皆非古之完璧，而《周礼》尤多揣摩，杂以乱世阴谋富强之术；《仪礼》枝叶烦琐，未甚切于日用。惟此多明理微言天人性命易简之旨，圣贤仁义中正之道，往往而在。如《大学》《中庸》两篇，岂《周官》《仪礼》所有？故三礼以《记》为正，今之学官守此程士，良有以也。

《仪礼》论

《仪礼》十七篇中，其《冠》《昏》《相见》三篇，士礼也。《乡饮》《乡射》二篇，大夫礼也。《燕》《射》《聘》《觐》《公食》大夫五篇，诸侯礼也。《士丧》《既夕》《士虞》《特牲馈食》四篇，皆诸侯之士丧祭礼也。《少牢馈食》《有司彻》二篇，皆诸侯之卿大夫祭礼也。《丧服》一篇，则通言上下之制也。此篇第分属之条目也。独称士礼者，因冠、昏、丧、虞礼皆称士故也。而郑康成遂谓礼独士存，拘矣。

自后苍等，有推士礼而达之天子之说，后世遂以为残阙不可考之书。夫《仪礼》之法，贱者为先，故以《士冠礼》为先，无大夫冠礼、诸侯冠次之，天子冠又次之。其昏礼亦士为先，大夫次之，诸侯次之，天子为后。诸侯乡饮酒为先，天子乡饮酒次之。《乡射》《燕礼》以下皆然。且也《特牲》不言士，士用特牲，而不止士也。少牢不言大夫，大夫用少牢，而不止大夫也，但举隆杀为例耳。论者不察，遂谓天子、诸侯礼皆亡，是毋乃狃于班固，犹愈于推士礼而致于天子之说，而自狭其见乎！

《周礼》论[①]

《周礼》六官阙其一，河间献王以《考工记》足之，汉唐诸儒无有异议。自宋临川王安石、新昌黄度均置不解，而疑者乃众矣。王应麟尤诋諆之，谓以《考工记》补《冬官》，何异拾贱医之方以补卢扁之书，庸人案之，适足为病。且谓百工细事，固非《周官》所可无，而于《周官》设官之意何补？而叶时亦谓，以《考工记》补礼书之亡，献王之见然尔，曾是《考工记》而可补《礼经》乎？明焦竑云：《周礼》乃周公未成之书，《冬官》之阙，安可以《考工》补之，而取缀锦之诮？近代朱彝尊亦云：《周官》三百六十多，以士为之。若《考工记》所载，直百工焉尔矣。郑氏以为司空之官，非也。此訾议者之大凡也。

宋淳熙中，俞廷椿著《周官复古编》谓《冬官》不亡，错简五官之内。于是取其近似者别为一卷，以补《冬官》。其书以《天官》之属，兽

---

① 清陈楷礼辑《常德文征》（清嘉庆十九年鼎雅堂藏版）卷十四里此文，题为《周礼考》，文字无异。

人、献人、鳖人、兽医、司裘、染人、追师、屦人、掌皮、典丝、典枲，凡十一官；《地官》之属，封人、载师、闾师、县师、均人、遂人、遂师、遂大夫、土均、草人、稻人、土训、山虞、林衡、川衡、泽虞、丱人、角人、羽人、掌葛、掌染、草囿人、场人，凡二十三官；《春官》之属，典瑞、典同、巾车、司掌、蒙人、墓大夫，凡六官；《夏官》之属，弁师、司弓、矢稿人、职方氏、土方氏、形方氏、山师、川师、原师，凡九官；通四十九官，改入《冬官》。其后嘉熙间，王次点复作《周官补遗》。元泰定中，邱葵又参订俞、王二家之说而损益之，为《周礼补亡》。吴澂又订正之，为《周礼考注》：四家之说备矣。

明何乔新又考四家所论，为《周礼集注》，其大旨皆于五官中求《冬官》也。独平湖钱嘐作《冬官补亡》，据《尚书》大小戴记、《春秋》内外传补《冬官》，凡二十有一：曰司空，曰后稷，曰农正，曰农师，曰司商，曰甸人，曰火师，曰水师，曰舌人，曰工人，曰舟虞，曰匠师，则本诸《国语》；曰寄，曰象，曰狄鞮，曰译，则本诸《王制》；曰野虞，曰工师，曰舟牧，则本诸《月令》；曰工正，曰圬人，则本诸《左氏传》。其《自序》谓：五家之儒，割裂旧文，五官几于尽亡，而《冬官》犹不存，予欲使五官尽复，而《冬官》之义未尝阙也。故秀水朱氏称其不袭前人之言，可谓温故知新者。岂无见欤！

为人后论

《丧服》传曰："何如而可为之后？同宗则可为之后。何如而可以为人后？支子可也。"又曰："为人后者，孰后？后大宗也。曷为后大宗？大宗者，尊之统也。""大宗者，收族者也：不可以绝，故族人以支子后大宗也。适子不得后大宗。"贾公彦曰：同宗者，谓同承别子之后一宗之内者。若别宗同姓，亦不可也。支子可者，以其适子自为小宗，则不得后他人，故取支子变庶，言支者适妻第二子以下皆是，不限妾子而已。

戴圣曰：大宗不可绝。又言适子不为后者，不得先庶。尔族无庶子，已有一适子，当绝父以后大宗。田琼曰：同宗无支子，惟有长子，以长子后。大宗诸父无后，祭于宗家后，以其庶子还承其父。薛蕙曰：礼之所以立后者，重大宗也。何言乎？重大宗，小宗无子，以为可以绝者也，故不为之立后。大宗无子不可以绝，故立后以继之。曷为后大宗，不后小宗？重本也。大宗，祖之正体也，本也。小宗，祖之旁体也，支也。礼之正者，支子为后，礼之变者，适子亦为后矣。适子不为后者，非他也，传小宗之统焉耳。明小宗之统为重也，益知大宗之统为重矣。诸家之说如此，《仪礼新疏》断之曰：大宗无后则同父，仲叔季之子皆可后之。凡同祖同曾同高祖，以及无服之子，皆可后之，但取同继别之宗者而已。

传恐人拘于伦叙之戚疏，而取必于戚者则绝已。以后人殊，非为后者之所安，而舍多夺少，亦非均安之道。故云小宗之适子自继小宗，不可以后大宗，正与传同宗则可为之后相发也。设大宗之外仅有一人，则戴说其正也，更以田说通之可也。又曰小宗无后者不立后，古法也。以支子后之，要亦非圣人之所禁者。其论甚正，可以定置后之议矣。

禫服论

《士虞礼》："期而小祥"，"又期而大祥"，"中月而禫"。郑康成曰：中犹间也。禫，祭名也，与大祥间一月。自丧至此，凡二十七月。禫之言澹，澹然，平安意也。王肃驳之曰：二十五月大祥，其月为禫；二十六月正乐。《三年问》云：三年之丧，二十五月而毕。《士虞礼》及《间传》皆云中月而禫。中月，月中也，是祥月之中也。《檀弓》："祥而缟，是月禫，徙月乐。"若以二十七月禫，则岁末遭丧，出入四年，小记何以云再期之丧三年？郑、王二说不同如此。

魏晋以后，用王肃之说，至刘宋永初元年，依王淮之奏，改用郑义，遂以二十七月为断，至今因之。然考《公羊传》：三年之丧，实以二十五月。《荀子·礼论》：三年之丧，二十五月而毕。《白虎通》：三年之丧再期，二十五月。《后汉书》陈忠疏言：先圣缘人情而著其节，制服二十五月。《淮南子·饬丧纪》高诱注：纪，数也。二十五月之数也。是汉以前经藉所载，无有以二十七月为禫者。言之自戴德始，而康成主之。然司马温公与朱子皆以正说为是。

近世长洲汪琬，又据《礼》（《礼记·杂记下》）"亲丧外除，兄弟之丧内除"之说，以为杖期犹祥，禫间月。岂三年重服而不可用期丧为准乎？且谓《春秋》文公二年冬，公子遂如齐纳币。盖僖公之丧至是已二十六月矣，而公羊氏讥其丧娶。由此言之，固当从郑义无疑。惟《仪礼新疏》云：古者祥禫之日不以忌辰，而以卜筮凶事，先远日，则必于后月先卜之，可知也。如祥禫俱于近日得吉，则二十五月矣；若祥禫俱于远日得吉，则遂至二十七月矣。而服制之初，则以二十五月为断，盖再期而又奇，则以是为三年耳。

要之，亲丧宁厚。今三年之丧从郑氏之说，必以二十七月，则又昆山顾氏所谓过于古人也。

沅州府形势论

郡之州邑甚古，而自古谈形势者，未尝齿及于沅，何也？以无滇、黔故也。夫碧鸡、金马之路，通于西汉；交趾、象郡之物，赋于三都。以至罗施之鬼，夜郎之王，皆见之史籍，传在人口。而其地类以为要宜荒忽，徼外弃之。虽其时亦尝有事其间，顾取道于关陇卬笮之区，罙入于岭海黎狑之地，而别以荆夔据其冲，衡湘扼其阻，故沅得安其僻左无事，而形势遂因以不见。

至宋，而沅始稍著于史。然是时蛮事俭儳，特以是为八番、思、播之冲，故经制此地者恒议废置，则以其时滇、黔犹徼外耳。逮于元，而滇始置行省矣。亦越明，而黔始设布政司矣。西南半壁，都会在焉，而涉其境者舍沅莫由，故沅重。夫昔之官斯土者，迁谪而外，率铨以资地。至是，始间有中州名人来治于此，而沅益重。驯至有明中叶，则方建宪臣，旋开大府，沅盖巍然重镇矣。是故有滇、黔而沅重，沅重而滇、黔愈定。夫至重沅以定滇、黔，则近而全楚之赖以捍蔽，远而蜀粤之赖以转毂，亦从可知。此领吭肘腋之说兴，而沅之形势瞭如矣。

试以全郡而论，延袤祇数百里耳。三邑鼎峙，铉耳相衔，类天造焉。由西迤东，五驿联络，实以芷江为中逵。自上而下，一水迅驶，又以芷江为建瓴。若夫汇众流于当关，阻重山于一面，则黔阳有筦钥之寄。通一线于蚕丛，倚诸营于肩背，则麻阳有屏障之资。此全郡形势之梗概也。

自其郡治而论，则明山为主。山脉自西晃越五士坡，迤逦入城，为郡负扆。南面则榜山为之列案，沅水西下，由北而南，复数折而东，萦纡澄澈，环抱郡城。而五郎溪界其左，渔溪界其右，合注于沅，如带之有绅焉。此郡治形势之崖略也。

夫由前之说可以识控制之机宜，由后之说可以兆人文之兴蔚。况重以滇、黔、蜀、粤、荆湖诸大省之斡运而维系焉，而沅郡之形势于是乎大。

沅州府关隘论

沅州郡境，北控苗寨，南拊猺山，西下仰摧，东来俯遏，盖全楚天然之陬塞也。顾其所谓要害者，不过坡陀培塿耳，非有天井之乔，飞狐之邃，与九折五回七盘十二绕之险也。其何以守？虽然，昔人有言，守江者不于江，守淮者不于淮，善守者所凭在险而力常。余于守之外，是故文德踞西，辰龙扼东，飞山阻南，崇山峙北。守御有方，声援相倚，则沅之腹背肘腋皆固矣。沅固则西南半壁可以无忧，然后知沅之名为关者不足恃，而有所以恃者在也。

麻阳县营哨论

麻阳之有营哨，盖为防苗设也。明自宣德六年蜡尔苗叛，都督萧绥、都御史吴荣率汉土兵十有二万讨平之。班师后随叛，诏绥等各戴罪进剿。乃冒暑夜驰，直捣苗巢，掩杀过半。又围其窜伏者，久之苗皆出降。乃设湾溪等十堡，留官兵七千八百有奇以守。

迨嘉靖二十二年苗复猖獗，至二十七年总督张岳力主用兵，始大破之。于是疏罢湾溪等堡，更设哨所凡十有三。各哨以土兵犵蛮数百余人，复召募打手数十人戍守。又增设参将一员，驻麻阳镇守，而守备属焉。时实副使高显、参将孙贤赞画之，故边境少安。三十三年又议移参将驻五寨司城，就近调遣。及四十二年，又议彻民兵，专募犵凯等兵与新降苗分列屯戍。先是，十三哨所中有铜信、水塘、水田等哨，隆庆以后相继裁罢。寻又增置永宁、长宁、杜壤诸营，嗣又增置龙首营于县东以控之。万历四十三年，副使蔡复一又自铜仁至于保靖汛地三百余里，沿边筑土墙以遏之。此营哨建置之梗概也。

明陈组绶有曰：麻阳设于施州保靖之南，辰靖之西，而西邻铜仁平茶，联湖广贵州二路，其地自辰沅而西皆夜郎故寨，至今溪峒坪箐，土著夷官仅得以宣慰宣抚安抚、长官羁縻之而已。有郡县之名，不得其人民之实。盖其时之麻阳虽疆域，犹是锦州招谕并置之旧，而非其人户久矣。故边镇之表必系乎麻，堡哨之数必系乎麻，即重臣大帅驻节筹边之所，与夫士马刍粮调遣输馈之路，亦必系乎麻。究之，人户既非麻有，则疆域实为麻累，而麻之被祸，视他处尤惨。然使非当日营设防御之周且密，则麻亦久非其有矣。故陬塞险阻之说，不可废也。

明侯加地曰：五寨哨系中军重地，则岩坎江之防饬，宜先长宁哨，最密迩苗穴。则麻里之冲越，宜虑乾州哨城。连守备而屯饷易，危则暴木冲诸路不可不堑。永宁哨地近贵苗而募兵易，挠则火草岭一吭不可不扼。麻阳之库狱，赖小坡而保，故雷打坡之四出埋伏，防出没也。仓储之积贮，恃石羊而完，故水田营之把寨屯军，杜窥伺也。箪子哨地邻洞口，而上下营之戒严实彼先声。洞口哨壤接清溪，而乌牌隘之坑堑，诚如左臂。强虎哨虽雄踞万山，然三面受敌，一不设备，而都罗鬼跳梁矣。永安哨虽外倚藩蔽，然强寇在旁，一不加警，而田冲岩坎揭竿矣。他如王会哨之皮冲江口、盛华哨之都梅坡、箭塘营之石灰窑、靖疆营之油草塘，要害相均，哨伏宜谨，机宜形势数语，若聚米画沙，是为得之。

迨其久也，奉行不善，输挽愆期。将缺于上，兵哗于下。昔之棊置星罗者，未几皆鸟兽散，所谓脱巾呼哱，自决其藩者是也。

逮崇祯间，邑士田英产奏记：阁臣以从前处置乖方，向后扫除宜尽为言大意，谓麻邑设处万山，势虽蕞尔，实关辰沅藩蔽，黔楚咽喉。一失麻阳，渐无辰沅，安有滇黔？为今日计，招抚之说万不可行，即守之一说亦竟无益。因言荡平之后，殆有三便：疆土开拓，可以州县；垦田输赋，以报公家一；地方宁泰，撤哨去兵，可省军输，以还公帑二；取道卢溪，直抵铜平，裁省驿站，以储国计三。阁臣上其议，下抚臣相机议剿，卒以饷运无所出罢，而边防亦已弛矣。顾说者谓，镇箪为节制重地，而堡哨自县境小坡，至于永宁镇所，则县边之极，故必远近皆详。我朝声教四讫，蛮獠向化已久。边境之敉宁，实自唐虞以来所未有者。镇箪则自康熙三十九年已移沅州总兵来驻。四十三年又裁土司，而移辰沅靖金事道驻。此嗣又增设凤凰营五寨司通判巡司，并设学于此矣。乾州则自康熙四十七年设同知驻此，又设巡司并移镇箪镇左营驻防其地，嗣又专设教职矣。六里则自雍正八年巡抚赵弘恩招徕生苗四千七百余户，相率归化，乃建吉多营永绥协。文职则设同知、经历，武职则设副将、都司、守备、千把总矣。辖苗寨者，凤凰营则一百有五，乾州则一百一十有五，永绥协则二百二十有八。亦既各疆而理，专城而领，不异州县其地，凡新旧营寨因之分隶焉。夫然后始无所系于麻矣。地既不系于麻，则昔之所谓要害者多非，境内当无事牵附于麻。故标目止此，而仍追述其始末以当论古。虽然一埑尉，于东南复绸缪于风雨，予犹不能不有望于鉴前毖后者。

沅州府《水利志》论一

旧州志载：各乡陂、塘、堰、坝之数，在城一图凡五十二，城东一图凡五十三，上五一图凡三十一，上五二图凡二十二，上五三图凡三十三，上五四图凡一十一，上五五图凡二十二，中五一图凡四十一，柿子一图凡四，水宽一图凡二十六，水宽二图凡一十九，盈美三图凡四十六，镇江一图凡四十四，镇江二图凡一十一，镇江三图凡一十九，镇江四图凡三十，后山一图凡四，后山二图凡二十，平便一图凡一十七，平便二图凡八，平便三图凡一十二，平便四图凡六，平便五图凡五，平便六图凡四。总计五百有四十。

且为之论曰：沅之田多无活源，必雨旸时若，可望有秋。一遇旱干，则赤地千里矣。各里在在有陂、塘、堰、坝，虽荒芜已久，不可不严为浚治，使井井灌溉，庶水利兴，而旱潦不能为之灾。

然则此五百四十之数，其名目基址有存有湮，在昔已不可穷诘若此，兹条其现所有者，为数视昔只五之一。或浚其故，或增其新，或役专于人力，或利资诸自然，工兴于里畛，而效收于终亩，在彼随时集事，不必尽里有功。而引渠截埭，有待无迁，要自不容泯灭。

又万历《州志》：州境有塘五，曰笙竹塘，曰南溪塘，曰莫家村塘，曰清水塘，曰石门塘云。俱洪武年间开浚，各设塘长一名。考《明史·河渠志》：明初太祖诏所在有司，民以水利条上者即陈奏。越二十七年，特谕工部：陂、塘、湖、堰，可蓄泄以备旱潦者，皆因其地势修治之。乃分遣国子生及人材，遍诣天下，督修水利。明年冬，郡邑交奏，凡开塘、堰四万九百八十七处，此殆同时入告者。今或已淤废，亦有更易其名，所存者仅耳。然以此知畴曩经理水土之制甚详，而存其名，以俟重浚之有时也。

沅州府《水利志》论二

《黔阳县志》载：塘六，自回龙、大莲、清水、红莲四塘而外，又有北六十里之长塘，托市之金鸡塘。堰凡三，曰竹坪堰，曰蒋家堰，曰将坪丁家堰。陂凡九，曰何家陂，曰大车陂，曰大溪口陂，曰大黎陂，曰龙田陂，曰熟坪陂，曰婆田陂，曰大崇溪陂，曰木杉溪陂。

数止如是，何往时营田之利独寥寥欤？况旧所载者，今或名称互异，或湮塞过半，岂古塘废堰无多掌录，一至斯耶？然张令固尝论之矣。其论曰：黔邑山高水急，土瘠而硗，雨多则苦潦。若十日不雨，则又苦旱。陂塘之胜，惟熟坪、稔禾，源出罗翁，田畴尤美。自王、马二贼盘踞之余，獠人乘乱为梗。数十年来，昔之所谓良田美地，今乃卒为污莱矣。其余陂塘，源小易竭，天小旱辄已，大涸原神一乡为尤甚。若因其源泉而盆疏导之，度其高下而盆陂潴之，时其蓄泄而盆调剂之，则凡有源者皆足资也。

盖其时疆宇甫定，农工初事经营，故疏凿无几。而役起于草创，则功不能经久而不敝，非尽地利之有所限也。兹时邑无不垦之土，土无不尽之利，因其自然，则高下有必注之势，度其分合，则支干无不达之流。每乘隙以鸠工，必一成而不败。如右所列之塘堰，有灌田至百数十亩者，其次亦不下五七十亩焉。一线所通，四时不竭，固所在多有可见山泉，恒倍于平川，而国无惰农。斯年无歉岁，有司土之任者，可不加之劝劳也哉！

沅州府《水利志》论三

《麻阳县志》载：各里堰至一百三十有奇，而陂、塘、池之得名者，各四陂：曰白泥田陂，曰新村陂，曰底钉陂，曰杉树坪陂。池：曰天星池，曰龙池，曰长池，曰方池。塘则坳头坪塘、卢道官塘而外，又有坪土塘。惟杨家古堰肇于明初，此外皆明万历间邑令蔡心一率民创筑者也。

邑故多瘠田，水源绝少，天少旱则无有秋。蔡令病之，故谋此为亟，乃事卒有成。民食其利，易斥卤为腴田，滋旱暵以膏两，厥功伟哉！

顾蔡令有言"迩来得堰利者，始欣然加额示感，视督令初不无多事"语者，何如也？噫！小民诚难与虑始矣。可见人情狃于便安，而举大功者，实属之破疑任怨之人。开元诏书所谓岁功犹昧，物议纷如。盖古今同慨也！若蔡令者，以百里之官，创千年之利，真有古良吏风，而得为政之本矣。

虽然，郑国在前，白公在后，凿泾有利，实赖踵兴。兹陂池之名不甚著，而塘存其三，堰则里甲俱可指数，且新增其二。况原田弥望，畎浍相属，曩来榛棘之所，遍为粳稻之川，已著有成效如彼，则夫利期可久。工以时鸠，绩用斯多。亩金致润，蔡令为前事之师，岂竟听其声尘缺然耶？

畬经堂文集卷二

考上

《周易》古文考

古《易》乱自汉费直、郑康成、王弼诸人，程传因之。朱子作本义，始依古文。故于《周易》上经条下云，中间颇为诸儒所乱，近世晁氏始正其失，而未能尽合古文。吕氏又更定，著为经二卷，传十卷，乃复孔氏之旧云。

明洪武初颁五经，天下儒学兼用程、朱二氏，亦各自为书。永乐中修大全，乃取朱子卷次，割裂附之程传之后。而朱子所定之古文，仍复淆乱。后来士子，厌程传之多，弃去不读，专用本义。又以大全乃朝廷所颁，不敢辄改，于是奉化教谕姑苏成矩随即监版传义之本，刊去程传，而以程之次序为朱之次序，致朱子定正之书不得见于世。康熙间御纂《周易折中》出，而朱子原本始复还旧观矣。

说《易》家数考

自商瞿说《易》，六传至齐田。何汉初言《易》者未之田生，而王同、周王孙、丁宽、服生四人，皆田氏之学也，同授杨何宽授田王孙，王孙授施雠、孟喜、梁邱贺，由是有施、孟、梁邱之学，是为一家。而说者谓，孟学流于阴阳灾变，梁邱又以符应得幸，其所主大略可睹已。

焦延寿独得隐士之说，京房传之。延寿自云尝从孟喜问易，而房以延寿易，即孟氏易，班固所谓托之孟氏是也。房授之段嘉、姚平、乘宏，由是前汉多京氏学，是又为一家。然其书大抵皆卜筮阴阳气候之言，不复更及易道矣。

费直易本皆古字号，古文易无章句，徒以象、象、系辞、文言解上下经以授王璜，为费氏学，是又为一家。后汉陈元、郑众皆传其学，马融又为传以授郑康成。康成注之，荀爽又作传，魏王肃、王弼并为之注，自是费氏之易大兴。欧阳修有曰：易至汉分为三，有田何之易，焦赣之易，费氏之易，其大略也。

然刘向典校书，考易说，以为诸家皆祖田何，杨叔元、丁宽将军大义略同，惟京氏为异、可以知其源委之分合矣。康成注易，多论互体。王弼易注，独标元旨。率以老庄解易。汉晋以来，二家并立，至刘宋初颜延之黜郑置王，陆澄王济辈皆以为不可。自是汾阳诸儒多主于郑江左青，齐多主于王唐。孔颖达撰《正义》，独取王传，而郑学遂废。至李鼎祚作《集解》，则宗郑排王。顾其自序曰：郑则多参天象，王则全释人事。且易之为道，岂偏滞于天人者哉，信持平之论也。

追宋邵康节之学，本之希夷，则主象数。程伊川之学，受之濂溪，则主义理。朱子本义出，而义理、象数两明之矣。

《连山》《归藏》考

《山海经》曰：伏羲氏得河图，夏后因之，曰《连山》；黄帝氏得河图，商人因之，曰《归藏》。桓谭曰：《连山》八万言，《归藏》四千三百言，夏易烦而殷易简。是二说也，可以定《连山》之为夏易，《归藏》之为殷易矣。

《连山》出于刘炫伪作，《北史》已明言之。独《归藏》为郑樵所信，其时仅存初经。齐母本著三篇，已非《隋志》十三篇之旧，而文多阙乱不可训。释其卦名，如以坎为荦，震为厘，艮为狠，需为溽，大小畜为大毒畜、小毒畜，家人为散家人，损为员，咸为诚，谦为兼，涣为夵，遁为逐，蛊为蜀，解为荔，无妄为毋亡。又有瞿钦规夜分五卦，岑霈、林祸、马徒三复卦之类，名义多不可解。善夫刘炎之言曰：汉志不录《连山》，唐志则有之，汉志不录《归藏》晋中经，隋唐志则有之。昔无今有，其伪可知，况其言之不经耶？

《书》序考

司马迁曰：孔子序《书传》。刘歆曰：孔子序《书》。班固曰：《书》之所起远矣，至孔子纂焉凡百篇，而为之序。《隋经籍志》：孔子删《书》，别为之序。是皆以《书》序为孔子作也。程子亦谓：《书序》，夫子所为。而朱子则曰：《书序》，恐即是经师所作，决非夫子之言。吴才老亦先疑之，厥后议者纷起。或谓《书序》伪，而朱子并《诗序》亦疑其伪；《诗序》真，而班固、刘歆并《书序》亦以为真。或谓汉初《泰誓》且有伪书，何况《书序》？或谓《诗》必待《序》而传，《书》则篇中已详，何用复说？而孙氏宝侗攻之尤力，其曰：《书序》为后人伪作逸书之名，亦多不典。不但《书序》可疑，而百篇之名，亦不可信。顾亭林极服其说为切当。朱竹垞曰：朱子疑《诗》小序，而并疑《书》小序。疑孔安国所传之古文，而并疑古文之有小序。然百篇之《序》，实自汉有之。窃谓《周官》外史达书名于四方，此书必有序，而百篇之序，即外史所以达四方者。其由来古矣。噫！其信然欤？

《尚书》考一

《尚书》本百篇。杨雄曰：昔之说《书》者，序以百。郑康成曰：

《虞夏书》二十篇，《商书》四十篇，《周书》四十篇。遭秦燔烧，旧典无存。汉孝文时，求能治《尚书》者，天下无有。闻伏生治之，欲召。时伏生年九十余，不能行，于是诏太常使掌故晁错往受之。

伏生老，不能正言，言不可晓。使其女传言教错，齐人语多与颍川异，错所不知者凡十二三，略以意属读，得二十八篇。一《尧典》并《舜典》"慎徽"以下为一篇，二《皋陶谟》并《益稷》为一篇，三《禹贡》，四《甘誓》，五《汤誓》，六《盘庚》，七《高宗肜日》，八《西伯戡黎》，九《微子》，十《牧誓》，十一《洪范》，十二《金縢》，十三《大诰》，十四《康诰》，十五《酒诰》，十六《梓材》，十七《召诰》，十八《洛诰》，十九《多士》，二十《无逸》，二十一《君奭》，二十二《多方》，二十三《立政》，二十四《顾命》并《康王之诰》为一篇，二十五《吕刑》，二十六《文侯之命》，二十七《费誓》，二十八《秦誓》也。以汉隶写之，故曰今文。至孝宣时，河内女子发老屋，得《泰誓》一篇献之，合之为二十九篇，乃班固误以为伏生独得二十九篇矣。此伏生今文之源委也。

古文《尚书》者，出孔子壁中。武帝末，鲁恭王坏孔子宅，欲以广其宫，而得古文《尚书》及《礼记》《孝经》《论语》凡数十篇，皆古字。恭王往入其宅，闻鼓琴瑟钟磬之音，于是惧，乃止，不坏。孔安国者，孔子后也，悉得共书以考二十九篇，得多十六篇。安国献之，遭巫蛊事，未列于学官。刘向以中古文校欧阳，大、小夏侯三家经文，文字异者七百有余，脱字数十。此刘歆《七略》所述，第未知中古文是否即安国所献。盖经赤眉之乱，焚烧无余矣。此孔安国古文之源委也。

又汉世所传百两篇者，出东莱张霸分析，合二十九篇以为数十。又采《左氏传》《书序》为作首尾，凡百二篇。篇或数简，文字浅陋。成帝时求其能文者，霸以百两征，以中书校之非是。此又张霸古文之源委也。

又东汉之初，扶风杜林得漆书于西川，以授徐巡、卫宏。于是贾逵作训，马融作传，郑康成注解。余若尹敏、孙期、丁鸿、刘佑、张楷、孔乔、周盘类，从漆书之学，然未详其篇数。《隋书·经籍志》曰：马融、郑元所传二十九篇，又杂以今文，非孔子旧书。而正义又谓郑氏书于伏生所传，增益二十四篇。《舜典》一泒作二，《九工》九篇。十一《大禹谟》，十二《益稷》，十三《五子之歌》，十四《胤征》，十五《汤诰》，十六《咸有一德》，十七《典宝》，十八《伊训》，十九《肆命》，二十

《原命》，二十一《武成》，二十二《旅獒》，二十三《冏命》，二十四以一篇为一卷，《九工》九篇合为一卷，通十六卷，以合于《汉志》，得多十六篇之数。说者以为此即张霸之徒所作《伪尚书》，而陆氏《释文》则言马郑所注二十九篇，亦不过伏生所传，与民间所献之二十九，而无一语及增多之十六也。此又漆书古文之源委也。

他若后汉孔僖，自安国以下世传古文《尚书》，晋世秘府所存古文《尚书》经文，此又古文之见于史传者也。及晋永嘉之乱，欧阳、大小夏侯《尚书》并亡。至东晋，豫章内史梅赜始得孔安国之传上之，增多二十五篇。《大禹谟》一，《五子之歌》二，《胤征》三，《仲虺之诰》四，《汤诰》五，《伊训》六，《太甲》二篇九，《咸有一德》十，《说命》三篇十三，《泰誓》三篇十六，《武成》十七，《旅獒》十八，《微子之命》十九，《蔡仲之命》二十，《周官》二十一，《君陈》二十二，《毕命》二十三，《君牙》二十四，《冏命》二十五，以合于伏生之二十八篇，而去其伪《泰誓》。又分《舜典》《益稷》《盘庚》中下、《康王之诰》各自为篇，则为五十八篇。其孔氏传亡《舜典》一篇，又取王肃注从《慎徽》"五典"以下为《舜典》以续孔传。此梅赜古文之源委也。

齐明帝时，有姚方兴者，于大航头得本，有曰"若稽古帝舜"以下二十八字献之，朝议以为非。后北入中原，学者异之。刘炫遂以列诸本第。此又梅赜古文外之古文也。

然则今之《尚书》，其今文三十三篇仍伏生之旧，而古文二十五篇固非孔安国之旧，并非张霸伪书与杜林漆书之旧，乃出于梅赜、姚方兴之所献，合今文而一之也。

自汉科斗《古文尚书》出，孔安国以隶书写之，故仍谓之古。至唐天宝三载，诏卫包改古文从今文，厘定为《今文尚书》十三卷，即今所传之本也。

盖是书自东晋以后，于经则共信为《尚书》，于传则共信为《孔传》，无异辞也。疑之，自宋吴才老始。才老之言曰：增多之书，皆文从字顺，非若伏生之书佶曲聱牙。夫四代之书，作者不一，乃至二人之手，定为二体，其亦难言矣。而朱子亦曰：书凡易读者皆古文。岂有数百年壁中之物，不讹损一字？又曰：伏生所传难读。如何伏生偏记其难，而易者全不能记也？又曰：孔书至东晋始出，前此诸儒皆未见，可疑之甚。又曰：小序决非孔门之旧，安国序亦非西汉文章。又曰：《尚书》孔安国传是魏晋间人作，托孔安国为名耳。其疑如此！

其时伸其说者，若赵汝谈、陈振孙诸家，犹未甚也。迨元之吴澄、赵孟頫、王充耘，明之赵汸、梅鸷、郑瑗、归有光、罗敦仁辈，则攻之不遗余力矣。近世若昆山顾氏、山阳阎氏、秀水朱氏，吹疵摘谬，更加严密，益见今文真而可从，古文非真而难信也。

至于张霸《伪尚书》后，又有明之丰熙，其书一曰《箕子》朝鲜本，一曰《徐市》倭国本。自谓其曾大父河南布政使庆录得之，以藏于家。自为《古书世本》，尤诡诞不经，顾亭林极斥之。或曰：熙子坊此，犹是假托诗传、诗说之伎俩，不堪与张霸作奴，而其先后作伪，则同一科也。

《尚书》考二①

汉世为今文之学者，伏生（字子贱，西汉经学者）教济南张生及欧阳生（字和伯，前26年—公元25年，千乘郡今山东省广饶县人）。欧阳授儿宽（？—前103年），宽授欧阳生之子，世世相传，至曾孙高，高孙地余，地余子政，由是《尚书》世有欧阳氏学。欧阳高授林尊，尊授平当及陈翁生，由是欧阳有平、陈之学。翁生授殷崇及龚胜，平当授朱普及鲍宣。宣徒众，尤盛。张生授夏侯都尉，都尉授族子始昌，始昌授夏侯胜，胜又事同郡简卿。简卿儿宽门人胜，授从兄子建，建又事欧阳高。由是《尚书》有大、小夏侯之学。周堪与孔霸事大夏侯胜，堪授牟卿及许商，由是大夏侯有孔、许之学。张山拊事小夏侯，建授李寻、郑宽中、张无故、秦恭、假仓，由是小夏侯有郑、张、秦、假、李氏之学。

为古文之学者，孔安国授都尉朝，而司马迁亦从安国问。故都尉朝授胶东庸生，庸生授清河胡常。此授受之源流也。

其注疏，在汉则有伏胜《大传》四十一篇，及《尚书畅训》三卷，欧阳生《尚书章句》三十一卷、《尚书说义》二卷。大、小夏侯《章句》各二十九卷，大、小夏侯《解故》二十九篇。孔安国《尚书传》四十一篇。《隋志》：十三卷。欧阳地余等《尚书议奏》四十二篇，牟卿《尚书章句》，秦恭《尚书说》。后汉杜林传《古文尚书》，而贾逵作《尚书古文同异》，卫宏作《尚书训旨》，马融作《尚书注》十一卷，郑康成亦作《尚

---

① 清陈楷礼辑《常德文征》（清嘉庆十九年鼎雅堂藏版）卷十四录此文，题为《尚书考》，文字无异。

书注》九卷、《尚书大传注》三卷，并《尚书音书赞》等书。王肃作《尚书驳议》五卷、《古文尚书注》十一卷。范宁作《尚书注》十一卷。此皆注之最早者也。

梁蔡大宝作《尚书义疏》三十卷，巢猗作《尚书义疏》三卷、《尚书百释》三卷，费甝作《尚书义疏》十卷。隋刘焯作《尚书疏义》二十卷，刘炫作《尚书述义》二十卷、《尚书百篇义》一卷、《尚书孔传目》一卷、《尚书略义》三卷，顾彪作《尚书疏》二十卷。此皆疏之最早者也。

至唐孔颖达等《尚书正义》出，则主梅赜所上之《孔传》，一因费甝之疏而广之，而注疏始定矣。至宋之注，朱子所取者四家。而明何乔新，以苏轼之《书传》十三卷伤于略，王安石之《新经尚书义》十三卷伤于凿，林之奇之《尚书集解》五十八卷伤于繁，吕祖谦之《书说》三十五卷伤于巧。然九峰蔡氏之《书传》，或以为冗，或以为勉强附会者亦有之。

九州考

《禹贡》九州：曰冀州，曰兖州，曰青州，曰徐州，曰荆州，曰扬州，曰豫州，曰梁州，曰雍州。《周礼·职方氏》九州：曰扬州，曰荆州，曰豫州，曰青州，曰兖州，曰雍州，曰幽州，曰冀州，曰并州。《尔雅·释地》九州：曰冀州，曰豫州，曰雍州，曰荆州，曰扬州，曰兖州，曰徐州，曰幽州，曰营州。

《舜典》：肇十有二州，经无明文。孔安国、马融并谓：舜以冀、青地广，始分冀东恒山之地为并州，其东北医无闾之地为幽州，又分青州为营州。孔颖达以其据《周礼·职方氏》有幽、并，知舜时当有幽、并。幽、并山川于《禹贡》皆冀州之域，知分冀州之域为之。据《尔雅·释地》：齐曰营州。知舜时亦必有营州。而齐即青州之地，知分青州为之。

然则孔、马之说，亦属意揣耳。明刘三吾《书传》又谓：幽、并、营三州，皆分冀州之地。又引欧阳忞《舆地广记》辽东营州属冀州为征。而昆山顾氏又深以分地之说为非，谓幽、并、营三州，山川皆不载之《禹贡》，为靡得而详也。《汉书·地理志》：尧遭洪水天下分，绝为十二州，使禹治之。更制九州，与《舜典》"肇十有二州"之文不合。惟陈氏谓《禹贡》之作，乃在尧时，至舜时乃分九州为十二州，至夏之世又并为九州，故传言"贡金九牧"，其说为是，第其州名卒不可考。而孔传为蔡传所取，姑从其说可也。

郭璞注《尔雅》"九州"下云：此盖殷制。邢昺疏曰：禹别九州，有青、徐、梁，而无幽、并、营，是夏制也。《周礼》有青、并、幽，而无徐、梁、营，是周制也。此有徐、幽、营，而无青、梁、并，是殷制也。然则《舜典》十二州，其虞制乎？龟山杨氏曰：十二州、九州，或分或合，因时而已，不必强为之说。信然！

说《诗》家数考①

说《诗》者四家：鲁、齐、韩、毛也。

汉初，鲁人申培作《鲁故》，是为鲁诗；齐人辕固作《诗外内传》，是为齐诗；燕人韩婴作《韩故内外传》《韩诗说》，是为韩诗；赵人毛苌作《诗传》，是为《毛诗》。申公受诗于浮邱伯，以《诗经》为训，故班固谓齐、韩取《春秋》，采杂说，咸非其本义与。

不得已，鲁最为近之。其弟子为博士者十余人，而瑕邱江公尽能传之，及鲁许生，免中徐公，皆守学教授。韦贤治诗事江公，及许生传子元成，由是鲁诗有韦氏学。王式事徐公，及许生、张长安、唐长宾、褚少孙皆事式，由是鲁诗有张、唐、褚氏之学。张生兄子游卿为谏大夫，以诗授元帝，其门人琅琊王扶、陈留许晏，由是张家有许氏学。

辕固以治诗为博士，诸齐以诗显贵者，皆固之弟子也。夏侯始昌最明，传后苍，苍授翼，奉匡衡，衡授师丹、伏理、满昌，由是齐诗有翼、匡、师、伏之学。昌授张邯及皮容，皆至大官，徒众尤甚。后汉陈元方亦传齐诗，彭俊民曰："申公得诗之约者也，辕固得诗之直者也。以约穷理，而以直行己，观其言以察其行，信有异于毛公、韩婴之所闻也。"

韩婴推诗人之意，作内、外《传》数万言。其言颇与齐、鲁间殊，然归一也。淮南贲生受之。燕、赵间言诗者由韩生，河南赵子事生，授同郡蔡谊，谊受同郡食子公与王吉，食生授泰山栗丰，丰授山阳张就；吉授淄川长孙顺，顺受东海发福，由是韩诗有王、食、长孙之学。《汉志》：韩诗有五书。今惟存《外传》十卷，非婴传诗之详者。王弇州谓为引诗以证事，而非引事以明诗，信然。要之，终汉之世，三家并立。齐诗魏代已亡，鲁诗亡于西晋。韩诗虽存，无传之者。陆氏曰：三家之诗，至唐已

---

① 清陈楷礼辑《常德文征》（清嘉庆十九年鼎雅堂藏版）卷十四录此文，文字无异。

失其旧传，虽有存焉者，伪矣。

毛苌之学，自谓子夏所传。先是，鲁人毛亨，号大毛公，学于荀卿，为《诗故训》传于家，以授赵人小毛公，即苌也。苌为河间献王博士，授同国贯长卿，长卿授解延年，延年授徐敖，敖授陈侠。言《毛诗》者，本之敖。时齐、鲁、韩三家皆立于学官，独毛氏不得立，惟河间献王好之。中兴后，谢曼卿、卫宏、贾逵、马融、郑众、郑康成之徒，皆宗毛公，学者翕然称之。

按其书所释，《鸱鸮》与《金縢》，合释《北山》；《烝民》与《孟子》，合释《昊天有成命》；与《国语》，合释《硕人》《清人》《皇矣》。《黄鸟》与《左氏》合而序，《由庚》六篇与《仪礼》，合当毛公。时《左氏传》未出，《孟子》《国语》《仪礼》不甚行，而毛公之说，先与之合，不谓之源流子夏可乎？

吕东莱曰：以齐、鲁、韩之义尚可见者较之，独毛公适与经传合。《关雎》正风之首，三家者乃以为刺，余可知矣。此所以三家皆废，而《毛诗》独存于世也。

《毛诗》注疏考

《毛传》三万九千二百二十四字。《汉志》十九卷，《唐志》十卷。郑康成作《毛诗笺》二十卷，申明毛义，以难三家。且《毛诗》经文久而滋误者，因郑笺可证其非。又作《毛诗谱》三卷。其自序曰：欲知源流清浊之所处，则循其上下而省之；欲知风化芳臭气泽之所及，则旁行而观之。后赖欧阳修补完，而其书始备。他若贾逵之《毛诗杂义难》十卷，马融之《毛诗注》十卷，王肃之《毛诗注》二十卷、《毛诗义驳》八卷、《毛诗奏事》一卷、《毛诗问难》二卷，刘桢之《毛诗义问》十卷，王基之《毛诗驳》一卷，刘璠之《毛诗义》四卷，徐整之《毛诗谱》三卷，大叔裘之《毛诗注》二卷，韦昭之《毛诗答杂问》四卷，皆佚矣。存者惟吴乌程令陆玑之《毛诗草木禽兽虫鱼疏》耳。

汉魏晋间撰《毛诗音》者九人：如郑康成、徐邈、蔡氏、孔氏、阮侃、王肃、江惇、干宝、李轨是也，然存者仅什一。隋《经籍志》载《毛诗义疏》凡七部，其著撰人姓氏者，舒援、沈重二家，此外无名焉。唐孔颖达谓，近代为义疏者，有全缓、何胤、舒缓、刘轨思、刘丑、刘焯、刘炫等。顾其书皆亡，惟孔颖达、王德韶、齐威等奉敕撰《毛诗正义》四十卷。盖据刘炫、刘焯本删其所繁，而增其所简，即世所行《毛诗注疏》也。而陆德明之《毛诗释文》亦存。后此注家繁伙，殆指难胜屈欤！

三礼考

汉兴，高堂生传《士礼》十七篇，即今之《仪礼》。张淳曰：汉初未有"仪礼"之名，疑后学者见十七篇中有仪有礼，遂合而名之。此其最先者也。又礼，古经者出于鲁淹中，《汉书》注：里名也。凡五十六篇。刘歆曰：鲁共王得古文于坏壁，逸礼三十有九。天汉之后，孔安国献之。《后汉书·儒林传》曰：孔安国所献礼，古经五十六篇。孙惠蔚曰：淹中之经，孔安国所得。《隋书·经籍志》：古经出于淹中，而河间献王好古爱学，收集余烬，得而献之，合五十六篇。朱子曰：河间献王得古礼五十六篇，乃孔壁所藏之书。吴澂曰：鲁共王坏孔子宅，得古文《礼经》于孔氏壁中，凡五十六篇。河间献王亦得而上之。其字皆篆书，是为古文。其十七篇，与高堂生所传同，而字多异。余多三十九篇，绝无师说在于秘馆，谓之逸礼，此又《仪礼》之类也。汉时有李氏得《周官》于山岩屋壁，上于河间献王，独阙《冬官》一篇。献王购以千金不得，遂取《考工记》以补其阙，合成六篇奏之。至王莽时，刘歆始建立《周官经》，置博士以行于世，即今《周礼》是也。

汉初河间献王得仲尼弟子及后学者所记一百三十一篇，献之时无传之者，至刘向考校经籍，检得一百三十篇，第而次之。又得《明堂阴阳记》三十三篇、《孔子三朝记》七篇、《王史氏记》二十一篇、《乐记》二十三篇，合二百十四篇。戴德删其烦重，合而记之，为八十五篇，谓之《大戴记》。而戴圣又删大戴之书，为四十六篇，谓之《小戴记》。汉末马融传小戴之学，融又益《月令》一篇、《明堂位》一篇、《乐记》一篇，合四十九篇，即今《礼记》是也。此皆其后出者也，而逸、补、删、益之故，亦略见于斯。

后汉《儒林传》曰：郑众传《周官经》，后马融作《周官传》授郑元，元亦作《周官注》。元本习《小戴礼》，即今《仪礼》十七篇。后以古经校之，取其义长者，故为郑氏学。元又注小戴所传《礼记》四十九篇，内三篇为马融所益，史误。通为三礼焉。此今三礼次第之所由昉也。

三礼授受考①

《周礼》六篇，前世传其书，未有名家。王莽时刘歆始置博士，以行于世。河南缑氏杜子春受业于歆，因以教授其门徒，时郑大夫兴、郑司农众及贾逵皆受业焉。是后马融作《周官传》，以授郑康成。此《周礼》授受之源委也。

《仪礼》，自鲁高堂生传《士礼》十七篇，而鲁徐生善为颂，为礼官大夫《汉书》师古注曰：颂，读与容同。传子，至孙延襄，襄亦善为颂，为大夫。延及徐氏弟子公户、满意、桓生、单次，皆为礼官大夫，而瑕邱萧奋以《礼》至淮阳太守。诸言《礼》为颂者，由徐氏。孟卿事萧奋，以授后苍、间邱卿。苍说《礼》数万言，号曰《后氏曲台记》，授闻人通。汉戴德、戴圣、庆普。德号大戴，圣号小戴，由是《礼》有大戴、小戴、庆氏之学，三家皆立博士。庆普授夏侯敬，又传族子咸。大戴授徐良，小戴授桥仁、杨荣，由是大戴有徐氏、小戴有桥杨氏之学。中兴后，大、小戴传《士礼》，虽相传不绝，然未有显者。建武中，曹充习庆氏学，传其子褒；而董钧亦习庆氏《礼》。汉末郑康成本习小戴《礼》，后以古经校之，取其义长者为郑氏学。此《仪礼》授受之源委也。

小戴《礼记》，前汉无师说，惟汉末马融传小戴学，而郑康成受业于马融。《后汉书》又云：玄从东海张恭祖受《周官》《礼记》。此《礼记》授受之源委也。

凡此并见于前、后《汉书》及《隋书》。近世竹垞朱氏撰《经义考》，于戴德《礼记》下引《汉书》大戴授琅琊徐良云云，于戴圣《礼记》下引《汉书》小戴授梁人、桥仁、杨荣云云。是误以《汉书》所载二戴之学，其授受为《礼记》也。不知《汉书·儒林传》自汉兴，鲁高堂生传《士礼》，下迄小戴，有桥、杨之学，二传之文，专言前汉《仪礼》授受家数，未尝及《礼记》一字也。其《艺文志》《礼经》后论亦然。惟《后汉书·儒林·董钧传》内，一则曰元本习小戴《礼》，后以古经校之云云。其曰小戴《礼》者，即高堂生所传十七篇；曰古经者，乃淹中所得五十六篇也。再则曰元又注小戴，所传《礼记》四十九篇，则明为今《礼记》篇数矣。且郑康成有言曰：传《礼》者十三家，惟高堂生及五传

---

① 清陈楷礼辑《常德文征》（清嘉庆十九年鼎雅堂藏版）卷十四录此文，文字小异。

弟子戴德、戴圣名世也。五传弟子者，高堂生、萧奋、孟卿、后苍及戴德、戴圣为五，此所传皆《仪礼》也。其说甚明。竹垞亦引于《仪礼》下，何于《礼记》又抵牾若此甚矣。著书之难也！

注《周官经》者，自杜子春始。嗣有郑兴《周官解故》、郑众《周官解诂》、贾逵《周官解故》、卫宏《周官解诂》、张衡《周官训诂》，其书皆亡。马融《周官礼注》十二卷，见于《隋志》，顾亦佚矣。今存者，郑康成《周官礼注》十二卷。王氏炎曰：康成之训释，可谓有功于《礼记》。然一则以纬说汩之，一则以臆说汩之，是以学者不得不疑。王氏应麟引徐氏征言，谓郑注误有三：《王制》汉儒之书，今以释《周礼》，其误一；《司马法》，兵制也，今以证田制，其误二；汉官制皆袭秦，今引汉官以比《周官》，其误三。且讥其主纬书六天之说以乱经，又以南郊、圜邱为二郊，以明堂祭天为祭太微五帝，以启蛰而郊、郊而后耕为周祭感生帝灵威仰配，以后稷而祈谷，信为疵谬也。

魏王肃又有《周官礼注》十二卷。朱子云：肃议《礼》必反郑元，此殆其一也。后又有干宝《周官礼注》十二卷、伊说《周官礼注》十二卷、崔灵恩《周官礼集注》二十卷。疏《周礼》者，则有沈重《周官礼义疏》四十卷，而晋陈劭《周官礼异同评》十二卷，史称其甚有条贯。迨唐贾公彦作《周礼义疏》五十卷，晁氏称其发郑学最为详明。董氏谓此疏据陈劭、沈重二书为之。朱子曰：五经中，《周礼疏》甚好，故今立于学官云。

至宋，王安石作《新经周礼义》二十二卷，晁氏斥其传著所创新法，以塞异议者之口，信然。胡铨作《周礼传》十二卷，自谓覃思十余年，仅成集解，惜其书不传也。

注《仪礼》者，惟郑康成最显。康成《注》十七卷，晋荀崧①称其于礼特明，宜置郑《仪礼》博士。其为后世所重如此。王肃亦有《仪礼注》十七卷。而马融、袁准、孔伦、陈铨、裴松之、雷次宗、蔡超、田俊之、刘道拔、周续之皆有注，或一卷，或二卷，盖《仪礼·丧服传》一卷，子夏所为，故《旧唐书·经籍志》亦载。郑元《注》又一卷，其诸家注一二卷者，皆《丧服注》，未尝指为全书注，且陆氏《释文序录》可按也。然自《新唐书·艺文志》于诸家下并不著其注《丧服》，后遂沿误而

---

① 荀崧，清陈楷礼辑《常德文征》卷十四作"若崧"，误。

不觉其非矣。

疏《周礼》者，则有沈重《仪礼义疏》三十五卷、黄庆《仪礼章疏》、李孟悊《仪礼章疏》诸书。贾公彦撰《仪礼义疏》五十卷，晁公武、卫湜并云公彦删黄、李二家为此疏。顾公彦讥黄举大略小，李疏举小略大，为互有修短。朱子则云：公彦《仪礼疏》不甚分明。然自宋邢昺奉诏是正，则亦列于学官矣。宋陈祥道注解《仪礼》三十二卷，范祖禹以为精详博学，惜其书不传。朱子《仪礼经传通解》二十三卷，其书以《仪礼》为经，取《礼记》及诸经史书所载附本经之下，具列注疏诸儒之说，惟丧、祭二礼则属之门人黄勉斋类次焉。又撰《仪礼释宫》一篇，勉斋黄氏干《续通解》二十九卷，其《丧礼》十五卷，为勉斋手定，《祭礼》十四卷，则又信斋杨氏①复据稿本以续成者。合朱子《通解》，均为学者所宗，无异词也。元初，又有敖继公《仪礼集说》十七卷，则与《通解》异，有识者恒以细密精确称之，其书殆不可湮没。已，注《礼记》者，则有戴圣《礼记群儒疑义》十二卷，桥仁《礼记章句》四十九篇，暨高诱《礼记注》见于史传及他书所引，然不可考矣。马融为传，卢植合二十九篇为之解，亦世所不传。至郑康成撰《礼记注》二十卷，遂大明戴《记》之蕴。朱子称其"考礼名数大有功，事事都理会得。"卫正叔亦称其"简严该贯，非后学可及。"王肃《礼记注》三十卷，虽多攻驳，仍按本篇。孙炎《礼记注》三十卷，虽挟郑义，乃易前编。嗣是司马伷《礼记宁朔新书》二十卷，增革向逾百篇。叶遵《礼记注》十二卷，删修仅全十二。唐魏征病群言之错杂，绌众说之精深，成《类礼》二十卷。元行冲作《类礼义疏》五十五卷，顾其书寘诸内府，不可复见，朱子惜之。

疏《礼记》者，则有郑小同《礼记义记》四卷，雷肃《礼记义疏》二卷，何修之《礼记义》十卷，梁武帝《礼记大义》十卷，简文帝《礼大义》二十卷，贺玚《礼记新义疏》二十卷，皇甫侃《礼义疏》九十九卷、《礼记简疏》四十八卷，沈重《礼义疏》四十卷，熊安生《礼记义疏》四十卷，唐孔颖达撰《礼记正义》七十卷。其自序曰："大小二戴，共氏而分门。王、郑两家，同经而异注。晋、宋逮于周、隋，传礼业者，江左尤盛。而为义疏者，南人有贺循、贺玚、庾蔚、崔灵恩、沈重宣、皇

---

① 杨氏，清陈楷礼辑《常德文征》卷十四作"阳氏"。

甫侃等，北人有徐道明、李业兴、李宝鼎、侯聪、熊安等。其见于世者，惟皇、熊二家。熊则违背本经，皇乃时乖郑义，然以熊比皇，皇氏胜矣。乃据皇氏以为本，其有不备，以熊氏补焉。"此《正义》著述之大指也。今列于学官者即此。

此后，宋则有横渠张子《礼记说》三卷，为魏鹤山所称。王安石《礼记发明》一卷、《要义》二卷，未为完书。而方悫《礼记解义》二十卷、马晞孟《礼记解》七十卷、陈祥道《礼记讲义》二十四卷、陆佃《礼记解》四十卷，即鹤山所称方、马、陈、陆是也。然其书皆述王氏之说，人颇病之。独朱子以为方、马二解，尽有好处，不可以其新学而黜之也。昆山卫湜正叔撰《礼记集说》一百六十卷，援引解义凡一百四十四家，且云"他人著书，惟恐不出于己，予之此编，惟恐不出于人"，盖详博至矣。

迨元云庄、陈澔作《礼记集说》三十卷，以其简便，遂得列于学官。秀水朱氏曰："以公论揆之，自当用卫氏《集说》取士，而学者厌其文繁，全不寓目。若云庄《集说》，直兔围册子耳，独得颁于学官，三百余年不改，其于度数品节，择焉不精，语焉不详。礼云礼云，如斯而已乎！

此外，说《礼》者甚多，不能枚举，姑述其大略如此。

《逸礼》考[①]

《逸礼》三十九篇，其篇名颇见于他书。若《学礼》，见《贾谊传》；《天子巡狩礼》，见《周官·内宰》注；《朝贡礼》，见《聘礼注》；《朝事仪》，见《觐礼注》；《禘尝礼》，见《射人疏》；《中溜礼》，见《月令注》及《诗·泉水》疏；《王居明堂礼》，见《月令·礼器》注；《古大明堂礼·昭穆篇》，见蔡邕论；《本命篇》，见《通典·聘礼志》。又有《奔丧》《投壶》《迁庙》《衅庙》《曲礼》《少仪》《内则》《弟子职》诸篇，见大、小戴《记》及《管子》。盖其书初唐犹存，诸儒不以为意，遂至于亡。惜哉！

元吴澂于是汇收八篇，为《仪礼逸经》：曰《投壶》，曰《奔丧》，曰《公冠》，曰《诸侯迁庙》，曰《诸侯衅庙》，曰《中溜》，曰《禘于太庙》，曰《王居明堂》。其二取之《小戴记》，其三取之《大戴记》，其三取之

---

①　清陈楷礼辑《常德文征》（清嘉庆十九年鼎雅堂藏版）卷十四录此文，文字无异。

《郑氏注》也。又纂次《仪礼传》十篇：曰《冠义》，曰《昏义》，曰《士相见义》，曰《乡饮酒义》，曰《乡射义》，曰《燕义》，曰《大射义》，曰《聘义》，曰《公食大夫义》，曰《朝事义》。其七取之《小戴记》，其一取之《大戴记》，其二取之清江刘氏所补也。明何乔新又取《原父文集》中《投壶义》一篇，录于《朝事义》之后，以补逸经之传。而明初汪克宽则以为《仪礼》十七篇，《吉礼》之存，惟《特牲·馈食》篇，乃诸侯国之士祭祖庙之礼，《少牢·馈食》及《有司·彻》篇，乃诸侯卿大夫祭祖祢庙之礼。《凶礼》之存，惟《丧服》篇，乃制尊卑亲疏冠绖衣服之礼，《士丧礼》乃士丧其亲自始死至既殡之礼，《士虞礼》乃士既葬其亲迎精而返日中而祭于殡宫之礼。《宾礼》之存，惟《士相见》篇，乃士以职位相亲始承赘相见之礼。《聘礼》篇，乃诸侯久无事使相问之礼。《觐礼》篇，乃诸侯秋朝天子之礼。《嘉礼》之存，惟《冠礼》篇，乃士之子始加冠之礼。《士昏礼》篇，乃士娶妻之礼。《乡饮酒礼》篇，乃卿大夫宾兴贤能饮酒之礼。《乡射礼》篇，乃士为州长会民射于州序之礼。《燕礼》篇，乃诸侯燕飨其臣之礼。《大射仪》篇，乃诸侯将有祭祀之事与群臣宴饮之礼。《公食大夫礼》篇，乃诸侯以礼食邻国小聘大夫之礼。

自此之外，如《朝觐》《会同》《郊祀》《大飨》《帝大丧》之礼，盖皆亡逸。况《军礼》无存，非关细故，乃考于《仪礼》《周官》大小戴《记》《易》《诗》《书》《春秋传》《孝经》《家语》及汉儒纪录，凡有合于《礼》者，各著其目，列为五礼之篇，名曰《经礼补逸》。然是二书也，朱彝尊称《吴氏文简》，而论叙秩然，曾鲁称汪氏辞约而事备，其为可取也，益信矣。

若明永乐中，沅州刘有年所上《仪礼逸经》十八篇，诏付史馆。见于《明一统志》。罗伦因何乔新之言，欲俟好古君子上请，继类成篇，而焦竑亦惜其未加表章，旋就湮没。杨慎又讶有年何从得之，而朱彝尊则以为有年所进即草庐吴氏本。盖以《逸经》八篇、《传》十篇，适合其数也。虽然，明初庙堂诸公，岂竟未见草庐本哉！

庙制考①

《王制》：大夫三庙，一昭一穆，与太祖之庙而三。士一庙。祭法：

---

① 清陈楷礼辑《常德文征》（清嘉庆十九年鼎雅堂藏版）卷十四录此文，文字无异。

大夫三庙二坛：曰考庙、王考庙、皇考庙，享尝乃止。显考、祖考无庙有祷焉，为坛祭之，去坛为鬼。适士二庙一坛，曰考庙，王考庙，享尝乃止。皇考无庙有祷焉，为坛祭之，去坛为鬼。官师一庙，曰考庙。王考无庙而祭之，去王考为鬼。是二说皆不同。其言大夫也，《王制》三庙，一为太祖，而不及高、曾。祭法：及曾，而太祖则夷于坛，而无庙矣。其言士也，祭法虽与官师分，而皆得祭其祖，《王制》则不及祖矣。

何参错若是？后之说者，有曰：《王制》商礼，祭法则《周礼》也。或又曰：是庙制也，而非其所祭之数也。凡宗子祭，必及四世，不皆庙。官师一庙，而得祭其祖。庶人祭寝，而不限其所祭，可推而见也。且高祖在五服之中，而可以不祭乎哉？或又曰：《王制》之言庙制也，先之以支子不祭明。庙制为宗子设，支子虽大夫，不得立庙。或又曰：大宗必立太祖之庙，百世不祧。宗子为大夫者，立三庙，祭及曾。失职为士者，立二庙，祭及祖。盖大夫并太祖庙而四，士并太祖庙而三也。或又曰：支子为大夫、士，亦得立庙于家，不必于宗子之家也。盖庙自为大夫、士立，不为其宗立，非二统也。

凡此诸说，虽各有相蒙，大都欲比《王制》祭法而合之耳。近尧峰汪氏设为五疑，推勘尽矣。而要之诸说者均各有据，存之，亦足以备考焉。

五祀考

大夫祭五祀。《曲礼》《王制》同云独祭法："大夫立三祀，曰族厉，曰门，曰行。"是本经之言，既不能齐矣。郑康成泥于祭法之文，于《曲礼》则注曰：五祀，户、灶、中溜、门、行也。又曰：五祀殷制、三祀周制也。于《王制》则注曰：五祀，司命、中溜、门、行、族厉也。又曰：大夫有地祭五、无地祭三也。

何一人之言，前后矛盾若此？

夫殷周之制，全无征验，不过出于郑之臆说耳。若以户、灶、中溜、门、行之祀论，则止属一家祈报。与分土何与？而乃以有地、无地为差等耶？况《周礼》祭社稷五祀，《仪礼》士疾病祷五祀，则五祀无尊卑隆杀之别，而其非殷制也益明。《祭法》司命，郑氏以为督察三命。皇侃以为文昌宫星夫三命，本沿里俗之谈，而大夫又无祭星之礼。皆不足信也。

至族厉之说，孔颖达疏，训族为众，以为古大夫无后者。汪氏曰：古者大宗无后，则族人为之置后，非宗子而为大夫者无后亦如之，是安得有族厉，则其说之谬可知已。

总之，祭法怪妄不经。所云三祀，类与庙制乖异等，而郑氏泥其文，求其说而不得，遂牵附舛互，一至于斯。大抵《曲礼》《王制》两说合一，当以为定，而五祀名目，则从《月令》春祀户，夏祀灶，季夏礼中溜，秋祀门，冬祀行也可。

畲经堂文集卷三

考下

《春秋》授受考

自昔传《春秋》者五家：左氏、公羊、穀梁、邹氏、夹氏是也。

左氏邱明为孔子弟子，作《春秋传》三十卷；公羊氏高，齐人受《春秋》于子夏，作《春秋传》十一卷；穀梁氏赤，鲁人，亦子夏弟子，一曰名俶，一曰名淑，字符始，秦孝公同时人，颜师古曰名喜，作《春秋传》十一卷；邹氏《传》十一卷；夹氏《传》十一卷，并见汉《艺文志》。此传家最古者也。

汉武帝立五经博士，《春秋》惟有公羊。宣帝善《穀梁》说，始置《穀梁》博士。孝哀时，刘歆典校经籍，考正《左氏传》，欲立于学，诸儒莫应。至东汉建武中，尚书令韩歆请立而未行。时陈元最明《左传》，又上书讼之，乃以魏郡李封为左氏博士。及封，卒，遂罢。然诸儒传左氏者甚众，永平中能为左氏者擢高第为讲郎，其后愈显。此三传立学之先后也。

左氏作《传》授曾申，申授吴起，起授子期，子期授楚人铎椒，作《抄撮》八卷，《汉志》有铎氏微三篇。授虞卿，《汉志》有虞氏微《传》二篇。虞卿授荀卿，荀卿授张苍。汉兴，北平侯张苍及梁太傅贾谊、京兆尹张敞、大中大夫刘公子，皆修《左氏春秋传》。谊为《左氏传训故》，授赵人贯公，贯公子长卿授清河张禹，禹授尹更始，更始传子咸及翟方进、胡常。常授黎阳贾护。护，哀帝时为郎，授苍梧陈钦，以《左氏》授王莽，为将军，而刘歆从尹咸及翟方进受。由是言《左氏》本之贾护、刘歆。

公羊子作《传》，传子平，平传子地，地传子敢，敢传子寿。当汉景帝时，寿乃共弟子齐人胡母子都，著于竹帛，与董仲舒，皆见于《图谶》。自寿而前，皆口授焉，是以免于秦火。胡母生与董仲舒同业，齐之言《春秋》者宗事之，公孙宏亦颇受焉。武帝尊公羊家，由是大兴。胡母生弟子，有兰陵褚大、东平嬴公、广川段仲温、吕步舒。惟嬴公守学，不失师法。授东海孟卿及鲁睦孟，孟授东海严彭祖及鲁颜安乐，由是《公羊春秋》有严颜之学。彭祖授琅琊王中，中授同郡公孙文、东门云、安乐，授淮阳泠丰、淄川任公，由是颜家有泠、任之学。疏广事孟卿，授琅琊筦路；贡禹事嬴公，授颍川堂溪惠。惠授泰山冥都，都与路又事颜安乐，故颜氏复有筦、冥之学。

穀梁子作《传》，传孙卿，卿传申公，申公传瑕邱江公。其后浸微，惟鲁荣广王孙皓、星公二人受焉。沛蔡千秋、梁周庆、丁姓皆从广受。千秋又事皓、星公。宣帝兴《穀梁》，擢千秋为谏大夫。千秋死，征江公孙为博士。江博士死，征周庆、丁姓待诏保宫，寻为博士。姓授楚申、章昌、尹更始，事千秋，传子咸及翟方进、琅琊房凤。江博士授胡常，常授梁萧秉，由是《穀梁春秋》有尹、胡、申、章、房之学。

此三传授受之源流也。至于邹氏，无师，夹氏，未有书，故不能详云。

《春秋》三传注疏考[①]

《左氏》《公羊》《穀梁》三传，论者不一。

谓孔子将修《春秋》，与左邱明乘如周，观书于周史，归而修《春秋》之经，邱明为之传者，严彭祖也。谓左邱明亲见夫子，好恶与圣人同者，刘歆也。谓昔者仲尼与邱明观《鲁史记》，有所褒贬，口授弟子，弟子退而异言，邱明恐弟子各安其意，以失其真，故论本事而作传者，班固也。谓《左氏传》理长，至明至切，至直至顺，长于二传者，贾逵也。谓《春秋》诸家去孔子远，《左氏传》出孔子壁中，近得其实者，王充也。谓邱明之传囊括古今，表里人事者，卢植也。谓邱明受经于仲尼，身为国史，躬览载籍，必广记而备言之，其文缓其旨远者，杜预也。谓孔子作《春秋》，邱明、子夏造膝亲受，无不精究，邱明撰所闻为传，张本继末，以发明经意，信多奇伟者，荀崧也。谓邱明之传释孔氏之经，子应乎

母，以胶投漆者，孔颖达也。谓邱明躬为鲁史，受经于仲尼者，刘知几也。谓左氏受经于仲尼，博采诸家，叙事尤备，能令万代之下见其本末，比余传功最高者，俛助也。谓仲尼明周公之志而修经，邱明受仲尼之经而为传者，权德舆也。谓孔氏之门，左氏富而不诬，有以见圣贤之心者，刘轲也。谓邱明与圣人同时，接其闻见，参求其长，左氏为上者，陈岳也。谓左氏释经义例，具得当时事实，非二传之比者，陈振孙也。谓左氏曾见国史，考事颇精者，朱子也。

至于《公羊传》，汉初盛行，凡载《汉志》者，如《公羊·颜氏记》十一篇，《公羊·董仲舒治狱》十六篇，皆公羊之学也。东汉李育少习《公羊春秋》，沉思专精。尝读《左氏传》，虽乐文采，然不得圣人深意，作《难左氏义》四十二事。何休以《春秋》驳汉事六百余条，范史谓其妙得《公羊》本意。又与其师羊弼追述李育意以难二传，作《公羊墨守》十四卷，言《公羊》之意不可攻，如墨翟之守城也。而《左氏膏肓》十一卷，《榖梁废疾》三卷，皆休所作，以捭击二传者也。于是郑元乃作《废墨守针》《膏肓起废》，疾以排之，此休所以有"康成入吾室，操吾戈以伐吾"之叹也。

嗣是，魏严翰善《公羊》。钟繇谓《左氏》为太官，而谓《公羊》为卖饼家数。晋王接又谓《公羊》附经立传，经所不书，传不妄起。于文为俭，通经为长。汉宣帝闻卫太子好《榖梁》，问常贤，夏后胜、史高皆鲁人，言《榖梁》本鲁学，《公羊》乃齐学也，宜兴《榖梁》。甘露元年，召五经名儒大议殿中，平《公》《谷》同异。各以经谊对，多从《榖梁》。然晋荀崧又谓《公羊》精隐，明于断狱；《榖梁》间约隐要。又谓公羊高亲受子夏，立于汉朝。辞义清俊，断决明审，多可采用，董仲舒之所善也。

榖梁赤师徒相传，暂立于汉。其书文清义约，诸所发明，或《左氏》《公羊》所不载，亦足订正。是又以二传宜与《左氏》并重，不可偏废者也。顾有为之说者曰：《左氏》艳而富，其失也巫，《公羊》辩而裁，其失也俗，《榖梁》清而婉，其失也短。又有曰：言其长，则事莫明于《左氏》，例莫明于《公羊》，义莫精于《榖梁》；言其短，则或失之诬，或失之乱，或失之凿。是三家又各有短长得失矣。然《左氏》显而《公》《谷》微，自西晋已然。且综核诸儒之论，则《左氏》优于《公》《谷》，不必仅以三长五短相品骘。

已，及唐啖助、赵匡，又参考三家以采其长。助颇右《公》《谷》，陆淳传其学，纂会其文，为《春秋集传纂例》十卷，又撰《集注春秋》二十卷，《微旨》三卷，《辨疑》七卷。说者谓：自汉以来言《春秋》者，唯宗三传，三传之外，能卓然有见于千载之后者，自啖氏始。盖魏晋以前学者，各守传以合经。唐中叶后，学者颇欲舍传以求经。至宋孙觉《春秋经社》一书，其书亦主啖、赵。而孙明复著《春秋尊王发微》十五卷，遂专废传从经。刘敞著《春秋权衡》《意林》《春秋传》三十四卷，虽不废传，亦不尽从传。

伊川直以自秦以下，其学不传，特作《春秋传》二卷以明之。绍兴中，胡安国被旨撰《春秋传》及《通例》《通旨》共三十二卷，其书按《左氏》义，取《公》《谷》之精者，采孟子、庄周、董仲舒、王通、邵尧夫、程明道、张横渠、程伊川之说以润色之，近世学者皆宗焉。然朱子称伊川传则云：中间有说好处，如难理会处，亦不为决然之论。谓胡文定《春秋》非不好，有牵强处，圣人只是直笔据见在而书。谅哉斯言，学者可以废然返矣。他若苏辙、叶梦得、郑樵诸人，各有所作，大抵一偏之见，未堪指驳耳。此又三传而外，诸家得失之大略也。

注《左氏传》者，自贾谊《训故》始，然其书已不传。其后则有贾逵《春秋左氏解诂》三十卷，服虔《左氏传解谊》三十一卷，王肃《左氏传》三十卷，董遇《左氏经传章句》三十卷，孙毓《左氏传义注》十八卷，王朗《左氏传》十二卷。迨晋杜预《左氏经传集解》三十卷出，而注乃尽善。先儒谓为左氏忠臣，夹漈郑氏比之颜师古之注《汉书》，而晁氏嗤其弃经信传，过矣！

疏《左传》者，则有沈文阿《左氏经传》二十五卷，王元规《续左氏传义略》十卷，苏宽《左氏传义疏》若干卷，崔灵恩《左氏传立义》十卷，刘炫《左氏传述义》四十卷。直斋陈氏谓：沈氏义例粗可，经传极疏，苏氏不体本文，惟攻贾服，刘氏好规杜失，比诸义疏犹有可观。唐孔颖达据刘学而损益之，撰《春秋正义》三十六卷，而注疏统名焉。迨宋林尧叟，亦有《左氏传注》，今附杜本行者是也。

注《公羊传》者，汉初有严彭祖《公羊传》十二卷。其后则有东汉何休《公羊传解诂》十二卷，史称其"覃思不窥门，十有七年而成"，而郑康成以《公羊》善于谶，休之注引谶为多讥之，岂不信哉！嗣有王愆期《公羊解诂》十三卷，高袭《公羊注》十二卷，孔衍《公羊集解》十四卷。

疏《公羊传》者，则有《公羊疏》十二卷，见《隋志》。而今所行《春秋公羊传疏》三十卷，不知撰人。或云徐彦撰，宋邢昺奉诏是正其书，以何氏三科九旨为宗本，有识者颇斥为浅局矣。

注《穀梁》者，则有尹更始《穀梁传注》十五卷，唐固《穀梁传注》十三卷，糜信《穀梁传注》十二卷，张靖《穀梁传注》十卷，程阐《穀梁传注》十六卷，孔衍《穀梁传注》十四卷，徐邈《穀梁传注》十二卷，段肃《穀梁传注》十四卷，孔君《穀梁传指训》五卷。晋范宁以《穀梁》诸注家为肤浅，于是率其子弟及门生故吏，商略名例，博采诸儒同异之说，成其父汪之志，作《穀梁传集解》十二卷。晁氏谓：三传之学，《穀梁》所得最多；诸家之解，范宁之论最善，非无见也。此外，又有张、陈、孙、刘四家《穀梁集解》四卷，徐乾《穀梁传注》十三卷，然多残缺，不及见矣。

疏《穀梁传》者，则有徐邈《传义》十卷。至唐，杨士勋撰《春秋穀梁传疏》十二卷，宋邢昺等奉诏是正，而三传之注疏以备。

至为《左传音》者，则有嵇康、李轨、杜预、徐邈、王元规、徐文远、陆德明；为《公羊音》者，则有王俭、陆德明；为《穀梁音》者，则有徐邈、陆德明。此皆见于史志，足资考证者。

《左氏》《公羊》《穀梁》考①

自唐以前，诸儒之论，皆以邱明为孔子弟子。贞观永徽中，祀周公为先圣，孔子为先师。是时孔庭配食，止颜渊、左邱明二人。其褒崇若此！

至唐中叶，河东赵匡则云《左氏》浅于《公》《谷》，诬谬实繁，皆孔门后之门人论语。左邱明乃夫子以前贤人，如史佚、迟任之流。焚书之后，学者见《传》及《国语》俱题左氏，遂引以为邱明也。宋陈振孙亦云：《左传》末记智伯反丧于韩、魏，在获麟后二十八年，去孔子没亦二十六年，不应年少后亡。如此，又其书称虞不腊矣，见于尝酎及秦庶长，皆战国后制，故或疑非孔子所称左邱明，别自是一人为史官者。明郝敬又谓：《左传》或出三晋辞人之手，故其说往往右晋。近时徐与乔云：《左传》晋、韩、魏、智伯事，举赵襄子谥，则《左传》作于襄子卒后。自

---

① 清陈楷礼辑《常德文征》（清嘉庆十九年鼎雅堂藏版）卷十四录此文，文字无异。

获麟至襄子卒已八十年，使邱明与孔子同时，不应孔子没后七十有八年后，犹能著书也。又云：《论语》所引姓左名邱明传《春秋》者，姓左邱，名明。司马子长曰"左邱失明，厥有《国语》"，盖左邱氏以失明而自名曰明也。凡皆众说之献疑者，惟秀水朱彝尊作《孔子弟子考》，特书曰"鲁太史左邱子明"，又博采诸儒之论而辨之曰：论世者惑于赵匡之说，则疑左氏在孔子之前；惑于王安石之说，则疑左氏生孔子之后。众口纷纭，迄无定论，遂使唐代特祀之先贤，并不得与于七十子之列。然则汉、晋以来经生之说，均不足信耶？又引《风俗通》"邱姓，鲁左邱明之后"以证"左邱"为复姓，是真可以解诸家之纷矣。

至谓公羊氏为子夏弟子，则戴宏、荀崧、梁武帝、孔颖达、吴兢诸人之说同。谓穀梁为子夏弟子，则应劭、颜师古诸人之说同。独罗苹《路史》识遗云：《公羊》《穀梁》，自高、赤作传外，不见有此姓。万见春谓皆"姜"字切韵脚，疑为姜姓假托。然自高传子平，平传子地，地传子敢，敢传子寿，见于戴宏所记，而班氏《古今人表》载有二子居第四等，其非假托也可知。若《公羊传》内所称子沈子，注云：后师明说此意者，又有子司马子、子女子、子北宫子、鲁子、高子。《穀梁传》内亦有尸子、沈子，然则其人皆后师耶？子有言《春秋》属商意。诸子者，或皆子夏之徒欤！

《左传》官名地名异同考

《左氏传》中，列国官名，若晋之中行、宋之门尹、郑之马师、秦之不更、庶长，皆他国所无。而楚尤多，有莫敖、令尹、司马、太宰、少宰、御士、左史、右领、左尹、右尹、连尹、针尹（或作箴尹）、寝尹、工尹、卜尹、芋尹、蓝尹、沈尹、清尹、莠尹、嚣氏、陵尹、郊尹、乐尹、宫厩尹、监马尹、扬豚尹、武城尹，其官名率与他国异者。

又《左传》地名，名同而实异者。如成公元年"战于靡，入自邱舆"，杜解云"齐邑"。三年"郑师御晋，败诸邱舆"，解云"郑地"。哀公十四年"阮氏葬诸邱舆"，解云"泰山南，城县西北有舆城"，又是鲁地。是三"邱舆"，为三国地也。文公七年"穆相如莒苉盟，及鄢陵"，解云："莒邑。"成公十六年"战于鄢陵"，解云"郑地"，是二"鄢陵"，为二国地也。襄公十四年"伐秦，至于棫林"，解云"秦地"。十六年"次于棫林"，解云"许地"。是二"棫林"为二国地也。襄公十七年

"卫孙蒯饮马于重邱",解云"曹邑"。二十五年"同盟于重邱",解云
"齐地"。是二"重邱"为二国地也。定公十二年"费人,北国人追之,
败诸姑蔑",无解,当是鲁地。哀公十三年"弥庸见姑蔑之旗",解云
"越地",是二"姑蔑"为二国地也。而地名"盂"者又有五:僖公二十
一年"会于盂",宋之"盂"也;定公八年"刘子伐盂",周之"盂"
也;十四年"卫太子蒯瞆献盂于齐",卫之"盂"也;昭公二十八年"晋
盂丙为盂大夫",太原盂县;哀公四年"齐国夏伐晋,取盂,当在邢洺之
间",是二"盂",皆晋之"盂"也。"州国"亦有二:桓公五年"州公
如曹",解云"州国在城阳淳于县"。十一年"郑人将与随绞,州蓼伐楚
师",解云"州国在南郡华容县东南"。其异同如此。

五伯考

《左传》成公二年,齐国佐曰:"五伯之霸也,勤而抚之,以役王
命。"杜预解云:"夏伯昆吾、商伯大彭、豕韦、周伯齐桓、晋文。"《诗
正义》引服虔说与此同,应劭《风俗通》亦主此说。《孟子》:"五霸者,
三王之罪人也。"赵岐注云:"齐桓、晋文、秦缪、宋襄、楚庄。"与杜解
不同。《白虎通》亦有二说,前说与杜解同,后说则以为"齐桓、晋文、
秦缪、楚庄、吴阖闾"。颜师古注《汉书·异姓诸侯王表》"五伯"同杜
解。其注《同姓诸侯王表》"五伯",又以为"齐桓、晋文、宋襄、秦穆、
吴夫差"。然《史记》已言"越王勾践遂报强吴,观兵中国,称号五伯"。
盖《荀子》原以"齐桓、晋文"及"楚庄、吴阖闾、越勾践"为五伯也。

大抵国佐所称"五伯",通三代而言之也,当以杜解为是。《孟子》
所称"五伯",就东周后而言之也,则以荀说为近。而诸说亦可备参,独
宋襄求霸不成,伤于泓以卒,其实未尝霸也。而与桓、文并列,赵、颜二
说终觉未安。

沅水考

《方舆纪要》:沅江在沅州西南五里,自贵州番界流入州境。又云:沅
水在州南四里。又引熊氏曰:今辰州之武溪,即古无水。沅州之沅溪,盖
即沅水之异名耳。《东还纪程》引顾开雍曰:考镇远以下沅、沅二水,桑
钦氏言:沅水出牂牁且兰县,为旁沟水,至镡城为沅水。而郦道元又言:
无水出故且兰,南流至无阳故县。又东南入沅,谓之无口。无水,即沅

水。无阳，即镡城。桑溯始言沅，郦析流言无，而皆出于且兰，总一水也。不犹济渎之出王屋山，伏名沇、见名济乎？

或谓其支从黄平州者，抑末矣。旧《州志》：沅水，即沅江，一名沅溪。源出四川播州。按：诸书皆谓潕水即沅水，是混沅、沅而一之，其说均非，不可不辩。

盖熊氏之以沅溪即沅水者，由误以武溪即无水耳。今《泸溪县志》亦祖其说，实踵误也。夫无水之名见于《水经注》，武溪之名亦见于《水经注》。《水经注》谓"武溪源出武山，南注于沅。"《后汉书》注："今辰州泸溪县西有武山，高可万仞。"《元和郡县志》亦云："卢水在泸溪县西二百五十里，即武溪所出。"是武溪可名卢水，而按其源流，与出自故且兰东南入沅之无水迥别。顾熊氏之为此，或因《荆州记》"五溪有武溪，无沅溪"，故遂以武溪当沅溪欤？不知五溪之名，出入不一，武溪之不能当沅溪，犹沅溪之不能当沅溪也。惟见于《水经注》者为足据耳，至于顾氏之说，则又泥解《水经注》。

何也？按《汉书》言"潕水首受故且兰"，又注言"沅水出牂牁"，"首受"与"自出"，既异文，则义故有别，是沅与沅本一源也。《水经》言"沅水至镡城县为沅"，镡城，今黔阳也。《水经注》言"无水南流至无阳故县"，无阳故县，今芷江也。安得谓无阳即镡城耶？乃或者疑经文有"沅水东径无阳县"句，可以证沅无总一水之说。不知旧本此段经文自"沅水出牂牁"云云，至"东至镡城为沅"句止，下云"水东径无阳县"六字，则注起语也。郦道元，北魏人，其所谓"无阳县"者，乃晋义熙中徙故镡城之"无阳"，亦即今黔阳，已非汉旧故称。汉之"无阳"为"故县"以别之，且于六字以下即云"无水出故且兰，南流至无阳"，"故县"者，盖谓沅之上流，另有此一支之水流入于沅，故注文至"谓之无口"句下，又云"沅水东径无阳县"，前有"故"字，而后无"故"字，则六字之非经文可知。自明朱郁仪移六字为经文，且自谓据宋本改正。郁仪与杨升庵并号博雅，其点窜古人，不无穿凿附会，则所谓改正之经文，安知非即升庵补石鼓译岣嵝碑之类欤？

顾氏不细绎经注，漫以溯始析流为得，解强为合一之说以误人，而郁仪之移易经注，竟置汉无阳于镡城之东，而莫有知其非者，尤可怪也！

若谓支从黄平州者，则《常德府志》释沅水之言彼意沅水为正，沅水为支。虽知沅水之源，而未尽也。大要与《方舆纪要》之既有沅，又有沅同属两岐之见耳。旧《州志》承讹既久，未经考正，故亦云。然且以沅州现治于此，则沅水即沅水之见牢不可破。岂知唐以前之沅州，或治辰州，或治常德，至唐始治黔阳，皆就沅水之所出与所经名之也，从未有治此地者。自宋熙宁中，此郡始有此名，则水之是"沅"非"沅"，无可置疑者。

予恐人之犹胶宿见也，故备引诸说于前而辩之。于此所以释惑者，正期于传信，非故断断于其间云尔。

沅水考

《方舆纪要》：沅江在黔阳县城南，自沅州东流，令县境诸水南流，历会同县境复东北折，而入辰溪县界。又云：黔江在黔阳县西南三里，亦曰黔水，源出牂牁，经县南一里七宝山下合于沅水。《县志》"黔江"下云，沅水发源牂牁，至沅州，合沅水自北逆行而西，曲屈二百余里，南至于黔阳。其自西南来会者曰渠水，渠之西为清水江。清水之源，自贵筑入粤西界，由夜郎至通洲与渠水合，东至于黔阳与沅水合流，始名黔江。东注达于洞庭。

按：二书之谈水道，可谓纰缪极矣。其大指，皆谓自芷江县流入县西者为沅水，自清江口流出县西者为黔水。沅、沅之混，已详见《沅水辨》。独不知黔江之名，何自而昉。夫既指沅水为黔水，则不得不指沅水为沅水。顾氏茫然所自，于沅水曰"县城南"，于黔水曰"县西南"，犹前谓沅州之沅水"在州西南"，沅水"在州南"之意也。见既昧于一定，说乃出于两岐，已属鹘突。而《县志》竟谓"沅水至沅州与沅水合"，试问沅水之合沅水也，其地安在？则岂能措一辞耶？其云"自西南来会者为渠水"是已至，谓"渠之西为清水江"，则又何据？且清江口以内之水将名为渠水乎？抑名为清水乎？至合流以后始为黔江，将由此而东至何地，再称为沅水乎？抑竟呼为黔江而不复以沅名乎？吾不能为志解矣。

总之，渠水之会于托口者，会同西南来之沅水也，无所为清水也。其会于七宝山下者，芷江县而来之沅水也，至是而后沅水之名不复见，而沅水之称直至入洞庭而始隐，无所谓黔江也。谓予不信，《山海经》《水经注》诸书俱在，可考而知也。《山海经》：沅水出象郡镡城西。《水经》：沅水出牂牁且兰县为旁沟水，又东至镡城县为沅。况《九域志》于黔阳县下云：有沅水，又有沅水。《舆地广记》亦同。盖以县西而上则为沅水，而县东南以下则为沅水。皆未尝涉黔江一字，尤为可信也。

至于黔江之讹，实始于宋之名县。而其先已有黔江城之号，然皆宋时事也。若唐之名为黔江县者，则为今酉阳州之黔江县。凡唐世称为黔中、黔州、黔阳者，皆指彼地，于今之黔阳县何与焉？若夫沅水之名，实自黔阳，始有唐之设州于兹也，以沅名，义取诸此。至宋始移其名于今郡治，已违其实，而更名沅水为黔水，可乎哉？大抵志舆地者，专凭臆决，固自不可，而耳食目诸？无所可否，俗语"不实流为丹青"，其贻误更不浅矣。

惟详考载籍，证以见闻，参伍错综，折中必当，始于此事，不负予之为此说也，非故为异同。盖既以订其旧讹，且为沅水所经诸郡县之志，或少俟助云。又按靖州旧志云：沅水入境过长潭、云潭、文溪、金溪，至托口与朗江合，此说极合，且略悉经行所在，故附录于此以备考。

辰水考

辰锦之说，纷纷不一，大意谓一水也：在辰溪县为辰水，在麻阳县为锦水。愚窃以为非是，何也？锦水以锦州名，而锦州，则以治前之多文石名。是有州名，而后有水名，偶名耳，非真欲易其旧也。至于辰阳县之名，实因辰水而有。《水经注》云：辰水经辰阳县北。旧治在辰水之阳，故名。然则辰阳自汉置县后，六朝时已尝徙治，迨隋始改名辰溪。要皆不离乎辰水也。

夫自汉以后，由唐以前，麻阳初为沅陵辰阳地，再为沅陵辰溪地，则固未尝割疆而理，亦何至分水而名，诚无事哓哓不已为也？《县志》又云：锦水在县西三里，自锦州发源，经县城入辰，名锦江。尤非。盖锦州凡两设，已见于《元和志》。其云"在伏溪水湾曲中，惟东面平地，余三面并临溪岸"者，后移置处也。其初固在所谓卢水口者治焉，故亦置卢阳县附郭。卢水不可考，意以为在梁源溪上下近是，而要非辰水也。

辰水固出自辰阳三山谷耳。顾三山谷，亦不敢定指何山。然以"入沅七百五十里"一语度之，明非自锦州发源矣。《汉书·地里志》：辰阳三山，为辰水所出，南入沅，行七百五十里。盖是时辰阳地界阔远，大抵铜仁以上，犹属辰阳境内，则三山谷之在黔省，固无足疑。今按据考证定为辰水，名则从古，源则采实，总不敢附会传疑，滋后来之指摘耳。

辨

诗序辨

《诗》皆有《序》，独《关雎》为最详。先儒谓《关雎》为《大序》，《葛覃》以下为《小序》。而作《序》之人，说者不同。谓为子夏作者，毛公、郑康成、王肃、萧统辈也；谓《大序》是子夏作，《小序》是子夏、毛公合作者，沈重也；谓卫宏从谢曼卿受学，因作《毛诗序》，善得风、雅之旨，于今传于世者，《后汉书》也；谓《毛诗序》子夏所创，毛公及卫敬仲又加润益者，《隋书》也；谓子夏意有未尽，毛公更足成之者，陆德明也；谓子夏有不序诗之道三，疑其为汉儒附托者，韩愈也；谓《诗序》诗人所自制者，王安石也；谓其言时有反复繁重，类非一人之辞，凡此皆毛氏之学，而卫宏之所集录者，苏辙也；谓《诗大序》其文似《系辞》，其义非子夏所能言，分明是圣人作此以教人者，程子也；谓《小序》一言国史，记作诗者之本义，《小序》之下皆《大序》，亦国史之，所述间有圣人之遗言，可考而知者，范处义也。众说纷纭，殆难缕述矣。

近世竹垞朱氏以为，《诗》之有《序》，不特《毛传》为然，说韩诗、鲁诗者，亦莫不有《序》，齐诗虽亡，度当日经师亦必有《序》，惟《毛诗》之《序》本乎子夏，故《毛诗》出学者，舍三家而从之，以子夏习诗而明义，其《序》不同乎三家也。且谓《毛诗》虽后出，亦在汉武时，诗必有《序》而后可授受，韩、鲁、皆有《序》，《毛诗》岂独无序，直至东汉之世俟宏之序以为《序》乎？其言甚辩，然不为无见也。

去《序》言《诗》者，自朱雪山、王质《诗总闻》，夹漈、郑樵《诗辨妄》始。朱子因渔仲之说，尽去美刺，探求古始，其说颇惊俗。杨用修谓文公因吕成公《太尊小序》，遂尽变其说，为矫枉过正，非平心折中之论，宜东莱不能心折也。

盖自《朱传》出而訾议纷起，信者少而疑者多，其尤明切攻之不遗余力者，则鄱阳马氏之论足味已。大指谓《书序》可废，而《诗序》不可废；雅、颂之《序》可废，而十五国风之《序》不可废，其中举诗之赖《序》以明者凡数端。且谓《诗序》自汉以前，经师传授，去作诗之时不甚远，千载而下，学者所当遵守体认，以求诗人之意而得其庶几，固不宜因其一语之赘疣、片辞之浅陋，而欲一切废之，凿空探索而为之训释也。

噫！斯殆文公之诤臣也夫！

孔子删诗辨

《史记》：古诗三千余篇，孔子取三百五篇。孔安国亦言：删诗为三百篇。自是历代儒生，莫敢异议。惟朱子谓经孔子重新整理，未见得删与不删。又谓孔子不曾删去，只是刊定而已。水心叶氏亦谓，诗不因孔子而删。郑渔仲、苏伯修亦尝疑之。明陶庵黄氏亦谓，孔子有正乐之功，无删诗之事。皆笃论也。

夫诗至于三千余篇，则輶轩之所采，定不止于十三国矣。而季札观乐于鲁，所歌风诗，无出十三国之外者。又子所雅言一则曰"诗三百"，再则曰"诵诗三百"，不应指其自删者言之。至欧阳子谓删诗云者，非止全篇删去。或篇删其章，或章删其句，或句删其字。此又不然。夫年远简脱，诵者遗忘，章句不齐，偶有阙漏，与夫蒙瞍肄习、音存辞亡者，皆逸诗也，非孔子删之也。

元年辨

董仲舒曰：臣谨按，《春秋》一为元之意。一者，万物之所从始也；元者，辞之所谓大也。谓一为元者，视大始而欲正本也。何休《公羊注》曰：变一为元，元者气也。杜预《春秋解》曰：凡人君即位，欲其体元以居正，故不言一年一月。胡安国传《春秋》曰：称元，明君用也。乾元，天之用；坤元，地之用。成位乎中，与天地参，故体元者君职，而调元者相事。元，即仁人心也，其用自贵者。始治国，先正心，而朝廷百官远近正矣。

是数说也，果夫子书元年之本意哉？恐太支离矣。欧阳修《五代史·汉本纪》论曰："人君即位称元年，常事尔。孔子未修《春秋》，其前固已如此。"虽暴君昏主妄庸之史，其记事先后远近，莫不以岁月一二数之，乃理之自然也。其谓一为元者，盖古人之语尔。及后世曲学之士，始谓孔子书元年为《春秋》大法，遂以改元为重事。徐无党注曰："古谓岁之一月亦不云一，而云正月。"《国语》言六吕曰元间大吕，《周易》列六爻曰初九。大抵古今言数多不言一，不独谓年为元也。

吕祖谦《春秋讲义》曰:"受终日以元",《虞典》也;"命祀以元",《商训》也。年,纪日辰之首,其谓之元盖已久矣,岂孔子作《春秋》始名之哉?

说《春秋》者乃言《春秋》谓一为元,殆欲深求经旨而反浅之也。

春王正月辨

胡康侯《春秋传》曰:周正建子,是冬十一月也。前周者建丑,曰惟元祀,十有二月,则不改月也。后周者建亥,曰元年冬十月,则不改时也。建子非春,乃以夏时冠周月,何哉?此为邦行夏时之验也。周正纪事,示不敢专耳。加"王"于"正",大一统也。是说也,大抵谓改正而不改月,改月而用昔代之时。

冠昭代之月,其毋乃非制乎?《白虎通》引《尚书大传》之言曰:夏以十三月为正,殷以十二月为正,周以十一月为正。不以二月后为正者,万物不齐,莫适所统,故必以三微之月也。周以十一月为正,即名正月,不名十一月矣。殷以十二月为正,即名正月,不名十二月矣。夏以十三月为正,即名正月,不名十三月矣。其言甚明,可以破三代不改月之妄。

《后汉书·陈宠传》曰:阳气始萌,有兰、射干、芸荔之应,天以为正。周以为春,阳气上通雉雊鸡乳,地以为正。殷以为春,阳气已至,天地已交,蛰虫始振,人以为正。夏以为春,其说亦精,可以破三代不改时之妄。又考《左传·僖公五年》:春正月辛亥,日南至。梓慎曰:火出,于夏为三月,于周为五月。《礼记》:孟献子曰:正月日至,七月日至。可见周代春、夏、秋、冬之序。则用周正,分至启闭之候,则仍夏时也。且《春秋》桓公十四年:春正月,无冰。若夏正,则解冻矣。惟子月无冰,故纪异。定公元年:冬十月陨霜,杀菽。此夏正秋八月,若亥月则陨霜不为异,而亦无菽矣。倘谓不改时,则宜书曰冬正月、秋十月;倘谓时月俱不改,则直书曰冬十一月、秋八月矣。何圣人故为迂曲若此哉?

是时,杨龟山致康侯书,亦以为三代正朔,如忠质文之尚,循环无端,不可增损。且谓正朔必自天子出,改正朔恐圣人不为也。熊朋来《五经说》亦云:阳生于子即为春,阴生于午即为秋,此之谓天统。皆足以证其非矣。至谓秦人以亥为正,不改时月,则又不然。颜师古《汉书·高帝纪》:春正月。注曰:凡此诸月号,皆太初正历之后,记事者追改之,非当时本称也。以十月为岁首,即谓十月为正月。今此真正月,当时谓之四月耳。是岂不足以订胡氏之失哉！

若夫加"王"于"正"之说，则亦有辨。《广川书跋》载：晋姜鼎铭曰：惟王十月乙亥。而论之曰：圣人作《春秋》，于岁首则书"王"，说者谓谨始以正端。今晋人作鼎，而曰王十月，是当时诸侯皆以尊王正为法，不独鲁也。李梦阳亦言：今人往往有得秦权者，亦有"王正月"字。以是观之，《春秋》"王正月"，必鲁史本文也。言"王"者，所以别于夏殷，并无他义。

沅州辨

《元和郡县志》：贞观八年，于龙标县置巫州，天授二年改为沅州，开元十三年复曰巫州。大历五年，以境接溆浦，改曰叙州。《一统志》据此，谓今黔阳县为唐叙州治。兼据《通典》"巫州理龙标县"之语，而证以龙标山在今黔阳县城内。则唐巫州治在今黔阳，洵属无疑。又谓今沅州治，乃唐潭阳县。而旧志误以今沅州治即唐巫州治，其说甚精，足破从前之惑矣。

乃或者犹以唐沅州为疑，岂知沅州之名，以沅水而称；而沅水自会同流入黔阳县西清江口，与无水合，已详见予无、沅二水辨，则唐沅州治之在今黔阳县更明。且唐王昌龄谪龙标尉，其见于诗者，如《西江寄越弟》云："沅溪更远洞庭山。"《龙标野宴》云："沅溪夏晚足凉风。"《留别司马太守》云："远谪沅溪何可论。"《送柴侍御》云："沅水通波接武冈。"《送吴十九往沅陵》云："沅江流水到辰阳。"即《辰志》所引"昨从金陵邑，远谪沅溪滨"之句，虽其诗全首不见本集，然莫不指沅水而言，不皆与唐沅州相证明耶？

至今沅州治，实自宋熙宁间始移置于此，绝非唐之旧矣。此误如《舆地广纪》《明统志》《方舆纪要》诸书犹不能免，不独旧志为然也。

诸葛营辨

《一统志》"诸葛营"有四，俱在黔阳县。一在县东南安江，一在县南渡名瓮城，一在县西南原神乡，一在县西南托口，相传俱诸葛亮屯兵处。

按《水经注》：沅水又东，与序溪合。水出武陵郡义陵县鄜梁山，西北流经义陵县治序溪。其城，刘备之秭归焉。出五溪，绥抚蛮夷，亮率诸蛮所筑也。考义陵，即今溆浦县。序，一作叙，即叙水。黔阳与溆为近，其屯兵处，似与郦《注》所云"亮筑城处"相距不远。然考《蜀志》：章武元年，先主伐吴。吴将陆议、李异、刘阿等屯巫秭归，将军吴班、冯习自巫攻破异等，军次秭归，武陵蛮夷遣使请兵。二年，先主于夷道猇亭驻营，自佷山通武陵，遣侍中马良安慰五溪蛮夷，咸相率响应。又《马良传》：以马良为侍中。及东征吴，遣良入武陵，招纳五溪蛮夷，蛮夷渠帅皆受印号，咸如意指。会先主败绩于夷陵，良亦遇害。

　　是入武陵者，良也。是役也，武侯以丞相领司隶校尉留守成都，不在行间。何缘得有筑城一事？至亮本传云：建兴三年，亮率众南征。考其经由，实道越嶲，故表云"五月渡泸"，宜不出此。况先主败军之后，所云"荆州三郡地皆入吴，终蜀汉之世不能复也"，武侯更无缘得经此地。且《水经注》此条朱谋㙔笺，已谓"秭归"以下有脱误。盖五溪上是脱文，而"良"误为"亮"。音近而字讹耳。

　　《黔阳县志》于"山川"类有卧龙岩、冷水井。而"古迹"内又有诸葛城及诸葛营，皆实以武侯驻兵处所。俗语流传，不足信也。

若溪寨辨

　　《方舆纪要》：若溪寨，在沅州西。宋至和中，溪州蛮彭仕羲作乱，寇辰州界，据守若溪地。既而其兄师晏攻杀之，归若溪地。并以皮白峒来献，盖在若溪西也。崇宁三年，始置若溪寨，属卢阳县。今仍为戍守处。

　　按《宋史·蛮夷传》：北江蛮酋，最大者曰彭氏，世有溪州，州有三，曰上、中、下溪，又有州十一，总二十州，皆置刺史。而以下溪州刺史兼都誓主，十九州皆隶焉，谓之誓下州。天圣五年，命彭仕端知下溪州。明道初，仕端死，复命仕羲为刺史。至和二年，知上溪州彭师宝，与仕羲子师党，举族趋辰州，告其父之恶，且言将起为乱。于是知辰州宋守信，率兵数千深入讨伐，兵至而仕羲遁入他峒，不可得，俘其孥及铜柱。而官军战死十六七，信等皆坐贬。自是蛮獠数入寇钞，边吏不能制。后遣使经制，大出兵临之，且驰檄招谕之。而仕羲乃陈本无反状，愿以二十州旧地，复贡奉内属。嘉佑二年，就降辰州，亦还其孥及铜柱。自是仕羲岁奉职贡。然黠鸷数盗，即辰州境界白马崖下喏溪，聚众据守。朝廷数招谕，令归侵地，不听。熙宁三年，为其子师彩所弑。师彩专为暴虐，其兄师晏攻杀之，纳誓表于朝，并上仕羲平生鞍马器服，仍归喏溪地。五年，复以马皮、白峒地来献，诏进为下溪州刺史。章惇经制南北江，誓下州峒蛮，各以其地归版籍。师晏遂降，诏修筑下溪州城，并置寨于茶滩南岸，赐新城为会溪新寨，名黔安戍，以兵隶黔安戍云云。

考彭氏所刺之州，在今永顺府。而下溪州，即今会溪，在辰州府沅陵县之西北一百二十里。源出永顺县西南，流入西水，是为北江，俗呼为北河是也。仕羲所据辰州界白马崖下喏溪，大抵即今沅陵县北二十里之白岩界山为近。若沅州之若溪寨，则在今芷江县西。《州志》所谓若水之右是也。沅州上下，《宋史》谓之南江与北江，远不相涉，况若溪与喏溪，字画亦别，其不能牵附明矣。至仕羲作乱始末，与师晏攻杀事迹，顾氏亦舛错已多，故详引《宋史》以正之。

李白流夜郎辨①

夜郎壤地最阔，人多通称，唐初屡以名郡县。贞观七年，置珍州夜郎郡，治营德县，亦理夜郎县，乃李白长流处也。元和二年，州废，县隶溱州。终唐之世，溱有夜郎县。

唐凡四夜郎：珍、溱，郡县之名三，而沅州之夜郎县，自贞观八年析龙标置，初隶巫州，再隶沅州，又隶舞州、鹤州，终隶业州。至天宝元年，更名峨山。白之流珍州夜郎郡也，在肃宗乾元元年，是时沅州夜郎久已无有矣。且按其年谱，乾元二年②，半道承恩放还，亦未尝身履其地。其《寄王明府》诗所云："去岁左迁夜郎道，今年敕放巫山阳"是也。曾子固谓其泛洞庭，上峡江，至巫山，以赦得释。试取其道里所经而次第之，与沅州之夜郎何与耶？至古夜郎国，汉为牂牁郡，在唐夷、播之间，亦绝非李白流所。

人率昧于夜郎所在，每信口漫相指目。而湖南诸郡县志，多牵缀李白流寓以为重，且傅会其诗句，若武陵之木瓜山、沅州之武阳山，以彼吟咏，实此留题。黎邱之鬼幻，凭白昼之梦空呓，岂足当通人指摘哉！

---

① 清沈粹芬、清黄人《国朝文汇》（清宣统元年上海国学扶轮社石印本）卷二十，清瑭珠修、清朱景英、清郭珢龄纂《［乾隆］沅州府志》（清乾隆二十二年稿成刻年未详本）卷五十，清张官五等纂修、清吴嗣仲续修《［同治］沅州府志》（清同治十二年增刻乾隆本）卷之四十皆收录此文，除校记［2］外，其他文字无异。

② "是时沅州夜郎久已无有矣。且按其年谱，乾元二年"，清沈粹芬清黄人《国朝文汇》卷二十无，他本皆有。

畲经堂文集卷四

序

《具区徐氏四辑宗谱》序

曩余读家竹垞太史《曝书亭集》，见所为《具区徐氏宗谱序》，极称洞庭西山风土之清嘉，与其族姓之愿朴，至欲相从结邻以老，辄神往焉。迨余官闽中，历宰长溪，邑滨海，海中有山曰云淡门，一发浮险，在隐跃间。而其中户丁、井税、邑籍可稽。

余以公事往涉，循麓而登，穿蹊诘曲，见夫花竹茜密，掩映村墟。耄稚扶携，可狎而习。窃意太史放赤马船经游之境，此焉彷佛，益信序言可以互证，而余向者神往为不徒也。顷岁，衔恤归里，获交徐君惟山君，故籍洞庭西山，而楚游者也。与往还无虚日。余偶举太史序语以叩，惟山跃起曰：此吾家宗谱序也。亟启箧出视，则全谱故在，太史序俨冠其端。余于是乎辗然快所神往者，愈有征矣。惟山名贡金，溯自始祖元学录公圻，而下为十六世孙谱，则初编于明宣德丁未，再编于万历戊戌，三辑于国朝康熙癸酉。至丙申校刊，而斯谱则乾隆丙子四辑而付梓者。

按其体例，率根踞旧谱，精审有加。然要不外太史所谓"有要有伦，可征可信"者，足以尽之。既惟山语余曰：湘门张公题谱一序，作于乾隆丁巳，距续辑时且四十有五年，开雕亦逾二十祀矣。吾宗犹增刻谱前，兹谱之辑才六稔耳，幸值君，敢援以请。余为踧踖久之。

忆昔过三山林氏朴学斋，获睹汉甘泉宫瓦主人属题，至再而卒不敢应者，以有太史长歌在前，即集中西汉无书家一章是也。今抚斯谱，诸公有作，累牍难穷，又重以太史弁言，夙所诵习，自惟梼昧，曷敢步尘，顾念惟山恂恂守矩，实称太史序中之目，而其宗修辑之勤，编摩之当，于以生人孝弟之心，益觇风土族姓之美，故不辞，执笔附名序末，抑借以慰余神往，或在斯欤！

《曾氏族谱》序

郡东一舍而近为芷湾，《楚辞》所云"沅有芷"是也。环居者衡宇相望，率熏染芗泽，力勤畹亩之间，盖其俗然也。而曾氏又为是乡著姓，余耳熟焉。会其宗有持其家谱来乞序言者，余因叹近世士大夫之忽视其族也，曾未一汲汲于此，而间有留心宗法者，又乐远攀华胄，近附通显以为重。是二者，其于敬宗收族之道胥失之矣。

今曾氏此谱，有纲有目，不漏不支，兢兢然惟溯自始迁以迄于兹，几四百禩支，分者七支，各有表而推而上之。二宗一本，开卷瞭如此。殆如湘漓之同出阳朔山，而探源者可计程而得欤！夫芷湾之有曾氏，特其七支之一耳。而余所见闻已如此，其他之各著一乡可知已。抑闻班扶风有言，士食旧德，农服先畴。睹斯谱也，当思何以胎前，何以焘后。余窃于曾氏子姓有厚望焉。遂不辞而书诸简端。

武陵《龚氏族谱》序

郑渔仲氏《族略》称，共氏有三，龚氏有三，洪氏有三。而愚以为同出于共，其源盖一姓也。考"共"，为商末侯国，地在河内共城，其子孙以国为氏。《春秋》世晋有共华，亦有龚坚，皆共裔也。又《汉书·项籍传》义帝柱国共敖，《匈奴传》太守共友。颜师古注：并云共，读曰龚。是为明证。郑氏又谓：洪氏本共氏，因避仇改为洪，亦必有据。

然则曷为类诸同名异实？盖自共城一系外，不得从以国为氏之例者，亦有之矣。要之，共、龚，古字相通。洪，取形声相近。初无岐异也。顾说者谓，氏族之紊，古病其分，今病其合。夫常姓虽繁源流，自判以同姓，故比而合之，几如棼丝之难理，于姓以别生之义奚取焉？惟龚氏与共、洪二氏，分之则各有三，合之则出于一，斯固异名而同实者。

秀水朱氏有言：姓之希者，通谱亦匙其人。叙而为谱，足以征信于世，此类是也。吾里龚氏，先世有讳秀一者，自明永乐间由豫章来，徙家近汉寿故城之水南村，因自号南溪，是为龚氏始迁之祖。数传滋大，历今凡十四叶矣。中间有显于朝、举于乡者。他或却征，或饩庠，以文学名、以隐德称者，殆未易偻指。而龚氏遂为里中著姓。

犹忆雍正癸丑甲寅间，其十一世孙世载，与余同受知学使归安吴公，为名诸生，惜赍志早世，迨余官闽中，以内艰归，耳邑庠生大万文誉甚噪。既晤，知为世载君遗孤，益叹亡友有子矣。顷出其宗谱，属余为序。余按其谱，自南溪以下，支分者九，列图系表，宗法井然。迁祖而上，均从阙略，期于征信，盖其慎也。是编为其大父庠生讳廷璧者创修，越三十年始成，而继其业者，实出其从祖庠生名廷莹也。

今既开雕厥事，而余更有谂者。龚氏自前汉有龚胜、龚舍，史称并著名节，世谓之楚两龚者，固远不可考。至于晋，有龚元之弟子元寿，宋有龚祈父黎民，并汉寿人，世以高尚闻，详晋、宋二书，及《南史·隐逸传》内。顾其后裔，竟莫知所在。

今龚氏之族，环居汉寿，乃谱牒仅溯自豫章，兢兢罔敢牵附若此。窃意豫章，亦楚分也，安知转徙之余，忽分忽合，而本宗故由是欤？异日者，华宗贤嗣出历仕途，当广为搜访，补其阙略，庶几共城一派，竹素增辉，斯又余所执笔而延伫也夫。

《唐氏族谱》序

夹漈郑氏撰《氏族略》，首唐氏。又唐氏有二：尧之后为唐，周以封晋，此晋之唐也；伊祁姓燮父之后封于唐，为楚所并，此楚之唐也，姬姓。盖氏族有同名异实者，故其论如此。然则今世唐氏受姓之始，其为伊祁与姬，未可知。要之，皆所谓以国为氏者也。

吾郡唐氏称著姓，其环沅而居者，先世殆通显相继矣。而渡江而南，距郡城最远，又有唐家溪，聚族亦繁衍焉。考其世次，其始迁之祖曰瑛，以征元功，受明封，自金陵来居。数传后，有官于朝者始立家谱，定行派二十字，俾子姓踵遵，于今又十有八叶矣。夫以远乡生聚之放，与要津赫奕之宗相提并论，而溯自始迁以来，无或异焉。虽其分合之故，未易指数，然要为郡中著姓则一也。讵不胜哉？

顷，唐家溪裔孙某等，以派字将毕，且阔于修有年，谋重事编辑。盖自断为唐家溪一族之谱，此外若弗敢牵附者。谱成，请予为序。予惟秀水朱氏有言：氏族之紊，古病其分，而今病其合。一范也，虞、夏、商、周异焉；一桂也，吞慎殊焉。张、王、刘、李、赵，氏族半天下，岂果其枝叶独蕃，与盖混而合者众矣。此其谱系之传，多不可尽信也。

今观唐氏此谱，兢兢焉略疏属而详本支，庶几宗族之易敦，子孙之可守，胥于是焉。砚之，信乎有体要者矣。夫姓氏之学，最盛于唐，而国姓无定论。林宝作《元和姓纂》，而自姓不知所由来。宜夹漈氏为之忾叹也。

世有作者，傥尽如唐氏焉，不几以为绳绳秩秩，灿然在目也耶！

予故不辞，泚笔而书其端。

《沅州府志》小序二十八首

星野

郑康成曰：星土，星所主土也。沅郡虽新建，然逆溯之，地络之，所负与其所会犹古也。是故言玑衡则难知，举山河则有据，盖唐一行两界之说，为近是矣。夫甘石之所穷，与章亥之所步，吾乌知其必有合耶？惟于其土焉准之。星之所主，可放佛焉。亦郑氏所谓其存可言者尔。志《星野》。

建置沿革

沅之名州自唐始，其治于此也自宋始，而设府则自明初已然。然旋设旋易，故《职方》略焉。我朝疆宇式廓，版章所隶，雄系相望。而沅之建邦，盖几于封肇之表，以圭臬矣。夫同其贯利，无有华离，皆周官职也。矧敷土以还，剖析并省，载在史籍，可考而知乎！因编眘而表列之，庶几得其十九也已。志《建置沿革》。

疆域

夹漈郑氏曰：州县之设，有时而更，山川之形，千古不易。所以《禹贡》分州，必以山川定经界。是说也，疆域形势，胥括之矣。郡境在今日领隶，视昔已殊，而赢缩屈曲，夷险高下之故，亦因之异。顾亭林有言：奠以山川，正以经界。地邑民居，必参相得。犹郑氏意也。吾师其意，而广其说。志《疆域》，而"形势"附著于篇。

城池

郡之城也创于章，拓于周，完于冯，然皆以兵事兴役，即黔、麻，亦莫不然。乌乎！有戒心矣。夫重门击柝，取象于豫，况摄以古人怵然为戒之神，则今日之徒见山高而水清者，其知之耶？古者经涂九轨，环涂七轨，厥有街巷，旌门有典，入里必式。厥有坊表，皆国邑中所履焉、视焉者也。志《城池》，而以次隶焉。

山川

盛宏之《荆州记》：武陵舞阳县有淳于、白雉二山。郦道元《水经注》：熊溪南带移山。皆郡境山也，然不可考矣。岂古今异名，无从栉剔欤？至于独母之水，今为龙门。五郎之溪汇于罗，旧而命名有义，都付存疑。大抵此邦为山水奥区，而在昔之蜡屐、挐舟者，罕所津逮，故晦者八九。今穷搜而略状之，凡山之属，若岩，若坡，若洞水之属，若溪，若滩，若井，亦详著焉。始知桃源以上，灵閟尚多，倘复有好事如刘子骥，当必有导之来游者。志《山川》。

乡都

乡遂都鄙，《周官》联之。以县统乡，以乡统里，史备书之。文中子曰：人不里居，终苟道也。枌榆桑梓之间，有恭敬之心，钓游之趣焉。况人户之登耗，井税之多寡，与土俗之淳漓，皆于是乎系。长民者一按籍而求之，宜知所从事矣。郡属都图，增于往昔。民屯并而里甲繁，固其所耳。村庄甲之指名，市镇里之眉目，均著于篇，以备任上之制。志《乡都》。

关隘

郡境为西南扼要，谭边事于楚者首焉。国家承平日久，守险之说，无所用之。然而残营废垒，雨镞苔枪，今乃若此，昔固何为？其时其事，可想见已。若夫无警之时，亦有不弛之备，古所谓天下有道，却走马以粪者，诚有味乎其言之也。是故地有冲次，令必信威，绕溜之固，磐石之安，又在此而不在彼矣。志《关隘》。

津梁

郡当黔南众流之冲，境内溪流又交错之。其在诗曰：夹其皇涧，溯其过涧。是为桥梁，招招舟子。人涉卬否，是为津渡。夫知川泽之阻，而达其道路，掌自周官司险，而说者谓与水利相终始。古之井田沟涂，畎浍纵横在野，恃此而不恐焉。要之，断港绝潢，迷津岐路，人之到此，裴回延伫者，吾为之免其厉揭，无有横索，则不独以曳杖铿然，容刀游泳为可乐已也。志《津梁》。

水利

沅郡水利，与他郡异。他郡滨江湖者，恒苦氾滥，故筑堤以截御之。而沅郡多山，束流下驶，外水既不能为患，而亦无所资，于是引内水以灌溉，则疏导之术为多。他郡地势坦衍，每虞内外激壅，故设闸以蓄泄之。而沅郡之水，自高而下，一泄无余，则蓄水之制宜备。昔欧阳文忠公作《唐书·地理志》，凡一渠之开，一堰之立，无不备记。说者谓其详而有体，盖公固尝典郡矣。予之斤斤于此也，匪惟资来者告，聊用以备考云。志《水利》。

田赋

统而言之，为布缕之征，为粟米之征，为力役之征；析而言之，曰田赋，曰户口，曰职役，曰征榷，曰市籴，曰土贡：皆司农所持筹而计也。夫当其初，非无浑厚宽恤之意，而后稍苦促数矣。国家湛恩，汪濊蠲复，屡颁其立法也。丁口滋生，不必加赋，土田税粮，以垦升科。赋出于田，而征无额外；丁归于粮，而户无逃亡。盖至今日，而良法美意迥出。两税一条之外，他如所谓杂办、加派者，在此邦已贷除略尽，尤编氓所歌舞将之者也。志《田赋》。先户口，而以"仓储"诸恤政附焉。

公署

郡自新建后，易其官，宜易其署也。顾其时，经营长吏之手者，皆度支大府之金。或造或因，逾年而集，事不崇侈，亦不庳陋。庶几所谓不伤财而妨民欤！夫礼言：国宅诗咏，自公作者之劳，居者之逸，鲜不以为坐啸，画诺地也。虽然，有闳其门，有潭其府，抑岂独作，民矜式已哉！税桑田而憩棠下，退食者固早心焉矣。志《公署》。

学校

唐梁肃之言曰：学之制，与政损益。学举则道举，政污则道污，是故有郡国之学，有乡党之学。郡国之学，有司职之；乡党之学，贤士大夫成之。然其足以观政，则一也。郡中庙学，自宋以来徙屡矣。徙而得止其所，则人才出焉。书院近时始有，规画顾多未备。朱子有云：士厄于贫，乃欲聚而教之，则彼又安能终岁裹饭而学于我？然则予之汲汲谋此也，夫固有不得已者乎！志《学校》。

军制

譬诸车，四省其辐乎，沅为之毂。毂欲其不龋也，故大府筦之。八卫其骖乎，沅为之靳。靳欲其勿绝也，故监司约之。诸营其轮轸轵乎，沅为之弓。弓欲其吐水疾而溜远也，故总戎庇之。凡以云兵也，然已成故轨矣。溯而上之，若宋，若元，若明，又其故者。是故谈兵事于沅，趑不以为重，匪重兵，重地也。今之协守于此者，非昔之镇守地乎？顾昔也殷旂而驰，今则康庄容与矣。虽然，造车者三材不失职谓之完，故国工贵焉。志《军制》。

驿递

典邮传迎送之事，凡舟车、夫马、廪粮、庖馔、裯帐，视使客之品秩与仆夫之多寡，而谨供应之，驿职也。沅属当冲，紧置驿，视他郡为繁伙，而令甲新领之邑长一人责，綦重矣！昔之输役于站，急递名铺者，悉出于纲徭罚赎，而在今日，经费皆井税焉。呜呼！可不谨哉。志《驿递》。

坛庙

记曰：祭则受福。又曰：淫祀无福。夫民者，神之依；民无违心，神罔苟歆矣。而说者谓，此邦信巫尚鬼。《楚辞》实滥觞之。然试观今之不屋而坛，肖像于庙者，国之大事，不在是乎？揭虔妥灵，有举莫废，报功崇德，非类弗歆。我将其祭，勿之有淫。所谓福四民，而制九丑者安在？事之如有影响，而理之不可究诘哉！志《坛庙》。

寺观

浮屠、老子之宫，所在棋布。而在此邦，颇为近古。今之金销碧堕者，皆昔之瑰诡殊绝者也。夫儒者耻谈二氏，至欲归并其庐。而撰方志者，每不忍遗。宋梁丞相之作《三山志》也，附“山川”于“寺观”之末。秀水朱氏第讥为体例失伦，然究不谓其竟可削也。大都金石遗文，出于寺观者十九。溯其兴废，而都邑之沿革，与城市郊垧之迁更，皆借以考，宜为操笔者所乐收耳。志《寺观》。

古迹

沅建郡虽新，州邑皆古。然非其旧矣，故谓之迹。薛尚书之手书性理，马长史之躬拓斋堂，满太仆董粥之乡，宋光禄衣冠之窆，郡中故实，此其荦荦大者。若乃荒亭欹榭，齾石蚀铜，苟远连犿，亦资炙輠，彼夫子厚夜筑之城，未必不古。元忠权知之地，何尝无迹？恐徒供齿冷耳。是故不以其古以其世，不以其迹以其人。志《古迹》，而以“冢墓”附焉。

风俗

郡与黔省接壤，在昔苗乱，黔民避地至此者甚众，饷运又此邦供役为多。岁乙卯，[世宗宪皇帝诏曰：沅民急公趋事，倍于他处，其全免今年额赋。今上初元，仍免征一年。远郡编氓，迭荷天语褒恤，宜至今歌咏也。然以此觇郡之风俗美，可知已。夫奢俭淳漓之故，积渐使然，悉其得失而利导之，且为之坊，是在长民者。顾兹苍赤，仰惟帝德，尚慎持其后焉。志《风俗》。]①

物产

郡物皆常产，无诡异瑰琦，充林物泽，见之者以为煜煜奕奕也。顾有

---

① 据清瑭珠修，清朱景英、清郭瑷龄纂《［乾隆］沅州府志》卷二十三，清乾隆二十二年稿成，刻年未详本补足。

客入境，犹问丹砂。呜呼！泥古求今，责有于无，不几穷欤？餐余粗粝，案有菜鲑轑釜，勿嗟食单，差足谋朝夕者于兹，而乃以为常，彼撰《救荒本草》者何人哉！朱门鼎鼎，厌粱肉饱食，诸宜不知饥矣，岂其然？志《物产》。

职官

志之有《职官》，史表例也。正史而外，有边韶、崔实延笃之。《百官表》虽不传，犹为考古者所称。宁谓一郡之志，不可仿其体乎？顾必详其官制，与其官数，盖犹然史志例也。且为官斯土者，著其分令增损之，故而后斯土之沿革愈著焉矣。故事宜自守起，然夷考在昔，此邦为之府驻节监司坐镇之地，有重人，不益信其地之重耶？故首纪之。次自有州以来，而后及正编，其属邑之新设改隶，亦眉列焉。虽然，郡之建才二十年，而官之数已如此。后之览者，按其年任，因以镜其得失，则以是为题名贞石云尔。志《职官》。

选举

唐举进士科，而沅无闻，岂五季兵火之余，故籍摧灰，无从捃摭欤？况旧学屡经移易，求所谓登科之记，题名之石，摩抄而掌录之不可得，故载自宋以来，亦仅有此。国家教泽逾百年，涵濡演迤，邦之巨公，如西山中丞，业以文章功绩显矣，吾犹冀后来者趾其盛焉。志《选举》。

名宦

昔之号为迁谪地者，重臣名帅，实接踵焉。声施烂然，未必非竹素光也。乃或者献疑，谓《史记》传循吏仅五人，《汉书》增多，亦止六人。一郡之乘耳，何侈陈若是？虽然，朱邑之魂魄犹恋，刘尹之清德不衰。况此间代祝庚桑，愿后来无忘封殖，汗青不没，廉吏可为侈云乎哉！予病其隘已。志《名宦》。

人物

裒一郡之产，而必系以本事。乃欲比良迁董，吾知其难。自昔《楚国先贤》《襄阳耆旧》，均有纪述。而此邦地处幽遐，罕所载笔，则搜采为尤难。夫以佥事之宿望，太仆之直声，光禄之授命，宁不为湘岳生色？矧十步之泽，必有香草，品诣虽殊，丹青亦何可勒哉？若乃冠春申于首，简攀供奉为寓公，俗语不实，曷敢从同？然而名湮没而不彰者，亦复何限，固不能不放笔喟然。志《人物》，而附见“流寓”。

列女

郡邑志录节烈，著在令甲，不必待旌门表宅，然后涉笔也。顾前此记载寥寥，岂表章之途未广，故幽潜不尽阐发欤？夫妇人不辛而以节见，又不幸而烈，与夫女子未嫁而守贞者，皆志家乐书之。李习之有言：赏一女而天下劝，亦王化之大端。况麻列若斯耶？贤孝者妇型，眉寿者阃瑞，备纪兹编，宁非彤管之光哉！志《列女》。

释道

外道何以志？昔者《北魏书》志释老，《元史》传之。史且然，况郡乘乎？夫所恶于佛老者，为其清净寂灭，足以害吾道也。今乃无所谓清净寂灭者矣。五宗分而门户立，五雷传而符箓兴，今并此而亡之。而名为佛老者故在，亦何足志郡之刹观盈境内，而方袍圆顶幅巾，被氅之伦著录。仅此，毋乃不传者尚多欤！虽然，不传何病之有？志《释道》。

记兵

自楚威王使将军庄蹻将兵西略黔中，为有郡兵事之始，然而远矣。秦汉以后，凡有事于武陵五溪者，史传多统词，不敢定指所在。故断自唐第八九为蛮徼经营，亦有前剽各方，兵交境外，而戒严振旅，此邦以之。盖至明，而此郡之兵事愈伙。若乃一隅僭号，抗我颜，行半壁跳梁，肆其狂噬，而天戈所指，欃枪扫焉。自是吏甿相习，不知有兵事者垂百年。乌乎！往事惊心，遗书在眼，人之怀古而嘅叹者，其将有考于斯。志《记兵》。

祥异

灾祥，郡邑所时有，无足惊叹者。史家自班固而下，撰《五行志》者，率祖伏胜《五行传》，各附以证应，果天道人事之验如影响耶？鄱阳马氏徒病其言妖不言祥，末矣。夫德星庆云，醴泉甘露，器车龙马，嘉禾瑞麦，一角之兽，连理之木，九茎之芝，述符瑞者志之，然安知不以援神契元命，苞诸纬书为滥觞哉？方今景运郅隆，百灵效顺，风雨和而物性若，其祥瑞有出于畴曩万万者。沅虽末郡，犹书之不一书也。志《祥异》。

志余

志余者，志其余也。山川当百战之余，都邑据五溪而上。罗施国近，穷琐事于虞衡；荆楚风流，续哀歌于骚雅。通扶余之道路，属国亦慕华风；状太尉之笑言，往喆尚留生气。杜子美黔阳之句，牵附殊难；李太白夜郎之行，流传总误。虽罗放失，颇寓别裁。义取劝惩，事资扬㧑。尝脔者要无嫌残膏剩馥，涉笔者每苦于聚腋披沙。嗟乎！人亦有言，莫难于志。我方辍简，尚慎其余。

《澎湖纪略》序

古之善治者，每务乎其大，而筹乎其所不及备。追胪所措施，往往立言，不为一时，而收效期诸数世，此岂括地家所能涉笔哉？则如勉亭胡君所撰《澎湖纪略》是已。

澎湖，为台郡郏郭，别驾分驻，其地有司土责故事，遴内吏之廉，且能者畀焉，而君实膺是职。既莅三阅岁，凡所为奠甿业，诘湾慝，厘懋迁，程讲肄诸大端，靡弗张举，于编中窥崖略焉。下逮勺泉盂井，亦必辨其龄冽而识其所在。其用意周，而筹萦备矣。昔欧阳文忠公作《唐书·地理志》，凡一渠之开，一堰之立，无不记于其县之下。论者谓其详而有体，君殆得是意欤！

夫以环瀛绝岛，綮然疆索，又得贤通守精心擘画，所措施具有本末，而复以公余研削勒成一书，义例井然，持论精卓，足使后之司斯土者资所考镜，是真合古之为治者。

余故乐为之序。

《三元总要》序

天官家言，定为营室昏中之月，可以兴造。《诗》所云"定之方中，作于楚宫"是也。《周官》土方氏掌土圭之法，以致日景，以土地相宅。后之有事卜筑者盖昉乎此。

《唐书·艺文志》有《五姓宅经》二十卷、《宋史·艺文志》有《相宅经》一卷、《宅髓经》一卷、《淮南王见机八宅经》一卷。其书不尽传，然时散见于世俗流布之书，承讹踵谬，极纷纶而弥失其真，大抵暗乎西法中气，过宫恒星岁进之旨，又昧昧于轩皇六十一年以来甲子循环之运，且狃于针盘赢缩之说。是用宫宿失次，畴卦判悬位向茫如，而辟塞罔定，其流祸有不可胜言者。

华亭王文园先生，于形家书靡弗殚究，曾从广陵臧南园处，得杜陵蒋大鸿《地理辨正》《天元五歌》《水龙经注》《玉函经》诸书，复经南园口授，精心荟萃，成《三元总要》。是书以局起例，以运定方，主乎九星，准诸一宿宫，于局系卦随星转，刿厄词而启秘钥。岂非测量候验者，所当奉为圭臬也哉！

昔王充有言，大岁在子，子宅直符，午宅为破，不须兴功起事。又言：五姓之宅，门有宜向。向得其宜，富贵吉昌。读《论衡》者，恒河汉其言。今睹先生斯编，益信发明有自来矣。顷与王亮斋请付开雕，既蒇事，因述其缘起如此。

《钮祜禄氏宗谱》序

我国家肇造，丕基光宅，方夏一时；名宗硕彦，雷雨经纶，星云附丽，发迹琦玮，庆延累叶。仰惟列圣，笃眷前勋，酬庸益懋，是用后先趾美，端绪懿铄，将使家乘登于宬阁，国史著其渊源。而为之嗣者，抚金版而胎光，拱珠垣而食德，岂惟是侈诵清芬，远攀华胄者哉！

长白钮祜禄氏，先世宏毅，公推本朝佐命功臣第一。是为始祖生十一子，厘派凡十有一。门阀赫奕代，挺伟人，诸勋裔莫之或先。吾友学圃，其第五派六世孙也。醇笃渊雅，被服儒素，以世职出宦，诘戎善俗，实能其官。手辑家谱既成，属序，予受而卒业。见其阐扬宗烈，浚发门华，不漏不支，有伦有要，叹学圃用功勤，而结念远也。且夫丰水有芑百世之仁，圣人尝言之矣！

汉京东西，金、张、袁、杨，元气郁然，与国偕永，有非清门儒族所能媲俪者，盖积累有自来矣。抑在诗曰："陈锡哉周侯，文王孙子。"本支百世，凡周之士，不显亦世。盖言文王受命于天，子姓绵延，统承百祀。其臣下遭逢盛际，含煦厚泽，足以光显，而永世者亦如之。

然则睹是谱也，匪惟世系足征，家祥备述已也。其借以赓扬圣祚，流衍灵长，靡可纪极者，将于是乎在。

赠翁君序

凡任事者，识定而备豫，气盛而机赴，志壹而功集。夫懵然者狃其常，茶然者疲于役，梦然者罔所就，举不足以任事。是故观人者，不于居平而于贞变，则诸罗翁君有足多焉。

当黄逆倡乱，渐窜诸邑境，君与同里戚懿辈，以急公相敦勖。是时邑无完城，人情汹汹，讹言日三四至，众挈眷避之野。君力肩筑城之任，刻日兴工。城成，阔五尺，崇丈有奇。又浚河，深广如之。更增设望楼窝铺，以便游巡。凡费千八百余金。又率其弟出赀，督田丁，募庄健，堵截擒捕。曾遇贼于小草埔，右腕创焉，率奋勇争先，获匪党并贼械。事后条议，清庄法时即实行。是役也，疆圉固，捍御严，擘画周。君力居多。

呜呼！可谓勇于为义者矣。夫以君识立于先，而气以鼓之，志以决之，算定于当机，效收于旋踵，不出闾左乡曲之间，而全境帖然衽席。此固官斯土者，所亟宜奖励者也。

君他善行甚伙，余举其最者表之，俾世之有志任事者知所劝欤！

《适性诗草》序

诗，缘情而作者也，性为之坊。记有之："人生而静，天之性也。感物而动，性之欲也。"（《礼记·乐记第十九》）感斯通，通斯适矣。张茂先曰："寝兴有节，适性和神。"诚有味乎其言之也。

性弗自阋，而诗声焉。苟戾乎声，非诗也。性于何适？顷诵津门镇帅章公《适性诗草》，而爱慕之。公富于学殖，襟怀闲旷。通籍后，间关豫、楚、滇、黔、闽、越诸域。宦游所经，感触酬应，偶然有作，乘兴而就。综其篇什，境真象远，略无涂泽珊镂之迹。而一唱三叹，使人之意也消，洵乎至和无攫醳，至平无按抑，得乎声之正，足以自适其性也欤！

昔钟记室有云："吟咏性情，何贵用事？"古诗如"高台多悲风"、"明月照积雪"、"清晨登陇首"，皆书即目，羌无故实，而妙绝千古。公诗庶几近之。

顾公不欲以诗名，若曰"吾适吾性焉尔"，然而公自此远矣。

《奇观察三代闱牍》序　代

昔王筠《与诸儿书论家世集》有云："史传称安平崔氏、汝南应氏，并累叶有文才。然未有七叶之中，名德重光，爵二相继，人人有集，如吾门者也。"沈约亦云："开辟以来，未有爵位文才相继，如王氏之盛者。"夫制义，文章之一端也。然操此以弋科名，一门之中，后先灯续，其获隽也，若可庚契，致阶爵位于斯，觇名德亦于斯，岂斤斤矜门望者，所可企及耶？此余读长白颖士观察公《三世闱卷》所为憬然也。

观察公以雍正丙午登贤书，长公景平祭酒捷以乾隆己卯，次公乙照州牧癸酉举京兆，先于祭酒，而祭酒冢君飏廷，复以辛卯成孝廉，州牧子惠畴是科亦预房荐。综其掇科之年，惟祭酒及壮，前后皆廿四。于戏，盛矣！夫一艺之名，授受必有渊源，不出户庭，而其业专且精，足以传世而行远。班氏所谓"工用高曾之规矩"是也。名德之积累，保世而滋大，爵位迭膺如或酬之，故匪尽系文才也。然即以文才论其述作，要亦胚胎有自，家学相承，不益衍家庆于未艾哉！

观察公历仕吾闽，乡枌被其泽有年。既相晤三山，益叹鼎重苍古，当求之畴曩中。昨岁与祭酒同官成均，尤稔其家世。盖观察公由阁学公发祥，宜清芬之递袭者远也。顷祭酒衷其《三世闱卷》梓以示人。余既赏文才蔚于一门，因羡其爵位之盛而推本，名德有由来，缀数语简端，将使读之者，目斯编为王氏之家门集也夫。

《东武山房集》序

仁，人心也。心统性情，而仁具焉。仁不虚寄，而心宅之心不自閟，而言声之。古所谓仁人之言，利溥也。夫立言不为一时，其人亦足以千古。利之溥也，世滋大矣。

百果草木之精华，缛绣焉，䖟炽焉，见者鲜不惊且艳。顾所由甲坼而根荄之者，惟苞种是系，仁具故也。今暨阳中丞公，刻其赠公诗文集既成，景英受而读之，窃服其言之山于仁人也。盖其为文有必尽者，有不必尽者。必尽者推勘极致，层折无穷，直欲使人慄然汗下，惺然梦觉而后止；不必尽者若提唱然，机锋微露，味隽而膏，读者涵泳咀噍，妙诗诸意言之外。诗则兼综众体，造乎浑沦，脗合温柔敦厚之旨，而一归性情之正，洵乎大家之遗矩，风人之极则。而要其称心而出其诸仁之流于既溢者乎？

昔王筠论其家门，谓"七叶之中，人人有集。且即爵位之盛，推本名德，奕世犹钦羡之"。今中丞公勋德久著，闽中知其胚胎者深矣。顷复版行家集若干种，实以斯集为河源岱脉焉，其演迆可涯计耶？是故以言声者心，以心宅者仁，苞种护而精华烁，以此见仁之收效者远也。而世顾第以言求，则斯集殆如琅琊之以司空称首欤！

《龙池诗选》序

目昔论靖节诗者众矣。或评为跌荡昭彰，抑杨爽朗；或目为绛云在霄，舒卷自如。而要以钟记室"古今隐逸之宗"一语概之。求隐逸于越中，以诗名者，前代如杨铁崖、徐天池辈，号眉目焉。顾铁崖凌厉滂葩，而弊或流为恢诡；天池又以抑塞磊落之才，济其傲辟。凡此皆风雅之别，子无当于冲夷闲远，而柴桑之遗响熸矣。

龙池先生风怀澄澹，绝远俗塵，鉴湖剡曲间，啸咏故自清遒。中间游屐所涉，山水情深而智仁性惬，吟什正脩然意远也。且夫诵诗者必论其人。记有之："宽而静，柔而正者，宜歌颂。广大而静，疏达而信者，宜歌大雅。恭俭而好礼者，宜歌小雅。正直而静，廉而谦者，宜歌风。"先生岂非其人哉！得于天者和，斯矢为音也正。举所为恢诡而傲辟者，几薙狝靡遗焉。其足以追踪靖节，不屑与杨、徐比肩也固宜。

读斯集者，不当推为越中隐逸之宗也哉！

《石帆诗选》序

暨阳中丞公既梓行赠公诗文，复手辑诸昆诗，次第刻成。景英得遍读焉，不禁于《石帆诗选》喟然也。先生之卓行，与其诗若文之工，已详徐笠山前辈所撰传中，不具论。独叹天之生才不偶然也，其遭际亦不偶然。

古今来贤达之会，逢其适如针磁之往辄相投，殆比比而是。是故负伟抱者策大勋，擅通才者享大名。《易》所谓云雷而经纶者，不当若是耶？即不然，而怀铅握椠之士，亦得邀影缨飞组之荣如相如、枚皋者流，所谓傲当时而称作者，何必不长杨载笔、太液从游也哉？乃先生晚掇一科，三上春官，卒赍志以殁。而流传身后者，惟此一编。孟东野云："好诗多抱山。"昌黎志其墓乃云："以昌其诗。"彼此丰啬之故不良，可慨欤！

昔元裕之撰《中州集》，录其兄敏之作，近世王文简公所著《感旧集》，亦附西樵伯氏诗。已，又手辑诸昆诗单行海内，世所传十笏草堂、抱山堂古钵山人诸刻本是也。今中丞公于章𬍡综核余汲汲事此，用意之厚，视前贤不啻过之。是又景英所由憬然也。

《萝村诗选》序

有学人之诗，有才人之诗，有诗人之诗。

骈花俪叶，妃白偶青，獭祭心劳，鹤声偷巧，弓衣而织，白傅团扇。而画放翁，既锢阏其性灵，徒求工于章句。此诗人之诗也。以崇论闳议为奇横，以钩字棘句为博奥。险摄牛蛇之魄，丽蠻龙虎之皮，观者为之目眩，读者至于舌挢。此才人之诗也。若夫学人之诗，上薄风骚，根极理要。采经、史、子、集之菁华，味兴、观、群、怨之旨趣。必有为而作，无不典之辞。庶几司空表圣所谓"大用外腓、真体内充"者乎！然操此以求，诗人恒接迹，才人亦稍稍出，惟学人则少所概见矣。

景英久稔暨阳余萝村先生，为当代孔、郑。其经术湛深，足以衣被海内。余事为有韵之言，辄如古服劲装，令人肃然起敬。信夫漱芳润而倾沥液，卓然为学人之作，不苟同于前二家者也。抑闻朱子尝欲抄取经史诸书韵语，及汉魏古词，以尽乎景纯、渊明之作为一编，附《三百篇》《楚辞》之后，为诗之根本。又选颜、谢及唐初与沈、宋以后律诗之近古者各一编，为诗之羽翼，虽未有成书，诚郑重乎其用意也。

先生夙服膺考亭绪论，宜其诗之造诣若此欤！景英既私幸卒业，斯集"敬附一言，用志瓣香"，有在云。

《嘉树楼诗钞》序

道德者，文辞之根柢，而勋业所发皇，亦必有寿世之著作。古巨公号三不朽者，类推为间气所钟，不偶然也。国朝曜灵振响，名世辈出，其回翔台阁者，卷阿矢音，几于金春而玉应也。亦有重寄封疆，建牙赫奕如睢州、商邱诸公，靡弗接轸，扶轮茹涵，雅颂而衣被，所及弥足以彪彆德藻，焕烂功庸。

于戏盛哉！今暨阳中丞公，世酝其德，醰醰然圆折方流，渊源有自，胸罗列宿，元精贯中，占象者仰戴筐焉。既篷亨遝，跻崇列，旋开府闽中。盖至是而经猷诚信，孚洽海峤者，逾二十年矣。缅其后先声施，群相品目，若所称盛德如赵清献，奇勋如韩魏公，讵弗谅哉！公著作繁富，久为海内脍炙，顷开雕所作古今体诗凡四卷。卷中纪恩遇，叙天伦，陈友谊，绘民隐，与夫符节所经，性情所寄，胥于是焉系之，匪是概从其略，要不欲以斗新声者溷清啸也。诗有之："吉甫作颂，穆如清风。"公以冰壶玉衡之质，泛朱弦清庙之音，其所为本，勋德以流露者，不当令人扬抈靡竟耶？

方今台阁雍容，彬彬或或，执化权而操文炳者相望也。公顾于森戟凝香间，与为方驾。读斯集也，匪第神溯睢州、商邱诸公，将举古所号为不朽者相衡量，奚让焉！

景英辱授简，遂盥手而书。为序。

徐学斋《闽游诗话》序

《闽游诗话》者，系于游，故系于闽，以诗传，仍以话传也。学斋工诗而好游，又好与诗人游。寓闽既久，闽中轶事有与诗相附丽者，辄话之且衰而成帙，庶几所谓游不废学者欤！

夫余故学斋诗话中人也。学斋未识余而话余诗，余滋恧矣。已，与学斋偕而三山，而清源，风晨雨夕，诗外无话也。而学斋之诗话，将自此日益繁富矣。

余之初游闽也，获交十研老人。每晤必话诗，多闻所未闻者。俗缘牵率，未及掌录一二。而他本所引《香草斋诗话》，实无成书，暇日犹当出所记忆，与学斋共甄综之。

《解戒予诗集》序

余贰守海东之四年，获识永丰解君戒予，盖醰粹渊雅人也，遂与缔交。已，戒予袖所为诗以示余，清迥沉挚，抒自胸臆，绝远于涂泽嘈囋者。未几，余秩满西渡，携其卷去。今秋补官台北，重觌顷辄复诵其近诗，格韵加苍深焉。

戒予既倦游，将浮海归，书来属序。余惟论诗者之动陈宗派也，其说盖沿自禅家，禅派析而宗风颓，诗派岐而雅道泪，所固然矣。夫以黄文节公"辞必己出"，卓然一代大家，而吕紫薇乃区为江西诗派，列陈后山以下二十五人为法嗣，方隅之见，递相祖述，致谭艺家有微词于豫章。嗟乎！此岂文节之咎也哉？戒予生长章贡间，逊志晞古，其于乡先正所流传者，漱菁华而祛钩棘，殆精心持择有年矣。宜所作之造诣若是也！

抑有谂者，西江自庐陵、临川而外，南丰独以古文名家，近代如宁都、南昌诸家，文笔夐绝，海内顾不求工于有韵之言，今所行易堂及四照堂诸集可按也。乃戒予若不欲以文事自域，毋亦余事作诗人欤。

戒予之归也，余不及与别。邮此序其诗，且以赠行云。

《唐诗别裁集笺注》序[①]

选本之有注，自李善注《文选》始。后之注家，征引群书，字笺句释，率祖之。李善之言曰："诸引文证，皆举先以明后，以示作者必有所祖述也。"其起例如此。论者举其注《头陀寺碑》一篇"三藏十二部"，

---

① 清沈粹芬清黄人《国朝文汇》（清宣统元年上海国学扶轮社石印本）卷二十录此文，文字基本无异。

如瓶泻水，其诸《唐书》所称"敷析渊洽"者乎！

而世顾轻言注书，其敝也捃摭类书，窜易坟典，臆造耳食，挦扯割剥。极于时地，缪盩文义，乖反而不可究诘，尚恫然曰吾祖李善，傎矣！夫注选本，与注专集，其体例亦自有别。注专集者，次第其人之出处岁月，尚论其生平，因以考见其著作。故人自为书，而注亦自有其体。若选本，荟萃众作以成书，而注则不能依附诸家而各为例。然亦有采撷旧注者，如李善于薛综、刘渊林、郭璞、王逸、刘孝标诸注，必标名篇首，仍书"善曰"以别之是也。而世何昧昧焉！

龙溪黄君步春，博雅士也，顷以所注《唐诗别裁》属序。盖是选，为沈文悫公手定善本，一洗历下竟陵之陋，海内承学者几于家有其书。今得步春详疏而曲鬯①之，缅其心力之勤，援据之赡，栉比之精，洵足以骖靳雅轮，膏馥俭腹者已②。抑昔人于笺释之学，恒相攻击，如杜注之有"黄鹤鲁訔"、苏注之有"尧卿次公"，每为后来指摘，至腾为姗笑不已。

信夫！注书之难也。步春惧其难，斤斤焉守其例，而不欲踵其敝，毋亦李善所云"享帚自珍，缄石知谬"者欤？余故乐为之序。

《云麓诗存》序

本朝海昌诗人，首推查初白太史。太史篇什富有，所著《敬业堂诗集》，海内奉为圭臬，群以瓣香眉山相目。余每读太史诗，辄叹其格调苍浑，体兼众美，殆不名一家，有非尽袭眉山神貌者。世徒以其补注长公编年诗为平生得力所自，故云然耳。云麓史君，今之海昌诗人也。余久耳其名，顷来海外，获与定交，受读其诗，敛手服云麓卓然为太史嗣响矣。

间与谭艺，恒斤斤以格调为言，余益心折焉。盖格苍则酝酿深，调浑则音响切。天骥精神，层台结构，以云格也；孤桐朗玉，自有天律，以云调也。是故假面非格也，杂砌非调也，而世且竞言作诗，无惑乎作者多而工者寡也。

余尝病太史诗集颇伤繁重，窃欲稍加芟薙，掇其菁华，以存太史之真，而未逮也。今论次云麓诗，辄觉纤秾平淡，均造自然。岂非太史所无尽无，太史所有不尽有者哉！

---

① 鬯，清沈粹芬清黄人《国朝文汇》卷二十作"畅"。
② 已，清沈粹芬清黄人《国朝文汇》卷二十作"矣"。

畲经堂文集卷五

寿序

陈翁八十寿序

出郡城东十里而缩，瞰江结庐，面山背村，衡宇鳞次，列肆相望，几同哄市。而水木明瑟，烟岚苍翠，风帆沙鸟，渔火船灯诸胜，致若可襟揽而袂挹也。屋后平畴绣壤，萝户柴门，稞稞披畦，豆蔗挂架。春秋佳日，农父园丁，抱瓮而嬉，踏车而唱，殆目与游，而耳与熟焉。此乡为吾外舅家族区，予往来数矣。每见其乡诸老辈庞眉健步，乐其天真，恍如置身甘谷、香山间，而与为周旋。若我陈翁者，尤所心折。

盖翁自少内行醇备，至性所流溢，兰陔荆砌外，处里党中，好行其德。和易冲淡，不为翕翕热，亦略无城府胸臆，生平若不知有怊恚郁伊事。居此世内，适适然泊与遭也。兴至辄招邀邻叟南荣，促坐竟日手谈，至忘寝馈收夜。款语移时，不及尘事，益觇翁风概容。举率诸自然，虽未暇规怀葛而模羲皇，要不在柴桑栗里下耳。嗣君五人，皆勤于治生，克裕其家，曲尽洁白之养。诸孙秀起，一游于庠，凤毛麟角，将大厥宗，以此里人交口称翁盛德，通怀食报，且未有艾。而翁固自乐其乐。东山屐齿，翔步依然，遂于是乎寿登八十矣。

且夫甘谷老人啜余菊水，香山居士绘作屏风，或乞地灵，或邀时誉，近远虽岐，仙凡未判，姑愁置焉。若夫隐逸之宗端推靖节，而叩门徒资腾笑，种秫殊昧养生，尚论者犹惜之。如翁者，既鲜服饵，亦绝名心，何求何贪，以永其年。谁欤堪为仿佛也者？

顾予以为，占胜地者恒寄高躅，古者山泽之臞，踪迹率类神仙。然屈子云"朝发枉渚"，庾子山云"地则山称枉人"。郦善长《水经注》："沅水又东历小湾，谓之枉渚。渚东里许，得枉人山。"司马紫薇《宫府图记》："德山为第五十三福地。"翁居实近焉。当夫朝曦暮霭，隔江萦拂；几榻户牖，若或收之。翁以性分之娱，阶庭之乐，偃仰其间，徙倚自得。辟灵境而作宅，茹真精以为粮。难老有征，举无加此。此岂垄墈中人所能企望也哉！

予辱翁知爱久，于其诞日也，敬书此以祝。

陈一揆六十寿序

古者男子生辰，告诸闾史。闾史书为二，一藏闾府，一献州史，而达州伯。夫以二十五家之为地至近，而生其间者，当翦髦之初，辄烦授简。自是以往，其人之生平行谊众著，于人人可知已。盖闾者，侣也。居相近则本末易详，人相习则见闻皆确。又其年齿可按籍而稽，则所据以为祝嘏词者，匪里中人奚属焉？

余之交陈君一揆有年矣。盖衡宇相望，往来无间者，自先世已然。余以宦迹，与君别才数岁，及返里，未尝不数数晤，而君于是乎年跻六十矣。远近诸戚好，于其生辰也，谋制锦以祝，谓余里中人，又素相善，宜一言侑觞。余不获辞，因复曰："余曷能言？"无已，请言诸君意中之言可乎？

忆余幼时登君堂，见两大人春秋高，君力治生，曲尽子职，终其养孺，爱不少衰。伯兄病且剧，君走求医，扶持沃汤液，无倦色。弗瘳，辄遍叩神祠呼吁，几不忍闻。嫂孥无所倚，季弟家亦中落，朝夕皆赖君存恤。然当析箸时，君故受其瘠者，尤人所难。

君之家吾里也，先世徙自沅陵。墓田岁久没豪右，君往白当事，得以次复。相距计十舍而遥，岁时展视以为常。其宗党无亲疏皆善遇之，君之敦本有如此者。君性伉爽亮直，无燥湿胸，与人交有始终。每脱人于危，而赒其缺，有贷金而折阅者，仍厚抚其家事。苟便人，虽邻境弗吝，输赀兴创，亦略无市名意。闻有负人逋，将鬻室以偿，亟解囊畀之，妇孺得完聚，君终秘其事。而其人感泣，恒向人称道。人以是多君隐德云。凡此皆君笃于其亲，好行其德之崖略也。岂非诸君意中之言，抑岂里中人之所得私也哉？

虽然，余更有说。盖尝味庄生《逍遥》《齐物》之旨，而得所谓不以有待，撄其无待矣。夫富贵福泽，康强寿恺，悬之于天，有待者也；笃于其亲，好行其德，修之于人，无待者也。睇有待于无待，尚不无可訾，况复遗无待，而妄冀有待耶？今君之汲汲于无待也，真若无可待者，而于有待者一听之天而安其素。然令子早游于庠，腾踔在指顾间。体素健，及耆犹如少壮，是有待者不更可庚契致哉！天人之际，应感之理，吾于此殆观其深矣。

然则曷为而于六十生辰觇缕也？考之古乡饮酒礼，六十者坐，五十者立侍。又曰六十者三豆，是称寿必自六十始。且也司事者系之乡，则夫西序东荣，笙歌告备，而其人之生平行谊，众著于人人者，亦必自里中始。犹间史意也，又何疑于今日之祝嘏欤？

诸君曰：是可以侑君一觞矣！遂濡笔而为之序。

钟琴谷七十寿序

古之所谓康强寿恺者，其诸无所竞于人，无不足于己，而能自全其天者乎？汉阴丈人之抱瓮，海上翁之狎鸥，荣启期之三乐是珍，孙君昉之四休自署，与夫披裘带索，耕陇织帘，抚弦而歌，倚树而啸，类皆忘机戢影，玉色晬颜，醰粹其心，松乔其算，芬扬竹素，动人忾慕焉。夫冥鸿非弋人所篡，灵椿非朝槿所期，寄高躅者恒享高龄，事固有相附而酬者。操此以求，觉去人未远矣。

吾里琴谷钟翁，少有至性，以孝友称，负通敏姿，于世事靡不了了。既恬澹无所营，辄一廛自托。当夫一哄墥墦，百喙谵谰，黠者巧规，桀者猛攫，翁率胸臆撑拄其间，若一无所忤，而乐其和易者，不觉旋其面目。岂非壹行长德之信能矫拂偷末欤！

中年以往，婚嫁既毕，嗣君复有声黉序，翁自顾颓然，益忘情尘事，日手一编，就南荣洛诵，时复甄综而掌录之。前庭杂莳花药修藤，老树引蔓交柯。间招邀二三老辈，婆娑其下，茗香酝熟，清话移时，殆以此为常。尤好为韵语，凡山川登涉，景物流连，身世感愉，往来酬赠，一寓之五七字中，雅得少陵漫兴、香山闲适之遗。盖翁冰雪沃胸，别有妙悟，故伸纸而书，仁兴而就，孤桐朗玉，天律自谐，而翁亦遂于是乎乐而忘老矣。今夫乐之至也！惟其真耳，然于此得养生焉。彼逐众人之嗜好者，偶艳辄争，相形忽绌。外疲于役，内汩其灵，吾乌知其真之能葆耶！是故澄性可以息动，适情可以延和，安境可以贞运。此固非吐纳导引家之所能喻矣。

我翁虚舟任触，坳堂勿惊，夷险俱忘，趣舍自得，则为长者。春秋佳日，晨夕素心，有酒盈尊，有诗盈帙，又为韵士，为高人。矧复令子在侧，家累无关，蔗啖弥甘，苣荣未艾，且为地上之行仙。老子有云：执左契而不责于人。又云：知足之足常足。翁岂有味斯旨欤！不然，何乐之独得其真有如是也？然则以真乐为驻景神方，虽古之有道者蔑以加此。此其康强寿恺，尚可涯计也哉！今年六月四日，翁七十悬弧辰也，里中诸戚好谋为举觥，属予一言以侑。遂不辞觊缕，而书为序。

贺翁七十寿序

自古无称寿之文，然未尝不存其意。古之羞耇也，视其年齿而递增其豆数。其主人既有乡大夫、州长、党正之分，则行事宜有于庠于序之别。而所为拜至、拜洗、拜受、拜送、拜既，与夫坐宾、坐介、坐僎之次，祭荐、祭酒、唅肺、啐酒之仪，旅酬以还，修爵无数，主人送宾，节文终遂。所以众著于子弟之义，而期人人以士君子之行者，于乡饮酒礼见之。

夫当一人扬觯之先，司政未立，工入，有取焉瑟歌者九。笙歌者九，雅乐告备，莪匪一端。其大指要以嘉宾隆其称而深致，其周行则效之，愿以循陔洁其养，而默将其白华、朱尊之思，则所以兴起其士君子，而戒勉其子弟者。益信此殆后世称寿之文之所由昉与！抑闻董子有言：寿者，酬也。盖必其有醇粹之德，始报以松乔之龄。是故乡饮酒之以宾礼乡人也，兴贤能，与齿位并重，而谋宾谋介以年升者，必以德选。此义盖于今为烈矣。

若澧阳贺翁，真其人焉。翁性愿悫，无少刓锲，步履一趾古人。虽治生而意度超然，阛阓之外与人交，无水旱燥湿，胸有义举，恒指困倾囊以助，莫不推为长者。而生平至性过人，事亲曲尽子职。尤其著者，盖翁自少嗣世父后，承颜养志终其身，不衰为难，以是里之称纯孝者，必首翁。夫至孝之行，醇醇闷闷，循之无迹，言之无奇，惟是荦荦大端，不关毛里，而动人忾慕，每系乎斯。况重以长者之称，枌榆矜式，其足以挽天性之薄，而砺末俗之偷者，舍翁其谁与归！

今年秋八月上旬，翁齿登七十，其乡之戚懿以予知翁久，走书属为侑觞之词。予不获辞，因忆官鹤峰时，尝岁举乡饮酒礼矣，自三互法（凡婚姻亲家及二州士人之间，不得交互为官）行，吏不复官其本土，而主人则有司事也。于是详考古法，习之胶庠。当是时，亲其事仪，其人重其年，东荣西序之间，一登降，一酬酢，如置身成周之世焉。然愈以知先王制礼之微意，所以行之至今，而寿耇无遗，诚不惟其文也。故于翁揽揆之辰，不敢以悠缪汗漫之词，进第撮举其本令德以致寿恺者。而一溯之于古，则以是为纯嘏之祝，或有当于瑟歌笙奏之遗也欤！是为序。

戴翁七十寿序

岁屠维单阏（己卯）阳月之望日，为我守信戴翁七十悬弧之辰。里中戚懿谋酿金制锦以祝，顾又谓献寿之文，非炙之久与知之饫者为之。虽炳炳烺烺，要与玉卮无当等。用是群属诸景英，誰逶至于数四，弗获辞，于是奉觞而言。曰：

古有之，寿者酬也，盖视其身而与之副也。然所以副之者，必得于天，必尽乎人。居有以全其伦叙之乐，岁有以养其心体之安，世有以食其子姓之报。夫然后中定而外恬，形安而景驻，盖不必矜熊经（若熊攀树而引气）而诩鸟申（鸟之伸脚）也（《庄子·刻意》："吹呴呼吸，吐故纳新，熊经鸟申，为寿而已矣。"）。其为酬之也者，宜不可以石程数计矣。且夫得于天者，非可幸而致，成乎人者，无所利而为也。被崖之松，磊砢节目，而自其坯萌时已然，天为之耳。翁生而粹醰，心貌皆古，殆类是欤！

若乃好行其德之如饮食嗜欲也。综其行事，完婚嫁者无算，蓺寸楮而绝弗责偿者无算，且倾囊以谋椎渡者有之，施槥以恤暴露者有之，甚至让旧业以全人冢墓者有之。举一切崖异刻核鸷攫狙诈者之所为，几弥蕰不啻焉。此犹陟泰巅者，摩其拱把而护其根荄，久之参天偃盖，众木纷纷而身出群者不知也。其以为尽乎人者，孰逾于此？翁侍子舍久，高堂并龄，垂九旬暮齿，相于晚香持供，循陔涤牏，笃孺子爱者逾五十年矣。同怀昆季八人，皆极友爱。自少至老，不见有忤色，殆天性使然。

夫孝友之行，醇醇闷闷，言之无味，思之无奇，翁乐此不为疲焉，讵非所谓匪惟擴华，乃寻厥根者耶！百弓之圃，十棱之畦，蔬果参差，水木明瑟。巴印橘中之对奕，柴桑村里之拍浮，肃容而坐，率臆而谈。心无动于机，体无蹈于坎。人第目翁为长者，而翁之所以徐徐于于，无管无欲，为能自适其安，若趾于古之风疏云上者，谁则知之？

顾说者谓，蓬发历齿，王霸之不能忘情；梨栗纸笔，陶令之无端寄慨者，诚有慕乎？某氏之有子，而叹煮后之匪易也。翁举丈夫子三：长君赐章，负伟抱；次君云章，读书能文。鲁赡最少，早为博士弟子，砥行汲古，腾踏在指顾。诸孙舒雁环阶，鱼鱼雅雅，翁顾而乐之。然则即此可以卜翁之食报方长矣。

约而论之，天人之际，酿为精醇，伦纪之间，蔚为祥蔼。宴衍之颐，遂谷诒之庆绵，此固人世不可常遭之境，而翁以一身备其全。惟其备之，是以副之其诸！屈子之云"善不由外来，名不可以虚作"（屈原《九章·抽思》），澹无为而自得，与泰初而为邻乎！而不然者，玉色頳以腼颜，将何自而酬之也哉？

　　窃又诵诗而憬然矣。《豳风》之六章曰："十月获稻，为此春酒，以介眉寿。"今日者，翁之诞辰，适符其期。诸君子之献寿也，亦与古合。如景英者，炙翁虽久，而知之未尽，且言之不文也。其曷敢以祝？诸君曰：是足以祝翁矣。遂书以为序。

戴母李孺人六十寿序

　　《诗三百篇》，美壶行者不少，而《二南》为盛。《周南》十有一篇言"女德"者十，《召南》十有四篇言"女德"者九，渊乎铄哉，可以观矣。范詹事之传《列女》，凡十有六也，才行高秀者均著乎篇，而系之赞曰："端操有踪，幽闲有容。区明风烈，昭我彤管。"诚郑重乎其言之也。夫女有士行，诗称女士。闲史而外，女史亦详。是则所为四行、七诫、十二训之，有能庶几者，未必不在容与相庄，优游食福之间。矧复绵以宪龄，耀其锦帨，齐眉燕喜，绕膝舞斑，祝嘏者有不乐为载笔哉！

　　则如戴母李孺人者，实我金相戴翁之淑配也。以今年春正九日，值周甲之辰，诸昆李谓景英："列门倩行，又解操觚，宜有辞为母寿。"景英遽起而应曰："予得所以寿母矣。"当母之归我翁也，高堂方具，庆母居介妇班，最后能左右养厥志，子妇仪无少缺。接姒以礼，蔼如女兄弟。然翁负上舍雅望，里中人士乐与往还。酒枪茗碗，皆经母手，不以委灶下婢。家素饶裕，翁好施予，母亦数赞成之。虽华盛，不爱珠翠饰练，衣布裳，澣洗必洁。尤勤操作，蒔蔬引蔓，脱粟酏笪，极诸琐屑。事虽劳，执弗辞。篝灯荧然，缫车声恒达户外。盖数十年于兹，抚教诸子称恩劬，亦略无煦妪态。故所授业，各有成就。其待群从子姓亦然，宗党咸乐且敬焉。

　　盖母之于妇道、妻道、母道，无一不当有如此者。尝读《诗小序》有云："《关雎》后妃之德也。"而《葛覃》立其本，《卷耳》行其志，《樛木》《螽斯》收其效，惟母属焉，请为之歌。《周南序》又云：《鹊巢》，夫人之德也，而《采蘩》不失职，《采蘋》能循度。《草虫》江汜无遗媺，请为之歌《召南》。若夫范史所载，如庞盛女之能供姑膳、乐羊妻之以道匡夫、桓少君之提瓮更裳、李穆姜之温仁抚字，莫不表表足称，丹青同炳。毋乃以一身奄有众美焉，岂非趾前徽而度越者哉！

　　且夫节竹肉，拟金石，所以娱寿恺也。而被诸乐府，得媲群雅者，要无逾南钥，翠水瑶池，繁称远引，侈言无验，虽丽非经，求夫信有征者，诚莫如蕉园石室。然则今日之举以寿母也，宁有加于是欤！遂拜手而为之序。

戴母李太君七十寿序

岁丙子（乾隆二十一年，1756 年），楚南大府创修《通志》，檄征各属妇女节烈事，实备志局采择。编纂既成，稽常德通古今入录者得百四十有六人，而我戴翁西献先生之配李太君其一焉，亦荣矣哉！

盖太君生十五而嫁，嫁六年而寡。苦节且五十年，而今年七十矣。试合计之，当其在闺婉娈，结缡恭顺。暨乎夫病沉绵，苦心调护。时其饭歠冷燠之节，而敝屣于药炉篝灯之间者，殆阅几寒暑。是太君二十以前之梗概也若此。

五十年中，翁姑之颓老也，曲孝养之；两孤之稚弱也，备抚教之；处娣姒以雍睦，畜诸侄以恩慈。蒿蓍以为簪，藜苋以为食，据灶觚而躬作，理缫车而御穷。迨垂老无哕笑疾声，仪法谨严，内外斩斩。凡登堂谒者，率肃容而退。以此无远近交口称道，合词上其事，获扬竹素芬，且为请旌腾先声也。

顾吾闻之，《礼》妇人以婉娩顺从为职。风诗所咏，亦无出苹蘩共祀、慈惠逮下之常，非必竦有奇节高行，然后播诸乐府，而见录于圣人。然又读《易》而得之矣。《观》之六二也，《恒》之六五也，《家人》之《象》也，皆以言乎其贞也。盖"巽"为长女，以贞为道，从一而终，利女之贞。《观》象玩占正家，而国与天下胥有所系。此李习之所云"赏一女而天下劝，亦王化之大端"，诚有味乎其言之也。然则旌门之典，与载志之文相辅而行，着在令甲，岂必乌头绰楔之可缓于赤管标题也耶？

顷值太君设帨之辰，里中诸戚懿属景英一言介寿。景英列门婿行，知太君节行甚悉，久拟操笔纪其事，承谉谆，辄不敢以不文辞。既思语简而义括者，志家体裁固如是耳。诸史传《列女》，前有论，后有赞，又史家例也。今将构称寿之文，而太君徽懿，炳《通志》有年，是之所为觊缕者，要不过取志家本文而引伸之，窃附史家论赞之义，他何加焉？虽然，国家之制旌乎此，将以劝乎彼也。诸君子试持此以上诸有司，用邀圣朝赐金表宅之荣，则斯言也，抑宁独为长筵侑觞计已哉！

是为序。

记

石友桥记

出沅州郭，渡江而西七十里为洪山，倚山而聚族者为李氏。有水自危涧中喷欲出，萦纡李族室庐者不一，稍下则李生长瑱之宅在焉。水之喷欲者，至此汇为溪，周其前，若玦之在佩。然第溪流当遝而界肩膝，至此必乱流始达于岸，行旅不免病涉，生概于中久之。

岁庚午，始与宗尚谋为桥，分乞于人之乐善者，醵金百有奇，以饩夫匠，木石则取办生之家山。工资少诎，又出私钱五十缗益之。凡经营逾年而桥成。未几，山水暴溢，桥忽圮，生深咎匠石之弗能为良，而相址之昧其所也。且曰：予乞灵于人而绩弗成，予曷以白？

于是，倾其橐，又质其田，足三百金而羡之。喜曰：事济矣。乃审度厥基，距圮桥步许定焉。将树埂，抇其泥，深几数尺，见有石趾趾然，辄益喜。爰别遴善工，廪之课之。身濡爇焉，手足皲瘃焉，不以为凯也。遂成桥，崇三倍墨，又增以步，延如之而杀，其步之尺者，一阔半延之数又杀。其余环石隆隆，跨踦而门，腹厚而面砥。履者自此坦如。盖乾隆十八年事也。

予惟天下事机之赴功不可以幸成，力不可以旁贷。当其始也，亦慕美名而轻于一试，一发不中，而竭而衰随之，则幸不可恃矣。依人者无志，尤人者不祥。将谁为我贷乎？二者既无所用，世之选愞瑟缩暖暖姝姝者，又得以借口而束其手。盖人已有无之见锢于中，故其幸而成也有德色。一朝隳败，则以为事非私家，财非已出，可以掉头不顾焉。呜呼！闻生之所为，其亦少愧矣。

顾以予所闻生义行甚伙。其尤难者，生父举生最晚，伯兄齿再倍。比析产，生念伯兄年老息繁，独割其腴以让，人以是称之。生凤行之孚于人若此，而乃于一桥之圮，独惧不能见白于人，岂真有是心哉？生殆藉以自策耳，然愈足为生多已。生故跌宕自豪，工诗笔，绘事点染亦精，人多乐与游，生一一结纳之，或时伙助之，莫不有始终。

夫生之信于友与友于兄，皆可友也，然古矣。物之古者莫如石，桥其寓焉者，予故名其桥曰石友。记之，又为之铭。铭曰：予有友，友已古。根切云，肤触雨。苔皴土蚀亡寒暑，色苍黝兮气旁午。友成桥，溪之浒。

友亦古，桥亦古。

菩提废院记

一地也而兴废系之，夫固有数焉存乎其间，不必其尽在王侯第宅也。虽一亩之宫，十笏之室，亦有然者，若沅州城东北隅之菩提废院是也。

闻是院之有自，国初抚军袁公始主是，院老自沙门端圆始，尔时沅之城郭人民可知。已而竟于龙汉劫灰之余，辟生公广场之石，宗门提唱，士大夫实奔走之。盖一时风尚如此，要不可谓非此地之幸也。而今固若斯耶？虽然，斯地也，固有明二百七十年中所以卫沅之地耳。当其时，天下置卫五百四十有七，而沅其一。楚之西徼，上下联络，凡八卫，而沅居中。练军实于斯，控屯堡于斯，操尺籍而稽之，帕首靴刀，张弮注矢之流实奔走焉。乃其衰也，久安弛备，政圮伍虚，驯至于亡。卫于沅何有哉？夫卫所不能有于沅者，而为浮屠氏所有，迄今日而亦归于无有。则信乎兴废之有数，可以观天咫矣。

今年春，予偶经其地，少选俯仰焉。恐后之人昧其处也，识之，俾有所考且知其故。

马明山先生书院坡记

沅州旧志称先生嗜经史，邃理学，亲炙甘泉之门，由助教迁长史，归隐明山十余年。先生盖即钱黄门薇《文清书院记》中所称太学博马子修氏者是也。

是时甘泉守白沙之学，初与姚江相应和。既而各立宗旨，姚江以致良知为宗，甘泉以随处体验天理为宗，一时王、湛门人，著录者盈天下。其在楚南，如武陵冀暗斋元亨、沅陵刘健斋观时，皆师姚江者。而武陵蒋道林信，则始师姚江，而后师甘泉，史称其"从若水游最久，学得之湛氏为多"。若沅陵向子瞻淇、覃汝、张世维辈，则又得之蒋氏者也。先生与蒋氏同出大贤之门，其著述当必有书，其传授当必有人，师友渊源，何必不如蒋氏？顾不少概见，独请祀文清一事见于钱记。抑闻之，甘泉生平所至，必建书院以祀白沙，乃先生此举独祧增城而祢河津。然则先生之学，虽取径鹅湖，而瓣香仍在考亭欤！

沅郡西距江三里许有书院坡，诸生田宗伋家塾在焉。相传为先生书院旧址，田生以状来白予。考其地，盖即钱记中所谓明山之南，沅水之西祀文清处也。意先生既建书院以祀文清，遂讲学其中。志所称隐居明山十余年者，亦即此地欤？又志谓先生字明山，亦非。先生盖字子修，明山其学者所称乎。先生由贡生官国子监助教，与太学博之称合。其迁长史也，先生或未之官，而遂归隐此间耶？

因识于此，以俟访古者论定焉。

明山记

明山，在沅州郡北二十里，高可千仞，周回二百里，郡镇山也。

其体联绵回互，攒簇蔽亏，西北诸山为之领袖。厥名见于《元丰九域志》，而《方舆胜览》状之，"有云图峦重，复朝抱郡治，飞云浓岚，如列画屏"，品目盖近似矣。山西麓三十里，尽于渔溪；东麓五十里，五郎溪断焉。山之中有冈有岫，有章有隆，有嵰有密，有厒反，有翠微。岌者，岠者，峄者，蜀者，宫者，霍者，锐而峤者，卑而扈者，与夫碛磐岵峻圬，荣之属莫不攒罗戢菁，名状难殚。

盖其阳，则屏舒障展，蠹立横敷。其阴则窈窕玲玲，疑近而远。晴则修眉朗列，晦则寸碧深霾。昏旦异形，即离殊态，庶几画家所谓大落墨者，非一皴一染之所能髣髴矣。循麓而上，盘涡仄径，蒙茸荦确，举足蹒跚。度遇仙桥，一亭翼然，行客少焉倚杖。相传昔有人遇仙兹地，故名。每雨后，溪声琮琤到耳，探灵阅者必取道焉。由此而东为五士坡，旧传唐五高士结庐于此，群峰环卫，林谷阻深，宜为幽人栖迟地也。稍西则攀跻委折，始达于百子峰。张茂先曰：小山者大山之辅佐也，最小者乃为儿孙。杜少陵句：诸峰罗立似儿孙。百子之名，盖取诸此。

其峰有庵，幽岩净土，笙秀藤盘，佛火荧然，望之星烁。游人过此，闻梵呗声，几与樵唱相乱矣。峰西为黎溪，膏液所凝，厥产色石，自此振策层云。飞蹠绝顶，则真武殿岿然在焉。往以兹山位北，故祀神其上，为宫观者八，为天门者三。岁时报赛，村人走集，龙汉劫灰而后，诸区率荡为墟莽。旧闻宋神宗熙宁中封此山之神为顺应侯，明《一统志》笔之。灵风脒罋，有自来欤！

每烟消雾霁，南望沅水如匹练萦纩，抱我左右。郡城楼阁，卓锥次鳞，龙津一桥，蜿蜒卧虹，历历在目。数十百里村墟，畦亩如罫之画，近出履舄下，即此有荡胸决眦之概焉。北俯阴岑，则密林灌木，荫渚披溪，清泉下注，左右分泻，为五郎溪、渔溪二水滥觞所在。而山之胜遂尽于此。

叶家山记

叶家山，一名榜山，又名梅坡，在芷江县南四里。沅水经其下，水清沙白，掩映藤萝。探胜者由西麓拾级而上，曲磴逶迤，夹荫老树，交枝接叶，疏影在衣。

山崤有寺，曰景星寺，轩窗如涤，钟磬泠然。杂药在庭，丛篁绕屋，游人为之少憩。出寺门，觅术微折而南，不数武，复东下一梯。落叶屐齿，有声人语，夕阳虚响如答。始得揽秀阁而登焉，阁在峰绝顶，凭阑而眺，明山岚翠，扑人眉宇。隔江烟树，卧水虹桥，指顾间皆堪入画。

俯看一水当前，江底细石，如樗蒲可数。篙声帆影，都在耳目。真郡中第一胜境也。

龙溪记

龙溪，在芷江县西一百三十里。源出贵州黄道司界向家地，流经山涧石礐中，达于刘师洞。又一支自县境小红旗发源，流至此为西河口汇焉。由此而南，径大洞坪，又折而东南，入于沅水。凡三十里为龙溪口，设市于此。货贩稍集，人烟亦稠。估客船郎，上下栖泊。《唐书·地理志》奖州龙溪，郡本舞州，亦即业州龙标郡也。奖州故郡，于此溪为近。然则大历五年改龙标郡为龙溪县，或因此名欤。又考唐王昌龄集，有《崔雀参军往龙溪诗》云："龙溪只在龙标上，按：此龙标非郡名，乃县名也，即昌龄谪地。秋月孤山两相向。遣谪离心是丈夫。鸿恩共待春江涨。"可以证此溪之所在矣。

龙标山记

龙标山，在黔阳县治东。《元和郡县志》：武德七年置县，因龙标山为名。大清《一统志》：梁置龙标县。以此今龙标山在黔阳县城内是也。按《隋书·地理志》，龙欛，梁置。考《篇海》：欛，音表。《北魏书》：列欛建旌。《淮南子》：欛，林樽栌，为卤簿柱枅之属。山之名此，盖状其势。自梁至隋，未之改也，迨唐始去"刀"为"标"，作平声读。李白诗"闻道龙标过五溪"，王昌龄诗"龙溪只在龙标上"是也，然失其旧矣。

山抔覆城隅，径涂夷坦，非有峰峦洞壑阻人。登陟其上，则普明寺与城隍庙隔垣而峙，灵旗飐岫，清磬落岩。绀宇琳宫，望之翼翼。黄宫倚建坡陀间，缭垣辟牖，朱碧相辉列植，绿杨拂檐荫沼，皆为此山簇成景色。下见公私廨舍，与夫街衙井副之属，莫不接我眉睫。七宝山面出如当户庭，岚翠疑可揽。结沅、沅二水，襟合其下。烟深似海，月上如潮，徘徊登眺，几不知此身在城市中也。

赤宝山记

赤宝山，在黔阳县南里许，沅水、沅水合流于此。本名七宝山，《元丰九域志》：黔阳县有七宝山。《舆地广记·名胜志》《明统志》皆同。"赤宝"之名，不知何始？盖音近而讹也。《名胜志》状七宝山谓：山势插空，日出霞映如锦。《县志》又云：未邑时，民居避寇其山，为赤宝寨。皆指此山。山趾江南岸，盘径参峦，势堆垣堞，晻霭秀郁，望者可凝睇而收也。

山中名胜，不能殚状。为游人所必探者，凡二十四胜。峰最高者曰白云峰，势绝等伦，高不可仞云。海委属在其下方，殆如太华之有苍龙岭也。自此而西曰香藤峰，曰萝月峰，则稍低。又西折曰岚峰，峰再西为尽境。则又坂折而东下焉，曰回峰，盖状若翻身仰射者。然其自白云峰东下者，曰观澜峰，曰芙蓉峰。稍前曰待月峰，曰先月峰。中低者曰乳峰，其自南而东折，而西上以达于白云峰者，曰翠云峰。若所谓第一峰，则入山初得之峰，与回峰相对，相当者也。

其小山曰螺山，黛色螺旋，如佛顶肉髻。斗山，则与金斗相望者。白云峰之后有大壑焉，幽险难缒，磲田岩树，虚响远堕。峰前曰盘谷，可以拄杖探之。其在翠云峰之夷者，曰翠云坪。又其下曰琴涧，则泠泠不可写矣。又由翠云坪而度者曰枫香岭，由此而得萝径，弱藤重结，亭曰翠微，状之也。其曰帝宫废址者，在螺、斗二小山之间。五凤之砖，香姜之瓦，行者拾焉，然莫知所自矣。循山麓初入之径，曰梅花径。其舍径而梯者，曰梅花坞。花时如雪，真此中之支研邓尉也。

凡山之胜处，皆杂莳花药，荫覆松篁。不则碧藓贴岩，绿芜被壑，游人挈榼到此，藉草可眠，觌花皆醉。低枝亚帽，远蔓牵衣，以视马塍东西，王坨南北，宁复多让？此固赖好事者为山灵渲染，然本色故自不掩，讵尽关妆点青红耶？

蟠龙山记

蟠龙山，在黔阳县西南二里沅水之南。山势郁盘，不可埶测。游人渡江登岸，从田径中导入，见石壁勒"天台进步"四字，为山口，壁色绀赤。

缘溪行，截溪一石，内空洞，可容数人。数折，度石砌上，隙其下，若通流者，为渡仙桥。去桥，磴道纡曲，始达石室中。支石床，可以偃息。壁间题字皆篆籀，绝非世俗可晓。岂衡山道士书耶？又上为真武殿，殿后有阁，奉西竺先生。阁覆以岩，岩石上有诗，剥蚀不可卒读。岩间有石坳，深径可二尺许。过后圃，见石壁斗绝，上有石龛空嵌，贴壁欲坠，貌吕仙其中。去此度危梁，为补衲石。岩下见石榻横置，相传明末有宦者逃禅于此。出，得磴道凡数四，一泉泓然，为杜香泉。泉味毒芬，疑得之芳洲搴摘也。缘磴而西，为燕子岩。岩极险仄，人罕梯陟。

又得一径，上下委顿，飞蹑至蟠龙岩，则此山得名处也。石状矢矫如龙，疑有斧凿。坐此，可以俯壑畅襟，众山岚气，皆在衣袂间矣。

西晃山记

西晃山，在麻阳县南三十里。《元和郡县志》：西晃山，在卢阳县南是也。

脉自米公山，如巨灵颣顶，挟势东走，重峦复嶂，嵚崟相属。尾趋县境，跷跷南趾，疑饮飞倚剑，而隶鸡翘羽林，期门为之辟。易此在衡、霍以北，当为南宗别子，固宜冠绝诸山，自尊体势者也。

自麓至顶，可二十里。上头灵幻腰腹，昆仑一气吐吞，紫翠互现，凝睇者五色无主。山无定向，面面可窥。谚曰："灵山善变，四十八面。"信然！夫帆随湘转望衡九，而浮湘者之所呕也。然注《水经》者采焉。如前二语，足备兹山故实，不当附诸古谣，用资考镜软。

绝顶一庵颓落，为旧隐真兰若。相传明世庙时，有蒲公者仙蜕于此。灵境荒吻，不可穷诘矣。越顶而下，才数十武，一涧断之，涧水虢虢，从树杪飞堕。上亘石梁，曰仙人桥，长可百尺。岭岫中划，赖此通焉。阁道在空，步者疑游天上，信为神工运置，非人力能胜。彼掷杖折苇，犹属神通游戏，诚不若斯之为万人宝筏也。

又下有石壁高十丈许，脚插深涧中，嶄如斤削。照面有光壁，上镜有四字，模糊不可扪识。倒薤拳身，定出好奇之手。道人独上偶见之，幸不烦千搜万索耳。庵后有洞，曰雷公洞。声殷殷出其间，过者怖甚。半峤亦有洞凡三：曰三须洞，曰铙钹洞，曰沈家洞，皆东幽缚险，撨异撑奇，厥状不一。洞水喷欲，汇为溪流，触崖翻壁，声彻昏晓。溪分上下，小桥流水，行者多取径焉，故呼为石桥溪云。

畬经堂文集卷六

疏

募修彰化县学疏

古者释菜（入学时祭祀先圣先师的典礼）于先圣先师，常即学而行事，初无所谓庙也。唐开元以降，郡邑通有孔子祠祀，未闻庙与学合也。厥后既建庙以崇祀典，又设学以广教术，盖所以动人先河之思，而萃其鼓箧之志者，胥系焉。于是乎庙与学并重。

台湾，海外郡，隶版图近百年。彰化一邑，最后置，有学亦后，然已逾五十年。阔于修，又十有八年。中间摧于狂飓，隳于地震者屡矣。乌容弗葺？夫过庙则思敬，矧夫素王之宫，虽党庠术序家塾，皆有师资，矧为一邑之校？是故上雨旁风，陈丹暗粉，不足以揭虔妥灵也。讲舍之不修，生徒之日散，将如敬业乐群何？

鲁侯既作頖宫，诗人颂之。有曰："济济多士，克广德心。"而学校之废，郑人刺之，则曰："纵我不往，子宁不嗣音？"凡属章缝，岂鲜囊箧？出资助缮，谅有同心。广其德而嗣其音者，且踵相接也。予实于诸君有后望焉！

引

募修木瓜寺引

郡东木瓜寺，见于郡志，谓为元时建，必有所据。顾郡志又载，木瓜山有木瓜古寺，相传李太白长流夜郎时宿此，且列太白名于流寓，又采《木瓜山诗》以实之。所云"朝见东日出，暮见西鸟还。客心自酸楚，那对木瓜山"者是也。

嗟乎！俗语不实，流为丹青，志之傅会，一至此哉。尝考曾南丰《太白诗集序》：干元元年，以污璘事长流夜郎，遂泛洞庭，上峡江，至巫山，以赦得释，憩岳阳、江夏久之，复如浔阳云云。是太白之流夜郎，往返实未尝经武陵也，安得宿此？虽本集有《春带沅湘》一篇，大抵客岳阳时作耳，要不能牵附及此。若其《木瓜山》诗，本集作《望木瓜山》，又与《郡志》所采字句小异。注家谓山在真州六合县，尤远不相涉。况志既云元时建，又云太白长流时宿此，岂唐时已有此寺耶？刺谬极矣。

顷寺僧以年久寺颓谋募赀涂塈，介里中诸君子言以倡。予故久欲辩此者，徇其请，如踵谬何谢之諈诿？至于数四不获辞，因语之曰：诸君必欲攀青莲为斯寺重，予不敢道。无已，则别有说以处此。夫自元至今，垂五百年，其间名人魁士游憩于斯者，不知凡几。即前明如蒋副使道林先生讲学桃冈，与寺相望也。先生阐发良知，雅近宗门提唱，安知皋比坐拥之余，隔林钟磬，不一邀其杖屦耶？然则斯寺不必以青莲重，而以道林重！其亟谋涂塈，而有望于高赀藏事者，亦乌容已诸！

君颇颔予言，遂书以畀之，用质远近之乐施者。

募修响山岩石栏引

响山岩一线路，傍山俯溪，孤悬陡绝如蜀栈。然行旅茧足出此，闻水石声虣虣，落千尺壑，辄用股栗。磴道盘折，偶值风号雨溜，率蚁附无翔步，非所谓畏途欤？旧凿石为栏，环其左侧，此固黑风洋中一宝筏也。顾岁久倾之，其险如前。有心者忍坐视？此予之两经于兹也，属乡长陈宏宸酿金于乡之好行其德者，闻皆有不吝解囊意。况需费无多，济人匪浅，芥子中何尝不具须弥愿力乎？第持此以往，必不以呼舆謷者怖河汉也。①

海上同声集引

有性分之乐，有境遇之乐。疏水曲肱，箪瓢陋巷，得于性分者然也；童冠与偕，风浴咏归，得于境遇者然也。要之，皆素位焉，非所语于任诞而流连也者。适然而有西园，适然而集七人，亦适然而行觞政，诗之成

---

① 清陈懋修、张君宾纂乾隆《宁德县志》（清乾隆四十六年刻本）卷之一："响山岩，在十三都青岩北四里许。两山对峙，一水澄澈，怪石巉岩，杖履莫及。隔岸人语，响声随应，形家号曰识将军。山径凿凿齿齿，行人惊悸。邑令朱景英砌石为栏，遐迩德之。"

也。率乎性，因乎境，无所为雕镂涂泽也。素位而鸣，其乐余当与诸君共之。

书后

书《周礼》后一

《周官》一书，自汉武帝，以为末世渎乱不经之书。林孝存《后汉书》作林为存 遂作《十论》《七难》以排弃之。

嗣是谓为六国阴谋之书者，何休也。

谓《周官》三百六十，而员数之多，如六乡七万五千家，自比长以上，卿、大夫、士万八千余人，为大可怪者，李觏也。

谓奔者不禁，示天下无礼，复雠而义，示天下无君，率天下而为乱，非周公之心者，王开祖也。

谓其间必有末世增入，如盟诅之类，必非周公之意者，张子也。

谓五官之属，合大夫、士亡虑三千，而以为设官太多者，欧阳修也。

谓其不合之处勿强为之说者，徐积也。

谓《周礼》不全是周公礼法，亦有后世随时添入与汉儒撰入者，程伯子也。

谓《周礼·王畿》之大国，方相距千里，甸稍郊，都相距皆百里，实无所容之，为一不可信；诸公之地方五百里，侯四百里，伯三百里，子二百里，男百里，与《孟子》班爵异，为二不可信；井田之制，自一井至于一同方百里，通水利者，沟洫浍三，沟洫之制，万夫方三十二里，有半通水利者，遂沟洫浍川五，利害同而法制异，为地少而用力博，为三不可信。且言凡《周礼》之诡异，远于人情，皆不足信者，苏辙也。

谓《周礼》不尽为古书，蝈氏掌去蛙黾牡菊焚灰，类狄狘戏术司关，凡货不出于关，举其货，罚其人，乃如末世设为避税法者，范浚也。

谓《周礼》一书，详周之制度，而不及道化，严于职守而阔略人主之身者，郑樵也。

谓"太宰"之属，小宰、司会、司书，职内职，岁职币，六官所掌，皆簿书期会之末俗，吏掊克所为；又"宰夫"于足用长财者有赏，是使百官有司不守三尺，以椎剥其民；又"甸师"丧事代笙受青，开后王忌讳之端；又"宫正"比宫中之官府，次舍之众寡，是妃嫔官吏，内外杂处；又"宫伯"掌王宫之士，庶子是宿卫王宫，示人不广；又"内宰"凡建国，左右立市，非王后之职；又"内小臣"掌王后之命，阉人掌守王宫中门之禁，二官为奄者、墨者，是以隐宫刑余，近日月之侧，开乱亡之端；又"内祝"掌宫中祷祠禳祷之事，此殆如汉世女巫执左道，入宫为厌胜之事；又"九嫔"之妇法，世妇之宫具女御之功事，女史之内政典妇之女功，乃后夫人之职，不当统于家宰；又"大府"乃有式贡余财，玉府乃有王之金玉，良货贿之，藏内府，乃有四方金玉齿革良货贿之献，皆如后世汉、唐无道所为；又"司裘"之外，又有"缝人""屦人"等九官，掌衣服，膳夫、酒正之外，又有腊人、盐人等十六官，掌饮食，医师之外，又有"兽医"等五官，掌医事，帷幕次舍之事，亦置五官，既不应冗滥如是，且以为冢宰之属。是太宰之属六十有二，考之未有一官完善，则五卿之属可知者，胡宏也。

谓周室班爵禄之法，《孟子》言：诸侯恶其害己，而去其籍。则孟子时已无《周礼》者，晁公武也。

谓《周礼》六典与《书·周官》不同，《周官》司徒掌邦教，司空掌邦土，今地官于教事殊略，而田野井牧、乡遂稼穑之事，殆皆司空之职。《周官》初无邦事之名，今谓事典，未知定为何事者，陈振孙也。

谓《周官》晚出，而刘歆遽行之大坏，苏绰又坏，王安石又坏，千四百年更三大坏，而是书所存无几者，叶适也。

谓《周礼》疑秦汉初人所作，因圣贤礼法附会之者，魏了翁也。

谓司门、司关之设，周公于民之意虑，不若是之察者，刘炎也。

谓《周礼》作于刘歆者，司马光、苏辙、晁以道、洪迈、胡寅、胡宏也。

其他：或以为文王治岐之政，或以为成周理财之书，议者殆难殚述矣。

而明陈仁锡又谓，《周官》全经有可疑者四：墨罪五百，劓罪五百，刖辜五百，宫辜五百。太平之世，残形刻肤，赭衣扉屦，交臂历指而塞路，疑一也；泉府之职官与民市，民不能皆愿，吏横则欺民，民狷则欺吏，疑二也；周家祭祀，莫详于颂《昊天》之诗，郊祀无分祭之文，《般》之诗望祀四岳河海，四望与山川无异，祭之文既右烈考，亦右文母妣，与祖无各祭之文，其作乐亦未闻有历代之奏以分祀之礼，疑三也；周以千八百国计之，公五百里，侯四百里，伯三百里，子二百里，男百里，而海内之地方千里者九，何以封？疑四也。其说更辩，可以备参。

书《周礼》后二

《周官》九职，贡物之外，别无所取于民。而载师职，则曰近郊十一，远郊二十，而三甸稍。县都皆无过十二，市官所掌，惟廛布与罚布，而廛人之絘布、总布、质布，别增其三，非苛敛而何？夏、秋二官，驱疫禬蛊，攻狸蠹，去妖鸟，驱水虫，所以除民害，安物生，肃礼事也。而方相氏以戈击圹，庭氏以矢射神。䄷族氏以方书十日、十二辰、十二月、十二岁、二十八星之号厌鸟。壶涿氏以牡橭午贯象齿杀神，非怪变而何？乃经有是文何也？则王莽与刘歆窜入之也。

盖莽诵六艺，以文奸言，而朘民之政，皆托于《周官》。其未篡也，既以公田井口布令，故既篡下书，不能遽变十一之说，而谓汉法名三十税一，实十税五。其意居可知也。故歆承其意，而增窜载师之文，以示《周官》之田赋，本不止于十一也。莽立山泽六筦、榷酒铸器税，众物以穷工商，故歆增窜廛人之文，以示《周官》征布之目本如是其多也。莽好妖妄厌胜愚诬，为天下讪笑，故歆增窜方相、壶涿、䄷族、庭氏之文，以示圣人之法固如是其多怪变也。夫歆颂莽之功，既曰发得《周礼》以明因监，而公孙禄数歆之罪，又曰颠倒五经学士惑乱，则此数事者，显属莽与歆所窜入矣。

书《仪礼》后①

《仪礼》，自昔鲜疑之者。韩子曰："余尝苦《仪礼》之难读。"又其行于今者盖寡，然文王、周公之法制粗在于是，昌黎故倔强即是以②观，其服膺《仪礼》深矣。

惟宋乐史独谓《仪礼》有可疑者五：大意以汉儒传授，曲台杂记后，马融、郑众始传《周官》，而《仪礼》未尝教授，为一可疑；班固《七略》、刘歆"九种"，并不注《仪礼》，魏、晋、梁、陈之间，是书始行，为二可疑；《聘礼》篇所记宾行饔饩之物，禾米刍薪之数，笾豆簠簋之

---

① 清沈粹芬清黄人《国朝文汇》（清宣统元年上海国学扶轮社石印本）卷二十录此文，文字差异不大。

② 是以，清沈粹芬清黄人《国朝文汇》卷二十作"以是"。

实，铡壶鼎瓮之例，与《周官》掌客之说不同，为三可疑；《丧服》一篇，盖讲师设问，难以相解释之辞，非周公之书，为四可疑；《周官①》所载，自王以下，至公、侯、伯、子、男皆有其礼，而《仪礼》公食大夫，及燕礼，皆公与卿、大夫之事，不及于王，其他篇所言曰主人曰宾而已，似侯国之书，岂周公当时不设天子礼？为五可疑。

而章如愚又谓其书犹有可疑者，以为吉、凶、宾、嘉皆有其礼，而军礼独阙焉。自天子至士皆有冠礼，而大夫独无焉。乡饮酒之礼，有党正以正齿位，而今独不载焉。宾礼之别有八燕礼之等，有四冠昏之篇，皆冠以士大射之礼，独名曰仪；朝遇之礼不录，而独存觐礼；其他礼食不载，而独有公食大夫礼，为均可疑也。

噫！难诘纷如，敢以为尽当也哉？姑存其说可耳。

书《大戴记》后

《大戴记》十三卷，总四十篇，即戴德所删八十五篇经，戴圣删取四十六篇，为《小戴礼记》，而《大戴记》仅存三十九篇。今篇目自第三十九篇始，至第八十一篇止，中间无四十三、四十四、四十五、六十一四篇，有两七十四，故合为四十篇。意其阙者，或即圣所删耶？然朱子曰：《大戴礼》篇目缺处，皆是元无，非小戴去取。又曰：《大戴礼》冗杂，其好处已被小戴采摘。议者又谓，《大戴礼》哀公、投壶二篇，与《小戴》无异，《礼察》篇与《经解》亦同。曾子《大孝》篇与《祭义》相似。《观学》礼三本，见于《荀子》。至取舍之说及保傅，则见于贾谊疏。《公符》篇至录汉昭帝冠辞，是此书之子、史杂出，殆后人好事所为，似非戴德之本书矣。

惟秀水朱氏有言：大戴《礼记》本无甚踳驳，自《小戴》之书单行，而《大戴记》遂束之高阁。世儒明知《月令》为吕不韦作，乃甘弃《夏小正》篇不用，殊不可解。学斋史氏谓，《大戴记》一书，虽列之十四经云云，其论说亦不取大戴。然由其说推之，则《大戴记》在宋日曾列之于经，故有十四经之目。此亦学者所当知也。

---

① 周官，清沈粹芬清黄人《国朝文汇》卷二十作"周公"。

书《国语》后

太史公曰："左邱失明，厥有《国语》。"《汉书·艺文志》有《国语》二十一篇。自注曰：左邱明著。《隋·经籍志》：二十二卷。《唐·艺文志》二十一卷。今篇次与《汉志》同。吴韦昭参引郑众、贾逵、虞飞、唐固，合五家为注，疑之者自唐赵氏、陆氏，谓《左传》《国语》，文体不伦，叙事多乖，定非一人所为。然柳子厚师陆氏者，其自序《非国语》一书则云：《左氏》《国语》，其文深闳杰异，而其说多诬淫，则仍以为左氏所作矣。至若宋石林叶氏曰：古有左氏左邱明，今《春秋传》作左氏，而《国语》出左邱氏，则不得为一家。文体亦自不同，其非一家书明甚。直斋陈氏亦曰：《国语》与《春秋传》并行，号为外传。今考二书，虽相出入，而事辞或多异同，文体亦不类，意必非出乎一人之手。

然昭德晁氏曰"范宁云《左氏》富而艳"，韩愈云"《左氏》浮夸"。今观此书，信乎其富艳且浮夸矣。非左氏而谁？而巽岩李氏论之更详。其言曰："左邱明将传《春秋》，乃先采集列国之史，国别为语，旋猎其英华，作《春秋传》。而先所采之语，草稿具存，时人共传习之，号曰《国语》。殆非邱明本志，故其辞多枝叶，[不若内传之简直峻健]，甚者驳杂不类，如出他手。盖由当时列国之史材有厚薄，学有浅深，故不能醇一耳。[不然，丘明特为此重复之书何耶？]先儒或谓《春秋[传]》先成，《国语》继作，误矣！"（清朱彝尊撰《经义考》卷二百九，四库全书本。）此定论也。若夫朱子又有"《国语》委靡繁絮，真衰世之文，宜乎周之不振"之说，盖以讥其文也，究何尝疑其人耶？

书钱薇《文清书院记》后

明钱黄门薇《文清书院记》谓，沅之泮宫虽多青衿，但去中州远，编帙少。至文清手录《性理大全》一书，诏沅士；而国朝学博曾明，亦谓文清手录《性理大全》一书，贮之泮璧，沅人益知力学，至今尸祝焉。按，公书今无有也。意此邦迭经兵燹，遂使大贤墨宝同付劫灰，不重可惜也欤！

自古名流，偶工笔札，虽一时兴到之书，犹烦珍惜。是故褒鲜之帖，瘗鹤之铭，三段之碑，半截之石，在后人不过形模影揭，尚复装池题跋，藏弄之以为鸿宝。况公在岩廊为名臣，在圣门为名儒。沅虽过化之乡，尤多遗爱。而所手录者，为宋五子传心之书，所留遗者为沅多士向学之准。

其宝贵当更何如耶？

夫入丁东之院者，犹想象白傅一诗；过海岳之庵者，尚低回米公片石。今公之手迹虽湮，而其事籍传人口，因识于此，以寄向往之意，且示沅之人士当无忘所自云。

跋

摹舜庙碑汉隶跋[①]

九疑山碑，自欧阳、洪、赵以下志金石文者罕及。顾南原《碑考》载舜庙碑名，而碑字不收，隶《辨》，盖亦未见碑本也。独《鼎帖》中摹勒八十八字，方整流丽，颇类《延熹华山碑》。考《水经注》：九疑山之东北泠道县界有舜庙，县南有舜碑。碑是[②]零陵太守徐俭立。意即是碑欤！然《鼎帖》直指为中郎书，则误矣。载之明府，精于鉴古者，出巨笺命作分书，因摘仿碑字凡六十有四，规求形似，小大异体。手腕滞钝，笔与心违，恐虚负井水一斗，磨隃麋耳。

陶圃跋

陶公运甓，习勤也。余不娴射，筑兹圃为校射所，犹运甓意也。夫业精于勤而事隳筋力之弛，彼玩日愒时者，其亦知分阴足惜否耶？

铭

纸屏铭

以分内外，匪有疆界；以便起居，匪自舒徐。疏窗丛竹，何幽何独？窗虚竹深，惺尔观心。

又

弃彼采缯，爱此溪藤。涂泽勿用，适我弦诵。君子饬躬，惟险可风。物从其素，人求其故。

---

① 清沈粹芬清黄人《国朝文汇》（清宣统元年上海国学扶轮社石印本）卷二十录此文，文字基本无异。

② 是，清沈粹芬清黄人《国朝文汇》卷二十作"即"。手腕滞钝笔与心违恐虚负井水一斗磨隃麋耳。

座右铭

毋薄于险，毋漓其真。有耻为贵，多文不贫。内勿欺己，外勿负人。如心而出，廓乎藏身。

又

孟子守身，老氏退步。真鼎自爱，虚舟不怒。静而有常，安于所遇。遐哉古人，此焉且著。

砚铭

直方大，温润泽；与周旋，匪朝夕。儒者多文以为富，君子多识以畜德。

又

稽古之力吾何有，圭田于此终其亩。

又

他山之石，水岩之精。摩以巨刃，玉汝于成，故君子于此崇令名焉。

又

肤寸而合云，崇朝而遍雨。片石几案间，气象故旁午。

又

井渫不食，于我乎心恻；汲绠不修，于古乎何尤！

又

斋房有芝，可以疗饥。谓食古者，胡弗饵之。

又

勿谓一卷，奚取乎埴埏；勿谓一勺，何病夫灏汋。水石相遭，适我挥毫。

又

友必取端廉而不刓，君子谓其古貌古心，可与盘桓。

又

岐阳之鼓，具体而微。韩苏邈矣，吾谁与归？

又

德必有邻，辞必己出。伊丽泽资，式精文律。

又

名士之砚，美人之镜。砚可以观，镜可以听。

又

迫蹙画役，席积尺璧，亦石客癖。

又

月半规水一勺，湛然空明，不可凑泊。

杂著

读《易》三首

卦变

周公系《损》之六三曰："三人行则损一人，一人行则得其友。"此卦变之说之所自昉也。然是说也，殆谓六子之变，皆出于《乾》《坤》，无所谓自《复》《姤》《遁》《临》而来者，《损》传所以当从也。

大衍之数

五十之数，说者不一，惟推本于图、书者得之。河、图之数，则赢五数之体也。洛书之数则虚五，数之用也。大衍者，酌河、洛之数之中，而兼体用之理之备者也。揲蓍之法，取五十茎为一握，置其一不用，以象太极，而其当用之策，凡四十有九，盖两仪体具而未分之象也。邵子曰："奇数极于四而五不用，策数极于九而十不用，故去五十而用四十九也。"（宋邵雍《皇极经世书》卷十三，四库全书本）其说尤明。

三变

分而为二，一营也。挂一象三，二营也。揲之以四，三营也。归奇于扐（lè，专指一种占卜行为），四营也。唐刘禹锡所记僧一行、毕中和、顾象之说甚详。要之，三变皆挂也。至宋郭雍，专以前一变独挂，后二变不挂为辞，且引横渠之言曰：再扐而后挂，每成一爻而后挂也，谓第二第三揲不挂也。朱子极非之，以为六扐而后挂，不应五岁再闰之义，其为两变，又止三营，郭氏之言不足从也。

读《尚书》六首

四仲中星

二十八宿，分布十二辰之宫。丑、未等八宫各二宿，谓丑斗牛、寅尾箕、辰角亢、巳翼轸、未井鬼、申觜参、戌奎娄、亥室壁也。惟子、午、卯、酉四正各三宿，谓子女虚危、午柳星张、卯氐房心、酉胃昴毕也。而鸟火虚昴，皆居四正之中，故谓之中星。是《尧典》以午为中矣，若《月令》则移之于未。或谓理在中央土，或谓《月令》举其初朔，而《尧典》总举一月，然皆非也。天三百六十五度四分度之一，岁三百六十五日四分日之一。天度四分之一而赢，岁日四分之一而缩，天渐差而西，岁渐差而东也。自秦庄襄王元年，上距尧之甲子，共二千二十八年，凡差二十六度，盖七十八年而差一度，所谓岁差也。其中星不同也，固宜。

六宗

汉世以来，说六宗者不一。欧阳及大、小夏侯皆云："上不谓天，下不谓地，旁不谓四方，在六者之间，助阴阳变化。"实一而名六矣。孔光、刘歆谓："为乾坤六子水、火、雷、风、山、泽也。"贾逵则谓："天宗三日、月、星也，地宗三河、海、岱也。"马融云："万物非天不覆，非地不载，非春不生，非夏不长，非秋不收，非冬不藏。此其六也。"郑康成曰："六宗言禋，与祭天同名。"则六者皆是天之神，只谓星辰司中、司命、风师、雨师也。星，五纬。辰，日月所会之十二次也。司中、司命、文昌第五、第四星也。风师，箕也；雨师，毕也。至晋，张髦则云：祀祖考，所尊者六，三昭三穆是也。惟《孔安国传》谓，祭四时、寒暑、日、月、星、水旱之气，合于祭法。王肃亦同，宜为蔡传所取也。

惟元祀十有二月

元祀者，太甲之元年十有二月，建子之月。盖汤之崩，必在前年之十二月也。殷练而祔，伊尹祠于先王。奉嗣王，只见厥祖，祔汤于庙也。先君祔庙，而嗣子即位。故成之为王，而伊尹乃明言烈祖之德，以训于王也。此顾氏之说也。蔡传从苏氏之说，谓十二月者，商以建丑为正，故以十二月为正也。大抵主于改正不改月之说，而不知三正时月俱改。《左氏传》"春王正月"，盖一"周"字，其义本明。《后汉书·陈宠传》："天正建子，周以为春。"尤为显证。由是言之，可以息夏时冠周月之喙，又何疑于伊训乎？

《武成》定本

《武成》错简，自二孔疑之，后儒互有更张。蔡氏今考定《武成》自谓参考刘氏、王氏、程子改正次序，定读如此。然移"四月既生魄"于"丁未祀周庙"之前，实本朱子《考正〈武成〉次序月日谱》一书也。又有胡洵直《考正〈武成〉》一卷、牟楷《定〈武成〉错简》一卷、张日炳《〈武成〉考》一卷。惟归有光《考定〈武成〉》，只移厥四月以下一段，自谓文势即顺，亦无阙文。或疑甲子失序，然先儒以《汉志》推，此年置闰在二月，故四月有丁未、庚戌，无可疑也。

《洪范》五行

沈约有言：伏生创纪，大传五行之体始详。刘向广衍《洪范》休咎之文，益备。盖自大、小夏侯善推五行，许商学大夏侯，撰《五行传记》一篇，其后刘向遂著为《洪范五行传论》十一卷。其书集合上古以来，历春秋、六国至秦汉符瑞、灾异之记，推迹行事，连传祸福，著其占验，比类相从，各有条目。书成奏之。班固《汉书·五行志》述其大略，嗣是诸史志五行者率本之。此固汉儒之学也。

迨后又有王氏《洪范谠义》九篇，亡名氏《洪范占》二卷、《洪范日月变》一卷、《洪范五行星历》四卷，穆元休《洪范外传》十卷，崔良佐《尚书演范》诸书，皆隋唐间名人之所推演，表表足资考镜者。

周公居东

周公居东者，蔡传：谓居国之东，而未指其何地。则与郑氏避居东都之说，犹两存其疑耳。近望溪方氏谓：周公之避，与禹、益之避异。禹、益之避，以远为宜；公之避，以近为宜。则公所居，为镐东乡郊之赏邑决矣。是时，公避居国东凡二年，流言之罪人，斯得所谓斯得者，犹言得其主名耳，非得而诛之也。公乃为诗贻王。王既得诗，感悟迎公，始有征东之事。是《东山》之诗，乃东征归而作者，非居东归而作也。且居东曰二年，征东曰"于今三年"，其非一事，又不待辨矣。

畲经堂文集卷七

传

朱观察传

朱炎，字琬次，汉军镶红旗人。康熙戊子举人。需次推广西武宣令，寻调永淳。雍正丙午，丁内艰，解任终制，补河南临颍。未几，擢湖南茶陵州牧。甲寅，移沅州。

州为苗疆冲剧地，号难治。会贵州九股生苗叛，所在煽动，州密迩戒严。朝廷命重臣征剿，调旁省官军援之，率取道于沅。凡刍粮夫马，舟车输挽，皆于沅筹办。自监司以下，驻沅趣督者十数辈。炎日夜露处擘画，皆应期集，事无少误。州之西溪凉伞花园诸处，尤逼苗地。苗将肆劫，炎闻，选健役郭万才等四十人，并檄晃州驿驿丞吴炎，往御诸横塘，屡有斩获，苗乃却。时贵州镇远、思州等郡民之被苗祸者，挈妇子避地于沅亡虑万人。炎受监司李珣指，初僦民舍以栖。不足，辄即城东校场坪缚茅为庐，凡百数十，居者相望，家具皆备。又请于大吏，人日给薪米以赡，病为医药，有死者槥而瘗。比事平回里，复资以粮，难民德之。

上官素稔炎才，至是益倚重。乾隆元年，诏升沅州为府，仍擢炎守焉。从抚臣之请，盖异数也。炎既受郡事，一切公署、学校、禋祀、典礼、规模宜易者，或创或移，不侈国费，不劳民力，皆次弟改观。念郡之孤贫老病无栖止，所出俸百金建普济堂，以所酿金钱、田亩充餐饪衣棉资，全活甚多。又倡捐置渡田以饩便水，充州之操舟者，行旅得免横索。炎每有举行，恒授意芷江袁令。袁又实能左右，用讫于成。

袁令者，名守定，江西南昌人。以进士宰靖之会同，乾隆初调芷江。芷江之有令，自袁始也。廉干有吏才，悉民疾苦，剔除陋弊略尽。尤善听讼，摘发如神，芷人呼为袁青天。在芷江五年，多异政，以乞养去。民思之，且谓非太守倚任，则令不能究所施，故愈德炎。

沅故无书院，袁令芷日，选士之秀者课于僧寺。袁既去，炎遂经营为明山书院，延名宿教之，士愈知向学。炎前后守牧于沅者十有一年，惠政甚多。岁甲子，以卓荐晋贵州贵西分巡道。又九年，卒于威宁行署。丧归，经沅郡，人哭迎之。念炎实庇沅久，且宦囊俭甚，道远拮据难归，相率留其家止焉。遂葬炎于沅城东之龙井畔，以云报也。

龚明远传

龚明远，字澹宁。芷江人。自少好读书，以用世自期许。已，隶尺籍，中雍正癸卯武举。伍军官中自效，非其志也。遽被龁龁归，自顾无所见，益刻意为歌诗。每登览间，适手押口吟，不少休。其诗主于陶冶性情，流连景物，然英雄失路，穷老气尽之词，篇中往往见之。《咏老妓》云："芳菲已过艳阳天，春尽江南罢管弦。当日舞腰成瘦损，东风无力送秋千。"读者谓其怨而不怒，得风人之遗。

卜筑城北数弓地，杂莳花药，日浇瀹锄刈以自适，一切都谢绝。帅府闻其名，屡召之，不欲往，遂颓然以老。卒年六十有五。所著《荫嘉园小稿》，其甥李亭元梓以传。昔元末顾仲瑛受封武略，而《明史》列之《文苑》，且称其才情妙丽，与诸名士略相当，故足传也。明远虽起家戎籍，未几坎壈失职，浮湛于诗酒中者久。其所作，虽文士未之或先。而明远胸中，固别有托也。

田把总传

把总姓田氏，名仁德，沅州人。协营把总。雍正十三年，贵州苗叛，仁德随副将往征，屡与贼战，实著摧陷功。寨章诸处号险阨，苗负恃拒敌，官军相持久之。九月十三日，仁德率兵驰击，奋勇深入，矢石交下不复顾。自辰至午，攻益疾，垂破，援军不继，力竭而死。事闻，赐金恤其家，予祭葬，荫长子宏仁外委，今授把总。次子宏玉，亦沅协把总也。乾隆五年，剿城步绥宁乱猺有劳绩，八年以疾卒，十一年追录平猺功，荫其子大荣七品监生，仍以把总遴补。

胡之琳传

胡之琳，芷江贡生。初有声庠序中，至性过人。祖父母春秋高，父其仁病屡，不能力养，之琳代肩之。时其饮食，视其居处，无少缺，以至于没，敛葬皆尽礼。家苦贫，舌耕，得馆谷以供菽水药饵资。昼授徒，夜分侍父疾达曙，如是者十有二年，虽极瘁，弗顾也。父卧病久，里人与之善者，乐与谈琐屑。之琳日拮据，治具待之以为常，可谓养志者。值岁歉，忍饥供亲膳。一日馁甚，卧地不能起，父觉之，抚而泣。二亲俱病痢，闻麻阳山中有医者善治，之琳夜走叩，颠踬几坠崖，卒得剧返，病乃愈。弟之瑛早世，遗二侄，之琳抚育备至，皆成立。弟妇萧氏，亦以节孝全族。侄锦昌，穷老无所依。颉之琳衣食，死为之厝。其他义行，多类此。

李长盛传

李长盛，芷江岁贡生。康熙甲寅，逆藩煽乱，长盛奉其父匿黄样岩洞间。出觅食以膳，贼劫其父去。长盛返，号求不得。已，踪至贼所，闻父在，愿以身受刃。贼感其孝，并释之。时年仅十八也。稍长，念其母早弃养，恒饮泣，枕褥有泪痕。父再续娶，长盛事之，皆尽孝最。后母胡生季弟长璜，才七龄，父即世，长盛待之尤极友爱。比析产，均其业。长璜念长盛已老，食指数倍于己，独推多以让，里人两贤之。

张孝子传

孝子姓张氏，名可智，芷江人。孩稚时，有至性，甫弱冠，奉二亲避逆藩，继于高明山深谷中，日往返数十里，负米执爨以供，自掘茅根啖之。已而父殁，丧具苦不备，可智拮据办衣衾，躬垒土以窆。事母弥极孝。养母病笃，可智闻百里外岩门有神降乩，极灵，匍匐往祷之，果得方归，服之愈。后母寿至九十四终，可智终身布素粗粝，子孙有以华腴进者，辄愀然曰：吾父病求一脔不可得，病且死，无计觅尺帛，今何忍睹此。况以之自御耶？力却之。诸父老且独，可智谨事之以终其身。先世自麻阳来徙，旧族有逋赋者，鬻产代完之。且置义田，以活贫乏。会同民以负债嫁其妻，可智急解橐为之偿，夫妇相聚如初。其厚德如此，他善行甚多，里人莫不称道。乾隆二年，奉旨旌其孝。

韩李思传

韩李思，号蝶斋，芷江人。状貌丰伟，类河朔间士。性肮脏，睥睨一切，负气轻诋，不可近。尤嗜酒，无时不醉，衣履多质酒库中。长于画，泼墨作游龙，烟云拏攫，满纸具生动状。偶写山水树石，则皴染工致，平远秋秀，各有其致。所得画资，率缘手散去，然消算于酒中者居多。人之乞画者，值其醉，则叫呶不敢致，醒时手簌簌不能执笔，故得其寸缣以为难。尝为僧写佛像，得钱三万，先付酒家。钩描逾月垂就，僧促之，辄碎其纸，典衣以偿僧钱，其傲诞如此。

无妻子，信所至为家。晚寄居僧院，故态依然。在久之僧以为苦，亦能诗兴，到有所作，不欲与文士角。其《书怀》云：老病幽怀百感撄，市高酒价最难平。风骚莫补吟何苦，笔墨无灵道遂轻。长铗依人非有意，短筇扶我觉多情。山川风月堪相守，买醉穷途慰远征。肖遥何必辨鸠鹏，郁郁樊笼便可憎。皮相岂知天下士，心空常伴远游僧。半囊长物终垂手，一世闲情只曲肱。俟命到头仍委壑，余生赖与酒为朋。

读此，可想见其人。后竟客死。

谢宏卿传

谢士骥，字宏卿，一字汝奇，闽县人。幼颖异，嗜学工诗。性故萧疏，诗境如其为人。善草书，波折清道，得涪翁法。与同里周太史绍龙交好，切劘既久，书名遂相伯仲。好蓄端溪砚材，又择寿山石之精者，随意琢镂，动合古制。黄大令任尝曰：嵇康好锻，阮孚蜡屐，谢君之癖，将毋同。其为名流赏誉如此。雅不乐仕进，构逸斋居之，几榻间图史纵横。客至清谈竟日，樵苏不爨，泊如也。卒栖隐以老，所著有《春草集》十卷。

林老人传

林老人者，不知何许人。顺治间来居沅州西之法光寺，人有叩其里居世系者，但言我姓林，再叩辄不答。盖宗门遁流也。

老人气沉而神穆，人莫能测。邃于禅理，拈示内外典，常举言外之旨。教学人以理，观为入法之门，自命为导师，侍讲筵者，高足以百计，法席之盛，一时未有也。居恒闭关静坐，不欲闻户外事，幽境自娱。偶有吟咏，直写其景物而止，似无意于工拙者。有句云："莫道眼高居此处，却缘此处远人间。"其寓意可想已，后遂老于此。

只一老人传

只一老人者，姓陈氏，逸其名，浙江钱塘人。少补秀水诸生，中副榜，遂不复预试。三十丧偶，亦不再娶。性疏放，轻财任侠，邃于学，熟习掌故，知天下郡国利病。雅不以此自负也。

初，随舅氏督学任之山西，旋归。妹婿令江西永丰，老人侍母偕往。初越粤岭，达豫章，复涉闽海，倾其游橐，援例以县令需次，将谒选，遭母丧，仍滞永丰。妹婿赴会城，老人与之俱，舟覆于江，妹婿死，老人仅而得免。遂绝意仕进，抵里后家事渐窘，孑然一身，无与谋。乃发箧，理其旧业，如是者十余年。家益落，竟买舟携一仆出，至于鄂渚。又渡洞庭而南，寓武陵，无所遇。闻有德山者，名刹也，往投之，愿薙染。主僧不纳，会有故人官牙将者，物色至此山，拉之同游辰沅。及抵沅州，协营副帅赵某，与同乡延之戎幕中，久之意不乐，竟辞去，所携仆亦逸去，益落魄无所之。爱城南景星寺，林泉有幽致，遂祝发焉。而其人亦颓然老矣。一生阅历，到此恍如隔世，然眉棱间英气故在也。

其七十自寿诗云："近来人事尽蹉跎，一任流年卷白波。入社祗堪留燕饮，见人常恐厌婆娑。冻残四体心犹热，泪掩双眸涕更多。自笑衰颜穷不死，每逢初度一哀歌。早已山居绝世尘，肯教浪迹自沉沦。过时棋局留双眼，此日诗名剩一身。老去有怀犹触迕，狂时故态自嶙峋。谩呼梅鹤为妻子，天地吾庐莫认真。贪嗔蠲尽尚留痴，乘兴还思学小儿。趁雨栽花晴弄月，逢场作戏闷敲诗。镜中玉雪颜非旧，匣里青萍气欲驰。闻说归空无挂碍，衲衣露顶不随时。瘦骨棱棱傲气存，轻裾肯复曳侯门。归空未必能离俗，养拙犹堪学灌园。安石棋枰看冷暖，乐天诗卷佐饔飧。少年百味通尝遍，莫笑而今咬菜根。"

未几，终于寺。寺僧葬诸选佛场之原。

释明惟传

明惟，一名初惟，字见自。沅州尹氏子。母梦，见老僧坐中庭无语，而生生，二龄母殁，年十四，随父入城，闲步报恩寺，即请于父，愿出家，乃投湛如和尚座祝发。湛如师，名性宣者，以名德称。尝构藏经阁于寺，未几，示寂，惟以所得檀施，打包赴浙西楞严讲寺，请经藏于阁。先是，惟祝发之明年，本师教习课诵，苦善忘，又不喜瑜伽法。

偶得庞公、赵州二录，日阅之不去手。读至庞公问马祖："不与万法为侣者，是什么人？"结轖于胸中，凡二十年。迨请藏归，一日步城中，山东转西，忽忆庞公问马祖怎么答，又思问石头，石头以袖掩口，便大悟。惟戒行精勤，每下钳椎，举示了当。兼能诗画琴书，一时达官贵人，乐与之往还久之。颇厌苦，时习静于南村之紫竹林。后与天童专公遥相印证，宗旨亦甚契合。法嗣梓其语录若干卷、《余闲诗集》若干卷以传。

释明景传

明景，字义林，芷江景星寺僧。九岁薙染，侍本师极谨。师命之精研内典，性颖悟，下目即了。兼涉猎儒书，学为诗，琅琅秀句，触手纷披。书法亦自妍绝，师怜爱之。比师涅槃，时景出游，闻之哭极哀，赋诗十章，人不忍卒读。盖法门中有至性者。

初闻铜仁梵净山之胜，遂挈瓢笠往访，投脚于省溪。近山禅寺有金某者，与之盘桓既久。景受其摸著诀别，有解悟，遂以篆法名。居一载，师濒行，留诗别金云："行遍天涯兴愈奢，逢场作戏久无家。今番未忍匆匆别，为爱清吟手八叉。妙道难闻独系辞，灵蓍谁破钝根疑。却惭羲画传心日，未抵程门立雪时。"又别其诸友云："省溪萍梗又经年，了却三生石上缘。此后精魂应记取，分襟正是木犀天。"皆可诵也。

后以老示寂本寺。著有《行吟草》，藏于院。

郭邓二节妇传

张先朝妻郭氏、弟先睿妻邓氏。郭为生员大昌女，生于康熙戊寅，邓生于康熙辛巳。朝、睿皆生员琼子，为同怀兄弟。郭年二十四，朝殁，遗孤随夭。郭恸极，引刀自刭，老姑强止之，以邓次子一谌为嗣。郭尽心抚教，口授《孝经》《论语》《毛诗》诸书。久之睿殁，邓年二十六，与郭相依，奉姑抚子。家本寒素，勤女红、纺绩以养姑。姑病，二人每夜爇香拜祷。迨姑卒，一谌继亡。郭意属于邓之第三子一聪，未及言，邓知之，谓郭曰："伯于吾夫，兄弟也。弟有子，忍兄独绝乎？"入以一聪嗣于郭，不二载，一聪亦夭。学博李治为郭题句曰："阃内文丞相，今时曹大家。"生平皆慈惠好施，稍积羡赀，辄济穷助义，人多称之。

周孺人传

孺人姓周氏，名若兰，字香畹。金匮人。户部员外、河南学使醇斋先生女。今诸罗二尹薛莎亭肇煐元配也。孺人幼明慧，好读《小学》及《列女传记》，尤有至性。痛母邹恭人早逝，事继母薛恭人备尽孝爱，薛恭人亦慈鞠之如己出。年二十，莎亭来赘京邸，是为己卯春仲。越夏五月，薛恭人疾笃，医沓至弗效，孺人私刲股和药进，疾渐瘳。已，血痕殷臂创，家人觉之，惊奇孝云。且夫女未适人，与子同道，而嫁女则有间矣。故服则从降，抑子之于亲，异体而同气，自不得私其身，而继母则有间矣，故爱未免有杀。当是时，孺人虽结缡未久，故薛氏妇也而恇然床席者，又毛里殊焉，乃一时天性之动，遂不惜肌肉之戕，而要出于心之不可解，与夫义之无所逃者。分途而一辙，谓非奇孝而何？

孺人与莎亭伉俪甚笃，舅姑称其贤孝。处姊姒间，一室蔼如。既莎亭宦闽中，岁丙戌四月，孺人婴疾卒于里，年二十有七。生子一，女一。孺人之殁也，莎亭闻耗恸极，每向人道其遗事，辄哽咽久之。

幼芝氏曰：余又闻孺人能诗，其赠别莎亭，有"客情黄叶路，诗景白苹洲"之句，固琅琅可诵也。呜呼！曹娥未闻善咏，孟光讵解成吟如孺人者？不当阜绝女史也哉！

吴孝女传

孝女，吴姓美名。闽县嘉崇里人。父贡生肇声，母蓝氏，生子男三、女三。孝女于女兄弟行居仲，明慧矜重，至性过人，父母绝爱怜之。会父婴笃疾，孝女昕夕侍，惨沮无人色，乘间出户外，北乡露祷，家故像祝大士，至是数稽首其前，语喃喃乞死代。又阴刲臂肉杂进，百计求所以瘳父者两阅月。父不起，孝女遽于大士像前自经死，年甫十五。乾隆丁亥岁九月十一日事也。里人哀之，追字之曰少娥，盖比曹娥云。

幼芝氏曰：古者父母不殉死。亦有殉者，殉难，非殉死也。夫女未适人，与子同道。毁灭伤生，是谓不子。然且死如孝女何？余闻吴中有贞女受旌，闻国难，绝粒死，名系《明史》，是女子而死忠也。女子而死忠，又何疑于女子而死孝乎？夫天下之害生，于不及情，不生于过情，彼三良之殉其君，羊左之殉其友等，殉死也。过情则有之，谓之不臣不友则不可。是故矫激之行，足以砥末俗。如孝女者，以稚齿而炳奇迹，坚人复起，犹当在汪童勿殇（孔子赞成鲁国破例以成人丧礼殡葬英勇战死的少年汪锜）之列也欤！

碑记

重修常德城隍祠碑记　代

自京师达于天下，凡府州县有城卫众，有隍固城，必有神以司之。揭虔妥灵，所在庙祀，而司事者必属之守土之吏，著于令甲，率乃典常，亦已久矣。往代岁无特祀，祭境内山川，附飨于坛，有事于厉，迎神以镇而已。我朝秩正《祀典》，岁增春、秋二祭品，出公费，典礼加隆，诚郑重乎！礼乐幽明之治，期于神人合德，官民是依，举全境而蒙其庥弗焉。此岂里俗淫祠，乡隅报赛，豚酒杂集，贸然无等者所可比哉？

常德古称大郡，在宋为荆湖北路，治帅府，建牙，巍然重镇。是时城隍祠祀，已遍天下。此邦宜有崇设，顾年远不可考。今庙在郡治东一里，殿寝廊庑，为明洪武二年郡守张公子俊建，载在《郡志》。考《明史》：洪武二年，高庙用礼官言，命加天下城隍封爵。其在府者为鉴察司民城隍威灵公，秩正二品，锡之衮冕，颁以制词。三年，诏去封号，止称某府城隍之神。又定庙制，高广视官署厅堂。然则张公建庙之岁，正当奉诏之年，而其时制，则从新址，乃因旧欤！以此溯今庙之由来，盖远已。嗣经屡圮屡修，罔有废坠。

岁乙亥，余奉命来守是邦。每诣庙，见规制有未备者，栋牖有渐摧者，辄用悚惕。爰出金钱，增置而完整之。于是藏敕之楼，配祀之位，合乐之榭，丽牲之庭，自门至寝，次第饬理，盖视昔改观。又念民庐兵舍，鳞次左侧，城乡氓庶，祈报沓至，虞有践踏，致易陨亵。庙故有僧，只堪供晨夕启闭、灯烛汛扫事，非得人责其董视，恐难为经久计。顷偕僚属谒神，忽闻有北关民人某等，妄指是庙为彼一厢香火，诪张极矣。亟属武陵令杨君拘集严鞫之，均加惩治，并取将来勿复侵踞结状存诸档册。事竟，余益思董视之得人，尤不可缓也，仍属杨君遴四境民人之愿谨者得以应，遂命充厥选焉。

且夫祀有常，仪有举，莫废祭，则受福非类弗歆。比岁年谷顺成，境疆宁谧，八蜡以通，九丑以制，匪神安赖？况重以历代之尊礼，著在典章，此邦之建设，具有源委，即余所为修葺，于前区画，于后者报神，赐崇国典，亦藉以尽守职耳。彼间左蚩氓，妄于秩祀，慢神挠制，获谴奚辞？而司董视者，既专典守，宜殚心力。凡所经理，慎济以公，后有继者，咸率此意。庶几榱桷具瞻，章程罔越，岂惟慰余厚望，神灵胗蠁，降福孔皆矣。

余犹虑久而滋替也，因镌诸石以告后者。是为记。

重修地藏庵碑记

台湾郡北郊地藏兰若，创自雍正初元。观察江夏陈公，是为康熙辛丑死事台协水师游击、漳浦游公栖神所，以前楹像设地藏资冥福，故庵名系焉。嗣有司举厉祀，即其区行事，辄标目为北坛云。厥后台邑鲁令重葺之，观察觉罗四公又植表其前，悬灯以导海艘。台防鲁丞续施洋锢百枚，助燃灯费。盖先后官斯土者之为是经营也若此。

当辛丑之变，所在仓卒不支，游公以应援陷陈，死绥最烈，其血食兹土固宜。记有之：泰厉公厉族厉隶，诸七祀五祀三祀，《秩典》可考而知也。定祈向于黑风洋中，易危而安，尤仁人所当用心者。

若夫浮屠之言，儒者疾之。顾尝翻《本愿经》，而见地藏悲愿，深重不尽，拔苦厄众生，不成正觉，殆几几乎与立达之旨相胹合矣。矧毅魄于兹而陟降，孤魂于兹而解脱，出险涛而登彼岸，亦慧力是资欤。昔西山真氏《跋普门品》谓：补陀大士真实为人，非浪语者。于地藏乎何疑哉？顷以庵阔于修有年，墟莽间倾陀且甚，余适睹而怅然，爰偕诸同官捐俸以倡，并督募郡之好施者，咸出赀襄事，一新其殿寝廊寮，与夫觉冥之幢，庋槮之舍，靡弗备饬。又以羡金饩夫，收瘗骴骼之暴露者。

是役也，托始于今年四月某日，以某月某日讫工。费金若干。余惟事有所举，莫之或废，故于事之集也，述其缘起，而记其成功，镵诸石以告来者。

金门总镇龚公功德碑记

国家承平日久，台湾隶版图，近百年晏然。视内治安，平扃镳，海门尤号重地。我总镇龚公，以副帅统水军，驻斯土凡三稔，一切诘戎振纪，动合古法，匪第鲲身鹿耳之间，赖以藩卫，举南北诸湾，靡弗消弭，其慝而肃清焉。

盖公伟略，夙裕出其绪余，纬以精思，是用将吏卒伍，指挥以定，而奸回亦潜敛其踪。会戊子冬，有岭箐之警，提镇诸大帅，偕观察郡守诸公，均以剿捕提师，四出郡垣，藉公坐镇。方是时，仓卒扰攘，氓贾惴惴。然公至谨，稽筦钥，严驭成旅，静抚里廛。迄于事平，而郊关以内，帖然衽席。盖易危而安，惟公倚重。然公于兹数月中，虽外示安恬，而所以瘁其神志，竭其经营者，殆不遗余力矣。

是役也，赖公善守，故剿捕得以鼓其前驱。赖公善抚，故氓贾勿敢启其内衅，虽丑类就歼，力资群策，要其志定而算胜者，公绩懋焉。夫容民蓄众，取象于师，而水在地中，萃其所涣，惟丈人以贞而吉。斯元老克壮其猷也。

公以甲科起家，历官吴越，移闽，所至有声。先后摄镇符，威惠所被，以辑以和，岂非蕴蓄者，大其设施也。经权常变，悉协其宜，有足以超轶古名帅哉！

今年秋，公方以年资移内地。未及代，遂有晋镇金门之命。盖公素以忠勤受主知，至是畀重镇，洵异数也。顷节钺将西莅，一时僚属军民，志公德弗谖，谋所以垂永久于斯土。谨述梗概，镵诸石，用拟襄阳岘首云。

台郡太守邹公功德碑记

自台湾置郡邑隶闽，封官属由内吏迁擢，阅三岁一更。盖重其地，以慎其选，程其期，以课其最。令甲所垂，逾八十年，未之或易也。独我邹公之来守也，以丁亥初夏移自浙之杭郡，代期既届，至于一再留，越今壬辰秋抄，历五稔余，始得替，有非常格所能拘者。揆厥由来，公之所以结一主知，而浹民隐，岂辟郡以来可多觏者哉！

当公典郡初，首以励廉、惩黩、戢悍、起孱为务。一豆觞之必谨，一苞苴之必绝，奸黠勿敢薮，疾苦无弗洞也。斯固众服其修洁，凛其肃清，而精勤所莅，诚信所孚著，于人人有如此者。戊子冬，值匪人黄教纠众倡乱，公廉得其状，驰赴各路，募勇健剿捕，深入莽箐，犯雾露，冒石矢，屡薄于险。虽挽之弗顾，极之掬泉啖蔗，略不以饥渴告疲。殆举人所震慑瑟缩，不敢撄者，公奋然直前，无所回虑，以讫于荡平。是役也，公遇贼凡六战，歼贼六十四人，先后计擒贼六十八人。未几，首恶就戮。又搜获其余党，六阅月而台境大定。

且夫赴事机者，气为之驭，而志宰之。志立乎其先，而后气之所鼓，足以贞祸变，而不挠，出艰虞而不沮，肩宏巨而能胜。是志以帅气，气之充，根乎志之确也。公识炳于机，先力尽于当局，算周于事后，谓非较然不欺其素，沛然出乎有余者，曷能奏大功，弭大患若此之神且捷哉！由是大府上其绩，天子稔公能前后允一，再留之请，宜为此邦人士所歌舞将之者。今于其去也，攀卧无从，讴思益切。爰撮举大端，勒诸贞石，俾后之览者，知辟郡以来，有贤守如公，得不动丹阳嘉树之慕也欤！

台澎总镇章公功德碑记

岁壬辰冬十月，我镇帅津门章公，奉天子命，自海东移镇漳南。于是公莅节凡三十有九月矣。例得代去，此邦同官洎戏下将吏，与夫章逢之士，介胄之旅，廛里之氓，溪峒之獠，无不惜公之去，而欲留不获也。乃相谋砻石以纪公功德，稽古名帅若晋之羊杜，唐之郭李，宋之韩范，类兼文武，才本具刚大之气，以成恢卓之功，而又诚信所孚，入人肌髓，故一时声施烂然，而鸿名且垂诸奕禩，盖树乎其大，宜被乎其远也。

当公来镇时，值匪乱初平后，民未尽复业，军未尽归伍，郊关以外，亭鄣虚如，村墟荡如者，所在多有。又窜伏未净于莽箐，谣諑未息于闾里，彼蚩蚩者，所由悻然荧然。公甫莅，辄劬其躬巡历之，精其心厘定之，发其令搜缉之，布其诚化导之。未数月而全境乂安，以迄今兹，鸿乐集于泽，鹤不警于宵。海东半壁，非公之恃奚恃欤？

若夫勤练习以饬戎行，儆游惰以戢士志，葺栖舍以安戍旅，施圭匕以拯困卒，此三岁中，公之所为综核而抚驭者，亦綦勤且瘁矣，其曷可忘？公蕴蓄宏伟，通怀乐善，廉而不刿，严而不苛，凡所设施，若行所无事，而默错境内于衽席之上，以视古名帅何多让焉？

抑闻漳南，重镇也。当宁倚公重，爰以重海东者重漳南，盖公受九重特达之知有素矣。今之去也，将所谓树乎大而被乎远者，有非海东一隅所能□。虽然，功德在此邦，斯石其永永勿泐也哉！

鼎建关帝庙碑记

乾隆丙申秋七月，我皇上表章前烈，怀柔百神，典举褒忠，明禋咸秩。远惟关帝，在当时力扶炎汉，志节凛然，史册所垂，不无遗美。爰颁谕旨，定谥忠义，俾补蜀志，传诸永久。正前史之微词，昭大义于旷代。大哉王言！其所以著神明而起顽懦者，莫盛于此。

维时台湾淡防厅治，新建关帝庙适告成功。盖厅治移驻斯境逾二十年所，地处荒远，一切规制阙如。今司马王公来莅，隐然念斯地荒，则恒昧于所向远则，宜设教以神，遂亟谋建庙，用崇秩祀。竹城地颇闲旷，考卜厥址，倡捐廉俸，畴咨兴创，购材饬工，蠲吉具举。凡构享殿，崇十有七尺，广参倍而弱，深如广之数而杀其一。门寝崇广，以次递杀。左稍前为更衣所，后筑寮舍，司香火者居之。周缭以垣，全甃皆礱，及夫丽牲之庭，合乐之榭，靡弗赅备。计费金钱若干，十阅月而藏事。自是瞻拜者肃然，过庙者怵然。年谷顺成，奸回弭戢。信夫，忠义之感召为甚神也。

尝稽帝之言曰："日在天之上，心在身之内，忠之谓也。"庄生有云："君臣之义，无所逃于天地之间。"是故非义则忠，不足以扶质而立干。孟子言："浩然之气，极于配义与道。"此物此志也。际兹上溯神迹，仰绎明诏，实征忠诚义烈，昭垂万古。然则王公建庙之本意，洵属立政之大端，讵非凡有土地民人之责者所当效法也哉？王公名右弼，字万长，号亮斋。山东济东县人。

（清杨浚台湾同治《淡水厅志》卷十五上：朱景英《堑城武庙碑记》，乾隆四十二年）

墓志

李州牧墓志铭

乾隆癸酉春，予沿牒宦闽。甫来傲寓三山邸舍，即识福清李君霖村，定交焉。盖君固通守吴郡，方持服里居，交游滋广。予以新知厕其间，君益骥。故一时友朋歙集，至乐也。未几，予之官连城，明年移宁德，再晤君，款语至夜分始别。又明年夏五，予以内艰归，君先期出山补官，自是不复与君面矣。

夫当其苔岑始合，文酒谭燕之娱，依依如昨，既而风雨中暌，晨夕犹共数也。至于良觌末由通，以梦寐聚散之感，虽概于中，而回首南皮，故人俨在，予曷戚为？今年初夏，予重来闽海，则君已卒官逾年。一榇初归，远自蜀道。悲良文之难逢，痛逝者而自念。十年俯仰，华屋山邱。呜呼！悕矣。

会君从弟玉海以状来，属予志墓。予手状，辄不禁泪涔涔下。既不获辞，遂请自予与君交情始，而后及君行实。按状：君讳云龙，字玉和，霖村其别字也。先世籍福清，曾祖端衡公徙闽县，祖重山公候选州牧。生三子，长瑶峰先生，康熙壬午举人，君考也。次梅亭，官刑部郎。三文经，岁贡生。君生而颖异，幼孤力学，屡预秋试不得志。以大父命，援例就选，通判苏州府，权督粮同知，理漕政有声。丙寅，以嫡长承重，丁大父忧，归里。已，又丁大母忧。癸酉终制，甲戌入都需次，授牧黔之平远州。

平远，占荒服，省獠杂处，号难治。君履任，首严猾吏，慎刑狱，尤加意学校，立书院，厚给膏火，定以课程，文风浸盛。又纂修州志，蔚然成书。治平远凡七阅岁，民俗丕变，大府称其能，庚辰奏调独山州，治法一如平远，不期月，有采运京铅之役。君部署就道，由黔之蜀，途次永宁，竟以劳卒。时乾隆辛巳岁九月廿二日卯时，距君生于康熙庚寅岁七月廿一日申时，年五十有二。

呜呼哀哉！君至性纯笃，生四龄失怙。王太宜人教抚之，历二十余载，以节孝闻。君亦善体亲志，克自树立。己酉，太宜人疾终，君哀毁骨立，逾祥而悲。自幼为大父母钟爱，君愉婉承颜，孙修子职，以终其世。既又经营丙舍松楸之地，水木增胜，诸名人所题咏金峰山庄是也。待诸从弟友爱备至，百口同炊，略无忤色，尤人所难。君之卒于蜀也，玉海不避险难，间关扶榇，获返故山，岂非其敦睦有素者哉！君渊雅，善属文，工汉隶法，藏书极富，爱蓄古金石文字，并书画名迹尊彝之属。客至，辄出以资其辨识，雅不欲谈鄙事。又重以气谊，故人多乐亲之。呜呼！此予所由与君定交也。

夫君元配陈氏，诰封宜人。通政使谥忠毅，讳丹赤。曾孙女，浙江督粮道讳一虁孙女，增广生讳汝兖女也。端淑慈和，壸仪式修。事太翁姑暨姑尽孝，与君相庄，数十年如一日。当君初任金阊，随之官署，多所赞助。及再官黔中，以道远不能从，留治家政，具有条理宗党法焉。辛巳冬，宜人得君凶问，恸极，遂成疾不起。盖自君殁后，至是才九阅月耳。宜人生于康熙戊子岁四月初一日午时，卒于乾隆壬午岁闰五月二十日寅时，年五十有五。

君枢于乾隆癸未年正月抵里，择某月某日某时葬于侯官县二凤山之阳。宜人实合窆焉。子男三：宗标、宗鼎、宗城，俱幼；女三：长锦，适内阁中书林，讳佶孙，候选州同知，讳在峨子畅。次镝，适奉直大夫拔贡生何，讳佩珠，孙太学生，讳裕子立椐。三幼未字。

铭曰：曷恋乎蛮封？曷怨乎蚕丛？曷不归乎双凤之峰？井椁攸守，是导是从。呜呼！此为宜尔子孙，万禩之幽宫。

墓表

长斋老人吴翁墓表

翁姓吴氏，讳正蓉，字千秋，以茹素号斋公。吾里中人也。少独治生，先君子重其质实，与定交款焉。以门肆誦诿，白镪赤仄经其手，屏当财物，极琐屑凌杂，弗厌也。守一廛逾四十年，足未尝出户限，人有来市者，必就翁，盖翁虽溷阛阓中，接人一率天真，故偶不见翁，宁俟焉。

翁不多读书，然性沉静，有慧悟。犹忆儿时，见翁手一纶，乃《老子》河上公章句本，无注释者，翁用己意解说，人服其敏妙。又究心算学，至废寝馈，遂洞精勾股测量之法。相人多奇中，断验在方寸部位外，人以是益神之。语以事，指画具有条理，动援古事陈大义，无一语猥。凡故与翁久处者，卒莫能测其识量。

闻少时善饮，茹素，后涓滴不入口。初未有室，至是益坚持不娶。其茹素也，自值所生讳日始，嗣遂蔬食以为常。夙不谈禅理，然时爱静坐，类入定僧。当示寂初，辄自知不起，属纩时，握念珠，称复庵和尚。来者再及，就棺，举体温燠，见者惊异。岂即禅家所谓去来了了者耶！翁生于康熙辛未年闰七月初二日辰时，卒于乾隆庚辰年八月二十六日亥时，年七十。

乌虖！翁之初殁也，景英援贞白、贞曜例，私谥翁曰德全，而诔之曰：其神全故完而不亏，其性全故醇而不醨，其天全故浑而难窥。夫是以全受全归，而无有阙遗。已，又念翁性不近名，仍质称曰长斋老人，用《南史》语，从翁志也。

翁卒后七日，舁翁柩葬于家茔之次，村曰长乐原，曰高坪，实便我后人祭扫。家兄景云、景松、景椿语景英曰：是宜表墓，以志不忘。遂述其梗概刻诸石，并系以诗。曰：斯人竟长逝，太息隔重泉。名著先贤传，碑题有道阡。谷神元不死，逸事复谁传。抔土依然在，丁宁护视虔。

祭文

天中节祭三闾大夫文

沅与湘兮通波，发枉渚兮弭节汨罗，胡僵徊兮此土？

帝告巫阳曰：有人在下，揭蘮兮椒兰。灵修浩荡兮无端。羌独爱兮沅芷，忍而终古兮以此。谓滞淫兮江南，眇如轸兮趑趄。蕉萃兮泽畔，将何之兮汗漫。指洞庭兮眷清沅，击汰乘舲兮伸予烦冤。莽不可辨兮周鼎康瓠，千秋万岁兮茫茫归路。惟荆楚兮重岁时，吉日辰良兮重午为期。怨渡江兮荡画桡，歌齐发兮升屋同号。依彭咸兮趾遗则，魂归来兮此焉故国。山川无极兮疑是非，苟舍此兮复奚归。

嗟鸩媒兮曷毒，呼詹尹兮安卜。忽破涕兮启颜，何楚塞兮秦关。繄昭忠兮难阙，四方上下兮心歆思越。文章祖兮日月光，金相玉式兮志洁行。芳高曾兮规矩，衣被兮来许。报芬芗兮涉汀洲，琼靡粮兮琼枝羞。效陈词兮景送神，胏蟹兮讯于掌梦。

祭鹿耳门海神文

海纳百川，神实司焉。海有门户，神之所主。鹿耳当关，天险越艰。沙为枨阈，坚如冶铁。涛鼓其中，屈曲罕通。舟人操接，振荡愢愢。偶掉轻心，匪胶辄沉。惟此一闵，期乎豁达。鹭岛西来，千帆峭开。懋迁捆载，运输曷碍？有荡其缨，悉徒勿惊。厌碛浅沚，何以酾水？渊乎邃乎，万舸争趋。疏淤排浪，惟神之觊。导以坦夷，避彼险巇。嬉游镜海，蒙庥有在。刲牲缩茅，侑用弦匏。鉴兹寸敬，安澜锡庆。

朝奠文

呜呼，痛哉！先妣弃养，实历五霜。涂殡在堂，亦符其岁。夫过时不葬,《春秋》有诛。不孝负愆,尚曷能逭?然深惟罪戾,致此有由。今虽宅兆,既卜而井。椁待期其,忍复奉柩。远涉往攒新山,亦匪得已。拊心饮痛,欲述声吞。际斯时也,不孝等纵九死何辞,犹敢谓罔极恩慈,较其能报与否耶?

呜呼,痛哉!当先妣弥留之时,不孝景云、景松在侧,而不孝景英远宦闽中,不孝景椿早奉慈命偕往,尔时无论,汤药未侍,含敛未亲,为无可解之罪。即至闻讣,奔丧抵家,以仲冬念日,距先妣二月十六辞世之日,亦已九月余矣。盖绳以三月而葬之义,游子未归,不能不待,斯不能不逾则。不孝景椿、景英为罪首。

呜呼,痛哉!迨其归也,兄弟相看,已无生理。犹希先考旧茔,可以合葬,何意青乌不慎,考宅未安,于是别图窀穸之事起。呜呼!吉壤难求,明师难觅。动怀体魄,弥切弥艰。致我先妣,淹兹殡宫,以迄于今。中间亦偶获所求,初以为可,旋复弃之。错迕迷罔,莫适所从。则不孝四人,均难逭咎。

呜呼,痛哉!顷于秋仲,相地桃源。山曰仙公,金谋咸协。痛惟先妣,永宅于兹。拟迁考棺,同封堂斧。然则曷以不亟谋安厝也?盖缘阴阳拘忌,子月非宜。又以一水之阻,沍寒是虑,用是先期扶榇,权就攒所。违情拂制,种种如斯,为子为人,问心安属?

呜呼!伏念先妣,万端懿德。毕世恩劬,内外乡邦,藉称一口。垂之女史,亦复奚惭?乃不孝等阙焉。靡报徒侈,显扬丛戾。一身衔哀,五内脼然。面目何地可施,渺然音容,何方可索?

呜呼,痛哉!今日者,先妣发引之前五日也。将于诘朝以后,受亲宾奠。敢袭先期朝奠之仪,移于兹辰,三致哀荐,因泣陈缓葬与暂攒之罪,冀先妣有灵,俛垂昭鉴焉。

祭长斋老人吴翁文

呜呼!陶隐居之贞白也奇其姿,孟东野之贞曜也昌其诗,惟我翁之德全也,无有端倪。盖来不知其何来,去不知其何去也,于今日信而益疑。自古谓,有子为不死翁,乃未有室家,而所以不死者,弗系乎斯人。溺乎情,翁实忘之人;习乎机,翁实化之人;薄而偷,翁厚持之人;巧而狷,翁贞定之人。惟恐不好名,翁并此而无之。时果易落,朝槿易萎,易散者云族,易闇者曦驰,翁则何存何亡,何盛何衰,何所德而色,何所利而私，人不能以终日，而翁七十年如兹。其神全，故完而不亏；其性全，故醇而不漓；其天全，故浑而难窥。夫是以全受全归，而无有阙遗。呜呼！此其所以为德全翁欤，而谁谓追美之弗宜？

翁茹者素，清沁心脾，而匪持岐亭之戒，与行瞿昙之慈。翁守者默，静摄威仪，而匪养参同之婴姹，与辨苦县之雄雌。翁神于相人而奇中者，在俯仰与高卑；翁精于算数而透悟者，折勾股于毫厘。以此见翁真静者，夙根有自，而偶有所触，能明其故，又匪不学而知，岂非德全之流露，慧由戒定而萌滋乎？忆翁之初主某家也，先君子实慕翁为人而邀致之。盖以正召正而投合，乃如针磁列当门之肆，而肩任之力独支，极凌杂与琐细而不辞，计钱陌之长短，权金屑于铢锱，市廛阛阓之地，以翁之古貌古心与之持，宜乎悍不忍犯，伪不忍欺。夫固化市人而为淳古也。

翁胸中原无世路之险巇，然翁之足不逾户限者四十余载。殆如管幼安之一榻不移矣，其视某辈也，谓良友之有子，而珍爱之不少箴规，盖数十年来，一门之内，长者少者，各习其业，莫不赖翁提携而训饬，而某等亦未尝与翁有跬步之离。先君子之捐馆也十有九禩，先慈之弃养也亦几六霜，鲜民之生，何所怙恃，而幸翁之存，如灵光之在鲁，硕果之垂枝。今夏之杪，翁染末疾，饵药而愈。于秋之初，逢翁诞日，为翁举卮，胡逮秋仲，翁忽食减，而自顾衰迟，谓必不起，而此适其时。

呜呼！参术不灵，而奄逝于念六之期。当属纩时，神明不乱，有释氏来迎之语。而所云复庵者，不知为谁？翁屏腥鲜终，其身而未尝逃禅，何今日之怛化，竟证列真之班位，而为灵鹫之追随耶？无惑乎就棺之顷，举体温燠，垂目而低眉也。

呜呼！翁固不死，德全而迹亦甚奇。独某辈匪惟父执之恸，而恸失我师资。

呜呼！其曷能逭予悲乎？兹卜九月二日，扶翁之榇，归窆于长乐村家茔之次，而陈奠于先期。翁素爱某笔札，将述翁生平作传而于其陈奠也。累翁之德而诔之，乌容以不文辞？

呜呼！吾翁其亦鉴于斯乎！

某提军文 代

呜呼！古有钟闲气而挺生，寄半壁而倚重，铭殊勋于彝鼎，煜鸿名于戎合者几？盱衡以上下，未易数数焉觏之。故夫星精所毓，倬彼上将，烛斗魁戴筐而上，所为旁魄帝车之次者，若凛乎褒鄂飒爽之英姿。呜呼！飘零大树，涕泪丰碑，世且有感，遗躅而忾。慕抚陈编而遐想，矧属在戚懿，谊联桑梓，于哀讣之远致，虽未获走哭樿旁掉，曷逭我悲思？

则如我公之鹊起也，胚胎前光，远有端绪。冠貂树桀，殆累叶于兹。公负异禀，倪荡瑰琦，凡弧弩棓稍之技，与夫壬乙禽角之术，窔奥故靡所弗窥，由是掇科入侍。或从豫游，或陪曲宴。鲛函雉扇之间，实执戟以趋，随缅其列八校，领三卫，勾陈羽林周庐，徼道所在，清严弭戢者，惟材武是资。

若夫贺兰黑水，鸣沙积雪，西陲要地，古治兵所，公分巡协守，而威惠以绥。至于冉駹邛筰，峻硐悬栈，仰攻师老，况饷馈路绝，公出奇直捣而凭险者，歼窜无遗。捷闻酬庸，公罕伦比，于是乎有湟中总戎之擢。旋晋提军，建牙金城。盖酒泉张掖，据中衢以北达；而乌孙康居，大宛月氏诸域，匪仅矜控御而饰羁縻，维时有事月窟以西，赖公当关部署，而一一中其机宜。呜呼！如公伟绩，虽汉之傅介子、班定远、耿恭、任尚辈，或开边境，或通朝贡，要未足拟其坐镇而声驰。

当公之官宁夏也，徙宅脱地震之厄；其帅安西也，握沙致泉涌之异。岂非行谊有素，精诚灵应，捷于影响，鬼神默为护持也哉？呜呼！袖有匕首，魄丧负心；橐解多金，魂慰死友。公生平率胸，祭而重诺也多类此。此固非暖暖姝姝者可及，而磊磊落落，动合乎古人之所为。呜呼！公之勋绩，燕然刊石；公之名位，陕右分弓。谓享遐莫食麟角凤毛之报，而娱畹晚于午桥绿野，谁曰不宜？胡为乎芒角遽賈，徒令人望渭南而凄其？

某有子，与公同官，缘此缔交，遂联婚媾。而某以就养官署，因苔岑之遇合，而无有间离。畴昔之岁，解手南北，搔首相望，振触曷极？讵鱼素之惊，承闻黄肠之归窆，能禁老泪之涟洏耶？爰酹尊醑，侑以荒辞。惟公有灵，鉴此蛩私。

祭成太翁文

呜呼！宿胡为而掩台，景胡为而匿谷？芒角欻已，南隳蒙汜。于焉西浴，帐中夜之鹃啼，惊遥天之鹏讣。爰通波以陈辞，羌长号而升屋。繄我翁之世泽，溯渊源于河汾。觇累叶之鼎盛，袭奕禩以清芬。系联华其冠牒，门森戟以干雯。卓虎符而煜爚，围鹤盖而缤纷。缅圆折与方流，乃孕毓乎珠璧。听清响于桐华，矫奇翼于梧掖。筦浮云而排阊，漱芳润而倾液。

秦川则仲宣摛毫，华省则兰成射策。乃以铜街贵胄，掇桂林之一枝；初掣鲸以蹴海，旋烹鲜以牵丝。周蔀屋而煦育，环蓉湖而讴思。惟神君之是颂，胪三异与十奇。既循卓其腾声，遂政成而报最。感兴襦绔之歌，荣被丝纶之沛。爰分符于青齐，仍治剧于都会。方领郡之有期，遽衔哀于苴莋。既释服而再出，乃佐郡于黔山。几间关而踯躅，冲雨箐与烟蛮。遍峒溪而载德，搴襜帷而识颜。惠布且兰以上，《地理志》：庄蹻伐夜郎，至且兰，即牂牁。今贵阳也。誉流省獠之间。维时贤嗣。腾骧莅官，一凛庭训。善治化于瀛壖，却奸顽于邻近。恬井里以无惊，消悍犷于默运。知令德有自来，循家法而酿酺。

呜呼！德无尹而不达，美以济而益彰。名父既清征薤水，令子亦声着桐乡。卜公卿于望第，伫银艾与金章。蔚恒峰而有耀，沂晋水而延祥。胡岁在乎龙蛇，怛名贤之捐馆。深悲悼于犵狫，延酸辛于鲲蟺。白云之痛奚弥，碧海之悲莫缓。

呜呼！望灵輀于远道，慰孝思于区隅。聊握管而诔德，愧子山而辞芜。倾一滴之盂水，致一束之生刍。瞩丹旐而放佛，泫清泪以沾濡。

祭王锡五副帅文

呜呼！赤星散堕，大树飘零。双溪咽碧，半线颓青。风何撼撼，云故冥冥。高牙惨瞩，列帐愁经。

溯公发祥，太行之右。岳色河声，干霄戴斗。灵閟攸钟，珪璋式剖。名世笃生，胎前焘后。当其绮岁，早饮香名。养翎韬迹，簉羽腾声。步联广陌，志请长缨。荆南初筮，冀北谁京。潘蔽襄樊，襟喉楚蜀。峡暗滩高，峒幽溪曲。直扼其冲，精筹其捣。秩则浑跻，功乃迭录。领军任重，寄阃戎参。爰遗岘首，猷焕闽南。三山鱼钥，六载鲛函。庾楼燕预，裴节谋谙。大海迤东，悬边半壁。惟此南疆，号称遐迤。箐苦烟迷，岭纷雾幂。镇抚资公，树乃丕绩。忽惊蠢动，突豕张鸱。亟率劲旅，倍道星驰。乌合狐窜，旋就殄夷。境安勋策，浑浚奚疑。晋帅延津，建瓴要地。帕首靴刀，惠怀威悸。看剑楼高，鸣笳堞次。坐啸风清，澄澜拥翠。东瀛北岛，借箸从前。讴思未歇，忻重莅焉。虎貔肃若，鲲蟺恬然。式歌且舞，于今三年。

呜呼！开诚布公，循名责实。宠辱不惊，澹宁自率。在古名贤，后先揆一。公实兼之，罕与俦匹。矧公逾甲，身其康强。颐和蛮域，葆粹瘴乡。壶矢行乐，裘带安常。祭遵羊祜，寿恺宁方。讵意今秋，抱痾偶尔。迨涉闰冬，遽嗟不起。入室鹏惊，印泥鸿徙。一朝怛化，衔悲曷已。某等披帷莫觌，升屋空号。神凄黲翠，泪泫旌旐。酹兹絮酒，荐以溪毛。灵兮来止，肸蠁焄蒿。

祭曾宜人文 代

呜呼！子荆哀逝，骑省悼亡。无兹奇痛，安觅名香？涕过时而未雪，感永歗之流芳。苟遗挂其在壁，奚不哭而神伤？盖其鉴失重帷，猗无虚幌。垂地非帏，罗扉郄网。同紫玉兮成灰，偕明珠兮堕掌。莽无由以塞悲，敢敞词以述住。猗嗟宜人，望姓连天。神清鬌鬌，体泽兰荃。缅守闺而隐秀，目佳偶于比肩。

初提筐兮蕴藻，载解佩兮韦弦。夫子多才，誉腾海岱。名士轩头，墨王亭外。几命酒而题襟，每压曹而倾辈。配卿子于寒山，遂狎主乎盘敦。尔乃掇科东国，翔步西清。柯亭刘井，酒垒诗城。滴蟾蜍于渴砚，结菡萏于长檠。鸥波藉道，升为益友。鸾台署侍，史之嘉名。既而太史，改官佩绾。铜墨仙令凫，飞大江南北。随一舸以相于，实伙助之有力。勤掃挡于官衙，永贤声而足式。

未几政成报最，擢牧名州，再补要地，南楚上游。于昨岁之春月，偕之任以同舟。便浮家兮泛宅，疑晚饭兮桅楼。维时远道，餐辛频年。善病为倚，稿砧难辞。伶俜虽绕郏兮破颜，空回肠兮共命。久骨立于支床，早心摧于聪镜。呜呼！呻吟未绝，偃蹇何堪？江风拉瑟，岭雾黝耽。病沉绵而转剧，命延促其凤谐。况偻指兮中岁，已自分兮奚贪？夫何几月郴阳，年光欲毕；于社有呼，嘻嘻出出。忽辞世于此宵，竟返魂之无术。遍远微而声吞，望素帏而泪溢。

呜呼！宜人淑德，胡罹斯灾？天真难问，理不可推。岂瞿昙之怛化，返本质于莲胎。且左右兮提挈，或游戏于去来。某辱交牧君，惊承鱼素，敬率属僚，蚤私寄布。辞欲吐而仍含，恐伤往之有赋。溯桂水以酹尊，瞻灵辂兮遥驻。

翁蓼野先生遗事状

先生讳运标，字晋公，号蓼野。浙之余姚人。雍正癸卯进士，两知河南桐柏县，继知湖南武陵，终道州知州。先生之尊人大环公讳瀛者，为邑明经，乡里称醇儒。母夫人邬生二子：长运槐，字楫山，次即先生。女二：一适某氏，一适邬氏，皆先生姊也。

康熙壬申岁，大环公有粤西恭城之行，同行者邬夫人兄恭城令君之帑。十一月初五日，[舟]经永州之新塘站。入夜，忽失所在，同舟求之不可得，即驰报其家。邬夫人恸极，曰："是役君初不欲行，顾迫不获已。濒行，搴帷视二子，二子方熟寝，又回顾之，太息挥泪。嘱曰：若勿复念我，二子成立，责在若。今绎之，皆不祥语矣。"乃遣仆之粤西。明年，恭城君卒于粤，公子扶丧归，途经新塘站，为泊舟。榜公貌署里居姓氏，与相失之月日，访数日不得，还报。邬夫人恸不欲生，既又卜兆于神，得谶曰："扁舟风雨泊江干，兄弟相看梦寐间。已分天涯成死别，谁知意外得生还。"三卜而三兆焉。是时，楫山方八岁，先生才三岁。夫人乃日抱以啼于庭，曰："儿他日能寻父归来乎？"颔之乃喜。逾三年，邬夫人又赍恨以没。先生尚在童稚中，无所依，乃抚于叔父家，而楫山则佣于人以食。

顾先生少不慧以事，失从母欢，屡挞之，终不敢忤。他日过姊家，姊见先生左臂有创痕，亟叩，乃告之故。姊抱之泣，呼其兄至，曰："叔婶有不终畜弟意，曷不请以归？"楫山如姊言，叔果还之。于是以钱百数十畀先生，命贩蔬果鬻于市。日担以出，多受市儿绐，其蔬果屡为人窃去。每暮归，兄筹其数，辄折其强半。兄恚且泣曰："我佣安能食汝？汝若是，何以生？"先生以愿就学请。兄喜甚，乃出所得佣金为馆师贽，二姊氏迭饭之以资其学。是岁为康熙戊子，先生生十九年矣。自是力于学，凡三年出应有司试，辄冠其曹，补博士弟子，以能文名两浙。顾念失父久，兄弟时相对哭，遍访昔之同往粤西者，终无指实。而其伯姊则犹记父舟次新塘一诗，其末云："霜浓古寺钟开处，一点空明透佛灯。"相与绅绎其词义，疑以为逃缁黄间也。且卜于神，仍得前兆。楫山遂入楚以求之，数濒于危，困逆旅中，遇同里贾客挟之归。思再出，为姊氏泣留乃止。

既而先生学益进，楫山亦经营稍稍有生计。兄弟先后受室。庚子，楫山举一子。雍正癸卯，先生举于乡，成进士。遽归，与兄商所以寻亲者。拟寄其帑于姊家，会邑苦潦不果行。甲辰冬，兄弟密自部署。乙巳春二月，先生一举子才三日，竟偕兄去之楚，遍历湖南北，一肩幞被，茧足万山。凡琳宫梵宇，废观丛祠，必穷极险隘。时刺臂出血作疏号于神，无所得。则又相持恸哭，由是而又之粤，又之豫章。其饔虐于风雪，顿踣于道路，猛鸷之所惊，餐宿之所窘，盖难一二数。阅两岁，兄若弟或分或合，皆无所遇。

丙午十一月，兄弟会于全州之湘山寺。明年丁未正月，制一小舟，榜其舷曰"浙东余姚翁某兄弟寻父之船"，往返于衡永间者又半载余。八月，泊舟祁阳之白沙洲，有老人郑海还诣江干告之曰："孝子，尔欲生逢尔父，余不敢知非然，则瘗于洲者良是。"先生愕然，叩其由，则言："去洲二十里，为余所居鸟窝。初，余有弟海生妇，于壬申十一月初七日产子，走报其妇家，渡江溺，而格于败苇，得出视苇中有僵死者，归语余，往同视之，乃出僵者于岸。表里衣缯，臞而皙，因择皋而瘗之。明年，闻有踪迹之者，余读其榜而肖，将往告里老，以榜求生人而指死者以应，恐干其诘共兄之余，乃返。嗣是三十余年，更无有道其事者。今海生已前殁，余老矣，闻孝子之访诸道路也，人皆哀之，余忍不以告海还所言出溺日？"去泊新塘才二日，海生所生子曰，如升今现存，年甲可证也。

先生因至其家，问当时情事。而海生妇尚在，具言瘗公时，尚拾得杂佩数事，今惟一钥存。出视之，齿屈曲不类常钥，亟募善走者赍以证诸伯姊，姊见钥，恸曰："是也！当日归我遗箧，失其钥，以他物启，是以得新塘站之诗。"越三月，携锁还报，牝牡脗合，先生始知其父之逝于新塘而葬是洲也。且以郑氏兄弟之名合之，瘗者海生，告者海还，生还之谶验亦巧矣。于是启其墓，渗以指血，益信，遂易椁而封焉。厥后，乾隆丙寅，先生官武陵时，楣山殁已久，楣山之子会典往营祠于墓前，额曰"永思"，颜其庭曰"启钥"。买田如千亩，畀郑氏世收其租以守墓。是时海还尚无恙，迎致署中，事之惟谨。居数月，厚遗以归。此先生寻亲之颠末也。

先生之初宰桐柏也，以与上官龃龉，才半岁遽谢病归家。居数年，授徒自给，后再莅桐柏，循声大著。凡七年，因公挂吏议，桐人思之，为建生祠。旋起用补武陵，时乾隆癸亥冬也。邑冲剧，号难治。先生下车后擘画整顿，一以古法行之。初若甚迂远者，不半年而邑之积弊以次除。时时出郊外问民疾苦，至悉其丁口产业，而为之筹其生计，虽琐屑不厌。以友道待士，尤加意于孤寒，胶序中多以此奋励，相继掇科名，其有不检者，亦稍稍自愧，久且易其面目。故武陵之士习，至今称醇。其听讼也，弛鞭笞不用，惟委曲开导，以激发其天良，久之人竟不忍欺，且几于无讼焉。

邑有兄弟争田界者，讼于官，先生亲履勘田野中，忽自掩涕，讼者惊问故。先生曰："吾初官桐柏，吾兄尚在，日相偕，既来武陵，吾兄已不及见矣。今见汝兄弟，偶思吾兄耳，是以悲。"语未终，讼者叩头恸哭，愿以其产相让。又有兄弟争产者，其兄父收养子也。父殁弟少，分以瘠田，使别居。兄不自得，以状白，中有亡父嗜酒得疾语。先生怒其暴亲恶也，笞之，仍召其弟来数之，为割其胂以畀其兄。又有子窃人金指，为父所得者，拘其父至，往复鞫诘，终不加以刑，人有以为言者。先生曰："吾非忍，此第以子证父脱，有诬，则天性之恩绝矣，姑俟之。"后廉得其实，果黑夜为他人攫其窃金去，而其子误以为父也。人始服其明。

唐姓者，为其子聘张姓女，家贫不能娶，张私卖其女。唐知而讼之。先生察张亦贫甚，卖女金久无有矣，为出资赎其女归，召唐姓子就公庭配焉。邑有衡人业伞者，其乡有重罪亡命来主，其家不知也。已，大宪下檄大索之，而亡命者先逸矣。先生第令业伞者导之往迹，未几，罪人得竟得不连坐，亦未尝受一笞。康、邓二姓者环湖居，湖埦多荒地，屡争之，斗杀不已，数十年狱不解，先生以为忧。一日至其地，集二姓人，晓譬再三，终不伏。会大雨，先生坐雨中，二姓请少避。先生曰："汝辈为一块土，世世罹重法不顾，予尚爱此身为？"不为动。二姓故爱先生，且感先生意，连叩头曰："惟命！"先生乃亲为画界，问服否？佥曰服。先生揖，二姓咸顿首谢。是时观者以万计，欢呼声震地。自是各守所画界，无少争且相和好。后闻先生之卒于永也，二姓聚哭，为醵金助其丧。

邑东长乐村，沿江亘长堤，每夏秋水涨，西流驶射，直啮堤趾，田庐尽没巨浸中。旧筑石为柜以卫，水势少杀。年久柜倾陊，邑人深患之。渡江而南，有德山石塔，明华亭董文敏公督学时所议建也，亦就颓剥，为形家言者颇以为病。邑附郭向未有书院，学者肄业无所，先生喜课士，每僦寺观为讲习，辄用频蹙。于是大集邑之高赀富人，畴咨兴创，共输金钱以勷事。不数月，而三大工次第告成，至今人称其堤曰翁公堤，塔曰翁公塔，书院曰翁公书院云。

岁甲子十月不雨，至明年乙丑四月，田皆龟坼，无播种者。先生阅《郡志》，见邑北有龙门洞，去城百二十里，唐刘梦得曾祷雨于此。乃觅导者，自易草笠芒屦，炷香步拜，穷昼夜至其地。洞邃而口狭，先生缒而下，以瓶贮水，仍步行蹒跚归。沿途老幼走接，向先生哭，先生亦抚之泣。就北郊之演武场设坛，日跪烈日中，面黧黑无人色，膝为趼瘃，观者哀吁先生返署，先生坚不肯。凡七日，大雨，远近沾足，岁大熟。邑人绘《龙门祷雨图》，系之诗歌以纪其事。

先生治武陵五年，惠政不可枚举，督抚稔其贤，交章荐。岁丁卯，擢道州知州，去之日，自县治至登舟所，衢巷填塞，舆不得前。先生徒行十余里，牵衣泣者跪持足，恸者相续于道，送舟如蚁，喧阗至境外不绝。盖邑中从来所未见也。治道州二年，如武陵。已巳岁，州大疫，先生亲沿户给药，又亲自率工治路，遂以劳瘁卒于官。年六十，其宦迹之梗概如此。

先生貌苍古，性沉静，学问以阳明为宗。其处己接物，一出平恕，遇事略不矜持，而轻重缓急间措之悉当。至其生平大端，则始为孝子，终为循吏，为不愧古人云。

乾隆癸酉夏，余观政三山时，桂林相国陈文恭公抚闽，晋谒，顷询及先生遗事，为口陈其崖略。因命余撰系如右。盖公与先生为同年友，思有以表章之，故殷殷受简焉。越数年，公再抚楚南，举修《通志》，遂刻此篇于《艺文类》。目之为传，然实非传体也。先生寻亲事，余多得之先生之甥邬秀才朝阳所述，其间尚有湘山说梦事，以语涉怪，不欲纪。嗣闻先生伯姊适胡氏，其在道州救疫时，又有祷神，愿捐躯请命事。皆续所传闻者，补志于此。

（清李镜蓉、盛赓修、许清源、洪廷撰纂光绪《道州志》卷之十一上，清光绪四年刻本：《翁蓼野先生传》节录）

畲经堂文集卷八

四六

陈寿山《画梅百绝》序

罗浮山畔，花占仙名；海岳庵中，画矜逸品。水边雪后，曾闻半树初妍；竹外风前，空说一枝更好。写入胶东之纸，东阁音沉；吟生研北之香，北窗墨断。

我友琴石先生，道元前辈，摩诘后身。画悟禅机，毫颠神妙；诗传画意，物外清真。擅三绝之场，况豪于饮；生六朝之地，不倦于游。旅食京华，竟南归而理棹；朅来荆楚，忽西上以巾车。邂逅枌榆，流连杵臼，有怀小谢谓青雷家弟。旧雨难逢却愧，迂辛新知；且乐酒酣以往，诗卷言投。

百串明珠，尽落写生幅里；一声长笛，遍吹着色枝头。邀梁代之才人，同寻梨梦；友孤山之高士，配食水仙。啼笑无端，点缀冰花个个；横斜有致，屈蟠铁干棱棱。盖不为绕指之柔，乃侵得无弦之趣。

昔贤授简，画亦有声。曩喆编诗，梅还作苑。实兹百绝，兼被二书。驱我炎熇，长日如披玉屑；羡君清福，一生合伴梅花。

《慎余斋唱和诗》序

《慎余斋唱和诗》者，吾友云间邵西樵先生湘游病足，赋诗遣怀，并录诸同人赓韵迭酬之作也。先生裔本青门，人如白傅故侯；遗泽业寄，五茸居士闲身。吟耽半格，庾子山小园有赋；常此安巢，杜少陵旧雨兴怀。

于焉鼓棹，湘江绿净，波通圆泖迢迢；岳麓青环，峰忆横云历历。乐萧闲于鹤署，依然梧竹双清；叙契阔于鸡坛，正尔苔岑一合。长沙卑湿，永日炎熇风土；原殊呻吟，忽起真人想绝。北窗企脚奚娱，病客愁侵；南郭攒眉良苦，珈跌枯坐。颇类神栖蜷曲，魭眠弥增旅思。爰抒短律，用遣长怀瘕木；聊复寓言，瑶华因之广拾。斐然作者，富有成章，诗凡若干，都为一集。

且夫楚太子卧疴，徒闻谢客；维摩诘现疾，只解参禅。饭颗相逢，缘苦吟而人瘦；敝庐归去，为多病而交疏。况夫司马游梁，仍婴消渴；即彼季鹰入洛，惟叹羁孤。乃尔伏枕，有吟忽觉。题襟成集唱先，拥膝传抄；播搰之辞响接，同声稳押。玲珑之韵，萃张为之主客；得句如仙，通吴质之情怀。连篇起避，家辞苕上季子；郁有悲谣，梦远禾中少孙。尽多愁什，天台赋手藉甚；兴公大复，诗家蔚然茂宰。交申慰藉，雅知眩亦夔怜；顾视清高，讵谓凫将鹤续。借酒杯而浇垒块，豪气虽未尽除；检药囊而却刀圭，神方故自有在。岂非骚坛胜事，病榻新闻也哉！

仆也自笑支离，每伤却曲。薄游铜渚，言订石交。小住僧庐，近在落帆桥畔；暍来官阁，相于病橘洲前。习凿齿举动蹒跚，偏工论史；崔晦叔经行蹩蓬，不废谈玄。烟秋鹤以风梳，诧夏虫而冰语。剧谭余暇，获睹斯编。学步为难，弁言有属。噫嘻！君真善病，须珍重药炉经卷之间；我亦欲愁，但振触禅榻茶烟之侧。

《西园消夏印赏》序

顾家（明顾从德）《印薮》，侈道古为滥觞；周氏（清周亮工）《印人》，矜搜奇于本事。文则鸾回融扁，摹自鼎彝；式则龟纽螭蟠，规从斗检。翻沙拨蜡，聿成金玉之章；倒韭蔑偃波，厥有蚴虬之势。夫巧智寓于一艺，而神明运乎寸心。缪篆得八体之余分，私印具六书之精蕴。汉京骑从，姓名系虞道园之诗；吴国阿蒙，流传有军司马之制。永存珍秘，唐相遗文。宝绘明昌，金源名迹。

若夫平津黄玉，居然柳叶垂垂；洎乎羽士丹书，奇绝枣心篆篆。凡兹古物，载纪蘘编，偶尔鉴藏，每资辨证。嗣是镌镵善手，必推磊落英流。煮石山农，试铦锋于花乳；松雪居士，精铁画于鸥波。吾子行，学古成书，自鸣得意；米元章，清畈有史，别寄赏心。何雪渔既结构称工，文寿承亦纤余有致。练川震泽，垂奕世之风流；穆倩㒖臣，擅一时之妙技。盖靡弗讨源，许慎析豪芒于一亥之间，因之争胜，姜夔极变化于二篆之内者，已无如俗。工惟轻心是掉，动云古体浮云举世真，好手难逢。莫扫文房毒雾，付偏旁于茫昧，以断烂为瑰奇。岂非缪种尽出师心，末流将成蔑古者乎？

吾友李君，耕云斯冰。苗裔榕海，门阑婻雅。奇姿毕视，三千简牍；刻琅妙腕，频挥一寸。于将顷为东岛之游，遂税西园之驾。消磨九夏，翦来片片芙蓉；剔抉三仓，绘就行行虫鸟。不烦绳削，动合自然。少选经营，蔚为作者。同人诒暑，方动色于发研；旅客怀冰，乃匠心于游刃。室有琳琅之触芝函，即目流丹；门无褉禊之来桑几，如听霏屑。

睹兹清课，想象于般若台前；散我羁愁，消受在婆娑洋外。欲公同好，略缀卮词，爰弁册端，仍珍篚衍。

《西园修禊诗》序

粤以海东半壁，久入版章，顷于郡北孤城新分典领官，则保厘省僚，地则错互，溪山就瓯脱之一区，参使符而三佩。

昨年秋仲，东岛重来。今岁春残，西园初辟。尔其陶公圃筑，用明志于劬躬；庄叟濠游，别会心于观物。苍琅一坞，想象洋川；青峭数峰，依微海岳。结水芝为净友，坐岸柳之清阴。雨槛香浓，虹桥彩落。憩蕉花之馆，少寄乡思；荡桃叶之舟，非关游冶。

当夫纵心孤性，自忘头衔，手版中人，矧复胜似相于，适值天朗气清。是日时则尊觞，竞举竹肉。选宣选石，欹眠入林。倚啸裴回水次，偶尔凭襟彳亍。花间不嫌亚帽，斗楸枰于石几；赏画橙于玉乂，极竟日之清娱。洵小园之佳会！于是朋笺争擘，柔翰先拈。首倡八章，引声诸作。则有云闲仙客，湖上名流。榕海故家，瑶华今雨。均抒雅制，自愧拙工。诗凡册有二篇，是用都为一集。

嗟夫！山阴修禊，徒以一叙。流传汉上，题襟未许。群公美善，撷元宾之酬唱；兰渚虚声，综皮陆之歌吟。松陵孤响猥缘，畹亩竟富兰蘅。上日丽其莺花，殊方罕此风雅。付之铅椠。散愁于蛮烟瘴雨之间；袭以缥缃；纪胜于金谷玉山以后。

《杂画丛吟》序

云烟供养，雅惬襟期；水石经营，何堪促迫？图名山于室壁，卧以游之；添老树于岭崖，写其意耳。最饶题识，谱纂宣和，亦富鉴藏，史编海岳。盖博涉在丹青之内，而品评于粉墨之余。惟此赏心，讵关游目？

乃有丹霞逋客，点染自娱；因之白雪词人，牵连有作。则如西窗剪烛，雨话巴山；南浦分襟，风流晋代。放清溪之棹，弗峭孤帆；闻野寺之钟，偶消残漏。绿阴驯鹤，音初寂夫丝桐；碧落窥鸿，意乃移于蓬蓽。开尊则色澄竹叶，不醉公荣；弄笛则响落梅花，还邀子野。矶头雨洗，有客凭阑。花韵晴曛，阿谁绕径？爇来甲煎。帘旌深护，余香行过。午桥柳浪，微闻清咏。命东篱之酒，花乞邻园；据南郭之梧，蝶惊昼梦。沧浪美荫，濯余凉浸双趺；顾渚新泉，啜罢寒生两腋。

凡此钩描，幅幅极模山范水之工；若其摹写，篇篇备迭韵双声之巧。画诗具美，妙处在有声无声；意象皆忘，悟来果是色非色。刹那过眼，谁貌出十六应真；仞兴传神，聊借为大千说法。惭予笨伯，滥厕竽行。羡尔灵根，胜争艺花。增画义之故事，广诗数之新闻。爰弁俪言，用珍合璧。

冯观察诗集序

代云无际，迢迢鸿雁之乡；岛雨初停，黯黯蜑角鳀之国。殊方怀抱，不废吟哦。暇日爬梳，厥惟篇什。如我雁门观察公，谢王门胄，河岳英灵；式诵清芬，克扶大雅。耽情竹素，广刘略班艺之传；雅志风骚，鄙白俗元轻之作。

竭来海外，爰检箧中，裒为一篇，撰成众体。关河吊古，一抔寄忾。朱邪燕蓟，表忠片石。动怀天水，郁伊至性可补；笙诗阐发，幽光足当史论。旧游雨散，对觞则回首南皮；昔梦烟迷，读画则移情北里。其他杂然题咏，略无流连光景之词；偶尔唱酬，无非抒写性情之制。盖揽其滂葩长句，极鲸呿鳌掷之奇；而引其幽峭么弦，具朗玉孤桐之妙。是惟盘深根氐，乃尔吐弃卑凡。岂非负邢子才之渊闳，精杜少陵之格律，足以传抄绝域，沾丐来兹者哉？

谓我后生，裁窥曲牖。读公大作，如陟层台。甫卒业而惊望洋，载洛诵而叹观止。许桓谭为知己，瑟缩久之；邀敬礼而定文，逡巡而已。

《秋室唱和诗》序

授衣时节，恰值殊方；落帽风流，已成往事。婆娑洋外，气候别纪天涯；毗邪国中，风雨难禁秋晚。摧残木叶，拉飒惊心；翻倒沧溟，喧隳震耳。既撞搪以连夕，飓母如狂；乃泛滺于崇朝，天公失笑。

苦际三秋暮景，适当九日先期。不有高吟，曷排积闷。维时雁门观察公，履绚安善，幕府清闲。杜少陵寄兴孤吟，玲珑迭韵；潘邠老发端七字，次第连篇。缭戾清深，诗成近体。泓峥萧瑟，境托遐情。对摇落以挥毫，杂刁调而振响。悲哉！秋之为气；甚矣！诗之感人。

当夫东阁微吟，居然绝唱；乃有南皮高会，作者同声。合孝山孝穆以题襟，进群季群贤而授简。芙蓉泛而休暇，茱萸把以絷斁。不必蓝水玉山，共倾尊酒；无那疏风冷雨，竞擘明笺。而景英猥厕迹于龙门，谬发声于蚓窍，役征途以刺促，亦溯流风，伏旅舍。而滞淫可来今雨，句联石鼎，早已气慑刘侯，音触金商。敢尔驾攀屈宋青云，愿附白雪；谁赓徒滥吹竽，雅欣缀玉。问几人能歌古调，冀来者有感斯文。

嗟夫！极目山川，同度他乡素节；满城风雨，还看明日黄花。

瞿大川诗序

七条溪上，川以琴名；半线山前，衔将冰挂。鼓水仙之操，情往成连；诵山鬼之章，心仪正则。黄河远上，壁已画乎旗亭；白雪孤吟，调诇谐夫巴里。自惭老马，识昧循途；忽听新莺，声传出谷。则如瞿君大川者，海虞家世，骚雅襟怀。身居吏隐之同，自然潇洒；迹在风尘以外，不废吟哦。

顷搜箧衍所藏，快睹珠玑盈握。斐然作者，清绝词流。且夫诗者志之所之，学者性有所近。别裁伪体，杜陵既寄意多师；抒写性灵，白傅亦雅规半格。铺张排比，微之仅识砥砆；诞幻虚荒，长吉终乖风雅。严沧浪或以禅喻，未免偏枯；李于鳞务为调高，徒矜假样。共羡徐卿谭艺，几同高叟说诗。岂非六义渐就沦胥，众作不堪扬搉也哉？

乃君也逊心晞古，蔚为竹素之光；竟体流芬，泽以兰蕙之气。揽其初稿，已湛清华；聆厥赓吟，更饶缭戾。短衣匹马，凭吊于秦汉故都；险峡高滩，阅历遍女牛分野。凉秋霁晓，和来敕勒之歌；瘴涧蛮溪，拈出姗娜之句。盖游即是学，所至留题；而仕本为贫，偶然遣兴。

含毫冲淡，短篇追韦柳之踪；伸纸纵横，长句擅杜韩之体。是则扫艺林之榛莽，定词苑之步趋。言志虽多，齐肩实罕者也。呜呼！陶镕者楼头万卷，已知君披腹琅玕；欣赏者海外一编，且看尔等身著述。

刘连璧七十寿序

江枫渲染，丹流湛湛之声；溪竹娟娟，翠裹津津之色。楚灵均信宿此间，见说有人；郦善长钩描无句，不堪入画。诚以逶迤甘谷，每多颐寿之翁；益知咫尺蓬山，不少长生之侣。矧夫粹醹者，德宜乎酬报以年；固戚懿之所心仪，而梓桑于焉荣被者也。

惟我连璧刘先生，御龙家世。子骥云礽，迢递仙源。依然旧里，连蜷老桂，忽有新枝。门第在珠泉玉水之间，品格拟白鹤朱霞而上。乃以雄飞无意，羞矜尺五之天；蠖屈为心，劳辟数弓之宅。诛茅编竹，好安庾信、罗含；栽杏披莪，雅契王维、裴迪。斯殆友烟霞而寄兴，邻泉石以写襟者矣。

当夫朱萼循陔，每洁兼珍之膳；紫荆种树，常申共被之情。灵果郁其参差，庭花分其匽匜。姜土游之笃孝，不待旌门；杨延庆之敦和，惟知对食。大端荦荦，内行何惭；至性淳淳，真精独味。用是爱推宗党，无不举之炊烟；惠及家僮，有可弛之章约。蔗田姜棱，一割非难。雁粒凫租，全捐弗惜。岂非仁心为质，遍吹澹荡之春；善种能滋，终食和平之福者乎！

迹其践履，子墨难殚，懿彼丰神，园丝欲绣。蓟子训之留仙躅，飘忽谁亲；贺季真之返明湖，风流自赏。溪南垞北，不妨邀听泉声；麓复椒单，耐可忍看云脚。延缘而寻略彴，曳杖铿然；诘曲而探幽蹊，携樽偶尔。楸枰置石，便欲弹棋；榾柮煨炉，且来斗茗。不必览养生之秘旨，于兹得驻景之神方。是则远性逸情，郑子真端推耆旧；何况连珠迭璧，王怀祖喜有佳儿。大苏既凤藻先翔，小朱亦虎闱联步。目以双丁两到，信可颜行溯诸。伯敞仲敩，殊堪武接杜氏。则田兼有宝马，家则兰茁其芽。翁顾之而加餐，人羡之而腾誉。发祥有自，烝后靡涯。此其川至日升，宁可石程数计？

乃者字方书亥，度正躔庚。十月介眉，数七旬于绛县；一星朝斗，掇五纬于珠垣。竭来送酒之人，霞觞竞举；俨列校书之客，云笈新翻。从知世乐巢轩，共祝龄参松石。

某等商芝近接，邛橘遥攀。甲幂烟而九茎，袜蹑云而八纲。侈传珂里，无非村里朱陈；醉倚琼筵，半属交余群纪。敢操筳管，敬颂椿年，如逢玉局。一仙寿算迭添，篷谱试伴；香山九老须眉，同绘屏风。

章镇帅寿序

粤以鹤绫宠锡，偕元鹤以增龄；龙节巍持，集青龙而衍庆。瞻五云以锦里，觞献津门；颂百福于铃辕，筹添海屋。耀长庚之宿，异彩占自兰台；周大甲之年，神丹驻乎菊水。宜申祝嘏，用佐尊罍。

恭惟镇帅章公，祥发闽南，望崇蓟北，铜街铁市。溯彼芝城，霞蔚云蒸，萃于兰渚。直沾毓秀，麟征宝志之摩；绮岁含英，稻擅琅琊之辨。摛文则艺林树帜，誉彻无双；腾声则璧沼搴华，名标第一。旋以金风养翮，未遂鹏抟；还从紫雾窥斑，居然豹变。六铢新着，遂捧鲛函；三榜联登，式移雉扇。恩承朵殿，翔步冠七校之中；宦历名疆，殊勋著六诏而上。

始以中权树绩，闾阎与介胄胥恬；继以参府敷猷，赈恤共决排并举。乃晋临边副帅，益抒驭远长筹。帕首靴刀均安，耕凿紫姜红犭葛。争戴恩慈，胸次经纶。遍布碧鸡，金马军中。歌吹潜消，燹雨蛮烟。惟时舞彩服而燕朔星奔，未几御祥琴而甬东风肃。爰膺天眷开府，闽中用展公才，握符海上；属以东瀛重镇，匡济需贤。钦承北阙殊知，间关移节；值偃戈之会时，诘戎行当。嗷泽之余，载筹蔀屋。南屏北钥，诚信所至而孚；暑雨祁寒，怨咨末由而起。竭来鯷国，溪峒皆春，指点鼋矶，风涛以静。岂非人游徐福之岛，容与仙都；功垂博望之槎，辉光史册也哉！

矧公凤娴文史，雅负才华。庚元珪之登楼，月移画槛；李邺侯之插架，风动书签。金石临摹，古绝蚕头燕尾；丹铅点染，神来墨晕檀心。以是筵集名流，啸歌不废；门来下士，沾丐殊多。后进乐其通怀，远裔奉为名宝。若其情敦孝友，谊重慨慷。朱萼绛跗，曲尽承颜之乐；田荆姜被，备联同气之欢。里党以洽比为常，知交则解推不倦。兰滋九畹，躬泽奇芬；树发三葩，家余远荫。袭簪缨而未艾，联冰玉以交辉。洵勋阀之祥征，觇德门之盛事。

兹者令当朱夏，瑞应丹台。届五月之中旬，逢六帙之大庆。蕤宾叶调，吹来梅笛之风；花甲开筵，吸取荷卮之露。某等幸依大树，窃附长杨。预舒雁之班，每趋翠幕；值绂麟之候，敢擘鱼笺。美盛德于八州，吮弱毫而未罄。图仙踪于五岳，纪大算以靡涯。

亓太翁王太恭人双寿序

丹台日暖，香浮栢叶之觞；翠水春醅，色腻桃花之纸。五粒则节目磊砢，岱顶松乔；四照则跗鄂荣滋，鹊山花灿。盖其长庚宝婺，辉联危宿之垣；宜乎椿砌萱庭，祥蔚榆峰之麓。望去云中鸾鹤，听来天上笙璈。双寿齐眉，千春衍甲。

恭惟亓太翁，鲁瞻右族；唐系华宗奕，叶胎光世。有清芬之诵韶年，茁颖人来；名宝之称李永，和之拥书。栋充万卷，管公明之谈易；酒沃三升，自绮岁而腾声。步翔黉序，迨壮龄而通籍；名策颜行，当夫剑买耶溪。学得猿公仙术，乃尔机忘海上。泛来鸥侣，春声艺晚。秾之田酒，人自托启长桑之箧；寿世为怀，且也晖荫兰陔曲尽。庭闱之养，风和荆圃。克联昆季之欢，种德于九畹。是滋食报，则千畦皆宝。

矧夫入伯通之庑，厥配称贤；过冀缺之乡，如宾式慕。则如王太恭人，琅琊清绪，璜瑀徽音。探圆折之珠渊，深涵的皪；斟方流之玉水，迭合珪璋。操作方亲，桓少君不辞提瓮；殷勤致警，乐羊子于以下帷。既孝竭乎尊嫜，更谊周夫蒙介。肃雍叶诸壶内，慈惠洽于里中。用扬女史之辉，益善稿砧之助。于是建安著姓，实产双丁；洛下名流，端推二陆。长公既亨迹篏羽，驰誉修门；次君复皇路连镳，阶荣朵殿。伯也前驱，江左洊升都护临边；仲也发轫，黔南缅自钩陈移照。羡二难之竞爽，卜累叶之发祥。

爰乃五云捧出，紫泥德门，具庆六甲，呈来丹笈。寿域双开闾史，彤编交垂；金蕚桑弧锦帨，并届青阳。洄增晚节之娱，宜有长春之庆。

某等官同南国，祝效东滹。近指十洲，腾凤麟而绚彩；遥瞻列载，环龙虎以介龄。春熙河济之间，南极与西池偕颂；响彻蓬壶之外，紫芝将黄竹齐歌。

马琴宇明府寿序

日丽春城，仙令栽花之候；云蒸海屋，伟人增算之区。泛淑气于双溪，泉斛绿醑；霭曦光于层巘，草衬青袍。响播冰弦，听吟猱而宓琴徐引；荫垂露砌，瞻仪凤而召树常封。盖三异兆以三多，共申祝嘏；而十奇纪乎十赍，美馨揄扬。如我琴宇马君，牒冠关中胄华。浙右披扶风之帐累叶，传经入越纽之乡一门。通德厥生文度，居然膝上佳儿；克媲季常，籍甚里中名士。

杨梅郿稻，慧绝芳龄；陆藻江花，艳于绮岁。觑青芹之早掇，仰丹桂以先攀。经笥愈充，文澜益阔。魁一经于春榜，誉满春明；联首选于天曹，名高天府。既羡巍科之陟，旋膺剧邑之除。鄞水牵丝，道山借箸。更缘循卓，权理绥安。同颂神君，遍闽江而上下；载歌慈母，极稗海以东西。大府器其才猷，众庶服其威惠。爰以重漠以外，厥有岩疆；遂于群策之中，端推廉吏。蛮烟瘴雨，应知抚字劳心；碧海青山，辄觉指挥如意。期彼风移俗易，猛济以宽；睹兹地广人稠，富先于教。盖出经术，以饰吏治。真如老手，斫轮而本忠信；以格蚩氓，讵仅长才制锦？当其锁闱分校，已征士类之欣荣。

若夫黉序殷培，益见儒风之鼓舞。综其善政，银管难名。表厥清操，玉壶堪比。宜乎治行着于荐牍，贤声疏夫御屏者也。况由卓鲁之经猷，式溯闵曾之孝友。束广微（西晋文学家束皙）庭闱馨膳，可补笙诗；苏子瞻（宋代文学家苏轼）风雨对床，不忘埙奏。而且五桂正著襄露，一凤已羡凌云。岂非树谷逢年，益信滋兰食报也哉！

兹届酉春仲月，适逢庚降良辰。酌斗介眉，侑以蓬莱之酱；跻堂鞠䓤，敷成垚鼜之筵。洵岛屿之休征，抑峒溪之胜集。某等同官海表，欣值崧生。敢预称觞，不辞授简。酒筹可当，何妨醉折花枝；羽笛相邀，便欲偕吟鹤曲。

龙母吴太孺人七十寿序

花开四照，曾闻函鹊山头；芝苗九茎，共说武陵溪上。趾高城于尺五，波掀鼎水群龙；绵大算以三千，霞蔚瑶天一鹤。盖家风相续，在绿溪青嶂之间；而卿月常悬，甲铁市铜街而上。况复过乌衣之里，钟郝遗徽；压彤管之编，陶欧肃范。固宜傍琼筵而鞠䓤，望锦帨以挥毫者也。

恭惟龙母吴太孺人，延陵冠牒，茂苑攀香。累叶勋名，旧掌金吾之卫；一门通显，新交碧树之柯。太孺人则长养珠胎，方诸一滴，晶莹玉版，蟹谷孤生。爰太白之平阳，将身倚树；羡左家之娇女，援笔锵金。其归我赠公也，雁柱能弹；应龙唇而合调，凤箫对谱。联鹤背以游仙，莱子辞荣；端偕健妇乐羊，励志雅藉。贤妻庞蕴，施财助以指环；臂钏郑庄，好客佐之茗盌。酒鎗当其堂上，鸠扶门中，雁序修惟妇职，慰在君怀。

褵篸管篸，谨袗缨之容臭；洁餐馨膳，进甘滑于兼珍。身先介妇之行，耦猜胥化；馈有中厨之主，金鏏休嗟。用是芳枳长杨，闲居籍甚。荆花灵果，永日恬如。岂非扇入室之和风，嘘同炊之淑气。霜颜己老而未老，稿砧承欢而益欢者乎！自昔豪奢，每缘丰腆；从来啙窳，易罄膏腴。恒兴叹于家常，实遗讥于内政。太孺人则蒿簪持户，篝火鸣机。被素无嫌，羞彼选花配叶；习勤不倦，力兹拾穗牵萝。盖惜福下逮壶觞，而作劳何辞摒挡；固闾党之所宗法，子姓与为遵循者矣。

尔其五桂罗阶，三珠绕膝，缀盘是凤，离褓皆麟。箧有遗经，勖以红栏旧德；枥无留影，免哉紫陌先声。长君既簉皇途，待铨铜墨；仲君亦升上舍，需次曹班。几辈颒藻分峯，伫看榜花连掇。谢家兰玉，厥有根芽；杜氏宝田，更饶滋溉。溯发祥之有自，知食报于靡涯。然莫非太孺人全福一身，荣锡紫泥翠轴；且也遐龄难老，瑞徵碧水丹山。

兹逢七旬介寿之辰，宜有十赉呈文之庆。菊香泉畔，借传崔媪精灵；石骨洲前，尽阅蓬池清浅。披六铢而容与，景驻慈颜；瞩五朵之缤纷，神颐华胄。侈德门之盛事，流芳壶之清芬。某也居近孟邻，心仪韦幔。登堂拜母，侨札之分曾修；搦管陈词，跗萼之篇欲补。归从闽海，云接三山。来止榆乡，露匀五乳。捧觞送晋，敢言重碧浮香；倚席载歌，聊唤小红按拍。

蒋太师母王太夫人寿序

星测衡端，台象映离珠之珥；乐聆天上，云璈谐中吕之宫。探芝检于吴淞，一门鼎盛；颂萱龄于海峤，九酝觞飞。洵知福寿双全，增朱萼缝跗之色；益信起居八座，联紫泥翠轴之辉。藉附笙镛，用扬璜瑀。

恭惟蒋太师母王太夫人，琅邪华胄，兰蕙芳仪。黄阁名家，表六宿五云而上；乌衣胜里，著九峰三泖之间。既毓瑞于璇珠，方流圆折；乃集祥于鸾凤，均响偕翔。时则文恪公申甫降崧，韦平奕叶。星辰听履，密勿宵参。鼎鼐和羹，书思晨对。盖薄海共庆，雨云之布，而家人尤乐，苹藻之修。岂非内捆，尽其肃恭；因而中朝，专其弼亮。作金瓯之贤配，书彤管而辉流者哉！

尔其六桂挺生，三槐茂荫。天边卿月常悬，故相之门日下，慈云益励备官之训。无论内宫府而外州郡，均宜精擘画而免驱驰。凛致海之琅琅，弥在公而惕惕。是匪仅韦纱隔座，侈语传经，欧荻盈阶，矜言画字已也。爰乃庆延居室，欣看祥迓自天。荷玉诰之迭颁，鸾笺宠溢；沐金极之殊泽，象服荣增。上方之赍何蕃，命妇之崇已极。纪北堂之异数，播南国之徽音。既慰鹤颜，应征燕喜。兹者届春晖之有永，际夏日之方长。佳辰当锦帨之呈，仙客有瑶觞之献。十洲近指，筹于海屋频添；百福遥申，芝向宝奁新苗。

某等师门辱托，母范凤仪；未接孟邻，获联郑绛。会僚属之祝嘏，鞠卺殷然；综梗概以揄扬，操觚率尔。俯荡胸之层海，如临翠水环流；绚满日之繁花，恍对鹊山四照。

全母冯太孺人八十征诗启

星灿丹垣，婺缀离珠之珥；春深碧海，桃吹仙洞之花。听来瑶瑟，螺峰重湖。响接纪得兰台，鹤算十赍文呈。书人端于慈云，漱奇芬于宝露；用肃隔帘之拜，敢先扬觯之词。

全母冯太孺人者，灵毓四星，秀钟三辅。溯其绮岁，神清大树之家；表厥芳闺，誉著明珠之箧。迨归望第，益挹贤声。敬侍高堂，谨修内职。衿缨容臭，承颜视听之先；潆瀿滑甘，养志苾芬之外。时则修五太先生，名香胶序，翩养粉榆。曹世叔之砥躬，端资续史；乐羊子之力学，实感鸣机。况复一室炊香，据觚惠溥，百弓营宅，艺圃劳担，勤摒挡于频年，嘘祥和于同闬者乎？

尔乃佳儿文度，置膝奇珍；贤母欧阳，画灰善训。共羡诸生祭酒，早亲慈范；围纱寸草，则报答春晖晚香。则蓝莒老圃，盖兰滋九畹。披绿叶以迎风鹤，饵三珠，梳缟翎而警露者也。维上章执徐之岁，际夹钟吹律之辰，八秩筵开，千春帨设。曦轮潋滟，载翔舒雁之行；霞锦焖斓，高捧回鸾之轴。欲标彤管，试待鸿章。伏冀艺苑，名公词坛。哲匠发搉，壶德歌咏。徽音凤味，砚开写就。

夫人之字，乌丝笺界。题成《幼妇》之词，朱萼缝跗笙诗。可补丹崖翠水，筹屋弥崇；仁瞻五朵之云，胜吸三危之露。

引

募修铜镜岭憩亭引

蹒跚茧足，剧苦双缠；莘确孱颜，难堪一憩。暮烟七五，伤心不在劳劳；尘路三千，行脚何妨止此。

乃有岭横铜镜，古遗海右；孤亭渡俯，金埵高接。城南二曲单椒，复麓几切云根；密树丛篁半颓，雨槛瓦松暗溜。橡竟生花，础藓平侵。柱还吐菌，层壑倚而黐驳。危泉落以砰訇，行者畏出乎其涂，栖者自绝于其侧。在余也，行车偶过，辄用彷徨。谅善士倚杖频来，应生悯恻；际此打包万岭，当知行路之难。

于焉！弛担移时，便有息肩之乐；蒙茸尽剪，山面新开檐楣。重扶湖心远角，功成不日；奚大费乎金钱，德报有时。胜广修夫琳梵，不过粟分一粒。望我同心，即兹厦坐千人，鉴予寸意。

募修木瓜寺石桥引

山号木瓜，牵缀青莲之句；水分沅芷，流连正则之踪。柳叶湖堧，萦纡各派；桃花冈畔，迤逦通逵。由来断港绝潢，亦有长梁短杓，此里人穆荣，臣所以有倡修石桥之举也。

盖自昔筑堤以捍，难辞穴蚁鸣鼍，因之跨碕而门，差拟卧虹，填鹊鸢声，听处旖旎烟花，驴背行来，凌兢风雪。供庞眉之倚杖，免茧足之褰裳。藉兹委宛通波，况复依微入画。几年销渺，敝趾难支，终日砰訇，啮溽莫补。春流谁乱，临崖却费。踟蹰秋晓，频经冲雾，如行莘确于，是枌榆社裏，聚族而谋；桑柘影中，成桥孔亟。

顾念苇虽可折，虚言象教神通；石岂堪鞭，漫说祖龙事业。人非精卫，大海安填？众具菩提，同心有岸，金钱肯掷，要不忧行路之难；邪许试呼，可伫睹成功之易。

祭厦门海神文

惟神灵昭，百谷德润。群生庆锡，安澜忻风。恬而浪静，车叻利济。乐柁稳而帆悬，清晏著其嘉祥。安和普其福泽，兹景英服官台北，赴任海东。由鹭岛以登舟，指鹿门而抵岸。重洋顺渡，仰大德之垂庥；连楫安行，仗鸿慈之默佑。肃涓吉日，虔布微忱。惟神有灵，伏祈鉴庇。

建天后宫上梁文

惟神秀毓坤灵，材胜干栋。铜柯挺特，揩广厦以标奇；铁干轮囷，峙崇祠而常耀。顷以地腊之先日，敬成天后之巍宫。昭胁蠁于慈航，福兹在位；仗扶持于伟质，妥彼栖灵。期长享乎苾芬，叨永垂夫芘荫。敢涓吉日，敬洁牲牷，用布神前，伏惟昭格。

祭天后文

惟神祥钟五代，灵著十洲。普门现济物之身，海国锡安澜之庆。凡叨慈庇，均矢报忱。矧设官创治，岛夷宜择地新崇庙貌。爰涓吉日，逾月程工。适际长天，届辰蒇事。殿庭秩备金䐺焕如。仪相庄严，宝珠灿若。忻兹清署，肇建巍宫。从此安栖，永邀灵佑。昭胁蠁而集百福，惠我无疆；酬浩荡而抒寸心，冀神来格。虔陈牲醴，式奏笙簧。敬瞩灵旗，肃申宝座。

祭曹方伯文

呜呼！台星霣角，卿月敛光。南溟波咽，北巇台荒。阻彭蠡而雁臣凄断，溯章水而鱼素愁将。萎我喆人，巷哭榕城。士庶瞻其灵斾，心悲芝岭；班行猗嗟我公，洪都冠姓。七叶华荫，一门鼎盛。既焘后以胎前，已珪孚而璧映。鳣珠献后，世占清德之昌；凤彩腾来，里蔚名家之庆。

既延芬绪，遂饮香名。桂林掇旱，薇省班清。方典紫泥之重，旋膺银榜之荣。对红药以翻阶，右垣选句；跻青云而得路，上苑驰声。黄纸初标，白云分隶。霜肃西曹，风清北寺。粉部要是名郎香阁，允修职事精心钦恤。奉三典于秋官，用意平反；煦重阴以春气，慎选台谏。金推公能，仍笺比部。巨任兼膺，伏青蒲而简削，翔乌府而冠峻。明执法于星垣，三司引重；肃朝常于天宪，诸道交称。

爰擢监司，东西溯水；吴地恬熙，越江清沚。藩分牛女之乡，泽润鸿嗷之里。鲲身浪驶，拥白粲以千艘；龟坼膏流，副丹忱于寸矢。既而移官楚北，典领邮鹾。或司漕运，或理江沱。二别周其旌幰，五术驭以骎珂。驱嘻出之祆火，政修举虑金木之沴。民食充多，汝水东来，河流西下，屈曲罕疏。浸淫是咤，资硕画之精能，实相时以裁化。经营水利，安中州蛟蝱之区；弭戢农灾，虔列郡蚜蚄之蝗。

尔乃邀荣宠命，陈臬闽南；朱旗绣服，英簜画函。庶狱劳其综核，常条举以儶参。变悍俗于海滨，知是再来常衮；蓄公望于宪府，俨为在昔丁潭。诗咏维藩，史稽行省。倚毗匪轻，官僚具凛。析上下于全闽，均食货于外岭。始权玉节，旬宣早入歌谣；继捧天书，岳牧新归隶领。慎乃殿最，谨厥度支。烝黎攸戴，百寀是师。升台鼎而有祝，寄封疆而可期。胡尽瘁于在官，鹤书易促；致衔悲于有土，鹏讣惊驰。

呜呼！公之文章，训词典奥；公之书翰，碑版照耀。孝友敦其大端，冰玉征其清操。矧夫勋名可述，勒周鼎而常新；宜乎惠爱所遗，望岘山而增悼者也。

某等咸缘部吏，知受名贤；弩趋分竭，戟列心悬。方酬恩之无地，忽陨涕于高天。涑水写图，聊肃衣冠之拜；潮阳祠庙，敢陈椒荔之筵。呜呼！素旟飘飘，丹枫零落；九曲盘纡，三江茫漠。哀輀驭之遄归，忆音容之如昨。嗟难觇缕，沂绪风而裴回；言酹酒浆，盼寒云兮萧索。

祭钮太翁文

呜呼！沧溟波咽，苕雪烟迷。霜残秋圃，云黯春畦。鹏谶心惊，印渚乌私。泪泫金泥，写五鬣之姿；松龄忽陨，披九霞之质。桂算增凄，猗嗟太翁。越钮名家，吴兴望族。铁市铜街，瑶泉铣谷。燕寻王谢之家，花满韦杜之曲。发祥有自，觇食报于艺兰；积庆靡涯，卜逢年于树谷。崭然头角，绮岁名香。丹山毓彩，紫陌飞黄。顾韬斑于豹隐，乃冥迹于鸿翔。宗少文托兴名山，卧游画壁；郏曼容澹怀仕路，养志江乡。

尔乃循彼尔陔，娱兹荆砌。鹤发承颜，雁行推惠。笃孝友于一门，端本根而勿替。油然至性，足齐颜吕之宗；卓尔义门，克大荀陈之世。若其爱周戚懿，谊重乡枌；指困勿惜倾囊，何殷随在。好行其德，相遭乐解其纷。卜宅近柳恽之洲，苹香当户成桥。目召伯之树，棠荫如云。爰乃酬以嘉祥，根于种德。列树璘瑜，一枝挺特。绣虎联三榜而登，抟鹏以六月而息。鲛函雉扇，承恩朵殿之班；鹿耳鲲身，坐啸毗耶之国。由是上邀宠命，迭晋荣封；被以章服，适我从容。既驻景之方秘，且分廿而乐重。永日狎以鸥波，于焉逸志长年。课其鱼稻，复此闲踪。瑟瑟西风忽来，鱼素星霣少微。庭空老树，怅子舍之远违，阻重瀛而莫诉。伤心凫断，已无计于星奔；泣血鱼朦，徒有怀于云度。

某等辱与贤嗣，同宦海天，慰彼衔恤，罢奏哀弦。艰执绋于遐域，聊陈奠而布筵。嗟难得而觊缕，曷堪述德；惟灵兮之戾止，式鉴微虔。

祭吴母王太夫人文

呜呼！慈篁蕴翠，姥岫颓青。离珠珥脱，圆魄轮停。华摧跗于四照，波泫泪于重溟。寿同南岳，夫人式瞻仙驭；贤比西江，太母忽失芳型。嗟太夫人，乌衣右族。作配延陵，于飞叶卜趾，德媛以嘘；和佐名贤，而集淑尊嫜，馨膳煦濡。孝鲤之波，冢介联行。蔼吉舒凫之闿，尔其簪蒿持户。树蕙疏畦，俭惟布素。惠必缯绨，釜待炊而里稳，桁易衣而室褆。种再熟之琼田，芬敷玉粒；发三葩之珠树，彩溢金泥。

于是驯比斑麟，毓同雏凤。纱幔传经，荻灰课诵。矜识鉴之莹然，辨贤豪为梁栋。是用习其翔步，芝圃嬉游；听其清声，桐华扬送者也。惟时提帅公鳞腾回汉，羽箙亨衢；长松细柳，玉节金符。初建牙于瓯越，旋开府于枌榆。锦里承欢，子舍近移铃阁；兰陔食报，戎行争献瑶觚。爰乃慈颂瀛堧，贤闻黼座。萱寿旌扬，宸章洒播。宝四字之鸾回，迓九天之珠唾。绵荣光于奕叶，彤编纪罕如斯。流徽誉于人间，翠轴锡将奚过？

然而慈祺既萃，母训弥敦。励供臣职，期报国恩。更孙枝之选挺，忻庆衍于后昆。五世蕃昌，绕膝皆璠玙之器；百龄乐恺，驻颜当韦杜之门。无何婺宿掩芒，媚星失纪，玉柱金堂，瑶池翠水。怅贤母之云遥，跻仙班而徙倚。系泷冈之表，发祥溯自庐陵；阐绣阁之光，属笔端推中垒。

某等荀香亲挹，孟杆心仪。惊承鱼素，莫罄蛩私。阻岐海而陨涕，眄穗帷而致辞。写哀思于绪风，银波哽咽；望灵辂于层汉，丹旐逶迤。

祭刘母吴太孺人文　代

呜呼！泽凝沉璧，山冷栖霞。飘萧欧荻，寂历韦纱。霣芒角于婺宿，失仪范于陶家。阁掩燃藜，搴穗帷以增痛；渡停挥扇，眄素旐而生嗟。

于惟太夫人，望族济阴旧家；梅里累叶，珥貂高门列荣。江东溯姓氏之源，河北表衣冠之美。益信方流，圆折珠玉。迨胎早知，咏絮铭椒。芬芎溢齿，结褵迨吉。弱岁来俱，六萌早御，杂佩交纤。悲逮养兮失舅，幸问寝兮有姑。慰藉慈颜，永庭闱之绻恋；辛勤妇道，先视听以将扶。

尔其脍鲤膳餐，鸣鸡盥漱，潆瀎涓甘，衿缨容臭。灶觚无傍倚之人，褐簟有常司之候。始则草名独活，风撼萧晨；继则花号延龄，曦暄清昼。

维时太翁，早负瑰蕴，需次春明，华簪歘集。蕙畮频耕，拟朱霞与白鹤。信雅雅而觥觥，既噪香名；越海岱以腾誉，亦资贤助。鸣璜瑀而流声，盖其克相；著称鼋免支缀，瀹茗酳箹。量珠析桂，每脱钏兮抽篸，且里赒兮邻惠。釜无訾于辚辂，竟日炊香；谷有待于吹嘘，一朝解曀。

呜呼！庆征积善祥兆，延和毓此名宝。磊落英多，凛琅琅之训语，益提躬而砥砺。魏国贤踪，将垂芳于泷表；丹阳清德，更诵芬于茗柯。指顾亭逵，待绾铜墨。为恋春晖，于焉戢翼。许捧檄以驱驰，每逶迤而自抑。正喜堂薆，未老爱日。承欢才闻庭玉，成名新霜动色。忽来远讣，传自杪秋。南天惊怛，东国缄忧。痛鹤书兮易促，怅鸾驭于难留。诗缺白华，循兰陔而泪泫；歌残黄竹，陟栢隥而心惘。

某等辱与哲甥同官朗郡，邂逅嗣君，高衙投分。乐新知以盘桓，引天涯于邻近。攀马卿之游骑，便订交情；饮公瑾之醇醪，弥钦母训。旋趋子舍，竟返乡枌。怀深旧雨，念切停云。期登堂兮肃拜，苦远道兮阔分。鱼素适承，愧蒯桐之莫慰；蚩私欲竭，瞻帏闳而奚云？

呜呼！何以塞悲，凭兹寸楮；凄望云山，实劳延伫。聊寄酹兮一尊，遂临风而觌缕。惟懿躅之堪述，彤管区扬；顾灵辁于匪遥，丹霄容与。

西园于喝集·诗馀

浣溪沙·画荷

荇带蒲衣绿满池。波心历落瀑胭脂。藕花无数濯涟漪。　望去田田偏有致，引来翠翠似相知。曹夫人正写生时。

谒金门·西园月夜

青个个。风起月痕摇破。疏处纳凉深处卧。寱歌谁与和。　花径逶迤步过。又到水亭闲坐。绿净池塘人不唾。碧天银汉堕。

蝶恋花·画晚香玉

风露清幽逢此夜。有美亭亭，玉立矜无价。况是浓香吹月下。白秋衫子侵兰麝。　剧苦炎蒸谁慰藉。翠岫黄昏，小草偏潇洒。粉本为烦依约写。卷中冰雪堪消夏。

前调·莺粟蛱蝶图

无限春光纷紫翠。坼萼含苞，碎锦差堪拟。记得昨秋抛粒子。佳人彩袖当风起。　仙种罗浮劳梦寐。迢递闻香，一一来相试。讵待倾囊都是米。疗饥况有天然媚。

菩萨蛮·课园

种瓜岂向青门老。灵均雅爱湘中草。疏畹富兰蕙。通泉趁晚晴。　汉阴闲抱罋。自分才无用。壮志久消磨。嵇康奈懒何。

前调·回文，西园寒夜

倦来凭处栏回遍。遍回栏处凭来倦。残叶响林寒。寒林响叶残。　露沾衣薄护。护薄衣沾露。遥夜旅魂销。销魂旅夜遥。

减字木兰花·题画眉新柳图

画眉丛柳。玉照青林无恙否。弱柳纤眉。识取边鸾落笔时。　不堪追忆。海上琼枝求易得。为感微禽。读画钞词一片心。图内有青林侍史题词。

柳梢青·题同人画眉新柳词后

娇小莺儿。丁宁絮语，惯画双眉。绣户初开，金笼未贮，苦恋杨枝。

损他半幅吴丝。又珍重、佳人构思。谱向当筵，一时传唱，恼煞分司。

殢人娇·藕花图

翠盖初擎，红衣未卸。凌波出、走盘珠泻。有方迢暑，一池香惹。待露净、飔凉更饶潇洒。　日炙鲜妍，风来幽雅。戏翡翠、傍花上下。倩谁采来，芳馨盈把。拾绢剩、鹅溪为伊描写。

金续曲·小寒日赏菊

匆匆年将暮。惜流光、小寒节候，天涯愁度。屈指西风吹过了，依旧圆花裹露。日欲晚、长身延伫。坼萼不堪纤手把，淡钩描、脂粉嫌他污。开绝域，羡无数。　稽含草木南方疏。料稀逢、残冬景物，秋光犹驻。一盏柴桑嗟寂寞，腊酒东篱满注。只恐怕、携尊人去。争似今宵幽兴发，照红镫、按拍歌金缕。拼醉倒，冷香处。

百字令·西园步月

琅玕千个，正长宵、冷浸一天冰月。琐碎画栏干外影，点缀瑶台银阙。露压涵青，风来摇碧，尘境殊幽绝。箪笃谷里，墨君逐此清切。　况复小筑新添，三间五架，尽足娱华发。几日经营粗毕了，何限玲珑轩豁。睡起裴回，醉馀啸咏，不觉乡心折。悠悠忽忽，几忘人世离别。

如梦令·立夏日新晴

一霎绿肥红瘦。过去好春时候。燕子觅新巢，绕遍画堂晴昼。闲逗。闲逗。生怕莎庭雨溜。

东风齐著力·蔷薇蛱蝶图

一笑嫣然，屏山慵倚，寂寞黄昏。偷窥媚靥，睡起枕边痕。剧恨桃花半面，空题句、树底柴门。烦渲染，娇红碜我，别种销魂。　金粉更谁扪。添几笔、藤王旧样重论。香丛疏缀，两两凤凰孙。尺幅越绫光研，写生好、恰封春暾。开怀处，晴窗读画，罢醉芳尊。

满江红·书恨

世事如云，惊转眼、白衣苍狗。惟领略、杜陵诗句，信陵醇酒。薄宦驱驰人已老，封侯功业吾何有。漫把持、一片读书心，师迁叟。 邀莺燕，邻花柳。素心客，虚心友。了小园春事，雨窗晴牖。得意文章天付与，置身夷惠君知否？但教除、谭艺破愁城，须缄口。

水调歌头·琅玕书屋即事

佳趣几曾有，吾亦爱吾庐。竹深留客且住，此乐较何如。正值放衙吏散，偶尔下帘兀坐，时检读残书。小夜苍茫候，满院落花初。 罢棋局，疏酒盏，步徐徐。任他变态百出，尘事不关渠。把臂忘机叟否，仰视信天翁在，莫逆笑相於。六一鸣琴歇，山色看环滁。

（以上录自《西园于喁集·诗馀》）

临江仙·篁径纳凉

能使炎官微敛虐，翛然一簇筼筜。晚风依约戞琳琅。渭川留缩本，淇澳辟新庄。 绿映葛衣凉袭袂，恍如身在潇湘。月明还把素琴张。富头延翠影，落指发清商。

（录自［清］丁绍仪辑. 国朝词综补. 卷十一. 清光绪刻前五十八卷本）

朱景英诗文集辑佚

洞庭湖赋①

载地者水，载水者气。洪泽以名，巨川斯汇。汇大薮曰洞庭，乃昆仑而觱沸。攒《国策》之五渚，既荡心胸；殷《禹贡》之九江，亦罗肠胃。穴大地而无涯，冠南条而鼎贵。

尔其青草，瘴黄茆，蒸巴蜀。雪消巫黔，雾升颓桂。北来朱鸟南腾，合湘漓而首受，奔牂牁以凭陵。三万顷之广轮，险涛吞吐；八百里之疆域，狂浪訇湍。鲜不望阳侯而色变，俯南溟而目瞢。若乃夷犹，柳毅肣衾，湘君灵旗。招飓仙，楫纷纭。峭千帆以破浪，罗群峰而潵云。捧出银盘，现青螺之历落；剖来珠蚌，射紫彩以氤氲。固莫名其灵怪，要为往牒所罕闻。且夫江南曰云，江北曰梦，皆薮泽之有名。胸芥蒂者何众，张钧天之广乐。潜跃鱼龙，集水府之群仙；高骞鸾凤，岸大湖之南北。踞左右而襟控。当夫叶微脱，水始波，驶估船，发棹歌。指明山之一发，瞩团山之盘陀。浑赤沙与青草，莽莫辨其涘沱。乾端坤倪，既日夜之摩荡；沐日浴月，更珍宝之攒罗。宜雄视夫岳朗，胡惊怖者已多。

亦有迁客增悲，骚人生感。湖湄栖讬，湖心流览。榜人击楫以划波，忽诧柂楼之撞撼。一溪花扑，殊貌状乎云烟；重险薈占，自惊心夫坎窞。任荇藻之纵横，恐行舟之未易。坐揽故其势，稽天气凌岳。洞无垠，垂四幄，响苽芦，恣横槊。悲秋风之萧森，望高天而绵邈。讶中流之澄璧，月到天心；听隔艇之吹箫，风来湖角。要自得其凄清，固不闻其呼謈。皇仁普被，荆反衡阳；江乡乐利，泽国又康。揽朝曦与暮霭，总浩瀚之湖光。芦苇葭蒲，拓厥蕃庑之地；鸡鹍鹭鶒，安其游泳之乡。遍洞庭兮敷泽，洵周浃而旁皇。

鼎帖考②

按：《鼎帖》者，绍兴十一年辛酉十月所刻者也。其帖凡二十二卷。考《石刻铺叙》云：武陵郡守张斛集秘阁，合潭、绛、临江、汝、海诸帖参补而成此卷。而世人之误《鼎帖》为《绛帖》者何哉？盖尝考《董容台集》云：王伯谷所藏宋榻《绛帖》，以帖中每有"武陵"二字，因疑

---

① 原集无此赋。据清陈楷礼辑《常德文征》（清嘉庆十九年鼎雅堂藏版）卷十八整理。

② 据清嘉庆《常德府志》卷二十整理。

为《鼎帖》。

翻阅第一卷，以太宗为弁。《跋》云：宋太宗御笔在绛州，摸为诸帖之首。后款有"鼎州提举、沅辰判事"等官名，乃知伯谷所藏者《鼎帖》，而误以为《绛帖》耳。且《鼎帖》之与《绛帖》，其所揭之同异，又有别焉。《石刻铺叙》云：《绛帖》藏珍，草书元系横书，及绛刻入石，遂迁就移作直行，其笔势故多间断处。冈以绛为祖，不敢毫发异。乃此帖独易直为横，而《鼎帖》亦复效之，是《绛帖》之直行，又不若《鼎帖》之横刊为当矣。

而《法帖普系》则云："《鼎帖》较诸帖最多，博而不精，殊无足取。"是又《鼎帖》之一说也。然诸帖皆有翻刻，而此帖独无，故此帖之为世所罕见也久矣。

后陇早发①

彻夜严风撼树声，海壖北去早寒生。真成五月披裘客，那更殊方叱驭行。惫矣岛夷烦力役，寂然里鼓阔征程。简书于我何相迫，无限衰迟远宦情。

桃源舟中②

万山历尽一江平，天许乘风破浪行。沅水已过湘水近，滇云遥隔楚云生。沿溪渔父频回棹，夹岸桃花半落英。我欲泊舟寻大隐，仙源鸡犬莫相惊。

春雨偕友人出东郊寻蒋道林先生桃冈书院遗址③

春日豁远近，驾言陟东皋。遵渚憺容与，越陌循周遭。
暖暖起村烟，辉辉吐繁苞。为贪及时赏，讵辞纤轸劳。
缅惟道林叟，讲席拥自高。心契千树月，丹霞现白豪。
此意渺难会，相就讯同袍。

---

① 原集无此诗。据民国徐世昌《晚晴簃诗汇》（民国十八年退耕堂刻本）卷八十整理。

② 据民国徐世昌《晚晴簃诗汇》卷八十整理。

③ 原集无此诗。据清邓显鹤《沅湘耆旧集》（清道光二十三年邓氏南村草堂刻本）卷八十九、清陈楷礼辑《常德文征》（清嘉庆十九年鼎雅堂藏版）卷二十四、陈起迈纂辑《［同治］武陵县志》卷之四十八整理，三书文字无异。

度白鸽岭①

凌晨陟绝巇，昨夜风雨沓。危涧春砑訇，灌莽振拉飒。

地维乃孤竦，天宇忽一合。石作怒猊蹲，栅以防虎匣。

炊烟木杪现，樵响埭坳答。盘纡仄径循，崩剥碎砾蹋。

臂蜷委垫蛇，亦踔攒沙蛤。状险谅不一，计程已有卅。

平生困行役，际兹苦驱踏。偶尔策一振，讵烦屡屡蜡。

眷言邱樊守，颇厌尘埃杂。岁月去堂堂，乾坤本纳纳。

何必愁苍龙，矧肯怖白鸽。

题毛西河先生遗像②

圣朝重制科，儒林出文苑。峨峨毛太史，经学识所本。

芳漱六艺润，镫照诸圣阃。群言纷聚讼，狂澜只手返。

著书已满家，菽粟供常饭。七音久茫昧，唇齿磋矛盾。

五部两界间，自然判分刊。周沈以后人，通转迳若恳。

偶发为诗笔，言泉流混混。地负而海涵，其声大而远。

一时集麟凤，台省登滚滚。深宁与鄱阳，簪毫括晦畹。

西清推繁露，南国富名琬。缅其冠切云，拜赐荣华衮。

人推稽古力，翔步羡安稳。遗书若观海，遗像若景巇。

伊余夙服膺，侯芭生苦晚。肃拜致瓣香，元亭趋每蹇。

清流道中见岩壑甚奇，询之土人，目为玉华洞，盖牵附将栾之玉华洞而名之也，因赋此以正其讹③

具体玉华洞，亦袭玉华名。乳窦忽透辟，云根谁其撑。

偪仄不可梯，奇险曷敢撄。譬诸古鼎彝，斑驳苍以赪。

卓峙榛莽闲，过者徒目惊。大地富灵闳，一一形状呈。

奇者为天台，霞起标赤城。幽者为桃源，溪转流红英。

---

① 原集无此诗。据清陈楷礼辑《常德文征》（清嘉庆十九年鼎雅堂藏版）卷二十四、清邓显鹤《沅湘耆旧集》（清道光二十三年邓氏南村草堂刻本）卷八十九整理，二书文字无异。

② 原集无此诗。据清陈楷礼辑《常德文征》（清嘉庆十九年鼎雅堂藏版）卷二十四整理。

③ 原集无此诗。据清邓显鹤《沅湘耆旧集》（清道光二十三年邓氏南村草堂刻本）卷八十九整理。

要不相假借，讵容溷品评。兹焉虽地僻，岂不由天成。
玉华虽足艳，胡乃之听荧。借问赤松子，采药将安行。

暑日与施祓堂论诗[①]

遗山论诗诗，体宗杜少陵。渔洋偶学步，辞气各自胜。
不解夫已氏，嗤点胸臆凭。敢于古作者，动以笔墨绳。
弇州悔少作，卮言匪信征。群然奉科律，沿习诙嘲腾。
世无司空图，诗品勿妄增。

新城与秀水，南北两诗老。如何轻诋者，谓贪多爱好。
有唐首杜韩，元气斡大造。北征南山篇，讵以少为宝。
庾鲍故绮丽，清俊妙品藻。用目谪仙人，岂复恣潦倒。
是为好且多，二公得名早。学富而情深，波溯源斯讨。
昔贤受病处，我辈曷可少。吾尝韪斯言，盖闻诸香草。
妄庸轨相轧，风骚迹如扫。谤伤尔何为，树大蚍蜉小。

诗道日陵替，正坐诗人多。伪体不别裁，风雅存几何。
六义总茫昧，矢口成咏歌。立言无根柢，辛苦寻枝柯。
呻吟岂无病，闲适自养和。性情各有得，境遇况殊科。
黎邱鬼幻凭，大道倡同诃。果位未易证，堕落诗中魔。
安得扶轮手，中流挽狂波。所嗟汝曹愚，万古随江河。

十月十二日书事[②]

岁阳旃蒙月在亥，越十二日日方晡。西南天际忽染绀，非绛云卷丹霞敷。陆浑山头射赩炽，俨然紫纛彤幢趋。烧空奇焰诧不灭，烛我墙壁明眉须。溻虹睒旸欲饮涧，绅挂乃在东北隅。突兀见此值凝沍，惊倒百岁翁谁扶。少焉掘堁障霾曀，狂飙朔气声号呼。飘飗略不思挟纩，蒸郁直灼人肌

---

① 原集无此诗。据清陈楷礼辑《常德文征》（清嘉庆十九年鼎雅堂藏版）卷二十四、清邓显鹤《沅湘耆旧集》（清道光二十三年邓氏南村草堂刻本）卷八十九整理，二书文字无异。《常德文征》卷二十四只有后两首。

② 原集无此诗。据清邓显鹤《沅湘耆旧集》（清道光二十三年邓氏南村草堂刻本）卷八十九整理。

肤。风中有火古述载，此事讵斥流传诬。曰燠曰风纪洪范，伏胜刘向词恢迁。史家袭作五行志，天时人事果验无。愚意此境僻海外，炎荒气候中土殊。潮井火山靡不有，猫鬼飓母兹所都。平生少见宜多怪，置身异域何畸区。已知飘堕黑风国，坐参常理资胡卢。

题拜石印存①

自从二篆生八分，六书之学久放纷。其后积渐变真草，篆体益邈如浮云。汉京以还已失古，开母少室同皇坟。五凤之砖甘泉瓦，形模琐琐何足云。比干盘铭神禹迹，恢诡臆解矜奇闻。三段浪说吴皇象，十鼓谬指周宇文。有唐碧落及殷若，仅有传者李少温。是其篆法在金石，一线差比治丝棼。所幸遗制存斗检，凤芝龙术霏高雯。私印流传亦颇古，回环镂刻纤蚡缊。吾邱学古足扬摧，若者得肉与得勧。俗手茫昧一亥部，偏旁错连劳挥斤。许徐归李亦自胜，文何秀劲含芗芬。眼中突兀尹拜石，独师古法迥绝群。远宗元章矸花乳，近攀穆倩扫俗氛。当其得意任挥洒，寸铁如走羊欣裙。要于二篆得三昧，况有健腕能张军。为尔倾倒一论古，勿嗤辞费秦延君。

谢邹响山维肃司马惠研　　原注：时方望雨②

割取一片紫琳腴，慰我十日饥且勡。墨云欲瀜不复散，沛然洒过千畦枯。老人望岁心颇切，斥卤何堪更龟坼。举瓢胡弗倾天浆，抚此石田殊叹绝。操约望奢惟惰农，旨蓄于我悭御夕。敢言豪夺贵快意，直求霖雨刲乖龙。

渔豁废垒行③

云黯星摧四墙黑，夜乌堕巢狐窜棘。云此当年屯重师，指挥想见俞与戚。寇氛只今净海边，峡江南北皆晏然。萧萧故垒等瓯脱，野人每拾残戈铤。墙隅月落寒蛩泣，疑听军声传箭入。宵深鹤梦自清闲，露下乔柯任沾

---

① 原集无此诗。据清邓显鹤《沅湘耆旧集》（清道光二十三年邓氏南村草堂刻本）卷八十九整理。

② 原集无此诗。据清陈楷礼辑《常德文征》（清嘉庆十九年鼎雅堂藏版）卷三十、清邓显鹤《沅湘耆旧集》（清道光二十三年邓氏南村草堂刻本）卷八十九整理。

③ 同上。

湿。百年海宇际承平，太息英雄髀肉生。道途自顾垂垂老①，猿鸟风云无限情。

读杜茶村诗②

一代扶轮手③，离骚信楚风。如何房琯贵，不救少陵穷。
橡栗悲饥凤，金焦梦鬐熊。年年杜鹃拜，辛苦大江东。

六月二十二夜，风起乍凉洒然有作④

昼热连宵苦莫支，新凉今夕乐无涯。林幽乍觉风鸣骤，坐久何妨月上迟。
老去宦情偏耐冷，闲来诗格不嫌卑。依然心泰身宁处，此意香山居士知。

过江妃村，用少陵《明妃村》韵⑤

山下蘼芜水外门，春风来吊美人村。楼东彩笔朝云散，冢畔梅花夜月昏。往事难消鼙鼓憾⑥，余香不逐马嵬魂。蛾眉又洒伤心泪，莫向珍珠曲里论。

秋蝶四首⑦

飘零物态验秋丛，幻入南华想象中。花底一生愁晚照，篱根明月怨西风。绵绵绮思寒烟断，冉冉香魂晓梦空。若与游蜂相慰藉，不堪重度画楼东。

曾闻金粉富南朝，瞥眼繁华咽暮潮。狎客练裙余几许，美人翠袖薄无聊。慵翻宫体三千牍，苦觅香踪廿四桥。行到小园衰草遍，令人空忆凤儿娇。

---

① 垂垂老，清邓显鹤《沅湘耆旧集》卷八十九作"垂老客"。

② 原集无此诗。据清陈楷礼辑《常德文征》（清嘉庆十九年鼎雅堂藏版）卷三十四、清邓显鹤《沅湘耆旧集》（清道光二十三年邓氏南村草堂刻本）卷八十九整理。

③ 扶轮手，清陈楷礼辑《常德文征》卷三十四作"射雕手"。

④ 原集无此诗。据清陈楷礼辑《常德文征》（清嘉庆十九年鼎雅堂藏版）卷三十四、清邓显鹤《沅湘耆旧集》（清道光二十三年邓氏南村草堂刻本）卷八十九整理。

⑤ 同上。

⑥ 憾，清陈楷礼辑《常德文征》卷三十四作"恨"。

⑦ 原集无此诗。据清陈楷礼辑《常德文征》（清嘉庆十九年鼎雅堂藏版）卷三十四、清邓显鹤《沅湘耆旧集》（清道光二十三年邓氏南村草堂刻本）卷八十九整理。

秋风秋雨病难胜，额上匀黄浅不凝。他日窥窗羞贾女，只今遗箧泣韩凭。扇捐纨绮谁相扑，玺冷罗浮料自憎。栩栩笑伊无力舞，惟应伴我睡荼藦。

露穗烟芜倦不支，纤虫于尔感衰迟。铅黄讵染滕王画，艳冶虚吟谢逸诗。似记马蹄香逐处，忽逢蝉语碧残时。已判①色界消除尽，独对萧晨理鬓丝。

春尽日

九十韶光知已尽，曾无廿日值天晴。虚过二月又三月，惯听风声连雨声。别我堂堂驰淑序，滞人缓缓就严程。便留一刻金余几，赚得青春白发生。

雨窗即事②

水有三分竹二分，一分屋卧半床云。困人最是梅黄侯，烟雨都教上练裙。原注：宋薛野鹤云：人家须三分水，二分竹，一分屋。见《癸辛杂识》。

三月正当三十日③

三月正当三十日，驱车竟日海之滨。出门记取春刚半，一半春光误旅人。

一元子玉带歌④

临濠龙种岐海死，以数茎发为终始。鼎移社屋逾三纪，毅魄犹依故辽

---

① 判，清陈楷礼辑《常德文征》卷三十四作"拼"。

② 原集无此二诗。据清陈楷礼辑《常德文征》（清嘉庆十九年鼎雅堂藏版）卷四十五、清邓显鹤《沅湘耆旧集》（清道光二十三年邓氏南村草堂刻本）卷八十九整理。

③ 原集无此诗。据清陈楷礼辑《常德文征》（清嘉庆十九年鼎雅堂藏版）卷四十五整理。

④ 见民国杨钟羲《雪桥诗话三集》卷第一，民国求恕斋丛书本。《雪桥诗话三集》卷第一："明辽藩裔术桂，字天球。由辅国将军依唐藩闽中，封宁靖郡王。崎岖兵间，无成事。穷蹙，窜海外。迨郑氏归命，无所之，遂自经死。临终书绝命词云：'艰辛避海外，总为几茎发。于今事毕矣，不复采薇蕨。'闻者悲之。时年六十六，葬凤山竹沪里，姬侍从死者五人。盖康熙二十二年癸亥六月事也。有玉带流传民间。武陵朱幼芝为赋《一元子玉带歌》云。"又后注明："范九池《五妃墓诗序》谓：施襄壮克澎湖王，语诸妃曰：'我死期至矣。'皆对曰：'王生俱生，王死俱死。'遂同缢堂上。五妃：袁氏、王氏、秀姑、梅姑、荷姐。墓在台湾县仁和里。"

邸。可怜赤嵌城，夜夜荒鸡鸣。可怜竹沪溪，年年杜鹃啼。九十年来同声哭，绝岛无祠荐秋菊。薶香亦剩几抔土，遗带还余一束玉。带兮带兮，当年玉人用意琢，百鹿那知一旅无成莽驰。逐幸也末路，完其璞皓洁奇姿，出陈棫。君不见，七客寮中信国砚，玉带生歌酬唱徧。不惟其物惟其人，正气常留石一片。我今为带作此歌，歌成信手书檠窠。谁欤和歌谢皋羽，勿烦属笔赵孟頫。

书城长拥图①

少陵亦有言，读书秋树根。拾叶勤著书，乃有陶南村。古人著书在铅椠，怀之握之碑不厌。古人聚书重簿录，刘略班艺豪收蓄。囊帷同毁家壁残，迁流厥有崇文目。宋代晁氏读书家，鄱阳作考引据赊。嗣鹤山暨深宁叟_{王柏厚}，千古渊雅谁与夸。有明澹园_{焦弱侯志经籍}，体例仅袭莆阳_{郑渔仲迹}。编书虽勤罕甄踪，要不足敌端临核。桓桓连江陈将军_{陈季立}，家藏什伯罗邱坟。异事足诧艺文苑，奚矜隶竹_{叶水东}偕绛云_{钱东涧}。近代传是_{徐健菴}高江左，奄有大业名山峨。曝书亭_{朱竹垞}与池北库_{王阮亭}，其余少有故琐琐。天一阁_{宁波范氏}、小玲珑_{扬州马氏}，知不足斋_{杭州鲍氏}达圣聪。知际熙朝右文日，献书四库岩廊充。昔闻李谧营书早弃产，下帷辛苦事编划。坐雄南面据百城，自属勘书古具眼。余也束发爱收书，半生作吏趋于于。所至秘本获什一，粗有插架此室庐。俨然书城压旁邑，言言仡仡如山立。归田渔猎略弗遑，老卧此乡供宴集。昔年海东貌素笺，粉围香阵拥诗仙。不关至极浪笔墨，何似此图奕叶传。嘻嘘古人以书为性命，写真聊尔祛其病。徬徨试问图中人，黄妳长餐良可镜。

春意②

欲识春深处，春光满太虚。机缄来橐钥，消息在鸢鱼。
元鸟看营垒，清阴辨荷锄。此中真味在，形色较何如。

春阴③

一迳杨花厚，清寒薄几分。未堪着单袷，犹自带氤氲。

宿卉资重酿，新醅博半醨。游丝刚坐揽，白日欲斜曛。

春水①

静处玩春泉，春流涨到天。牂篷迷曲岸，孤棹驶平田。
红是江南树，青为渡口烟。楚人十字外，谁拟杜樊川。

诗话楼怀古②

旷世沧浪叟，谈诗尚有楼。酸咸寻味外，妙悟转竿头。
山水清音在，风骚往迹留。瓣香谁与托，俯仰为前修。

寒食日，诸罗道中③

万里云山隔墓田，缺然拜扫十三年。心违前誓仍贫相，魂断孤羁更远天。
海燕成家春社后，野棠无主夕阳边。每逢节序嗟行役，况复关情是禁烟。

午日，雨中集饮小濠梁④

泛蒲节序熟梅天，雨作当轩风满筵。海外清凉惟此境，囊中厌胜却无钱。
女儿彩缕丝丝系，老子新诗句句传。底为停觞动惆怅，故家招屈古亭边。

夏午，偕同人登诗话楼，得长字⑤

城隅搔首僻闽疆，暇日凭轩引兴长。楼阁由来关气象，江山如此助文章。
动怀大雅千年事，兴感前贤一瓣香。几为游观寻缔构，风流栎下未能忘。

朗江书院同罗徽五典鸿胪观荷⑥

仙种分来太液池，波光潋滟拥皋比。污泥不染寻真得，活水逢源学道
宜。雾夕何人夸其赏，熏风此地乐相知。月岩观化心偏远，识取濂溪逭
暑时。

---

① 原集无此诗。据清陈楷礼辑《常德文征》（清嘉庆十九年鼎雅堂藏版）卷三十四整理。
② 同上。
③ 同上。
④ 原集无此诗。据清陈楷礼辑《常德文征》（清嘉庆十九年鼎雅堂藏版）卷四十整理。
⑤ 同上。
⑥ 同上。

《畚经堂诗文集》资料集

《畲经堂诗文集》资料集目录

朱幼芝明府赠《诗钞小传》（郑荔乡著）　　张五典

搢绅逞博论，风流尚谈诗。喧议既竞起，准的依阿谁。
郑公起闽海，晋安分宗支。才名动京国，潘张矜毂推。
谭艺标极界，妙不失黍絫。个中原自得，外人未许知。
钟嵘悉元理，处陶正可疑。沧溟高月旦，北地肆排讥。
瘦硬论难凭，今古类如斯。况复涉瞻顾，收史何差池。
皮里具春秋，口尝辨渑淄。大雅久不作，公道赖主持。
此事有千古，好恶谁能私。古人恨不见，武陵朱幼芝。

（据清张五典《荷塘诗集》卷二，清乾隆刻本）

桃花源图二首　王蓬心为常德何曲诚太守写　　张五典

渔郎棹返太元天，绝境祗平声凭郡守传。争料会心千里在，春山山
外尽春烟。商邱宋氏藏赵伯驹昼《桃源图》，作一渔人舍舟入洞口，余则烟云缥
缈耳。

当代词人朱幼芝，欹门好为索题诗。老来籀篆尤清古，觳觫平看枣
木碑。

（据清张五典《荷塘诗集》卷十，清乾隆刻本）

次答幼芝二首　　张五典

期君以颐养，后会未应难。瘦鹤孤松倚，雌鲵止水桓。
栖迟从地异，契阔亦心安。芝术种春雨，分畦傍药栏。

绵绵思远道，消息可相闻。谁得鹡鸰比，今无出处分。
荆门天纛树，秦岭水穿云。好寄新诗卷，编排付长君。

（据清张五典撰《荷塘诗集》卷十一，清乾隆刻本）

武陵访朱幼芝里居二首　　张五典

好客只如旧，所怜迎送难。病须空礼数，留与小盘桓。
逸句吟莘老，谓黄莘旧。清茶瀹建安。犹疑琴阁上，霁雪坐凭栏。乙酉
腊月候官县斋。

海天牵别思，近况喜从闻。曲就饮三爵，儿扶书八分。
圃移源口树，檐宿鹿山云。江路熟来往，停桡必问君。

（据清张五典《荷塘诗集》卷十一，清乾隆刻本）

寄问罗徽五鸿胪，陈体斋、余存吾两太史，杨云亭大尹，叚绣男、张悦亭、陈芷闾三学博，余衕生选拔，盛拾云、陈兰庄两茂才，傅豫峰布衣，感忆朱幼芝司马一首　　　张五典

海内多朋好，宁惟楚有材。羁栖经岁久，次第托交来。
远道江漫渺，高天雁往回。应传为朱季，会葬鹿山隈。

（据清张五典《荷塘诗集》卷十四，清乾隆刻本）

寄朱幼芝明府　　　黄任

大雅为邦好，劳歌亦性灵。君诗道州派，一字一华星。
易俗桃源美，相思澧水馨。幼芝家武陵。几时飞舄便，来款我柴扃。

（据清黄任《秋江集》卷六，清乾隆间刻本）

送朱幼芝奉讳归里　　　黄任

何处可为别，秋云黯不开。期君似潮水，早晚去还来。
岭树慈乌叫，湘簟孝笋哀。衡阳有归雁，一纸越王台。

（据清黄任《秋江集》卷六，清乾隆间刻本）

以汉隶数种寄朱幼芝明府系之以诗　　　黄任

八皇三代际熙昌，簿领何缘发古香。珍重河南韩叔节，三厅礼器忽升堂。断干裂脆已丛残，补辑犹能作古欢。寄与故人王次仲，临行阿买尚开看。

（据清黄任《秋江集》卷六，清乾隆间刻本）

酬武陵朱景英幼芝　　　吴省钦

美女游汉滨，倾城照祎服。含情解佩珰，婉晚在幽独。
非不希自媒，守身贵如玉。东邻嫁专城，妖冶动乡曲。
始合终亦离，莫洗献身辱。却立东西厢，绵绵眷芳躅。

绛云丽霄汉，舒卷颇自如。仲尼哂牛刀，陈义良区区。

吾观文学选，每为循良储。八闽萃文薮，各各怀璠玙。
君行武夷曲，要眇仙之都。复来麻沙镇，锐意征遗书。
譬诸入槐市，礼乐器有余。峩峩方缊袍，五老时相于。_{林苍岩诸公。}
泠泠堂上琴，矫矫云中凫。诵言仕优学，此效收桑榆。

楚风虽未采，周南录江汉。朗州维大藩，荆湖挟壮观。
士族缅蕃滋，兵氛痛流窜。君生屈宋后，努力剔丛灌。
说经亦纷纶，括地更条贯。手掇芝兰英，沅湘淼以漫。
余至君亦行，暂合怅长判。他日怀道言，理弦魄三叹。

（据清吴省钦《白华前稿》卷三十，清乾隆间刻本）

书朱幼芝《红蕉馆诗集》后　　夏之蓉

武陵有仙迹，水石含晶荧。朱生故落拓，抱璞存其精。
谁司量才尺，光拂天南星。遂使九虚外，高举驰云轺。_{生庚午发解。}
君家红蕉馆，草木余芳馨。孤怀吐幽素，妙笔通元灵。
大雅久不作，欲歌谁为听。披吟对秋月，忽令醉眼醒。
髯朱我所畏，_{梅崖。}抗步凌青冥。他年结襟契，双凤仪阶庭。

（据清夏之蓉《半舫斋编年诗》卷十三，清乾隆夏味堂等刻本）

书朱幼芝《沅水考》后　　罗汝怀

案：沅、沅二水，混为一江。今武进李氏所刊阳湖董氏图，及天台齐氏《水道提纲》皆然，缘所据旧图相沿已久也。其实，沅江故在而为清水江之名所夺，故并沅于沅。二考据《水经》析其二原，以今所称清水江者为沅之上原，足正从来之误。

（据清罗汝怀《绿漪草堂文集》卷十七，清光绪九年罗式常刻本）

喜朱郡丞幼芝景英归自台湾二首　　叶观国

十年郇雨遍瓯闽，海外归来及好春。舟过七鲲鲸浪阔，轺随双鹿鹤书新。_{时以秩满，回内地候升。}攀辕走送连番社，夹道欢迎旧部民。莫讶使君萧瑟甚，数肩书簏尚轮囷。

江舸分风会面悭，高轩惠顾一开颜。集成海外文逾好，诗拟舂陵句自删。眠食情敦京国旧，询及刘司业亨地、刘编修校之近状。见闻书讨宋元间。时余总校书局，郡丞因述所见吾闽流传各种旧书。文章太守今谁似，六一风流可接攀。

（据清叶观国《绿筠书屋诗钞》卷九，清乾隆五十七年刻本）

桃花缘填词

红蕉馆刻本

梁颂成按：

《桃花缘填词》，或称《桃花缘》《桃花缘传奇》，剧本，原附于清徐朝彝《梦恬书屋诗钞》之后。但根据种种迹象判断，此曲并非徐朝彝所作，而是朱景英的手笔。

首先，朱景英和徐朝彝的生活时代和生平事迹差异很大。朱景英是乾隆（1736—1795）时期湖南武陵人，徐朝彝是嘉庆（1796—1820）、道光（1821—1850）时期江苏吴县人。朱景英去世时，徐朝彝还未出生。

其次，朱景英和徐朝彝各自的社交圈子和所涉地域不同。朱景英一生除了在家乡的活动之外，主要是在福建、台湾做官。他的诗文中，同福建官场中人和文化名士交往密切。而徐朝彝，在"以风疾废足"成为残疾之后，主要活动记载是"游食"（原说如此！）在湘东、长沙、澧县、武陵一带。《［光绪］巴陵县志》卷之五十七载有他的《送巴陵杜秀才锡照二如诗》。《郭嵩焘全集》中有《次韵徐朝彝》。他的诗文交往主要是湖南地区的朋友、诗人，以及他的老乡江苏人在湖南的为官者。

再次，朱景英和徐朝彝都写诗，但兴趣爱好差异很大。朱景英是书法家、鉴赏家，他的朋友主要是古玩艺术鉴赏圈子中人；而徐朝彝似乎没有这方面的爱好。梁披云《中国书法大辞典》列有"朱景英"条，称其"善书"；乔晓军编著《中国美术家人名辞典补遗一编》称其"工汉隶"。吴笠谷著《名砚辨》（文物出版社，2012 年第 206 页）还专门有一篇《朱景英——砚翁赠砚勉稽古》，称朱景英"告归，除图书外，别无余蓄。其为政行所无事，而以文学饬吏治，公馀流览图籍，博雅自喜。工书法，能诗文"。同时，称朱景英"宦闽期间，与黄莘田过从甚密（或许是因为对诗翁持礼甚恭，后人竟有朱氏为莘田亡儿转世之说），每有公事至福州，常就宿于香草斋（即黄莘田家）。因之，亦与莘田子黄度、孙黄秉元及林正青、陈治滋、游绍安、李云龙、林擎天、许王臣（字思恭，许均子）交厚。又曾为谢古梅《小兰陔诗集》作序"。

弄清了以上基本情况，再来考察附于徐朝彝《梦恬书屋诗钞》（藏南京图书馆）之后的《桃花缘填词》，就会发现，这不可能是徐朝彝的作品。因为，《桃花缘填词》前面的五位题词者，都是活跃于乾隆时期的诗人或艺术鉴赏家，他们都是朱景英朋友圈的人。他们中的多数人去世的时候，徐朝彝还没有出生，绝不可能为他的作品题词。

下面是前四位题词者有据可考的情况。

黄任（1683—1768），字于莘，一字莘田。号十砚老人，永福（今福建永康）人。康熙四十一年（1702）举人，曾官广东四会知县，兼摄高要县等。朱景英《畬经堂诗集》有永福黄任莘田的《题亦舫吟草》；卷二《榕城叩钵吟自叙》也记载："余自癸酉（乾隆十八年，1753）春杪入闽，未逾月，得晤黄丈莘田。"

许良臣，侯官人。乾隆六年（1741），以举人知镇平县。兴利剔弊，摘奸如烛照，无有遁情，邑人颂以水镜，有德政去思碑。（［清］陈昌齐纂《［道光］广东通志》卷二百六十）

吴寿平，浙江仁和举人，乾隆二十四年（1759）任福建福鼎县知县。朱景英《畬经堂诗集》卷六有《岁杪吴江尊寿平明府招饮遂以留别》诗。

林擎天，闽县优贡，四十七年（1782）任台湾训导。朱景英《畬经堂诗集》卷二有《林心香擎天示余汉甘泉宫瓦并诸名人题诗册，赋长歌书后》，诗结尾称："林君林君，尔之嗜古古不若，愿尔慎藏此瓦，重装两公诗，便足豪视墨林项氏天籁阁。"

这几位都是朱景英在福建的朋友，他们和朱景英多有诗文往来，前面所引《名砚辨》中就提到了两位。还有一位许良臣，其弟就是《名砚辨》中提到的许王臣。遍阅徐朝彝《梦恬书屋诗钞》，则没有发现有涉及这些人的诗文。另外，《名砚辨》第176页还综合归纳了明末至清中期的闽人玩砚圈，包括闽人刻工及相关涉的客籍藏家、砚工等，这份名单就提到本案中的四人。

许遇家族：许友、许遇、许均、许良臣。

黄任家族：黄文焕、黄任。

林佶家族：林逊、林侗、林佶、林在华、林正青、林在峨、林兆显、林擎天、林畅、陈治滋（林佶甥）、谢道承（林佶甥）。

客籍相关藏家：赵国麟、陈兆仑、沈廷芳、余文仪、朱景英。

许良臣、黄任、林擎天、朱景英，他们生活时代相同，志趣相同，都不可能和徐朝彝发生任何关系，因此，这些人自然也不可能为徐朝彝的作品题词，而为圈子内的朱景英的作品题词，则属理所当然。

此外，题词者中还有一位"武陵王煊，南陔"，其实他就是武陵人"王敬禧"，字孝承，号南陔。武陵名宦赵慎畛是他的舅舅。乾隆四十八年（1783）贡生。《沅湘耆旧集》卷一百二十四称王敬禧幼年"尝学诗法于研北翁（朱景英）"。他成为贡生14年后，徐朝彝才出生，估计比徐年长三四十岁。再到道光四年（1824）、十六年（1836）、十八年（1838）间徐朝彝先后旅居湘东、长沙、澧县等地时，应该也是三四十岁左右。就是说，徐可能在这期间见到王敬禧，其时应该已是70岁左右或者更晚了。他有可能为徐的作品题词，可是凭他同朱景英先辈的关系，以及和其他几位题词者并列在一起，便已经不足以说明问题了。因此，从以上情况来看，徐朝彝《梦湉书屋诗钞》后面所附的《桃花缘填词》，不可能是徐朝彝所作。

朱景英《桃花缘》的影响不仅在大陆，也曾在台湾公演。杨守松《大美昆曲》（江苏文艺出版社，2014年1月）第80页便指出："台湾的昆曲活动，最早文献资料有，乾隆三十四年（1769），朱景英任台湾府鹿耳海防同知时，邀集同仁观赏其剧作《桃花缘》及李玉《清忠谱》。"南京师范大学文学院教授、博士生导师孙书磊先生对《桃花缘》的作者问题有一个比较系统的关注：他在2004年7月出版的《中国古代历史剧研究》第136页说："现存本除金怀玉的《桃花记》传奇外，还有孟称舜的《桃花人面》杂剧、曹锡黼的《桃花吟》杂剧、徐朝彝的《桃花缘》杂剧等。"但到2011年，通过认真研究之后，才在《南京图书馆藏孤本戏曲丛考》（中华书局，2011）中确认："《桃花缘》虽然附载于徐朝彝《梦恬书屋诗钞》之后，但并非徐朝彝所作。"

题词

永福　黄任　莘田

曾向桃花酹一尊，去年今日事重论。春风忽遣玲珑唱，听到收声只泪痕。

娄东肠断临川曲，白发红牙惹恨多。今日也拼肠一断，还魂能耐几回歌。

侯官　许良臣　石泉

博陵旧事感词人，一笑春风一曲新。谁信江南贺梅子，桃花劫后认前身。

风怀老去渐阑珊，玉白花红兴亦悭。恨不旗亭早相值，与君画壁斗双罳。

仁和 吴寿平 江尊

青藤绝调尽粗豪，玉茗清辞动郁陶。争似红蕉新院本，一时传唱郑樱桃。

隔江招手柳屯田，风月溪山倍惘然。赖有词人来继响，桃花也解女郎怜。

侯官 林擎天 心香

笔格都教八宝装，湘天波逐紫鸳鸯。谱成千古情钟处，传唱宁输玉茗堂。

帘卷娉婷正十三，缓歌攲侧碧瑶簪。也知字字皆红豆，好播新词到海南。

武陵 王熺 南陔

红牙拍遍谱乌丝，清远江山入座移。记得倚声商鬲指，浪花如雪放船时。

情性深从正处参，文章丽则任咀含。国风好色应难擬，弦管须教合二南。

第一出：萍遘

【懒画眉】［生艳服上］帝里风光暮春天，节序欣逢古禁烟。小生崔护，薄游长安。正逢艳候，寂寥旅馆，无计消愁，适被友人拉往，郊外踏青，拂柳寻花，藉茵斗酒，真好畅意也。寻春行遍乐游原，小生酒力不胜，只得独自先归。归来扶醉何辞远，酒渴还思玉液缘。

只是口渴得紧。哦，有了！前面花树丛丛，定有人家。不免上前索瓯

苦茗，以解渴烦。正是醉影恰如风外柳，渴喉难得雨前茶。［虚下］

　　【前腔】［旦淡妆上］倦理针绒绣床前，作业梨花雨后天，柴门花底隔人烟。奴家卢氏，萱堂早失，严亲相倚，旧家零落，老屋荒凉。待字芳龄，刚如碧玉。守闺村舍，雅近苎萝。只是冉冉年光，又早暮春时候。你看游丝袅袅，细草芊芊，庭院无人，门扉昼掩。今朝寒食，老夫上冢未归，留奴一人在家独坐，好生无聊。恁般天气难消遣，不分花枝照独眠。不免取出绣具，刺绣一番，正是地僻稀闻门剥啄，昼长闲理绣工夫。［坐绣介］

　　【前腔】［生上］剧苦春郊路绵绵，照眼繁花点欲燃。且喜这里有人家了，低扉深隐竹篱边。只是双扉静掩，寂无人声。我且敲他几下便了。［敲门介］轻轻一扣门儿扇。［旦］是那个？［生］我是病渴文园步偶延。

　　［旦起立介］

　　【前腔】欲下香阶故俄延。［出介］怕错认桃源理棹欢，奴且开门一看。［开门见生介］呀！天台无路莫留连。老父出门，奴家深闺独处，郎君请远憩一步！幽闭不照刘晨面。［生揖，旦答介］蓦地相逢礼数处。

　　［生］小生崔护，信步春郊，看花带醉，蹒跚归路，不觉迢迢。一时渴乏起来，愿借闲庭少憩，并乞勺浆，以润燥吻，如何？［旦注视沉吟介］这也使得。只是荒院萧条，有辱步屧。寒村难得佳茗，兼少清瓷，瓦瓯苦莽，幸勿哂怪。［生］好说。［旦］如此，花砌石凳，请郎君少坐，待奴进去烹茶奉献。［生］有劳了。［旦］活火且教煎雀舌，闲庭何意驻羊车。［回顾，下介］［生］你看这小娘子，艳质娉婷，淡妆雅茜。睐流秋水，气吐幽兰。莫说这萝径药栏，位置不俗；便这一树桃花，脂香粉腻，飘雨蒸霞，与丽人一副媚靥，宛相掩映，我崔护今番遇仙也。

　　【朝元歌】花前柳前，那得人留恋；愁边恨边，有甚闲消遣？忽对桃花，忽窥人面。三生石如有缘，天上人间；心儿意儿，尽放着颠红雨，树头鲜，红心草上嫣。一霎时，落红成片。怜怜惜惜，殢人方便，许多方便！

　　［旦捧茶上］【前腔】情牵意牵，不为春愁远；无缘有缘，只是相逢浅。欲致殷勤，难禁腼腆。清泉汲来移刻煎，薪桂苏兰；炉儿扇儿，解着意怜。郎君看茶！［生不应介］［旦］只想竹林眠，无端帽影偏。难道你别怀幽怨，少不得与他相见，怕他相见！

　　［旦近前叫介］郎君请茶！［生惊接介］多谢了。［旦伫立凝视，不语

介]

【前腔】[生] 前轩后轩，不惜勤勤串。无言有言，总是殷殷劝。一盏旗枪，十分缱绻。[旦叹介][生] 看他庭柯倚，如自怜。小立婵娟，声儿气儿，忽不觉传。小生今日呵：红树梦中天，蓝桥渴后缘，莫认作，等闲庭院。只愁别后呵，单单别别，相思无限。相思无限！

[生起，放盏介] 小生就此告辞了！[旦] 郎君去也！

[生仍不行介]

【前腔】[旦] 高天远天，忽与他相见；长年短年，忍与他相判？百种温存，一番系恋。[生叹介][旦] 看他苍苔步周，也旋作意迁延。花儿叶儿，哪些儿不黯然？郎君，天晚也，山外夕阳系枝头，宿鸟喧，要记取归途遥远。[生] 小生告辞了。[旦] 郎君请行罢。只此便泪珠偷溅，泪珠偷溅。

[旦闭门欲下介] 不复理残丝，牵得人心住。郎君去罢，梦魂逐归人，好觅重来路。[先下][生吊场介] 你看小娘子，竟进去了。叫小生如何舍去。只是日色渐西，只索回去罢。正是：

　　寻春乘醉过横塘，荀令桥南若恨长。

　　便欲念念来此地，桃花影里他鸳鸯。

第二出：写恨

[外幅巾拄杖，引旦上][集杜] 令节成吾老，谁将此义陈？几年逢熟食，呜咽泪沾巾。老夫卢潜，迹远市朝，情怡泉石。住在这长安城外，出郭幽居，过从略少，到也自适其性。只是荆妻早丧，又无子息。只生这个女儿，与他父女相依。虽然寂寞，喜他百般明慧，足以慰藉老怀。这也罢了，今日寒食佳节，家家扫墓，人人踏青。老夫不免带女儿也出门去走一遭。女儿，您肯去么？[旦] 爹爹严命，敢不追随？[外] 如此，将门带上，锁着环儿，俺们一同出去罢。[锁门行介]

【赏花时】恰值着寒食，东风御柳斜。为甚么，苦向闲庭咏落花？儿女，您且绣户掩窗纱。俺把这双扉锁下，好和您一路踏晴沙。

[引旦下]

[生带丑上][集唐] 自是寻春去转迟，春明门外即天涯。故人家在桃花岸，莫待无花空折枝。小生崔护，自去年落第出京，今又都门重踏，

频年旅食，岁月如流，不觉又是寒食时节。想昨岁此日，郊外春游，渴中乞茗，无意中遇着一位丽人。半晌留连，十分缱绻，叫小生好生难忘。今日客邸无聊，不免往城外一访。小厮，您挑着酒肴榼儿，笔砚箱儿，跟俺出城去。〔丑〕理会得。〔生行，丑随介〕

【端正好】耸巍巍高城凤，几趈来闾阖东。俺是个老刘郎，曾看桃花种。今日呵，要觅那前春梦。

迤逦行来，不觉已踱出城外。只是村路错杂，不知从那条路行的好。哦，有了，俺只望着桃花深处，一步步趑将去罢。

【滚绣球】俺望蒸霞满空，袅游丝儿弄。好风儿无边的吹送。过前川，只这一湾闲流出残红。俺这答儿里不住的行，那答儿可也无意的逢。呀，这里是了。到，到这里似做过游仙之梦，满眼价，艳影香踪。他眼睁睁早眉儿传语意儿通；可，可不的再相看一笑同。谁道他隔断巫峰！

哎呀！你看曲径依然，重门紧闭，飞飞花片，寂寂人踪，好令人难解也。

【叨叨令】这门栏眼中和那梦中，一谜价搅痴肠，闲愁涌玉，天仙盼不到月下逢，面庞儿一时懵懂。难道他别占了天台，俺急煎煎被了桃花哄。柱对着，深红浅红，他冷清清，树头树底，差派着魂儿送。兀的不闷杀人也么哥！兀的不想杀人也么哥！怎能够，花下门前把离情重诉，偎偎倚倚的共？

俺想与小娘子今日果然无缘，去年就不该在此相逢了。

【脱布衫】去年呵，无端的千里相逢；今日呵，有心着对面成空。爱杀他，软苗条，芳心自懂，苦杀俺，呆打孩，旧游如梦。

俺想佳人即已难逢，鲰生果然薄命。在此无益，不如转去罢。〔作欲行复止介〕难道俺乘兴而来，把这一片深情竟无处发付吗？〔想介〕哦！有了，俺带有笔砚在此，不免题诗一首，在门扇上，等他回来看见，知道小生重来，也不枉今日一番跋涉也。小厮，磨起墨来。〔丑磨墨〕〔生作濡笔介〕

【小梁州】只为他人远天涯，路几重，赤紧的无限惺忪。莫认着白日唱玲珑，心肠痛，怎无语对东风？

有了。〔生执笔题门，一面题，一面唱介〕

【么篇】一任他，藤萝深锁桃花洞，俺便要，信笔写幽悰。不怕他雨儿淋，风儿猛，只这些泪痕点点，已透入几重重。

诗完了。［念介］去年今日此门中，人面桃花相映红。人面不知何处去，桃花依旧笑春风。博陵崔护题。［停介］哎！这首诗呵——

【满庭芳】只算得数行题咏，生生世世，脉脉通通。句儿里写桃花，描人面，只是一撚一拢。又难知，他远抛人的也，不念着一笑也春风。他若是，破樱桃，肯把新诗念诵，俺不枉，拂尘扉，把新诗拈弄。心儿动，惶恐，俏佳人，知也不知？薄命人，痛也哎不痛！

［作闷坐介］［丑］夕阳欲下，晚风相送，请相公回去罢。［生不起介］哎——

【下小楼】您道是，夕阳欲下，晚风相送。［掩泣介］最苦是，陌上花残，心上人遥，泪眼朦胧。哈！哈！担不起，身轻愁重。您那知，翼双双，天边彩凤。

［丑］相公，待小人扶你起来。请行罢。［作扶生起介］

【么篇】［生］您只管苦催人，那晓得人轻重。俺便索桃花树下冷禁风也，自从容。现如今，路不通，凭谁送？只是寸肠欲进，盼得他，眼迷离，绊得俺，脚跟难纵。

也罢，俺只索回去罢。

【朝天子】把立白花红，做青烟紫玉，霎时间，回头猛，毕竟这旧逢迎，故人儿情重。一首诗，传情用，只是燕去巢空，可也人来花动。小娘子呀，俺便抛离您也，休愁痛，绮陌料难逢，锦字无人送，好把那，一树桃花，做一个不断的痴情种。

［生下］［丑吊场介］好笑我相公，高兴的出门游春，平白的在这里唧唧哝哝了半日。酒也不吃，只在这家门上，花花绿绿的写了几行，才慢腾腾去了。不知为着甚的，且自由他！正是：有兴翻成无兴返，难道无情却为有情来？［笑下］

第三出：泣诗

【月儿高】［旦行上］镇软风飘荡，落花裙钗上，尽着鞋底儿不住的香尘扬。好厮趁归途，满眼韶光漾。莫待春归，牵惹惆怅。

奴家今早，随侍严亲上冢，取路归来，途间老父为邻叟相邀，命奴先归，且喜到家不远，只索缓踏软尘，细寻绮陌，信步儿行来也可。

【忒忒令】才看过，几树梨花晚妆；又度过，这柳丝新浪。绕横塘，嫩绿晴波涨。路绵绵，纤钩荡；望迢迢，眉倦扬。好花枝，恰墙头偎傍。

　　一径行来，不觉已到。［低头介］呀！你看苔痕破碎，履迹盘桓，却是何人，游踪过此？

　　【嘉庆子】是谁行，步屧来忽往？敢错向，这桃花洞口忙？想到其间怆恍，他信着步，屐齿也双。咱会这，意搅柔肠。

　　且自由他，待奴启钥，推门进去罢。［举头介］呀！

　　【尹令】刚认是乌衣觅巷，忽漫的乌丝学样。则道天台误撞，怎便凌云署榜？历乱了龙蛇，整整斜斜，墨沈淋浪。

　　你看这重门仍掩，余墨未干，煞是怪异，好费推详也。

　　【吊令】乱涂抹，问若个莽儿郎，待把这双扉白版做坏壁也。欹墙题处行行，看去茫茫，莫辨谁家样。敢趁着醉，任他豪放。［近看介］原来是首新诗！挥洒春风这一场。

　　待我念来。［念介］去年今日此门中，人面桃花相映红。人面不知何处去，桃花依旧笑春风。博陵崔护题。［呆看介］呀！那人竟重来也。

　　【豆叶黄】他志诚心，真不爽！为着咱思量，便不觉情一往，无限彷徨。隔年间，把一个旧人儿重访。这般悒快，那般凄凉。忍一片惯寻春的痴意儿，引将来恨长，怪不得脚跟儿郎当。

　　［再念诗介］去年今日此门中，人面桃花——［咽住介］哎！崔郎，奴消受不起你这番错爱也。

　　【玉交枝】似这等牢牢心上，昨年个相逢那厢，又把这桃花人面空中想。现对着，一树花光；怎教人，赶不上少年场。霎时间，消停半响，拼分张，一个黄昏，呀！为甚的儿向桃花怨怅？

　　崔郎，奴难道便恁般无情么？

　　【月上海棠】曾想象，月明几度纱窗上，只无情有恨，幽独堪伤。非谎！与薄命桃花刚一样。敢桃花依旧人无恙，你不回眸，我已回肠，留题七字谁酬唱？

　　早知崔郎今日来此，奴便不出这门，也不怎的。

　　【二犯幺令】何常？任他花随柳旁，钉儿般，守住兰房。便伴这，闲庭院，吹雨软红乡。小俄延，直等着，看花的旧阮郎，再乞与茗芽尝。说甚胡麻饭香。

　　哎！只这片时回避，可知一世缘悭。崔郎！崔郎！奴与你料难重会矣。［泣介］

【江儿水】最无端牵，不放情缕长，这般叨叨絮絮啼红样，心心念念无他想，忽悽悽楚楚成虚望。待装拾香魂逐往，渺渺茫茫，那得个人儿相傍。

［闷坐地介］［外上］留客盘飧且鸡黍，逢人农事话晴阴。铿然一杖旧途曳，认取柴门树底深。老夫为邻友招邀，暂时饮话，扶醉归来，已到自家门首。呀！女儿，你还坐在这里，想是你走乏了，待我扶你起来进去罢。［扶旦起介］［外］正是平阳倚树怜娇女，却少个骥子吟诗学老夫。［先下］

【川拨棹】［旦］这相思账，紧记在柴扉上。一时间没、一时间没个商量。脉脉地吟哦自伤。要重逢，料不妨；要重逢，料不妨。只恐摧花夜雨狂，怎似碧芊芊春草芳。爹爹，你叫奴进去呵，难道我梦到、到他旁？则怕他为桃花梦也忙。

老父等久，只得进去。

【意不尽】步迟迟，轻挪到旧家廊，愿护着，门外诗篇稳当。"崔郎！崔郎呵！"怎知道入骨相思也，则是死不忘。

眼底桃花梦里人，去年今日见无因。情知洒遍伤心泪，恨杀催归唤太频。

第四出：苏配

［生冠带上］凉宵无寐玉堂清，深浅银河阻凤城。今日归来偶休暇，依然怅触为闲情。下官崔护，幸登上第，叨列清班。儤直深严，簪毫禁御。难得个空闲日子。只为那填委词头，也索罢了。今值休沐之期，况际沉漻之候，稀来今雨，触起旧游，想那郊外丽人，即与他半面相窥，难道竟三生永判？不免趁此秋晴，易了巾服，再往一探。或者前缘不断，一笑重逢，也未可知。［叫介］小奚，您与俺取出巾服来。［丑捧巾服上］偶辞华省寻菰蒋，暂脱朝衣挂薜萝。老爷，巾服在此。［生换巾服介］您且回避。［丑下］［生］待俺依着旧路，一径行去罢。［行介］

【北新水令】俺只为，蛾眉隔断凤池头，盼冰壶，婵娟在否？料没个传言青鸟使，只博得孤梦碧云秋。旧恨新愁，纵荣华，怎舒双眉皱？

［虚下］［外忧容上］眼边娇影太伶俜，老泪模糊忍不零。怪底伤春春又远，西风怕听玉珑玲。老夫暮龄无子，一女相依。怜彼慧心，慰予衰

齿。谁想春间一病，直到深秋，茶饭少思，形神俱槁。镇朝忽忽如忘，比日恹恹欲绝。眼见得是个不起的症候，昨日再三问他受病根由，才晓得去年寒食，有个儒生崔护，过俺家乞茶。今年寒食，俺携女儿上冢未归，他又来此题诗门上，不知那里去了。俺女儿归到门来，看见题句，动了怜才之念，遂染成捉影之疴。咳！早知有此一段委曲，便海角天涯，也寻来与他成就。只是如今怎了？［旦内哎哟介］［外］你听他扶枕呻吟，渐加沉重。俺且扶他起来，为他抚摩一番。［唤介］女儿，你振作些，待俺扶你。［旦病妆上］［外扶坐介］

【南步步娇】［旦］残魂妆，常向桃花守，还共黄花瘦。崔郎呵！你潘车那处留？［外］女儿，你念他怎的？［旦泣介］石上余香，门前新钩，犹忆旧风流。崔郎！崔郎！奴今世不能与你重会了。［恸介］你再来真个空回首。

［旦晕绝伏几介］［外哭介］俺的女儿呵！你怎忍舍得俺去也。［一面哭，一面拊旦背介］

【北折桂令】［生上］苎萝村三度来游，只为他脉脉溶溶，春水情柔。因此上欲撇难丢。几曲行来，不觉到了。早已见，龙鳞松老，麂眼篱週，对西风，花枝非旧。呀！为甚的奔小鹿，撞着心头。［外哭介］俺的女儿呵！［生惊听介］忽听得，似蜀道鹃啾，巫峡猿愁。却为何，口口声声，娇女长休？

这也奇怪，俺且立在此间，少不得探一个的信。［作彷徨介］［外哭出介］俺的女儿呵！［见生介］君是何人？莫非就是崔护？［生］正是。［外扯生哭介］君杀吾女！君杀吾女！［生惊介］怎么讲？［外］俺女儿，为你一病而亡了！［生哭介］兀的不痛杀俺也！［恸倒介］［外扶起生介］俺女尚未含敛，君即关情来此，不妨到榻前一看。［引生哭，进介］［生坐几旁，哭介］小娘子呵！崔护在此，崔护在此！［良久，旦微动介］［外］好了，想是还魂了。［旦略抬头，仍闭目低唱介］

【南江儿水】一缕游魂颤，三光倦眼休。［仍伏几介］［外］女儿，你常念的崔护来了。［旦摇头介］檀郎来是春时候，春去人间今已久，柴荆肯再殷勤叩？［又抬头，略舒眼斜视介］半面依依似否？［睁眼注视生介］崔郎！你真个来也！觉后逢君，敢是返魂香逗。

［生］小娘子，俺为您呵——

【北雁儿落带得胜令】想那醉上尊，争得似茗香浮动；插宫花，争得似夭桃簇；盼红妆，争得似杏靥窥；按红牙，争得似樱唇剖。只为这，桃花底，漫凝眸，除却那，桃花外，懒回头。又恐怕，桃花坞，忽变做空际楼。绸缪几个黄昏后，牢愁午夜隔铃秋。

［旦］郎君敢做了官么？［生］下官侥幸登第，职授词林。［旦喜，起立介］奴多感你这一片深情也。

【南侥侥令】则道是，无心苏病橘；那知你，得意赋长楸。似这般，拿住情根真罕有。［背立，泣介］又怕他，会匆匆离别愁。

［生向外介］老丈在此，敢有一言奉渎。［外］愿闻。［生］下官年逾弱冠，未有室家。与令爱似有凤缘，况今日相逢再世，倘蒙许结良缘，得谐佳偶，平生愿足。未知允否？［外］君既不弃，实慰本怀。何不趁返生之时，竟尔遂偕老之愿。［外扯旦转身介］你两人就此双拜罢。［旦作羞态］［外除旦病妆，与生交拜介］［生］凤声忽听丹山路，［旦］烛影仍交紫玉烟。［外］脱掌明珠求易得，门楣更喜慰残年。待老夫草备酒肴，少当卺席便了。［先下］

【北收江南】［生］想去年初会呵，偶邂逅，便勾留，重来银河隔牵牛。天孙机畔见无由，算今生，罢也休。那知道，今日呵，并离魂，完结了冶春游。

［旦］惭愧也有今日呵！

【南园林好】怨枯泉，银瓶未收，悲落花，珠帘不钩。无分春风迤逗，又谁知，嘘宿莽，绿河洲；嘘宿莽，绿河洲！

［生］娘子，俺与你此后呵——

【北沽美酒带太平令】誓生生，共白头，愿世世，对青眸，虽则是，一碾龙团订凤俦，生死个中求。问昨岁，桃花知否？题门句，也曾和就。却扇体，只断章酬，镇日里，双双携手，桃树下，几回倾酒。俺呵，试遥指，翠楼远山漫愁。呀！再不欲，觅取封侯，天涯奔走。

［生携旦手，行介］

【南尾声】百年一笑今开口。［旦］知他来岁，桃花笑也休。［合］再不怕，行到门前溪水流。

［生］踏春两度惜芳华。［旦］死死生生动叹嗟。

［合］寄语冶游年少客，春来莫漫看桃花。